南通大学人文社科精品著作资助项目
江苏高校哲学社会科学研究项目“新世纪江苏小说城市书写研究”
南通大学人文社科博士科研启动基金项目

先锋与古典之间

叶兆言小说创作论

康烨　　著

中国社会科学出版社

图书在版编目（CIP）数据

先锋与古典之间：叶兆言小说创作论／康烨著.
北京：中国社会科学出版社，2025. 1. -- ISBN 978-7-5227-4667-8

Ⅰ. I207.42

中国国家版本馆 CIP 数据核字第 2025F71F84 号

出 版 人　赵剑英
责任编辑　陈肖静
责任校对　周　昊
责任印制　戴　宽

出　　版　中国社会科学出版社
社　　址　北京鼓楼西大街甲 158 号
邮　　编　100720
网　　址　http://www.csspw.cn
发 行 部　010-84083685
门 市 部　010-84029450
经　　销　新华书店及其他书店

印　　刷　北京明恒达印务有限公司
装　　订　廊坊市广阳区广增装订厂
版　　次　2025 年 1 月第 1 版
印　　次　2025 年 1 月第 1 次印刷

开　　本　710×1000　1/16
印　　张　24.5
插　　页　2
字　　数　343 千字
定　　价　129.00 元

目　录

序 …………………………………………………………………… 张光芒（1）

绪论 ………………………………………………………………………（1）

第一章　文学观、发生学与方法论 ……………………………………（28）
　第一节　先锋姿态的迷恋 ……………………………………………（29）
　第二节　反本质主义的思维向度 ……………………………………（46）
　第三节　雅俗变奏的张力运作原理 …………………………………（63）
　第四节　外国文学影响与世界性尺度 ………………………………（77）

第二章　历史书写与历史意识的重建 ………………………………（91）
　第一节　“小叙事”的建构与伦理 ……………………………………（93）
　第二节　个人与历史的辩证 ………………………………………（108）
　第三节　民间视野与南京路径 ……………………………………（123）
　第四节　存在历史主义的哲学内涵 ………………………………（143）

第三章　现实题材与人性话语 ………………………………………（160）
　第一节　欲望的悖论及其文化建构 ………………………………（161）
　第二节　俗世的爱情及其升华路径 ………………………………（179）
　第三节　断裂的关系与精神寻根 …………………………………（191）

第四节　人性的开掘与心理现实主义 ……………………（210）

第四章　叙事策略与意义编码 ……………………（224）
第一节　时间：拼接·绵延·弥合 ……………………（225）
第二节　互文：重复·用典·戏仿 ……………………（233）
第三节　复调：意识·人称·文体 ……………………（249）

第五章　审美风格与文化意蕴 ……………………（267）
第一节　新文人小说的江南美学 ……………………（268）
第二节　新世情小说的古典风神 ……………………（284）
第三节　媚俗的省思与反讽修辞 ……………………（296）
第四节　生命的错位与悲喜剧内涵 ……………………（311）

结语 ……………………（322）

附录　叶兆言文学年谱 ……………………（328）

参考文献 ……………………（371）

序

张光芒

康烨的学术专著《先锋与古典之间——叶兆言小说创作论》即将付梓出版，嘱我作序，作为她的硕士导师和博士导师，我自是欣然受命。而且，康烨的硕士学位论文与博士学位论文的研究对象均为叶兆言，这部长达30万字的厚重的书稿即是在她长期钻研的基础上，再经过几年的修改与充实、完善和深化而成。从康烨最初确立这一研究对象，到完成这部著作，历时十三年之久，中间虽然有些曲折和反复，也有犹豫和困惑，但是最终"守得云开见月明"，在先锋与古典之间重新定位了叶兆言小说的文学史价值，也在突破与传承之间确立了研究者自身的学术史价值。还真有些"批阅十载，增删五次"的意味。

在我指导的研究生中，以作家论的形式作为毕业论文选题的情况比较少，这是因为我有个固执的想法，认为作家论上手虽然相对容易一些，但写好却相对更难。就像有些技艺入门起点低，达到精通的境界却极难；而另外有些技艺入门要求高，但精通却没那么难。作家论难以"藏拙"，哪里有水份，哪里平淡无奇，往往一目了然。如果既不能在文献资料上有充分的发现，又不能在理论深度上达到相当的水准，那么这样的作家论即使勉强过关，也只能算是平庸之作。而且如果作者在理论视野和文化视野上不够开阔，那么这样的选题对于研究的可持续性来说也是个挑战。熟悉了这一个作家之后，等到换一个作家，或者换一种选题的时候，就要更多地从头开始，难免捉襟见肘。

只有高手写作家论才能够让人从平淡中见奇崛，无论从视野角度上，还是从方法、观点和逻辑上给人全新之感。因此，一般博士生想以作家论作为博士论文选题的时候，我如果对其研究前景没有较充分的把握是不会同意的。而康烨是为数不多的例外。也因此，从读硕到攻博，从选题到成书，康烨是如何说服我同意其选择，并不断深挖下去，的确有一个艰难的过程。

康烨2010年毕业于南京师范大学，并以文学院综合测评专业第一名的成绩成功保送至南京大学攻读研究生。在成为我指导的研究生后，她身上那种师范生特有的一丝不苟的样子，那股认真做事、严谨为文的精神给我很深的印象。所以她很早就常被我指定为师门读书会的评议人。而最初萌生研究叶兆言的想法也是在她读硕士一年级的时候。康烨在南京大学人文艺术讲坛听了叶兆言的讲座，这也是她第一次见到叶兆言先生本人，很快她就将自己的初步想法提了出来与我讨论。讲座围绕叶兆言先生的两本新书《南京人》与《南京人·续》展开，主题是作为一个生命体的南京城。在讨论中，我发现康烨有一些非常个性化的研究旨趣与学术兴奋点。比如叶兆言在讲座中，对南京地域性的历史、风物、人情如数家珍，康烨深受震动的首先不是有关文学的理论和创作的知识，而是一个文学家的深厚的学养，还有那种属于真正的作家的特殊气质。这吸引着她阅读了叶兆言更多的作品，那庞大宏伟的文学王国，对风俗的记录，都让她想到巴尔扎克。

之所以萌生研究叶兆言的想法，当然还有更多的原因，一是因为南京城，康烨像叶兆言一样，深深热爱这座城市开放的生活气息、民间的烟火味道以及绵延的六朝“烟水气”。二是出于一种挑战心理，想要挑战作家巨大体量的文学存在，以及由此带来的丰富面向和解读难度。虽然在当时，这些想法更多是混沌、非理性的直觉，但是就像本书中所引用的柏格森的说法，直觉恰恰是“能够朝向事物的内在生命的真实的运动”，它能理解“生命冲动”，并“使我们置身于对象的内部，以便与对象中那个独一无二、不可言传的东西相契合”。说起当年康烨选题的这一过程，我不由想起叶兆言在长篇新作《璩家花园》“后记”中谈创作缘起时提到的一件事。年轻时候他曾听傅惟慈先生说起托马斯·曼的《布登勃洛克一家》，这本书是傅惟慈先生翻译的，所以说起来特别起劲，但叶兆言后来脑子里会想到的，只是“托马斯·曼这个人”，因为这个人，他“隐约只记住一件事，长篇小说就应该这么写，这么写就对了。”至于大家庭的沉浮动荡与大家族的变迁史等，在他接受史的意义上，都是因为作家作为一个完整的精神体而被赋予了永恒的魅力。叶兆言由布登勃洛克一家而建起了自己的璩家花园，康烨由叶兆言而联想到巴尔扎克，联想到一种令人向往的存在方式，二者之间的确存在着些许发自心灵的同频共振之趣，甚至本书以“先锋与古典之间”为主标题来涵盖叶兆言的文学世界，也是从作家主体的整体人格精神层面上展开的敏锐的捕捉。

经过反复讨论，康烨的硕论题目定为《论叶兆言小说的叙事时间和叙事空间》。时间和空间既是人的存在的基本维度，也是叶兆言小说叙事学意义上标识度颇高的重要视角，两者之间彼此参照互动，进行着个性化的审美融合。硕论答辩获得了较好的评价，也奠定了康烨实现更大学术抱负的坚实基础。后来在攻读博士学位期间她又在《当代作家评论》《南通大学学报》等发表了高水平的相关论文，并在《东吴学术》上发表了长篇的《叶兆言文学年谱》，不时在该领域展现出活跃的身影。一步一步由表及里，深耕细作，从硕士论文偏于感悟印象式的写作，到博士论文综合性、学理性的理论分析和话语表达，康烨努力在叶兆言研究的过程中熔铸进自己人格性情的艺术感知。越到后来越显示出她富有个性和勇气的学术旨趣与研究路径：叶兆言在平实中庸的表层结构之下充盈着洒脱和反叛的精神本质，从审美上说，那是一种海明威式“压力下的风度”，而用理论问题来重新建构一个充满张力的作家形象正是其初心之所在。

综观该书的整体面貌，其严谨扎实、题域创新与理论深度诸方面均有充分的体现，已是该领域不可多得的前沿成果。在这里，我只说几个印象比较深的方面。

首先是论从史出的思想视域与学术路径。康烨长期形成的一丝不苟的性格品性，使她恪守着有一分材料说一分话的严谨要求。她极为注重将所有文本和文献搜集齐全，从掌握和梳理资料出发推论观点。对叶兆言的小说、散文、传记等进行整体性把握，运用“大文学”的研究观念，在文学与历史、真实与想象、文学性与非虚构的缠绕交融、间性对话中理解叶兆言小说里面一些特殊的表达方式，接近叶兆言小说独特的叙事样态——从个体的、生命的、日常的和人道的视角出发，用文学的洞察对历史进行能动化的隐喻建构，把当下的能动因素与颠覆力量置入历史，以历史叙事为表，触及现实中的尖锐问题，并试图探索人类自我救赎的路径；用零散和边缘的人物与事件对巨型历史景观进行解蔽，用自由的想象与多义的修辞烘托出人类生命的丰富景观与多元的价值生活，穿透历史社会的深层形态，揭示出人的存在形态、生命悲剧等带有浓厚形而上色彩的理性命题。

同时，通过整理年谱包括创作谈、回忆录、文学会议、文学活动等，多方面了解叶兆言的生活道路、生命体验和精神动态，勾连小说内外的文学史料，在综合考辨与论述中把握叶兆言的创作心理及创作发展倾向，努力做到“知人论世”，以文本与作家的密切关联作为评价叶兆言小说的关键要素。比如反对轻车熟路，宁可写砸写坏，也要求新求变；认为先锋就是最大的通俗等，都反映了叶兆言独特的艺术才情和创作个性。

作为文学界与研究界都非常关注的现象级作家，有关叶兆言的评论和研究十分活跃和发达，康烨能够深潜于前人言说与他人研究的汪洋大海中，寻找与学术界进行深层对话的通道。她善于收集历来研究叶兆言的评论，在反复学习推敲的基础上形成自身的理论逻辑与谱系，把研究向前推进一点，发现一些新的问题。在书中，她把叶兆言研究分为前后两个阶段，分别以时间和问题为经纬进行文献梳理。比如在第一阶段，列举陈思和、丁帆、费振钟、汪政、晓华五位评论家有关叶兆言早期小说创作的研究后发现，虽然他们把叶兆言归置于先锋作家群，认定这是一位“技术性小说家”。但他们更加直观地把握到，叶兆言小说实验的艺术原则与价值体系并不同于余华、格非等新潮同人。叶兆言的特点在于不避俗常，构造面貌平淡普通的故事，而能蕴含与众不同的认识生活的方法与视角；作家常常以似是而非的姿态出现，但那种扑朔迷离的情节和感觉都是为了解剖生命而苦心孤诣营造的；等等。早期一系列评论很准确地勾画出叶兆言的轮廓，正是以此为基础，作者寻绎到以生命的二律背反性和生命的悲剧性为主旨来切入叶兆言小说的研究路径，进而继续展开推衍。从小说中丰富、复杂的生命世界去体察细节的情理、灵魂的激荡和作家的用心所在——人性内在的自然欲求和本真性的生命体验，本能中的直觉、非理性和向上的力量，人性在善恶两端的矛盾交织与复杂多变，人生的相对性、命运的极端不确定性，历史的多重真相和人心的隐秘面向，等等。

其次是多声部的研究视角及其立体性的整合。以作品为基石，突破孤立的作家作品研究，在与小说理论、创作思潮、文学现象和文学史的多维关系中分析、考查作品，打开文本的多重影像和多层指涉系统。首先，理论带来新颖的视角和语言，比如运用解构主义相关理论来把握叶兆言小说异态冲撞、丰富浑成的特点，解读文本“突出的矛盾性和完美的融合性”，就是在阅读的基础上，直接发现问题，再选择理论来解决问题，在小说的阐释活动中对一系列著名的理论概念获得灵活的、富有弹性的理解。事实上，叶兆言的小说往往包含解构与建构的双重元素与双重特征，这是由一种深刻的“历史中间物”意识所决定，是以反本质主义思维去照亮和揭示扑朔迷离、变幻莫测的现实世界与人类经验，最终抵达对生活本质和生命意义的思考，对人性、精神、道德和伦理的探索与价值建构。进一步来说，继承五四“文学是人学”的写作立场，以爱、光明和向善的文学性来重构作为我们时代精神的解构精神，这既可以视为叶兆言小说的奥秘与肌理，也是对他面面观之后，在复杂性中把握到的创作主导倾向。

与此同时，康烨也非常注重多样化的归类对照。比如将叶兆言同时期的各种不同题材作品，不同时期的同类题材作品进行对比，将叶兆言与五四作家、先锋作家、西方现代派、后现代作家进行对比，从而更深地了解叶兆言的个性，并使他的小说中无法被共名的文学现象、文学流派、文学特征所类化的自由伦理本性浮现出来——杂花生树与群莺乱飞的多元性，存在之轻与思想之重的含混性，以“嬉游的欢愉意识”反衬现实的沉重，在喜剧的氛围中开出悲剧的花朵，等等。进一步从写作策略上，挖掘叶兆言小说的叙事特点在于“把许多不同的东西统一起来，把许多不可能的东西、有异质的东西联合起来”，“把许多丰富的东西揉在一起”。在一种跨文体、跨文化的审美张力思维统辖下创造小说天然浑成的审美风貌及“多棱”意味，建立小说与动态、杂色的现实世界的对话阐释结构，与更丰富、多元的艺术传统之间的互动和联结，最终为读者带来既悖逆又美妙的现代阅读体验。

再就是精神共享性的文本批评建构。本书遵循作家论的传统和学理，以时间为尺度，在整体性的评判视野中建构作家、小说与时代三者之间的深度关联。一方面，以当代性意识不断确证问题的源头，挖掘小说所呈现的特定时代属性和审美风貌，以精神对话的姿态考察叶兆言在时代变迁中的思想指向和艺术追求，从而以流动性和结构性的文学史视角绘制新时期以来当代文学的精神谱系与艺术肖像。另一方面，既返回文学现场，又抽身而出，用更加具体细致的文本个案研究，来消除以往对叶兆言的预设或者一些给定的认识装置和研究模式。

作为一位年轻的学者，康烨这部专著也许尚未抵达理想的批评境界，但她的写作中并没有拘泥于学术论文规范，而是追求较强的可读性，语言的文学色彩，不仅是学术意义上的文献、知识，更想将审美、智慧的层面表达出来。因此，以文本细读为基本路径，建构批评与创作、历史与现实之间的对话，将思想内容的评价和风格艺术的赏析融汇起来，感悟作家的经验，理解小说中的人生，阐发文学的秘密，重审自己的存在。比如对“张英系列”、《枣树的故事》《一九三七年的爱情》《浦来逵的痛苦》《花开四季》《苏珊的微笑》等小说的细读，就是围绕文学与人生这一主线，从最具体的细节和材料中激发想象的火花，通向有精神体温的价值世界；从作家的心灵世界进入对小说修辞和文体风格的审视；从小说的复杂性和可能性，推动对事物亦此亦彼又非此即彼关系的新的理解。

从这个意义上说，康烨的专著既是研究叶兆言小说，也是在研究“这一个”作家整体性的存在，更渗透着她的自我观照和自我表达。

绪　论

在中国当代文学谱系中，叶兆言是一个丰富、博大而富有张力的艺术个体。作为20世纪50年代生人，他的经历相比同代作家自有其独特性，由于书香世家的人文熏陶，加上家中藏书量巨大，叶兆言无疑更多地与书结缘，更早地埋下了心中的文学火种。高中毕业后他曾当过四年工人，闲暇时间却都在读书，1978年以后，叶兆言在南京大学中文系读了四年本科，又读了三年研究生，从此真正文与身随。在书籍普遍稀缺的年代，叶兆言却在自己父亲（叶至诚后来被评为南京“藏书状元”）的书房里如痴如醉地阅读了雨果、托尔斯泰、巴尔扎克等经典文学大师的大量文学名著，在堂哥（早逝的“天才诗人”叶三午）的客厅里耳濡目染了一批先锋诗人和画家对西方现代派文学艺术的前卫迷恋。这一切对懵懂的写作者来说无疑是得天独厚的优势与形塑，也使得叶兆言在20世纪80年代中期甫登文坛之际，就以《悬挂的绿苹果》《夜泊秦淮》《枣树的故事》等绝妙的作品鹤立于当代小说家之林，它们无不漫溷出惊人的文气与典雅的韵味，抵达到一般小说难以企及的艺术境界。

从20世纪80年代至今40余年，叶兆言的创作一直非常活跃，却又始终与文坛主潮若即若离。他不断探索新的叙事方位，追求新的叙述情境，可谓“每一部小说都在寻找变化”[①]，却从不类属于大红大紫的风云人物。一方面，叶兆言的小说往往杂糅多层次的叙述语态，从

① 叶兆言、周新民：《写作，就是反模仿——叶兆言访谈录》，《小说评论》2004年第3期。

情节表层看缺乏波澜和刺激，且常依靠叙述的表演功能有意制造“作家的迷失”，带来文本的模糊性与朦胧感——你似乎看到了什么，又似乎什么都没看清楚，难于作出任何单一或明确的主题与意义认定，也有论者认为这代表的是一种“贵族式”的叙述体态①。另一方面，叶兆言的创作又无固定章法，从拟旧到先锋，从言情到侦探，题材跳跃、杂花生树，这也给有关他的文学批评和文学史书写带来了不小的难度，因为无法把他概括到某一个创作思潮或某一种写作路数里，而种种时髦的“超级命名”又常与其错位。正如吴义勤在《穿行于大雅与大俗之间》一文中所指出的，“当我们自以为是地概括、总结、抽象出一系列共时的文学名词、文学现象、文学特征去指称一个时期的作家作品时，却不无尴尬地发现叶兆言这样的作家其实是无法被概括和归类的，他是一个无法被‘类化’的异端。”② 的确，叶兆言小说的不易归类使他独占着文坛的一席寂寞，但从另一个角度看，这又何尝不是一种特立独行的先锋姿态呢？在叶兆言看来，一个作家恰恰应该“作为单数”出现，“作家应该是单数，是你，我，他，而不是你们，我们，他们，更不是一代人。作家首先要做的就是要和别人不一样，不止和别人不一样，还要和过去的自己不一样。好的作家都是独一无二的，一样就是死，成群结队可不是什么好事”③。这种近乎苛求的反类型化或许会造成文本的易被忽略、被误读，但恒久看，却无疑是叶兆言不断超越自我的契机与动力，是其小说世界动态张力运作的坚实根基，也为我们的批评和阐释敞开了巨大的空间和可能。

叶兆言40年精猛奋进、持续不断的书写最终创造了逾千万字体量的巨大文学存在。这一方面表现为文本世界的数量丰富，另一方面则体现为一次次的华丽变化，在话语讲述的不同年代创造出迥异风格的作品，以立体多元的叙事探索展示人类经验的多种可能性。对叶兆言

---

① 丁帆：《跋》，见叶兆言《去影》，长江文艺出版社1992年版，第346页。

② 吴义勤：《穿行于大雅与大俗之间——叶兆言论》，《钟山》2000年第5期。

③ 何子英、叶兆言：《好的文学都应该有一种疼痛感》，《长江文艺》2021年第3期。

来说，“衣带渐宽终不悔”，“写作就是一种不可遏制的激情”。这种强烈热爱写作的欲望始终驱动他去创造跟自己以往完全不一样的、跟别人都不一样的全新的表达方式。不夸张地说，从先锋实验到古典写实，从现代派小说、地域文化小说到新状态小说、新历史小说、后现代主义小说，叶兆言探索的足印遍布于新时期小说到新世纪小说发展的每一个转折点。时而风姿绰约、时而冷面滑稽，时而简洁明快、时而奔流恣肆，进出自由、游刃有余，如果用色彩来形容整体观感，那叶兆言的小说世界的确是色彩斑斓、绚烂多姿。“新潮小说家”“第三代小说家”“学者型小说家”；“新状态”“新写实”“新历史”“市井写作”“民间叙事”……是批评界给出的叶氏标签，类型与风格之多在当代作家中颇为罕见，却也充分说明了，叶兆言是一个具备张力思维且善于博采众长的作家。而在种种不同的文体与思潮间，毋宁说叶兆言留下的是一个个过客式的身影，换言之，他总充当了一座沟通的桥梁。

叶兆言的丰富和多变是其内在突破自我、寻求超越的创造欲求所决定的，也开启了他小说通达圆融的大格局。莫言曾用一首诗来评价叶兆言，“金陵豪客千杯酒，玉叶名家万卷书。通博宽仁追父祖，凌云健笔换鱼车”①。豪放、通博、宽仁、勤奋，或许正因为热烈地拥抱着这样的审美个性，叶兆言才从不为潮流所动。就小说的创作路径看，叶兆言始终在先锋与古典之间沿着开放、创新和建构的轨迹演进，既以深厚的学养凝练一种成熟老到的叙述语调、叙述力度，又在文笔的行止间包孕浓浓的现代哲思和深沉的情感蕴藉。既娴熟地将各类现代源的叙事语态糅合在写作过程之中，又以活色生香的仿古笔触勾勒出亦嗔亦笑的市井风情。就小说的叙述主题和美学原则看，叶兆言始终遵循现代小说的方法与法则，即凭借小说创作来揭示存在的驳杂面貌、探寻人类经验的种种可能性。琐碎而散文化的日常世界并不能掩盖其敏感而智慧的目光，“小说家必须‘天天面对永恒的东西，或面对缺

---

① 莫言、阎晶明、叶兆言、余华、陈晓明、王彬彬等：《文化记忆与城市传奇——北京师范大学驻校作家叶兆言入校仪式暨创作四十年学术研讨会发言摘要》，《作家》2021 年第 4 期。

乏永恒的状况’”[①]。因此，叶兆言的笔触总游走于那层峦叠嶂、烟波浩渺的人心宇宙，探索着人类的生存边界以及混沌的人性逻辑，而在那些传统秩序与现代心态、伦理规范与情感欲望、生活表象与深层冲突等构成二律背反的交叉地带，叶兆言更是别具慧眼地捕捉到独特的中国故事与时代的精神状况，以及更重要的，在常与非常、太平与不太平、平凡与传奇之间永远辩证运演着的生活底蕴、生命真谛。正如略萨所言，随着时代的变迁，小说或许会失去“实证性、民俗性和本土色彩”，“可如果它是一本伟大的小说，讲述的是属于不同群体、不同文化的人所共有的人类经验的话，时间赋予它的就将是世界性”[②]。对“永恒的东西”不懈地求索与描摹无疑构筑了叶兆言小说的现代魂魄，它提供了最富活力的中国经验，提供了我们观照世界的多重角度和静观自身的内审参照，当然也给世界提供了独特的价值意义。

一　叶兆言小说创作研究现状

截至目前，学界有关叶兆言创作的学术论文和研究成果虽不能说浩如烟海，或者说完全与其创作实绩相匹配，却也堆成了一座小小的书山。从研究视角和阐释路径上大致可以2006年为临界点，分成前后两个阶段。在第一阶段（1985—2006年），关于叶兆言的研究整体呈现出一种思潮的偏执性，研究者们普遍倾向于在新时期文学波澜迭起的流派漩涡中寻找叶兆言的位置。直到2006年之后，以神话主义小说《后羿》的发表为标志，叶兆言创作相互纠缠博弈的多副面孔才为更多的论者所认知和关注，换言之，一种固化刻板的研究思路和作家印象被破冰，更新鲜的观照视野、更系统的勘探方法和更微观的文本透视逐渐浮出水面。

1985—1989年，以《死水》《悬挂的绿苹果》《枣树的故事》《状元境》《五月的黄昏》《桃花源记》《绿色咖啡馆》等为代表，叶兆言

① 叶兆言：《关于海明威的问答》，《中国比较文学》1991年第2期。

② ［秘］略萨：《普林斯顿文学课》，侯健译，人民文学出版社2020年版，第21页。

开始了他作为“新潮小说家”的形式主义探索期，表现出较为激进的文体实验性。陈思和、丁帆等学者最早注意到叶兆言的早期小说，《悬挂的绿苹果》是他的成名之作。陈思和认为，就《悬挂的绿苹果》来说，“作者在叙述这一普通故事的背后，蕴含着与众不同的认识生活的方法与视角”，“在这个故事的叙事结构中，隐隐地宣示着更深层次上的小说艺术的美学嬗变”[①]。而丁帆则在《叶兆言小说的生命意义》一文中给出了叶兆言小说的总体印象：“我可以断定，叶兆言绝不是那种擅长于大悲大苦的作家，他只是往往用淡淡苦涩的笔墨去轻描淡写地描述那本来是很刺激的情节和场景。然而，就是在这淡淡的苦涩之中，作者往往十分机智地对生命的流程作出即时性的价值判断，即使作者在抒发自己感觉时，亦故意以似是而非的姿态出现，似乎给人以遁入空门之感。只有细细地追究，方可意识到作家在解剖生命时所苦心孤诣营造的那些情节和感觉的重要。”[②] 现在看，这段话依然有效，叶兆言的小说创作总迷恋于生命的二律背反性与生命的悲剧性，而这些因素又常与一种文人式的落落寡合的苦涩意绪纠缠在一起。1985 年前后，波澜壮阔的新时期文坛上最引人注目的要数先锋派小说潮流的涌现，而张颐武、李陀、王干等一干先锋批评家即以此为出发点，对叶兆言小说实验的艺术原则与价值体系作出了即时性把握。张颐武指出，在小说实验的艺术潮流中，马原、余华、叶兆言、苏童等小说家的作品表现出一种全新的叙事模式和小说意识，即“打破语言与故事囚牢”“在生命的洪流中消解文化”以及“人之困惑”的追问[③]。李陀认为，相比莫言、马原和余华的小说，叶兆言在小说本体意义上看更趋于成熟，且更具有小说实验的可能性[④]。作为“85 后”成长起来的作家，叶兆言受西方现代派、后现代思潮的影响不言而喻，其小说中扑朔迷离的现代派技法也使评论家的阐释不约而同集中在了

---

① 陈思和、杨斌华：《不动声色的探索——评〈悬挂的绿苹果〉》，《钟山》1986 年第 2 期。

② 丁帆：《叶兆言小说的生命意义》，《文学自由谈》1988 年第 5 期。

③ 张颐武：《人：困惑与追问之中——实验小说的意义》，《文艺争鸣》1988 年第 5 期。

④ 李陀、张陵、王斌：《一九八七——一九八八：悲壮的努力》，《读书》1989 年第 1 期。

自我指涉的语言游戏和暴露虚构的叙事圈套上。

如果说在反叛传统小说规范的操作态度上，叶兆言表现出与余华、格非、马原、北村等新潮同人的相似特征，那么就各自探索的艺术路径看却是一开始就存在分化。同样以新时期的先锋文学思潮为参照坐标，评论家们首先得出的一个结论就是，“叶兆言的小说一直说故事”①，叶兆言始终坚守小说的故事性和情节效果。对此，一部分人认为这是带有某种保守性的、对读者的妥协，这似乎也构成其先锋意识在同僚中显得不够突出的原因。但有关的话题也打开了另一方向，即使用“传统”的尺度来重新评价叶兆言将故事作为小说本体，把故事讲出意味和意趣的观念与策略。这方面的代表性论文包括晓华、汪政的《雅俗变奏——叶兆言小说读后》和费振钟的《“故事法”——叶兆言小说阅读提示》。这里的传统主要包括两重解释，一是“五四”以前文人小说的故事性能，所谓“汉语小说”传统；二是现实主义小说的艺术规范。结论是，叶兆言的艺术趣味和审美观念与传统相通，但往深里看，叶兆言小说的艺术品格并不属于传统，而是极为现代的，原因就在于他的视点是站在现代艺术上，因而他的故事是作为一种形式存在，其背后隐含的感性结构使他的小说呈现出生活和世界所能给予我们的多种理解的可能。总的来说，将叶兆言移置于“先锋话语”的操作潜在包含这样一种认定，即他是一位“技术性小说家”，因此，无论是从正面还是反面，主要都是技术主义的论证，而其精神的先锋性、其小说主题意旨和存在层面的探索性并没有受到更多的重视。

1989—1993 年，叶兆言代表性的作品主要有《艳歌》《红房子酒店》《最后》《半边营》《十字铺》《去影》《挽歌》《关于厕所》等。在这个阶段，作为群体的先锋派出现了一种转折趋势，即由后现代的激进叙事实验回归写实策略、由单向度模仿西方回归民族风格。

① 费振钟：《“故事法”——叶兆言小说阅读提示》，《雨花》1988 年第 12 期。

在所谓先锋“谨慎的撤退”的文学史语境里，对叶兆言小说的大量评论是将其纳入1989年兴起于南京的新写实思潮范畴，其典型特征和巨大贡献在于将小说从巨型话语的规训中解放出来，将平凡人物和日常生活推向小说舞台中央。以王干为代表的评论家普遍肯定了叶兆言新写实小说“重新获得读者”的创作定位及其展现生活本相的原色魄力，但也有学者提出叶兆言的小说出现了一种“加强一次性消费”、放弃超越性价值标向的琐屑化、贫弱化倾向，“从严格的意义上说，苏童与叶兆言的‘先锋’地位已岌岌可危”①。从研究方法看，（一）以求同的逻辑推理方式，将叶兆言小说作为新写实小说革命之现象块面的重要构成，概括其共性特征：（1）丰富的社会生活信息内容和鲜明的时代氛围，不放过生活中那些意义不十分明显、色彩不十分强烈、反差不那么突出的琐碎细节，有时甚至不惜以损害人物的典型性、情节的生动性、语言的情感性为代价，获取对生活形态最大可能的还原②。如《艳歌》《去影》《爱情规则》《采红菱》等，几乎是对世俗人生原始面貌不带观念框架的复印，却不露声色地暴露出生存困惑、价值困惑与文化困惑。（2）冷静客观的叙述态度，所谓“从情感的零度开始写作”③。以《五月的黄昏》《采红菱》为代表，叙述者冷漠、淡然的“局外人”叙述姿态显然渗透进西方现代派文学的荒诞感与绝望感，但与加缪和卡夫卡的句式相比，这些小说中的“局外人”叙述者并不居于文本中心位置，这一点与他们的模仿对象截然不同，西方荒诞派是总把“局外人”当作核心和意义载体的。因此，当新写实落潮后再回过头看时，便不难发现，“仿真”的美学效果其代价却是理性批判与人文激情的消隐，“‘作为现代性的根基的主体性观念’以及与此相关的人道主义话语、人性的超越与提升

---

① 谢有顺：《先锋性的萎缩与深度重建——兼谈北村〈施洗的河〉》，《当代作家评论》1993年第5期。

② 王干：《没有波澜，没有潮汐——1989年小说创作掠影》，《时代文学》1990年第2期。

③ 王干：《没有波澜，没有潮汐——1989年小说创作掠影》，《时代文学》1990年第2期。

和历史真实性、历史进步性的基本观念同样受到了挑战。”[①]（3）近年来，有研究者试图重构新写实小说去意识形态的显文本之下的政治性，在市民社会崛起的历史语境中重新审视其内在自洽的日常生活叙事伦理。有文章指出叶兆言的“厕所书写”事实上是对20世纪80年代改革合法性危机的诊断，“新写实小说面对着改革对公私关系的重构，虽然最终并没有重建起‘希望的空间’，但却通过赋予日常生活以自足性，通过发掘私人空间中的温情爱意，寻觅到了一处真实且踏实的所在，安顿着改革进程中彷徨失落、困惑动荡的个体”[②]。（4）另外，随着“重返80年代”作为方法的提倡与研究，对新写实小说背后诸如《钟山》杂志等文学制度、读者群体的探讨也照亮了叶兆言小说中新的问题和新的角度[③]。

（二）以新写实作家作品的整体把握和系统比较为基础，分析叶兆言新写实小说的个性化特征：（1）在传统文化和现代西方文化、现实主义与现代主义的融汇之处，发现叶兆言的新写实小说“着眼点却不在于再现生活过程中正面干预生活，而在于表现人的灵魂。表现人的心智和人类的生存状态”[④]。事实上，“新写实”旗帜的倡导者曾将其界定为现实主义与现代主义“交叉地带”的“一种新的创作途径”[⑤]，但从后来的创作实践看，作家们并未能证实这一令人期冀的艺术可能性，更多时候，现代主义并没有持守住其预设的位置，造成小说艺术表现力的大为收缩。反观叶兆言新写实的特色，恰恰在于对现代人幽微的心理世界与精神状态的咀嚼与再现，他的种种探索正传达

① 丁帆、何言宏：《论二十年来小说潮流的演进》，《文学评论》1998年第5期。

② 石岸书：《写实的政治与改革的危机——从新写实小说的“厕所”书写谈起》，《文艺理论与批评》2016年第5期。

③ 见程光炜《〈钟山〉与新时期文学》，《扬子江评论》2018年第5期；丁帆《回顾“新写实”小说思潮的前前后后》，《文艺争鸣》2018年第8期；王干、赵天成《80、90年代之间的“新写实”》，《文艺争鸣》2015年第6期。

④ 徐兆淮、丁帆：《在中西文化交汇点上寻觅自我——叶兆言和他的新写实小说探微》，《小说评论》1990年第6期。

⑤ 丁帆、徐兆淮：《新现实主义小说的挣扎——关于近来一种小说现象的断想》，《上海文论》1990年第1期。

出“传统与新潮、理性与感性、写实与抽象、故事与神话”① 相融汇、互补和超越的可能性。正如丁帆所指出的，叶兆言小说运用多种叙述模态的转换，其终极目标在于对现代人心理真实的深度透视和情感内涵的形上概括，因而，无论是场景的切割、视点的跳跃、细节的夸张，还是反讽的结构、通感的语言，都是“有意味的形式”②。（2）汪政认为，叶兆言的《夜泊秦淮》系列标志着新写实小说的一种民族化范式。一方面，叶兆言小说从句法结构到修辞策略，从文类规则到表意特色都追求着一种本土的汉语小说方式；另一方面，叶兆言对现实的还原并非一种西方现象学式的还原，而是中国古典“历史方式的还原”，“体现出一种东方的人文精神和格物认识方式，它着重此岸世界，看重感性，看重实践，注重经验的积累，珍爱人和人所创造的一切，在主客体的认知活动中，它注意二者的平衡，尊重客观世界的本来面目，所谓‘天人合一’‘物我一理’”③。

1994—2005 年，这个十年中，叶兆言的代表性作品主要有长篇小说《花煞》《一九三七年的爱情》《没有玻璃的花房》《我们的心多么顽固》，中篇小说《夜来香》《花影》《故事：关于教授》《马文的战争》等。这一阶段研究者对叶兆言小说的独特风格特点形成了几点比较明确的认识：一是江南士风与世纪末的感伤情怀。费振钟指出，尽管叶兆言没有像杜牧一样沉酣于六朝梦境，但是，“他的心灵肯定已在与之相关的历史场景中徘徊，忧郁的目光，紧紧追着那些也已消逝可又暗影幢幢的历史映象。他进入了为自己设定的感伤角色，反复询问自己也向我们询问——在这里，在秦淮的残败历史中，保存了什么？”④ 二是理想精神的消解与寓言叙述的强化。如王巧凤在《揉碎彩虹后的漫溯——叶兆言小说论》中指出，“叶兆言的‘汉语小说’首

---

① 吴义勤、季进：《超越：在复归中完成——1989 年小说创作鸟瞰》，《当代作家评论》1990 年第 3 期。

② 丁帆：《叙述模态的转换——叶兆言小说解读一种》，《钟山》1990 年第 6 期。

③ 汪政、晓华：《新写实与小说的民族化》，《文艺研究》1993 年第 2 期。

④ 费振钟：《江南士风与江苏文学》，湖南教育出版社 1995 年版，第 47 页。

先反对的是再造人类精神理想神话；其次表现的是形式救渡理想消亡；然后用寓言取代传统的崇高悲剧，结果是幽默反讽性地以离奇怪诞的历史故事消解了作品应有的思想意义”。[①] 三是驳杂包容的世俗情怀与世故练达的人情摹写。王德威在名篇《艳歌行——小说“小说”》中说道：“出入种种爱恨痴嗔间，小说的作者（或叙述者）恒以其世故练达的声音，娓娓讲述人情冷暖，世事升沉。道德是非的判断，或许不在话下，但读者更有兴趣发现一个不同社会时空里，有多少家门恩怨、儿女轇轕可以是如此的亲切熟悉。”[②] 四是穿行于大雅与大俗之间。吴义勤指出，“在叶兆言这里，抽象的‘先锋’标签已经被灌注了异常丰满感性的内涵，它既可以是大雅的，也可以是大俗的。大雅与大俗，这对我们通常视作根本对立的范畴，在叶兆言这里却相亲相爱成了价值等同的‘先锋’境界”[③]。

值得注意的是以新历史主义作为理论工具对叶兆言小说的研究。20 世纪 80 年代兴起于欧美的“新历史主义”思潮对二十世纪八九十年代近 20 年间的中国当代文学创作产生了重要影响，形成一个“新历史主义”的叙事潮流，从寻根派奏响启蒙历史主义的序曲，到先锋派的审美历史主义为中心，最后以游戏历史主义为终结。对叶兆言来说，从 20 世纪 80 年代末的《夜泊秦淮》系列、《枣树的故事》到这一时期发表的《花煞》《花影》《一九三七年的爱情》《没有玻璃的花房》，无不试图从个人和文本的细微处寻找通向宏大历史的分岔小径，呈现的正是新历史主义的内在精神面貌及其内在运变逻辑。在西方，新历史主义之“新”主要针对旧的历史目的论、历史决定论，以及一种完全脱离历史语境的形式主义理论。在福柯话语理论的基础上，新历史主义提出了对历史文本作出政治解读的文化诗学，主张“历史的文本性”与“文本的历史性”。“历史的文本

① 王巧凤：《揉碎彩虹后的漫溯——叶兆言小说论》，《山西大学学报》（哲学社会科学版）1995 年第 1 期。

② 王德威：《艳歌行——小说“小说”》，《读书》1998 年第 1 期。

③ 吴义勤：《穿行于大雅与大俗之间——叶兆言论》，《钟山》2000 年第 5 期。

性”指历史首先是语言为中介的文本，是已经被阐释过的叙事和修辞；“文本的历史性”则指对文本生成的具体历史语境及意识形态特征的把握，强调文本是历史性与共时性的统一，是当下与历史的对话。在这种视野指导下的文学阐释，一方面否定“大历史”（被主导意识形态阐释的历史）的虚假性，另一方面则肯定“小历史”（文本作为作家独特的审美创造）的真实性，强调文学中个体与时代、个体与社会之间同化/冲突、认同/偏离、吸收/抵抗的张力形态的建构与表达。因此，在新历史主义的文学批评视域中考察叶兆言的历史书写，大致就可归结为“历史的文本性”和“文本的历史性”两大层面。较具有代表性的研究成果有高松年的《论叶兆言的“夜泊秦淮”系列小说》、余斌的《一种读法：〈一九三七年的爱情〉》、崔苇的《〈一九三七年的爱情〉：溃败的诗意，毁灭的激情》、王干的《为了文本而放逐历史：评〈夜来香〉》、周新民的《叶兆言小说的历史意识》等。论者在指出叶兆言小说与新历史主义思潮的共振点之后，更重要的是从地域文化的审美视角、鸳蝴风月的传统流脉、爱情母题的悲剧性、“叙述”与“游戏”历史的动机和语法等角度阐发了叶兆言历史小说的独特性。

2006 年至今，有关叶兆言的研究在早期成果的基础上愈益丰富多元，并纵深性地突入代表性作品的审美深层结构。按照论者研究视野、问题意识及理论阐释模型的内在联系与区别，大致可梳理概括为如下六大研究块面。

一是结合消费文化与跨文化传播视野，对叶兆言的实验小说《后羿》（2007）展开激烈价值辨析。作为“重述神话”计划在中国结出的第二枚果实（第一枚是苏童的《碧奴》），《后羿》面世后虽然销售情况良好，但批评和否定的声音似乎更多一些。如叶舒宪认为《后羿》局限于“戏说历史”路数，并不能从更开阔的维度例如人类学、比较神话学等方面作知识准备，因而没有能够提供丰富的文化含量和穿透性的认知，最终“使得整个‘重述’走到‘性而上’的方向”，

"助长'无知者无畏'的时髦价值观"[①]；傅元峰则指出《后羿》美学肌理的功利性与单一性，"《后羿》的想象力的依附点不是苦难的社会现实，而是氏族生活中的隐秘的身体存在，是性别意识和认同的原始张力。在这种想象力扩充格局中，叶兆言最终引导故事走进了历史神话意味的迷宫：他将权力描述为传说的关键词，在想象力围绕身体和性的隐秘的衰竭危机中，钻进了社会历史的镜像的丛林"[②]。但也有学者认为《后羿》仍然是一次成功的写作。如吴义勤指出，"它的成功与《碧奴》完全不同，在《碧奴》中苏童依仗的是他的神奇的想象力以及对于人物、细节的极端化处理，浪漫的、神性的、超现实的因素在小说的叙事链条上起着至为重要的作用，《后羿》则更重视的是故事本身的展开过程，是'神话'的世俗化与现实化的还原，'神性'因素日渐减退，而现实的、世俗的、人性的、欲望的因素则成为影响小说叙事的重要逻辑力量。某种意义上似乎可以这样说，《碧奴》更追求'神话'的原生性，而《后羿》则更热衷对神话的改写与寓言化诠释，带有'反神话'的质素"[③]。谭佳则以古典前文本为参照，在现当代重述后羿神话的谱系中重新评价叶兆言的《后羿》，认为它赓续了鲁迅《奔月》中厚重的主体精神和现实张力，有着"比同主题小说更磅礴的历史纵深感和大场景战争描写"，融入了作者对"生命欲望、历史叙事和现代性文明"的反思与叩问，在这个意义上，"叶兆言恰是在神话精神方面走得更远的一类作家"[④]。

二是吸纳地域文化的内部视野，把叶兆言作为"文学苏军"的重要一员，在以叶绍钧、朱自清、汪曾祺、高晓声、陆文夫、苏童、毕飞宇、范小青等构成的江苏小说美学传统中，进一步开掘叶兆言小说对江南"吴风汉韵"的文化精神和创作资源的守与变。如张光芒认

---

① 叶舒宪：《再论新神话主义——兼评中国重述神话的学术缺失倾向》，《中国比较文学》2007年第4期。

② 傅元峰：《传说重述与当代小说叙事危机》，《小说评论》2009年第4期。

③ 吴义勤：《小说新作三论》，《黄河文学》2007年第10期。

④ 谭佳：《继天立极的暮歌：中国神话主义小说的现当代流变》，《文艺研究》2022年第6期。

为，“诗化文人”的独特身份认同使得叶兆言对历史题材有着特殊的偏爱，“其从容、优游、细腻的叙述笔墨与颇具颠覆性与怀旧气息的个人化叙事往往在这里发挥得淋漓尽致”①。韩松刚在语言风格的参差比照中揭示出叶兆言小说语言的独特个性，“与汪曾祺的语言比起来，叶兆言的朴素以及华丽是另外一个路径。他的朴素粗粝而原生态，是甩都甩不掉的厚实和平滑，他的华丽是从朴实的语言之中挤压和冲撞出来的。叶兆言的小说语言呈现的是一种离散状态，而这正符合语言本身的发展特性”②。沈杏培则在全面梳理了叶兆言的阅读史与写作史之后，从本土与域外的关系上指出叶兆言独特的小说创作观，“他更加推崇的是一种中外结合、具有世界性精神的文学创作，他并不刻意去区分自身文学创作的资源是来自域外还是本土，他更加感兴趣的，是如何在中外文学中汲取营养运用到自身的创作之中”③。此外，叶兆言作为一名南京本土作家，其小说始终孜孜不倦地书写着南京的城市景观与历史变迁以及南京人的生存状态与文化性格，这也引起了学界的重视。代表性的研究论文主要有曾一果的《叶兆言的南京想象》、沈杏培的《没落风雅与乱世传奇：叶兆言的南京书写——兼论长篇新作〈很久以来〉》、王德威的《南京的文学现代史：11 个关键时刻》等。学界对叶氏文学世家形成的文化根源及其所折射出的近代士绅文化的现代转型与现代社会文化分层的新变同样有所关注，出现了赵普光的研究专著《斯文的回响：苏州叶氏家族文化评传》，牛亚南的硕士论文《文学世家背景下的叶兆言创作》等相关研究。

三是从作家的创作个性出发，把叶兆言视为当代文学史上独具禀赋的“这一个”，不再只是置于整体性的文学思潮与文学流派之中，以此充分考察叶兆言小说向我们所打开的文学视域的丰富可能性。曹霞的《当代中国的浮世绘——论叶兆言的“当代生活”系列》从日常

---

① 张光芒：《文化认同与江苏小说的审美选择》，《小说评论》2007 年第 3 期。

② 韩松刚：《语言与叙事——以当代江南小说为例的分析》，《文艺争鸣》2021 年第 1 期。

③ 沈杏培、王雨：《模仿与反模仿：四十年来“文学苏军”接受外国文学资源的策略摭谈》，《文艺争鸣》2020 年第 10 期。

叙事、人性书写和现实主义细节三大方面展开论述，认为叶兆言的日常叙事在阐释当代生活的发展逻辑上具有强烈的自足性，其人性书写勾勒出当下国人的“错位”人生和在种种现实间往复摆荡的脉络，其现实主义细节集结起来的总体氛围和内部情势里则携带着关于生存形态的整体性表征，总之，叶兆言为“当代性写作”提供了“平淡/极致”“通俗/严肃”“写实/隐喻”的文本范式[①]。黄铁的《丰富的可能性——叶兆言论》一文强调叶兆言文学世界的丰富性与可能性，她指出，“叶氏着力于‘能吸引大家’的‘可写性文本’，扩展了小说文本的叙事美学空间；他本于‘人的文学’的本真理解，揭示出人性的复杂和悖论；以‘学者’的人文情怀，在对‘中国经验’的文学重塑中抒发浓郁的文化内省意识；其非虚构文本与虚构文本形成互文，重在发掘‘一代知识分子’或‘一个文学时代’的精神轨迹，呈现出宽厚和持平的文人涵养”[②]。南帆的《写作犹如天命：文学与历史的缠绕》则以小说家与历史学家两种身份以及由此带来的文学话语与历史话语两类知识型来对叶兆言的作品加以总体把握。在他看来，“个体竭力改善置身的世界，世界时刻重塑个体，两个系列的事实分别转入历史话语和文学话语”，两者的差异既在于“主题的处理”，更表现为“话题的设计与选择”。而叶兆言的创作既“对历史话语的‘真’以及‘信’保持必要的思想弹性”，也以文学话语“俯身查看历史与曲折起伏的‘人生’相互缠绕，相互展开”，借助“人生”为分析单位，探寻着历史素材远未穷尽的内涵空间[③]。

四是从研究对象上选择叶兆言的散文、传记等非小说文类，在非虚构与文学性相融互生、间性对话的意义上，考察叶兆言的文化趣味与价值倾向。王尧的论文《关于叶兆言近期文章及其他》最早将叶兆言的散

① 曹霞：《当代中国的浮世绘——论叶兆言的“当代生活”系列》，《文学评论》2018年第1期。

② 黄铁：《丰富的可能性——叶兆言论》，《文学评论》2016年第6期。

③ 南帆：《写作犹如天命：文学与历史的缠绕——叶兆言若干作品的感想》，《小说评论》2022年第4期。

文作为研究对象，指出其“知人论世”的写作路径，“一个成熟的叶兆言几乎把他深刻的思想集中在对‘文人’的认识上。我现在甚至片面地觉得，一个文人或者一个知识分子是否成熟，就看他能否穿透文人或知识分子”①。吴周文和张王飞首先以“俗化体”来高度概括叶兆言散文的审美特性，并进而从文质的“闲适”性、文风的“大俗”性和文体的“失范”性三大方面对其具体内涵加以论证②。接着，在另一篇论文《“学者型”的呈现与“言志”的传承——论叶兆言的散文》中，吴张二人又以一个全新的视角，将叶兆言的散文纳入由20世纪60年代提出、90年代广为流行，以邓拓、黄裳为代表的学者散文范畴之中进行考察。他们认为，叶兆言的文史叙事表现出博识和睿智；“人与历史”的终极追问与思辨使其散文成为一种“文学虚构的历史文本”而特立独行。此外，叶兆言传承并坚守周作人、汪曾祺两代文人群体“言志”的流脉并有自己的创新，堪称当下第三代“言志”作家中最具“士大夫”品格、最有传承担当的一位标志性的散文创作之代表人物③。近年来，评论家何平又以叶兆言的名著《南京传》为研究对象，从文学城市传记的书写角度对叶兆言的非虚构书写加以详尽剖析，认为就叙事原则说，他“没有以小说家言将‘传记’写成‘传奇’，而是谨守历史叙事的法度，勘探朝代更替和南北交互之流动的政治和文化中南京的城市疆界和文化性格。”④ 但另外，叶兆言的文化趣味决定了他的价值判断和文化倾向，尤其当《南京传》写遥远的六朝、南唐和晚明往事时，叙述调性是“有情”的、“我在”的，叙述品格是自由的、舒展的。因而，何平说，“南京的城市传记其实隐然在焉一部文学或者诗意的怀旧史”⑤。

五是针对叶兆言小说的个案研究，尤其是近年来出版的、被誉为

① 王尧：《关于叶兆言近期文章及其他》，《当代作家评论》2001年第1期。

② 吴周文、张王飞：《俗化体：当下散文的一种选择——以叶兆言为例》，《当代作家评论》2017年第6期。

③ 吴周文、张王飞：《“学者型”的呈现与“言志”的传承——论叶兆言的散文》，《江苏社会科学》2019年第2期。

④ 何平：《城市传记何以可能？——以叶兆言〈南京传〉为例》，《当代文坛》2022年第2期。

⑤ 何平：《城市传记何以可能？——以叶兆言〈南京传〉为例》，《当代文坛》2022年第2期。

"新历史主义扛鼎之作"的三部长篇小说《很久以来》《刻骨铭心》和《仪凤之门》，学界掀起了一阵评论热潮。代表性论文有王春林的《"文革"记忆的清理呈现之一种——评叶兆言长篇小说〈很久以来〉》《历史人质与南京现代性——关于叶兆言长篇小说〈仪凤之门〉》、黄发有的《"历史"的版本——评叶兆言的〈很久以来〉或〈驰向黑夜的女人〉》、徐勇的《怀旧、弥合与文化重建——评叶兆言新作〈很久以来〉及其他》、杨扬的《在黑暗中眺望——读叶兆言长篇新作〈驰向黑夜的女人〉》、夏彬彬的《主题书写的变奏——评叶兆言长篇小说〈刻骨铭心〉》、刘阳扬的《个人与历史的双重叙述——评叶兆言〈刻骨铭心〉》、苑博和叶立文的《历史深描下的南京传奇——评叶兆言的长篇小说〈刻骨铭心〉》、张光芒和王冬梅的《时空交汇的"南京眼"与风云际会的创伤史——论叶兆言长篇小说〈仪凤之门〉》等。论者都从不同角度探寻着叶兆言小说的历史意识、叙述模式和文化意蕴，大大丰富了有关叶兆言的研究实绩，但也反映出对叶兆言其他重要作品缺乏相应研究所导致的"势单力薄"、严重不平衡问题。

六是，就硕博论文相关情况看，也在2006年前后出现了较为明显的递增趋势。根据CNKI中国知网全国博硕士学位论文全文数据库来统计，硕士论文方面，从迄今为止第一篇，即2004年华南师范大学叶亦翔的《带着故事起舞——叶兆言小说叙事研究》开始，至2023年江西师范大学谢豪的《叶兆言小说的民国南京书写研究》，目前为止共计53篇。硕士论文普遍乐于从地域文化视角切入叶兆言的小说，且尤为关注叶兆言民国书写中独特的南京文化符码与民国风范，"南京书写""民国历史""江南文化"是高频出现的关键词。博士学位论文方面，以叶兆言为研究对象的目前只有一篇，且是一篇合论性质的论文，即2020年山东师范大学姜晓梅博士的《江南文化与苏童、叶兆言、格非的先锋写作》。作者以苏童、叶兆言和格非三位先锋小说家作为研究对象，开掘他们精神深处共有的江南文化基因，并试图在建构与被建构的双向互动中把握江南文化的审美享乐主义精神与先锋写作的关系，在文学新传统的再造及新江南形象的别样塑造中展现苏童、格非、叶兆言对新时代因素与江南文化传统的创造性融合。在研究路径上，姜文立足于比较与影响视角，较为系统地阐述了古典与抒情的江南文化内涵及其无功利的诗性审美精神对叶兆言性格气质、精神心理、美学追求和文学趣味的感召。总得来看，这部分研究虽以叶兆言小说为主要研究对象，但在观点和内容上经常出现重复，存在研究命题和研究视角相互雷同的问题。

二　相关概念释义与研究思路

自20世纪80年代以来，新时期文学一直走在回归文学本体与个人主体的道路上，叶兆言也伴随这一总体性的演进趋势日渐形成自己成熟的文学思想、历史观念、人性话语及美学风格。从先锋文学、新写实文学到新世纪文学、后疫情文学，在文学思潮的流转播迁中，叶兆言有意无意地出离其外，却也在漫长的文学长跑中留下了自成一体的探索踪迹，成为当代文坛重要的代表性作家之一。针对他小说创作的基本叙事个性和美学风貌，即以一种相对我们的阅读经验来说熟稔常态的叙事外观和自然朴素的写实技法，来抵达陌生化、形而上和现代主义的精神旨意和存在命题，本书一面试图在普遍性、发展性的当代文学史脉络中来研究叶兆言作为“这一个”的特殊性及其个人化创造，发掘其小说创作的独特意义与价值，另一面则基于作家面向文学史的个体审美之维，以“先锋”“古典”“张力”作为三大关键概念，对其文本形态背后的文学态度、叙事驱力以及写作中的文化趣味和内在力量进行深度把握。

首先，本书抓住“先锋”这个切入点，审视叶兆言小说作为精神产品的意义指涉及其文本结构的艺术自律性。如果说叶兆言的文学世界充满了不断运动发展的创造动能，那么其根本的、强劲的驱动力量就是对“先锋”的认同。在20世纪的文化艺术批评话语中，“先锋”（Avant-garde）概念既占据着非同寻常的地位，被理所当然地用来指称各种激进创新、反对传统、标新立异的文化艺术实践活动，同时又内涵其深刻的难解性、含混性、悖论性与不确定性。一方面，先锋派理论多样而庞杂，从奥尔特加、阿多诺、格林伯格、本雅明到利奥塔、哈贝马斯、比格尔、卡林内斯库，从“自由的精英的先锋派”“革命的大众的先锋派”到“反动的颓废的先锋派”①，除了反叛传统的相对性建构依据存在一致，“先锋”具体的界定、使用及其特征定位却时常伴随激烈的争议和挑战，并时刻与“现代”“现代主义”“现代性”“后现代”“时尚”等问题域家族相似地紧密缠绕、交互并存。如哈贝马斯认为，先锋是一种审美现代性的空间隐喻，它以前卫、变迁的时间意识为焦点而形成的诸种立场，奋起反抗一切传统的规范，“先锋派像侦查员一样突入未知的领域，遭遇突如其来的、惊心动魄的危险，征服尚未被占领的未来，并且必须在一片未曾丈量的区域中辨明方位，找到方向。然而，这种朝向前方的导向，这种对不确定的、偶然的未来的预知，这种对新事物的崇拜，事实上意味着礼赞某种当下性，……在对暂时、易逝和瞬息之物的推崇中，在物力论的欢庆中，也表达出对一种纯洁的、停顿的当下的渴望”②。卡林内斯库则强调，先锋概念词源学上的军事内涵早已指明其广义的现代性意识和艰苦斗争的观念：“强烈的战斗意识，对不顺从的颂扬，勇往直前的探索，以及在更一般的层面上对于时间与内在性必然战胜传统的坚定信念——这些传统试图成为永恒、不可更改和先验地确定了的东西。”因此，他认为，先锋隐喻后来在文化上的运用应被视为一种更广泛的现代趋势的标志，即“在政治思想与美学上走向激进主义”③。比格尔集中关注的是先锋派反思与抨击艺术体制的重要意义，他认为，“在马尔库塞的有着资产阶级社会的艺术的双重性质的理论

① 周韵：《先锋派》，《外国文学》2013 年第 4 期。

② ［德］于尔根·哈贝马斯：《现代性——一个未完成的方案》，黄金城译，《文化与诗学》2019 年第 1 期。

③ ［美］马泰·卡林内斯库：《现代性的五副面孔》，顾爱彬、李瑞华译，译林出版社 2015 年版，第 101、115 页。

构架帮助下，先锋主义者的意图可以得到特别清楚的理解。所有那些由于无处不在的竞争原则而不能在日常生活中得到满足的需要，可以在艺术中找到自己的家园，因为艺术是与生活实践相分离的。像人性、欢乐、真理、团结等价值仿佛从生活中被排挤了出去，却在艺术中得到了保存。”① 在这个意义上，先锋艺术意味着对流行的、坏的现存艺术体制的抗议，以及对一个肯定的、更好的秩序的意象性投射。格林伯格则从文化逻辑上指出，先锋派与马克思主义是同一社会条件下的孪生兄弟，它是“一种卓越的历史意识”，它的发生内在于“一种新的社会批判和历史批判的出现”，“这种批判并不是以无时间性的乌托邦来面对我们的现存社会，而是依据历史和因果关系，冷静地审视处在任一社会中心的形式之渊源、功能和缘由。”② 但他同时认为，先锋派对政治、对意识形态斗争并不感兴趣，它拒绝与社会实践相联结，而其不断发展的动能则是为这个除金钱外别无价值的商业化社会创造自我独立的唯一文化价值，即“寻找一条途径，沿着这条路，能够在意识形态的混乱和激烈冲突中保持文化的运行”，这也是为何先锋派最终走向“抽象”“非客观”，排除意义或主题而退回艺术工具本身，使“内容被完全地消解为形式”的原因③，等等。

另一方面，先锋派不断更迭递嬗的美学实践与流派运动也给任何既定和普泛的观念提出问题，尤其是在艺术与社会的关系上，先锋派的叛逆姿态或者说“诗学政治”在力图对其赖以生存的大都市现代性作出重构的同时，不可避免地受到文化、政治、制度、资本、市场、技术等因素的反噬作用，甚至常无力展开真正的批评和进攻，表现出更为矛盾和复杂的先锋景观。如伊格尔顿就把激进的先锋派达达主义看作一种异乎寻常的、很少取得成功的例证，并指出，“自相矛盾的

---

① ［德］彼得·比格尔：《先锋派理论》，高建平译，商务印书馆 2002 年版，第 121 页。

② ［美］克莱门·格林伯格：《先锋派与庸俗艺术》，周宪译，见周韵主编《先锋派理论读本》，南京大学出版社 2014 年版，第 14 页。

③ ［美］克莱门·格林伯格：《先锋派与庸俗艺术》，周宪译，见周韵主编《先锋派理论读本》，南京大学出版社 2014 年版，第 15—16 页。

是，‘艺术的自主性是一种再生产它抵制的东西，使抽象的概念具体化的形式’。”[①] 所以，本书在运用关键词“先锋”来试图概括和描述叶兆言文学世界的性质与特质时，并未采纳任何一种一成不变的硬性界定，而更倾向于持一种灵活的态度，即在多维的理论视野与特定的时代语境中来谈论其探索性、超前性与革命性、开拓性。换言之，叶兆言的文学世界所承载的先锋因素和先锋意蕴是历史的、实践的，也是具体的、个人署名的，它是一种不断革新自我、寻求超越的先锋精神，不但随时代发展而动态地发生着变化，也同时呈现出多维立体的向度。

其次，就文学范畴而言，一方面，先锋文学是一个世界性的文学流派，无论是唯美主义、象征主义、神秘主义、未来主义，还是表现主义、存在主义、荒诞派、新小说、魔幻现实主义，它们都意味着“文学的尖端地带，代表着一个国家、一个地区的审美探求所能达到的最前点”[②]。虽具有一定的空间性与区域性，但仍可以法国诗人安德烈·布列东撰写的超现实主义宣言来概括先锋派文学运动反叛现实主义叙事成规而追求精神自由、表现心理现实的总体目标：“只有自由这两个字，迄今还犹能给我以鼓舞。我相信，它必定能够永远保持住人类早已有之的狂热情绪。它大抵符合我那唯一正当的志趣。我们承袭了这样多的灾祸，但必须承认：留给我们的却有最大的思想自由。……现实主义的态度无不发祥于实证主义：我以为它对智力和伦理的任何升华莫不以敌意相对。我厌恶它，因为它包孕着平庸、仇恨与低劣的自满自得。正是它，于今诞生着这等可笑的作品，以及那些辱没人格的剧本。……超现实主义，阳性名词：纯粹的精神学自发现象，主张通过这种方法，口头地、书面地或以任何其他形式表达思想的实实在在的活动。思想的照实记录，不得由理智进行任何

---

① ［美］贝雷泰·E. 斯特朗：《诗歌的先锋派：博尔赫斯、奥登和布列东团体》，陈祖洲译，南京大学出版社2011年版，第23页。

② 乔国强：《论先锋理论中的几个基本问题》，《中国比较文学》2017年第4期。

监核，亦无任何美学或伦理学的考虑渗入。”① 另一方面，在中国当代文学语境中，先锋文学特指崛起于20世纪80年代中期、以“马原的叙述圈套”为叙述话语范式的小说流派。它们致力于小说的形式革新，主要通过解构和颠覆传统现实主义小说的故事套路、主题思想及其单一封闭的叙述准则、文体模式来传达崭新的话语系统、价值所指和道德诉求，最终实现了新颖前卫的审美效果和刺激轰动的文学效应。基于这样的基本认定，本书试图从姿态、影响、内涵、策略、风格等各个方面来对叶兆言小说的先锋性品质和特征进行把握，尤其注重揭示其与当代先锋思潮共生性与潜对话关系之外僭越性与反拨性并存的独特创造路径。可以说，尽管作为具体的先锋文学流派业已经由商业的“金脐带”、理论的强介入以及主动或被动的体制化移植而全面消解，但作为宽泛意义上的先锋性，即一种永无止境的怀疑与探索的自由精神却始终以原型或变体的方式在叶兆言的小说中存留下来。

具体来说，论文第一章从姿态和影响上对叶兆言小说的先锋性进行说明，一是以艺术自足和审美自律作为主导范畴的形式化探索；二是打破本质、呈现差异的基本文学立场和文学观念框架；三是仿古写实的艺术逻辑和张力运作的创造思维；四是与西方现代派文学艺术共寓于一体的精神谱系与文化结构。第二章和第三章从先锋的内涵层面进行深层梳理和考察，重点从审美现代性维度阐述了叶兆言小说对现存的历史秩序、文化体制及社会意识形态的超越，以及对工具理性和人性异化的反抗。前者指出，叶兆言以历史书写作为诗性伦理实践的文化场域，借助独立自主的形式化虚构，表达了对宏大历史理性的否定性态度，并在此基础上努力捕捉种种脱离控制、无法预测的例外“事件”，以时间性的绽出重建一种个体本位的微观化、差异化历史意识，最终实现对不可呈现的历史的呈现；后者则着眼于叶兆言现实题材小说中丰盈而深刻的人性话语，在知识与道德的特定假设上，指出

① ［法］布勒东：《第一次超现实主义宣言（1924年）》，丁世中译，见柳鸣九主编《未来主义·超现实主义·魔幻现实主义》，中国社会科学出版社1987年版，第241—259页。

这些作品既以反思性和批判性立场参与种种社会问题的表征与讨论，思考与反抗以自由市场为主体的当代文化造成的非人性影响，同时又遵循自由虚构的现代小说伦理积极构筑出一套抵抗世俗的诗性场域，寄寓了一定的文化政治学意味。第四章和第五章从小说的艺术形式和美学风格上探析了叶兆言小说标新立异的创作方法及审美畅情的结构品格。其中，第四章着眼于时间、互文和复调的文本叙述法则与内在肌理，揭示出叶兆言对技艺的热情以及作家的游戏人格背后观察世界的独特视角。如果说“检验任何先锋派理论是否成功，都要看它是否能对拼贴画和综合画的形式原理提供令人信服的说明”①，那么，叶兆言小说中缤纷立体的蒙太奇式的审美片段构造则成为与异质的、碎片的经验现实相协调的先锋表征，并由此激发一种非有机性的断裂，将读者的注意力引向小说的结构原理与形式手法，从而扬弃寻求发现意义的解释学方法。第五章的第三节、第四节则试图以“反媚俗”“反讽”“荒诞”“黑色幽默”“悲喜剧”等观念和范畴再度激活叶兆言小说与先锋精神的关联，它们不仅在文化层面昭示出现代性的精神诉求、前瞻性的审美思想和独立性的话语空间，而且呈现出叶兆言对神话、对话语秩序的无情解构和对生命、对存在的终极思考。

“古典”是铺展本书问题性的另一大逻辑导线，它意味着从民族性、本土资源、文脉传统、文化记忆等学理范畴来考察叶兆言小说对古典文化元素、情感结构以及文体模态、审美趣味的摹写与戏仿、复现与重构。总的来看，叶兆言的小说创作大体循着传统文化与当代意识相交融的创作路径发展，其创作的《状元境》《追月楼》《五异人传》等作品，无论是创作精神、叙事旨归还是基本构思、形式技巧，都与古典文学传统直接相关。而从审美效应看，叶兆言小说世界中的先锋意识与古典气质、文化色彩并不矛盾，而恰恰是通过先锋的表达技术和美学感知经验来激活传统中国的内在文化逻辑，通过先锋的自

---

① ［德］彼得·比格尔：《先锋派理论》，高建平译，商务印书馆2002年版，第43页。

律精神来牵动古典美学中自由性灵的表述空间。一方面，叶兆言小说的文学形象与想象、叙事结构与效应都与中国古典文学传统存在隐秘的回应与沟通，另一方面，无论是《后羿》还是《仪凤之门》，都在钩稽古典文学根脉的同时，传达着某种流动性的延异关系、离间效果和再度创造。换言之，面对整个新文学语境中传统作为“元话语”的裂解和作为“总体性”的摧毁，创作主体对古典传统的回归与重塑更多回到了一种面对经典文本的个人性认同和具体性操作。另外，就思想背景来说，“现代性与古典文学之间的巨大张力，构成了新时期小说与古典文学关系的决定性前提”[①]，因此，本书在对叶兆言小说中的古典逻辑力量展开论述时，紧扣住的是他以当下的时代精神和革命的反叛动机对传统文化记忆和精神资源的选择与阐释、激活与补充、批判与超拔，尤其注重在先锋和古典、西方与东方文化之间勾勒相互重叠的心灵表达空间，它意味着叶兆言对自身文学话语系统的张力性与现代性建构。

从研究思路和框架结构上说，第一章主要从文学观与方法论层面探讨叶兆言对古典文学中的“写实”技术、“原小说”脉络及“大文章观”的认同。得益于书香门第的熏陶和学院经历的滋养，叶兆言对传统文化养料的汲取与熔炼集中表现为一种内在深层的文体自觉与抉择，即充分借鉴和化用古典小说的文体形式、叙述节奏和语言技巧，并在此基础上，更为广泛地采纳和熔铸古典的审美特点和艺术魅力，经由理性客观的现代视角演绎出不拘一格、化雅为俗的胆识与魄力，彰显出中国经验、中国风格的民族审美传统及其独特的审美价值。第二章和第三章从题材书写、叙事伦理和话语空间等维度力图揭示在叶兆言的文本中，现代性的人文思想是如何渗透和融入了它与古典文学关系的每一个枝节之中。如果说先锋的自律精神与古典美学存在某些相似，它们都倾向于把作为理想世界的文学艺术与现实区分开，那么

① 贺仲明：《新时期小说与中国古典文学传统》，《扬子江评论》2009 年第 1 期。

不同处则突出表现在，古典范畴坚持和服从道德规范的主导作用，往往被视为规范性和值得效仿的典范。在这个意义上，叶兆言既选择性地承袭了古典史传传统的批判精神、儒家日用即道的伦理文化和释道哲学的通融悲悯与终极追问，又以探索存在、开掘人性和追求真正的艺术真实为动机，对传统的载道逻辑、教化意识和道德色彩予以深刻的审视与颠覆。一来叶兆言的新历史叙事立足民间立场，运用后现代史观对传统历史叙事进行嘲讽与解构；二来叶兆言的现实题材小说同样以当代意识去观照人物的行为和性格，在深度反映社会生活的同时，尤其注重开掘人性中的传统文化积淀，使读者看到民族文化心理的积极或消极影响。可以说，叶兆言的小说在平和古雅的外观之下始终激烈涌动着现代人动荡与裂变的精神世界，以及对传统的价值、意义与信念无情的质疑与诘问。

本书第四章和第五章偏重从文本内在的肌理、情韵、格调与气象上，分析和总结叶兆言小说编码与传递古典文化意蕴的方式与技巧。前者指出叶兆言凭借先锋性的多元叙事策略重新激活了古典资源的审美关系与叙事形态。一方面，他化用了不少现代派的技巧手法，以一种“六经注我”、圆融自如的书写策略，从传统小说的各类文体汲取叙事元素，用现代的观念灵活加以重构与演绎，在物理世界与心灵空间、现实人生与语言家园的交错对应中构筑出种种“有意味的形式”；另一方面，无论是感时观物的宇宙时间意识还是互文重复的诗意生成机制，都不仅构成理解叶兆言文本世界的枢轴，而且成为传统再生的契机，在与现代性审美观念的碰撞中创造出闪动着古典光泽的中国经验与中国风格。第五章的第一节和第二节则分别从江南文人心态和世情小说谱系入手，着眼于叶兆言小说内在深层的古典感觉结构。按雷蒙·威廉斯的说法，“正如‘结构’这个词所暗示的，它稳固而明确，但它是在我们活动中最细微也最难触摸到的部分发挥作用的。在某种意义上，这种感觉结构就是一个时代的文化：它是一般组织中所有因素带来的特殊的、活的结果。正是在这方面，一个时代的艺术——它容纳了这些因素，包括独特的论辩方法和调门——有着重大的意义。因为正是在这里……在艺术这里，实际的生活感觉，使沟通得以可能的深层的共同性，都被自然地汲取了。……”[①] 既然叶兆言悉心于承传古典小说平和冲淡的叙述基调、白描写实的细密质感以及人物形象的群像式构造、人物命运的传奇化铺设，也便在字里行间沟通了其内蕴的情感结构与审美偏好：从传统文人的抒情意绪到怀疑放诞的虚无精神，从隐逸享乐的士大夫心态到旁观冷嘲的颓废姿态，从日常生活人事的精细摹写到超稳定的自然循环框架，从悲欢离合、交替浮沉的传奇故事模式到感伤宿命的意识形态……显而易见的结论是，叶兆言小说不但与古典资源发生着持续不懈的对话，而且充分吸收和融合了古典美学的内在精神。

最后，本书将论述的重点集中于叶兆言小说在先锋与古典之间的艺术张力。必须指出的是，叶兆言小说中所表现出的先锋观念与古典情调并非纯粹化或可简单分离开的，而是说多种因素已经完全有机融合成一个张力性的艺术整体。比如叶兆言小说中的时间意识就既包含沉郁古典的怀旧诉求，也与现代西方的存在主义思想和差异哲学有直接关联；人性话语既包含现代派的，也带有《红楼梦》《金瓶梅》的浓郁精神印记；同样，自在自为的叙述者姿态也既承袭了章回小说的说书人传统，又通过后现代元小说的形式赋予了超前的内涵。从观念上说，叶兆言小说的艺术张力植根于一种博采开放的艺术态度和一种立足于当下社会现实和流动生活的现代性视角。一方面，无论是对西方先锋文艺的探寻与借鉴，还是对古典小说文体的继承与超越，叶兆言都不限于简单的拿来和模仿，而是追求着自己鲜明的、独一无二的艺术个性。另一方面，这种个性既体现在对世界性、人类性的存在境遇、心灵世界和生命理解的关注与抵达，同时也在与现实、与生活紧密关联的前提之下，通过独特的中国经验的表达和丰富的民族文化的

---

① ［英］雷蒙德·威廉斯：《漫长的革命》，倪伟译，上海人民出版社2013年版，第57页。

表现，凸显出古典哲学的思想精华和古典文学的诗性精髓。

在此，“张力”成为统领本书而不得不进一步加以厘定与阐释的又一个关键概念。自20世纪30年代以来，尤其是在新批评家艾伦·退特提出“把逻辑术语‘外延’（extension）和‘内涵’（intension）去掉前缀”而形成一个特定名词（tension）来指“我们在诗中所能发现的全部外展和内包的有机整体”[①]之后，张力便由一个原本用于指示物体内部结构要素间相反相成势能关系的物理力学名词，逐步被发展引申到文学批评领域，成为描述和评价诗歌的意义生成逻辑以及更普遍范围的文学作品将内涵与外延、内容与形式、抽象与具体、概念与感情、感性与理性、特殊意象与普遍观念等二律背反的矛盾因素加以辩证运动地调动、平衡与结构为有机统一整体的文学批评术语。事实上，文学作品是矛盾统一体这一观念并不新鲜，自古以来，中西方很多文论家都敏锐地观察到文学中存在的各种冲突因素和悖论关系，但直到英美新批评派提出并总结了诗歌的张力论，才使人们在应有的理论高度上去重新认识作为一种艺术思维、思想方法的辩证法，并进一步越出诗歌理论的边界，更广泛地运用于分析和阐明叙事文学，尤其是现代小说本体结构的复杂性和多重异质的艺术统一。

而在西方现代主义文学流派的影响下，20世纪80年代崛起的中国先锋派小说在形式主义美学政治的实验与实践中，不断地认识、发现与开掘着存在于美与丑、善与恶、轻与重、虚与实、悲与喜、高尚与卑鄙、人性与伦理、个体命运与历史趋势以及作为其表现手段的语言结构之内的各种张力，可以说，张力叙事作为某种“深层语法”和“精神喻体”在先锋小说中生成了诸多异彩纷呈的变体。如论者所言，“很多先锋小说之所以显得有些晦涩难懂，让人无法一眼看穿其中的审美蕴意，关键就在于，它们不仅拥有大量的隐喻性、超验性的叙事话语，而且还常常设置了多重化、隐蔽化的叙事张力。这些张力，每

① ［美］艾伦·推特：《论诗的张力》，姚奔译，见赵毅衡编《新批评文集》，第129—130页。

每潜伏于故事的背后，并不直接以情节冲突的方式显现于叙事过程之中，也不对叙事的发展起着直接的推动作用，但是它又时不时地跃动于话语的肌理之间，并促使叙事话语不断地延伸到故事之外，形成一种繁富驳杂的文本结构，使叙事拥有多种层面、多种角度的解读空间”①。换言之，先锋小说的张力叙事及其所呈现出的审美价值，已然超越了传统叙事作品在人物、事件和情节层面的戏剧矛盾冲突，而更多地通过叙事技艺上新的实验、探索和开拓，追求一种文本内部诸多叙述元素和叙述力量潜在性、立体化的张力设置以及由此带来的陌生间离的审美效应与内在丰盈的思想意蕴。在这个意义上，本书对叶兆言小说创作中张力叙事的探讨与阐发基本内在于先锋小说叙述观念的变革框架之中。一方面，它突出表现为作家缤纷感性和审美渴望的主观真实与光天化日下现实存在的客观真实二者的抗衡对峙或遥相呼应。具体来看，在叶兆言小说朴素冲淡的叙事外观之下，往往隐含着令人难以捉摸的悖谬与尴尬，而经由语言结构层面上简与繁的省略处理、轻与重的叙述辩证以及俗与雅的参差比照、杂语性与文学性的复调混融，叶兆言既试图颠覆我们既有的生活经验与理所当然的价值判断，又使种种不合理、反人性的历史现实秩序与不安宁、非理性的人类心灵真实构成强劲的对抗，追求一种真诚与独特的叙事本性。另一方面，这种张力叙事意味着对人性更用力、更深入地思考和探索，它超越了简单的是非道德评判，而呈现出更为隐秘混沌的人性景观。在叶兆言笔下，从情感与理性的冲撞到欲望与意志的激荡，从本能与人格的对抗到表象与内心的挣扎，从理想与现实不可掌控的背离到存在与时间无可逆转的裂解，人性的诸多层面无不冲破固着的社会理性意识形态而获得了解蔽和重审。

---

① 洪治纲：《守望先锋：兼论中国当代先锋文学的发展》，广西师范大学出版社 2005 年版，第 174 页。

第一章　文学观、发生学与方法论

自1985年登上文坛、为人熟知以来，不论文艺风潮如何变幻，叶兆言的创作似乎从未受到外界影响，他的小说水平以及从中反映出来的写作状态始终扎实稳健。如阎晶明所言，“小说家叶兆言，写作中耐得住寂寞，文坛上守得住平静，就此而言，他的确是有一点前卫的”①。叶兆言惯用的创作手法是家常般的叙述，不设阅读门槛的进入，但看似波澜不惊，却又潜水深流、暗流涌动，潜藏着创作主体认知生活、整合历史的独特视角，以及由此带来的“不动声色的探索”②，既有对生活可能性的不懈探求，又有对叙事可能性的诸多实验，更有对人性可能性的深入勘探。“永恒的先锋”作为一种动力源泉、实践意志与价值追求在叶兆言的创作中始终展开，好比是一次次探索未知的土地，并将它们标识于小说地图上的审美旅行，叶兆言不断寻找着更适合自己的叙事话语，不断以历史符号或现实故事作为载体和策略，深度开拓文学可能抵达的真实。这种真实穿透言语，直到抵达我们缺乏语词的地方，抓住能突入灵魂、人性与人心的知识。叶兆言的创作路数未免驳杂，但随性朴实与平静克制的整体艺术风貌却始终如一。虽然随着年龄增长、社会发展，叶兆言对人生与时代的感悟越发深刻，但其小说的叙事方式在几十年中似乎没有太大变化，一贯的日常叙事而不肤浅，通俗想象而出奇思，看似寻常却又语近意远，

① 阎晶明：《耐得住叙述的寂寞——我看叶兆言小说》，《南方文坛》2003年第2期。

② 陈思和、杨斌华：《不动声色的探索——评〈悬挂的绿苹果〉》，《钟山》1986年第2期。

深入俗世却不落俗套。因此，本书选择以拆解和解读其小说创作的艺术观念进入其文学世界，一来开辟直接了解叶兆言小说的最便捷路径，二来重点追寻作家在变化中的自我坚守。宠辱不惊的创作姿态与独树一帜的创作风格必定来自稳定的文学观和方法论，而它们的发生与建立实则是一套叙述逻辑、价值系统和哲学基础的选择与构建过程，其与思维方式、世界观之关系又甚为密切，不仅应考虑到意识形态、时代环境和历史背景的因素，更取决于作家面对文学本体问题在域外与本土、传统与现代之间的个人性选择，既包括认识、判断世界的价值与道德选择，又包括实现创造性转换的叙事路径与话语策略选择。

第一节　先锋姿态的迷恋

从 20 世纪 80 年代中后期的先锋小说创作开始，叶兆言始终站在当代小说创作的潮头，以一部部卓然独立的优秀作品展露出无尽的文学才华和非凡的艺术功力。在《革命性的灰烬》一文中，叶兆言旗帜鲜明地标榜了自己特立独行的文学态度：

> 有时候，文学艺术就只是一个姿态，只是一种面对文坛的观点，姿态和观点决定了一切。从最初的接触文学开始，我的文学观就是反动的，就是要持之以恒地和潮流对着干，就是要拼命地做到不一样，要“不俗”。我们天生就是“狼崽”，是“文化大革命”不折不扣的产物，是真正意义的文学左派。舍得一身剐，敢把皇帝拉下马，我们来到这个世界上，如果要从事文学，就一定要革文学的命，捣文学的乱。①

从这段文字中，我们能强烈地感知到叶兆言创作的反叛性、先锋

① 叶兆言：《革命性的灰烬》，《扬子江评论》2010 年第 4 期。

性与超越性追求，在这种“持之以恒地和潮流对着干”的写作姿态里涌动着作家鲜明的主体意识和自由创造的激情与胆识。但在文学史叙事中，尽管叶兆言被认定为“先锋小说家”来谈论，却又常给予不够新潮、颇为老派的总体性评价，究其根源，就在于他所遵循的是一种写实规范，非但不反传统，甚至令人生出保守主义的感觉。中国当代先锋文学甫一开始便带着青春唯美的少年气质，带着强烈的荷尔蒙气息，即便是抒发世纪末情绪，也写得峥嵘毕露，先声夺人。与之相比，叶兆言早期的小说难掩一种沉稳苍凉、沉思冥想，甚至有些心灰意冷的中年气息和类似“老派文人”的情调趣味，这跟新时期的先锋小说从整体风貌上的确是不太相符。但由于叶兆言以《枣树的故事》《最后》《关于厕所》为代表的实验小说明显扰乱了现实主义文学传统的习惯视野及其所附着的乌托邦幻影，以花样迭出的叙事技艺开拓出魔方般的审美效果，颇可彰显其对“有意味的形式”的创新冲动，所以批评家还是把他划到先锋小说阵营了。这虽然说是顺理成章，但或多或少还是遗留下勉强之意。

可以肯定的是，叶兆言是20世纪80年代以来举足轻重的一位先锋小说家。我们不难体悟到他在文学世界里企图融贯中西的艺术追求，以及一种以探索可能性为向度的虔诚与热情，但这与“历史化”的新时期先锋小说存在错位。80年代初期，先锋文学成为“显学”的时候，叶兆言本人的阅读背景、知识结构、写作趣味就与其代表性作家们很不相同，叶兆言的写作虽然也受到拉美魔幻小说与现代主义、后现代主义小说的深刻影响，但他选择了一种更加贴近传统市井小说的写实与白描叙述方式，其作品的题材、内容、人物和形式无疑更多地偏重民族主体性原则，“以至读者竟很难在他的作品中发现一般青年作者盲目地模仿西方现代派新潮作品的明显痕迹。这显示了他的较深的学识修养，也显示了他对生活对艺术的较强的感悟力、判断力”①。因此，在某种

① 徐兆淮、丁帆：《在中西文化交汇点上寻觅自我——叶兆言和他的新写实小说探微》，《小说评论》1990年第6期。

内在契合之下，或许更值得注意的是他个体化的创造与突围。对于“先锋”，叶兆言自有其个性化的认知，我们认为，恰恰是这种个体性的先锋文学观念，形成了叶兆言小说真正的先锋特质：

> 我觉得“先锋”这个词有待讨论，可是“先锋”的姿态我们应该始终保持。作为一个青年作家总是在挑战，而“先锋”就有点挑战意味。写砸了也不怕，但决不容忍自己轻车熟路。有人就对我讲，兆言你最擅长写某种小说，照这样写下去准能成功。但我并不羡慕那些东西，我知道那样会引起好感，但我没兴趣。我的兴趣就是向自己挑战。①
>
> 先锋注定与孤独为伍，与不成功和失利为伴。先锋的姿态是一把悬于从事文学事业的人头颅之上的利剑，它不时地提醒和督促我们，大声地对我们嚷着不要“太俗”。先锋的压力来自从事文学事业的人的内心，它使得写作行为，从享乐转变为一种煎熬，从一种本能的喷发，转变为一种情感的阻碍和压抑。
>
> 语不惊人死不休，这是一种地道的先锋姿态。然而能意识到出语惊人，毕竟又太俗了，这同样也是先锋的姿态。先锋的姿态说白了，就是没完没了地和自己过不去，和文学过不去。
>
> 真正的先锋是探索者，是以身试法冲锋陷阵的敢死队。探索和敢死，与现在包括未来的时髦，没有任何关系。先锋是一种姿态，是一种标准，是一种目的，是一种存在的方式。②
>
> 从我个人来说，先锋作为一种姿态，我非常迷恋。因为，先锋首先表现为一种不合作，是与传统、与世俗、与常态决裂。如果先锋成为一种流行的东西，成为投资股票的绩优股，我就敬而远之了。先锋应该是而且永远应该是孤独的，一旦成功，成为大

---

① 苏童、叶兆言、王干、闻树国：《文学的自信与可能——开始在南京的对话》，《小说家》1993 年第 2 期。

② 叶兆言：《叶兆言绝妙小品文》，时代文艺出版社 1999 年版，第 390—391 页。

家仿效的东西，那也就没有意义了。先锋出了风头，也就不再是先锋。[①]

我对先锋的解释是一意孤行，不撞南墙不回头。从这个定义看，我愿意永远做一个先锋作家。如果先锋代表某种时尚，代表一种时髦，那可能就跟我没什么关系了。

先锋被理解成某个流派是不准确的，先锋只是一种精神，是一种文学现象，在20世纪80年代，汪曾祺老先生就是最好的先锋作家。先锋作家最本质的要求，还是那句话，就是与众不同。[②]

作为作家来说，我希望自己千万不要被某一种理论预设所限定，一个作家要飞得更远点，飞得更高点。尽量地不要作为某一个流行集团中的一员。理想的作家应该是作为单数出现的，他是独一无二的，是一个个人，永远发出自己的声音。[③]

叶兆言的基本态度是，先锋是一种在任何历史时期都寻求与众不同的、内在而本质的前卫精神、自由人格与诗性伦理。真正的先锋是不合作的探索者，是与世俗、常态乃至体制、传统决裂。就其以审美现代性、文化现代性否定市侩现代性及文学传统和体制收编行为的深层旨意来说，真正的先锋恰恰不是成为时尚与流行集团的一员，倒往往“注定与孤独为伍，与不成功和失利为伴”，以独立和超然的艺术精神“发出自己的声音”。对于先锋头上的光圈，叶兆言有本能的疏离，对于先锋在轰动效应中膨胀着的自恋以及由此带来的纳降、虚弱和茫然，叶兆言则有着更为充分和必要的艺术自律。如果确如略萨所言，“作家需要一个可怕的敌人，来让他们有创作的动力”[④]，那么叶兆言的假想敌正是潮流的裹挟和既定的叙事观念，他十分清楚，哪怕是曾经的先锋，一旦成为流行或进入文学史，先锋的意义就丧失殆尽。

① 叶兆言、姜广平：《“传统其实是不可战胜的”》，《西湖》2012年第3期。
② 何子英、叶兆言：《好的文学都应该有一种疼痛感》，《长江文艺》2021年第3期。
③ 周新民、叶兆言：《写作，就是反模仿——叶兆言访谈录》，《小说评论》2004年第3期。
④ ［秘］略萨：《普林斯顿文学课》，侯健译，人民文学出版社2020年版，第54页。

还有一个可以说明问题的例子：当 1989 年前后“新写实”创作思潮的兴起生发出一个热闹的批评话语场域时，叶兆言同样是泼冷水，“新写实是被评论家制造出来的，前几年文坛太冷清了，于是便制造出这么一种文学现象，热热闹闹，使人们对文学重新感兴趣。新写实是评论家和读者的事，作者要站稳立场，不能被这些热闹的景象所迷惑。如果一个作家被划入一个流派便意味着这个作家活力的丧失”①。其离抗潮流孤独前行的辟径姿态可见一斑。这也使得叶兆言作品的发生与流变从未亦步亦趋地涉入标签化的文学思潮的历时性脉络，而始终以“反高潮”“反潮流”“反模仿”的叙事品格与一切公众热点、社会主流形态以及一切既定的创作范式、审美格调保持着必要的距离。

如果说“任何一种拥有广泛共鸣式的写作必然与先锋无缘，因为反叛决定了它的超前品质，这也正是孤独的内涵”②，那么叶兆言对先锋姿态的迷恋注定了他的写作是一种独行侠式的、永远难有多少反响的。“文学艺术中，真正的先锋是一种精神上的超前，是一种对社会、人生的本质体验和理解，它所指称的作家应该站在时代的最前列，对人类的痛苦、对历史演绎而成的绝望与焦灼拥有义不容辞的承担勇气，并且要回答人们共同的追问和永远的期待。它的终极目标是面对人类历史演进的步伐完成精神的拯救工作，是对现代性在文化领域中的自觉承诺，也是对人类自由精神的顽强恪守。正因如此，先锋文学在指涉一个作家是否可以归属自己的麾下时，绝不只是关注于他的外在艺术形态，而是要求他在内在人格上必须拥有自我独立的话语空间，并在这种空间内保持自身与众不同的艺术知觉和不随从他人的警觉性。”③ 与其说叶兆言的小说与中国先锋小说主潮之间存在错位和差异，不如说它们追求独立精神与形式探索双重维度上的和谐统一。叶

---

① 丁永强：《新写实作家、评论家谈新写实》，《小说评论》1991 年第 3 期。

② 洪治纲：《守望先锋：兼论中国当代先锋文学的发展》，广西师范大学出版社 2005 年版，第 16 页。

③ 洪治纲：《守望先锋：兼论中国当代先锋文学的发展》，广西师范大学出版社 2005 年版，第 13—14 页。

兆言在小说创作实践中不仅仅是一个文本技术和文体变革的实验家，更重要的是，弥合了先锋小说过度侧重玩弄叙事圈套和轻精神表达之间的裂隙，表现出自己对新的人文精神的发掘与关怀，在小说艺术与社会生活的角度，对人与自我、人与社会、人与历史的种种关系展开新秩序的价值探索，从而为先锋小说走向成熟和深化做出了实绩。正如叶兆言被问及与莫言、余华、格非、苏童等先锋小说家的关系时所说的："在写作风格与写作精神上，我们之间有着很大的'异'，也都在追求着'异'。正是'异'使得我们有着某种共同点。"[①] 从文学的个体性创造来说，恰恰是"差异"能够体现出叶兆言作为先锋小说家的艺术姿态和创作个性。

那么叶兆言的差异性又体现在何处呢？用他的一句话来概括就是，"让新派的人看起来太老，而老派的人又嫌太新。"[②] 在先锋与古典之间，叶兆言小说的艺术世界既浸染着浓厚的传统文化色彩，又张扬着强烈的现代意识，令人不禁想到张爱玲定义的"新传奇"叙事，"旧派的人看了觉得还轻松，可是嫌它不够舒服。新派的人看了觉得还有些意思，可是嫌它不够严肃"[③]。立足传统又别出心裁，叶兆言小说最大的特点就在于处处有张力。从人物的冲突性格到结构的反差布局，从语流的雅俗汇聚到审美风格的异态冲撞，叶兆言总是游走于新与旧、东方与西方、平凡与传奇、历史与现实、真实与虚构、高雅与通俗、情欲与贞洁、泛滥与克制等等二元范畴之间，并非营造任何二元对立，而是建构双重视域、双重经验的缠绕撕扯、交叉糅合，在张力运作的基础上最终统一辩证关系、消融二元之间无限延展的丰富意蕴。"强大的艺术张力就是从不和谐声音中敲出和谐之音，是差异、矛盾、冲突的包容、平衡和有机统一。突出的矛盾性和完美的融合性是文学张力的关键特质，两者缺一不可。"[④] 可以说，叶兆言的先锋策略就是，

① 叶兆言、姜广平：《"传统其实是不可战胜的"》，《西湖》2012 年第 3 期。

② 叶兆言：《花煞·后记》，上海文艺出版社 2010 年版，第 350 页。

③ 张爱玲：《流言》，花城出版社 1997 年版，第 177 页。

④ 余红艳：《张力思维与小说迷境：马尔克斯创作探》，四川大学出版社 2015 年版，第 6 页。

“把许多不同的东西统一起来，把许多不可能的东西、有异质的东西联合起来”，“把许多丰富的东西糅在一起”[1]，在审美张力思维的统辖下不断探索小说丰富的可能性和“多棱”的意味，为读者带来既悖逆又美妙的现代阅读体验。

与中国当代先锋小说高举西方现代派旗帜，排斥传统、稳定性和经典意识的“唯新主义”路径相反，叶兆言小说的先锋性品格正是以“一种仿古的方式”[2] 形成。古典的借重一方面使叶兆言保持着不流俗的写作姿态，另一方面使他的写作摆脱形式主义的局限，相比其他先锋小说家更显艺术运筹的从容耐心、沉着大气、坚实老到。《夜泊秦淮》《一九三七年的爱情》《花煞》等作品的成就与广泛的影响表明，若能认真领悟、涵化中国传统的审美经验，自然也会“以故为新，即熟见生”，开拓文学创作的新生面。叶兆言小说意欲从本土文化传统、文学传统汲取生命汁液，接通年代遥远的世说新语、野史笔记、明清话本以及并不遥远的叶绍钧、张爱玲、钱钟书等源头活水，其前提就是全面深入地尊重传统、理解传统和学习传统。好比毕加索正因有扎实的写实功底，他的抽象立体画才能够形成一个完整而内洽的独立体系，叶兆言的小说世界也因为深厚广博的中西文学素养而呈现出圆融性与包容性的独特审美品格。韦勒克曾指出，面对传统与现代，关键在于作家怎样在更大的生活序列和时代的审美机制中找到两者自然契合的交叉点，而并非不遗余力地构造孤立、对峙和断裂，“在一个特定的传统内进行创作并采用它的种种技巧，并不会妨碍创作作品的感性力量和艺术价值”[3]。在这个意义上，叶兆言的创作实践给予我们的启示是，文学创新的出路既不在全面继承传统，也不在全盘西化，而恰恰在传统文化与当代意识的交融中，在中西方小说技艺的糅合中，在民族和世界优秀文学遗产的兼收并蓄中，促进文学的创造性

① 周新民、叶兆言：《写作，就是反模仿——叶兆言访谈录》，《小说评论》2004 年第 3 期。

② 王干：《叶兆言——尴尬的仿古者》，《钟山》1992 年第 2 期。

③ ［美］勒内·韦勒克、奥斯汀·沃伦：《文学理论》，刘象愚等译，浙江人民出版社 2017 年版，第 258 页。

转化。

追溯到发生学层面，叶兆言先锋观得以形成的重要精神资源是“文化大革命”后期以民间形态流传的、以新生青年知识分子为创作主体的地下诗歌。黑暗年代的肃杀与腥秽成为一代诗人觉醒的契机，“教诲”与哺育了其反叛与战斗的性格，他们基于人文精神与现代个体哲学对人本身的特别关注、对个性自我与独立审美意识的强烈追索、对现实政治及其权术的自觉抗争在那个时代具有可贵的超前性、革命性与标引性，对叶兆言影响极深。1974 年，刚刚高中毕业的叶兆言去北京待了一年，其间不但日日陪同祖父，更常在四合院的西厢房参加堂哥叶三午召集的文化沙龙，一度与后来“朦胧诗派”的主将北岛、多多和芒克等过从甚密。叶兆言后来如此描述北京之行的影响，“北京这地方多少有些巴黎的沙龙气氛，即使在“文化大革命”后期这一特殊阶段也不例外。作为一个经常有机会接触沙龙的外省文学少年，北京老家给我在文学上的影响的确太重要”①。作为中国与世界文学的直接窗口，北京开阔的文化视野和飘拂着的域外之风让这个 17 岁的外省少年既生疏又新鲜。这一年，阿赫玛托娃与食指成了小圈子中“流行的象征符号”，而与当时北京活跃的文艺青年们一起，叶兆言近乎疯狂和痴迷地阅读了白银时代的俄罗斯诗人，阿赫玛托娃、巴尔蒙特、勃留索夫、洛尔迦、茨维塔耶娃、曼德尔施塔姆……甚至满怀激情地创作了无数首准朦胧诗。这种疯狂与痴迷最直接的原因还是文化的沙漠化，面对现实的浊流与精神的废墟，任何一片小小的绿荫，都可能成为青春孜孜以求的美与希望的绿洲。就炼狱般的精神煎迫而言，年轻的中国读者既与异域的苦难诗人有着创痛与血泪的相似体验，也就愈加“沉浸在想象的虚幻中”②。

不只是诗歌，这个小圈子里的大多人都出身高级知识分子、高干家庭，有较多的渠道涉猎“文革”中属于“禁书”的中外文史哲名著

---

① 叶兆言：《文学少年》，《青春》1990 年第 7 期。

② 叶兆言：《永远的阿赫玛托娃》，河南文艺出版社 2016 年版，第 69 页。

（即供内部批判用的“黄皮书”），而如地下革命般秘密的阅读本身同样给叶兆言带来了前所未有的主体性滋养。在激情与困惑、反叛与自省的交织共生中，这段“躁动不安的文学青春期”不但构成了叶兆言40年文学旅程启蒙与启动的直接契机，更成为一种带有源头和支撑性质的先锋精神、先锋理念及先锋立场的一部分。用叶兆言的话说就是，“喜欢阿赫玛托娃，意味着我们向往那个闪烁金属光芒的诗歌岁月，意味着对反叛和决裂的认同，意味着为了艺术，应该选择苦难，选择窘境，甚至选择绝望”①。为了说明当代文学的历史内在性问题，即重新考察与审定何为那个时代里真正有价值的文学，陈思和曾提出“潜在写作”这一重要概念。他指出，“当一定的社会时尚制约作家的创作时，只能以抽象的观念为先导，创作难免会发生概念化。这大约是1950—70年代公开发表的文学创作的最大弊病之一。但是潜在写作由于大量写作者被迫沉入社会生活底层，他们被迫看到了现实生活中的真实的另一面，并始终与此保存了直接的感性的认识。潜在写作者不再为发表而写作，所以无须迎合时尚，按照政治概念去把握生活现象，只有当生活中的现象真正地楔入了他的灵魂，换句话说，也只有他从生活中感受到与自己生命血肉相连的感受时，才有可能以触犯天规的激情来投入艺术的伊甸园。所以比较同一时期的文学创作，潜在写作较之公开发表的作品不乏对生活的巨大激情以及艺术感染力”②。叶兆言也表达了类似的评价，他说：“那年头，最火爆的文学期刊《朝霞》，能发表的作品不是说基本上，而是完全就不是文学。当然，这话也可以反过来说，如果当时文学期刊上的文字是文学，我以上提到的那些活跃在民间的东西，那些充满了先锋意义的诗歌，三午要写的那个小说，就绝对不是文学。”③ 在精神与艺术都备极荒凉的文化专制时代，“那些活跃在民间的东西”无疑保留了可贵的个人性与独立性，

① 叶兆言：《永远的阿赫玛托娃》，河南文艺出版社2016年版，第73页。

② 陈思和：《试论当代文学史（1949—1976）的“潜在写作”》，《文学评论》1999年第6期。

③ 叶兆言：《革命性的灰烬》，《扬子江评论》2010年第4期。

在与时代共鸣、与生存环境的激烈搏斗中，也让叶兆言认识到，必须坚持独立的怀疑与思考，充分行使个体话语权力，“我手写我心，我笔写我想，睥睨文坛目空一切，始终站在时代前沿，永远写作在文学圈之外”①，才能带来文学精神上真正的裂变与革命。可以说，正是朦胧诗人的启蒙及其潜在写作的话语范式唤醒并确立了叶兆言对先锋姿态的认同和前卫于时代的自觉与勇气，而具有主体性的自我探索与创造意志不但成为一种内在的律令与使命，更为他寻求自我表达和自我揭示、传递先锋的艺术体验和艺术感知提供了动力学依据和诗性方法论。

随着时间的推移，浮在表面的被慢慢滤去，叶兆言小说的一些本质的、富有活力的因素得以凸显。权衡比较，我们认为其个体性的先锋小说观念主要体现在以下三个方面。

（一）叶兆言个体性的先锋小说观表现为自觉和强烈的文体探索意识，在认真揣摩与浸淫小说技艺的同时，“超越功利主义的传统束缚，达到审美意识的自觉性”②。作为一名“不逐功追利以写作为满足”的“技术性小说作家”③，叶兆言始终坚持小说艺术的本源性在于技艺，“在追求技艺上可以说艺无止境，明知自己到不了头，悲观的另一面其实就是充实。当你想到可以在小说写作中不停地尝试新的形式，来表现自己的艺术本性，你就会充实”④。如汪政所言，“兆言的创作从总体上讲确乎没有什么目的性，无论是人文精神，抑或是艺术精神，他所建构的艺术世界的特色之一就是‘杂’，就是花样翻新，让人无从把握，无从归纳”⑤。叶兆言的探索一开始就远离意识形态中心，而仅可以归结为个人内在经验的发掘与表达。支持叶兆言写作的动机不是去与普遍性、秩序化的文学想象共同体对话或创作“大写的人”，而主要是一种有关小说技艺的审美探索和创作主体个人精神的

① 叶兆言：《革命性的灰烬》，《扬子江评论》2010 年第 4 期。

② 陈思和、杨斌华：《不动声色的探索——评〈悬挂的绿苹果〉》，《钟山》1986 年第 2 期。

③ 费振钟：《1985—1990：作为技术性小说作家的叶兆言》，《当代作家评论》1991 年第 3 期。

④ 叶兆言、费振钟：《作家的尺度》，《萌芽》1994 年第 9 期。

⑤ 汪政：《叶兆言创作主体寻踪》，《当代作家评论》1990 年第 3 期。

自由倾诉。它要求摆脱认识与教育功能对文学的捆绑，真正获得艺术自律，在一种洒脱的境界中自由地呈现愉悦性与审美性、个体性与主体性。叶兆言认为，文学是一种“无用的美好”，文学的美好正在于它的无用，“有用没用这把实用主义的尺子是衡量不了文学的，文学有自己的度量衡”[①]。文学的本体价值只在于文本的生成过程和阅读过程，而不在所谓的认识意义，文学根本上是一种审美活动和智力活动，而绝不是一种功利主义的认识活动。在这个意义上，叶兆言的写作具有先锋的仪式性，写作构成其生存的要义，是自我精神超越的唯一方式。

“我还在寻找最理想的表达方式”，这是叶兆言挂在嘴边的一句话，而他的每一次创作都在寻找时间、视角、结构、句法、语感及风格等纯技艺要素的参差变化，不仅是追求技高一筹的叙述水准，而且将强烈的表意意识转化为形式的方法论活动，苦心经营一种“不俗”的、具有个性风格、个人色彩和个人内蕴的话语表达，提供给读者新鲜的、富有活力的思考方式。正是借助丰富的形式因素，叶兆言将他对人性的复杂性与模糊性、人类精神与现实的痛处、历史暧昧与命运玄妙等体验与认知充分转化为艺术经验，最终形成了一种张力蕴藉的个人风格。

叶兆言的先锋性实验主要沿着两条思路进行。一是揭示语言与现实的非同构关系，剥离缠绕文本的功利主义幽灵。叶兆言反复强调小说是虚构与想象的艺术，在他看来，小说追求的是一种“虚构的真实”，是通过虚构“逼近”现实。就像卡夫卡虚构了格里高尔变形为甲虫，其目的就在于“逼近”现代人人心异化和亲情扭曲的真实。尽管我们千万不可以说人真会成为虫形，但这就是小说对现实的转换与重构，而这样的真实无论是标准、目的，还是方向、手段上，无疑与非虚构对生活真实的追求完全相异[②]。因此，叶兆言总试图用各种变

① 叶兆言：《无用的美好》，江苏文艺出版社 2018 年版，第 77—78 页。

② 王一梅、叶兆言：《写作就是一种不可遏制的激情》，《青春》2019 年第 11 期。

形和革新的叙述手法来制造文本的间离效应，使文本与现实的关系由镜像式的模仿与再现，到揭示差异性与可能性的审美表现，从而穿破传统小说先验的秩序与真理的牢笼，获得一种可以洞穿日常经验的艺术真实的力量。“暴露虚构”是叶兆言最常使用的叙事策略，它主要通过刻意拆解小说自我中心的叙事人传统，从而“结束文本的先验自闭性，以及小说叙事给读者造成的某种‘真实’或‘必然’的假象，使小说看起来更像是‘小说（Fiction）’”[①]，其目的是产生先锋性的文化意味，把读者的注意力引向文本的自律性结构和一种不依附经验现实的语言构造性现实，最终在一个全新的别处发现超级真实及其无限可能性。二是建构更为自由的“可写性文本”。叶兆言始终强调小说文本是一个开放、活跃、动态的“过程”，小说永远也没有真正意义上的完成时，它需要读者多声部的合力解读，在这个意义上，小说形式的陌生化完全必要。在文化民主化的时代，叶兆言倾向于将小说视作语言艺术的“一种冒险，一种对抗”，“我更愿意所要表达的东西含蓄而隐晦一点，让读者有更大的理解空间。同时，我觉得阅读关系应该像下棋一样，作者的意图不能轻易让读者猜中”[②]。在他看来，小说是一种双重性的“智力博弈”，在接受一方，“标准答案会把很复杂的事情简单化甚至庸俗化”[③] ——这要求打破读者固有的审美模式，“即认为世界是永远正在形成之中，所谓‘世界’并非自存、完备的，无论是过去、现在或未来，它总是处于不断地变化之中，唯有在观察者的投射（亦可称‘意向性’）之下，这世界才得以呈现，方有其价值与意义”[④]；而从创作主体的角度，必须带着平等的心态写作，更要相信读者：“现代写作就是和愿意与作者对话的人在说话，我们共同面对可以让人高兴或很恐怖的事情。”[⑤] 因此，尽管拥有构筑故事的出色

① 张清华：《解构主义与当代中国小说》，《齐鲁学刊》2003 年第 2 期。
② 叶兆言、姜广平：《“传统其实是不可战胜的”》，《西湖》2012 年第 3 期。
③ 叶兆言：《巴金的最后三部小说》，《中华读书报》2004 年 3 月 24 日。
④ 李以建：《叶兆言小说的建构与解构》，《文艺报》1988 年第 3 期。
⑤ 叶兆言、傅小平：《我还在寻找最理想的表达方式》，《野草》2019 年第 2 期。

能力，但故事的意趣并没有妨碍叶兆言通往现代小说的艺术层次。他总是从各种叙事方位、各种叙事角度来破坏一种以情绪为本位的美学趣味，而要求读者参与到小说世界的生成“过程”，最大限度地提供创造的契机，实现文本意义的增殖。

（二）叶兆言个体性的先锋小说观念，体现为对“汉语小说”民族化品格的深入理解与执着追求，这使他不但能与其他的先锋作家一样，表现死亡、暴力、荒诞等主题，而且显出一种与众不同的、“冷中染上热”的本土编码形式。20 世纪 80 年代末，叶兆言在创作谈《最后的小说》中首次提到所谓“汉语小说”[①]，汪政认为，“这个概念将汉语小说从小说的大属里分离出来，包含一种立场，一种小说文化的含义”[②]。事实上，古今之辨本质上是中西之别，今天我们所持的现代小说观念却是近现代以来的西方舶来品。陈平原曾在《中国小说叙事模式的转变》一书中生动描绘过“新小说”家与“五四”文人面对中西方小说从表现手法到思想意识的迥然相异所感到的惊讶。但也正由于这两次输入，冲击和突破了古代“原小说”传统的内部秩序，在全面认同西方小说模式的同时，实现了中国小说叙事模式的现代化蜕变。如论者所言，“从某种意义上说，中国古代小说文体及文体观念与现代小说文体及文体观念分别属于跨文化的两种不同文学现象。从比较文化和文学的理论来看，既不能以一种文化文学观念来认知另一种文化文学事实或现象，更不能以一种文化文学价值标准对另一种文化文学事实或现象进行价值判断”[③]。然而一个客观的事实是，新时期小说不但一直走在使用自己的本土语言却按他者模式进行创作的道路上，而且在小说家们的思维形态上，也似乎永远在模仿、在唯新，囫囵吞枣之际常忽略对小说现代性霸权的反思。关于文学民族形式的继承与改造问题，鲁迅先生曾指出：“旧形式的采取，必有所删除，

---

① 叶兆言：《最后的小说》，《中篇小说选刊》1988 年第 4 期。

② 汪政、晓华：《新写实与小说的民族化》，《文艺研究》1993 年第 2 期。

③ 谭帆、王庆华：《中国古代小说文体流变研究论略》，《文艺理论研究》2006 年第 3 期。

既有删除，必有所增益，这结果是新形式的出现，也就是变革。”他又说：“这些采取，并非断片的古董的杂陈，必须溶化于新作品中。”[①]继承中创造出包含民族形式精华的新形式，这才是对待民族形式的正确态度。在这个意义上，叶兆言所设想的，在拿来与融化世界性文学经验的同时，承袭与综合传统的内在因素，再造一种民族化的汉语小说范式，一种活跃开放、面向未来的本土化艺术形式才尤其具有先锋意义。

我们不妨取最能体现叶兆言汉语小说理念的文本《夜泊秦淮》加以论析其民族化的小说文体形态，以及由此延展出的“写实”的“大风格”[②] 的审美价值与艺术创新意义。《夜泊秦淮》被评论者谈论得较多的一点便是这四部中篇小说对中国古典小说艺术构造方式和形态的还原。这种还原不仅重新认识与阐扬了东方的人文精神和格物方式，而且采取一种客观态度、用当代观念去反观这些受传统文化浸染的艺术形象，深入开掘传统文化的积淀，让读者看到传统文化的积极影响与消极影响，其超越性的文化视野和审美态度不亚于当时的寻根文学。叶兆言的写作策略则是借助历史而走进古典的人文态度，这使他最终获得了一种写实性叙述风格，造成了叶兆言小说在文体上的鲜明标识，“这种写实超越了真实与虚构的区别。从形态上讲，它指的是一种似真性，这种似真性从内部而言，指的是故事内涵的逻辑链与现实的关联，从而通过阅读的想象与补充使之与现实建立同一性的关系；从外部而言，则是对现象性现实情景的摹写”[③]。具体来说，叶兆言的写实既汲取了古典史传文学的艺术养料，力求如历史一般去秉笔直书、春秋笔法，又糅合了以海明威为代表的现代写实派简洁明晰、客观冷静的叙事技艺，长于直截地还原现象的客观图式和原始真实。这样纤毫毕现又是冷面无声的写实，只需与中国新文学史上长期接受西方小说

① 鲁迅：《论“旧形式的采用”》，《鲁迅全集》第 6 卷，人民文学出版社 2005 年版，第 24—25 页。

② 汪政、晓华：《观念与方式——关于叶兆言》，《作家》1993 年第 5 期。

③ 汪政：《新写实与小说的民族化》，《文艺研究》1993 年第 2 期。

文体观念和理论所形成的、内涵理想主义和浪漫主义精神的现实主义小说创作模式一比较，先锋性自是不言而喻了。其次，这种写实又得益于古典话本小说的艺术滋养。它以普通人的市井生存场景作为表现对象，历史与现实的交会处不再是“寻根”作家们所发掘的某些先验的理想主义契合点或民族文化谱系，而是人类原生态和原心态的潜在文本，是与我们日常生活的生存状况所紧密纠缠在一起的“泛悲剧”。从能指系统看，它们几乎不见花哨的手法，更不借重刀光剑影、“为生命扯满风帆”的斗争式悲剧，却能以寻常的生活形态激发起人同此心的审美心境，避免了技术主义时代小说冷漠、矫饰的消极倾向。这样，叶兆言的汉语小说便具有了专属于自己的冷热交糅的审美风格，和一种独辟蹊径的冒险性与先锋性。

（三）从创作主体的精神向度来看，叶兆言始终自觉地保持一种与主流意识形态格格不入的反叛姿态，以特立独行的风格和时新的先锋意志展现出对“自我表现”的坚守，以及对于艺术创作的信念。这在叶兆言的处女作《傅浩之死》中就初露端倪，在20世纪70年代末，他与顾小虎、李潮、徐乃建、刘丹、朱新建等人一起创办了“文革”之后南京最早的一份地下民间刊物，《傅浩之死》就发表在上面，是一部不论从当时还是现在来看，都十分另类的作品，透出一种敢于与时代说不的精神和斗志。作为一个哲学上亲近叔本华、萨特和海德格尔的存在主义者，叶兆言对于异质化的现实与历史有自己独特的感受和发现，对于权威性的话语、英雄的想象关系以及超越性的理想化价值形态，则抱着深深的怀疑态度。如王干所言，“叶兆言对于生存相当关心，但对价值却充满了疑惑”，他在小说中“不断消解他自设的种种价值，最后几乎达到了海德格尔所言的那种‘无’的澄明之境”[①]，但这空茫却催生出我们对生活的多向观察与多重判断的可能。出于一种与现实价值保持对抗的姿态，和对生命、存在、历史更深远

① 王干：《叶兆言苏童异同论》，《上海文学》1992年第8期。

的认知，叶兆言的小说总体呈现出消解激情、淡化题旨的风格，他着眼于以现象世界的直接把握来对个体的心灵内部进行勘探，对人类的存在境遇进行反思。创作于 1983 年的首部长篇小说《死水》构成其解构意识的真正发生。就内在意蕴看，《死水》不但因为采取了与禅宗相近的精神路径，充满了“恍兮惚兮”的人生惘然与存在追问，显示出逍遥遁世的价值趋向，而且通过“死水”般的环境和“死水”般的“多余的人”开始了对存在命题的触及和深层拷问。晓华在评论《死水》时说：“在中心价值依然牢固的 20 世纪 80 年代，他却像提前感知到充满破碎感的未来，转而书写价值崩解、意义缺失、深度消解的场景，营造出一个‘既不是有意义的，也不是荒诞的’、‘存在着，如此而已’的世界，这接近于具有解构性、多元性、平面化、零散化等特征的后现代主义。”[①] 可见，解构主义与存在主义哲学在叶兆言这里很早便达成了深在的融合。

叶兆言先锋时期的一系列作品《五月的黄昏》《艳歌》《桃花源记》《活证》，都在主题意念上表现出对观念化现实和体制化历史造成的文化禁锢的质询与解构，追求个人存在的独立和精神空间的敞开。历史小说《夜泊秦淮》《枣树的故事》则在“寻根后”的文化危机中自觉站到民间立场，毁弃旧有的象征秩序，反对再造人类精神理想神话。20 世纪 90 年代以后，伴随商品社会世俗化大潮的兴起，叶兆言的小说由家庭、爱情、婚姻、情感诸方面，更多地转向了对人生社会价值的考量，如《别人的爱情》《马文的战争》《陈小民的目光》，这轨迹似乎预示了其小说的成熟，但那种将一切都化为“不可承受的生命之轻”的消解情绪并未获得丝毫缓释。与此同时，被放置在新历史小说名目下进行讨论的作品《一九三七年的爱情》《花影》《花煞》里，这种解构同样在持续，“被尊称为神圣的历史被叶兆言所解构，历史的威权被肢解为虚妄的存在。被历史所遮蔽、隐藏的叙述特性、

① 晓华：《〈死水〉迟评》，《当代作家评论》1990 年第 3 期。

空虚的意义、虚无的目的被叶兆言的小说呈现得异常清晰”[①]。在这种精神流变的内部，实际包含了叶兆言现代意识和审美思维的探索与确立的过程，即采用与福柯“历史编纂学”相类似的“多种声音的奇怪的混合”方式，最终以个人化的自由叙事话语拆解掉总体性与合目的性的历史景观，在喧哗与骚动的历史碎片中重新发现历史标识的延异痕迹。最典型的是2002年发表的《没有玻璃的花房》，小说整体上采用复调式二声部，让主人公分别采用成人“我”与儿童“木木”两种语气自述“文革”记忆，使两种观念、两种话语、两种价值在二元分裂中互相解构，展示出意识形态历史本身的二元性和虚假性。近年出版的《很久以来》《刻骨铭心》《仪凤之门》等长篇历史小说，虽有纵横百年的历史跨度，但在创作风格上则由于文本内部各孤立事件的齐头并进和各种分歧话语的互相消解，总体仍表达出人生相对性和道德模糊性的价值观。其轻逸、反讽与感伤的小说格调与主流的总体性历史叙事崇高而庄严的史诗风格形成了鲜明对照。

不仅如此，叶兆言对于人性内在的自然欲求和难以言说的非理性、反常性同样有刻骨感受。纵览其作品，无论是历史叙事的重构，还是当下中国众生相的素描，都鲜明地直指人性，即便是《枣树的故事》《关于厕所》等先锋文本，也不难辨析出人性与历史、与现实之间的多重交错。元小说、戏仿、互文、复调等策略不过是美学的“障眼法”，人性无限的复杂性与极端的不确定性布满主人公的生命流程。在一次访谈中叶兆言提到自己最深爱的一部书是陀思妥耶夫斯基的《群魔》，他认为《群魔》代表了文学以开掘人性为鹄的的根本追求。对叶兆言而言，“文学不是哲学，不是法律文书。文学如果就说点简单的真理和公理，貌似深刻，一本正经，是没有意义的”。同样，“文学不能简单只谈是非，文学不是要表扬什么，批判什么，不是要证明一个大家都知道的公理”。文学的兴趣从来就应该是去“琢磨人性”，

① 周新民：《叶兆言小说的历史意识》，《小说评论》2004年第3期。

文学描写人物和事件的目的，是要去开掘“这与我们人性中的什么东西有关”[①]，这就回到了“人学”层面上的现代意识。如果说先锋小说家的“强项”就是对人“内在本然”与“人性缺陷”的残酷揭露，那么其登峰造极者便是以“恶”与“丑”的方式达到对世界非人性的异化的极致展示，如余华的《现实一种》《世事如烟》、残雪的《趋光运动》、格非的《隐身衣》，那么，叶兆言的人性话语则呈现出与之不同的个人特点。出于一种深刻的对生命无奈而绝望的体恤，叶兆言不断开掘的是一种“‘平庸之恶’下隐现的‘本能的爱’”[②]，他在对人性质素的分析上更注重善恶、爱恨的相对性与复杂性。准确地说，叶兆言对人性畸变的大胆揭露和对人性美好的执着追寻是紧密缠绕在一起的，“对于这些普通人的人格上的缺点和行为上的错误，作者和叙述人总是抱着极大的随和、容忍、超然的态度，以一种悲天悯人的同情心去看取他们略带喜剧意趣的悲剧人生”[③]。这不但让人感受到创作主体灵魂内在的、独特的审美震撼力，同时也形成了叶兆言小说意蕴丰赡的悲喜剧格调。

第二节 反本质主义的思维向度

如上一节所述，在对小说艺术本体重新认知的基础上，叶兆言对于小说价值的把握出现了明显的嬗变。他不再注重传统文学观念范畴中所强调的小说的功利价值，而是在剥离经典现实主义的宏大功利色彩、正统审美趣味的同时，重新发现小说作为一种虚构的艺术创造方式独立的、多种可能性的价值意义。本节进一步探讨的是这些先锋性小说观念背后所渗透的一种根本的“反本质主义”思维向度。说到底，文学叙事是对自我以及自我与现实关系的一种理解方式，它在很

① 叶兆言、傅小平：《我还在寻找最理想的表达方式》，《野草》2019 年第 2 期。

② 黄轶：《丰富的可能性——叶兆言论》，《文学评论》2016 年第 6 期。

③ 董健、丁帆、王彬彬主编：《中国当代文学史新稿》，北京师范大学出版社 2011 年版，第 324 页。

大程度上取决于创作主体的思维意向和“主观范式”[①]。虽然说先锋姿态的迷恋是中国当代文学“向内转”的结果，但其内在动机却是对传统的本质主义美学规范的反叛与超越，“这是一种活生生的具体的形而上观念，它从另一侧面打开了当代叙事文学的另一种思维和想象的空间。过去的意识形态推论实践，现在改变成反逻各斯中心的另类思想”[②]。它意味着作家精神结构和知识型的革命，以及对世界的观察角度与认知模式的根本变化。

在哲学领域，“反本质主义”主张颠覆纵向统合的因果推论思维，彻底解构“必然性”“总体性”“合目的性”等以追求“同一性”为目的的阐释框架。如尼采的“视角主义”、海德格尔的“林中路”、维特根斯坦的“语言游戏”“家族相似”、哈贝马斯的“交往理论”、巴赫金的“对话”、德里达的“延异”、德勒兹的“差异哲学”，等等，其内在逻辑实际都在主张正确面对事物的多面性和复杂关系，不约而同地交汇于挑战和反叛传统主体思维和逻各斯中心主义的先锋问题之中。此外，现代自然科学中兴起的相对论和量子力学也是震碎传统认知框架的一个佐证，“它们所揭示的‘质料的本质是不确定性’，致使物质世界的实体观遭到了扬弃，事物的‘本质’不再固定不变，任何实践主体都将面对一个‘测不准’的世界”[③]。归结来说，“反本质主义”并不是任何既成的理论，而是一种方法论，一种思考世界的思维方式，“它是反对用僵化的思维和‘刻板意象’（stereotype）的方式，来看待这个丰富多彩的自然和人类世界。否则，必然会因此割裂文化、文学与历史、现

① 美国学者大卫·布莱奇在库恩的范式学说基础上进一步提出了“主观范式”的概念，他指出：“人的一切感知都是通过主观范式而进行的，没有范式人类所面对的世界将一片混乱。”陶东风认为，无论在什么情况下，作为主体的人的主观范式在人与环境的关系中都是最重要的，正是他的感知方式规定了对象（客体）的本质。见陶东风《文体演变及其文化意味》，云南人民出版社 1994 年版，第 60 页。

② 陈晓明：《表意的焦虑：历史祛魅与当代文学变革》，中央编译出版社 2002 年版，第 122 页。

③ 任一江：《重塑“身体”：论中国当代“新科幻”小说的“赛博格”书写》，《中国现代文学论丛》2021 年第 1 期。

实的辩证关系，包括审美建构的生成。”[①] 在这个意义上，叶兆言的小说创作对于我们各种既有的认知模式与各种先验的价值判断都采取一种超脱的态度，于美学原则、主题选择、创作手法、价值认同等方面体现出一种根本性和结构性的反本质主义转向。

叶兆言的“反本质主义”思维首先表现为对统一话语范式的摈弃和对话美学原则的追求。如果说叶兆言与他的祖辈叶绍钧以及“文学研究会”知识分子一样直面人和问题本身，那么他的思维模式或者说叙述姿态却是根本迥异于这些现代作家的。“五四”一代作家关心小说的启蒙价值、教化政治及道德意义，他们所进行的乡土文学、问题小说等文学实验，并非意在艺术探索本身，而预设了自足的理性判断与价值整合，要通过小说界和文化领域的变革，达到揭露时病、疗治社会、改造国民性乃至开掘历史必然规律的终极目的，根本上仍类属一种元本质思维。叶兆言却不再对此有任何幻想，他一再表示：“我不太相信使命感”“我特别不喜欢崇高”[②]；“深刻往往是一个很肤浅的东西”“深刻和浅薄会变成同一个玩意”“有时候需要反向思考一些事情”[③] ……这直接表现为叶兆言小说世界中普遍存在的主体无为性与客体自在性——“仿佛故事不是叙事者的有意讲述而是故事不期而至闯入了叙述者的视界，被无意看到了”，作家的启蒙角色已不存在，而是“可以游离出世界之外随心所欲地打扮自己，扮演自己想扮演的任何角色”[④]，来去俱无拘束。原因除去时代语境的剧烈转变，“我们毕竟面对着一个中心化价值系统陷入‘合法性危机’的时代，我们自身的批判主体的位置，我们的批判前提、准则，我们的知识谱系，我们的立场等等，都面临‘合法性’危机”[⑤]。更重要的或许归因于创作

① 张博实：《“反本质主义”与文学审美的“共振”——以1980年代以来中国当代小说为中心》，《扬子江文学评论》2021年第2期。

② 叶兆言、木叶：《好小说一定是“有问题的”》，《上海文学》2016年第5期。

③ 叶兆言、傅小平：《我还在寻找最理想的表达方式》，《野草》2019年第2期。

④ 汪政：《叶兆言创作主体寻踪》，《当代作家评论》1990年第3期。

⑤ 陈晓明：《剩余的想象：90年代的文学叙事与文化危机》，华艺出版社1997年版，第297页。

主体对于世界的认知模型以及美学原则的蜕变所致：好的小说应该提供多种可能性——“作家的主体意识不应是单一阅读指导，认知世界的方式是通过多元的渠道来对对象起作用的，如果把读者引入一种思维模式之中，无疑是宣布自身小说的艺术死亡。”① 当然，无意去侵犯现代读者的主权并不等同于放弃启蒙的质疑精神与批判态度。“启蒙是未完成的历史使命，以公共交流和平等对话为核心的启蒙实践是文学的精神沃土。”② 事实上，面对不确定性的世界本身，无论作者还是读者，都需要更为平等和开放的心态，因此，与其说主体无为、客体自在，不如说来自文本内外的、各种主体间多层次的对话理性与交流美学追求才是理解叶兆言小说“不定叙述”特性的关键。

现代主义洗礼带来叶兆言小说叙事上的否定惯性和一种多线复调、朦胧模糊的现代美学格调。其文本往往没有既定的意义方向，而是在多向的流动和张力的冲撞中构造宽大的意义域，其背后则是一种现代性叙事伦理：“让自己陷入多维关系网，充分理解生活世界的多层面和多面性。生命的多面性正是现代伦理的终极世界，其中充满相互排斥和相互矛盾的东西，人们必须放弃界定它的愿望，更不用说寻求确切答案了。”③ 从语言操作结构看，叶兆言笔下意象的选取往往含有双重的价值判断，且暗示了朝向自身对立面转化的可能，如“隐隐有些腰痛的英雄”“悬挂的绿苹果”“驰向黑夜的女人”“苏珊的微笑”“宣纸上洇开的墨”“滞留于屋檐的雨滴”等意象，都贮蓄着大有深意又依稀莫辨的审美动能和暗示能。他常不动声色地利用叙事话语的语词差异有意模糊语义，甚至替换掉故事角色的本有意义，以此来分裂能指与所指的和谐。尤其是20世纪90年代，叶兆言以《关于厕所》《花煞》为代表的“后新时期”小说明显透露出狂欢化的美学倾向，在对“真实”“人”“历史”等观念进行解构的同时，尝试一种文类混

① 丁帆：《叙述模态的转换——叶兆言小说解读一种》，《钟山》1990年第6期。

② 黄发有：《从先锋美学到含混美学》，《文艺研究》2013年第8期。

③ 刘小枫：《沉重的肉身》，华夏出版社2007年版，第149页。

杂、拼贴杂糅的后现代表意方式。前者被形容为“如安迪沃霍尔的作品一样的东西，既有极度‘似真’的再现性的片段，又有高度抽象的表现性的片段，用这些方式对于一个后现代的消费时代的进行扫描。它如同一幅逼真的写实油画上溅上了无数光点”①；而在后者之中，“仇恨平息了，沟壑填平了，等级坍塌了，所有现成之物都被踏成废墟，废墟之上狂欢的精灵四处飞扬，无往而不胜”②。21 世纪以来，《后羿》《一号命令》《刻骨铭心》《白天不懂夜的黑》《爱好哭泣的窗户》《寒风中的杨啸波》等小说的艺术精神同样让人感受到与“不确定内在性”③ 的频频相遇。经由解构达成重审，以冷峻的人性事实重新究诘那些习焉不察的东西，在不断打破读者惯例的心理图式与阐释程式的同时触发深层的思考。叶兆言甚至刻意回避大众的认同，“对于作家来说，一个不被认可的标准才是好的东西。现在最好的小说一定是‘有问题的’”④。被认可的标准很容易进入不断重复、轻车熟路的贫乏模式，因此，好的小说一定是“有问题的”。借用赵汀阳的说法，“否定词的创世魔法在于它摆脱了必然性而开启了可能性，使人拥有了一个由复数可能性构成的意识世界”⑤，或许正因为问题和异识的生根发芽，小说才能脱离传统秩序而走向解放，不断浮现与生长出新的阐释维度与审美空间。

如果说传统小说“立主脑”的美学原则信奉主题明了、纲举目张，那么叶兆言的文本则倾向于以多元的文化视野含混其所指，以异托邦的并置与联合建构小说与社会更复杂的联系。消解主题、悬置意义本是先锋小说的基本立场和创作鹄的，但作家们采用的方法却有各自

① 张颐武：《“后寓言”写作与新状态小说》，见张颐武编《欲望的舞蹈：新状态小说》，敦煌文艺出版社 1994 年版，第 7 页。

② 翟业军、施军：《坍塌的狂欢——叶兆言论》，《山花》2004 年第 2 期。

③ 后现代批评理论先驱伊哈布·哈桑提出了“不确定内在性”（indetermanence）的新词汇和新范畴，用来并列性地概括与标识后现代主义的两种本质的构成性倾向，即“不确定性”（indeterminacy）和“内在性”（immanence）。

④ 叶兆言、木叶：《好小说一定是“有问题的”》，《上海文学》2016 年第 5 期。

⑤ 赵汀阳：《历史之道：意义链和问题链》，《哲学研究》2019 年第 1 期。

的特色。马原、孙甘露是以彻底与故事断裂来釜底抽薪，取消小说的深层意义；苏童通过设置文本内部的各种矛盾，达到对意义的相互干扰使其在对抗中自行涨裂、同归于尽。叶兆言的方法则类似于罗兰·巴特的“零度写作”，不露声色地让创作主体意识隐匿为一种潜能，在形式的中性，甚至惰性状态中使叙述对象回归到非人化、无中介的状态。一切人为的、伦理的、理性的、社会的、文化的观念与价值被消除了，而代之以原生的感性材料以及镜像中的异托邦经验，游牧分配的意识、潜意识、精神欲望、生命涌流……事实上，叶兆言小说中无从寻找的不单是主题，还包括人物的性格动因、心理动机以及故事的情节动因等等。作为他的读者，我们显然失去了作家的帮助，找不到小说叙述中笃定的路标。一方面，线索的迷失和意义的逃逸不禁会令人沮丧（叶兆言究竟想表达什么呢?）；另一方面，不妨在结构主义的启发下，调整一种“体验”的方式来感受叶氏小说的艺术魅力，在一切“无”中敞开对一切“有”的接纳：“所谓体验，就是不用理智地归纳、概括、分析地（的）方法去理解文学，而是以生命去贴近它，去感受它带来的新的经验，为之陈醉，为之感到极乐的‘出神’的愉悦。”① 这样来看，不仅是《枣树的故事》《最后》以其“文的自觉”为我们提供了盘旋起伏、琳琅满目的审美装置，叶兆言更多的作品《夜泊秦淮》《悬挂的绿苹果》《一号命令》《刻骨铭心》《很久以来》《璩家花园》，也因其感性的创造强调了生命的本来意义和宇宙世界的意志与秘密，一定程度上克服了当代小说理念化太强的弊病，带来更为宏阔、更为练达的审美空间。

在创作主题的选择上，叶兆言“反本质主义”思维的具体表现可大致概括为对生活的现象学考察、对完整的人的质疑以及对历史场域真相缺失的美学洞见。（一）否定生活本质，发现与还原感性生活的混沌与本真。经典现实主义小说所呈现的时代生活在漫长的历史时期

① 张颐武：《人：困惑与追问之中——实验小说的意义》，《文艺争鸣》1988 年第 5 期。

和广阔的空间范围内，基本与时代和历史的“合目的性”方向一致，甚至形成同构。这种以创造典型环境下的典型人物、以反映历史的必然趋势为创作目标的文学观，势必造成主题先行、观念本体的创作模式。尽管思路清晰、外延范畴固定、有助于读者理解，却常失之于及时调整自己以迅速容纳周围正在日新月异、流动变化的社会现实。叶兆言的小说则不再寻找任何一种先验的生活本质来作为核心，而始终以现实与历史中纷纭杂沓的平面表象系统或者说灵动的生活本身作为考察对象，最大限度地网罗和平行式的陈列多姿多彩的生活现象。这不但与现代化进程中的经济化、世俗化潮流取同一方向，实际也体现出一种更为理性的现代性精神渗透。“一切坚固的都烟消云散了”，现代性精神也拂去神秘的面纱，而就消融于普通人一点一滴的日常生活实践之中。这种现象学取向非但没有妨碍作家挖掘生活的深度，更促使他有意识地寻找着独特而新颖的生活观察角度。叶兆言小说观很重要的一点就是，作家的使命是要去“发现”，“发现”才是真功夫——“一个优秀的作家，他必须得有些相当与众不同的东西，必须得有些相当多的与众不同的看法，只有这样，才能够货真价实地感受人间的至痛和至善。”[①] 真正的小说“无非都是一种发现，是观看人生的一种角度。同样的人生，不同的角度，于是就有了不一样的发现。艺术就是别具慧眼”[②]。而叶氏所谓真正意义上的“发现”恰恰是从最平易的生活事实里顿悟生活的真谛，“世界上有很多我们眼熟的东西，大致知道怎么回事，可就是差一点才能算真正明白”[③]。因此，叶兆言小说世界的叙事体制充分依托了生活本身的自然性模态，其目的就是要写出生活中人们说不清的东西、那些“差一点”的发现，不求多少深邃的文化与历史意义，但求发现和表达一些“真正明白”的东西。当然，这是谈何容易的事，它不但要求唤起读者的亲切感和共鸣性，更

① 叶兆言：《文学是痛，文学是善》，《上海文学》2009 年第 11 期。

② 叶兆言：《站在金字塔尖上的人物》，人民文学出版社 2017 年版，第 102 页。

③ 叶兆言：《纪念少女楼兰·后记》，解放军文艺出版社 2000 年版，第 265 页。

意味着以艺术性的存储与编码营构审美感受，将人从惯性的生活经验里激醒。

从另一个角度看，这种“发现”是对生活本质更彻底的否定，“真相有时候就是一些俗套，就是一些不可思议，见怪不怪。”[①] 通过一种艺术的否定辩证法，叶兆言小说使生存敞开为种种主体观念和意义链条所遮蔽的真实。陈晓明在评论王朔现象时说：“王朔作品的思想不是意义模式统合的结果，而恰恰是无法确定和不必要统一的生活块状撞击产生的思想意向。”[②] 这也是叶兆言面对生活的反本质主义态度与方式。但与王朔以庸俗化、无意义的生活为深刻的内在背反性有所不同，叶兆言更立足于小说虚构的能动性对生活无意义表象的超越。也就是说，在王朔那里，生活的“不完整性”本身最终被本质化了，剔除生活原有的本质规定、表现生活的破裂与无意义最终成为了僵化和图解的叙述模式；叶兆言却并未落入新写实主义认同世俗的陷阱，而是在小说制作过程中发挥艺术表现的主动性，以多彩变幻的形式因素糅合丰富的艺术意味，在打破经验世界现成秩序的同时，表现出对无限广大的生活天地的探究意向与审美动能。曾有记者针对小说《苏珊的微笑》的婚恋书写提出疑惑，“这是现在的婚姻么？夫妻之间的坦诚、尤其是男主人公杨道远在妻子高位截瘫后多年的坚守，都让我感到不可信”。叶兆言如此回答：“这应该不会成为一个问题。世界很丰富，可能在你看来，有一种婚姻有一种故事，不真实、不可信，但是它还是有可能的，生活就是由不可信不可能组成。”[③] 正因为“对婚姻肯定没有一个固定的看法，不知应该怎么描述”，所以小说家便可以用他的自由想象之心，对婚姻那种反本质主义的丰富性重新进行链接与整合、虚构与再现。婚姻如此，生活更是如此。如伍尔夫所言，“站在外面研究‘方法’是错误的。任何方法，只要表达了我们想要

---

① 叶兆言、傅小平：《我还在寻找最理想的表达方式》，《野草》2019 年第 2 期。

② 陈晓明：《表意的焦虑：历史祛魅与当代文学变革》，中央编译出版社 2002 年版，第 130 页。

③ 舒晋瑜：《叶兆言：我还能不能?》，《中华读书报》2010 年 2 月 24 日。

表达的东西，或使我们更加接近小说家的意图，它就是正确的。而这一种方法使我们更加接近我们愿称之为生活的东西本身。”① 这种对非本质性的生活本身的理解，与经典现实主义“反映—时代”“揭示—本质”的视角相去甚远，更非停留于生活流的实感和直感，而意味着以小说家的目光从源源不断的生活与生命涌流中发现一个又一个崭新问题，去寻找小说表现现实人生的新视角与艺术重构生活的无限可能性。

（二）消解由身心二元论的本质思维所造成的概念化、理想化的人的想象体系，以人格魔方重塑人性想象。新时期文学是以“人”的潮流开场的，呼唤人性、人道主义、对人的重新发现、恢复人的尊严等在很长时间内与历史反思共同进行，人的价值和主体的价值被热情地歌颂，但也无可否认，人的意义与价值在无形之中被夸大，甚至形成一种“人”的抽象意识形态。这种先天贫弱的人的神话在遭遇政治变更、经济浪潮、文化失范等急剧变化的社会生活后，不久便破产了。先锋文学和新写实文学的操作路径虽处于截然相反的两端，但“终结主体”和解构“大写的人”的精神向度是一致的。从人物形象看，叶兆言小说中都是“小写的人”，但“小写”并非缩小、更非缩写，叶兆言对人本质观念的解构既不像余华、马原那样，全然将人符号化、怪诞化、破碎化，也不像池莉、方方、刘震云那样完全转向形而下的生存状态，而提供了一种类似陀思妥耶夫斯基式的人性探索路数。读叶兆言的小说，人物身份种种大跨度的转换常令人震惊于造化弄人的力量，一个更强烈的表征是同姓名人物在不同作品中的不断反复出现，或者说在不相干的时空和不同的故事框架中却出现了同一姓名的人物。最典型的是早年的“张英系列”小说，通过描绘张英的多副面孔，叶兆言在名实之间表现出对人性的犹疑多变及不确定性特性的基本看法，不但解构了“人”的本质，而且打开了探索人生、思考人性的新思

---

① ［英］弗吉尼亚·吴尔夫：《普通读者》，马爱新译，人民文学出版社 2013 年版，第 169 页。

维。张英在《悬挂的绿苹果》里首次亮相时，身份是一个剧团会计，由于长相平平而不引人注目。她的性格特征表现为孤僻、自卑和懦弱，这使她无论面对个人的情感生活还是在剧团的公共环境里，都十分被动，即便是在婚后堕胎这种十分不合理的事情上，她也不敢直接表达自己的诉求，青海人亲手炖一碗鸡汤就化解了她流产后的身心伤痛。到了《古老话题》中，一切却都发生了变化。被卷入一桩谋杀案中的张英俨然成为一位性感迷人的少妇，她一直穿着件黑色丝绸连衣裙，如魅影般，一举一动都留在别人的脑海里。虽然疑点重重，但故事的最后，张英还是因为一只毒药碗坐实了通奸杀夫的罪名而被判处死刑。不待谜题解开，张英却又在《去影》里起死回生了。这一次她成了一位从头到脚都焕发母性光辉的工人师傅，不但处处照顾她的徒弟，甚至在了解到他的性苦闷之后萌发出一种启蒙与拯救相混合的情愫，“就像块仁慈的大海绵，把蕴藏在徒弟身体内部的罪恶吸得一干二净，并且最迅速地进行了净化处理”[①]。但这并没有改变与人私通的不洁事实，在这一点上，《去影》里的张英与《古老话题》里的张英又是相通的。在同时期另一部荒诞小说《采红菱》中，张英的身份又变成一个有钱的女老板，有一个才子型的父亲，母亲则是旧家庭的千金小姐。从美国回来后，离了婚的张英迅速与老同学、小有名气的小说家林林坠入爱河，但一次偶然，林林发现张英和她的师傅也保持着暧昧关系。张英似乎又被赋予了淫荡的品格，却与《去影》中的张英一样，无私而痴情，最后竟不堪林林对爱情的羞辱而自杀。

某种意义上，张英令人联想起格非《锦瑟》中的“活动变形人”冯子存，而当她在不同的境遇中以不同的面孔出现时，一系列耐人咀嚼的先锋意蕴、人性隐秘与存在哲理便呼之欲出。首先，差异性原则生成了有关张英的拟象世界，如福柯所言，伴随拟像的就地旋转和经验“交替装置”的颠倒游戏，作者传达出一种不可挽回的存在之分

① 叶兆言：《去影》，长江文艺出版社1992年版，第217页。

裂，它完全摆脱了可供阐释的稳定符号，只是构成了“对话的一种连续的嵌合”，而“在它的形式中，正如在一个谜语里，它和那道将向它到来的光，也就是 Fatum（命运）的一切转化，联系了起来”①。总之，加深了存在的谜团，构成对本质性和同一性的坚决终结。其次，张英的多重人格也可以用荣格的“人格面具”说来获得印证，如论者所言，“每一个人都具有多重人格、多副面具，这既可以解释为什么人性是复杂多变的，为什么人可以适应不同的社会环境，扮演不同的社会角色，为什么乞丐与皇帝之间、战士与隐士之间、贞女与荡妇之间并没有不可逾越的鸿沟，也可以启迪人们：人生潜在着实现自我价值的多种可能，一切与机遇、偶然事变有关，也与挖掘自我的潜能、开拓多条通途有关”②。再者，就张英所处的“情境”及其选择的“自由”而言，我们可以根据萨特“存在主义的人道主义”理念获得说明，“除掉人的宇宙外，人的主观性宇宙外，没有别的宇宙。这种构成人的超越性（不是如上帝是超越的那样理解，而是作为超越自己理解）和主观性（指人不是关闭在自身以内而是永远处在人的宇宙里）的关系。……之所以是人道主义，因为我们提醒人除了他自己外，别无立法者；由于听任他怎样做，他就必须为自己作出决定；还有，由于我们指出人不能反求诸己，而必须始终在自身之外寻求一个解放（自己）的或者体现某种特殊（理想）的目标，人才能体现自己真正是人”③。一方面，人性在善恶两端的矛盾交织与复杂多变在张英身上演绎得淋漓尽致。既有同情、慷慨和爱的一面，又体现了人性中冷酷无情、见利忘义的作恶潜能，并没有统一的本质，而是由人的主观性不断予以缔造和丰富的。另一方面，张英所处的具体情境在某种程度

① ［法］福柯：《阿克特翁的散文》，尉光吉译，见汪民安编《声名狼藉者的生活》，北京大学出版社 2015 年版，第 117 页。

② 樊星：《人性魔方——读叶兆言的“张英系列小说”》，《大同高等专科学校学报》1994 年第 1 期。

③ ［法］萨特：《存在主义是一种人道主义》，周煦良、汤永宽译，上海译文出版社 2012 年版，第 35 页。

上造就了她，但小说中她在作出选择时都是自由的。存在先于本质，由于人并无被预先决定的本质，“自为”不断地推动向前，从而总是在创造自己的过程之中，仅在死亡的那一刻才获得本质。这些对人性开放性的认识以及对人主观性自由的肯定使叶兆言的小说有意无意地站在了现代主义尤其是存在主义的哲学层面，主题因此出现了反本质主义的最大可能性。

（三）揭示历史场域的真相缺失与话语宰制，运用想象和隐喻唤起多维度的历史真理。叶兆言的反本质主义方法论也给重新整合历史的材料带来了契机和动能。从最早的历史小说《夜泊秦淮》与《枣树的故事》开始，叶兆言的叙事就跳脱出了理性的历史框架和既定的历史规范之外。他在淡化对历史的情感因素的同时也淡化了历史的价值标准和道德标准，其目的就是“希望读者在呈现给他们的那幅复杂繁冗、斑驳不清的历史画面上投入自己的认知方式，渗进自己的理解和认识，进而整合成属于读者自己的历史”[①]。在阅读叶兆言的小说时，我们总不由地对此前信任的种种历史主题、意义、价值产生怀疑。当这种怀疑深入下去，我们就已经离开任何确定的历史真相太远，“历史真相往往会被掩埋，被遮蔽；被掩埋和被遮蔽的真实原因，不只是因为后来歪曲，因为加工篡改，还因为当时就没有认真弄清楚”[②]。在小说《刻骨铭心》中有一个意味深长的细节设置，那就是在南京大屠杀期间美国人阿瑟丹尼尔的意外死亡，而不久之后，他经常去冲洗胶卷的南京大明照相馆“也被一把莫名其妙的大火给烧毁，照相馆老板和店员都神秘地失踪了”——这无疑宣告了历史实在的缺失。阿瑟丹尼尔喜欢拍照，国际安全委员会也希望他尽可能地多拍摄一些照片，作为日军暴行最直接的证据；而大明照相馆因为老板的留日经历，很多日本兵也去拍照、冲印照片，这使阿瑟丹尼尔有机会获得了很多记录日军各种行径的照片，其中不少是屠杀现场的血腥写真。然而

① 陈思和：《告别橙色梦》，广东人民出版社 2018 年版，第 219 页。

② 叶兆言：《刻骨铭心》，人民文学出版社 2018 年版，第 89 页。

阿瑟丹尼尔遇难后，这些特殊意义的照片很快被日本宪兵没收。罗兰·巴特早在名作《明室》中指出，照片是传达生命真相的现代技术，是脱离时间秩序的“刺点”，而在这里，照片无疑象征了历史的定格、客观与真实，是对历史场域真相的记录和缩影，因此，失踪的相机和被烧毁的大明照相馆无疑隐喻了真相的黑洞，从此历史由多重真相构成，而丧失了唯一性本质。当然，这只是认识问题的一方面，另一方面则在于，既然连历史上到底发生了什么必然不可修复，既然历史小说的真实性已不可能从历史的物自体中获得验证，那么“历史话语有权利处理这些素材，文学话语也有权利处理这些素材……文学话语担任‘历史’的记录员指的是作为素材的历史，正如历史话语同样担任‘历史’的记录员”①。换言之，作为虚构和想象的小说艺术，其本质属性也未尝不可归结为历史。尤其是当这些小说试图通过书写历史去探寻记忆的痕迹、去激发遗忘的暗物质，并最终唤起多维度的历史真理，而它们在朦胧的、消失的时间长河中也的确抓住了很多可靠的人性真实，其补白与充实的诗学意义甚至远远超出了历史学对知识的记载。

如海登·怀特所言，历史叙事本就是语言的产物，“在历史话语中，叙事的作用在于把否则将只是编年史的一个历史事件列表转变成为一个故事”②，其内核是一种隐喻的运作过程，既对编年史所呈现的历史实在进行解码，与此同时，也运用想象编码和建构新的故事景观。与文学一样，“在历史叙事中，作为象征被提炼为虚构作品的经验经受其赋予‘真实’事件以意义之能力的检验”③，而所谓历史场域的真实，实际上也是通过史学家蕴含了修辞性要素的语言所叙述的，显然

---

① 南帆：《写作犹如天命：文学与历史的缠绕——叶兆言若干作品的感想》，《小说评论》2022年第4期。

② ［美］海登·怀特：《形式的内容：叙事话语与历史再现》，董立河译，文津出版社2005年版，第61页。

③ ［美］海登·怀特：《形式的内容：叙事话语与历史再现》，董立河译，文津出版社2005年版，第62页。

无法再充当衡量文学真实性与否的元本质。另外，文学与历史之间共享的虚构性和叙事性，又使“历史客体”的存在方式变得悬念重重：“什么是历史客体？……一个非常简单的事实是过去的就是过去了，按其定义，所有逝去的就不复存在。准确地说，历史客体就是对曾经存在的人与事物所作的‘表述’。表述的实体是保留下来的记录和文件。历史客体，即曾经存在过的东西，只存在于作为表述的现在模式中，除此之外就不存在什么历史客体。”① 既然永恒逝去的历史客体已不可能在“表述”中获得还原，那么当历史被理解为文本的意向性构造时，也就意味着历史在某种程度上等于具备意识形态动机和话语实践功能的知识范畴，官史修撰也将摘下真实的冠冕，成为意识形态的注脚。换言之，什么可以算作历史、历史的内涵意义都要取决于各种知识—权力话语的组织结构、话语形式和情节编码。在这一点上，叶兆言的历史小说无疑充满了强烈的反本质主义色彩。在他笔下，“真的东西和假的玩意有机地纠缠在一起，真是一片绿茵茵的草地，假是草地上那几朵美丽的黄花”② ——多义的修辞与自由的想象从元话语的缝隙中涌现，巨型的历史景观为非主流、零散和边缘的人物与事件所渗透和解蔽，作为文化主能指的历史神话同样为文学的洞察所辐射与改写。正是在对历史进行能动化的隐喻建构上，海登·怀特说：“加缪为我们时代困惑的人类要求一种‘不可能的透明度’，历史可以为此提供一个基础。只有纯洁的历史意识才能真正向每分每秒都在更新的世界提出挑战，因为只有历史才能在实际所是与人所认为的是之间进行调和，并取得真正人文化的效果。”③ 而就叶兆言而言，他总是试图把当下的能动因素与颠覆力量置入历史，在摆脱史实缠绕的同时，烘托出人类生命的丰富景观与多元的价值生活。

① ［美］弗雷德里克·詹姆森：《马克思主义与历史主义》，张京媛译，见张京媛主编《新历史主义与文学批评》，北京大学出版社 1993 年版，第 41—42 页。

② 叶兆言：《日本鬼子来了》，人民文学出版社 2012 年版，第 59 页。

③ ［美］海登·怀特：《后现代历史叙事学》，陈永国、张万娟译，中国社会科学出版社 2003 年版，第 62 页。

在创作手法与创作风格上，叶兆言的反本质主义思维表现为现实主义、现代主义与后现代主义杂糅混合、交融并置的特点。常有学者指出，叶兆言的小说有多副面孔、作家同时操多副笔墨，“叶兆言的思维意识是‘平民’式的；而叶兆言的小说叙述体态都是‘贵族’式的。”① “他能兼用几副笔墨。传统的和现代的，两者交融在一起的，十八般武艺他皆玩得得心应手。”② “在艺术方法和小说文体上，他其实有更大的包容性，‘先锋’的色彩相对淡薄，后来的作品更是朝着‘通俗化’的方向发展。”③ 他自己也曾剖白说，内心钟情与创作追求着两种截然不同的风格实践，一种是阿城式的精致，另一种则是莫言式的放纵。前者彰显了中国传统的文人趣味、代表汉语文字的正宗韵味，后者则写出了中国过去所有小说家前所未有的大胆句式、奇特夸张和“爆炸”文风，是无比“艳丽”“浓得化不开”的，更是富有创造力的④。这既再次证明，叶兆言在写作上是个考究的“技术主义者”，是个对各种文体与风格精细采择、潜心揣摩的作家，又很好地说明了，他并不满足于自身风格的本质化。从创作心理学角度，作家的性格气质与他的文体格调之间存在密切关系，就叶兆言来说，江南人文传统与江苏地域文化的精神基因无意识地决定了他“诗化文人”的身份认同和阴柔怀旧的“秦淮情结”⑤。但他显然并非文化的消极载体，而在很大程度上追求一种跨文体、跨文化的智性风格，与更丰富、更多元的艺术传统展开着多重响应、差异共生的张力联结。

可以说，以一种“关系主义”的方式，叶兆言在动态、多义、杂色的小说世界中对现实世界的种种“关系与结构”展开对话与阐释。南帆指出，“关系主义强调的是关系网络，而不是那些‘内在’的

---

① 丁帆：《跋》，见叶兆言《去影》，长江文艺出版社 1992 年版，第 346 页。

② 丁帆：《叶兆言小说的生命意义》，《文学自由谈》1988 年第 5 期。

③ 洪子诚：《中国当代文学史》，北京大学出版社 2010 年版，第 376 页。

④ 叶兆言、余斌：《午后的岁月》，上海书店出版社 2010 年版，第 171 页。

⑤ 张光芒：《文化认同与江苏小说的审美选择》，《小说评论》2007 年第 3 期。

‘深刻’——几乎无法避免的空间隐喻——涵义，这时，我们就会对理论史上的一系列著名的大概念保持一种灵活的、富有弹性的理解。”[①] 换言之，无论是现实主义、浪漫主义，还是现代主义、后现代主义，当以关系主义视角来看待时，历史所提供的关系和脉络将使它们呈现出充实可解的内涵。这也启发我们，当面对叶兆言文本无法被共名的文学现象、文学流派或文学特征所类化的尴尬时，当面对它们迷雾般笼罩的多层指涉系统时，应该以关系主义的目光去打开其多重影像，以共时与历时的多维关系视野打开其隐藏的丰富讯息。而打破本质主义的枷锁，无论是作家还是读者的审美能动性都有了充分发挥的可能。这不仅是文学本体意识的强化，也意味着对现代小说精神的坚守。如米兰·昆德拉所言，“小说的精神是复杂性。每部小说都在告诉读者：‘事情要比你想象的复杂。’这是小说永恒的真理”[②]。由于世界的变化，由于一切坚固的都烟消云散，现代小说已不再像古典前辈们去寻找某种本质性的意义，而成为对存在可能性的勘探，对一切可能的无定形的混沌情境的探索。众声喧哗的小说世界甚至与专制保守的真理世界存在“本体论”上的截然对立，“一个建立在惟一真理上的世界，与小说暧昧、相对的世界，各自是由完全不同的物质构成的。极权的惟一真理排除相对性、怀疑和探询，所以它永远无法跟我所说的小说的精神相调和”[③]。换言之，只有用小说的模糊性与相对性向大一统的神圣价值世界展开挑战，才能重新找到自我内在的精神自由。而对于一个先锋作家来说，“为内心的自由而写作，为反抗一切制约着人类生命真实秉性的枷锁而写作，这是先锋作家的重要目标。先锋文学所体现出来的叛逆性、独创性、非大众性、不可重复性以及动态性，在本质上都是源于这种创作主体个性自由的表达”[④]。可见，

① 南帆：《文学研究：本质主义，抑或关系主义》，《文艺研究》2007 年第 8 期。

② ［法］米兰·昆德拉：《小说的艺术》，董强译，上海译文出版社 2011 年版，第 24 页。

③ ［法］米兰·昆德拉：《小说的艺术》，董强译，上海译文出版社 2011 年版，第 18 页。

④ 洪治纲：《先锋：自由的迷津——论九十年代以来中国先锋小说所面临的六大障碍》，《花城》2002 年第 5 期。

反本质主义的思维意向与先锋小说的自由伦理特性是具有共振关系的，这也使叶兆言的小说创作充满了创造的活力。

但必须指出，反本质主义并非无立场，“被解构的是实体论的本质主义，而不是历史性的本质言说”①。在消解了绝对知识和终极真理之后，我们可以、应该也必须在具体的历史语境和问题框架中延续对文学传承至今的思想和艺术难题的探索。进一步而言，当代作家既需要时刻警惕怀疑与颠覆的反本质思维模式成为后现代语境中新的迷信崇拜，同时也需要不断重审文学的基本逻辑与基本规律。在这个意义上考察，我们能看到的是，叶兆言的文学观在经历 20 世纪 80 年代后期的后现代思想与文化的冲击之后，并没有更全面地转向后现代，而是在借鉴和吸纳后现代差异哲学与叙事技艺的同时，坚决摈弃了缺乏交流性、可感性与建构性的过于实验性的路线，避免了先锋派后期由极端的抽象所导致的美学经验的不可连通。可以说，叶兆言的小说不仅在微观上经由更多元、更新鲜的表现手段来传达各种丰富的现代审美体验，而且在宏观上坚守住了“文学是人学”的基本前提。如福柯所言，成为现代人并不仅是认识和接受波德莱尔所定义的“短暂的，飞逝的和偶然的”现代性，更重要的在于“选择一个与这个时刻相关的态度”，一种“对于现时的反讽的英雄化”态度。一方面，“这个精心结构的、艰难的态度存在于重新夺回某种永恒的东西的努力之中”；另一方面，它又意味着“从时尚中抽取隐含在历史中的诗的要素”②。在这个意义上，作为“50 后”的叶兆言一定程度上是叛逆的、浪漫的，又是传统的和古典的。深刻的“历史中间物”意识决定了他的作品往往包含解构与建构的双重元素与双重特征，是以反本质主义的思维向度去照亮和揭示扑朔迷离、变幻莫测的现实世界与人类经验，在这个过程中，必然抱持

---

① 杨春时：《后现代主义与文学本质言说之可能》，《文艺理论研究》2007 年第 1 期。

② ［法］米歇尔·福柯：《什么是启蒙?》，汪晖译，见汪晖、陈燕谷主编《文化与公共性》，生活·读书·新知三联书店 1998 年版，第 430—432 页。

更多的建构意识和超越愿望。

第三节　雅俗变奏的张力运作原理

在文体选择上，反本质主义思维体现为一种消解边界、雅俗变奏的张力运作原理。早在 1988 年，晓华、汪政就用“雅俗变奏”来形容叶兆言的小说现象，“叶兆言的雅俗是非传统的，同时又是非新潮非实验的”，他们认为，这种双重否定使叶兆言在新时期的文坛显得有些“不伦不类”，但也让人看到了一种“汉唐不拘泥，不小家子气”的境界追求[①]。吴义勤同样指出，“在叶兆言这里，抽象的‘先锋’标签已经被灌注了异常丰满感性的内涵，它既可以是大雅的，也可以是大俗的。大雅与大俗，这对我们通常视作根本对立的范畴，在叶兆言这里却相亲相爱成了价值等同的‘先锋’境界。这可能正是叶兆言作为一个先锋作家最不同凡响的地方，也是他遭人误读最深的地方”[②]。“先锋即通俗”，“好小说应该通俗，更应该创新。通俗和创新根本就不矛盾，现在有人常常把两者对立起来，实在是没事找事，吃饱了撑得慌”[③]。叶兆言从来就不执守任何先锋姿态的实然与应然，相反，他认为先锋是一个流动的、不断实现的过程，“先锋就是最大的通俗。应该有的话题是，通俗得够不够，好不好，而不应该是简单地以通俗来论成败”[④]。换句话说，所有释放出个性思索与艺术探索的文体，无论它以何种形态样式呈现都有可能是先锋的，流行与古典、主流与边缘、诗性与民间、现实主义与现代主义或后现代主义……彼此间并非势同水火、剑拔弩张，而完全能“条条大路通罗马”，以各自不同的路径完成对于小说先锋境界的殊途同归。

① 晓华、汪政：《雅俗变奏——叶兆言小说读后》，《读书》1988 年第 8 期。

② 吴义勤：《穿行于大雅与大俗之间——叶兆言论》，《钟山》2000 年第 5 期。

③ 叶兆言：《小说的通俗》，《北京文学》2002 年第 5 期。

④ 叶兆言：《为西方写作是个伪命题》，http：//news. cctv. com/world/20070112/100721. shtml。

雅俗变奏使叶兆言的小说呈现出一种“‘诗性’和‘世俗性’并置”[①]的奇特风格。他不但自由地游走于审美化、精致化与自然性、世俗性之间，而且有意识地通过雅俗融合的叙事实验打破中国现当代文学中长期存在的“高雅—通俗”的二元对立思维。事实上，雅文学与俗文学如何融合的问题是文学史上的一桩公案。从现代文学史上“大众化”“民族化”的讨论到新中国成立十七年、“文革”，再到新时期文学，都提到雅与俗，尽管内涵和外延不尽相同，但从文化角度和审美特点而言，两者确实存在巨大的差距。同样写社会问题和现代人的思想情绪，通俗文学是“表现型的”，“它就事论事，描写的就是生活的本身”，这使得“通俗文学的文本显得比较浅白，美学内涵显得比较松散，它也许经不起那些评论家们缜密思考与深入剖析，但是，它有很强的‘读者性’”；雅文学则是“启蒙型的”，“它就事论理，在生活的描写中反映自己的一种观念”，因此，“雅文学的文本，追求的是尽量地深刻，它总是穿越文学文本走向哲学和历史的空间。观念本具有强烈的个性化，它使得雅文学的美学内涵十分个性化”[②]。洪子诚也以50年代通俗小说线索在大陆中断的经验教训为例，指出雅文学与俗文学拥有不同的读者群，应该走独立的发展路线，采用各自的美学标准来进行评价，反之，“如果不承认相互独立（当然又相互渗透）的两种不同的小说创作的路线，其结果很可能是将各自的思想艺术特征作某种程度的削平，互相妥协、折衷，而损害了各自拥有的特色”[③]。

可是，如果将这些雅与俗的定性和范畴用到叶兆言的小说创作上，便不难发现他总是在两者间摇摆不定。《枣树的故事》《五月的黄昏》《桃花源记》显然在后设玄机和时空变换上下足了功夫，神秘迷离的气息弥散掩盖不住多重的偶然性因子及其对本真生存的追问；《悬挂的绿苹果》《没有玻璃的花房》则超越世俗图景，实现了人性表现的

---

① 赵磊：《论区域文学史脉络中的叶兆言》，《区域文化与文学研究集刊》2019年第2期。

② 汤哲声：《20世纪中国文学的雅俗之辨与雅俗合流》，《学术月刊》2006年第3期。

③ 洪子诚编：《二十世纪中国小说理论资料》第5卷，北京大学出版社1997年版，第7页。

深刻和社会批判的启蒙意识；而《追月楼》《状元境》《挽歌》不但浸润着作家个人的人生情趣，也表现出深沉的生命哲理和终极关怀。但你也可以说叶兆言“俗”得可以，或者用王德威的话说，“更值得注意的反是他作品中强烈的通俗化倾向。”[①]《艳歌》《美女指南》《危险男人》《危险女人》《凶杀之都》《别人的爱情》《不要我你后悔一辈子》《李诗诗爱陈醉》《苏珊的微笑》等，单看小说名字就很“抢眼球”，作品也的确引进了商业写作的各种特征，表达了流行的社会情绪。2000 年发表的《苏珊的微笑》腰封上是这样的几句话：“大房与小三之争新时代的《妻妾成群》”；“没有打不败的小三，只有不努力的原配！保卫婚姻全攻略!”；“让已婚女性捍卫自己的婚姻，让未婚女性追求自己的幸福”；“当激情在婚姻中渐渐流逝，该如何让自己的爱情保鲜?”这一副社会新闻蓝本的畅销小说面孔甚至一度使媒体将其误读为一部新版《蜗居》。2003 年 8 月，在“布老虎十周年纪念版图书”征集中，叶兆言以长篇小说《我们的心多么顽固》捧得花魁。作为春风文艺出版社的金字招牌、中国民族畅销书的第一品牌，“布老虎”丛书主动迎合消费社会的现实，以“创造永恒、书写崇高，还大众一个梦想”[②] 的创作和出版理念，成功打造过铁凝《无雨之城》、赵玫《朗园》等一批“高雅畅销书”。尽管《我们的心多么顽固》遭受到来自纯文学立场的很多批评，但叶兆言的获奖无疑从另一个侧面显示出他对消费社会流行价值观的强烈敏感。

事实上，即使是在激烈求新求变的先锋时期，叶兆言的目光也总爱逗留于市民生活那庸常无奈的生存景象，更乐于戏仿宋元通俗话本和民国旧小说的情趣和笔意，为先锋形式注入市井民间的风味。可以说，叶兆言的小说整体上有一种“艳歌”般的“俗气的好看”，但其内核又加入了文人趣味和理性意识，由俗而雅、由雅反俗的对流性处

---

① 王德威：《艳歌行——小说“小说”》，《读书》1998 年第 1 期。

② 安波舜：《“布老虎”的创作理念与追求——关于后新时期的小说实践与思考》，《南方文坛》1997 年第 4 期。

理十分微妙，他实际遵从的是一种雅俗变奏、“填平沟壑”的张力运作原理。考究其生成的背景和原因，首先从外部因素说，当代文学创作中出现了一个无可规避的通俗化潮流。自20世纪90年代市场经济崛起以来，世俗化红尘滚滚、铺天盖地，当代文学演变的总趋势出现了由雅而俗的流变，文学越来越面临大众审美文化思潮的渗透与整合，“大众文化作为一个文化主潮，正在吞噬过去文化所确立的各种边界，它像能量巨大的‘黑洞’，把任何其他异质文化的能量都吸引进去，并改变着它们原来的形态”[①]。当代文化的世俗化及审美经验与日常生活界限的消弭造成现象、片段和瞬间的泛滥，不但构成一种普遍性的主体沉沦语境，而且使艺术沉入生活泥流，成为欲望快感与感官满足的直接挪用品。而随着文化形态由现代化向后现代化的范式嬗变，雅与俗、文与野之间的界限更是日趋模糊。在一个去分化的文化大背景下，更彻底的艺术思维的革命和文学价值观念的嬗变发生了：“大众化、快餐化、技术化、全球化等时代潮流在不同程度上都变成了推动艺术生产弃雅返俗的重要因素。”[②] 就世界文学的发展潮流看，同样存在由雅入俗的审美哗变。后现代小说从西部小说、科幻小说、色情文学以及其他一切被视为次文学的文类汲取养分，力图填平精英文化与大众文化之间的沟壑。其次，就自身的内部因素来考察。叶兆言家学渊源，又受过学院的正规训练，不仅对宋元话本、晚明以来的野史笔记和白话小说，以及民国鸳蝴派、海派新市民传奇等俗文学有较为精到的研究，而且自觉地追溯中国文学的“原小说”一脉，“‘小说’一词最早也许是从庄子那里偷来的。《庄子·外物》篇：‘饰小说以干县令，其于大达亦远矣。’小说不是什么了不得的东西，只是小道，看轻固然不对，看得太重，也难免自欺欺人。小说不管怎么写，能‘委曲详尽，血脉贯通’，能‘明白晓畅，语语家

① 周宪主编：《世纪之交的文化景观——中国当代审美文化的多元透视·导论》，上海远东出版社1998年版，第5页。

② 陈定家：《市场语境下文学艺术的雅俗分化与融合》，《厦门大学学报》（哲学社会科学版）2001年第1期。

常'，就是好事。小说家大可不必为通俗感到害羞。"[①] 可见，叶兆言对"汉语小说"的提倡以及"小说"小说观其实是根植于中国小说的稗史传统和民族审美心理的。而他最喜欢的几位作家张爱玲、钱钟书、马尔克斯、福克纳和略萨，也无不是在创作中自觉实践一种雅俗对流的文化观和美学张力效果，叶兆言继续沿着雅俗变奏的美学理念和创作道路前行就显得自然而然了。

叶兆言对通俗文学中侦探推理的类型小说多有借鉴，我们不妨以此为研究的突破口。本来，侦探推理小说一直是通俗文学的代表性主题之一，但通俗侦探小说侧重于以犯罪画面的展示表达自然人性，叶兆言追求的则是观念意义上的人性研究。如叶兆言在小说集《绿色陷阱》的自序中所说："这本书的副标题可以叫作'犯罪研究'。犯罪实在是一个太古老的话题，在这本书里，我有意无意写了许多地道的犯罪。我写了杀人、强奸、绑架，包括一系列在下流小说中屡见不鲜的暴力事件。""犯罪几乎是与生俱来的。生命诞生之日，犯罪的种子便发了芽。犯罪和生命一样古老，一样壮大，一样不屈不挠。小说永远是现实生活的一面镜子。好的小说永远试图表现那些永恒的东西。""为什么我们会对犯罪有兴趣呢。为什么我们要津津乐道地谈论犯罪。这本书的目的，也许就是为了研究这些为什么。"[②] 也就是说，出于对心灵世界的探寻，出于对犯罪行为背后人类深层本性的追问，叶兆言才选择了犯罪题材。这就回到了先锋小说中"写什么"与"怎么写"的关系问题，本质上，文本的先锋性并不依附其感性的故事层，而更多取决于讲故事的方式。

进入叶兆言的小说文本，我们会发现案件不是主体，相反，它只是作为一种既成的事件背景而存在，有学者称之为"中国当代玄学侦探小说"[③]。首先，玄学侦探小说之"玄"在于案件真相的难以认定，

① 叶兆言：《小说的通俗》，《北京文学》2002 年第 5 期。
② 叶兆言：《绿色陷阱 · 自序》，北方文艺出版社 1993 年版，第 1 页。
③ 袁洪庚：《转折与流变：中国当代玄学侦探小说发生论》，《文艺研究》2002 年第 2 期。

换言之，作家有意表达的是案件中事实的不确定性，以此传达玄机。从叙述理念看，叶兆言的文本很容易让人联想到日本作家芥川龙之介的《罗生门》[①]。对于小说《古老话题》来说，读者总想透过各种人的叙述来获得一起谋杀亲夫案的真相，但直到张英和奸夫被双双问斩，案件的事实到底是什么都仍然是人们还在议论和追问的话题："这又不是什么秘密，不就是玩了个女人吗？……这女人，既不是头一个，也不是最后一个……谋杀，何苦，你们说何苦？玩女人？"[②] 由此引入社会杂语，而实际上，张英、张英母亲、小姑、女记者、警察老李等在场的每一个人，出于维护自身利益、意愿和立场的目的，所陈述的都只能代表某种"主观的真实"，他们的陈述都带有强烈的主观性和利害性，即使各自都具有一定的真实性，但它们相互之间却是对立和否定的，客观上便造成我们对于这一案件永远无从获得事实真相的结果。用吴义勤话说，"在这样的小说中，'犯罪'实在只是一种话语，它本身的内涵已经不是很重要了。……叶兆言的小说对于'犯罪'话语性的挖掘在新潮作家中可称是用力最勤的"[③]。其次，"犯罪"话语化的目的是探索人性的可能性，这与通俗犯罪小说惩恶扬善的道德动机十分不同。最明显的一点，通俗小说一般对凶手作脸谱化恶魔化处理，一味渲染凶手犯案，至于精神世界和心灵状态则付诸阙如，叶兆言却常基于对人性的深切理解，竭力挖掘黑色镜片之后的情感多面性。如《绿色陷阱》中的老五为讹诈参与绑架了于红，却为于红的泪水触动了恻隐之心，面对"看上去像一根壮实的红萝卜，又好像是一截粗

---

① 在近年发表的评论《印象中的日本文学》一文中，叶兆言说道："在日本作家的小说中，我更喜欢芥川龙之介，更喜欢《罗生门》。鲁迅先生翻译的《罗生门》，还有他翻译的《鼻子》，这些作品对我的影响，可以说直截了当，证据确凿。芥川的《中国游记》一度是我的枕边之物，他的小说《南京的基督》，曾引起我的疑惑，老实说，就小说论小说，这篇小说实在也不怎么样。然而芥川绝对是个好的小说家，《罗生门》这样的小说是可以让人醍醐灌顶，茅塞顿开。《罗生门》应该当作教材，它在很耐心地教我们小说应该怎么读，小说应该怎么写。"见叶兆言《印象中的日本文学》，《日语学习与研究》2022 年第 2 期。

② 叶兆言：《雪地传说》，人民文学出版社 2009 年版，第 91 页。

③ 吴义勤：《新潮小说的主题话语（续一）》，《文艺评论》1996 年第 4 期。

粗的红颜色香肠，饱满结实肉鼓鼓，浑身上下都浸透着生命的活力”的于红，老五感觉自己陷入了“一片绿色温柔的陷阱，阳光灿烂一望无际”[①]，内心深处的良知和对美好事物的向往被唤醒，由此展示了人的自由意志的复杂性。作为一个人性的观察者和揭示者，叶兆言显然没有以破案为小说的最终目的，而是用人性的目光来审视人，人物便有了迥异于通俗小说的心理深度。最后，从小说的叙述形态上看，叶兆言对侦探小说的改制也有许多值得探究的地方。众所周知，通俗侦探小说有自己固定的文体模式，大体都是围绕罪犯是“谁”“如何”作案和“为什么”犯罪三个基本层面，从悬念的设置→案犯的追踪→寻幽探秘→真相大白、罪犯伏法，构成一条完整的叙述线索。然而不难发现，这种叙述方法和情节模式被叶兆言不当回事地放弃了：《最后》是被评论最多的“元小说”，也即“关于小说的小说”，多重叙事视角叠合、冲撞、回旋，故事的审美动能由此衍生，仿真的游戏味道十足；《走进夜晚》大量设置人物对话并直接引用当事人供词，赤裸裸地呈露父女乱伦的畸形性欲，且准确抓取了乱伦动机，即极端化的宗法文化和家族文明的腐败蜕变，为小说注入了特殊的文化意义；《凶杀之都》《古老话题》《五千元》则采用一种恍惚迷幻而又似乎寻常的笔调叙述悬案，像是一场梦，又像是一段往事，其中有恐怖、暴行，但并不让人感到残酷，关键的时候总是寂静、模糊，营造出一种神秘的亲切与令人着迷的忧伤……

萨特曾说，“艺术家一贯对恶有独特的理解，他认为恶不是某一观念的暂时的、可以医治的孤立状态，而是世界与人不能还原为思想这一特性”。因此，作家要做的不是把作恶与犯罪的行为变成某种观念，而是“用存在的不确定的自发性去照亮这些存在物，让它们作为存在物带上它们的不透明性和敌对系数”[②]。在这个意义上，叶兆言的

---

① 叶兆言：《重见阳光的日子》，人民文学出版社 2012 年版，第 114—115 页。

② ［法］萨特：《什么是文学?》，施康强译，见艾珉选编《萨特读本》，人民文学出版社 2005 年版，第 596 页。

准侦探小说在本质上并不是俗文学。尽管它们借助了侦探小说外衣，但却涵盖了探索的视野、方法和深度，无论是对暗黑情节内核的伦理考量，对灵魂畏惧与战栗的瞬间刻画，还是审视“地下世界”的社会理性，都得到了多样态的展示，在侦探小说这种“形式”之中灌注入全新的诗学内涵。如同他在谈到纳博科夫的《洛丽塔》时说及：“作为一个小说家同行，更有兴趣的不是发生了一个什么样的故事，而是要看如何叙述这个故事。首先要看明白作者如何把一部犯罪小说，变成为犯罪辩护的小说，怎么做到‘亨伯特是一个恶魔，而《洛丽塔》却又是道德的’。……《洛丽塔》故事并不复杂，但是小说的结构，像精彩棋局一样严丝合缝。纳博科夫不仅善于编故事，更为关键的，还有能力把违反公共道德的故事说圆满，把一个简单故事弄得远比我们想象得更复杂。他写信给自己的朋友，强调说‘当你认真阅读《洛丽塔》时，它是非常道德的’。亨伯特是‘一个自负、残忍的恶棍’，却依然显得很‘动人’。对于一个高超的小说家来说，最基本的要求就是怎么说好故事，事实上，很多小说家在这方面做得并不好，这也是纳博科夫经常会流露出愤怒和鄙视的原因。”①

鉴于这样的基本考量，我们认为，在内涵上，叶兆言雅俗变奏的文本伦理主要体现为用发展的态度选择俗文学的故事形式，着意拓展雅文学创作资源的同时，打通和激活文学由雅入俗的创造路径。回到1988年，叶兆言的先锋名作《枣树的故事》在《中篇小说选刊》被转载，同期配发了创作谈《最后的小说》。在这篇生动的美文中，叶兆言已经开始思考实验小说的歧途及其破坏性力量了。换言之，在中国当代先锋小说思潮方兴未艾之时，叶兆言就意识到了先锋实验的根本问题在于脱离了小说的艺术本性：

文坛向来喜新厌旧，虽然小说演变本身就是一部创新之史。

① 叶兆言：《生于1899年》，《扬子江评论》2019年第2期。

我们已陷入小说实验室的囹圄，面对灿烂的世界文学之林，小说家惭愧而且手足无措。新的配方也许永远诞生不了。文学的选择实在艰难，大家在实验室里瞎忙一气，不是抱残守缺，便是靠贩卖文学最新的国际流行色。挑战来自四面八方，小说家尚未到达“六宫粉黛无颜色”的日子，黄鹤却已一去不复返。

小说的实验室很可能就是小说最后的坟墓。障碍重重，左右为难，除了实验的尝试和尝试的实验，小说家很难创造出自身以外的任何新鲜事来。另一方面，小说家只能创造出自己所没有的东西。创新早成了大而不当的掩饰，小说家们常常最不知耻，有意无意重复了别人的发现，又自我感觉良好地去申请专利。

读者从没有象今天这么高明过，他们不再轻信，轻意说好话。一部分读者远离了今天的小说，一部分读者在大堆大堆的出版物前痛苦彷徨。小说再也不激动人心，最后的道德感在崩溃，最后的故事情节在消亡。一切似乎都到了最后关头，如果我们不能再重新获得读者，坚守住属于小说自身的最后防线，小说的灾难就会演变为小说的末日。①

这些说法不但反思了当时文坛“创新的狗撵得我们没有撒尿的功夫”“各领风骚三五天”“为形式而形式”等由于过度频繁更替的实验性思潮和口号所造成的对小说本体理性建构的偏离现象，而且重新回归和思考了小说的基本动机、功能和价值所在。新时期以来的文学运动轨迹与西方 20 世纪 50 年代出现的现代主义小说流派颇多类似，“纯”化的过程伴随着对“故事性”的拒斥，虽不乏超凡的艺术视野，却也日渐暴露出故弄玄虚和脱离读者的弊端。20 世纪 90 年代后，先锋小说的分化和先锋性的萎缩印证了叶兆言的观点，雅文学在现代主义的高雅艺术道路上最终步入了空中楼阁。因此，由先锋创新的逻辑出发，

① 叶兆言：《最后的小说》，《中篇小说选刊》1988 年第 4 期。

当“陷入小说实验室的囹圄”时，叶兆言作出了自己的突围——承继“小说”的故事传统，创建一套融合意义上的本土语言方式和话语方式。出于这种美学理念和寻找读者的隐约期待，叶兆言自觉地拓展着自己小说的营养源，它们主要包括但不限于：（1）以张爱玲为代表的海派新市民传奇。张爱玲的文体真正兼有雅与俗的双重品质，“高可以与世界文学、中国文人文学的高峰相连，深可以同民间文学、传统的市民文学相通。”① 其颓废苍凉的美学观念、若即若离的文体特征以及“因为懂得，所以慈悲”的大众文化姿态直接影响了叶兆言建构自己的市民传奇。如《半边营》《一九三七年的爱情》《刻骨铭心》等作品，都充分存有通俗小说的因素，并且消化和吸收了张爱玲在“平”与“俗”中包藏“奇异的成分”的传奇手法。（2）以《金瓶梅》《红楼梦》《儒林外史》为代表的明清古典小说。叶兆言对张爱玲体的热爱与熟稔同时激活了他身上所积淀的古典文学传统，在与余斌的对谈中，他曾坦言自己对《红楼梦》的痴迷、对《金瓶梅》的兴奋叫好、对《儒林外史》的反复琢磨，以及对“三言二拍”和《醒世姻缘传》的喜爱，他认为这些中国文学作品“给我们提供了一个‘俗’的信念，俗也是好东西”，“作家要敢不避俗”②。就小说创作看，在世情书的浪漫故事形式、历史演绎的家族史架构、男女人物的性格气质与关系设定、“好了歌”的情感道德构架以及工笔白描的写实路径、虚实相生的古典美学等很多方面，叶兆言都承袭了传统的遗风流韵，体现出叶兆言在写作长征中对古典资源的自觉接引与创新。（3）后现代通俗文学及影视作品。后现代小说都表现出把作为“有教养的知识分子的特权”的文学变成“读者大众的文学”的通俗化倾向，所谓“越过界限，填平鸿沟”③，其常用的表现形式如元小说、反体裁、语言游戏、黑色幽默、电影蒙太奇、戏仿、拼贴、迷宫等，成为叶兆言借鉴

---

① 吴福辉：《新市民传奇：海派小说文体与大众文化姿态》，《东方论坛》1994 年第 4 期。

② 叶兆言、余斌：《午后的岁月》，上海书店出版社 2010 年版，第 102—106 页。

③ 章国锋：《从“现代”到“后现代”》，见柳鸣九主编《从现代主义到后现代主义》，中国社会科学出版社 1994 年版，第 16—17 页。

的对象。如叶兆言的侦探小说系列就运用多种后现代主义手法有效地深化了作品的主题。这与他在写作之前就先通读了迪伦马特的侦探小说集、格林的《布赖顿硬糖》、罗布·格里耶的《橡皮》《窥视者》等15部后现代通俗小说作品[①]有直接影响关系。另外，像纳博科夫、库尔特·冯内古特、玛格丽特·杜拉斯、君特·格拉斯等在具有亲和力的大众文化和先锋文艺的批判精神之间融合了一种宽泛文化视域的小说家是叶兆言最为倾心的，伯格曼的电影剧本、《巴黎最后的探戈》《黑色通缉令》《美国往事》等西方通俗电影作品也都给叶兆言的小说创作带来无穷的灵感。如果说莫里斯·迪克斯坦正是在鲍勃·迪伦、甲壳虫和滚石乐队的创作中发现了60年代的先锋精神，那么对叶兆言而言，借鉴古今中外的通俗文艺同样并非去放弃精神性的、有形式意味的写作，而仍然在内在动能上，追求对先锋精神的占领。

这种观念与策略不但推动了叶兆言小说本土化的发展，更重要的是在俗文学世态人情的故事文化中融入了他对于人事的世俗同情和对于世俗现代性的价值认同。如果说如何去理解世俗生活实际内含着一个作家文化视域中的价值辨析，那么叶兆言的世俗性与其说是源自市场，不如说是源自市民、源自市井。对于曾目睹过“文革”年代种种人性悲剧的叶兆言来说，从普通人的世俗欲望与活法中深刻认同人性和人欲存在的合理性，更意味着坚守一种立足民间的人生情怀与立场。20世纪80年代文坛涌现的一批世俗化主题小说（《受戒》《美食家》《棋王》《孩子王》）显示出与“五四”作家按照西方现代化模式“改造国民性”的启蒙主题迥然不同的思想理路，它们重新接续了沈从文从普通人的自在人生中发现自然人性之美这一母题，流露出当代作家在民间生活中建立的民本主义情感，及其试图从俗世人生的形式中汲取智慧、重构当代人文精神的价值倾向。在《郴江幸自绕郴山》《万事翻覆如浮云》《午后的岁月》等文章中，叶兆言曾多次表达对汪曾

① 苏童、叶兆言、王干、闻树国：《文学的自信与可能——开始在南京的对话》，《小说家》1993年第2期。

祺、陆文夫、阿城的天然亲近与认同。就作品来看，《状元境》《枣树的故事》中那一幅幅白描的民俗风情画、那一个个有笑有泪的市井传奇无不在仿古拟旧中透露出执着于日常生活的市民精神底蕴；在娓娓道来中饱含对历史无理性的批判和对广大平民百姓生存信念的礼赞。“兴百姓苦，亡百姓苦”，这一朴素的民本主义思想贯穿叶兆言的创作始终，他笔下一系列典型人物，如张二胡、三姐、岫云、马文、老四、竺欣慰、关丽君等，都带有鲁迅笔下阿 Q 的性格因子，有意无意流露出作家对“好死不如赖活着”这一世俗化意味的人生信念更为复杂的认同。正如樊星说的，“在这样的信念中，积淀了中国传统文化的生命崇拜情感，也显示了平民百姓在饱经磨难中形成的特殊体验，——消极地看，是‘逆来顺受’、‘麻木不仁’的国民劣根性，但其中也不是没有‘留得青山在，不怕没柴烧’的坚忍与豁达。”[①] 这构成了叶兆言小说世俗现代性的基本底色。当然，对世俗现代性的认同并不等于世俗认同。叶兆言的一些平民文学作品《艳歌》《爱情规则》《人类的起源》以通俗诙谐却不失严肃的笔调暴露了社会转型时期世俗生活无聊无奈的阴暗面，深刻有力地呈现出人物矛盾的心情、灰暗的精神和迷茫的情感，某种意义上未尝不构成时逢后现代情境的反动。它们的主题和人物都是世俗化的，小人物、小事件、小结局，但平实的叙述掩不住作家对人类存在命运和价值规则的思考。《我们的心多么顽固》《白天不懂夜的黑》《走进夜晚》等作品则运用反讽、揶揄的笔调对世风的浇漓和鄙俗的市侩心态展开剖露，表面滑稽可笑、荒诞不经的氛围里，隐含着作家锐利的审丑力，如庖丁解牛般，举重若轻地揭开时代深层的黑色角落。

因而，雅俗变奏更意味着用一种不断进入的现时态来使文本与现实世界产生更直接的联系，以通俗化的审美元素作为逼近社会人生纵深处的契机。通俗性无疑为叶兆言的小说带来了更曲折的故事、更丰

① 樊星：《论八十年代以来文学世俗化思潮的演化》，《文学评论》2001 年第 2 期。

富的文学资源、更充沛的想象力以及先锋性的更多探索。他的小说常触及婚外恋、三角恋、偷情、乱伦、猥亵、暴力和死亡等话题，更不乏各种乖张的人性、压抑的情欲和失控的命运，但叶兆言的叙事目的显然无意献媚于读者的期待视野，而仍然是对人类存在困境的关注，和对存在可能性的勘探（叶兆言多次表示并不喜欢通俗言情小说，至于所谓的畅销元素，他不仅从不考虑，而是根本不相信有[①]）。如谢有顺所言："对生存的关注，是一部文学作品最引人注目的深度链条。其中，生存的悲剧性以及神圣之光重新朗照大地时的终极幸福，即克尔凯戈尔所说的'永恒沉沦'与'永恒拯救'的两个心灵世界，是文学深度空间的主要内容。"[②] 我们看到，叶兆言在面对世俗现实的时候，并没有放弃对生存悲剧性的掘进，更没有须臾停止对人应该怎么生活、怎样生活才最合理这些根本问题的索解。就拿这部"周围都是地雷"[③] 的长篇小说《苏珊的微笑》来说，表面看可谓鸳鸯蝴蝶派小说的现代翻版，文化集团公司总经理杨道远有一个高位截瘫的妻子，一次偶遇美丽、神秘的大学毕业生苏珊，疯狂地爱上了她……机缘巧合、奇遇邂逅再加点男欢女爱，本是鸳蝴传奇令人乏味的套路，但叶兆言却借助"小三""凤凰男""官场潜规则"等流行的故事元素照出了人心的不同颜色和五味杂陈的人生况味。从叙事策略看，叶兆言每每借助偶然性和非理性来拆解类型小说的常理逻辑，使叙述者与隐含读者间平生出创造性张力。如杨道远向苏珊求婚，满以为"好比现实生活中送给女人一条非常贵重的钻石项链"，她定会对这千金一诺兴奋不已，却没想苏珊根本不打算步入婚姻殿堂；又如写苏珊与张慰芳的相会场面，站在一旁的杨道远始终很尴尬，生怕两个女人的战争爆发，未料全程都"非常平静"，"都给对方留下了不错的印象"；此

① 叶兆言：《一本书的价值》，见何锐主编《回应经典：实力作家小说选》，江苏文艺出版社 2011 年版，第 142 页。

② 谢有顺：《先锋性的萎缩与深度重建——兼谈北村〈施洗的河〉》，《当代作家评论》1993 年第 5 期。

③ 罗屿：《叶兆言：无意中走进雷区》，《小康》2010 年第 6 期。

外，诸如杨道远逐渐膨胀的心魔；苏珊甘愿赴死的爱欲意志；苏珊何以从单纯少女蜕变为“小三”，但“那些不纯洁的东西都无法伤害她的可爱”……无不突破了类型化的人物塑造、超越了约定俗成的惯性叙述模式。从叙事伦理看，叶兆言并未被一般性的道德伦理视角牵制，对苏珊作出简单的审判，或是使其表现出对金钱和权力顺理成章地屈服，而是从人性的角度去探讨婚姻围城内幕每个人内心的自私、嫉妒和隐痛。同样，苏珊的死亡结局也并非意在强调婚姻的神圣性或婚外恋的不道德，而是为了揭示生活表象之下那些深藏于人性底层的嫉妒的魔鬼，这种嫉妒很难用逻辑语言来说明清楚，但却具有超越现实的人性普遍性。换言之，苏珊的悲剧不是道德的悲剧，更不是时代的悲剧，而是人性的悲剧，“奥瑟罗因嫉妒用手掐死了苔丝德梦娜；同样起因于嫉妒，杨道远与社会成见、习惯思维共谋，以无形的流言与臆断合力谋杀了苏珊。两部作品超越四百年历史而遥相呼应，在此，因着原型的亘古永存，历史时间业已悄然凝定为宇宙时间。”[①] 在这个意义上，《苏珊的微笑》本质的内核是一种神话性，具有审美超越性的面向。事实上，叶兆言的很多小说都有世俗神话的精神特点，提供了一种未来向度的审美批判性，如《雪地传说》《热米拉》《夏日最后的玫瑰》《小杜向往的浪漫生活》等，表面上是写世俗生活，其实，世俗的笔触之下却是一颗微妙的人性的诗心，暗含对固化的生活模式和流俗的社会价值观念的重审和反拨。

总之，基于雅俗变奏的文本伦理，叶兆言往往将通俗文学的母题原型与先锋文学多样态的叙事模式水乳交融，将两种文学传统各自的优势都挪为己用。这使他的小说呈现出世俗性与超越性、在地性与想象力糅杂在一起的复杂面貌，后现代主义的平面性与现代主义的深度中心并行不悖，通俗但绝不媚俗。在实然与应然、世俗与精神之间，一方面，对人事的世俗同情，对美感的世俗领悟，令叶兆言的小说别

---

① 张勐：《小说的胜利——重读叶兆言〈苏珊的微笑〉之启示》，《文艺争鸣》2014 年第 3 期。

具一种泼辣生鲜、自在本色，某种程度上，也构成对时下小说话语故作风雅之恶俗的矫枉；另一方面，经由先锋形式探索，那些怪诞、突兀、奇谲的通俗审美元素仿佛都化作江南烟雨中的古都，静默坦然、不急不躁。而凭借对类型小说惯用的叙事程式及陈词套语的谑仿与反讽，那些存在即是合理的、习惯成自然的社会伦理与潜规则更不得不被重新审视。可以说，雅俗融合的叙事张力有效地建立起叶兆言的艺术个性，使其小说无一不打上了叶氏的存在印记，“一种人同此心的世故、一种亦嗔亦笑的风情。”①

第四节　外国文学影响与世界性尺度

作为一个喜欢谈论文学的作家，叶兆言对小说的主要观点都是以世界小说艺术作为参照点。正如他在《自述——我的文学观与外国文学》一文开篇所言：“我想我的世界观，我的文学标准和尺度，都是外国文学作品给的。”② 在与学者费振钟的一次对话中，他谈道：“在我的眼睛里，世界文学是一个整体。这话怎么理解？拿小说来说，小说是一个类，在我看，一个美国或者法国、俄国小说家，与一个中国小说家之间的区别并不比一个诗人与小说家的区别大。只要从事小说这个行当，世界上所有小说写作者都是同行。也许有所谓的美国文学、法国文学、俄国文学这种国别之分，但对我们这些写作的人，完全不必去想它们。世界文学就像一个大书橱，在这个大书橱里，你看到的那些作家都是精华，比如巴尔扎克、托尔斯泰都是你模仿的前辈大师，但作为他们的同行，你如果想要在其中为自己定位，也许定不上一个与之同等的位置，可是总要谋求有一席之地。”③ 可见，与其他作家有所不同的是，叶兆言并不急于区分何为民族的，何为世界的，何为传

① 王德威：《艳歌行——小说“小说”》，《读书》1998 年第 1 期。
② 叶兆言：《自述——我的文学观与外国文学》，《小说评论》2004 年第 3 期。
③ 叶兆言、费振钟：《作家的尺度》，《萌芽》1994 年第 9 期。

统的，何为现代的，他的习惯思路是将小说艺术看作一种世界性、整体性的语言。面对世界文学的整体格局，叶兆言认为存在一种“小说艺术上的进化论”。从对位角度，他把自己的写作困境和创作机会比作伍尔芙那一代作家，“政治因素对我们的影响已不太重要，放在我们面前的主要是如何与前辈小说家们‘竞技’问题。”换言之，当代中国小说家有一个更为自由、更多资源的书写环境，由此带来的困惑便是，“你在想怎么写就能怎么写的情形下而发现自己真不知如何写。”[①] 不难理解，叶兆言惯于用技术的眼光看问题，自然也就首先从技艺上寻求个人创造的叙事意图、目标与价值。如何在小说技艺上对大师们的一些未竟之处有所增补，便成为他不停地创造新形式来表现自己艺术本性、拓宽小说内涵和外延的内在驱动机制。但这并不是说叶兆言的小说创作拘泥于形式主义范畴，而是意味着，在很大程度上小说新的精神和新的意义的体现与建构必须通过形式主义的媒介来实现。

按照影响源的不同性质，叶兆言曾将自己对外国文学的阅读分为两个阶段，一是写作开始前“自发的起初阶段”，以一般的读者姿态开展的、偶然随性的阅读活动；二是写作发生后，小说创作者姿态的、相对理性的“功利性阅读”阶段[②]。在写作开始之前，叶兆言自发性的阅读对象主要是19世纪的经典文学名著，其中最吸引他的文学大师是雨果。从《笑面人》开始，中学时代的叶兆言一本接一本地阅读雨果，不但摘抄雨果的浪漫诗行，而且对小说《九三年》《死囚末日记》《布格—雅加尔》等进行了反复阅读。“文革”中雨果的著作因“宣扬资产阶级人性论”被列为禁书，叶兆言却偷偷地为那些激情的诗句、戏剧性的情节和充满哲理的格言与对话所感动涕零。事实上，驱动叶兆言早年阅读的直接动机正是“犯禁”的诱惑和对“大人不让看”的叛逆，但另外，阅读的选择又带有十足的偶然性，

① 叶兆言、费振钟：《作家的尺度》，《萌芽》1994年第9期。

② 叶兆言：《自述——我的文学观与外国文学》，《小说评论》2004年第3期。

“我在无意之中发现了雨果，有一本叫《笑面人》的小说让我爱不释手，这或许是作者最不重要的一本书，然而正是因为‘笑面人’的特殊表情，我才会去看《九三年》，看《巴黎圣母院》，看《悲惨世界》”[①]。叶兆言后来在《雨果难忘》一文中理性而全面地剖析和追溯了自己对雨果的认知及其文学影响，虽然随年龄增长阅读雨果的热情已经消失，但他依然认为，“在雨果的著作中，到处都是闪烁着思想光芒的句子，你只要拾蘑菇似的弯下腰来，立刻俯拾即是，不一会工夫便是满满一箩筐”，“雨果的小说对青少年世界观形成，有很大的好处”，“雨果的小说洋溢着火一样的激情，他的文字从一开始就在燃烧，从头燃烧到尾”，“奢侈和豪华正是雨果成功的秘诀”，“雨果属于那种为年轻人写作的作家，为年轻人写作也让他的写作心态永远保持年轻，这也是雨果为什么在晚年还能大写特写的秘密”……[②]可见，无意间的结缘却又是偶然中的必然，正是性情与气质、风格与气息的吸引使叶兆言爱上雨果，为之震撼和沉醉，而这种契合与影响在当时又进一步激发出浓烈向往的名著情结，“因为有了雨果，才会去看托尔斯泰，看巴尔扎克”，带着某种寻觅和靠拢的惯性，阅读世界文学名著成了少年叶兆言“唯一的功利心”，促使他伸向更广阔的文化天空。从托尔斯泰的《复活》《战争与和平》，高尔基的自传三部曲、《红头发瓦西卡》，巴尔扎克的《高老头》，到大仲马的《三个火枪手》《基督山恩仇记》，伏尼契的《牛虻》，萨巴哈钦·阿里的《我们心中的魔鬼》，传奇色彩的故事、生机勃勃的语言和自我燃烧的勇气构成这些名作之间相契共通的艺术风格，它们不仅在辉煌激越中掀开了文学花园雄伟壮观的幕布，更如清晨窗前洒下的第一线光辉，赋予青春期的叶兆言一种道德上的力量，一种“崇高感”，“其内里就是一种善”[③]。

---

① 叶兆言：《人，岁月，生活》，《收获》2000年第6期。

② 叶兆言：《站在金字塔尖上的人物》，人民文学出版社2017年版，第49—58页。

③ 叶兆言、余斌：《午后的岁月》，上海书店出版社2010年版，第106页。

就启蒙阅读来说，叶兆言无疑十分幸运。多丽丝·莱辛在谈到19世纪文学经典时曾说："我要找的，是那种温暖、同情、人道和对人民的热爱。正是这些本质，照亮了十九世纪文学，使那些小说表现了对人类自身的信心。"[①] 这种"爱"与"善"的人道主义本质同样也奠定了叶兆言文学骨子里对世俗生活热暖的韵味和对人的尊严不遗余力地维护，可以说，无论有多少名号，作家叶兆言首先是个感性的人道主义者，儿时的阅读已然融入血液，成为其生命和创作的底色。比如，当人们谈到巴尔扎克，常觉得他只会谴责金钱、批判现实，叶兆言却认为，"他的小说首先是爱"。他提醒我们，巴尔扎克的作品为最古老的"爱"的话题提供了"全新的思想"，究竟什么才是"爱的本义""爱的尴尬处境"以及"爱的最后极限"，巴尔扎克笔下的高老头、欧也妮、于洛男爵夫人作出的回答是："爱是无理智，无条件。爱是一道射向无边无际世界的光束，它孤零零奔向远方，没有反射，没有回报，没有任何结果。爱永远是一种可笑幼稚的奉献。"[②] 这种对无私爱的呼告在当下祛魅的世俗化语境中无疑撼动人心，而它也成为叶兆言小说所要寻觅和建构的人生中的光明和人性中的求真与向善。除了雨果和巴尔扎克，另一位对叶兆言影响深远的19世纪古典作家是契诃夫。叶兆言常说，契诃夫的小说和剧本对他的写作帮助很大，契诃夫是他心目中的文学英雄。在《契诃夫的夹鼻镜》一文中，叶兆言并未谈及契诃夫高妙的讽刺艺术，而是深深体味着创作主体渗透在作品中的一种"含泪的微笑"意蕴，一种如抑郁症患者般痛苦不安的气息。契诃夫的小说和戏剧里当然不乏讽刺、挖苦和批判，但叶兆言认为，我们真正应该为之动容的是"透过契诃夫的夹鼻镜看到的人间现实。人间现实是什么呢？是显著而持久的情感低落，是对人生的抑郁和悲观，是舞台上下正在上演的那些我们一时还看不明白的东西"[③]，

---

① ［英］多丽丝·莱辛：《小小的个人声音》，卢伟译，《世界文学》2008年第2期。
② 叶兆言：《站在金字塔尖上的人物》，人民文学出版社2017年版，第65页。
③ 叶兆言：《站在金字塔尖上的人物》，人民文学出版社2017年版，第99页。

这种理解也直接影响着叶兆言的小说气质，尤其使他的小说饱含温度和疼痛感。就像福斯特说的，当以共时而非历史进步论的眼光观照作家，“并非将他们置于时间的大川任他们随波逐流，稍有不慎就会被吞没，而是请他们团团围坐在一个圆形房间里，就像大英博物馆的阅览室——同时写他们的小说”，我们便能清楚地认清“创造性心灵说到底仍是个古老的器官”①；只有创作主体站在应有的精神高度，对自我和他人的存在拥有独特的认知和发现，才能产生“全新的揭示人性的体系”②。因此，叶兆言很早就认识到的一个写作真理是，重要的不是简单去追逐世界文学或当代文学的新潮流，而应该超越时间关注文学对永恒的人性的呈现和生命的关怀。

1974 年是一个转折点，北京小圈子的沙龙气氛和地下诗人的启蒙使叶兆言的阅读趣味发生了由古典现实主义向现代派的根本性转变。回到南京之后，叶兆言进入一家工厂当钳工，工作之余开始大量搜集内部发行的“黄皮书”来读，“我对那些传统意义的古典作品，产生了厌烦情绪，文学发展的演变史开始对我起作用，因为有了黄皮书，我觉得 19 世纪的外国文学都有些老掉牙，更能吸引我的是那些现代派作品”③。这份书单大致包括《在路上》《人，岁月，生活》《厌恶及其他》《局外人》《日瓦戈医生》《感伤的旅行》《带星星的火车票》《乐观者的女儿》《往上爬》《愤怒的回顾》等。除了黄皮书之外，叶兆言还读了海明威的《永别了，武器》、雷马克的《凯旋门》《西部无战事》、弗·福赛斯的《敖德萨档案》、托马斯·曼的《布登波洛克一家》、三岛由纪夫的《丰饶之海》等现代派经典。这些文本所散布的那种垮掉、迷惘、荒诞、愤怒和黑色幽默如四月的春寒，吹袭了 19 世纪文学的庄重典雅，推动了雅克·朗西埃所谓的“感性再分配”，不仅深入契合“文革”后迷困的青年情绪，使主体的解构意识获得苏

① ［英］E. M. 福斯特：《小说面面观》，冯涛译，上海译文出版社 2019 年版，第 8 页。
② ［英］E. M. 福斯特：《小说面面观》，冯涛译，上海译文出版社 2019 年版，第 190—191 页。
③ 叶兆言：《人，岁月，生活》，《收获》2000 年第 6 期。

生，而且最终在阅读视域的融合中构筑了叶兆言创作反叛与自由的基本精神底色，对他认识时代、剖解革命、省思战争、批判社会都有直接而有力的影响。

1978 年，叶兆言考入南京大学中文系，1983 年师从叶子铭教授攻读中国现代文学方向的硕士研究生。如果说在这之前他的阅读状态大多属于无目的、无功利、无体系的自发性阅读，那么进入大学中文系之后，叶兆言则开始了相对系统、规范和专业的阅读。此时刚学习写作的叶兆言开始有意识地从语言、对话、细节、人物、结构、文体、叙述人称等角度去考察作品中的写作技艺，即他所谓的“功利性阅读”。对很多当代作家而言，这一时期伴随改革开放和思想解放的大潮，几乎一夜之间大规模开放和多元涌入的欧美文学使个人的阅读结构发生了很大的变动和调整，其中莫言的回忆很有代表性，他说“八十年代的时候正好是我们这一批人恶补西方文学的时代”，在 20 世纪 50—70 年代中国人的阅读面无疑十分狭窄，只有红色经典，以及社会主义阵营的苏联小说、东欧、越南小说，直到 20 世纪 80 年代初期伴随思想解放，“三十年积累下来的西方作品一夜之间好像全部都到中国来了。那个时候，我们真的有点像饥饿的牛突然进了菜园子一样，大白菜也好，萝卜也好，不知道该吃哪一口，感到每一本书似乎都是非常好的。这样一种疯狂的阅读也就是一种恶补，它产生了一个非常积极的作用是让我们认识到小说的写法、技巧是无穷无尽的”[①]。可见，由于“文革”前后读物品种的极度匮乏，一夜间大爆发的多样性阅读选择在很大程度上刺激了原有的文学观念，尤其像法国新小说、美国意识流等西方现代派，拉丁美洲的爆炸文学、魔幻现实主义小说，更是在创作方法上启发出无穷无尽的可能性，成为作家们竞相模仿和借鉴的样板。

相较而言，叶兆言对现代派文学的涉猎更早，范围更广，如上文

① 莫言：《用耳朵阅读》，作家出版社 2012 年版，第 278 页。

所论，20世纪70年代中期他就在小环境中接触到超拔时代的“持微火者”，在地下文学的启蒙下选择以现代派文学作为审美的标杆和尺度。但大学读书期间，由于进入创作实践，他的阅读方法和阅读角度显然发生了变化，而更倾向于从写作技艺切入。这一阶段的外国文学阅读按阅读形式和阅读方法可大致分为两类：一类被作家自己称作“流行阅读”，在当时主要是一批因诺贝尔文学奖成为文坛新近关注焦点的作家作品，包括索尔·贝娄的《赫索格》《挂起来的人》《洪堡的礼物》《忧思伤情》、辛格的《女巫》《卡夫卡的朋友》《傻瓜吉姆佩尔》《卢布林的魔术师》《冤家，一个爱情故事》《童爱》、马尔克斯的《百年孤独》《霍乱时期的爱情》等。虽说是流行阅读，但实际上，这些作品带给叶兆言的强劲叙事能量对其破除叙述成规、打开创作野心、激活创作空间的意义非同小可。另一类是“长效阅读”“课本阅读”[①]，即把经典作品作为创作模板的模仿式、临摹式反复精读。比如海明威的《我们的时代里》、福克纳的《献给爱米丽的一朵玫瑰》、卡夫卡的《在流放地》、梅里美的《伊尔的美神》、麦卡勒斯的《伤心咖啡馆之歌》、杜拉斯的《情人》、契诃夫的《海鸥》等作品，都被他奉为“天赐的神品”“文学的神圣之光”[②]。考察叶兆言的创作、尤其是早期作品，便不难发现，《枣树的故事》之于《百年孤独》、《悬挂的绿苹果》之于《白象似的群山》、《状元境》之于《傻瓜吉姆佩尔》、《五月的黄昏》《死水》之于《我们的时代里》、《花影》之于《伤心咖啡馆之歌》，在描写、叙述、对话、意境等层次，都存在积极吸纳的显著痕迹。总之，在坚持小说是世界的观念基础上，叶兆言努力寻找着更加广阔的创作出路，同时也在清醒地筑造自己的栖身之所。

西方现代派的小说谱系及其非理性的写作面向对于叶兆言的影响不言而喻。无论是在生活真实与艺术真实关系的辩证认知上，还是在荒诞虚无的人生体验的体贴传达上，都具有直接性和穿透性的

① 叶兆言、余斌：《午后的岁月》，上海书店出版社2010年版，第97页。

② 傅小平：《叶兆言：我永远都在探索文学的可能性》，《文学报》2018年11月29日。

启悟。而在现代派作家中，叶兆言谈论最多的是美国小说家海明威。他多次表示，海明威是对他写作产生最大影响的作家："海明威对我来说，曾经是太重要了……我最初写小说，有不少地方都是模仿海明威"[①]；"在我一开始写作的时候，对我影响最大的还是海明威。海明威对我有过刻骨铭心的影响。海明威是我写作方面的启蒙老师，他给我的影响要超过其他所有作家"[②]；海明威"对我影响最大，他是我们少年心目中的英雄"，"海明威对我是有恩的，是我第一个真正意义上的老师"[③]……海明威对现代小说最重要的贡献就是"冰山理论"，道理并不复杂，简单说就是写出来的只是水面部分，弦外之音更在水下，经由节制和简洁的笔法，最终抵达小说的张力之美和深邃的想象空间。略萨后来作出进一步阐发，并命名为"隐藏的材料"法，"隐藏的材料要有价值，有象征性，能够和故事发展有机地联系在一起，能够适时中断故事的讲述"[④]。也就是说，小说中真正重要的不是已经写出的，而恰恰是没有写出的，这就要求作家在实与虚之间不断调整比例，从而赋予文学空间真正震撼人心的"内暴力"。事实上，简洁而经济、节制而优美、宏大而深入，这些美学要素对叶兆言而言，等同于一种现代小说艺术尺度的认同和坚持。正是通过种种有机的、隐藏的材料，最大化地保持一种开放的收束，叶兆言将小说的可能性膨胀得充盈饱满，也给读者留下无尽回味的空间。归来的宋先生一如当年，可是五十年的时间都去哪儿了？从此岸到彼岸的必要过渡是什么？（《宋先生归来》）始终不相信黑狗传说的阿狗，为何会在唯一目击过黑狗的老人寿终正寝的同一天被闪电击毙？为何他的背部被烙上黑狗的图案？（《黑狗》）眼熟的司机王是否就是"文革"中给我们上哲学课的工宣队祁师傅？在往返路途中"我"是否换坐了轿车和司机？（《魅影的黄昏》）……这些问题有的很容易澄清，有的却没有答案，

---

① 叶兆言、余斌：《午后的岁月》，上海书店出版社 2010 年版，第 85 页。

② 叶兆言、姜广平：《"传统其实是不可战胜的"》，《西湖》2012 年第 3 期。

③ 叶兆言、木叶：《好小说一定是"有问题的"》，《上海文学》2016 年第 5 期。

④ ［秘］略萨：《普林斯顿文学课》，侯健译，人民文学出版社 2020 年版，第 202 页。

一概都被叶兆言处理为冰山式的悬案。种种不可解的神秘启示着生活和精神世界的不可知与不可控，使文本具备了多重阐释的阔大与丰盈。更不用说小磁人对王德育爱与恨的背反（《小磁人》），母亲和吴凤英师徒二人共有的物之执念（《写字桌的1971年》），农民工老佟形态迥异的生命起伏（《再痛也没关》），走向疯狂的德莉莎及其隐含的人际社会问题（《德莉莎的疯狂》），每一个谜面背后没有展开的人物心理、那摧枯拉朽的人性带来的种种惊奇与震荡的命运、迷惑与错愕的人生都构成了隐藏的材料，成为咀嚼小说的重点。而当叶兆言将那些充满悬疑的情节层层展开、剥出"谜"之核心时，他也就在叙述的节制和意旨的含蓄之间，营构出他最理想的、如"螺旋形"般不断升高的小说境界①。

但这还不是最重要的，比起小说技艺的启发，海明威精神——所谓"压力下的风度"给叶兆言带来更深远的影响。20世纪80年代中后期中国当代文坛上曾掀起一股"海明威热"，此时的叶兆言虽然读到了更多的作品（《流动宴会》《过河入林》《海流中的岛屿》），却觉得"海明威的作品仿佛始乱终弃的情人""海明威风格的小说确确实实过时了"②。这种看似矛盾的表述恰恰揭示出海明威对他不同寻常的意义。在叶兆言看来，海明威的重要性并不在于形式与语言方面开创的"冰山文体"，事实倒是，当冰冷的描写、停顿的节奏和破碎的对话成为作家们的"ABC"时，海明威的诗学和风格就已走向程式化和公式化的反面，甚至跌入了狭窄和矫饰。那么海明威真正的遗产是什么呢？叶兆言认为是一种"活的精神"。他认为，海明威真正的"造反和革命性"在于指明了"写作行为"本身的重要性，"写作行为应该是人生的一种需要，是人的生命的一部分"，这种信念对于如何做一个作家才有更为根本的价值：

① 叶兆言、林舟：《写作：生命的摆渡——叶兆言访谈录》，《花城》1997年第2期。
② 叶兆言：《关于海明威的问答》，《中国比较文学》1991年第2期。

> 写作行为和写作目的是两回事。这是海明威给我的最重要的启迪。写作行为永远是孤独的，永远被人误解。稿费制度对文学繁荣是刺激，同时也是场灾难。写作行为应该是人生的一种需要，是人的生命的一部分。小说家必须“天天面对永恒的东西，或面对缺乏永恒的状况”。不发表作品只是微不足道的逆境，任何一个不同凡响野心勃勃的作家，他将不仅仅是在逆境中起航，而且会在逆境中度过一生。写作行为本身便是对逆境的挑战。可以称之为逆境的东西实在太多。文学大师们逼人的光辉压迫着我们，官场名利诱惑着我们。《老人与海》的意义就在于它揭示了我们的处境。任何小小的胜利都不足以改变作家注定失败的命运。发表作品也好，转载有评论也好，堂而皇之得奖也好，所有这些属于写作行为结束以后的东西，都改变不了作家的必败处境。……好的作家，应该永远处在“继续探索那些未到达的领域的新起点”上，写作行为永远是开始，永远没有结束。唯一的结束是失败，是死亡。[1]

在叶兆言看来，《老人与海》最为形象有力地揭示出一个作家对小说艺术所应葆有的固执信念——面对精神和语言的风暴，作家需要独自前行，在艺术的边界与纸笔较量、与思想交锋，以一种“压力下的风度”[2] 发出永恒的自我追问。鲨鱼的来袭对奄奄一息的桑地亚哥来说无疑是致命打击，正如写作的进程充满痛苦和矛盾：读者的忽视，批评家的误解，默默无闻不被文坛承认，政治运动，天灾人祸，生老病死，又或者是反过来，荣誉，得奖，功成名遂后金钱和权力的种种诱惑……都有可能成为写作的阻碍，这时，海明威精神就成为一种巨大的鼓舞。卡尔维诺曾将其概括为，“一种开放和慷慨的能力，一种

---

① 叶兆言：《关于海明威的问答》，《中国比较文学》1991 年第 2 期。

② 在 1926 年 4 月致斯哥特·菲茨杰拉德的一封信中，海明威首次提及“grace under pressure”。这一表达式被绝大多数批评家解读为“压力下的风度”，并被认为是海明威式“硬汉”的重要行为准则。

对必须做的事情的实际承担（还有技术承担和道德承担），一种直接的审视，一种对自悔或自怜的拒绝，一种随时撷取生活经验也即撷取个人在剧变中总结的价值的态度，或一种姿势。”① 菲利浦·扬也有相似的赞美，他说在海明威的世界，“东西不生长，不结果实，只会爆炸、破裂、腐朽，或是被蛀蚀。它的整个命运是悲惨的，幸而它有它的理想，其中包括忍耐、充足的能力、毅力”②。而对叶兆言来说，“生命不息战斗不止”。孤独、理想、沉潜的耐力与艰辛的技艺磨炼，这些既是先锋写作的标志，也成为他永葆旺盛创作生命力的秘辛。除了海明威，对叶兆言小说影响较大的现代主义小说家还有福克纳和马尔克斯。值得注意的是，叶兆言并不推崇博尔赫斯式的“纯度”小说，而更青睐福克纳与马尔克斯式的“泥沙俱下”。

“优秀的作家一定有地域性，但是优秀作家的重要性，恰恰不在于他的地域性”，“优秀作家的重要性，在于他是，或者说曾经，或者说将要，成为世界文学的一部分”③。在叶兆言看来，小说绝对是一种世界语言，应该从存在的根性、从个体的处身性，更深透地展示中国人一种多元的感受世界的生命方式及共生状态，进而为世界文学提供丰富的汉语文学经验，而非仅仅从地域性和民族性来审视个人的困境。基于这样的文学观，叶兆言把“五四”文学分为“呐喊”和“彷徨”两大类型、两大阶段。他认为，尽管“呐喊”式文学更容易成为大众关注的焦点，精华却集中在“彷徨”时代，如鲁迅的《在酒楼上》《孤独者》、叶绍钧的《潘先生在难中》、郁达夫的《薄奠》《过去》，无不表达了以“悲凉”为内核的现代美学特性和现代化的艺术思维。但这种以个人体验为基本视域的写作在 1928 年兴起的革命文学中逐渐

① ［意］卡尔维诺：《为什么读经典》，黄灿然、李桂蜜译，译林出版社 2012 年版，第 259 页。

② ［美］俄康纳编：《美国现代七大小说家》，张爱玲等译，生活·读书·新知三联书店 1988 年版，第 236、214 页。

③ 沈乔生、苏童、叶兆言、储福金、鲁羊、朱君：《文学和它所处的时代》，《上海文学》1993 年第 10 期。

隐匿，一种“粗糙，狂妄，不知所云”，甚至“极其粗暴”的新文风使后来的文学走入了主题先行的歧路，这令叶兆言耿耿于怀[①]。叶兆言批评茅盾的《子夜》是失败之作，“问题出在根子上，茅盾写的人性是人的共性，他不是写个人，不是写的活生生的人”[②]。与之相反，巴金的《寒夜》《第四病室》《憩园》虽影响上远不及《家》，但却由暴露社会问题跃升至“人性的深处”“进入了一个崭新境界”[③]。叶兆言认为，“在《寒夜》中，形成尖锐冲突的矛盾是两种爱，来自母亲和妻子的不同的爱，给男主人公造成了一种真正的伤害。无论是母爱，还是夫妻之爱，从爱来看都是永恒的，它们造成的冲突不会因为社会问题的解决而消失。有些难题似乎是可以解决的，贫穷，失业，战争，疾病，当这些已经不成为问题的时候，人类性格中的弱点仍然将继续困扰我们”[④]。在这个意义上，叶兆言的理想写作文本就是巴金的《寒夜》，还有钱钟书的《围城》、沈从文的《长河》、老舍的《离婚》、张爱玲的《金锁记》以及师陀的《无望村的馆主》等以一切时代皆有皆通的生命状态、生活状态以及人性状态为根本内核的文本。总之，在他看来，与“感时忧国”的时代文学、国家文学相比，这种对“‘彷徨’的无可奈何和无能为力”“走投无路的严重处境”“人的孤立无援和无法沟通”“追求和幻灭之间的消长”[⑤] 等永恒的精神难题与生活悖论的文学书写更具备世界文学性、是中国现代小说叙述更为成熟的发展轨迹。

尽管这出于一种后设视角，但依然可以清晰地看出叶兆言基本的文学观，毫无疑问，相比时代纪念碑的写作因素，叶兆言更强调文学自身的传统，或者说艺术发展的自律性。美国汉学家夏志清的《中国现代小说史》同样表达过上述观点。夏志清认为，始于 1917 年文学革

---

① 叶兆言、余斌：《午后的岁月》，上海书店出版社 2010 年版，第 54—75 页。
② 叶兆言、陈村：《聊聊那些现代作家》，《上海文学》2007 年第 5 期。
③ 叶兆言：《群莺乱飞》，上海书店出版社 2010 年版，第 40 页。
④ 叶兆言：《围城里的笑声》，《收获》2000 年第 4 期。
⑤ 叶兆言：《围城里的笑声》，《收获》2000 年第 4 期。

命的“新文学”，其核心是一种“感时忧国的精神”，而“道义上的使命感”无疑贯穿了“五四”和左翼的启蒙叙事、宏大叙事、革命叙事。固然有其时代的合理性，但当中国作家们视之为文学前提时，过度狭窄的爱国主义就成为自我设限的藩篱，其创作也就局限于成为革命武器，造成主题单调、艺术粗陋和内容空洞等弊端[①]。另外，中国现代文学中还存在另一大叙述流脉，即以张爱玲、钱钟书、沈从文为代表的民间日常审美叙事，他们将审美的目光由社会外部观察转向对人心与人性、理智与情感的洞见，将热衷揭示社会问题和进行历史价值评判的主题转向对人心的剖析和对人性的开掘，以复杂的冲突情境和道德视景的构置充分展现出浸润于生命的实相，因而具有更长远的文学生命力。夏志清的这一结论同样是将中国现代文学置于世界文学的视野中得出的，“文学的好坏没什么中国标准、外国标准的，中外文学的标准应该是一样的”[②]，而他的《中国现代小说史》正是在改革开放之初被引进中国大陆学界，当时叶兆言正在南京大学中文系攻读现代文学研究生，这本著作仿佛给他打开了一个崭新的空间，影响丝毫不可低估。事实上，叶兆言从一开始就将自己的风格定位在日常生活叙述上，定位在民间叙述上，努力着张爱玲们尝试过，又被中断了的新文学走向。

当叶兆言以高屋建瓴之势消化和溶解了中西文学的精髓之后，他提出小说不能依靠特定时代和特定问题，而应该面对生与死、罪与罚、伦理与美、生活的意义等“永恒的话题”。小说的合理性在于追求审美对现实的批判和超越，小说的价值在于对永恒的生存意义的领悟，“小说的合理性不是说一个特定时代的问题解决了，问题就不存在了。”[③] 与其说这是将“特定时代”抛掷出去，放弃迎合时势，不如说叶兆言对超时代的永恒性题材具备自己坚定的艺术信念——在现代性

---

① 夏志清：《中国现代小说史》，复旦大学出版社2005年版，第357—371页。

② 季进：《对优美作品的发现与批评，永远是我的首要工作——夏志清先生访谈录》，《当代作家评论》2005年第4期。

③ 叶兆言、木叶：《好小说一定是“有问题的”》，《上海文学》2016年第5期。

视野之下，上帝死了，终极真理被否定，但“永恒的话题”并不随之消失，那些潜藏在人性底层神秘而永恒的谜题是现代小说内在的力量与魅力所在。因而，叶兆言认为，小说要真正能体现自身的价值，就需要包含作家真实的痛切感受，由此才能抵达一颗颗既普遍又有很大差异性的心灵。“文学是一种痛”，“文学与珍珠的形成十分相似，珍珠是河蚌的一种痛造成的，是因为有了伤口，有了不适，文学同样是痛苦的结晶，没有痛在里面，就不可能形成美的文学。”① 只有传达别种话语方式所不能传达的切己的痛苦，将它抒发出来，让人心相互沟通，文学才能抵达审美的最高境界。在叶兆言看来，文学最打动人心之处就是它作为一种“痛”“善”和“美”的艺术载体而存在。“文学痛在人心，没有痛，就很可能没有美。”“文学往往就是这样那样的一些痛，而痛中间始终都有善。事实上，只有善才能让我们更容易体会到人生，才能确切地感受到文学中的痛。善根是文学存在的基础，好的文学作品里面不仅要有痛，要有痛的底子，还必须要充满善，一定要有些让人刻骨铭心的东西。”② 无论时代如何变化，文学所拥有的抒情态度与诗性内核并无太大不同，而真正美好的文学所期盼的，永远都是作家心灵凝结的真切体验与情感表达。归根结底，这既非事实存在，也非逻辑性的推理演绎，然而正因为包孕着珍珠般的痛、善与美的结晶，作为读者，我们明知它们都是叶兆言虚构的产物，却又往往会情不自禁地为那些总是“有情”“有我”的人生故事而如痴如醉、回味其中。

---

① 叶兆言：《文学是痛，文学是善》，《上海文学》2009 年第 11 期。

② 叶兆言：《文学是痛，文学是善》，《上海文学》2009 年第 11 期。

第二章　历史书写与历史意识的重建

早在20世纪80年代末90年代初，叶兆言的“秦淮系列”就与乔良的《灵旗》、莫言的“红高粱”系列、苏童的《妻妾成群》《红粉》《米》、格非的《迷舟》《敌人》《大年》、刘恒的《狗日的粮食》《伏羲伏羲》、余华的《鲜血梅花》《一个地主的死》、张炜的《古船》等一道，被评论家们作为“新历史小说”来热烈谈论，显然，讨论叶兆言的历史小说无法回避新历史小说的理论界定。陈思和认为，从创作观念与视角看，“新历史小说强调民间意识绝非摈除政治意识，它旨在以更大的空间自由注入当代人的历史意识，使大多数的民众意识都包含到政治范畴中去，以至使历史从教科书的抽象定义中解放出来”[①]。陈晓明将这类历史故事的构造称为“后历史”话语，即“一种对‘历史’的阉割与补充的双重快感：一种沉迷于‘后悲剧’状态中的救赎与恐惧的欢愉”[②]。吴义勤则从作家的精神气质与思维方式入手，将新历史小说还原到特定的社会政治思潮现场来加以文化阐释，认为“事实上，它是中国文学和中国作家的一种特别的生存策略”，而就其内涵本质说，则是“一种主观的历史，是一种历史的关怀，是一种故意的历史误读”[③]。可见，新历史小说之“新”不在于题材递

---

① 陈思和：《略谈“新历史小说”》，《文汇报》1992年9月2日。

② 陈晓明：《历史颓败的寓言——当代小说中的“后历史主义”意向》，《钟山》1991年第3期。

③ 吴义勤：《“历史”的误读——对于1989年以来一种文学现象的阐释》，《文艺评论》1993年第4期。

嬗，而在于新的主旨内蕴与审美框架、新的精神意图与价值取向，乃至新的心灵空间与生存方式。从作家们的创造路径看，或是借取一点历史的因由而随意点染、自行演绎，或是干脆“背向历史”、敞开个人维度的记忆以洞见另一种历史真实，或是运用斑斓凹凸的历史意象来服膺于人生态度与哲学沉思，又或是工笔复刻原生的历史情状来表现当下鲜活的存在境遇与生命意志。总之，在“有我之境”中将历史转化为一种有意味的形式，寄寓作家极富个人情怀和主体精神的思考与阐释、想象与投射。

历史是一部苍茫的大书，丰富复杂的生活杂象丛生。就叶兆言面对历史生活的姿态来说，“他总是有意无意地卸脱‘历史’的重负，或者毋宁说热衷于跳出‘历史’之外，从自在的生活层面上，创造其带上‘自然化’倾向的故事”①。如果说在《陈旧人物》《杂花生树》等文化历史随笔中，叶兆言常常在不经意中把日常生活的场景纳入笔下，经由自己独到的体验方式走近历史和生命的一片天籁，那么在叶兆言的小说中，感性自在、五彩缤纷的生活常态性历史表象则成为通向丰富心灵、复杂人性以及一种含蓄普泛的审美品位的叙事装置。用叶兆言自己的话说，“我从来写的都不是历史小说，只是小说需要借助这段历史，需要这个背景，这个历史和背景就相当于房间里的画，相当用于摆设的老家具，它们是一个软包装，或者是外包装”②。历史不仅是知识，更重要的是作为路径与方法，就跟“画家手中的颜料，音乐人手中的音符一样”，这些历史和过去时代的故事，只是叶兆言使用的一种语言和形式③。其叙事动机无关乎具体的历史教益，不负载总体的历史精神，而是充分发挥创作主体的艺术内省力，将历史对象引入审美机制，使历史成为真正艺术化的作品内核。小说是虚构与想象的艺术，历史只是承载作家表达的时空符号，“一种通道，一座

① 黄毓璜：《面对共同的历史——周梅森、叶兆言、苏童比较论》，《钟山》1991 年第 2 期。
② 傅小平：《叶兆言：我永远都在探索文学的可能性》，《文学报》2018 年 11 月 29 日。
③ 《中国青年报》记者：《叶兆言谈“历史小说”》，《中国青年报》2000 年 5 月 15 日。

桥梁，一种途径和方法，当他在言说历史时，并不在意历史本身，而在历史以外的东西，所以，这时的历史可能只是一种形式化的历史。”[①] 基于这样的审美意识，叶兆言以历史时空中寻常普通的小人物和普遍琐屑的历史生态为表现对象，以人生中苦难、迷茫或幸福的生命感觉为讲述契机，以民间日常和地方风情为叙事重点，以历史是存在绵延的现代时间理念为哲学内涵，构筑起他独特的、耐人品味的形式化历史诗学。从其朴素性和继承性而言，叶兆言的历史诗学既内涵了近乎日常的社会意识，又诉说了他对彼时社会的思索与对当今社会的渴念，同时也融入了一个文化忧思者力透纸背的文化意识和人文情怀。

第一节 “小叙事”的建构与伦理

就叙事思路和方法特征来说，叶兆言的历史书写十分契合利奥塔所谓的“小叙事”。在将叙事引入历史—哲学—社会学领域之后，利奥塔提出两种截然不同的历史叙述路径，一是元叙事，也称大叙事，其运转部件包括“它伟岸的英雄主角，巨大的险情，壮阔的航程及其远大目标”，其目的是证明知识的合法性[②]；二是小叙事，不同于大叙事对总体性的迷恋和对先在历史观念及逻辑结构的依赖，小叙事往往选择以具体细微的视角进入历史，并非不关心总体性，而是在总体性语境中寻找别具一格的微观视野。从方法论上说，宏大历史叙事接近思辨路径，而小叙事则着眼于具体性和多样性的经验。“倘使说思辨的方法必然走向‘自上而下’和观念先行的路径，那么，经验的方法则往往趋向于‘自下而上’和回到事实本身的路线。”[③] 用叶兆言的话说，“作为小说家，我看不太清楚那种被历史学家称为历史的历史。

① 晓华：《论叶兆言〈一号命令〉的历史书写》，《小说评论》2015 年第 4 期。
② ［法］利奥塔等：《后现代主义》，赵一凡等译，社会科学文献出版社 1999 年版，第 3 页。
③ 周宪：《从小叙事进入当代文学史》，《东南学术》2001 年第 1 期。

我看到的只是一些零零碎碎的片段，一些大时代中的伤感的没出息的小故事”[①]。其一，在表现对象的实体构成上，叶兆言的小叙事带有局部知识的特征，故事本身往往并不包含多少历史内情的联结和时代脉动的关涉，个体的家庭生活、日常起居、情绪心理及生存状态被置于前景；其二，在表现主体的创造意向上，叶兆言的小叙事带有鲜明的视角主义特征，往往以多重视角观瞻下的循环讲述缀合历史真实。故事的支点并非预设理式的贯串或抽象意念的灌注，更无关于绝对历史理性或历史价值的暗示，而试图摄照个体感性、人生偶然性的小写复数历史。换言之，不是从一个总体视角来把握全景，而是以分解性的目光对历史景观进行多重的聚光与审视，从而获取一种谱系学的历史展示。

中篇小说系列《夜泊秦淮》对叶兆言的历史书写起到纲要性的统摄作用，它们以对历史和文化的寓意性叙述得到学界的重视，也是本节论述叶兆言历史小说“小叙事性”特征的契机和入口。(一)《夜泊秦淮》昭示出小叙事生活常态性的基本特征：没有英雄豪杰、党国要人的出将入相史，有的只是“最平凡的人物的习惯与感情”[②]；没有大起大落、大惊大险，有的只是带有极大普泛性的、寄寓在日常生活碎片中的众生世相。《状元境》的故事发生在反帝制革命和帝制复辟时代，穷酸琴师张二胡与团长姨太太三姐的情爱纠葛与家庭变迁作为故事的主体，并未内在对应于那个时代的社会政治变革力量，或表现出“五四”反封建的思想主题，而完全呈现为一种生活本身的必然逻辑。《十字铺》虽由北伐写到国共分裂，隐约透露着知识分子在20世纪20年代大分化的历史气息，但最终却落脚在了乱世中男女之间的争风吃醋和夺人之妻后的内心桎梏，以各自命运的错位与嬗变表现出生活本身的无序性、偶然性，却谈不上有何举足轻重的历史影响。《追月楼》《半边营》的故事时域限于民族解放战争前后，却给人以历史的模糊

① 叶兆言：《一九三七年的爱情》，人民文学出版社2017年版，第4页。

② ［美］詹姆斯·哈威·鲁滨孙：《新史学》，齐思和等译，商务印书馆2017年版，第1页。

感和凝滞感。前者让丁老先生在追月楼上自我封闭地退守蛰居，似乎在完成着一种心灵的操守，而其实并不扮演那个时代的历史角色，只是作为一个古怪而僵硬的个体，呈现出一种历史的文化生存状态；后者更加远离了历史的意图，几乎是孤立于时代和社会地突现了望族遗孀华太太的家庭纠葛，描绘她的变态心理在儿女身上的种种投影。在这个意义上，陈思和将《夜泊秦淮》比作左拉的《卢贡—马加尔家族》系列，“叶兆言所做的，正是‘重写民国史’的工作”，“通过这一个个秦淮人家的兴衰故事，我们看到了辛亥革命、张勋复辟、北伐战争、国共分裂、抗日战争、南京屠城，以及国民党南京政权垮台前夕的风雨飘摇，这一幕幕民国史上的重大事件投射到民间社会，就像是一块块小石子抛进沉沉的死潭，激不起强烈的漪涟。”① 20 世纪 90 年代后，叶兆言的“抗战系列”“文革系列”同样把全部的热情灌注于历史风云背后平淡的生活事实，历史波澜诡谲的非日常性都被处理为普通性和人类性的无剧效果，这无疑可视为作家历史意识全面性的消解与重建。在叶兆言笔下，“可歌可泣的历史被还原为极为寻常的普通生活，悲剧性的审美话语变异为维特根斯坦式的日常语言。”②

（二）通过原生态的生命景观建立小叙事个体本位的叙述视点，其背后是这样一种生命意识，即“生命永远是悲剧的，只要人活着，其生命必然充满着悲剧意识”③。这里要强调的是，叶兆言所关心的不是历史，而是历史中的人和命运，乃至人的宿命，因此他的小说往往聚焦于人物自身存在的普遍矛盾关系，最终要达成的是对人的生命本体的思考与领悟。如《追月楼》是从个体与外部大的时代背景上激发矛盾。小说将旧式文人的代表丁老先生安置于抗战中异族入侵的社会处境中，讲述他单方面的遗老情结、名节观念和家势的迅速衰败。在国土沦陷、民命倒悬的时刻，丁先生尴尬局促的情态跃然纸上，他一

① 陈思和：《告别橙色梦》，广东人民出版社 2018 年版，第 336 页。

② 王干：《为了文本而放逐历史——评〈夜来香〉》，《大家》1994 年第 1 期。

③ 丁帆：《叶兆言小说的生命意义》，《文学自由谈》1988 年第 5 期。

面深感“活着有愧”、一面又默认“活着就好”，一面充满“偷生的恐慌”、一面又“油然而生”着“生之乐趣”，一面信誓旦旦以身殉义，一面又无法摆脱各种羞耻和屈辱。生存与气节，酸腐的学究味与读书人的道义使命，可怜的欲望与升华的精神，在这里，丁老先生作为个体形态的价值评判显然已无关紧要，而命运却已排定他只能蛰居孤楼写那“不死不活庵”日记，成为一个完全与时代社会相脱节的历史冗余。《状元境》则把故事的矛盾系结于生存环境挤压下的人与人关系之上。在充满恶俗的状元境里，泼辣放荡的三姐与老实忠厚的张二胡不只在性格上构成矛盾，迥异的世界观也带来完全不同的生活方式。张二胡的发迹和振作似乎为他们黯淡的人生带来转机，却不料丈夫终因此断送了妻子的性命。小说最令人难忘处不在那绘声绘色的生活纠葛，而在三姐内心终于被唤起了对二胡的依恋，却偏逃不过命运的捉弄。因此，叶兆言在展示两个人的命运扭结时，从中发现了人生境遇的尴尬，并从人的尴尬处境中传导出一种酸楚的人生温馨。就生命意识来说，这也便是作家尤为独到之处，“它是以苦难与欢愉相融合的外化形式来倾诉使人不易察觉的生命悲剧意识”[①]。《半边营》更像是建构了人的理想自我与非我现实之间的矛盾，而对于婚姻不幸、久病在床的华太太来说，这种矛盾倒错的心理郁结似乎只能依靠对子女的一种决然冲突和言语虐待来进行转嫁。在儿女们面前，华太太无异一个邪头，一种魔星。而面对衰败、庸杂的家，叶兆言不仅把不甘消逝的母亲置放在《红鬃烈马》式的明媚理想与一世守寡的晦暗现实之中加以表现，包括她的女儿斯馨移情于秦淮河畔的小说家江东弟子，儿子阿米对昆曲青衣慧君情有独钟，都在隐秘的单相思中咀嚼着苦涩的岁月，在扩散的生活暗影中苦闷烦恼着。在生命无限展开的希冀与无法挽回的失落这一恒常的悲剧意义上，《半边营》无疑用一种黯然沉溺的节奏深刻展示出现实的、日常的困窘对生命的耗散与折磨。

---

① 丁帆：《叶兆言小说的生命意义》，《文学自由谈》1988 年第 5 期。

（三）在把握历史的方式上，叶兆言采取的是一种新古典主义式的纯客观化写实，意欲完全消解作家的主观情绪，贴近自然主义的审美效果；与此同时，叶兆言的现代意识凝结于小说总体意义上的象征结构，使一种社会状态通过隐喻的方式显现出来，实现了以“小”见大、见微知著。叶兆言的艺术取向虽专注于那些普通人在寻常生活中发生的最普通的事，但其事无巨细的写实功夫却是直逼历史本真，令我们体味到了层层洇开的悲哀、悲恸和悲凉。如果说得到任何事物的真相都实属不易，那么在原封不动的情境复刻中，在大小前后、几近于琐碎零散的家长里短中，历史的惊涛骇浪与细枝末节都获得了细腻真切的展示，而那些生活情态中人心的曲折幽微与沉重桎梏也在叶兆言一无遮掩的直陈中洞若明火。与之相呼应的是人物圆整化的性格塑造。三姐是美是丑？是善是恶？华太太该死该活？该厌该怜？丁老先生可笑可悲？可歌可泣？姬小姐算多情还是薄情？算可爱还是可恶？这些丰厚的审美实体和性格的张力场域背后是作家对历史价值含混性与复杂性的深层洞察与体悟，又与外视角的写实不可分离。另外，透过“追月楼”（士大夫文化）、“半边营”（传统家族文化）、“状元境”（市井俗文化）、“十字铺”（儒家实用主义文化）这些蕴意无穷的历史客体形象，我们可以站在今天的角度来审度传统文化的良莠，从而使作品的意旨很自然从历史扩展至现实甚至未来。“现代意义上的象征就应该追求这种总体意义上的象征，叙述的表层结构虽具完整性，具有审美的自足性，无须什么暗示，一切意蕴均在故事之中，但又能超越故事本体，走向另一种新型结构，显示出更内在的意义，它在所指层上为小说主旨打破时空的局限，指向人类生活的各个时代。”① 在这个意义上，《夜泊秦淮》提供了完整的秦淮市井长卷，包含着对社会历史晦暗面的精神概括。而叶兆言的《花影》《花煞》《一号命令》《驰向黑夜的女人》（又名《很久以来》）等也都是以总体性的象征来

① 洪治纲：《历史的认同与超越——新时期作家主体动向》，《当代作家评论》1991 年第 5 期。

建构小说与现实社会间复杂鲜活的图底关系，使作品的旨意极大地超越了历史时空。当然，从文化释义的角度，这种象征更多的是个体——存在维度的，表现出与“五四”民族寓言的差异。

要理解叶兆言历史书写的小叙事特征，另一部总纲性的作品也不容绕过，那就是发表于1988年、令其蜚声文坛的中篇小说《枣树的故事》。在小说的历史图式与表现模式上，叶兆言将它视为一个艺术“标本”，“长篇小说也好，中篇小说也好，都是这篇小说的某一点或某一个叙事方式的放大。”① 在这部作品中，叶兆言展示出其整合历史的另一大视角与方法，不妨称之为“共时态叙述”②。与《夜泊秦淮》有所不同的是，共时态叙述强化了叙述对象与现实的精神联结，其叙述标志是一个现时的叙述者“我”。通过“我”作为历史的寻访者，接触到幸存于今的历史人物，从而将历史浓缩为詹姆逊所说的“一种文化系统的共时性文本”，历史与现实的对话得以在一个更为主观性的时空架构中展开。（一）这个共时性的文本以“典型情绪”和“典型心理”作为主要表现对象，为历史意志所遮蔽和忽略的个体生命感觉是叶兆言捕捉与剖析的焦点。对叶兆言来说，历史既是一个认识装置，也是一个压抑装置，他要做的就是在被压抑的缝隙和边缘处打捞个体经验。因此，小说在对描写对象的主客观照中，尤其关注人的内在情绪和心灵状态：“《枣树的故事》本是一个围绕主人公岫云的一生遭际的长而又长的故事，但作者并不想去描述人物性格发展的历史，而以‘典型情绪’作为连接岫云一生遭际的纽带，从而展示了在特殊年代里人性的复杂性和历史的复杂性。”③ 譬如，小说中当尔汉向新婚妻子岫云娓娓如诉地讲述他过去和妓女们打交道的经历时，出现了一段意味深长的描述：“这些故事让岫云久久不能平静，常有一种置身于大海波浪中颠簸的感觉。故事里的天地像草原一般的广阔，岫云和

① 周新民、叶兆言：《写作，就是反模仿——叶兆言访谈录》，《小说评论》2004年第3期。

② 洪治纲：《新历史小说论》，《浙江师大学报》1991年第4期。

③ 徐兆淮、丁帆：《思潮·精神·技法——新写实主义小说初探》，《小说评论》1989年第6期。

尔汉置身骏马上飞奔驰骋，夜色如洗，他们放开缰绳，来来往往，一趟一趟，刚刚返回原地便又重新起程。”[①] 虽然叶兆言极其吝啬对大自然的直接抒写，但在这里，大海与草原具有了某种艺术媒介的功能，以其广阔无涯的崇高之美传递和寓示了岫云诗意升腾的生命的本真状态。

（二）通过个体心灵的捕捉讲述人性范畴中的历史，这就引出叶兆言历史叙事的自由个体伦理。按刘小枫在《沉重的肉身》一书中所提出的二分法：“理性伦理学”与“叙事伦理学”、“人民伦理的大叙事”与“自由伦理的个体叙事”，叶兆言显然遵循的是“自由伦理的个体叙事”，一种“讲述个人经历的生命故事，通过个人经历的叙事提出关于生命感觉的问题，营构具体的道德意识和伦理诉求”的“叙事伦理学”[②]。从叙事态度和倾向上看，叶兆言在传统历史叙事的理性准则之外追求着一种生命原始的感觉和伦理，它以支配人体的生命本能为支点，带着世俗的野性与温情，由此构成对世俗的价值标准和道德标准，也包括历史的价值标准和道德标准的重新审视与超越。譬如，在小说中，叶兆言精确而大胆地写出了岫云面对土匪白脸时的心理意绪：“她记得是这个人让她成了寡妇，又是这个人毁了她的贞节。她知道自己最应该恨的无疑就是这个人。但是，就连岫云自己也不曾意识到，她最恨的，是白脸根本不把她当回事……”[③] 单从叙事情节上看，岫云与杀夫仇人苟合的选择在传统叙事伦理中几乎是无耻堕落的化身，但叶兆言通过苦心孤诣地书写生命相通的感觉和情绪，使我们理解到，这又确乎是一个女人真真切切会产生的生命欲望，“是白脸把她毁了，因此唯有在一种毁灭的状态中，岫云才能得到心灵深处的满足”，甚至就连女主人公自己也不曾或不敢意识到，自我与非我在生命过程中的必然走向将是如此彻底的自我毁灭性冲动。中华人民共和国成立后，

---

① 叶兆言：《日本鬼子来了》，人民文学出版社 2012 年版，第 9 页。

② 刘小枫：《沉重的肉身》，华夏出版社 2007 年版，第 4 页。

③ 叶兆言：《日本鬼子来了》，人民文学出版社 2012 年版，第 50 页。

白脸被尔汉的弟弟尔勇复仇枪毙，岫云又与做保姆的主家男主人老乔相好，她似乎是“越来越糟糕，无可救药”，没人想得通到底怎么一回事，她自己也仍然百思不解，“她于是被认为是不正经的女人，但她同时又明明是一个被损害与被侮辱者。”① 依仗着对人本能力量的理解，叶兆言生动演绎了“一个女人一生混乱的性史，从被动到主动，构成生命的全部内容”②。其深层叙事动机，当然不仅是以“性”来展示“一个文化的成人礼仪式”，更是要表达作家对“悲剧，人，历史”③ 这三个范畴的新的认知。准确地说，是通过一些失却了道德价值判断的人物表达对人之生命体验的伦理关怀和情感温度，“将生命的流程裸现于读者之前，使你并不用一种尺度来衡量一个僵死的人，而是以关注生命的眼光来剖析生命的本体，来分析生命的意义”④。

（三）《枣树的故事》充分展露了叶兆言分解程式化意义系统的叙事策略，即“使用间离技术，来使其中人物中断关系，仅仅服从话语”，由此“分解固定的历史价值观念”，进而重构多元层叠的历史本身（人和世界在特定时空里所依存的形式）。⑤ 小说以女性岫云作为故事主角，采用多重叙述视角和话语形式对其一生的悲剧命运进行分解，有意构筑一种纷繁并置又相互阻隔的主观叙述格局。更具体地说，《枣树的故事》里至少有五个角色充当叙述者，并以完全不同的眼光和兴趣进行差异性的讲述，他们利用与岫云的关系进入故事链，展开各自的横断面，但造成的客观后果却是叙述的统一性秩序惨遭摧毁，而所有可能的重大主题、中心意义也因不加控制而隐遁。小说虽不乏历史风云、社会政治的含义，但显然叶兆言对之不予追索，种种话语结构的互相抵牾标明的是创作主体一种隔岸观火的姿态。面对岫云的种种不幸，她的寻求依附、意乱情迷也好，接受物化、自甘堕落也罢，

---

① 樊星：《人生之迷——叶兆言小说论（1985—1989）》，《当代作家评论》1990 年第 3 期。

② 季红真：《众神的肖像》，人民文学出版社 1996 年版，第 138 页。

③ 南帆：《再叙事：先锋小说的境地》，《文学评论》1993 年第 3 期。

④ 丁帆：《叶兆言小说的生命意义》，《文学自由谈》1988 年第 5 期。

⑤ 费振钟：《1985—1990：作为技术性小说作家的叶兆言》，《当代作家评论》1991 年第 3 期。

都在叙述语流的流淌之中轻松地漂浮而过。但我们的阅读并非一无所获，相反，却在每一个蒙太奇结构之内，每一个叙述者的话语片段之中，以及每一处貌似随意性极大的细节里，实现了对历史原生态的某种观照，进而缀合出关于性别、人性、人心、真相的多重思考。在这层意义上，《枣树的故事》所营构的虚虚实实的迷宫讲述恰恰达到了创作意旨的张力、故事内涵的饱和与叙述力度的深化。

《夜泊秦淮》和《枣树的故事》两部代表作基本可以概括叶兆言新历史小说的叙事路径、叙事模式与叙事伦理。可以说，叶兆言从创作“秦淮系列”至今，实际都若隐若现地表达一种相通和相近的历史意识，即在叙事和立意上追求日常化与庸常化、内心化与微观化的小叙事性，在叙述动机和创作意图上，则致力于向读者敞开历史小说的诗性特质，“我更希望大家是从现实生活出发，以现代阅读的方式”来重温历史[①]。与那些成王败寇、充满杀戮与阴谋的大叙事不同，这里没有喧嚣和躁动，有的只是普通人的生活细节和宿命悲剧，折射出沉重壮阔的大时代下恒常不变的世道人心。毋宁说，小叙事赋予了历史肉身更易感知和理解的审美形式，它总带着生命的体温，也真正深入生活的底里。

事实上，作为当代作家中最有实证精神的一位史料学派信奉者，叶兆言格外擅长采信文史资料来营造文本浩浩漫漫的历史感，如《王金发考》《驰向黑夜的女人》《刻骨铭心》等作品，在叙事背景的布置与具体情境的描写上犹如考古般质地结实，有的甚至达到了文献学与文物学逼真的程度，然而小说终归是小说而非历史，虽然写实是其不可或缺的要素，但具有创作主体当下意向性的饱满的“虚构与想象”[②]

① 叶兆言:《有关〈刻骨铭心〉的一些回忆》,《民主》2018 年第 8 期。

② 根据伊瑟尔的看法，文学是“虚构与想象相互作用的产物”。对想象来说，它本身并无意向性，而“只能在不同的激发者的引导下展现其自身”，但正是通过这种“无为无形的潜能”，我们才能透视作家主体的意向性需要。同样，虚构也意味着一种跨越疆界的文学行为，作为“现实世界的入侵者”，虚构“同时撕裂分散和加倍拓展了这个供它参照的世界”。见［德］沃尔夫冈·伊瑟尔《虚构与想象》，陈定家、汪正龙等译，吉林人民出版社 2003 年版，第 10、8 页。

才是使这些作品获得艺术生命力的关键。我们不难看出的是，叶兆言并未因自己对历史的偏爱而丝毫模糊历史与小说之间叙事成规与构造话语的差异，“小说家不是历史学家，不强调也不在乎‘历史的真实’，而只强调和在乎‘艺术的真实’”①，小说的本分所在是艺术的真实，其本质是一种无中生有的、主体意向性的创造。因此，与其说他迷恋历史，不如说他是对那些具体历史情境下的人、那些被主流历史所遮蔽的鲜活的生命经验感兴趣。我们看到，叶氏历史小说的虚构对象往往具备无可勘正性、无中生有性，却使作家的想象力和审美感觉自由地飞翔，忘我地神游，从而在写实中，让文本充满了星辰闪烁的幻象：《花煞》中的梅城飘散在教堂上空的焦土味，弥漫在街巷中杀戮的血腥味，充盈在烟馆里的大烟土味，回荡在妓院与深宅里的脂粉味，以及茶楼里、别墅里、葡萄酒厂里的茶香与酒香，传输到读者脑海，便填充了美学的永恒；《后羿》独创一种“陌生化”与“原始化”相交杂的笔法，在神化后羿的巨婴性格和无比神力后，又凭借“一个彻彻底底的男人，一个掌握了至高权利的男人”的人化描写对传说细节进行大量填补，生生把那如国画写意般简短零散而又虚渺飘逸的神话原典涂抹上浓烈厚实的油画色彩，拉入了现代人的审美观和世界观之中；《仪凤之门》更是截取民国初年那段 38 届内阁轮番执政的魔幻历史时刻作为仪凤门内外一个个民间草莽英雄各行其道的背景，使各种潜在的人性可能性充分得以展演……这些自由奇特的联想和细节处理，无不昭示出叶兆言想象的羽翼和心灵的憧憬。

李欧梵曾说，当国族历史的“大叙事”走到尽头时，我们就要用“老照片”来进行个人、家庭和集体的回忆，以此对抗官方的大叙事。② 叶兆言小说就是一种类似于“老照片”的历史叙事形态，作为拟设意象（simulacrum），终结了传统历史小说长期遵循的元话语和史诗性框架，而充分融入了创作主体的当下意图，从历史中寻到当下现

① 《中国青年报》记者：《叶兆言谈“历史小说”》，《中国青年报》2000 年 5 月 15 日。

② 李欧梵：《当代中国文化的现代性和后现代性》，《文学评论》1999 年第 5 期。

实的契合点，在认同历史的同时又超越历史，生发出饱含当下温度，同时又是意旨遥深的感悟。事实上，从20世纪初胡塞尔首次将“生活世界（life-world）”引入现象学体系，到“日常共在的存在样式”（海德格尔）、“生活形式的美”（维特根斯坦）、“日常现代性的平庸与神奇”（列斐伏尔），再到赫勒的“日常生活批判”、米歇尔·德·塞托“日常生活实践”、詹姆斯·斯科特“日常抗争”等，日常生活研究在哲学、美学、社会学、人类学等领域的全面兴起标志着现代性叙述的重要转向，在这个意义上，叶兆言的小叙事体现了一种历史的必然。但是，艺术的辩证法注定了叶兆言会面临的某种丧失。他既然以冷峻的静观与平实的勾描面对了自在庸常的生命活剧，有意磨去人物的光彩、抹平激烈的起伏，写足零零散散、琐琐碎碎，追求一种世俗日常形态的逼真还原与人生过程的无限遐想，那么史诗性的宏伟叙事及其壮阔辉煌的美学格调似乎注定是与他无缘的。因此，下面我们想以叶兆言的长篇小说《刻骨铭心》为例，进一步分析这种历史小叙事的风格化特点及其面临的叙事困境。

自2017年在《钟山》连载以来，《刻骨铭心》受到读者、学界、媒体很多关注和赞美，被誉为是“新历史小说的扛鼎之作”。小说以民国南京为背景，自1926年国民革命军北伐到1949年共产党新政权建立，历史架构不可谓不宏大，但叶兆言无意于再现错综的时代风云，而是再一次把笔触对准了动荡局势下的日常生活。小说一开始就从女主人公秀兰去照相馆拍照写起，说她“在家仔细打扮了一番，对着镜子横照竖照”①。接着，由秀兰去照相馆的路上经过桃叶渡，偶遇小亭子里章太炎吃茶讲古的场景，引出在场的小说主人公戏剧家俞鸿、金陵大学大学生季绍彭、黄碧如，以及碧如的表姐关丽君与未婚夫郭亚声。又因为这群人去照相馆拍合影，有了与秀兰和照相馆伙计、绍彭的大学同学候希俨的相遇。接下来小说就让这几位携带各自性别、阶

① 叶兆言：《刻骨铭心》，人民文学出版社2018年版，第32页。

层等文化信息的人物产生各式各样的联结，构成形形色色的关系：由关丽君、郭亚声的婚礼牵出北洋军阀的反动军官冯焕庭，郭亚声刺杀冯焕庭失败后在济南惨案中死去，丽君却嫁给了冯，冯被日本人杀死后，丽君又委身于汉奸何为；冯焕庭曾结过婚，由他的生女锦绣牵出几位青年军官的故事；绍彭没有与碧如结婚，碧如却嫁给了绍彭的好友希俨，与此同时，绍彭参加了南京的地下党组织，与护士小周结婚后又与女革命家黄凤英相爱；一直暗恋希俨的秀兰，机缘巧合之下成了俞鸿的御用女演员被捧红，牵出南京市民的话剧电影娱乐生活；丽君的双胞胎弟弟瑞麟娶了比利时女人卡蜜拉，牵出南京大屠杀发生后国际安全区的故事……小说就是这样伴随一众男女为求学、为婚恋、为友谊和为生计的故事而逐步铺开，围绕他们的青春与热血、得意与失意、勇敢与劣迹、沉沦与救赎编织了一张纵横交错的生活之网。按照小叙事的逻辑，无论是爱情、婚姻、家庭，还是青春、欲望、人性，都意味着人生过程与人生价值的铺展，因此，通过对历史时空中微妙复杂的人物关系的建立，叶兆言要触碰的是仍然是人心和人性的真相。

从结构安排来看，《刻骨铭心》借鉴了巴尔扎克的《人间喜剧》、左拉的《鲁贡玛卡尔家族》等大河小说的社会生活“横断面”式写法，其中大部分篇幅皆是小到琐碎的生活片段，重大政治事件则采取了淡笔隐写。诸如宁汉合流、济南惨案、“九·一八”事变、伪满洲国成立、卢沟桥事变、淞沪会战、南京大屠杀、汪伪国民政府成立等历史纷争，都未作正面描写，而是通过小人物日常生活的悲欢去窥见动荡年代人与人交往和人性的复杂性。即便涉及历史中的很多大人物，如孙中山、章太炎、孙传芳、蒋介石、汪精卫、徐悲鸿等，小说也不去专门刻画他们，而是作了更多潜文本的留白。除了大量表现普通人的日常生活，叶兆言还有意通过年谱记录的史传笔法让无名个体生命历程中的重大事件与国族层面的重大历史事件产生更为直观的碰撞。如丽君与亚声在1927年12月13日举办婚礼，距离1937年12月13日南京沦陷整整十年；亚声死于1928年5月3日的“五三惨案”；秀兰和俞鸿在1936年12月12日结婚，当日发生了震惊中外的“西安事变”；总理逝世纪念日后第二天，是薇堂老人的寿辰；等等。通过有意制造巧合，叶兆言的潜台词似乎在时间的缝隙中诉说着，历史也是个人的历史，刻骨铭心的并不仅仅是历史事件的重大创伤，还有无数普通人失去的往昔的日常生活。于是，《刻骨铭心》出现了对时间刻度反复罗列的修辞现象，即无论个人小事还是历史大事，叶兆言都会不厌其烦地将年月日记录在案：“1927年12月1日，蒋介石与宋美龄喜结良缘，消息成为各大报纸的头条新闻”“1931年5月31日，这一天是希俨记忆中非常耻辱的一天”“1931年6月28日上午11点，丽君挺着大肚子”……这样，个人维度的日常生活就与历史维度的事件实在构成一种混融和并置，一起构成了历史的全景。

从审美效果看，《刻骨铭心》的小叙事聚焦所带来的艺术真实是显而易见的，尤其在表现内心情感和人性复杂上，小说不但通过日常生活中诸多有意味的细节充分展示了人物内心的矛盾、纠结和性格的丰富性、多面性，与此同时也打开了历史的纵深和皱褶。比如，作品中丽君与冯焕庭交往前后心理的微妙变化可谓是紧贴人物的生存状态：郭亚声在济南事件中牺牲后，丽君就已经对革命的意义产生了怀疑。而当她发现曾经的刺杀对象冯焕庭一夜之间也成了“革命党”，除了幻灭与消沉，丽君只能阿Q式地进行自我解嘲，“度尽劫波兄弟在，相逢一笑泯恩仇，革命让大家结怨，让大家相互仇恨，临了还是革命，又让大家和解”①。除了价值幻灭，还有生存危机。在雨花台刑场目睹虐妻杀妻的郭小三和九名参加南京暴动的“共党分子”一起执行枪决的血腥场景后，丽君日夜陷入一种“要被拉到刑场上去执行死刑的恐慌”②。正是强烈的虚无、不安全感和寻求权力庇佑最终使她与“刽子手”冯焕庭结合，而这样的生命体验即便再刻骨铭心也注定被历史遗忘。同样，小说对冯焕庭这个人物的塑造也有很强的叙事伦理自觉。

① 叶兆言：《刻骨铭心》，人民文学出版社2018年版，第121页。
② 叶兆言：《刻骨铭心》，人民文学出版社2018年版，第127页。

对于这样一个政治投机分子，叶兆言并未把他概念化地处理成一个血债累累的反动军阀，而是试图走进他复杂的内心世界。比如写他追求和迎娶刺杀过自己的仇人的遗孀丽君，其动机令人费解。对此，冯焕庭向丽君这样解释："自己只有真正地娶了她，真正地得到了她，真正地占有了她，他与亚声叔侄的恩怨，才算是真正了断，他们之间的问题，才能算是最终解决。"这一方面表明冯焕庭内心清楚自己不过是权力结构图中的一颗棋子，却想用另一种方式获得情感的平衡；另一方面也使他的自私多情、霸道鲁莽跃然纸上。然而就是这样一个杀人无数、淫人妻女的角色，叶兆言还是对他的死亡作出细致处理，写出了其命运的偶然与必然。虽然冯誓与城市共存亡，领着警察部队与日军作最后一搏，但却流露出了懦弱和侥幸心理，躲进家中。本来非常隐蔽，没想到几个日本散兵打家劫舍，就在他们要带走他的女儿时，冯焕庭从藏身处毫不犹豫地站了出来，父爱最终战胜了懦弱。结局却再次消解了悲壮意味，这些日本兵因为害怕把他送到宪兵那里暴露了违犯军纪，索性就把冯枪杀了，抛尸菜地……如德里达所言，"艺术不是生命的模仿，但生命却是对某种超越原则的模仿，而这种超越原则通过艺术使我们彼此相通"[①]。很显然，这些生命细节的描写都是不能作为正史摆在台面上写的，但在叶兆言的小说中却被充分利用来解构我们对历史的本质化认识，从而使读者体察到善恶畛域分野之外历史的多重真相和人心的隐秘面相，最终目的则是让这血迹变成玫瑰，唤醒人对人的感同身受，所谓"痛在别人身上，也痛在我们的心里"[②]。

但是，如果作家在凸显小叙事的逻辑时，过分地注重琐碎的生活细节和众多小人物的日常化书写，也会使作品陷入庞杂、烦琐、混沌甚至浑噩之中。这也是我们在评论《刻骨铭心》时必须指出来的。从

---

① ［法］雅克·德里达：《书写与差异》，张宁译，生活·读书·新知三联书店2001年版，第421页。

② 叶兆言：《有关〈刻骨铭心〉的一些回忆》，《民主》2018年第8期。

小说的创作动机和结构布局看，叶兆言原本是打算遵循两条叙事线索，即个人线索和历史线索，以一种刻骨铭心、沉郁低回的痛感“缝合”（而非消解）小叙事与大叙事两套不同的历史话语和叙事伦理。在作为“意图与方法”的第一章，叶兆言就别具幽怀地用两个故事阐释了“无性之痛”和“失语之痛”，分别对应于个体和家国层面的两种重大危机体验。事实上，作为两大叙述类型，大叙事与小叙事（宏大叙述与日常生活叙述）“并不构成对抗和冲突，而是并行不悖的关系”，并且伴随小说叙述的发展和成熟，“宏大叙述和日常生活叙述逐渐呈现相互渗透和相互融合的趋势。”[①] 然而在实际的叙述中，由于叶兆言过分突出其历史的小叙事立场，以人物关系之“错乱”来表征乱世，造成小说衍生出了过多小人物关系和多角恋线索，家国情怀的庄重性与悲欢离合的审美力最终为小人物琐碎黏着的求存经验与沉沦颓废的心理宣泄所冲毁。比如，在以丽君为枢纽的人物叙事上，本就十分浑噩，却又嵌套了她和绍彭的一小段恋爱关系，冯焕庭在和丽君结婚后也是多次在外偷情，诱奸贺太太母女；俞鸿、秀兰这条故事线又涉及在离婚之后，20 世纪 50 年代俞鸿强奸了冯焕庭的生女锦绣，俞鸿儿子俞天趁父亲生病时也强奸了锦绣等，这就使得情爱关系过于复杂、混乱甚至淫乱。另外在表现绍彭、希俨等有志的时代青年时，同样过于倚重对他们私生活的书写，沉湎于描绘欲望发泄和反复出轨的过程，乃至审美疲劳和乱伦体验的细节，这无疑极大地模糊了人物形象的刻画和塑造，更使《刻骨铭心》最终陷入了世俗风月的泥淖里，人与事都为情欲所支配，匍匐于一种沼泽状态的生存，缺乏精神境界的上升。

总体上看，叶兆言对于历史的小叙事实践无疑凸显出民间生存状态的混沌性，它拒绝进入明晰的道德世界。与其说《刻骨铭心》是以南京曾遭遇过的生死荣辱的创伤记忆建构民族情感与民族认同，不如说是个体自我认同与民族认同之间对立冲突的再一次表达。小说的深

① 贺邵俊：《当代小说从宏大叙述到日常生活叙述》，《文艺争鸣》2018 年第 12 期。

层叙事动因还是表现人性对生存的服从，以及人生的虚妄本质，“其实这个世界上，很多事情都是无所谓的，都是嘴上说说，早就是晚，晚就是早。”[①] 但过于腻歪的生活细节和情爱纠葛，却冲淡了故事的叙事节奏，欠缺在更丰厚的历史维度上开掘小说的题旨。对此，有学者提出了尖锐批评，“就《刻骨铭心》的叙事重心而言，呈点状的国家、民族、历史之严肃性被消隐为庸众各式各样颓废行为的发生背景，即真正让作者‘刻骨铭心’的是后者。在后革命的时代里，当历史虚无主义巧借‘人性论’的东风回潮，被当下部分作家所执迷，那些有违民族尊严、历史道义和人性良知的书写就堂而皇之地出现在当下的文学叙事中。实际上，所谓‘人性论’几乎已被美化为当下文学叙事的绝对真理，成为文学叙事的新风尚。然而，在笔者看来，这类罔顾历史正义、民族灾难、民生之痛而一味夸大人性、放纵欲望、放逐道德的各式妥协、虚无的文学叙事，才是我们这个时代最需要警惕和反思的”[②]。这在某种程度上也说明了叶兆言历史叙事无法挽救意义毁灭的困境。而从深层次看，现代性语境下的新历史小说，从本质上都是关于个体伦理的自由主义叙事，它与国族伦理的启蒙主义似乎天然存在背离。但这二者的冲突，又恰恰表明了文学现代性的一个本土化特征，即在中国语境中，纯然个体自由的叙事伦理，必将与建构现代民族国家的启蒙主义紧紧纠缠。在这个意义上，叶兆言小说中所展示出的种种民族国家现代性与个人欲望现代性的分裂景观体现的正是这种本土化了的现代性文学实验中无法克服的启蒙主义的自我悖论。

第二节　个人与历史的辩证

相比大写的集体经验，叶兆言真正信赖的是个人意义上的真实，

---

① 叶兆言：《刻骨铭心》，人民文学出版社 2018 年版，第 419 页。

② 程小强：《论叶兆言小说〈刻骨铭心〉的叙事分裂》，《文艺理论与批评》2019 年第 5 期。

因此，他总是以个体生命为本位去审视历史深处的种种幽暗与吊诡。“他的视角是个体的，生命的，日常的和人道的”，正是从这样的视角出发，叶兆言对历史事件的校准、丈量、判断常常会与“社会进步主义”标尺下的结论或者说“常识”向左，但却无疑可以从美学上得到庇护①。就美学范畴来说，叶兆言的历史书写总体表现出一种“穷苦之辞”的感伤基调，它接续了中国古典的诗文传统，是以传统文人的心态来歌咏历史、寄托情怀。而当他以强烈的生命意识认识到个体的存在与历史、与社会、与时间等形成的巨大差异时，那种由衷产生的悲悯便化为弥漫于小说中挥散不去的幽深而凄迷的气氛。

就历史的书写策略看，与苏童侧重从“家族历史”这一边缘话语颠覆宏大叙事有所不同，叶兆言更懂得在历史的偶然中去塑造人物性格的必然性，更擅长在纷纭多变的世相人生中建构时代之“大”与个体之“小”的二律背反，以刻画人物复杂的心理渊薮和开掘深度的性格动因来提供差异、矛盾的历史能指性。可以说，叶兆言的历史小说是以性格悲剧的美学形态作为核心的，基于人物身上丰富的性格内涵和复杂的主体世界，《夜泊秦淮》《枣树的故事》《一号命令》《很久以来》无不充分演绎了荣格“性格决定命运”的哲学，使我们强烈感受到，是人与人之间的性格冲突以及个体内部的自我冲突，而非黑格尔式的历史理性精神，在决定着人生和命运的走向。在叶兆言的历史小说中，人物命运的跌宕沉浮表面上与20世纪的国族矛盾相互耦合，人物身上的历史元素、历史含量也十分充足，他们的结局看上去是历史发展的必然结果，但倘若细加揣摩人物的存在处境便不难发现，悲剧冲突的本质终因归结于他们自身秉有的性格本性，“道德的变迁、人性的变异、动态的人心文化等尖锐复杂的问题都蕴藏在悲剧美学的深层结构之中。”② 在叶兆言笔下，性格与心理往往纠缠在一起，而为

---

① 汪政：《历史：如何在时间与空间中展开——评叶兆言〈驰向黑夜的女人〉》，《江苏文学蓝皮书》2014年，第203—212页。

② 张光芒：《〈黄雀记〉作为性格悲剧的美学建构》，《文艺报》2022年2月21日。

了增强人物的心理张力和精神分析价值，使人物性格的内在冲突更为激烈，叶兆言还加入了童年人格的固置、痴呆、同性恋、自虐狂、性无能、歇斯底里等“变态”元素，如阿米、莤娴（《半边营》）、后羿（《后羿》）、好小姐、素素、大嫂（《花影》）、丁问渔（《一九三七年的爱情》）、矮脚虎、哈莫斯、胡天（《花煞》）等一系列人物形象的塑造。他们都处于生活与艺术的一个临界处，以边缘目光下的个人视野进一步过滤了正史的理性秩序，升腾起一片片传奇与梦幻色彩的想象空间。

与大多数当代作家所表现的一样，叶兆言的性格悲剧侧重于表现人物“不是被动地走向了悲剧，而是因性格的缺陷或者在主动的选择之下陷入了不可自拔的人生悲剧”①，但与众不同之处在于，叶兆言常采用茅盾《蚀》三部曲中经典的“骈体对应”式人物造型法②作为小说骨干，这就使性格决定命运的历史动律在戏剧性的对比中获得了更为深刻的审美价值。比如《十字铺》中的季云和士新分别代表了结构主义的两个对立项，一个锋芒毕露、宁折不弯、以硬碰硬，另一个拒虚务实、藏锋守拙、以柔克刚，不同的性格最终导致二人在大革命中截然不同的仕途选择与人生归宿。在《很久以来》中，经验与天真、热情与冷静、激进与保守、理想与现实的两极对比更是始终渗透在民国淑媛竺欣慰和冷春兰的刻画与评价之中，构成一种镜像映照。这一对乱世姊妹性格相反却格外依赖彼此，但只要出现第三者，无论这个变项是一个男人、一个政治信念、一条革命路线还是一个社会分配的角色，出于不同的性格逻辑，双方便还是作出了不同的选择，由此一步一步走向差之千里的命运。还有《一号命令》中的李叔明与赵文麟、《仪凤之门》中的“桃园三兄弟”杨逵、侯水根、冯亦雄，无不以形如冰火的结局生动演绎出在风云变幻的时代，本真生活是怎样沾染上权力结构，个人的性格又是怎样与政治耦合为命

① 张光芒：《〈黄雀记〉作为性格悲剧的美学建构》，《文艺报》2022 年 2 月 21 日。

② 陈幼石：《茅盾〈蚀〉三部曲的历史分析》，社会科学文献出版社 1993 年版，第 16 页。

运。历史与个体之间的双向选择往往是非理性的，“人常常是在不由自主的情况下，不了解前因后果的条件下被历史放置在只有一次性选择机会的难点上的”[①]。人的自由选择实际是有限的，这样的选择谁也无法置身事外，只是由于性格与环境的不同关系而在结构中扮演其相应的角色。这种迥然有别的戏剧人生的并置显然深化了普遍的人生的悲剧性，是叶兆言不落窠臼之处。

如果说在主流历史叙事中，主角永远是风急浪涌的时代，人物性格的主体性、丰富性与自主性逻辑更多被作了观念化、物化的曲解，那么叶兆言则总是在历史边缘处窥视着性格所早已预定的人生结局，为小说书写复杂命运、为社会与个体心理分析洞开了大门。深入叶兆言小说文本的内在理路，无论历史时空发生怎样的急剧变动，人物却几乎始终沿着各自固定的性格轨迹运行。如火如荼的时代之于个体，绝非革命历史小说所呈现的合辙统一，人物也不再是历史洪流中无力漂浮的稻草，而是有自己的选择和抵抗，并且正因为连续不断的选择才酿成了无法消泯的异质命运，即便在权力的严格管辖之下，可供的选项本就很少。就人物性格塑造的艺术特点来看，叶兆言小说在人本主义的理念基础上往往通过设置冲突的人物社会关系、刻画人物面对社会生活的复杂矛盾心理、展示人格化的行动与对话、增添细致入微的关键细节、运用空间意象的表征等方式，来构建与丰满人物活生生的性格元素，进而形成人物在矛盾中的性格运动态势。事实上，就现代小说向后现代小说的发展趋势看，存在一种淡化人物、放逐人物的整体走向。如果说现代小说取写意和抽象的态度，将人物变成哲理的形式、观念的象征，那么到了后现代小说中，人物中心论则被彻底摧毁，不但人物更加无个性、无差别，甚至主人公都不再是人，而奉行物本主义。历史地看，伴随后现代主义思潮在新时期中国理论批评界的全面登陆，米歇尔·福柯“人之死”的宣言也深刻影响了当时文坛

① 王蒙：《人·历史·李香兰》，《读书》1992 年第 11 期。

上方兴未艾的先锋小说。余华的说法最具代表性，“我并不认为人物在作品中享有的地位，比河流、阳光、树叶、街道和房屋来得重要。我认为人物和河流、阳光等一样，在作品中都只是道具而已”[①]。明显表征出虚无主义侵蚀之下的人本主义危机及其背后一种普遍化的相对主义价值论。但在叶兆言的小说中，人永远是第一位，而且为了揭示出复杂的人性与生命律动，叶兆言笔下的典型人物往往都与刘再复所说的“一元二重性格结构”的美学原理相吻合，呈现出杂色的性格多重性。如《枣树的故事》中岫云的放荡与隐忍、《状元境》里三姐的泼辣与凄迷、丁老先生的迂腐与风雅、《花影》中妤小姐的痴情与放纵、丁问渔的纯粹与疯狂、《花煞》中胡天的鲁莽与血性、胡弟的流氓与豪侠、《刻骨铭心》中冯焕庭的无赖与执着、关丽君的妖娆与无奈等，都不仅集正负两大性格系统于一身，随具体历史环境和社会关系的变化呈现出流动性、变异性，而且更重要的，达到了一种“稳定的、一贯的、定向发展的基本性格”[②]，实现了性格上的有机统一。如吴义勤所言，正是对人物情感与命运、精神与心理的人性勘探构成了叶兆言小说最激动人心的力量，“在他的小说中，‘人’永远是第一位，即使在他最形式化的小说中‘人物中心’的理念也从来没有动摇过”[③]。叶兆言小说的潜能是给当代文学史增加了各式各样的典型人物，“这些人物是从他们时代的五脏六腑中孕育出来的，全部人的感情在他们的皮囊下颤动，其中往往隐藏着一套完整的哲学”[④]，而对于读者来说，获得故事的过程实际上也是这些栩栩如生的人物在心中的生成过程。

通过一种稳定可靠、持续推演的性格现象学，叶兆言小说更大的野心是为普遍的复数立传，“时代因素不再是外在于人物的客观，而

---

① 余华：《虚伪的作品》，《上海文论》1989 年第 5 期。

② 刘再复：《论人物性格的二重组合原理》，《文学评论》1984 年第 3 期。

③ 吴义勤：《穿行于大雅与大俗之间——叶兆言论》，《钟山》2000 年第 5 期。

④ ［法］巴尔扎克：《人间喜剧·前言》，陈占元译，见伍蠡甫、胡经之主编《西方文艺理论名著选编》（中），北京大学出版社 1986 年版，第 110 页。

是与人有机地生长在一起。"① 但从性格出发捕捉命运走向的必然，似乎表明作家还是无法把"短 20 世纪"的悲剧合法化，而只得在文学形象的丰富与矛盾中来呈现困惑：一方面，个人的性格和意志能动地作用于历史，历史的总体性要求并不必然是个人的选择；但另一方面，我们却更多地看到个人在历史面前的弱小和无力、彷徨与焦灼，强悍而神秘的历史机制可能意外地浮出地表，却能够轻易碾碎个体的人生。在《十字铺》中，我们固然可以说，季云的悲剧是性格悲剧，但他接受新思想，在理想和信仰的感召下走上革命道路，推翻政府、启蒙民众，这本身并没有错，只是历史动能的累积从来无法判断和预测结果，就像小说中那个充满魅力又突然消失的苏菲亚，大时代的乌托邦并不能真正承诺什么，唯留下其中的人患上致死的热病，"病得那样毫无回春的希望。"② 历史理性吞噬自我的悲剧同样发生在《战火浮生》中的仲癸身上。在启蒙与救亡的大时代感召下，仲癸毅然投身于地方的启蒙运动和社会革新，用父亲的遗产办新式小学教育宗族乡党的子女，办诊疗所免费替人施药治病，还创办了当地第一张白话报，传播新文化思想。但在保守势力的夹击下，这"开民智"的三大主张很快遭遇灭顶之灾，尤其是白话报上男女平等的口号被歪曲为对男盗女娼的鼓吹，使仲癸成为多起私通事件的替罪羊，落得斯文扫地、一病不起。历史无情地绞杀了理想，群体无情地压制着个体，只留下了颓败的日常存在——肮脏的乡村军阀的连年混战、喧闹的城市和疲于奔命的战火浮生。在这个意义上，"革命与建构民族国家的努力与其说为个体提供了生存的意义，不如说加剧了个体的价值幻灭与认同危机"③。

面对难以预料的社会变局，除了些许绵延在血脉里的风流与风骨曾为看客谈论，《追月楼》里丁老先生一类以"不下"来对抗历史洪

① 黄德海：《为普遍的复数立传：叶兆言〈很久以来〉》，《上海文化》2014 年第 3 期。

② 叶兆言：《夜泊秦淮》，人民文学出版社 2012 年版，第 307 页。

③ 张光芒、童娣：《自我与他者的纠缠：90 年代以来文学的身份认同问题》，《天津社会科学》2009 年第 4 期。

流的个体同样泛不起丝毫涟漪。对于冥顽迂执的清末遗老丁先生而言，金陵的沦陷好比明亡史的重演，亡国之奴是绝不可做的，于是他着意效仿顾炎武成就取义成仁的个人神话，作出不下楼的个体对抗，但也终敌不过时代洪流的裹挟。异族入侵的历史狰狞与世态诡变不会放过对意念神话的彻底解构，唯独剩下衰败的气息在四处弥散：长孙伯祺以觉新自诩，窘于维系大家庭的经济开支，只好回铁路局上班；二孙仲祥辗转于内地和南京、义民与顺民之间，在灰色的生活里由新党堕落为酒鬼家贼；八姑娘婉扮着旧式家庭孝女的角色，暗地里与汪伪教育部次长少荆恋爱；大女婿明轩在新旧派教授间左右不讨好，失业后打着丁先生前清翰林的幌子办了一个汉奸书院领干薪；红颜知己小文偷偷与仲祥厮混；小文父亲来丁家勒索；二表姑被日本兵骚扰；最忠诚的家仆福生离去……国族灾难和家势颓落最终使独善其身的个人神话完全失去根基，尴尬和难堪成为现实奉送的礼物。所以，基于对存在困境的深度体验，叶兆言小说中的性格悲剧又自然地与社会悲剧、历史悲剧重复、缠绕和叠合在一起。

1944 年，当《传奇》在孤岛上海出版时，张爱玲曾在扉页上题词："在传奇里面寻找普通人，在普通人里面寻找传奇。"每一个人都是历史洪流中的一部分，而一旦作家把创作的视点聚焦于大时代与小人物之间的悖反性，由此产生的传奇人生故事就成为了"个人面对历史"这一存在主义理念的最佳表达。叶兆言的《风雨无乡》（1995）在把故事探向历史传奇时，更加执迷于展示人面对历史不能自主的困顿局面。美丽可人的女大学生如韵在日本人占领梅城之后，跟随地下工作者投奔解放区，偶然与新四军司令李怒一见生情，随即在组织安排下结为夫妇。小说有意戏仿"革命加恋爱"的情节模式，无论是二人的河边邂逅，还是频繁的白马幽会，都颇具鸳蝴风情。但叶兆言显然并不准备迎合读者期待。世事升沉、风云变幻，李怒很快上了前线，如韵却因为小业主的家庭出身在大后方的整风运动中被隔离审查。白色恐怖时期，将军妻子的身份更是给她带来了巨大灾难，在敌伪扫荡的混乱中，怀有身孕的如韵居然被卖给王家埭的呆子，直到抗战胜利才有了一次逃跑的机会。小说的结尾留给我们更多伤感，李怒胡子拉碴十分潦倒，死在了土匪的突然袭击中，如韵却与成了植物人的飞卿“凑合”着走到一起，“一个男人被一个拖着两个小孩的女人豢养着”，漫长地煎熬在寂寞的梅城。这种个人的敏感历史处境无疑将以往宏大叙事和国家叙事模型中的激情元素、崇高元素统统予以消解，体现出叶兆言对历史悲剧和命运悲剧的另一种艺术理性的理解和接受。

不难看出，叶兆言在所有情节安排和矛盾设置上都是为了突出笔下每个生命个体不可抹擦的价值意义。而一旦确立了个体为原始视点，我们就会理解他对个人与历史悖谬关系的打捞和体认是如何顺势导入一种历史的偶然论与不可知论，人的神秘性命运成为重要的审美对象。中篇小说《一号命令》（2012）以再现与表现相交融的叙述手法深入剖析了一个经历过抗战、内战、起义的黄埔军官赵文麟的精神史，将个体无从认同的存在与命运无可驾驭的荒诞性推向极端，达到对生命内层本质的揭示。与季云一样，赵文麟跟随大时代的浪潮投笔从戎，但与季云不同的是，赵文麟报考军校完全是出于偶然。作为胡小石先生的高足弟子，如果不是沈介眉突然来找他写大字标语，后来两人相爱，满怀热血地参加了无数宣传抗日的学生运动，他就不会改学转科，成为一名军人、加入国民党。事实上他从未曾想明白这场漫长的战争是如何发生的，它的正义性又在何处，更别说预料到，等他八年后从战场下来，沈介眉早已嫁作他人妇。随后的战事又一次将他们打散，等到解放，更是天涯海角，工作、角色、生活与家庭完全没有了重合面。“文革”中再次遇见时，这位曾几何时聪慧美丽的名牌大学生却已沦为小镇职员，嫁给一位残疾军人；而赵文麟的妻子紫曼却终因无法忍受丈夫是“国民党”而悬梁自尽。经历过人生的大起大落，赵文麟认为，一切都是“一念之差”，“人生往往太多的差一点，失之毫厘，谬以千里”……这些劫后余生的感性默悟虽带有非理性主义色彩，却超越了历史事件本身的拘囿，寄寓了叶兆言对永恒的命运之谜的咀嚼。“政治、情感、命运的相互交织却又相互扑空，真的让人在历史和命运面前无地自容。”[①] 经过时间的淘洗，复杂的历史之痛已凝结为迷惘的个人之伤，战场早已沉寂，战友成了敌人，而对手又成了同事，唯有生命的消失和人生的错忤留下侵入骨髓的遗憾和绵绵无绝期的悔恨。小说的后记中还有这样一段话，“这部小说想说的话并不多，大致的意思可能是，原来人生有很多美好，但是不当回事地就丧失了。譬如和平，譬如爱情，譬如平常的家庭生活。我在小说中感慨人与人之间的基本关系，感慨它们的轻易丧失，一边写，一边感觉到心口疼痛”[②]。这完全可以看作叶兆言力图重建的历史意识：在感知历史的深层构因时，揭示种种无法预测、难以提防与对抗的灾难对于个体的戕害；以人物命运的非理性探究，达到对无情和惨烈的历史本然面目的审美观照，历史就是这样无情地捉弄人，使人陷入尴尬，使人感到一种撕裂身心的痛苦。

与此同时，这种历史意识还企图穿透历史社会的深层形态，揭示出人的存在形态、生命悲剧等带有浓厚形而上色彩的理性命题。换言之，在这些不无非理性主义的叙述表层之下，小说主旨却显示出一种理性思索，即对人生命运不可把握性的探索。长篇小说《一九三七年的爱情》（1996）同样也弥漫着个人面对历史的情境感，但在这部作品中，通过自由地想象一种具有启蒙理性色彩的形上之爱，叶兆言进一步探索了关乎人性建构的命题，为在认同根基坍塌的废墟中彷徨无助的个体提供了爱的救赎之路。

首先，以书名而论，“一九三七”指向历史，“爱情”指向个人，作家将两者并置显然意在暗示读者历史之于个人命运的异质性。如福柯所言，只有“必然性的铁臂摇动着机遇的骰子盒”，在潮水般的历

---

① 韩松刚：《有多认真就有多疼痛——评〈一号命令〉兼论叶兆言新世纪以来的小说创作》，《当代文坛》2015 年第 3 期。

② 叶兆言：《一号命令·后记》，江苏文艺出版社 2013 年版，第 151 页。

史运动中真正起作用的既非机制，更非命运，而是战争所撼动的历史的“猛醒”——“一九三七的南京人还不可能预料到即将发生的历史悲剧，他们活在那个时代里，并不知道后来会怎么样。”① 1937 年上半年，国破家亡已到最后关头，但是悠闲的南京人依旧不紧不慢，继续食不厌精、脍不厌细，与花同好、与月同圆。男人女人并不知晓历史的魔兽正在逼近，只在灯火阑珊的秦淮河畔演绎各自的风流故事。1937 年下半年，“七七”卢沟桥事变爆发，战争局势日益紧张，南京城市管理逐渐失控。国民政府在 10 月 30 日决定迁都重庆，继而伴随淞沪战场上海失守，苏州、嘉兴等周边城市据点告急，南京迅速沦为了一座危城，堕入血与火的淬炼，但其中的人们却还如在雾中。除了“商女不知亡国恨，隔江犹唱后庭花”的寻常感喟，这一雾霭蒸腾的气氛渲染令人想到了米兰·昆德拉对《战争与和平》中人与历史关系的阐发，“人们在历史事件中既不觉察到整体性，也不觉察到连续性，他们没想到要改变生活进程。……托尔斯泰描绘了超验的空间，让他的人物在其中活动。他们既不知道历史的意义和它的未来进程，甚至也不知道自己所作所为的客观意义，他们在生活中前行就像前进在迷雾中”②。生活世界中没有可以让人分辨事物的阳光，只有潮湿的、灰蒙蒙的雾中光景，在这个意义上，历史不就是芸芸众生无意识的、普遍的、随大流的生活？当然，这未可全然视作避重就轻的辞令，但无疑是打破了历史决定论赖以立足的认识论基础，面对历史的无意识，因果规律的解释显然失去了有效性。往大处点说，“大人物”同样“是历史的无意识的工具”，他们“有意识地为自己而活，但同时又无意识地参加到争取全人类历史目的的事业中”③。比如，小说中叶兆言将民国政府的奠都南京归因于“故总理中山的在天之灵”，甚至进一

① 叶兆言：《一九三七年的爱情》，人民文学出版社 2017 年版，第 4 页。

② ［法］米兰·昆德拉：《被背叛的遗嘱》，余中先译，上海译文出版社 2003 年版，第 249—250 页。

③ ［法］米兰·昆德拉：《被背叛的遗嘱》，余中先译，上海译文出版社 2003 年版，第 250 页。

步推衍到他在紫金山打猎的一时兴起，忽而生出埋骨于此的意念，其言外之意是历史的重要关节点也可能完全基于偶然的因素，假定孙中山不是因为癌症那么早去世，如果他不是曾在紫金山打猎，中国现代的历史可能完全是另一个格局。

其次，在历史叙事的生存迷雾中，小说将渲染的重点对准了主人公丁问渔和任雨媛的绝世之恋，尽管与 1937 年的幽冥色调极不协调，但二人爱情历险的全过程却谱写出一曲奇妙、诗意与激情的绝响。按照克尔凯郭尔在《非此即彼》中所提出的人生三大存在空间：以唐璜为代表的审美性存在，以苏格拉底为代表的伦理性存在，以及最高层次上，以亚伯拉罕为代表的宗教性存在。那么，虽不知叶兆言是否有意按此递进，但小说的确在某种意义上，完整书写了“这一个”由审美最终跃升至形上境界的生命史，提供给我们个人面对历史的自我救赎路径。

作为小说的灵魂人物，“爱情疯子”丁问渔无疑一个骑士精神的现代情种，一个为自由爱情奋不顾身、甘洒热血的勇士。但在遭遇任雨媛之前，他却是个完全沉迷于感性欲望的浪荡子、一个寻花问柳的情场老手。在欧洲留学的十七年，丁问渔经历过的女人多得连自己也弄不清楚，从有夫之妇到独身女郎，从父亲为他聘请的法国教师到本地妓女，他喜新厌旧，马不停蹄地追逐着不同肤色不同语言的女人，一旦成功，立刻又搜寻下一个猎物。1934 年回国后，虽遵从父命与钢铁大王的千金成婚，却依旧劣性不改，还是一见到漂亮女学生就荒唐失态，更沾染了捧歌女的时髦风气，涉足夫子庙的风月场所。小说不惜以荒诞闹剧的笔触渲染丁问渔的荒唐可笑，整整二十年的夜夜笙歌中充满了各种不计后果、有悖情理的愚蠢行为，它们显然无关乎爱情。1937 年 1 月 1 日，丁问渔见到任雨媛的那一刻，爱情犹如一场风暴猝不及防地袭来，这之后他像换了个人似的，不但从浑噩的欲望和幻象的泥潭中惊醒，更是似乎进入一个与世俗现实完全封闭的精神恋爱区域：“这是一种非常纯粹的爱慕，只是爱，只是想付出和表达，不在乎任何回报，不在乎任何结果。只要能爱就心满意足，只要能爱就万念俱灰。”① 生命的复活感是如此圣洁和浓烈，以至于面对雨媛的一再厌烦和严正拒绝，丁问渔以纯正无私的姿态恳求说：“我只是希望你允许我拥有这种爱的权利，因为这种权利是属于我的，当然也属于全人类。”②

从情节设置和故事发展脉络看，这很有点超现实的色彩，或许是因为对丁问渔前半生的猎艳史和荒唐行为渲染太过，从心理写实的角度，这突然的转变并不十分令人信服。但小说用了很大的篇幅来展示丁问渔奇特的感受，使人联想到马尔克斯笔下的弗洛伦蒂诺·阿里萨，他也是在来来回回持续地航行中突然意识到了“一种脱出常轨的激情”③。通过叶兆言奇异超常的笔墨，我们渐渐相信，好比一个人已经走到了悬崖的边缘，丁问渔处于内在生命剧烈变动的一个无比重要的时刻——过去的一切在眼中变得异常陌生。雨媛的出现使丁问渔终于弃绝了世俗的一切，坚定地向着无限的爱的彼岸纵身跃去。这种存在意义上的撕裂和嬗变似乎只能从信仰的层面来获得解释，也就是说，丁问渔从此超越了审美和伦理的存在而“依据于信仰去抓住生存”④：

> 多少年来，他一直是一个被爱所遗忘的可怜的孤儿，他在没有情感的世界里流浪着，心儿已经麻木，思想已经死亡。枯木逢春枯树发芽，丁问渔由衷地感谢雨媛给了他那种全新的感觉。他反复强调她使得自己获得新生的重要意义。“你让一个濒于死亡的人，看到了继续活下去的希望，”他非常动情地说着，“一条在茫茫大海里漂流的小船，它终于看到了海岸线。”⑤

---

① 叶兆言：《一九三七年的爱情》，人民文学出版社2017年版，第98—99页。

② 叶兆言：《一九三七年的爱情》，人民文学出版社2017年版，第99页。

③ 汪晖：《真实的与乌托邦的——读〈霍乱时期的爱情〉》，《读书》1989年第11期。

④ ［丹］克尔凯郭尔：《克尔凯郭尔文集》第6卷，京不特译，中国社会科学出版社2013年版，第36页。

⑤ 叶兆言：《一九三七年的爱情》，人民文学出版社2017年版，第111—112页。

无论是否符合叶兆言的创作初衷，这段话所放大的正是某个人生瞬间生命升华的奇特体验，它不但彻底摈弃了功利性和欲望化目的，甚至只专注与执着于一种纯粹、真诚的信仰行为本身。论离经叛道，“一九三七的爱情”只有“霍乱时期的爱情”可堪比拟。在俗世看来，这是不可思议的疯子行为，是“对现实生活中的一切合乎常规的秩序，例如婚姻、道德、习俗以至被纳入礼俗秩序的人的精神活动的威胁”①，但其意义也正是在宏大的民族认同之外，为个体重新确立一种生命的信仰。对于丁问渔，阿城有个有趣的推论，“基底核有些问题，多巴胺浓度稍稍高了一点”，前额叶区的文化抑制软件里那一些堂吉诃德式的“骑士精神”是中国的文化软件所不曾有过的②。撇开中西文化的差异，也许在丁问渔的疯狂里有着叶兆言理解的某种人性真实，“信仰骑士”的特征正在于“荒谬”，“他依据于‘那荒谬的’而信着”③，那生命深处激荡的灵与肉、情与理、伦理与信仰的尖锐冲突，才让丁问渔如重生般感受到一种有血有肉的在场。“在这一轮又一轮的循环当中，他得到了俗世永远无法体会的充满诗意的生存方式，这种方式最大限度地尊重个人自由和个人感情，虽然它也以情欲作为发端，但追求的是人性的本原和真实，涌动的是鲜活的生命激情，尊奉的是快乐原则和审美原则。”④

叶兆言只不过是把人神性的一面、对纯粹的爱的渴求放大了、夸张了，丁问渔无休无止、锲而不舍的追逐“不需要任何结果”⑤，“只要允许他爱就已经足够了。”⑥ 他追求的几乎是一种无目的的爱情，如果说还有所期许的话，那么这一炽烈激情的付出过程、这种属己本真的体验本身就是目的。个体通过放弃个体性而寻找到幸福的秘密，这

---

① 汪晖：《真实的与乌托邦的——读〈霍乱时期的爱情〉》，《读书》1989 年第 11 期。

② 阿城：《阿城精选集》，北京燕山出版社 2015 年版，第 174 页。

③ ［丹］克尔凯郭尔：《克尔凯郭尔文集》第 6 卷，京不特译，中国社会科学出版社 2013 年版，第 27 页。

④ 崔苇：《〈一九三七年的爱情〉：溃败的诗意 毁灭的激情》，《小说评论》1997 年第 5 期。

⑤ 叶兆言：《一九三七年的爱情》，人民文学出版社 2017 年版，第 273 页。

⑥ 叶兆言：《一九三七年的爱情》，人民文学出版社 2017 年版，第 218 页。

令人联想起陀思妥耶夫斯基思想的神秘内核，而相形之下，小说中围绕在丁问渔周围的上层社会，学界、商界、军界，那一幕幕逢场作戏背后的疑心与算计，那为傲慢与偏见所遮蔽的种种无聊与自欺，那一个个体面祥和的外表下无爱破碎的婚姻，却无不被这个堂吉诃德式的“小丑”照出了苍白虚伪的假面本质：“军界耆宿”任伯晋一味纸上谈兵；党国元老吴稚晖故意摆出各种古怪姿态博人眼球；“蓝天猎手”余克润处处献殷勤，却为莫须有的克夫命相冷落妻子；名媛曲曼丽对官场积习如数家珍，在公祭大会上极尽肉麻表演；省教育厅副厅长余克侠反复声明自己从未觊觎过某国立大学校长的宝座，但实际上小道消息“都是由余克侠自己像放鸽子一样亲手放出去的”，目的就是进一步进军教育部高级官员。沦陷之际，他也不忘利用备战协会秘书长的职务之便，拉拢商人们投资“保安袋”生意，想要“狠狠地赚一把”，却美其名曰“共赴国难精神”；重掌兵权的唐生智保卫南京的铮铮誓言同样在屠城血腥后坐实为作秀……

这样看就更可以确定，叶兆言对丁问渔这个人物作了深意存焉的“堂吉诃德化”处理。在一篇名为《塞万提斯先生或堂·吉诃德骑士》的文章中，叶兆言曾深情地回忆了堂哥叶三午献给堂吉诃德的诗行：“风沙打着盾牌/枯手托着瘦额/紧握着那将断的长矛/鞭子抽着可怜的老马/对于你日夜矗立的事业/你疲惫地辛苦，那样忠诚/你有正义，有爱恋，有力量，有感情/——你心灵上充实，丰富/你流血了，受尽折磨/淌泪了，历经辛酸/忧郁了，遍尝讥笑/但你是个真正的人啊，我觉得/看看世上那些空空的躯壳/他们心灵枯竭就像泥泞的河沼/没有正义，没有爱恋/没有力量，没有情感/空空的壳儿啊，像树下一堆蝉皮。”[①] 这首诗写于1964年11月11日，叶兆言在1974年的沙龙里第一次读到它的时候大受震撼，“这时候，堂哥已经三十多岁了，他开导我这个十七岁的堂弟，用一种诗人的狂热为我开窍，一定要让我明

① 叶兆言：《塞万提斯先生或堂·吉诃德骑士》，《上海文学》2003年第5期。

白过来，仅仅觉得堂吉诃德可笑的想法是不对的，那绝对是一种错误的理解。”[①] 随着岁月增长，叶兆言越来越认同堂哥的说法，出于一种超越功利之外的信仰，堂吉诃德坚持他“日夜矗立的事业”，这使他有充实和丰富的心灵，我们嘲笑他，却不知道最该笑的却是我们自己。这大约可以看作是叶兆言写作《一九三七年的爱情》时一个无意识的演绎，“战争时期的爱情将是十分荒唐可笑的，在战争的背景下，爱情往往显得非常滑稽。但是人人心目中，如果真存在着爱情的话，战争也许就不会发生”[②]。这是在大时代与小人物的比照间，叶兆言所直觉地、竭力地要去捕捉的某种悲剧质素，使其最终和张爱玲的《倾城之恋》区别开，成为一次个体爱情乌托邦的努力建构，“其建构的最终目的在于满足那些灵魂无处栖居的人们对超验存在的渴求，为那些在认同根基坍塌的废墟中彷徨无助的人们重新找到生活的意义，重新确认个体的自我认同”[③]。

可以说，作为一种形式化的历史诗学，叶兆言小说的目的就是要表现个体在现实中的真实境遇和存在状况。如论者所言，“如果，作家在艺术构思过程中，人、人的命运仍然是作家思考关注的中心，描写历史文化形态只是为了从更加深的层次去开掘人的精神素质，那样，因为它总是紧紧围绕着现实的社会的人展开对于历史文化形态的探讨和描写，因此他们所追求的哲理思考，解剖的文化心态，描述的道德观念，也都是为了更深刻地描写人”[④]。叶兆言的历史小说最终关心或者说想借助小说表达的，都是关于人与历史的悲剧性思考，换言之，历史就是叶兆言考察存在可能性的巨型审美装置。因此，尽管都是些卑微人物琐碎无常的故事，然而一旦我们沉浸于那车轮滚滚向前的历史时空，面对强悍凶猛的战争机器前充当燃料的年轻生命以及一并剿灭销毁

---

① 叶兆言：《塞万提斯先生或堂·吉诃德骑士》，《上海文学》2003 年第 5 期。

② 叶兆言：《一九三七年的爱情·后记》，人民文学出版社 2017 年版，第 364 页。

③ 张光芒、童娣：《自我与他者的纠缠：90 年代以来文学的身份认同问题》，《天津社会科学》2009 年第 4 期。

④ 陈丹晨：《在历史的边缘》，人民文学出版社 1995 年版，第 61 页。

的美好情感，面对那一个个有着冗长开头和仓促结尾的无奈命运，稍事琢磨和咀嚼，内心就会不由自主地升腾起一种超越历史的苍茫感，在深深的怅惘中对普遍的人生悲剧性感到一种撕心裂肺的痛苦。他们看起来与当下的生活毫无关联，实际却让我们“正式地洞察”到种种被时代、被命运拨弄的人生形式，“我们能够看到许多虚构人生的起始与终结，它们的成长与犯下的错，停滞与漂浮”①。而通过历史镜像观察个体存在境遇，亦通过历史人生来反思现实，在这虚虚实实之间，小说呢喃叙事的时间和空间便成为了过去教堂里喃喃祈祷的时间和空间②。

第三节　民间视野与南京路径

如张光芒教授所言，“作家的叙事立场——‘我为谁说话’——往往决定着其创作的基本风貌”③。童年的乡间生活几乎奠定了叶兆言一生中的基本立场，那就是立足于民间，从平凡人的角度打量这个世界④。他反复强调，“我是那种不太会有讽刺感也不太会去怜悯笔下人物的作家，因为我觉得讽刺和怜悯都有些居高临下。写作的时候我就是个老百姓，写到值得讽刺或怜悯的事情，我产生的是一种庆幸感——这样的事没发生在我身上”⑤。民间性叙述观念和价值取向使叶兆言始终以一种平等平易的姿态，作为寻常百姓的一分子来审视历史，以民间叙述人的身份实现自由个性的历史书写。溯源文学史脉络，新历史小说以民间视野和民间意识解构宏大叙事的创作观念是以 1985 年莫言的《红高粱》为标志的，之后出现了苏童的《米》《一九三四年的逃亡》、刘恒的《狗日的粮食》《伏羲伏羲》等作品，无不成为有意识的民间

---

① ［英］詹姆斯·伍德：《最接近生活的事物》，蒋怡译，河南大学出版社 2017 年版，第 16 页。

② 刘小枫：《沉重的肉身》，华夏出版社 2007 年版，第 155 页。

③ 张光芒：《文化认同与江苏小说的审美选择》，《小说评论》2003 年第 3 期。

④ 叶兆言：《上学去》，《花城》2021 年第 3 期。

⑤ 丁杨：《叶兆言：我的写作拒绝轻车熟路》，《中华读书报》2018 年 6 月 19 日。

社会的文化画廊。总的来说，当代文学中民间理念的具体美学表现形态可三分为城市民间、乡村民间与大地民间[①]，但其共享的“自由自在”的核心基质却无可置疑。用陈思和的话说，“自由自在是它最基本的审美风格。民间的传统意味着人类原始的生命力紧紧拥抱生活本身的过程，由此迸发出对生活的爱和憎，对人生欲望的追求，这是任何道德说教都无法规范，任何政治条律都无法约束，甚至连文明、进步、美这样一些抽象概念也无法涵盖的自由自在”[②]。在这个意义上，叶兆言的历史书写不仅接续了新文学史上以张爱玲为代表的城市民间的美学走向，建构起独特个性的文学空间，而且突出表现为地方路径的南京书写与南京想象。“城市是文学的基石，它是一个落脚点”[③]，可以说，文学南京在叶兆言笔下获得了空前丰富的可阐释性和兼具大气象与大胸怀的世界视野。我们既可以看到独属于南京的令人怀想与叹惋的时代政治和文化记忆，又能以南京的城市命运为标本（或寓言），以小见大，重审“人与社会的存在”“新与旧的转型”“传统与现代的并峙”“东方与西方的冲撞”等更为普遍的现代性命题。

从时间维度来看，作为叶兆言历史书写对象的南京城主要涵盖了民国的历史，这段时间构成中国现代史上最为动荡、混乱甚至荒诞的时期，而在这样的舞台背景之上所演绎的南京人与南京事不得不染上一层儒林外史式的讽喻色彩与现实意义。当然，除了民国历史，叶兆言对中华人民共和国成立后尤其是“文革”时期的南京历史也有涉笔，如《没有玻璃的花房》《一号命令》《很久以来》《璩家花园》等。从他勾勒的城市风貌看，南京呈现出多种元素合力浇灌下的生动特性。既有城市主体建筑、古迹名胜等风物书写，如夫子庙、秦淮河、玄武湖、中山陵、桃叶渡、鸡鸣寺、瞻园、马祥兴馆子、乌龙潭公园、仪凤门、璩家花园，又有其所反映与承载的城市精神与地域文化心理

① 张清华：《民间理念的流变与当代文学中的三种民间美学形态》，《文艺研究》2002年第2期。

② 陈思和：《鸡鸣风雨》，学林出版社1994年版，第35页。

③ 叶兆言：《无用的美好》，江苏文艺出版社2018年版，第201页。

入木三分的刻画。其中，南京的政治风云、时局兴衰构成叶兆言南京书写的核心背景。对于政治的生动演绎不仅增添了叶兆言小说的深重色调与忧患意识，更在历史的流变中建构了南京的独特性标识，或者说南京的空间政治、一种城市的幽暗意识形态。从晚清民初古老封建帝制的覆灭（《花煞》《仪凤之门》），到辛亥革命后十年的党派林立和社会各政治势力之间的复杂关系（《状元境》），再到1927年再次定都后国共两党之间的恩怨（《十字铺》）、30年代的新都建设运动、抗战时期的国民党迁都以及日军屠城（《日本鬼子来了》《一九三七年的爱情》《刻骨铭心》《追月楼》）、40年代的沦陷到光复（《半边营》），最后是国民党南京政府垮台、中华人民共和国成立后频仍的政治运动（《关于饕餮的故事梗概》《驰向黑夜的女人》），南京作为民族国家的形象逐步深入人心，堪称一扇回首中国近现代历史的窗户。此外，人作为城市不可或缺的“心脏”更是活跃于叶氏的“约克纳帕塔法”，既有社会底层的妓女、人力车夫、民间艺人，旧式家庭的王孙公子、贵妇名媛，也不乏改朝易代处的军阀官员、前朝遗老、腐儒名士，滚滚烟尘里的革命者、投机分子、摩登女郎，个个栩栩如生、呼之欲出，真正赋予南京城以独特的生命气息和性格风神。

就城市民间的美学形态看，叶兆言笔下的南京如一个光怪陆离的迷宫般，时而诗性玄妙，时而浑浊不堪，时而余晖流溢，时而又荒凉绝望。它既可能是欲望挥霍的天堂，又处处潜藏着命运的凶险劫数，在历史的链条中锻造变幻出多副面孔。面对这样一个令人眩晕又迷恋的世界，权宜之计是采取分类法，将其分为三大城市意象①来加以把握。

一是南京作为文化金陵。如费振钟所言，作为江南文化的文化中心，由六朝古都南京所形成和传导的文化精神，代表了传统江南文化的精华内容及其价值形式。“我们可能会因此对这个江南的古典城市

---

① 此处对城市形象的划分综合参考了沈杏培的《没落风雅与乱世传奇：叶兆言的南京书写——兼论长篇新作〈很久以来〉》（《当代作家评论》2014年第3期）和曾一果的《叶兆言的南京想象》（《上海文化》2009年第2期）。

大动幽思，然而‘幽思’的目的，是把它当作一种文化典型的象征物，一种曾经让许多人心仪不已，同时又让许多人寻觅不已也怀疑、诟病不已的文化历史的生动标志。”① 以《夜泊秦淮》《枣树的故事》《关于饕餮的故事梗概》《花煞》为代表，叶兆言承袭了刘禹锡、杜牧、孔尚任、曹雪芹、吴敬梓等历代文人对秦淮文化的体认和追怀，同时糅进了现代人的美学感悟。《状元境》脍炙人口的开篇，叶兆言一上来就用极富民间味道的原色铺就了秦淮河畔瓦肆勾栏的市井形态，在辛亥革命前夕，秦淮的风雅与唯美正走向无可挽回的颓败：

> 状元境这地方脏得很。小小的一条街，鹅卵石铺的路面，黏糊糊的，总透着湿气。天刚破亮，刷马子的声音此起彼伏。挑水的汉子担着水桶，在细长的街上乱晃，极风流地走过，常有风骚的女人追在后面，骂、闹，整桶的井水便泼在路上。各式各样的污水随时破门而出。是地方就有人冲墙根撒尿。小孩子在气味最重的地方，画了不少乌龟一般的符号。
>
> 状元境南去几十步，是著名的夫子庙。夫子庙，不知多少文人骚客牵肠挂肚。南京的破街小巷多，老派人的眼皮里，唯有这紧挨着繁华之地，才配有六朝的金粉和烟水气。破归破，正宗的南京货。到了辛亥革命前夕，秦淮河附近早没了旧时繁华。河水开始发臭，清风过处，异味扑鼻。大清朝气数既尽，桨声灯影依旧，秦淮河画舫里的嫖客中，多了不花钱的光棍，多了新式旧式的军官，多了没有名的名士。②

在这里，所谓“六朝烟月之区，金粉荟萃之所”少了墨客才子们笔下的古典浪漫，却多了宋元话本中的浑浊空气和市侩烟雾，烘托出这座石头城桃符易换、起落无常的命运。而在《状元境》整体构筑的

① 费振钟：《江南士风与江苏文学》，湖南教育出版社1995年版，第11页。

② 叶兆言：《夜泊秦淮》，人民文学出版社2012年版，第3页。

“不经文人夸张的原生状态下的人生境界”中，叶兆言更多寄寓了一种“足朝红尘、匆匆过客背景下的平常百姓的生存状态和生命意识”①，这也是金陵文化的不同之处，在颓败没落的表象之下，底里沉淀着一种渊源有自的矜持和顽强。尽管秦淮文化的风雅更多以历史残留物的形式存在，但吴敬梓所谓的“六朝烟水气”却在一代代南京人身上传承内化，流播于寻常巷陌之间。如小说《关于饕餮的故事梗概》中对20世纪20年代夫子庙平民世界的刻画着眼的正是南京洒脱与散淡的城市性情，所谓“菜佣酒保都有六朝烟水气”：

> 这里紧挨着夫子庙，门口就是一个乱哄哄的菜市场，是天生的平民世界。每天清晨，天色一亮，人声四起，叫卖声和还价的声音，响成一片乱作一团。十几张露天的摊子，堆着水汪汪的蔬菜，有绿颜色的青菜，有黄颜色的韭黄，有红皮的萝卜。离菜摊不远，放着湿漉漉的鱼担子，大大小小的鱼，都堆在夹篮里，等着顾客来拣。有一个摊子，专卖那种一段一段的鱼块，好大的一条鱼躺在砍得坑坑洼洼的木板上，然后根据购买者的要求，切了一块一块在卖。待早市结束以后，满街都是污水，脏兮兮的，人们不得不小心翼翼地踮着脚走路。酒香不怕巷子深，斜阳楼的傅家菜有名，可是它的门前始终一派脏乱。与斜阳楼并排，还有一爿新型的小百货店，店面十分矮小，配了一个很不和谐的大玻璃窗，透过玻璃窗，可以看见里面陈列着各式各样的商品。店铺外面的屋檐上，挂着布制的红白二色的市招，风吹雨打，早就破烂不堪。来斜阳吃饭的客人，常常站在那市招下面，敲敲玻璃窗，从店里买一包烟。②

寥寥几笔就将南京城独有的精髓和神韵表现了出来，自由而舒展。

① 丁帆：《跋》，见叶兆言《去影》，长江文艺出版社1992年版，第348页。
② 叶兆言：《关于厕所》，人民文学出版社2012年版，第181页。

而这部被视为“陆文夫《美食家》的1998年新版”[①] 的作品对具有浓郁地方色彩的民间饮食更是充满了描绘的兴味，融入了南京的城市生活美学：

> 这炖生敲可是道传统名菜，在南京起码有三百年的历史，地道的做法，是将每条一斤多重的鳝鱼活杀后去骨，用木棒敲击鳝肉，使肉质松散，故名“生敲”。过去有人曾做诗赞赏过这道菜，“若论香酥醇厚味，金陵独擅炖生敲，”由此可见这道菜的非同一般。[②]
>
> 老饕们全然没有想到这次宴会的成功，起着决定作用的是创新。创新不但成了折服处于品尝地位的诸位食客的撒手锏，也成了推动处于制作一方全心想做好的动力。这是一次具有豪华风格的宴会，无论是清炒鱼唇，还是鸡皮马肚盘，还是小炒羊肉，都勾起了人们对以往奢侈生活的美好回忆。有时候，越是新，越容易让人们想到旧。正是傅家菜这次大胆的创新，让老饕们想起了昔日的繁华，甚至想起了也许根本就不存在的旧。不是美食世家，如何能烹饪出如此美轮美奂的佳肴，后之视今，犹今之视昔，诗意的怀旧使得宴会变得优美起来，大家慢嚼细咽，品尝着已经剔除了刺的刀鱼。[③]
>
> 那天的第一道菜，是猪脚瓜。这是一道最平常不过的菜，然而入口即化，其味无穷，来的都是些吃遍天下的美食家，想不到上来猪脚瓜，并且烧得如此出神化境，忍不住向思浓请教，思浓笑着说：“你们一个个都饿狠了，不是这道菜，打不倒你们。要说这烧法也简单，在猪脚瓜里倒入一斤醋，再放进一斤生姜，不可太老，也不可太嫩，用小火煨上整整一夜就行了。对了，关键是不要放任何佐料!”大家听说竟然不用放别的佐料，连称不是

---

① 苏保华：《角落里的现实主义及其审美价值趋向——1998年现实主义小说创作得失论》，《文艺评论》1999年第4期。

② 叶兆言：《关于厕所》，人民文学出版社2012年版，第172页。

③ 叶兆言：《关于厕所》，人民文学出版社2012年版，第191页。

> 高手，不敢出此奇招。接下来是一道鱼，叫“龙戏珠”，那鱼是地道的六合龙池鲫鱼，《随园食单》上曾有这样的记载，“六合龙池出者，愈大愈嫩，亦奇”，为了弄到这条活鲫鱼，思浓专程去了一趟六合。龙自然指的是活鱼，是一条一斤多重的大鲫鱼，体大头小，厚背小腹，头背皆乌黑，鳞细肉多而且极嫩，稍稍地煎了下，用微火熬汤，再用虾缔挤成小珠，漂浮在鱼汤上。此菜色如浓奶，不腻人，味道奇鲜，令人喝了一口汤后，顿时荡气回肠，禁不住要连着再喝一口。[①]

像这样充满六朝气韵的生活场景与民俗审美经验在叶兆言小说的南京叙事中俯拾即是，与他对秦淮人潇散从容的生命节奏的描绘一同构筑了与主流历史相对的文化金陵的城市民间形态，充分展示出作家的文化趣味。黑格尔曾说：“一切真正原始的史诗对表现在伦理的家庭生活，战争与和平时期社会生活情况，乃至需要、技艺、习俗和兴趣等方面的民族精神，也就是一个民族在整个历史阶段的意识方式，都要描绘出一幅图画。”[②] 叶兆言完美回应了此一观点，通过个性和创造性的“地方色彩”与“风俗画面”触及时代、民族乃至人性的种种奥秘。这类作品还包括《枣树的故事》《花煞》《花影》《走近赛珍珠》等。《枣树的故事》在讲述岫云含混的传奇时，借助太平镇上的历史风俗将故事一一展开，那种充满乡村—都市中介性色彩的生存环境，成为表征人物性格和命运的空间性意象。《花煞》《花影》（梅城可视为叶兆言对南京的另一种表现，其本质并无不同）中亦新亦旧、亦土亦洋的景观与亦中亦西、亦官亦民的人物同样构成了传统—现代的过渡性市井民间形态，寓言故事般地讲述着历史现代契合的文化思考。作为文化表现的“风土的力”（周作人语）不但支配着人的社会性行为，制约着人的生存现状，更是人与环境相互融洽的“抽象过

① 叶兆言：《关于厕所》，人民文学出版社 2012 年版，第 225—226 页。
② ［德］黑格尔：《美学》第 3 卷（下），朱光潜译，商务印书馆 2009 年版，第 122 页。

程”。在这个意义上，《走近赛珍珠》对民国南京生活风俗的刻画对于表现赛珍珠复杂的身份认同和特异的文化家园意识同样不可或缺。小说用省略、概要和停顿交叉的笔法，写到从义和团运动到“九·一八”事变的历史过程中一个西方人眼中的中国生活片段，使人更深地感受到赛珍珠在政治、社会、信仰与心理多重层面对南京的精神归属。

叶兆言热衷于南京市井民俗的观察、体验、搜集和整理，在20世纪末出版的《南京人》（1997）、《老南京·旧影秦淮》（1998）两部非虚构作品中，他俨然一位地方志专家，依靠文献知识考古的路径和一种大众化的影像编年修辞术对南京城千百年的历史沿革和演变轨迹进行了一次尝试性的编纂和建构，对各类风俗民情、历史典故及各式城市遗迹、文化景观展开人文观照。如作家自己所言，“正是因为这些老照片，以及无数关于旧时南京的文字，我对这座历经沧桑的古老城市，产生了一种非同寻常的爱情”[①]。爱情状态下的书写，使叶兆言在大家都对即将来临的新世纪翘首以盼的时刻，暗自踮起脚来回首过去，对南京城的旧时光影摩挲不已。不难想见，他的文字从一个独特的视角记录与再现了南京的城市肌理与诗学品质，如斑驳梦影中上朝故都缠绵低回的金粉气与寂寥感；“大萝卜”自况中蕴含的率真包容、淳朴谨厚的城市性格；“失意英雄”般不甘就范又屡战屡败的城市记忆，及其所塑造的兼具庄重整饬与阴柔沉重双重面影的城市形象气质；等等。在2019年隆重推出的非虚构力作《南京传》中，叶兆言又换了一套城市传记式笔法，在谨守历史学法度的前提下，再次对都城南京庞杂的知识图谱进行爬梳剔抉，以其井然的内在秩序展现出独有的史实和洞见、风骨与气派。客观说，史家笔法丝毫没有妨碍叶兆言对城市故事饱含深情的文学讲述，正如有论者所评价的，“当《南京传》写遥远的六朝、南唐和晚明往事，迹近小说家叶兆言的‘小故事’；而当《南京传》写现代，历史学家则出场讲述这个‘大时代’。叶兆

① 叶兆言：《关于〈老南京——旧影秦淮〉》，《博览群书》1999年第2期。

言的文化趣味决定了他的价值判断和文化倾向，他的《南京传》是‘有情’和‘我在’的文学城市传记”[①]。而这种对南京的城市地理与文化性格的熟稔、喜爱及其背后深植不变的文化趣味表现在叶兆言的小说中，就成为一幅幅栩栩如生、气韵生动的地域风俗画、风情画。

当然，以“地方路径”思维及其“地域文化的内部视野”[②]看，仅写出南京的城市物质景观与原汁原味的风俗习尚仍然不够，还必须要深入开掘隐在的地域人心，写出生活于特定时空中的人的身体经验与人性情状、精神图谱与灵魂人格，方能肉体与精神相结合，赋予城市真正的个性身份。换言之，必须要呈现民族文化精神富有时代特征的地方性经验，思考特定的人文地理环境和历史文化传统对于人的性格养成与精神影响。在这个意义上，我们看到叶兆言常以南京作为一种地域性的审美路径，从文化、生命、人本等更为宏阔的哲学视角去展开一种“历史人生整体化”的文人感怀。也就是说，他的历史小说不但着眼于南京的茶馆酒楼、庭院画舫等文化符码意味的拟构，更要以其特定的诗学地理与历史图式渗透进他对南京地域文化人格精神的价值判断和美学理想。而在他文人化的无为观照下，南京人的文弱、文气与文化气度，及其洒脱通达的处世态度是与金陵的城市氛围相协调的，人与城之间最终达成了相偕互融的内在精神联结。体现在民间的生存态度上则往往是一种中庸调和，既识时知趣、知足常乐，也善于自我调侃、化解苦恼。即便身处矛盾和尴尬，也能自谋心境的平和；面对重大的历史政治事变，更是采取一种“犹厌言兵”“躲避崇高”的态度予以承纳消解。《状元境》里的一段话颇能代表南京人自我化解的逻辑，“人之初，性本善，因此马之初，性也善。因此马善该派被人骑，人善该派被人欺。人既然能欺马，自然能欺人。因此，人该派被人欺，又该派欺负人。人不被欺负不是人，不欺负人也不是

---

① 何平：《城市传记何以可能？——以叶兆言〈南京传〉为例》，《当代文坛》2022 年第 2 期。

② 张光芒：《论地方路径与文学史的重构》，《当代文坛》2020 年第 5 期。

人。”[1] 其深层潜藏的是无奈与苦涩，因而也现出几许悲辛绝望的阿Q式的人生寓言来。作为出生在南京并长期生活于这一地域人生世界中的叶兆言来说，对此地域人心自是谙熟，且包裹了更复杂深刻的体认。

二是南京作为现代性都城。如果说第一种城市意象是以“秦淮河”这个地理符码作为美学图腾，勾勒南京六朝如梦、倜傥风流的前现代文化传统与历史积淀，那么这一种则是以民国奠都后的南京城市改造为背景，将南京想象为一个繁华自由而充满现代感的大都市。这方面的代表不得不推长篇小说《一九三七年的爱情》，借助于奇特的想象，叶兆言不仅在纸上重建了“黄金十年”的南京，而且将其浪漫自由、马达轰鸣的新都气象演绎到极致。最值得注意的是小说的人物视点。按赵园的说法，城市作为审美观照的对象，一个“观察者”的“他者”视角不可或缺[2]，《一九三七年的爱情》毋宁说写的就是被主人公丁问渔发现的城市文本。对于这位气质和语法上很像是波德莱尔笔下都市漫游者的丁问渔来说，他所发现的风景是与他的内心状态紧密联系在一起的，“所谓风景乃是一种认识性的装置”[3]，是心灵的镜像。叶兆言不断强调丁问渔是一个“浪荡子”，他出身名门，曾周游世界求学，精通各国语言，生活方式也极为西化，回到南京后成了一名大学外文系教授，却因为一见漂亮女学生就眼睛发亮而笑话百出、大名在外。借助这样一个滑稽怪诞中不失浪漫心性的人物目光，南京城在大屠杀之前的种种不和谐元素才有了统一起来的逻辑依据。伴随丁问渔的活动在大学、军界、商界、舞厅等在一定程度上与普通市民较为疏远的上流社会场所中白日梦游般地穿梭，南京的面孔流露出一种自由与颓废相嫁接的繁华与浪漫。最典型的是小说中全方位呈现的一场婚礼，正是因为这场婚礼，丁问渔才对任雨媛一见钟情，也才有了后面轰轰烈烈的倾城之恋。婚礼的地点是中西合璧的励志社，而透

---

① 叶兆言：《夜泊秦淮》，人民文学出版社2012年版，第63页。

② 赵园：《北京：城与人》，北京大学出版社2002年版，第11页。

③ ［日］柄谷行人：《日本现代文学的起源》，赵京华译，中央编译出版社2013年版，第10、13页。

过丁问渔的视角，我们看到了一幅很有政治之都标识的图景，不但所有职员都是清一色的军人打扮，连新娘也是一身戎装。乐池里舞客们正在翩翩起舞，突然有一个年轻人推开乐师，发表起抗日救亡的演说。接着几名大学生开始在舞厅里以爱国捐款的名目推销报纸，乐队却在大家的起哄鼓掌声中演奏起了聂耳的《义勇军进行曲》。小说这样写道：

> 一九三七年的南京，到处可以听见抗日救亡歌曲。出于外交方面的考虑，所有公开抗日的词汇都受到了限制。限制往往会使事物走向反面，事实上，抗日救亡的歌曲不仅到处在演唱，而且成为这个特定时期最最流行的一种娱乐形式。大街小巷随时可以听见有人在哼这类歌曲，无论是白发苍苍的老人，还是牙牙学语的儿童，都有腔有调或是不成板眼地哼唱着。悲壮的《义勇军进行曲》在雨媛和余克润的婚礼上奏响的时候，在场的人无不感到有些激动。当全曲演奏到了一半之际，许多人从跟着低声哼终于发展到引吭高歌。中日之间的战争，到一九三七年七月七日以后，才全面正式展开，但是对于当时绝大多数情绪激昂的中国人来说，心理上早就做好了开战的精神准备。①

在这样的叙述中，历史与人生运行的轨迹以一种奇特的方式交汇重合，抗日救亡的歌曲《义勇军进行曲》不仅到处在演唱，简直成为最流行的都市娱乐时尚。作为都市现代性的日常形态，20 世纪 30 年代特有的城市文化生活也在小说中丰满着对南京的呈现，包括国民政府推行的战时政策和各项现代化措施：禁娼运动、新生活运动、殡葬改革、灭蝇运动、市级篮球赛、“六一”儿童节国语比赛、武装赛跑……那个时代的大众娱乐生活也是自成体系：轰动市井的新闻报道

① 叶兆言：《一九三七年的爱情》，人民文学出版社 2017 年版，第 20 页。

（“杀人奸尸案”）、通俗小报的花边消息（离婚启事）、话剧《大雷雨》的广告（江青主演、冼星海配乐）等，甚至还可以看到老百姓们一窝蜂去看京剧（《霸王别姬》《打渔杀家》《抗金兵》）的场景、秦淮河畔捧歌女的风气、玄武湖夏日的纳凉景观、花牌楼的霓虹灯闪烁、新街口中国银行大楼顶上两个宝葫芦状的广告牌……在这方面，叶氏笔墨可说是巨细无靡，堪称“一个时代大众文化史的档案录”①。

除了五彩缤纷的生活风俗史，《一九三七》的南京另一大令人难忘的特点就在于大兴土木的城市建设，虽只是浮光掠影，却传递出新的社会环境下南京城市精神内涵的崭新变化。在《写在前面》和小说的正文当中，叶兆言将信而有征的史料（《首都计划》《首都志》等文献材料）与莫须有的虚构记忆相结合，在客观记录国民政府现代化努力的同时，描绘出彼时南京国际大都会的威势，复刻出一幕幕现代化与都市化的盛世图景：

> 一九二九年六月一日的奉安大典，成了当时南京最热闹的大事。为了将孙中山的棺木从下关火车站，穿过拥挤嘈杂的城区，隆重庄严地运往中山陵墓，市政当局果断地抓住了这次彻底改造城市交通的机遇。成片的旧房子被拆去了，长长的为迎榇专门设计的中山大道，工程浩大气派非凡，完全改变了古城的面貌。南京顿时有了大都市的威势，几十年过去了，中山大道仍然是南京最重要的街道。到了一九三七年，南京作为中华民国的首都已整整十年。这十年，南京成了地道的政治经济文化中心。②
>
> 大兴土木使得南京第一次有了真正的都市气概。南京开始真正地变得繁华起来。一座座新颖别致的小洋楼拔地而起，这些美丽的小洋楼中西合璧，基本上都是那些留洋的归国工程师设计的，

① ［美］白睿文：《罗曼史下的暴行：叶兆言的〈一九三七年的爱情〉》，潘华琴译，《南方文坛》2016 年第 6 期。

② 叶兆言：《一九三七年的爱情》，人民文学出版社 2017 年版，第 3—4 页。

风格多样，有欧美式，也有东洋式的，在欧美风格中，又有北欧和西欧之分。一座座小洋楼使得南京山西路颐和路一带道路纵横，以极不规则的方式交叉拐弯，结果使得这一带变得和迷宫一样复杂混乱。很多人到了这里都会晕头转向，走投无路，由于平时都是乘小汽车出入，因此让这些房子的主人自己步行，有时候距离已经很近了，然而这些房子的主人还是摸不到自己的家门。[①]

国民政府定都南京的十年内，一个破旧的古南京城完全改变了模样。新的林荫大道，无情地切开了破烂不堪的旧城区，结果空旷的道路和浓密的树荫，成为防空的最好庇护。新的建筑物在设计时此考虑到了防空需要，在中国的诸多城市中，只有南京真正在战前就做好了防空准备。街道上早在几年前，便到处张贴防空的宣传广告，而在一些空广场上，钢筋水泥做成的大炸弹模型被矗立在那里，形象地教育老百姓如何对付这些该死的玩意。首都南京为迎接大战的到来，有最好的高射炮，有训练有素的炮手，有高强度的探照灯。[②]

透过一种不无理性的政治经济学视角，大规模的城市改造以及南京的空间想象在民国的兴衰史中确立了自己独特的坐标与风貌。有意或无意，叶兆言践行着海登·怀特“话语的比喻理论”[③]，以逻辑与诗性、想象与思想、虚构与真实、隐喻与反讽之间连续性的方式寻求对城市历史新的认知、理解与叙事。在一篇名为《怀旧，废墟上的徘徊》的文章中，叶兆言坦言：“小说中的怀旧往往是虚构，文学的真实从来就不等同于历史的真实。换句话说，民国年间南京有没有那么一位老先生不重要，原话是否如此也不重要，重要的是能不能接近真

---

① 叶兆言：《一九三七年的爱情》，人民文学出版社 2017 年版，第 104 页。

② 叶兆言：《一九三七年的爱情》，人民文学出版社 2017 年版，第 308—309 页。

③ 陈新：《历史·比喻·想象——海登·怀特历史哲学述评》，《史学理论研究》2005 年第 2 期。

相。"[①] 这无疑更贴合于怀特"隐喻是真理之源"的说法。而通过一系列选择性的剪裁与虚构，作为民国首都的南京那自由繁华、饱满喧嚣却又危机重重、动荡不已的面影成为现代性的一个载体，其吊诡性与断裂性令人震惊。如论者所言，作为我们反思现代文明与人类存在的某种哲学对应物，摩登南京的美学形态在"怀旧"与"瞻望"[②] 两个时间向度上展开其深层的文化意图。一方面是怀旧。事实上，作为20世纪90年代的文学空间景观，由《一九三七》里的南京形象可以管窥到当时中国文化转型的特点，即一种声势浩大的怀旧风潮的出现。伴随着都市化的社会演进和全球化的文化流通，在文学领域如幽灵般掀起了一股怀旧热，"老字号"丛书和以王安忆《长恨歌》为代表的老上海都会风情小说的大量涌现即为重要标志。而就怀旧的具体模式看，如果说新时期文学初期的文学景观是以乡土空间的审美为主导，不但以描写乡村生活为主要内容，而且继承了"五四"作家对乡土文化的怀旧情愫与乡愁情结，那么，20世纪90年代的怀旧文学则更多见证了一种都市景观的涌现和海派叙事传统的复归。换言之，对于叶兆言来说，他笔下的南京风景所怀念的绝不是传统乡土的乌托邦，而是试图在历史故纸堆里发掘、拼缀与复原一个繁华昌盛的现代化大都市。

按博伊姆的分类方法，《一九三七年的爱情》是一种虚拟现实与集体记忆的"反思型的怀旧"，"是在废墟上徘徊，在时间和历史的斑斑锈迹上、在另外的地方和另外的时间的梦境中徘徊。"[③] 更重要的，"这一类型的怀旧叙事是讽喻的、非终结的、片段的"，"过去展现出历史发展的多重潜力、非目的论的机遇。为了接近我们想象的虚拟形象，我们不需要计算机：反思型的怀旧具有一种能力，可以唤醒意识

---

① 叶兆言：《怀旧，废墟上的徘徊》，《作家》2016年第7期。

② 曾一果：《"怀旧"与"瞻望"——关于〈一九三七年的爱情〉的"南京往事"》，《创作与评论》2017年第18期。

③ ［美］斯维特兰娜·博伊姆：《怀旧的未来》，杨德友译，译林出版社2010年版，第47页。

的诸多层次。”[①] 的确，犹如一个摄影师，叶兆言以镜头捕捉大屠杀前夜的历史瞬间，将那洋溢着地方现代性的历史之城定格、放大、再慢镜头回放，空间折叠入时间，南京成为精神的地图。就其价值指向看，叶兆言反思的怀旧指示的却是新的城市可塑性，换言之，其怀旧的出发点在于一种对未来的瞻望，“怀旧从来都不是简单守旧，从来都不是庸俗复古。一个真心喜欢怀旧的人，往往会是个理想主义者”，而对于南京路径来说，“在城市现代化建设中，怀旧也许只是想提醒我们，该做什么，不该做什么”[②]。尽管历史的发展并不以人的意志为转移，南京的一晌繁华随着 1937 年年末的屠城血案而灰飞烟灭，但那自由化的首都气派、现代化的城市规划无疑成功诱发出我们对南京未来的向往和憧憬。“那样的‘历史想像’对‘现实’却产生了巨大威慑力，它以历史叙述的形态对现实和未来的‘南京’提出了瞻望性的要求，其隐含之意便是历史上已经有如此繁华都市，而我们现在却落后了，难道还不引以为戒。”[③] 对比往昔与今日，在温故的基础上推知新的未来可能性，在这个意义上，怀旧的隐性结构恰恰是一种主体身份的认同建构，一种积极意义的创造动能。因此，《一九三七年的爱情》虽以小叙事的历史生活景观表达了对宏观历史的不感兴趣，但在更深的历史意识上却用怀旧话语寻求着对创伤的治愈，它意味着“一种抗争，以及寻找在中国现代性的国族叙事中被省略的批判声音的一种途径”[④]。

三是南京作为历史“伤城”。与很多古老的城市一样，南京承受了无数的沧桑、浩劫与磨难，留下太多让人唏嘘之处。这座据称有“王气”的城池在很多重要的历史节点上有着浓墨重彩的表现，成为

---

① ［美］斯维特兰娜·博伊姆：《怀旧的未来》，杨德友译，译林出版社 2010 年版，第 56 页。

② 叶兆言：《怀旧，废墟上的徘徊》，《作家》2016 年第 7 期。

③ 曾一果：《“怀旧”与“瞻望”——关于〈一九三七年的爱情〉的“南京往事”》，《创作与评论》2017 年第 18 期。

④ 陶东风：《城市空间研究在中国的兴起及其理论旨趣》，《中国政法大学学报》2017 年第 2 期。

风云际会的焦点，结局却总是沦为“短命王朝”，在江山易主、改朝换代的历史大戏中萦绕亡国的靡靡之音，涂抹上浓重的悲剧色调。近现代以来，政治的动荡、军事的攻占，尤其是抗战时期异族的残酷暴行和野蛮蹂躏更是一道难以愈合的血痕，使南京成为一座不折不扣的悲情城市，不但构成中国历史挫折的一个缩影，而且和长崎、伦敦等城市一样，承载着更为普遍性的历史之伤。如叶兆言所言：“风花雪月只是南京的一个侧面，桨声灯影也仅仅是个表象，人们不该忘记的是它的血腥。”① 因此，在秦淮月下的古都灵韵、民国都城的盛世风华之外，作为伤城的南京以其特有的暴虐、沉重与悲痛构成了叶兆言书写的另一大城市记忆。我们将其总结为三大特点。

（1）塑造典型的女性形象作为南京城市命运的象征。在对历史镜像的重构中，我们不难发现，叶兆言十分注重对女性形象的塑造。如岫云、三姐、华太太、矮脚虎、如韵、好小姐，都以各自独特的命运撕开了历史的帷幕，成为历史悲剧的注脚。而就南京作为伤城的演绎看，刻骨铭心的苦难与伤痛更催生了女性极致化的命运与人性，尤其是《刻骨铭心》中对以关丽君为代表的几位女性生命遭际和性格形态的刻画，在某种程度上，达到了象征城市命运与性格的艺术效果。在这部小说中，南京人“大萝卜”的性格突出表现在“政治上一向糊涂”和“习惯了醉生梦死”。一是面对城头变幻的大王旗，南京人根本分不清这个党那个派（“稀里糊涂”是小说的高频词汇）；二是面对兵荒马乱，南京市民虽然感到非常悲哀，非常屈辱，却又好像习惯了似的麻木，即便是“七七”卢沟桥事变，“在南京产生的波澜，无非是又一次引发抗日救亡的激烈情绪。”② 因此，小说的每个女性人物也同样涂抹上乱世的阴郁颓靡之气，常常是优柔寡断、得过且过，成为伤城南京的缩影。作为小说中着墨最多的女性，这些特点在关丽君身上更为集中。年轻时的丽君本是一个孙舞阳式的时代女性，既具有一

① 叶兆言：《沧桑南京》，《东方艺术》2007 年第 14 期。

② 叶兆言：《刻骨铭心》，人民文学出版社 2018 年版，第 302 页。

种追求时尚、张扬享乐的资产阶级品性，更为民族精神和阶级观念这些宏大的词汇所激情澎湃。轰轰烈烈的大革命中，她在未婚夫郭亚声的影响下毫不犹豫地加入了当时革命党中最激进的一个暗杀组织“中华锄奸党”，不仅在街头激情澎湃地发表演说、鼓吹革命，更积极地配合亚声刺杀冯焕庭，虽然行动失败被捕，却积累了一定的革命资本。但正是这样一个振臂高呼的女革命者，在郭亚声死于“济南惨案”两年后，却嫁给了不共戴天的杀夫仇人冯焕庭。丽君蜕变的心理动机在本章第一节已有所论述，主要包括价值幻灭和生存危机两大层面。值得补充的是小说在“刺杀冯焕庭”一章里重点刻画的“戏中戏”“镜中镜”，即新编话剧《潘金莲》。取景框中台下的侦缉队长正在黑暗中紧张搜捕刺杀者郭亚声，而台上的学生们正夸张地扮演着“淫妇”潘金莲，对军阀割据“城头变幻大王旗”的无节操性极尽讽刺。潘金莲的“剖心”一幕在抵达戏剧高潮时更有统领全书的意味，暗示了所有在场者在后来的故事中，围绕恋爱与婚姻、党派与国家在个人和历史两大层面，由多重效忠所引发的纠葛、背叛与道德问题。就丽君而言，她分明是感到了历史的挤压和命运的失控，却选择以颠覆传统伦理为代价，在忍受之中作出自毁式的抗争。就“城与人”的命运同构看，叶兆言试图运用丽君生命里每一个男性所携带的不同政治身份，来象征南京城上空不断翻滚变幻的政治颜色。从国民党激进左派郭亚声、国民党员冯焕庭到汉奸何为，丽君在沉沦与救赎的反复交替中逐步走向颓废边缘的轨迹也象征南京城的蜕变轨迹。从革命浪潮初起时各色人等的“咸与革命”，到革命精神的浮华变脸，城中人纷纷走向历史的暗区，暴露出各自的缺陷，最后，伴随南京成为汪伪政权的首都，作家便安排了人与城共同毁灭的沉沦结局。在内在人性上，叶兆言对关丽君等典型的塑造侧重于南京女人对苦难、不幸和侮辱的“承受”一面，充分演绎出那种“大大咧咧”“不在乎”“傻大胆”的“木古”气质[①]。而在国

① 叶兆言：《南京女人（下）》，见叶兆言《南京人》，南京大学出版社2016年版，第143页。

破家亡的关头，她们既无秦淮八艳的刚烈与正气，亦少了莫愁女天真活泼的颜色，终只能成为无德之乱世的欲望符号—义无反顾、自甘沉沦的羔羊。

（2）开掘大历史时空中日常生活的救赎力量。作为另一部南京城的精神史，小说《很久以来》的写作模式也值得探讨。小说虽铭刻着历史的斑斑伤痕，写尽了南京的历史悲剧，却以一种彻底的日常生活肌理和日用即道的民间伦理取向为苦难中的“城与人”解决了安身立命的难题。叶兆言首先启用了昆曲和卞家花园这两个文化标志，通过插叙的方式，在大家闺秀竺欣慰和冷春兰的童年目光中呈现秦淮旧梦的凄美余韵，喻示了一种优雅精致的城市文化精神的凋零。作为“南京的主旋律”，风骚独领的昆曲却为“洪杨之乱”（1853）彻底损毁，“太平军浩浩荡荡杀了过来，昆曲的好日子就突然到了头。盛世戛然而止，风光从此不再，如果说中国的近代史从鸦片战争开始，南京近代史的开端则是太平天国进城。”[①] 流光溢彩的雅部昆腔从此失落于历史深处，沦为“亡国之音”，而故事中两位女主人公学唱的当口，昆曲早已奄奄一息，残留为“文人的雅玩”“老教授的嗜好”“嫖客的余兴节目”。卞家花园的庸俗化同样不可避免，由于家族的腐败解体，卞氏的老宅难逃荒废命运，在繁华阅尽之后几乎沦为废园。但叶兆言并未沿袭一种城市文化精神失落的挽歌模式走下去，而是突破思维定式，在漫长扰攘的时空中专心营构南京城顽强赓续的历史文化认同，或者说在其艺术真实观的引导下，一心追踪绵延的日常现代性痕迹。具体看，日寇统治下的南京城虽蒙受毁灭性打击，但仍在劫掠和奴役的缝隙中追寻现代化步伐。新街口广场建成了中国“第一座有着正式门牌编号的公共厕所”；居民的节庆娱乐热闹不改，正月的夫子庙灯会“人很多，人山人海十分热闹，跟赶庙会也差不多，大家好像已经忘了自己还是在日本人的统治下”[②]；积极进步的学生运动也是风起云

① 叶兆言：《很久以来》，人民文学出版社 2018 年版，第 16 页。

② 叶兆言：《很久以来》，人民文学出版社 2018 年版，第 98 页。

涌，他们延续抗战前新生活运动的宗旨，以《干》为会刊，团结组织了“干字运动实践会”，“号召市民团结起来，砸烟馆烧赌场，提倡新型的健康生活”，一度押解“白面大王”游街示众，达到为社会除恶的目的；国民政府还都后，面对学校的清算与甄别，“不好惹”“火气旺”的学生们一样敢于争取自身权利与公正对待，提出“科学无伪”“学问无伪”的抗议口号公开与当局叫板。虽然南京在解放后的政治动荡中不断分裂、震荡、重组，但另一种日常逻辑下的生活空间却顽固地穿透了历史政治的缝隙。一方面，我们目睹到，即使在红色暴力席卷的风口浪尖，市民阶层的生活趣味也有其呼吸空间，事实上，血雨腥风的武斗从未妨碍杀猪匠间逵享受种花养鱼的爱好，而这些当时被大肆批判的“资产阶级的玩意儿”，之所以不为暴风雨所胁迫，凭借的正是他根正苗红的无产阶级身份；另一方面，当权力对人的规训、对亲情的消灭、对人情的抹擦正走向极致，在南京的角落里，人与人之间的责任感、道义感却从未泯灭。小说着墨最多的就是欣慰和春兰的知己之交，守望相助的女性友谊无疑为扭曲的历史时空填充上动人的情义暖色。还有小说中的寡妇李老太，在潦倒不堪的弥留之际，却有当年的老仆人无私地上门照料。这些日常生活细节都为人文传统一时凋敝的伪城南京增添了亮色。

（3）国民性批判、现代性反思及人道主义立场的坚守。阿多诺说，奥斯维辛之后，写诗是野蛮的。在这个意义上，叶兆言对伪城南京的审美观照不仅是对民族苦难与历史浩劫的清理和见证，同时更是对人性深渊和非人境况的道德沉思与伦理质询。美国汉学家白睿文曾指出，《一九三七年的爱情》有意采用文字回避的书写策略来表现南京大屠杀，但当描写和尚在小月身上施行的谋杀和奸杀暴力，以及在一路中国军队试图渡过长江、撤离南京的时刻，另一路负责守卫港口的中国士兵却对同胞开火的内战时，叶兆言却没有表现出类似的节制。“由此可见，小说试图表明：1937 年南京所遭受的暴行，最冷酷的并非来自日军，而是来自中国人自身。由此，叶兆言的批判尽管低调，却巧妙地指向鲁迅式的国民性批判。”① 的确，“五四”文学所开创的精神话语、对国民性的批判与慎思意识是叶兆言创作的一种内在精神气质，看客的书写屡屡出现，包括《刻骨铭心》里，无论是臭名昭著的虐妻犯的死刑、还是九位共产党人在雨花台的行刑牺牲，围观者都是一样的冷漠麻木、无动于衷。如论者所言：“最触目惊心的一笔就莫过于‘宪兵开始撤了，围观看热闹的群众一窝蜂地奔向死者’，如此一来，一群全无同理心、甚至似乎嗜血的群氓就彻底又形象地暴露在了作者冷静得近乎无情的笔锋之下。”② 从另一个角度看，这也导致叶兆言并未将南京大屠杀等沉重的历史记忆单纯视作民族间的战争悲剧，而是“将它视为一种‘象征符号’，追溯其中人类自相残杀、彼此侵害的本性之恶”，这样，“才能从启蒙现代性的源头，探究人类本性的复杂和吊诡”③。如《日本鬼子来了》（1991）就被作为“文化批判小说”④ 来看待。就其叙述方式看，叶兆言既回顾了抗战历史，表达了对军国主义和侵略屠杀的愤怒，对民族正气的张扬，同时又贯穿现实，在对中日关系现状的多角度观照中对民族文化心理的缺陷展开不无沉痛的调侃与反思。小说以不小的篇幅讲述了一个日本人对阿庆嫂的爱，这似乎是一种占有的欲望和热情，表明爱也可以与侵略联系在一起，人们可能以爱的名义进行侵略，但我们似乎又不能排除侵略者盲目与可悯的一面，他们同样是历史的牺牲品。《夜来香》（1994）里体育老师喂食日本俘虏的场景则令人想到大江健三郎的《饲育》。小说写抗日战争中，荀洪元和同伴们作为童子军在山洞里活捉了一个十五六岁模样的日本飞行员，“他的身上又脏又臭，是一张黑乎乎的娃娃脸，仿佛讨饭的孩子”，饥寒交迫已到顶点。这时体育老师让荀洪元喂些煎饼给俘

---

① ［美］白睿文：《罗曼史下的暴行：叶兆言的〈一九三七年的爱情〉》，潘华琴译，《南方文坛》2016 年第 6 期。

② 夏彬彬：《主题书写的变奏——评叶兆言长篇小说〈刻骨铭心〉》，《小说评论》2018 年第 1 期。

③ 洪治纲：《集体记忆的重构与现代性反思》，《中国现代文学研究丛刊》2012 年第 10 期。

④ 牛玉秋：《近年中篇小说的四大主题》，《文学评论》1993 年第 1 期。

虏吃，荀故意“慢吞吞地吃给他看，待自己完全吃饱了以后，撕下极小的一块，像逗一条小狗似的，扔在了他面前。……”体育老师觉得荀不应该这样，于是他亲自、严肃又庄严地喂着煎饼。这一举动让飞行员流下感激的泪水，也让童子军们产生人道主义的自我觉醒。《花煞》则以一批传教士形象的刻画，从宗教的拯救、心灵的创伤、生命的价值等层面进入对清末民初封建殖民史的书写。这段沉重的历史意味着东方和西方激烈碰撞的现代性冲突，小说并未回避其血腥性和暴虐性（哈莫斯代表了西方人丑陋、欺骗、猎奇、盗取的一面），但与此同时，叶兆言巧妙地化用了圣经故事，设置了浦鲁修等具有高度符号化意味的传教士形象，以此建构历史的神性维度，追问现代性的困境、拷问人性之谜。还有《仪凤之门》和《刻骨铭心》，同样都以南京为“眼睛”，见证与构筑了一个“极具时空交汇意义的现代性场域”[①]。前者以下关码头的开埠通商为契机，一面赞叹西方现代化文明推动新的都市社会经济文化格局，另一面清醒地揭示不对等的国际政治关系对民族现代性发展的阻碍，以及金钱中心的资本主义世俗伦理无力建构个体价值和社会价值的虚弱性本质。后者则专辟“国际安全区”和“在南京的阿瑟丹尼尔”两个章节，加入魏特琳、卡蜜拉、阿瑟丹尼尔等人物，从西方文化背景上对永恒的人道主义价值观加以确证，从而使叙事摆脱了褊狭的民粹主义倾向，拓展了大屠杀和暴力事件对常人内心的巨大伤害，而获得更宽广的人文视野。

第四节 存在历史主义的哲学内涵

如上文所述，叶兆言的历史叙事倾向于从历史中的个人出发触摸时代的真相，从具体的生命感觉出发悬置伦理道德的价值判断。通过将现代性的线性历史转变为一种共时性的生存论意义上的审美处境，

① 张光芒、王冬梅：《时空交汇的“南京眼”与风云际会的创伤史——论叶兆言长篇小说〈仪凤之门〉》，《中国当代文学研究》2022 年第 4 期。

而非还原一种本质的历史真实，叶兆言的历史书写表明了一种存在主义的历史意识，或者说哲学内涵。弗雷德里克·詹姆森曾在《马克思主义与新历史主义》一文中提出“存在历史主义”可以被当成一种对历史主义进行超越的可能路径。相对于黑格尔式的“目的论历史主义”，“存在历史主义并不涉及线状的、进化论的、或本原的历史，而是标明超越历史事件的经验，或者说：作为历史性（historicity）的经验是通过现在历史学家的思维同过去的某一共时的复杂文化相接触时体现出来的，即存在历史主义的方法论实际上是一种历史和文化的美学”①。在这里詹姆森所主张的是，通过存在论打破那种机械排列的历史知识，以“存在”为轴心将历史事件“本真性地”统一起来。而这种历史叙事之所以是一种“文化美学”，就是因为历史叙事者依靠个人的存在体验来让自己的思维与过去的历史产生“共时性的联系”，与此同时，以语言为媒介，历史被召唤到我们近前而转为反思性的存在意识。米兰·昆德拉也表达过相似的意思：“对小说家来说，一个特定的历史状况是一个人类学的实验室，在这个实验室里，他探索他的基本问题：人类的生存是什么?”②

在这个意义上，叶兆言的《没有玻璃的花房》（2002）用成长小说的形式表达了以个体的存在体验来反思历史的理念，历史事件在反思的层面上被统摄在一起。小说“写的是‘个人的历史’而不是‘承担历史的个人’，这里的个人回到了琐碎的日常生活中，个人生命的隐秘生活空间充满了混乱和欲望交织的挣扎”③。而从个人体验出发叙述“不可靠的历史”，这实际上就是以存在主义来超越历史主义的一个表现。通过讲述一个戏校大院的孩子木木在“文革”中迷误与畸变

① ［美］弗雷德里克·詹姆森：《马克思主义与历史主义》，张京媛译，见张京媛主编《新历史主义与文学批评》，北京大学出版社1993年版，第27—28页。

② ［捷］米兰·昆德拉：《生活在别处·序》，景凯旋、景黎明译，敦煌文艺出版社2000年版，第11页。

③ 王光东：《历史的另一种写法：读叶兆言〈没有玻璃的花房〉》，见黄轶编《叶兆言研究资料》，人民文学出版社2016年版，第145页。

的成长经历，《没有玻璃的花房》力图还原出那个如没有玻璃的花房般丧失安全感的时代与恶劣的存在处境。小说深刻揭示了一个艰难并被忽略的心理成长界域，由于失去成人和社会的理性引导，孩童们如同荒原上的野草般蹿生奔突，脱离控制的原始欲望最终把他们都逐入人性迷乱的漩涡与道德沦丧的泥沼。事实上，叶兆言不仅书写了木木、张小燕、吕文、吕武、马小双等青少年们无所归属的痛苦与困顿，同时还描绘了李道始、林苏菲、七爷、张继庆、顾代表、鞠师傅、李无依等成年人极致错乱的伦理选择。混乱年代中这些人物的生存状态既残酷又歇斯底里，使我们看到个人身体里的欲望本能是如何在非理性的历史潮流中被联合煽动成一种破坏性的力量，也看到那种令人不寒而栗的“平庸者之恶”是如何把人间变成了地狱。

小说在“文革”开始，孩子们密谋批判居委会主任“唐老太”的游戏中拉开序幕。他们拙劣地效仿着成人世界的“严肃革命行为”，老人在抗战中为日兵强暴的苦难经历竟被孩子们定罪为“腐化堕落分子”，决定“进行一次毫不留情的批判，要给她一个致命的打击”。而这场批斗不仅迅速导致唐老太的含辱自杀，也让我们年仅 9 岁的主人公尝到了被同伴背叛、被集体遗弃的苦味，“一种非凡的痛苦”。很明显，所谓“崇高的革命行动”并不意味着生活的稳定秩序和精神向善的提升，却倒是个人快感的无理性追逐与放纵，以及由此带来的虚无与欺骗、背叛与猜忌、堕落与疯狂，可以说，人性尺度全面宣告失败。从唐老太的死亡开始，“文革”对于木木就成为一种黑洞般的创伤体验，身边大量发生的、无端的暴力和非正常性死亡使他深陷于恐惧之中。首先是戏校的“屁派”革命小将整死了吕校长，“吕校长一言不吭，挂着牌子在烈日炎炎下站了两个小时，终于一头从主席台上栽下去，当场咽了气。‘八三兵团’的年轻人丝毫没有因为吕校长的死亡气馁，他们将他的尸体放在主席台上，继续声讨批判”①。其次是“八

① 叶兆言：《没有玻璃的花房》，上海文艺出版社 2010 年版，第 91 页。

三兵团”的敢死队失手打死了“红二师”两个钢铁厂工人，由此酿成了更大规模的武斗：“有五名‘八三兵团’的敢死队员和一名叫韩冰冰的女战士宁死不投降，他们困守在楼顶的西北角上，六个人手挽着手，面对着一步步逼近的敌人，高唱国际歌，然后坦然转身，在中午灿烂的阳光下，像鸟一样地展开双手，一个接一个纵身跳下楼。”① 再次是迷恋德国古典哲学的数学系大学生吕文被判现行反革命执行死刑，场面令人心惊，“所有的死刑犯背上都插着一块大牌子，上面写着罪犯的名字，白底黑字，用红笔打了叉”②。吕文的死因更具备莫须有的荒诞性，竟是由于质疑选举程序和知青政策而判定为思想罪。最后是品学兼优的好学生马大双被急红了眼的复仇者误杀，“僵持了一会，张继庆终于将伞拔了出去。马大双捂着胸口，慢慢地跪了下去，张继庆又一下恶狠狠地捅了过来，这一下正好捅在马大双的眼眶上，伞尖穿透眼球，深深地扎进了他的脑袋。马大双的脑袋仿佛穿糖葫芦一样，被高高地挑起……”③ 这一系列死亡与暴力描写，一方面与作家的“文革”创伤记忆有很大关系，另一方面叶兆言要突出的是木木这种恐惧感的如影随形、萦绕不去，在心灵深处，它们就如吐着鲜红信子的蟒蛇般匍匐前进，惊人地吞噬、扭曲和变形为后来的阉割焦虑和乱伦焦虑。

可以说，在存在论维度，《没有玻璃的花房》重点描写的就是少年木木对非常态死亡的恐惧心理意识和精神的漂流状态。按弗洛伊德的说法，童年的创伤事件极易在精神和心理上产生不可磨灭的伤害，就像用针轻刺一下刚开始发育的胚胎，很可能给有机体日后的生长与成熟造成致命性的破坏。某种意义上，死亡的边缘情境给木木造成了心理上灾难性的毁灭后果，他不仅失落了道德上的方向，更使生活的意义和自我身份认同的基本秩序完全分崩离析。在唐老太自杀之后，

① 叶兆言：《没有玻璃的花房》，上海文艺出版社 2010 年版，第 107 页。

② 叶兆言：《没有玻璃的花房》，上海文艺出版社 2010 年版，第 190 页。

③ 叶兆言：《没有玻璃的花房》，上海文艺出版社 2010 年版，第 276 页。

木木开始对门框产生恐怖的联想，只要有人站在门框里，就会联想到“吊死鬼”的错觉[①]。而当吕文被枪毙，他的阴魂似乎一直在周围游荡，使木木的精神接近崩溃。在一个梦境中，“吕文说，谁说死人不能讲课，我告诉你木木，世界上最好的课程，都是死人讲，活人听。吕文说，什么人最后都要死的，包括你。吕文说着，跟闹着玩似的把自己的脑袋拿了下来，血淋淋地搁在讲台上。没有脑袋的身体像树桩似的站在那继续发出声音”[②]。经历了连续四个不眠之夜，浑身打战的木木终于在父亲的怀里死死地睡去，“没有梦，没有梦中的惊叫”，这似乎是那段喧哗与骚动的岁月里唯一和谐宁静的段落。然而，到了运动的尾声，重复的革命剧目虽令人厌倦，迷乱的本能却进一步吞噬了精神空间，象征秩序的坍塌使木木开始了真正自造的恐惧。

因此，除了无端死亡和残酷暴行所导致的巨大慌乱与不安，小说还用力勾勒了另一种“后怕”的存在体验。“所谓后怕，是混合着恐惧、内疚、忏悔的情绪，它不只是当时、当世者对于事件本身的心思，而是一种事件结束之后仍会绵延下去的后怕。”[③] 通过木木的目光和梦魇，叶兆言发现了这一代人叫作“后怕”的内心感应，显现出一种无垠的、强烈的后设精神力量。好比说，人犯下一些并不美好的事，当时并没有太大感受，可一旦后怕上来，所有的故事细节都会纷然映现。而《没有玻璃的花房》所描述的这种后怕，产生的根源就在于对一个事实的幡然醒悟，即人不但会被时代裹挟，更可能被自我巨大的本能力量所劫持。为了描述人性在时代意志与本能欲望两种力量间撕裂异化的悲剧境况，叶兆言运用了一种昆德拉式的政治与性爱、公众视角与私人情境彼此混合、纠缠与参照的张力性结构。按叔本华的说法，“性爱才是这个世界真正的世袭君主”，“性欲是生存意志的核心，是一切欲望的焦点”，“是欲望中的欲望、是一切欲求的汇集”，是“意

---

① 叶兆言：《没有玻璃的花房》，上海文艺出版社 2010 年版，第 19 页。

② 叶兆言：《没有玻璃的花房》，上海文艺出版社 2010 年版，第 194 页。

③ 施战军：《爱与痛惜》，山东文艺出版社 2004 年版，第 41 页。

志的焦点”，而“肉体不过是意志的客体化，亦即它是通过表象形式的意志”①，因此，在很多当代作家的“文革”叙事中，性爱与身体便成为自由意志的象征，成为反抗强权奴役和抗拒政治异化的武器。但在叶兆言笔下，性爱并没有成为极权制度下的避难所，相反，在解构革命的同时，性也不可豁免地为革命所利用，肉体在反抗革命的同时无疑暴露出自身的局限性，而人在精神异化情态下肉体的非理性狂欢则酿成更深的异化和迷失。在《没有玻璃的花房》里，教授李道始肆意编造猎艳史来宣泄性的想象力，红卫兵们乐得在认罪书中对性展开言语偷窥。一本名为《曼娜的回忆》的手抄本黄书悄悄流入了戏校，木木和伙伴们不但对书中的淫秽场面倒背如流，而且试图在现实中转移性欲这一“变幻无常的妖怪”。无辜的“小洋人”成为大家性幻想和语言式“轮奸”的对象，工宣队师傅的九个女儿则成了“革命行动”的幌子下偷窥洗澡的目标。还有情窦初开的张小燕莫名成了马氏父子性游戏的实践对象，而被马延龄的老婆张素芹辱骂后，她竟周密制订出报复计划，以自己的裸体素描为鱼饵，唆使戏校大院的男孩们针对张素芹大搞阴损的恶作剧，怀孕堕胎后更是与社会上的流氓“非常下流地勾结在一起，成了祸害一方的女混世魔王”。爱抽烟的李无依与李道始、木木父子也同时保持混乱的性关系，但与张小燕的堕胎不同，李无依最终生下了这个无法辨认父亲的私生子。与此同时，木木的母亲林苏菲却对闺阁女友的丈夫施行各种性诱惑……面对压抑暗淡的时代环境，人们无不在性放纵中寻找迷失的自我，然而，这样的肉体狂欢最终被证明是无意义的。当性成为“文革”这场巨型政治游戏中的媒介和道具时，它已然丧失道德和伦理的尺度，更丧失了心灵和情感的慰藉意义，纯粹只是动物性生命冲动和原始性施虐本能的发泄和释放，在价值与意义上沦为完全的虚无。这不但让人在性/政治的叙事修辞中窥探到革命价值和道德秩序的消解以及由此造成的人格丧

---

① ［德］叔本华：《爱与生的苦恼：生命哲学的启蒙者》，陈晓南译，中国和平出版社 1996 年版，第 3—4 页。

失与人性畸变的悲剧，更透射出一种祛魅化的后现代历史意识，即“历史本身是一场游戏，它自身并没有意义和价值，在历史场景中，个人快感等琐碎的心理取代了历史所宣称的崇高的性质与内涵”①。

对存在历史主义者而言，历史与现实不再是各自孤立的对照关系，历史不构成任何新生现实的反衬，而是能够互相通达，它是“现在的个人主体同过去的文化客体相遇时产生的”②，即“现在与过去的对话”。叶兆言在小说里面不露声色地埋下了现在与过去的对话，木木和“我”是同一个人，木木的见证和“我”的讲述对历史记忆进行分身处理，分担着相对客观和相对主观的视角、色彩、语调，代表了不同层面的感觉和判断。属于记忆的木木已然风干，但是他酿成了乱伦的悲剧，虽然那个孩子被强加给声名狼藉的父亲，却真真实实地活在世上。“文革”一页虽已翻过，叙述人“我”与木木的孽种却共存于当下此刻，成为不可消除与割裂的历史客观性的顽固延伸，思之令人悚然。或许更刺痛人心处还在于，这个乱伦产儿作为一个历史疯狂的凝聚之物、一种斯芬克斯因子的象征结构，他在今时今日的存在将不仅是对生活虚假性的全部戳穿，更意味着对良知和人性的灼热拷问。事实上，叶兆言的确意在以其为匕首，去捅破“文革”文化的脓包：惨痛的历史不仅伤害了人性，同时也改变了人性；惨痛的历史会告一段落，但被扭曲了的颓废人性仍然会制造新的惨痛悲剧。“这个私生子到底是木木的还是他父亲的，这并不重要。我想说的是，‘文革’改变了一代人，也造就了一代人。私生子就是‘文革’的遗产，他是‘文革’的生命的体现，他在今天仍然还活着，成为今天生活中一部分。”③ 换言之，至今仍生机勃勃地生活于我们之间的这个孽子寓示了“文革”的幽灵，邪恶的种子培植在更深更远的地方，它会在幽暗的人心布下某种悲剧和灾难的雷区，而现实生活在不断延展、不断迈进

① 周新民：《叶兆言小说的历史意识》，《小说评论》2004 年第 3 期。

② ［美］弗雷德里克·詹姆森：《马克思主义与历史主义》，张京媛译，见张京媛主编《新历史主义与文学批评》，北京大学出版社 1993 年版，第 30 页。

③ 叶兆言、周新民：《写作，就是反模仿——叶兆言访谈录》，《小说评论》2004 年第 3 期。

的过程中却无法避开触雷的必然性。这样的结尾设计和这样的思想用意，无疑是极度深刻而沉痛。

作为“文化历史中的‘精神创伤’性质的事件”[①]，“文革”对于叶兆言不再是一般的回忆，而是一种远比伤痕和反思更为原初也更为切肤的“记忆”，“它宽广，它细碎，它刻骨铭心，它无微不至，它让你从最初的不懂事中懂得快意和恐惧，它使你稀里糊涂地被命运抓了个正着。尤其是，记忆里乱伦时代的东西就是现今里不断超生的父母，它的孩子遍布在我们周围，子子孙孙无穷匮也”[②]。除了《没有玻璃的花房》，“文革”的深刻记忆还促成了《关于厕所》《小磁人》《纪念少女楼兰》《写字桌的1971年》《魅影的黄昏》《江上明灯》《一号命令》《紫霞湖》《很久以来》等诸多作品的写作与发表，无不是从那场运动中边缘群落的视角所言说出的具有多样性和个别性的存在体验。面对历史和民族的创伤，叶兆言的“文革”叙事与当代主流文学中“灾难叙事”与“历史反省”的两大叙事模式呈现出完全不同的面貌。前者以个体视角从生存、生活、生命本身寻找最原初、朴实的价值与意义，以自由伦理精神反对专制，捍卫脆弱的个体生命及其生存权利，后者的伦理取向则更多是国家意识和理性意识，是作家代表社会、民族、人民提出的道德问责命题，呈示的是一种社会的道德原则，设置的是人民的伦理法庭。换言之，如果说伤痕文学、反思文学是一种反抗式的写作，在这些文本中，反抗存在一个特定的对象和目标，敌人是一个相对的而非终极的概念，并且敌人会消失也会灭亡，那么叶兆言的“文革”叙事则更多地指向了作者自己，从自己独特的生命体验和深挚的个人记忆出发，让读者体会到一种与己有关、与当下相关的深长余味。“文学并不是用来复仇的，不只是还债，锱铢必较，睚眦必报，这不是文学。文学可以控诉，但绝不能仅仅是控诉。”[③] 相比控

① ［美］海登·怀特：《作为文学虚构的历史文本》，张京媛译，见张京媛主编《新历史主义与文学批评》，北京大学出版社1993年版，第167页。

② 施战军：《爱与痛惜》，山东文艺出版社2004年版，第41页。

③ 叶兆言：《无用的美好》，江苏文艺出版社2018年版，第52页。

诉敌人，直视自己的人性显然更需要勇气，我们和“敌人”并非截然不同，那些人性的恶与软弱、贪婪与嫉妒、竞争与谎言，并非和我无关。布尔加科夫在《大师与玛格丽特》中说，怯懦才是人类缺陷中最可怕的，叶兆言同样从未敢忘记此点，他总是强调，“我承认我有怯懦的一面”①，“在这个世界上，首先要同情和怜悯的就是自己，原来自己也是这样，也可能这样，不仅仅别人是阿Q，我们自己也是，我们自己就是。”② 事实上，鲁迅的阿Q不仅凝结了国民劣根性的全部密码，更带有超越国度、超越历史的人性普遍性，因此，叶兆言从不苛责任何人，而偏向于以中庸调和的面目，用理性的文火慢慢炖熬，然后有条不紊、缓缓道来。对于世界的黑暗，叶兆言从不采取一种置身事外的态度，而是深刻意识到，每个人都置身人性的黑暗当中，我们必须共同面对这种黑暗和恐怖。邪恶埋伏于天性，究其根本，历史的罪恶是人的罪恶，政治的黑暗同样是人的罪恶。由此，叶兆言的“文革”叙事超越了对社会悲剧的单纯反映，而具有了生存论维度的反思性。

在生存论的意义上反思“文革”历史，叶兆言的《很久以来》是另一个典型的例子。小说标题取自顾城的同名诗，在小说第二章，叶兆言曾特意引用了一个片段：“很久以来/我就渴望升起/长长的，像绿色植物/去缠绕黄昏的光线/很久以来，就有许多葡萄/在晨光中幸运地哭着/不能回答太阳的诅咒。”③ 一方面，顾城那“很久以来”“渴望升起”的诗意化感受，与女主人公们驰向黑夜的命运轨迹，存在某种内在对应关系。另一方面，尽管叙事起点设定在1941年，距今不过80年，但“很久以来”四个字却精准地传达给读者一种存在主义的时间意识，“我们回顾往事，对以往的事情负责，总因为生存还没有结束。往事是由明天的光线照亮的。……曾在并非简单地过去了，逝去了，化入虚无。曾在凝结在存在上”④。在海德格尔看来，记载一个事

① 叶兆言、木叶：《好小说一定是“有问题的”》，《上海文学》2016年第5期。
② 叶兆言、傅小平：《我还在寻找最理想的表达方式》，《野草》2019年第2期。
③ 叶兆言：《很久以来》，人民文学出版社2018年版，第54页。
④ 陈嘉映：《海德格尔哲学概论》，商务印书馆2014年版，第113页。

物的源起流传并不就使该事物成为“历史的”，关于过去的报道恰恰把历史静止下来而变成对象，而“真正的历史是一种演历。历史的追问是追问仍在演历的东西，即使这种东西表面上已经过去了”[①]。换言之，历史的具体现象先于任何对象化，而本真的历史性也只能依靠本真的时间照亮。这或许也就是叶兆言所说的，“今天的文革描述已经完全变味，有人认为文革是反腐败的，没有贫富差异；还有一种认为文革就是打砸抢，就是造反派的天下，就是大街上随便拉一个人到体育馆就可以批斗或者宣判枪毙。这和我熟悉的文革完全不一样。现在可以写，是我发现文革正变得越来越简单化，越来越概念化、符号化，变得非黑即白。我自己很清楚地知道，文革是活生生的一段河流，弯弯曲曲，很复杂”[②]。

叶兆言的意思是，历史并不能用某种板结的面孔或大而无当的抽象结论来限定，历史是存在的绵延，是一条时间的河流，经验则是打通历史镜像与当下现实之间区隔的重要路径，并向着未来铺展开来。表现在《很久以来》的叙事模式上，还是采用第一、第三两种不同的叙事人称来建构当下与历史的对话，但相比《没有玻璃的花房》，叙述结构更为自由灵活。文本共由九章组成，其中第二章、第九章包括后记在内构成一个叙事声部，采用第一人称“我”讲述新世纪的作家遭遇，其余七章则采用第三人称叙述两位民国淑媛在半个多世纪中的沉浮命运。与两大叙事人称相呼应，小说同时包含两条交错联结的内在结构线索，一条是涌现于现实当下的鲜活故事，另一条的叙述视点则溯洄久远的历史曾在。这种复调结构与其说是后现代主义的，不如说更强烈的意味乃是将一种现时态的“我”的话语，执着地、顽强地揳入历史的深层结构之中。如果说历史的客观性是超然的、不动声色的，那么，“我”的诘问、“我”的话语却是炽热的，它们沸腾着情思

---

① 海德格尔：《物的追问》，转引自陈嘉映《海德格尔哲学概论》，商务印书馆 2014 年版，第 143 页。

② 舒晋瑜、叶兆言：《叶兆言：我只是把经历的一段历史写出来》，《中华读书报》2014 年 4 月 9 日。

和哲思。

而放在本节作为“文革”题材小说来讨论时便会发现，相比很多“文革”叙事都只是把故事情节集中在“文革”期间的艺术处理，《很久以来》的一大特点就是时间的绵延和跳荡。事实上，如果按照所占篇幅比例来衡量的话，小说真正有关“文革”时期的描写只集中在第七、第八这两章，尚未占到三分之一。但从深层的叙事意旨看，如果只将笔触局限“文革”一隅，那么，无论是历史的漫长扰攘，还是人物泥沙俱下的命运，都无法得到真正强有力的艺术呈现。更何况，对叶兆言的写作来说，表现极端年代的风暴固然是重心之一，但与此同时，对人物的失败进程作出整体性的艺术展示，将中国现当代历史置于一个纵深的社会性视野中展开观照，同样是不容忽略的题中应有之义。因此，叶兆言选择将笔触超越了“文革”，而将它的前史今生全盘地、鲜活地、深透地呈现在读者面前，为我们提供了一个透视“文革”进程内在社会关系与社会结构曲折变革的复杂空间。

在将近一个世纪的时间秩序之中，《很久以来》的叙述重点落在了 1949 年以后竺欣慰和冷春兰的生活变故与内心感觉上。这一年初，当母亲决定偷渡香港，千方百计要和已经在台湾的父亲、前汪伪财政部官员团聚时（当时属于叛国投敌重罪），竺欣慰面临的第一个重大抉择就是自己该何去何从。当劝阻母亲留下的行为无效，她在两难之间艰难地维护亲情。然而革命与亲情的分裂已初露端倪，竺欣慰虽然没有去告发母亲，但她坚定地留在南京，则是为了表达对时代潮流的迎合。她不但处处表现积极、要求进步，甚至还加入了共产党，这让好姐妹春兰感到十分意外。在交代完蔡秀英出走、竺欣慰与卞明德成婚、冷春兰前往东北后，小说的叙事时间一下子来到 1957 年。风流成性的卞明德被卷入声势浩大的运动，无法逃脱地被打成右派。上级组织的意思很明确，要求欣慰秉公灭私、大义灭亲，但她却再次表现出对情义的本能守护，在拒绝离婚后，立刻受到党内警告处分。然而这并未阻止夫妻裂隙的产生。虽然明德被打成右派时，欣慰没有选择和他离婚，但由于这个花花太岁在男女关系上的轻浮劣性不改，二人还是分道扬镳。明德最后因破坏军婚罪惨死在了监狱，欣慰则带着女儿小芋嫁给了肉联厂的屠夫闾逵。在这里，历史和命运愈加诡异。当种种偶然堆积成必然，叶兆言笔下这个性欲出奇强烈的大老粗竟然强奸了欣慰的好闺蜜——一直待字闺中的冷春兰。如此巨大的冒犯自然是谁都无法承受的，但由于“文革”的爆发，这场非离不可的婚姻就此被延误。而在如火如荼的文化大革命中，欣慰不仅愈发激进、担任造反派的头目，更悲剧的是由此结识了一个名叫李军的已婚男人而引火烧身。一开始是怪异的精神恋爱，后来因为李军被捕，发展到了检举揭发、栽赃陷害，最终将欣慰推入万劫不复的深渊，不但被判处七年徒刑，更因偶然，在1973年10月前夕以现行反革命的罪名枪毙。如此乖谬情形的出现，坐实的只能是“文革”的一种邪恶本质，一种反文明反人类的极权本质。

小说中竺欣慰和冷春兰是一对心心相印、生死莫逆的好姐妹，但二人的性格与命运无疑构成鲜明的比照。竺欣慰开朗活泼、热心直率，既有主见，也不乏几分任性和冒失，但无论何时，她都选择紧随时代步伐，试图用一种主动进取的姿态实现命运的自我掌控。从20世纪40年代银行家的阔千金→南京受降后的进步大学生→南京解放后的积极入党分子→“文革”期间的造反派组织头目→作为现行反革命的阶下囚→平反后的反潮流英雄。欣慰的一生虽如福柯所言，“一个罪犯死后能够成为一种圣人，他的事迹成为美谈，他的坟墓受到敬仰”，这种变换转化的情形时常会发生[①]，但无论如何，这都不是人物的个人意志或主体所愿的结果。换句话说，欣慰生怕被时代抛弃，所以处处争取主动，但最后的结局，却是被历史玩弄于鼓掌之间，成了命运的玩偶。相比而言，春兰内敛、冷静，“是一位冰美人”，但这种敏感被动的性格也成为一柄双刃剑。一方面，春兰擅于洞悉人性的弱点，

① ［法］米歇尔·福柯：《规训与惩罚》，刘北成、杨远婴译，生活·读书·新知三联书店2012年版，第73页。

譬如曾有媒妁之言撮合与卞明德的婚恋，她却断然拒绝，因为早已认清卞家六少的轻浮本相；但过于谨小慎微也使她没把公子哥的真实面目及早告诉欣慰，从而造成一系列无可挽回的后果。另一方面，一些机缘也同样被错过，譬如对她一往情深、英俊稳重的罗福庠，还有互存好感、互通款曲的赵同学，都擦肩而过、追悔莫及。与此同时，正是这种逆来顺受的性格逻辑，使春兰最后竟也原谅闾逵，与这个强奸过她的、曾一度深恶痛绝的、好闺蜜的男人结为夫妇。“那年头，没有什么比太平更重要，只要那些运动与自己无关，能够躲进小楼成一统，春兰便已经心满意足。”[①] 时间最终磨平了春兰的棱角，而一进一退之间，两个女性主人公都没能摆脱历史的重压，在那没有尊严的、“为狗爬出的洞也紧锁着”的荒诞年代，欲进不得、欲退不能。

对此，叶兆言说道：“‘文革’中很多事千万不能太当真，多一事不如少一事，所有折腾注定都是让人更吃尽苦头。‘文革’的最大特点是大事化小，小事化了，天大的事过去也就过去。”[②] 某种意义上，两位女主人公的生命历程一正一反地印证了作家的感悟，在一个全面破碎、崩塌与异化的时空中，如同牵线木偶般胡乱挣扎，却逃不脱无形的政治巨手的操控。小说在“后记”中还补充了一系列真实的历史案例，包括叶兆言父母的熟人里一个被枪毙的女文艺工作者李香芝，还有写下《十四万言书》和《祭灵耦文》的林昭。李香芝一生积极追求进步、追求革命，最终却精神失常，林昭竟为老男人柯庆施写下“让他们灵魂而今如何两情缱绻以胶投漆”的肉麻字句，这些无不令我们的小说家“天昏地暗，有一种说不出来的悲凉”。作为读者，李香芝和林昭都使我们想到了小说里的欣慰。在一个创作谈里，叶兆言还提到了张志新[③]，并以“驰向黑夜的女人”这个意象来形容这些女性。同样都是在追求与幻灭的交织中举着火把，真实社会原型的互文

---

① 叶兆言：《很久以来》，人民文学出版社 2018 年版，第 250 页。

② 叶兆言：《很久以来·后记》，人民文学出版社 2018 年版，第 355 页。

③ 叶兆言、木叶：《好小说一定是“有问题的”》，《上海文学》2016 年第 5 期。

对应从现实外部赋予小说的虚构以权威，不但进一步强化了人物的天真与“文革”的暴虐，也在光明与黑暗之间投下斑驳的阴影。对于欣慰荒诞莫名的死亡处理，叶兆言指出，“如果说把欣慰为什么被枪毙写得逻辑性很强，这个死就不可怕了。我特别要强调的是她的‘不为什么’被枪毙，当逻辑不再成为逻辑的时候，往往才是最可怕的”[①]。就我们需要逃离一头凶残的历史魔兽、就“一切都要么引向要么引离大屠杀的黑洞”[②] 的20世纪视域而言，或许这样的知识与记忆永远不会多余。

此外，《很久以来》不能忽视的一个标志性细节是小说中欣慰和明德的女儿小芋在批斗大会上对自己母亲的批判，叶兆言这样写道：

> 接下来是小芋上台，春兰已经有一段时间没见到这丫头，她的个头也没见长多少，还是那么瘦，脸上脏兮兮的，穿着一件白衬衫，气鼓鼓地走上台，上台就瞪了欣慰一眼。欣慰没想到连女儿都会上台批判自己，抬起头来看小芋，小芋已经在有声有色地念批判稿了。在文化大革命中，亲情被毁也是常见的事，不过春兰真没想到小芋今天会来，而且发自内心地对欣慰有一股仇恨。[③]

如果说这场批斗会还可说是迫不得已，那么在“文革”噩梦结束后，当欣慰已被正式平反，甚至成为反极权英雄、成为社会最正面的一类形象时，小芋丝毫不改对母亲的隔膜、误解与冷漠，就尤为值得思考了：

> 到了最后，小芋愤愤地说，真正的现实是什么呢，过去因为竺欣慰是现行反革命，我受到了很大的伤害，现在她平反昭雪了，

① 叶兆言、木叶：《好小说一定是“有问题的”》，《上海文学》2016年第5期。
② ［南非］J. M. 库切：《内心活动》，黄灿然译，浙江文艺出版社2017年版，第110页。
③ 叶兆言：《很久以来》，人民文学出版社2018年版，第263页。

> 成了你们心目中的英雄，我仍然还在继续受着伤害。换句话说，无论是好是坏，我始终都活在她的阴影下。[①]

这种悲剧性的母女关系隐含着叶兆言更为沉痛和忧伤的存在论反思。在作家笔下，小芋始终是家庭的多余人，从未有过稳定和爱的生活。小时候，因为父母离异，又有了闾逵这样的后爹，几乎在恐惧的环境里长大。住房紧张时干脆成了累赘，被放到亲戚家开始了漫长的寄人篱下的日子。大学毕业后，似乎是为了逃避内心阴影，小芋又开始不停地结婚和离婚，据说只要能出国、就不惜一切代价，最后生出四个肤色不同的混血儿。对于这个沉默寡言的女孩，我们无法依靠作家更多的笔墨去探寻她的心理渊薮，但从她面对母亲的无情冷酷，还有那些一再出人意外的选择和行动中，却不难得出一个基本的判断，那就是，某种意义上，无论是"文革"还是母亲，在小芋布满创伤的记忆中都是刻意要去抹擦、去剥离的存在。

小说中小芋和想为她母亲写一部小说的叙述人"我"之间有一段对话：

> "我写小说，可不是仅仅为了好玩。"
>
> ……
>
> "好吧，我们不说什么好玩不好玩，就谈谈真实不真实，你觉得你的小说真实吗？"
>
> "小说是可以虚构的。"
>
> "别跟我说什么虚构不虚构，我只是问你，你要写的这篇小说又有多少真实性呢？"
>
> 很久以来，真实性成了这篇小说写不下去的一个重要原因。我知道得越多，了解得越详细，材料收集得越多，就越觉得小说

① 叶兆言：《很久以来》，人民文学出版社2018年版，第325页。

写不下去。……①

缠绕的对话和自我的否定表达着一种写作的内在困境，而历史的真实面目在时光的雾霭中正变得越来越模糊。作为唯一的亲属，小芋以划清阶级界限的名义拒绝认领母亲的遗物，枪毙后的骨灰也不知去向，留下来的只有欣慰在监狱中写了一遍又一遍、自我重复的交代材料和作为罪证的审讯记录，但这样的材料“我”掌握得越多，就越感到真实的模糊不清。“文革”后大规模的平反昭雪则使它们进一步丧失了证言的效力，伤痕如此彻底的清算几乎要涂抹掉死者本身！在这个意义上,小说贯穿始终的无解谜面——“欣慰究竟犯了什么死罪?”——或许并不能简化为对“四人帮”的控诉，也无法用伦理—政治话语作一个回答。这个谜面使人想起的应是策兰诗歌中那难解的生死之索、生死之谜（breath rope），它牢牢地把锚下在死者的王国，但就“没人/为见证者/作见证”② 这一潜在的、永恒的命题来说，它与我们相联结的脐带从未切断，也是每一个像叶兆言这样徘徊于历史与存在之间的作家要去艰难探索与照亮的黑暗大陆。

鲁迅曾在杂文《导师》中说道：“我们都不大有记性。这也无怪，人生苦痛的事太多了，尤其是在中国。记性好的，大概都被厚重的苦痛压死了；只有记性坏的，适者生存，还能欣然活着。但我们究竟还有一点记忆，回想起来，怎样的‘今是昨非’呵，怎样的‘口是心非’呵，怎样的‘今日之我与昨日之我战’呵。”③ 对于一向充满乐感的国人来说，历史的梦魇和个人的伤痛都极易在时间的海洋中蒸发为乌有，而这种遗忘苦难的意志毋宁说成为一种渗透于日常生活的集体无意识。恰如米兰·昆德拉在《六十三个词》中对“忘”这一存在情境的定义：“忘的意志在成为一个政治课题之前就已经是一个人类学

① 叶兆言：《很久以来》，人民文学出版社 2018 年版，第 324—325 页。

② ［南非］J. M. 库切：《内心活动》，黄灿然译，浙江文艺出版社 2017 年版，第 124 页。

③ 鲁迅：《鲁迅全集》第 3 卷，人民文学出版社 2005 年版，第 58—59 页。

的课题了：人们常常怀有这种愿望，愿意重写他自己的传记、改变过去、扫除痕迹，既扫除他自己的也扫除他人的痕迹。”[①] 割断历史无疑能够带来莫大的安慰，能够摆脱心灵的禁忌。然而，昆德拉在《笑忘书》中又指出：“忘。这是人的一个重大的个人问题：自我丧失的死亡。但是这个自我是什么呢？它是我们所记得的一切的总和。因此，我们对死亡的恐怖不是失去将来而是失去过去。忘从来就是在生命之内存在的一种死亡的形式。”[②] 企图以遗忘寻求自在的生存，必然会陷入更残酷的“自我丧失”的后果。也就是说，虽然遗忘不可遏制，但唯有了解过去，才能确认自我，唯有反对遗忘，才能与强权抗争。遗忘，绝对的安慰同时又是绝对的非正义。因此，在更普遍的存在维度上寻找历史的真实、反抗遗忘的麻醉和正视真实的生存情境，这也正是表面的平静与克制之中，叶兆言往返穿行于过去与现在，不知疲倦、不肯放弃的历史记忆书写对时间的反抗、对人类灾难与创痛的见证。

① 艾晓明编译：《小说的智慧——认识米兰·昆德拉》，时代文艺出版社 1992 年版，第 101 页。

② 艾晓明编译：《小说的智慧——认识米兰·昆德拉》，时代文艺出版社 1992 年版，第 143—144 页。

第三章　现实题材与人性话语

叶兆言是一个多产的作家，在历史性的遥想与记述之外，他还写了大量取材于当代现实生活的作品，投入真正的生活潮流之中去观察我们生活其间的时代究竟发生了何种变化。如作家所说的，"自己不仅仅写历史，还写了不少现实故事""就字数而言，不比历史题材的小说少"[①]。通过书写丰富性与多样性的情感变奏和平凡人生，探寻当代都市人的生存境遇和心理面貌，叶兆言向我们展开另一个写作向度，表现出其提炼现实生活的洞察力与准确性。托马斯·曼在评价契诃夫时说："一个作家，首先应该努力追求的是生活的真实，而生活的真实会使思想与见解相形见绌；它在本性上就是满含讽刺的，结果竟往往使得看重真实先于一切的作家大受指责，人们会说他没有自己的观点，对待善与恶不分轩轾、缺乏理想和思想。契诃夫对这类指责提出了抗议：他完全信赖读者，相信读者自己会把小说里所没有的东西、把那些隐藏着的'主观'成分，也即是正面观点、道德立场，充分补足起来。"[②] 这在很大程度上同样适用于叶兆言的小说。这些作品以传统的现实主义技法为主，同时又揉进了现代主义、后现代主义的艺术表现手段，展现出现实精神和现代意识的双重激扬与挺进。就主题表征来看，叶兆言力求呈现的是一种破碎而混沌的都市生活景观，其所

① 叶兆言：《〈马文的战争〉创作谈》，见《小说月报》编辑部编《小说月报第十届百花奖获奖作品集》，百花文艺出版社 2003 年版，第 666 页。

② 易漱泉、曹让庭、王远泽等选编：《外国文学评论选》（下），湖南人民出版社 1983 年版，第 316 页。

内涵的欲望与价值的空洞虚无关系，即意味着他在不同题材中发现的某种古今同构的人性要素。就结构语法看，小说的表层结构是人物的各种行为方式及其构成的一个又一个故事，内在结构则是一个个扇面打开的心理世界，包括人物情感的历练与精神的历程。这种双重结构使得物理时间与心理时间自然交错，既构成当下社会发展的缩影，又为自我的内心独白提供了自由充裕的天地。在历时性与共时性交织的审美空间中，读者看到的往往不仅是一个单一的或杂多的故事，一个或众多的人物形象，同时还能看到一个由自我构成的复杂人性与外部世界的撞击过程，由此更深刻地体悟到一种对于生存本质的认识和对于生命的信念。总之，在现实题材的小说创作中，叶兆言更直接地引进了日常性，但他绝不满足于事象形态的表层描摹，而充分融入了或疼痛，或温馨的生存感悟。这些复杂纠结的感悟使作品避免了平浅和单调，在与当下人类的精神境遇互为同构的同时，注入了与缩减为必要因素和抽象形式的存活状态相对抗的艺术力量。在这个意义上，叶兆言继承了祖父叶绍钧一辈“为人生而艺术”的写实主义传统，对人性弱点展开测绘，对专制权力予以暴露，而对那些忠诚于良知和信念的人仍致以了敬意。因此，本章将分别从“欲望”“爱情”“关系”“人心”这四个人性话语范畴对叶兆言现实题材小说的叙述主题展开研究，在此基础上，进一步论证叶兆言小说对可能世界的信仰与构筑，及其体现出的浓郁的世俗关怀和哲理提挈。

第一节　欲望的悖论及其文化建构

作为题材要素和叙事修辞，非理性的欲望在叶兆言小说中常作为最重要的观照对象，成为故事情节推进和人物行动的根本动力，并总是被用于设置命运或情节转捩的拐点。这首先与叶兆言对人性的理解相关，“叶兆言对人性的理解是非理性，他讲了人的遭遇，这些遭遇因时空的连续性、人物的行动性而具有演绎故事的可能，但这些遭遇并不是人物本身所能预料、所能决定的。”[①] 与此同时，以欲望的观照作为跳出文化陷阱、反叛文化危机的途径，这也昭示出叶兆言对“五四”文学精神中“文学是人学”写作立场的继承与发扬。在“五四”文学的发轫期，周作人《人的文学》首先打出了追求个性解放的旗帜，按他的说法，“我们相信人的一切生活本能，都是美的善的，应得完全满足……但我们又承认人是一种从动物进化的生物，他的内面生活，比别的动物更为复杂高深，而且逐渐向上……却渐与动物相远，终能达到高上和平的境地”[②]。而对叶兆言来说，他不但对“人之为人”的“本能”给予了充分正视和尊重，更在一个个关于欲望如何获得满足的故事里，孜孜以求一种欲望叙述的文化建构，即“创造一套价值、一种意义。这套价值、意义要解决这样一个难题：既要调动人的欲望，使人与社会具有活力，又要最大限度地防止欲望的破坏力；它要让人与社会在保持活力的状态下，使人的心灵有一个高境界的栖息地，使社会有一个稳定的发展环境”[③]。

从小说的人性话语看，叶兆言凸显出欲望与理性的悖论，并试图对两者的矛盾进行努力调适。其调适的基本逻辑是以个体欲望为本位，反对以理性凝聚的道德伦理来压服或取代人本真性的生活和真实的生命体验。如陈思和所言，“把一种称之为社会舆论的认知定势与人性的自由发展加以对照，强调人在选择生活道路时应依靠本能的力量去抗衡社会理性，进而关注到日常生活中的理性作用以外，还存在着某种非理性与神秘主义对人的支配”[④]。这不但构成叶兆言小说的首要意旨，更包含着对文化陷阱的认真反思。叶氏的成名作《悬挂的绿苹果》就很好地说明了这一点。小说中大龄女青年张英对婚姻和前途的自我选择成为架构全篇的红线，而叙述者有意为她提供了两种思维依

---

① 晓华、汪政：《雅俗变奏——叶兆言小说读后》，《读书》1988年第8期。

② 周作人：《艺术与生活》，河北教育出版社2002年版，第10页。

③ 程文超：《欲望的重新叙述——20世纪中国的文学叙事与文艺精神》，广西师大出版社2005年版，第3页。

④ 陈思和：《告别橙色梦》，广东人民出版社2018年版，第220页。

据：一是以剧团面目出现的社会舆论意向，二是张英的本能暗示。面对结婚、离婚、堕胎、去青海这几大重要的人生选择，张英都面临着上述两种依据的冲突。剧团自有一套约定俗成的社会理性来判断道德是非，但从最终结果看，张英的每一次选择都还是不自觉中遵循了生命本能的内在冲动，尽管这在世俗眼光看来，是反理性、反常性的。因此，小说实质上要揭示的是，“生活中制约与支配每个人的，不仅仅是一种约定俗成的理性原则，还有更深地隐伏于人的本能中的非理性力量。这种力量往往通过冲动与直觉表现出来，却对人的行为更有意义”①。

对于现实个体而言，理欲之辨本身即是一个悬而未决的争议性命题，伦理道德秩序所建构的社会理性与生命本能所决定的欲望冲动并非简单的二元对立，而是相互缠绕、彼此依存，这就构成了人性的悖论与困境。对张英而言，如果她是一个女性强者，像新时期一批女性文学《方舟》《在同一地平线上》《爱的权利》所塑造的感应时代、自立自强、理想进取的“新女性”形象，说她们的选择出乎本能就会变得很可疑，相反，她们具有高度的主体性意识和理性原则。张英则全然不知，而她善良和懦弱的本能在精明的剧团人眼里基本等于十足的傻冒。叶兆言在小说开头就对这个人物作了孩童化处理，“她长得矮矮胖胖的，腿很短，脚是一双儿童的脚”“她十八九岁的时候就是现在这个样子”，张英似乎停滞了成长，加上父母过早双亡、深度近视眼导致的自卑等因素，都造成她一种浑浑噩噩的生存状态。从表面上看，张英确实毫无主见，甚至用叙述者的话说，“傻起来的话，就像一根无限延长的直线上的点，永远也不会有完”，但正因为并非强者，在判断与选择过程中缺乏强力意志，所以她最终不得不做出的决定往往就完全受缚于一种突如其来的本能冲动，而且是一下子扭转了事态的发展，出乎所有人的意料。按柏格森的生命哲学视角，张英的判断

① 陈思和、杨斌华：《不动声色的探索——评〈悬挂的绿苹果〉》，《钟山》1986 年第 2 期。

完全靠的是“直觉”，它不但归属于本能的范畴，而且能够照亮生命的冲动，克服理智的缺陷。“直觉顺着生命冲动，‘能够朝向事物的内在生命的真实的运动’，因而它能理解生命冲动”，在这个意义上，柏格森又称直觉的境界为“理智的体验”，“它使我们置身于对象的内部，以便与对象中那个独一无二、不可言传的东西相契合。”① 虽然没有明确表示态度，但考察小说的叙事伦理，叶兆言无疑十分赞同直觉对种种“惯性累赘”（安东尼·吉登斯）的冲破。

在充满人性与社会、道德与生存、善与恶、真与假的叙事张力中，《绿色陷阱》进一步探讨了人如何在生命的总体性中体验到与理性原则相背离的强烈欲望，并且经由向上的本能，在绝望中求生、重生，最终获得自我救赎的人性命题。这部发表于1991年的中篇小说整体上是书写发生在绿河镇的一起绑架强奸案，虽然对案件的非正义性没有任何迟疑，但作家显然企图以文学的潜能打开罪恶行径之下涌动的人性暗河以及远比法律裁决的是非更为复杂的人性寄生的社会和文化土壤。在小说中，叶兆言翔实地记叙了女主人公于红的身体受罪和心理变化，并对她遭遇绑架和强奸的场景进行了写实主义还原。多个农村青年的蓄意复仇导致于红被作为人质绑架，将近半个多月的强力控制和监视后，其中的“活土匪”二宝对于红实施了强暴。整个过程既展示了于红身体和心理的无助，也使我们看到，于红的反抗力量十分无力和微弱。然而凭借一股敏锐的求生本能，于红感觉到这群青年中的老五对她怀有恻隐之心，所以找到一个独处的机会后，她用泪水触动老五，最终真的被老五偷偷放回了家。可以说，以其冷静有力的笔触，叶兆言一边展示出施害过程的残酷，从中能清晰地感触到受害者的痛苦；另一边则关注着事件中心的于红和老五，于红是无辜的，但也表现出倔强的个性，老五虽参与了整场绑架，但似乎是“莫名其妙地卷进”的、是在煽动下被迫裹挟的。这个农村青年看上去充满血性，由

---

① 陈卫平、施志伟：《生命的冲动——柏格森和他的哲学》，上海三联书店1988年版，第107—108页。

于长年耍弄一把几十斤重的石锁，人“硬邦邦的像石头”，但也有侠骨柔情的一面，比如他对金庸小说就很迷恋。

经过这样的处理，小说中的罪行显得不那么简单，它的背后隐含每个施害者以及受害者身上所携带的性格特性。在于红逃回家之后，故事远没有结束，相反，对人性的深刻理解使叶兆言并不将于红描绘成一个可怜的受害者，而力图以这场惨烈的暴力事件进一步唤醒她拒绝屈从于机械性生存的生命意识。令人意想不到的是，于红的家人对她表现出更为残忍的冷暴力。她的姐姐和姐夫对绑架强奸十分“趣味盎然”，她的父母干脆主张于红嫁给二宝，事已至此，仿佛已没有更好的选择。所以，在叶兆言笔下，虎口脱险的于红并没有感到苦难的解脱，反而是更深地陷入了绝望的沼泽：

> 她觉得自己在泥潭里越陷越深，好像一切都事先安排好了，不把她推到绝路上不肯罢休。走投无路的绝望，就像黄昏时分的黑暗，正在渐渐向她压过来，渐渐地将她吞没。……她觉得她陷于一个敌对的世界里，孤立无援，甚至小朋友们也在和她存心捣乱。……于红突然感到小腹那有一种异样感觉，这是一种非常熟悉非常亲切却又感到有些陌生的感觉。湿漉漉的滋味使她产生一种虎口脱险的快感。她意识到自己曾被糟蹋过的身子，正在净化，正在重新变得纯洁起来。于红明白新的希望和信心，正从绝望中诞生，在绝望中升华。①

这无疑是一种置之死地而后生的“死地”状态，而作家却简洁有力地刻画出于红在死地中挣扎和“飞升”的心境：

> 她已经打定主意，自从怀孕的恐惧消除之后，于红意识到自

① 叶兆言：《重见阳光的日子》，人民文学出版社2012年版，第85页。

> 己突然变得成熟。她要从旧的和新的绑架危机中解脱出来，要从身不由己的困境中，自己把握自己的命运。吃一堑，长一智，她已做了傻事，不能再做傻事。①
>
> 她顾不了这么许多，于红觉得是自己该捣捣乱的时候了，干吗老是委屈自己让别人称心。“我就不听你们的摆布，”她不知道她应该干什么，然而她知道自己不应该干什么。②

在他救的幻想彻底破灭后，于红处理自己命运的方式是嫁给老五，尽管他是镇上最穷的穷光蛋。其间绵密的情感与精神转向在叶兆言不疾不徐的铺垫下折射出真实的人性，你可以说于红的决定是一种类似斯德哥尔摩症的灵感，但更强烈的意味却在于她对命运的捣乱和咆哮，它是如此复杂莫测，以致黑白分明的价值判断早已失效。

> 于红穿了一身红衣服，又矮又胖的身材，看上去像一根壮实的红萝卜，又好像是一截粗粗的红颜色香肠，饱满结实肉鼓鼓，浑身上下都浸透着生命的活力。她的样子很容易让人联想起那种胖胖的洋娃娃。③

这样的画面很难不让人想起莫言笔下的意象“透明的红萝卜”。而面对焕发着生命力的于红，老五感到自己陷入了“一片绿色温柔的陷阱，阳光灿烂一望无际”。或许结局并非关键，更重要的是作家通过艺术处理使我们在这样一场绝望的抗争中最终确证了一个生命的事实，那就是绝望在何处诞生，希望就也在那里等待出现。于红的希望就是要在绿河镇这一充满俗世偏见的生活环境里求得人性的尊严，她也只能依靠自己来实现它。在绝望中求生、在压迫中求自由的向上向善的本

① 叶兆言：《重见阳光的日子》，人民文学出版社2012年版，第87页。

② 叶兆言：《重见阳光的日子》，人民文学出版社2012年版，第99页。

③ 叶兆言：《重见阳光的日子》，人民文学出版社2012年版，第115页。

能欲望，正是于红这一审美形象所能激起的更普遍的同情与反思。

如果说自我意识开始于自我与他人、自我与环境的区隔感，那么张英和于红自我意识的苏醒显然不是在现代理性指引下的带有强烈目标性的积极自由，而更多的类似于一种消极自由。叶兆言内在的写作取向是让本能的欲望作为解释人物行为的根本依据，并将其设置成为激活生命、改变对生命意义的认识、使生命走向新旅程的拯救之途。在文学实践中，许多作家虽然宣称为弱者代言的立场，却难以避免一种真理在握的“布道者”姿态，自上而下地做出各种理性与道德评判，叶兆言则更自觉地肯定欲望因素在“人”整体性存在中的分量，“现实中没有人会按照剧本演绎自己的人生，叶兆言用自己的理性，还原了大部分普通人的非理性常态，而不是用作家的权利宣判任何人的命运”[①]。很多时候，来自欲望深处的选择并非一种漫无目的的任意选择，而恰恰是一种涉及自我认同、攸关生命意义的抉择。即便在那些看似最纯粹地书写人性之欲的作品中，叶兆言也总能做到逾越简单的道德评判，宽容地理解人性“本能”与“向上”的两面。短篇小说《我已开始练习》（2007）就可作为这方面的代表，它以一个进城打工的乡下男孩小勇为主人公，批判了成人世界对小勇自然欲望的合谋戕害。在这部“荤面素底”[②] 的小说中，我们看到了小勇青春欲望的骚动，以及成人世界各种伦理沦丧的黑暗角落。从“偷窥”女学生开始，到被工友领去洗头房、看脱衣舞，最后效法工友，在一天深夜鬼使神差地钻进了风骚的老板娘小周的被窝。叶兆言将小勇的生理躁动层层铺垫，推向高点。结局却十分不妙，小周百般羞辱，放出狠话说要告诉小勇的父亲。“体面的父亲知道儿子这么丢人，他会怎么样呢？小勇的父亲一定会气得吐血。悔恨和恐惧交替折磨着小勇，像蚂蚁一样咬他的心。”[③] 于是，在没玩没了的恐惧与绝望中，小勇只有拿起刀

---

① 张学昕：《短篇小说的“艳歌”或“儿歌”——叶兆言的短篇小说》，《长城》2021 年第 4 期。

② 叶兆言、汪政：《关于短篇小说的问答》，《长城》2007 年第 2 期。

③ 叶兆言：《我们去找一盏灯》，人民文学出版社 2009 年版，第 198 页。

来了结一切，“那天晚上，小勇跑到了晾台上，用划墙纸的小刀，在自己的那玩意儿上深深地划了一刀”①。这样惨烈和鲜血淋淋的画面深刻表达了作家对小勇这样的男孩的关心和尊重：一方面，小勇的自残悲剧展示出他内在“赎罪”和“净化”的向上本能；另一方面，叶兆言也是在极力批判畸形的成长环境对自然人性的扭曲甚至毁灭，“小勇的爱还没有开始练习，就不幸夭折”②。

然而这只构成叶兆言小说人性话语的开端。更重要的问题还有，确认和肯定人的本质是欲望之后怎么办？如果说从传统理性文化的迷雾中敞亮本能是对生命意志的肯定，那么在将文化还原为欲望之后，又该如何安顿人心与社会秩序呢？欲望还原便真的能走出文化危机，找到幸福吗？在《桃花源记》《五月的黄昏》《去影》《路边的月亮》等作品中，叶兆言以“青年—都市”作为小说的功能结构，通过对青春心态的模拟，以一种佯狂的叙述姿态更为直接地书写那像野草一样蓬勃蔓延的欲望。然而当他把一具具青春的躯体搁进情欲的烈焰灼烧后，似乎再也不能摆脱对欲望断裂的隐忧。《桃花源记》（1988）写一个小编辑对于这个世界爱情与诚实丧失后的陌生与恐惧，当现实与虚构的界限被消解，欲望也失去了定位。那个将视线停留在女性内裤上的“我”根本无法摆脱情欲的惯性，它像路标一样导引向了未婚妻精心策划的道德陷阱；而在潜意识的梦境中，“我”则变成了孩子，老李则变成了“巨人”，老李“扒开我的腿，开始把尿，嘴里吹起口哨”。从这种极度夸张的细节描写中，我们看到的似乎只是一种为欲望所袭击的羞赧与无力，一种自我萎缩的脆弱与危机。《五月的黄昏》（1987）里叔叔不可思议的情欲成为一个永远无解的谜题，却始终困惑和骚扰着“我”。当“我”看到叔叔的第一封情书时，“上面滚烫的字眼，熏得我都不敢睁大眼睛。”在对叔叔情爱史和自杀死因的考察中，“我”逐渐从万象纷呈的人际社会网络中辨认出了爱情的苍白、

① 叶兆言：《我们去找一盏灯》，人民文学出版社2009年版，第198页。

② 叶兆言、汪政：《关于短篇小说的问答》，《长城》2007年第2期。

情感的颓废和交流的不可能。由此滋生的惘然和绝望无形中也影响了“我”的人生：在海滨，当人们浸浴于日光之中的时间，“我”却在研究女人大腿上的毛发。当人失去了情感信念，内心那个虚无的空洞似乎只能由疯狂的欲望来填充了。

《去影》（1990）通过描写一个内向青年被肉体所诱惑而展开的一场惊心动魄的窥视心理战，探讨的同样是人沉浮于欲海中时，与自我的冲突和分离。小说中的迟钦亭是一个天生跛足、自卑纤弱的青年工人，出于一种自然萌动的生理本能，他开始偷窥同厂女工洗澡。小说省略掉了本可以非常有戏的情节，而瞄准“窥浴”时刻的主人公内心作了最大张力的描述，整场窥浴等同于迟钦亭的心理运动过程，包括其中黏着的潜意识，篇幅达一万字之多。我们看到了偷窥和自渎的罪感渐渐酿成良知的心魔，迟钦亭无边地责怪着自己的道德堕落，但本我的强烈冲动却越发不可遏制，“想知道异性怎么回事的欲望实在太强，女人裸体对他的诱惑有增无减”[①]。这个秘密最终被师傅张英发现，出于“拯救的伟大目的”，张英向徒弟敞开了性的大门。但这畸形的母恋注定没有结果，迟钦亭考上大学后，走向另一种完全不同的人生，只把更为艰难和无望的境地留给了意外怀孕的张英。与其说两位主人公的心理和行为是病态的，不如说展示的是更为普遍的人性内在的疏离与破碎。这种身心的不健康和不平衡根源于道德人格与奉行快乐原则的本能之间的冲突与对撞，是人偏离自己正确的存在本质后所必然面临的来自理性与道德的审判，这个审判便成为迟钦亭和张英痛苦和绝望滋生的内因。

对这一问题的进一步探讨，势必关系到人存在的正确本质是什么，虽然我们无法给出答案，但显然欲望不是，否则我们将无法解释这些人物沉沦的痛苦。“欲望起源于情感的颓废，然而，在情感先颓废以前，思想已经先贫困了，这时欲望才乘虚而入，日益膨胀成为生成的

---

① 叶兆言：《红房子酒店》，人民文学出版社 2012 年版，第 300 页。

主体。在这么一个浅薄且失去了永恒信念和神圣感的时代，现代人的信心已经腐朽，内心好像是一个欲望的加油站，无法再与真理达成和解，无法冲破人与人，人与自我之间的隔膜。”① 换句话说，当欲望成为人在思想贫困、情感颓废、信念崩解后升起的旗帜，甚至是唯一仅存的旗帜，那么，等待人的只会是更加不堪一击的脆弱和灾难。

除了残酷的青春物语中受欲望辖制的沉沦体验，叶兆言还常通过婚外情题材的书写，来呈现人如何任由平静表面下的欲望冲毁理性与道德防线，进而导致生活失控，如何被奔涌不歇的本能所左右，沦落到茫然失措的飘摇状态。如《爱情规则》《别人的房间》《人类的起源》《别人的爱情》《不娶我你后悔一辈子》《榆树下的哭泣》《花开四季》《我们去找一盏灯》《攀枝花》《苏珊的微笑》等作品。在这些小说中，安宁而体面的生活表象之下，却是匹夫匹妇们受到情欲的召唤，做出苟且尴尬之事，身体不可抗拒的力量让沉浸于其中的人最终丧失了理性和主体性，陷入无本质的生存而难以自拔。《花开四季》（2006）可作为其中的代表。主人公机关科员老贾原本有两个令人羡慕的地方，一是北大毕业生的招牌，二是年轻貌美的妻子小杨，生活的美好似乎已经抵达顶点，但最终由于他的情感出轨，理想的生活离他而去。一切的转折归咎于一场饭局，在那次偶然的聚会上，规划局工作的老同学向老贾夫妇提供了重要信息，说老贾单位宿舍不远一个名为“花开四季”的楼盘升值空间巨大，因为它所处的地理位置未来将是南京新风景区。说者无心、听者有意，能干的小杨立刻热了心肠，她通过贷款，一下子付了两套首付。不久房价果真“抽风似的往上涨”，花开四季也成了南京最好的楼盘，夫妇俩赚到了大钱。然而正当小杨兴致盎然地把全部精力都投入新房的装修中时，老贾却与同事小李偷起情来。这一情节设计具有浓烈的象征意味：有钱和出轨，在前所未有的自由簇拥之下，老贾踏上了他的欲望之旅。关于老贾背叛

---

① 谢有顺：《我们内心的冲突》，广州出版社2000年版，第226页。

妻子的具体动机小说未作任何交代，不断强调的却是旁观者们的不解和惋惜，以及出轨对象小李的虚伪面目。她先是和老贾正经八百地坦白不愿意玩真格，接着安排老贾与自己的丈夫王教授道歉，最后又给小杨打电话，批评老贾一无是处。当风波终于过去，令大家出乎意料的是，王教授突然爱上了自己的女学生，十分爽快地用一笔钱打发小李去了另一个城市，老贾却又搬回了花开四季的新房，重新过起日子来，不同的是，他已经不再被周围人羡慕，他自己的心理优势也不复存在。在原色的生活流之中小说自有其深掩的含义，一方面，老贾浑浑噩噩、不辨是非的麻木灵魂很能代表当代国人真实生活缺失的一种人性疾患，随波逐流、颓废消沉，尤其是他与小李之间无可无不可的芜杂情感，代表了现代人欲望决定一切，性爱不需要理由的伦理道德观的随意不堪；另一方面，花开四季作为物质大厦的命名，无疑表征着大众欲望之所向。现代人对物质的关注远远胜于对内心和精神的关注，而在冰冷的物质世界中，人们轻易就丧失掉温暖美好的情感，人事熙熙攘攘，相互间仅剩下浅浅的芥蒂。

尽管叶兆言采取了一种亦嗔亦喜、不温不火的世故情态对都市男女暧昧游弋的情欲展开“观望”，但这并不意味着他对于社会学意义上的婚外恋实质没有自己的道德判断与伦理反思，或者说叶兆言始终在描述中暗含了自己的规范和秩序。事实上，作为文学史上极为普遍的一个母题，安娜·卡列尼娜离开卡列宁投入沃伦斯基的怀抱、查泰莱夫人与梅勒斯的激情性爱、包法利夫人与莱昂、罗多尔夫的婚外情，以及《红字》《呼啸山庄》《日瓦戈医生》等很多世界文学经典均上演着飞蛾扑火般憧憬真爱的婚外情戏码。然而与这些作品对婚外恋至爱纯美的诗意处理有所不同，叶兆言小说重点刻画的是现代人在遭遇婚姻问题和情感纠葛之后对自我的重新发现。通过对身的背叛、心的背叛以及身心双重背叛的现实描述，当代人在传统观念与现代意识、爱情与肉欲、本我与超我之间的冲突与挣扎，及其造成的人与自我、与他人的疏离心态自然地浮出水面。每一次越轨的情爱体验，似乎给人带来对凡庸日常的短暂超越，有时甚至产生重生似的幻觉，但最终不可避免一种难以言说的苦楚和隐痛，一种灵魂的沉沦处境。嫉妒与堕落、报复与背叛、内疚与懊悔，其深层的心理驱动力往往是家庭的信念伦理、责任伦理遭到异化之后不可承受之重的压迫。

从文化建构的角度看，叶兆言寻求的是以儒家文化思想来使实践理性成为生命本能的一部分。诚如学者杨扬所言，“儒家传统，在他身上不是表现为强有力的自强不息的文化意识和以国为家的社会担当，而是体现为一种是非曲直、爱恨情仇的道德选择和人间情怀”[①]。儒家强调“己所不欲，勿施于人”，不但惯用日常伦理结构来判断事物是否合理，而且尤为重视一种推己及人的人伦逻辑。这一思维使叶兆言从不在本质的意义上去讨论欲望，而往往将个体的欲望满足放到与他人的关系之中去叙述和加以理解。比如在小说《人类的起源》（1993）里，男女主人公陶路和高原都深陷各自婚姻生活的无助困顿中，以至于二人的精神世界心照不宣地产生出“非常想堕落”的欲望共振，但这对男女之间微妙情感的发酵并没有让他们丧失良知和道德底线，最终还是各走各路，各自固守心中的信念与梦想。叶兆言深知，欲望的特性就是“不安于现状”，“在欲望的回光返照中，我们必然会什么都不满意。我们总是向最好看齐，结果对于最好的本义反倒模糊不清”[②]。因此，必须明白的一个道理就是“不要相信有什么一定”，“天下本来就没什么一定，人活着，千万不要为一定所困”[③]。小说《不坏那么多，只坏一点点》（2002）再度演绎了一出都市生活中的欲望戏剧，但与《人类的起源》有所不同的是，这场情感纠葛的主角是从乡村闯入都市的打工者。对于李斯来说，都市的欲望镜像原本促进了自我认同和自我理想，但当他在都市里饱经沧桑后，最终的选择却变得很简单，就是踏踏实实过日子。在小说的结尾，李斯告别了城里的美

① 杨扬：《在黑暗中眺望——读叶兆言长篇新作〈驰向黑夜的女人〉》，《当代作家评论》2015 年第 1 期。

② 叶兆言：《叶兆言绝妙小品文》，时代文艺出版社 1999 年版，第 137 页。

③ 叶兆言：《叶兆言绝妙小品文》，时代文艺出版社 1999 年版，第 138 页。

女大学生，回老家后遇到一位有很多共同语言的姑娘，当地要拓宽公路，姑娘要开饭店。一个月后两个人便结了婚，“他成了家乡一家小饭店的老板，他很爱老板娘，真的很爱”。毫无疑问，这样的爱是一种适合自己的幸福策略，也正是作家对欲望的文化建构。《像青草一样呼吸》（2021）同样意在强调我们这个时代对真实爱情的自由向往，来自乡土的老郎给都市中的李霞带来了青草般的淳朴、真挚和健康气息，点点滴滴之间，真爱的主旋律直指人心的美好想象。仁者爱人，如果说“孔子的‘爱’也并不是架空的道德条文或伦理规范，它深深连着人的欲望，是从最基本的欲望追寻向博大的人类之爱、宇宙之爱的扩展”①。那么，这也是叶兆言欲望叙事背后对人性的建构逻辑。

本节最后要进行讨论的是叶兆言的长篇小说《我们的心多么顽固》，作为一部学界公认的欲望之书，这部作品的人性话语充盈着叶兆言有关欲望的种种思考，既包括对本能从压抑→释放→满足→放纵→虚无的自然机制的完整刻画，同时也有灵与肉的调适、放纵与节制的哲思以及对转化、净化生命本能的伦理建构。小说既有意剥离漂浮于生活表面的意识形态，从人本主义角度揭示了生命内在的支配力量，又潜藏对欲望时代人情冷暖的体察和世道人心的解码。《我们的心多么顽固》出版于 2003 年，此时伴随世纪之交的社会转型，无论是人们的思想观念，还是社会文化思潮都正在步入一个欲望话语超量表达的时期，而当代文学现场也与此相呼应，“走向了理性式微的‘欲望主义’写作”②，作家们普遍直书欲望，对身体与性爱放弃理性判断的平面化呈现达到高潮，叶兆言的作品无疑也归于此一行列。在第一层意义上，小说讲述的就是人的本能及其无限的宣泄与放纵。主人公“我”（老四）在离开南京、下乡插队的旅途中与阿妍邂逅，这使他初次尝到被爱征服的滋味。在那条老式的拖船上，在朦胧的潜意识支配下，21 岁的老四产生了“一见钟情，终生不渝”的奇妙感受，这不但

---

① 程文超：《欲望叙述与当下文化难题》，《花城》2003 年第 5 期。

② 张光芒：《论中国当代文学的“第三次转型”》，《当代作家评论》2004 年第 5 期。

使他心潮澎湃，也在后来的故事被证明，只有阿妍才能让他重新苏生，或者说回忆起这一美好纯粹的情感。然而，老四对阿妍的爱情并未阻挡他在知青岁月里无所作为，尽管他也收获了阿妍的爱，但在阿妍回城之后，老四勃然而发的本能使他莫名地感到身心的压抑与不满足，于是，同样没有回城资格的知青谢静文就成了偷尝禁果的对象。他们喜欢在烈士陵园里纪念碑前的一张花岗岩供桌上互享身体的快感，这样的行为无疑带有挑战和报复（“文革”权威、制度等）的强烈意味，说明“禁忌只是表达了那个时代的道德意识形态，但对具体的人来说，情欲的要求不可能得到真正的平息。无论是宗教还是革命，在压抑情欲的同时，也从一个方面膨胀和激励了情欲的冒险想象”①。尽管知青生涯是短暂的，但放纵的欲望无疑十分顽固。当老四终于赶在最后一批调回南京后，他虽是几乎立刻娶了阿妍，但婚姻并没有成为二人关系的坚固屏障。阿妍难产、胎儿死亡，从此丧失生育能力，这个意外给了他们致命的打击，或者说成了他们肆意放纵、破罐破摔的导火索。这时已经是80年代初期，老四开了一家小餐馆，成了最早一批个体户，在做生意的好年景，老四尝到了权力的甜头，去保姆市场物色和雇佣那些刚出来的农村女孩就成了他的固定节目，不断更换的女性属下实际成为满足他床笫欲望的工具。丁香、琴、王丽、小鱼、小鱼母亲……为了减少道德感和罪感，老四甚至有意选取那些又老又丑的女人，除了天真美丽的少女小鱼。很久之后，小鱼成了他的干女儿，然而一个偶然的机会，独处的两人竟仍然按捺不住，在冯总的别墅里颠鸾倒凤。这个带有末日狂欢色彩的情节在本质上揭示出了人性中最芜杂丑陋的一面，但在伦理道德层面上对其进行批判又是无力的，因为按照老四和小鱼的逻辑，只要不被阿妍知道，就不存在什么乱伦。

反观阿妍，这是小说中另一个十分顽固的欲望主角。她的出场很

① 孟繁华：《长篇短论三题》，《当代作家评论》2004年第1期。

像杜拉斯《情人》中的画面，老式拖船的滚滚浓烟中，阿妍“像只美丽的天鹅一样”飞进了老四的心窝，“从此再也撵不走”。她也同样爱着老四，但不能生育的遗憾使她默许甚至纵容老四的“学坏”和“堕落”，与此同时，她自己也在蹉跎岁月中发生了很大的改变。服装生意失败后，她变得游手好闲、贪图虚荣，而且迷上了打麻将，昏天黑地没日没夜地赌博，更不可思议的是，在接近50岁时，阿妍竟悄悄和一个很年轻的混头小子余宇强相好，公开则认他做干儿子。当这份不伦之恋被老四发现时，小说的节奏突然变得迅疾，自由放任的欲望显示出了它的极端化，接下来的一幕是老四缠着阿妍让她叙述前后整个过程。这时小说大量以第一人称“我”的口吻说话，其中转述了阿妍关于“放纵”与“克制”的两段议论：

> 人都想放纵一下，放纵是人的一种本能，放纵会有很多意想不到的乐趣。阿妍显然尝到了放纵的甜头，但是她似乎更知道克制的重要。阿妍说，是人就必须有所克制，是人就必须克制自己的欲望，她觉得我们的问题是不知道如何克制，我们都出了轨，都放纵了自己的欲望。人的心永远是顽固的，放纵固然让人心旷神怡，甚至会产生巨大的快乐，但是，放纵同样也会产生很严重的后果。
>
> 世界上的事情最后都会有因果报应。阿妍说她与余宇强就是一个最好的例子，她放纵了自己，也从中得到了一些乐趣，但是收获的烦恼更多。她说余宇强虽然不像我老四身体那么强壮，在床上的表现也算不上什么出色，带给她那种快乐却是巨大的。她说人心大约都是一样的，你老四喜欢别的女人，我阿妍有时候可能也会喜欢别的男人。问题在于，人不能想干什么就干什么，想怎么样就怎么样。阿妍说自己并不是因为羞耻才停止冒险，才停止放纵，更不是因为爱我，她是觉得人必须要克制，必须悠着一点，她说她非常明白克制是怎么一回事。放纵最后将导致毁灭，

克制才能体会到真正的幸福。[1]

或许更多出于一种果报思想（阿妍患上乳腺癌），阿妍欲望的天平由放纵偏向了克制，而对于老四而言，有点类似于清代《肉蒲团》中未央生从肉蒲团上的参悟——“淫人妻者，妻亦为人所淫”，于是，深感冤冤相报。随后，他们和小鱼、余宇强组成了一个异常的家庭，小鱼和余宇强二人生了一个孩子小鹏，阿妍和老四将其当作自己的孙子来养育，直到在别墅里老四和小鱼的再次越轨，阿妍发生车祸，老四才彻底意识到欲望的代价。“我告诉小鱼，我们必须克制自己，我们必须有所禁忌，我说我们这么做，虽然暂时失去了肉体上的欢乐，却能得到精神上永恒的安宁。”[2] 在小说结尾，老四主动离开了南京，去往苏南一个富裕的小城打工，康复后的阿妍一场意外探亲却使他免于当晚厂房的失火，奇迹般地和死神擦肩而过。由此，步入晚年的老四和阿妍如涅槃重生般，终于真正又找回了最初的情感，小说画上一个圆圈，回到了开场那一幕，“生命的航船正驶向未来，两岸风景如画，春风扑面，阿妍像只美丽的天鹅一样在运河上飞舞，在蓝天上翱翔，突然一头扎下来，飞进了我的心窝，永远停留在那里，永远”[3]。在这里，叶兆言采用了一种更为人性的处理方式，在揭示非理性欲望所导致的人性危机的同时，也书写了人性的包容性、忏悔性以及相互救赎的可能。在这个意义上，小说不落窠臼，浸透着叶氏一贯的温润与悲悯。

但不得不说，作为一次恣意的、毫不节制的“欲望叙事”，小说的问题也很突出。由于叶兆言运用自然主义笔法将大部分篇幅都放在本然生命的展示上，赤裸的男女欲望宣泄及相应叙事支撑了混乱的人物情史和交互行为关系，叙述的狂欢和话语的惯性营造了满目皆性的

① 叶兆言：《我们的心多么顽固》，上海文艺出版社 2010 年版，第 255—256 页。
② 叶兆言：《我们的心多么顽固》，上海文艺出版社 2010 年版，第 306 页。
③ 叶兆言：《我们的心多么顽固》，上海文艺出版社 2010 年版，第 323 页。

叙事氛围，因而导致我们很容易忽略作家的反讽意图，却会产生这样一种直观的阅读印象，即，“纵欲既不像洪水猛兽那样可怕，也不必然地代表堕落，纵欲和坚持爱情、真情并不矛盾，反而能检验爱情和真情的牢固程度”[①]。小说的男性主义立场在其身体叙述上也得到了突出的体现，尤其是老四对女性所随意行使的“看”的权力。透过第一人称的男性叙述视角，女人们就像飞来飞去的蝴蝶，不是故意在引诱，就是等待着被引诱；不是主动送上门，就是男人追逐的猎物、待宰的羊羔。在最张狂的日子里，老四“仿佛一头走进玉米地的狗熊，见玉米棒子就掰，走一路掰一路”，可谓欲望焚身、不辨方向。更粗鄙与大胆的叙述还有，“我老四就有这个本事，我既然喜欢她们，也能让她们喜欢我。我们好得就跟一家人一样，我们像一家人那样生活在一起”。“我突然明白自己这时候，根本不是乘人之危，而是在做好人好事，是在为人民服务，是在为一个渴望男人的女人解决欲望问题。”[②] ……这就陷入了典型的男性自恋意识。虽然小说用“我”和老四两种叙述人称营造了两种叙述语气，但在老四进行苟且勾当的时候，“我”内心深处对阿妍所进行的真爱剖白还是显得十分荒唐讽刺。

然而作为一次对欲望悖论的揭示及其文化建构，《我们的心多么顽固》中的人性话语自有其普泛性价值。这部小说的意义就在于它凭借老四的欲望发展史这条完整的线索，写出了内在沉沦的黑暗景象，且最终达到了对肉体、情感和灵魂的真实意义的存在拷问。对于普希金来说，“我们的心多么顽固”是青年人爱而不得的折磨，以致“求你把我的恋情骗一骗/使虚假的温柔与同情/流入你那美妙的顾盼，好要弄一下我抚顺的心，给它灌注毒汁和火焰”[③]；而对于我们的时代来

① 张光芒：《从“启蒙辩证法”到“欲望辩证法”——20 世纪 90 年代以来中国文学与文化转型的哲学脉络》，《江海学刊》2005 年第 2 期。

② 叶兆言：《我们的心多么顽固》，上海文艺出版社 2010 年版，第 133、154 页。

③ ［俄］普希金：《世界诗苑英华：普希金卷》，查良铮译，山东大学出版社 1997 年版，第 104 页。

说，“顽固的心”却成为“一个时代的性格顽疾”，象喻着“对自己固有人性的爱怜和孤芳自赏”①。叶兆言并未用生硬的道德来干预欲望，却是遵循欲望时代身体自由的价值逻辑，让老四在突破所有的禁忌之后，任由欲望自身的野蛮蹿动把他带入了虚无主义的怀抱。在老四身上，我们能看到的唯一生存事实就是心灵的匮乏和灵魂的沦落，尽管他变幻无数个女人来进行刺激性的自娱，但却无法掩盖精神空虚的事实。在自恋/自虐的二重迷狂中，老四愈加孤独、病态和冷漠，内心深感再喷薄燃烧的性爱都“不过如此”，“女人就是女人，还能有什么不同”。欲望的炙烤使老四像一头孱弱的狮子般外强中干，直至生命濒临崩溃，在寸草不生的情感荒原上，真正的爱与关切才又重新被激发出来、成为唯一的救赎。在老之将至的残照余晖中，“我”终于正视了那个无处安宁、充满戾气的身体“老四”，重新找回了与阿妍融为一体的温暖情感，正是它使“我”克服了自恋和迷茫，“我和阿妍仍然过着分居的日子，因为分居，我总是深深地思念，无时无刻不在想，想她正在干什么。有了这种无穷的思念和联想，我会感到非常实在”②。可以说，老四从放纵到克制的轨迹，也是由“我”转变为“我们”、由短暂的肉体结合到永恒的情感皈依的生命历程。而对于挣扎在滚滚红尘中的每个人来说，学会克制，守望真正的情感（信念）无疑意味着面对欲望缪斯的理性姿态，一种解构“欲望辩证法”的方式。

总之，在传统、现代与后现代交织的伦理视野中，始终激荡的多种欲望的分裂冲突以及欲望与心灵、情感、现实理性之间的张力使叶兆言的欲望叙事显示出对人性深层底蕴的认同、呵护与审美把握，与后来更为激进的朱文、韩东、张旻的“新生代小说”，邱华栋的“城市小说”，林白、陈染、海男的“私人化写作”等区分开来。伴随着

---

① 韩松刚：《有多认真就有多疼痛——评〈一号命令〉兼论叶兆言新世纪以来的小说创作》，《当代文坛》2015 年第 3 期。

② 叶兆言：《我们的心多么顽固》，上海文艺出版社 2010 年版，第 322 页。

商业世俗主义思潮以及消费时代的全面降临，欲望叙事的意义建构“由朝向主体确立的‘现代性事件’逐渐演化为拆解个体神话的‘后现代事件’”。一方面，“在各种各样的宣扬‘个人’的写作里，欲望被作为此前关于欲望的话语权力的否定力量而被叙述，同时也成为叙事的动力。‘欲望’与‘法则’的对立不复存在，相反，‘欲望’本身正成为叙事‘法则’”[①]。另一方面，“在欲望叙事的日益模式化中，呈现个体生命感觉的自由叙事伦理渐渐演化为以‘消费者’为主体核心、以‘消费欲望’为表现核心的新的伦理叙事倾向”[②]。面对这样的事实，叶兆言小说中的人性话语始终在努力地把捉那左右人命运最有活力，又最难用逻辑来说明清楚的欲望因子，其内涵的一个基本的现代性价值态度则是：如果以个人化的叙事法则和消费社会一切以消费为中心的新意识形态将欲望推向神坛，如果将肉身用作解构神圣价值世界无往而不胜的武器，那么情感的失落与人性的迷失是必然的结局。

第二节 俗世的爱情及其升华路径

吴义勤说，“叶兆言是一个书写爱情的高手，我个人觉得，在新时期中国作家中描写爱情能比叶兆言出色者还不多见”[③]。的确如此，如果说“人性的现实化、对象化的直接反映便是人的情感”，情感较之理性“更处在人性的前台”[④]，那么叶兆言的小说从一开始就将笔触深入人的心灵内部，以复杂的情感纠葛及其多重演化辐射道德、伦理、教育、家庭、理想等不一而足的价值场域，使人性在以情感为交接点的层层跌宕的网中盘桓延展，烘托出多元化的主题，其中最为敏感的

---

① 王侃：《论1990年代中国女性小说的欲望叙事》，《文艺争鸣》2011年第18期。

② 张光芒、马航飞：《欲望叙事：世纪之交以来叙事伦理的转型》，《河北学刊》2005年第4期。

③ 吴义勤：《穿行于大雅与大俗之间——叶兆言论》，《钟山》2000年第5期。

④ 张光芒：《理性的与诗意的——重读〈人啊，人!〉》，《郑州轻工业学院学报》2003年第3期。

无疑是男女之间的爱情。事实上，叶兆言创作了大量文本来反映男女之间的情感问题，其深层动机无疑是要以爱情观念作为时代精神的一把标尺，“用它来极其精确地量出该时代整个感情生活的强度、性质和温度”①。作为20世纪50年代生人，叶兆言与同代际的王安忆、韩少功、贾平凹等作家一样，潜意识里深深固着一种古典情结。反映到爱情观上，则是启蒙理性色彩的自然流露。比如“爱是无理智，无条件。爱是一道射向无边无际世界的光束，它孤零零奔向远方，没有反射，没有回报，没有任何结果”②。“人的肉体不应该成为交易的一部分，而只应该是心灵感受的载体。”③ “爱情应该是一种动力，一种能量，爱情应该使对方发生质的变化，使对方向好的方向发展。爱是一种拯救，是一种为拯救做出的努力。”④ “真正的爱是没有条件的，爱并不在乎背叛，爱所以永恒，是由于有着足够的宽容。”⑤ 爱情应当是“一种非常纯粹的爱慕，只是爱，只是想付出和表达，不在乎任何回报，不在乎任何结果”⑥。“对于他或她来说，目的很直白，要求很简单，就是要爱，能够全心全意地去爱一个人。爱什么人不重要，是男是女无所谓，别人爱不爱自己也可以忽略不计，重要的只是人性中这份爱，这份真挚感情，能有个实实在在的着落。”⑦ 等等说法，都将爱情视作一种神性与世俗性的完美结合体，强调爱情超越世俗、高于世俗的神圣性。尽管面对全面世俗化的语境，作家很难回避爱情失落的现实，但充满神性的爱情并没有在其小说世界中失去位置，相反，叶兆言对于纯粹爱情的必然走向及其作为人类最后一个梦想的艺术建构，最终在后现代的平面与碎片中掘现出了明亮的抒情性与

① ［丹］勃兰兑斯：《十九世纪文学主流——法国的反动》，张道真译，人民文学出版社1986年版，第221页。

② 叶兆言：《站在金字塔尖上的人物》，人民文学出版社2017年版，第65页。

③ 叶兆言：《别人的爱情》，上海文艺出版社2010年版，第146页。

④ 叶兆言：《别人的爱情》，上海文艺出版社2010年版，第263页。

⑤ 叶兆言：《别人的爱情》，上海文艺出版社2010年版，第289页。

⑥ 叶兆言：《一九三七年的爱情》，人民文学出版社2017年版，第98—99页。

⑦ 叶兆言：《简单有时就是单纯，就是纯粹》，《北京文学》2020年第4期。

永恒的人性升华路径。

在1991年发表的《挽歌》系列之一、中篇小说《殉情》中，叶兆言通过书写一个古典意趣的殉情故事昭示出某种“爱情的极致”及其内涵的激情与意义在现代社会面临瓦解的事实。在小说中，现代青年李欣因无法摆脱恋人林黛的病故所造成的阴影，在一年后选择割腕殉情，其真诚而感伤、坚贞而执着的姿态某种程度上堪称纯爱乌托邦的象征。然而小说在古老题材里包含了浓烈的现代意味，更多的笔墨放在了新旧社会转型期的现实人生和社会情绪、社会意义的表达上。于是，我们看到对于与林、李相熟的人包括他们的老师、同学、亲朋好友乃至整个社会来说，虽然组织过死因调查、开展过小型纪念会，但最终，林李之爱只是成为一个随风而逝的神话，陨落于现实的星空，并未引发真正的理解与同情，更未产生多少心灵的震颤。小说中的叙述者“我”正处在与第二任未婚妻的失恋心情中，对于这种古老的悲歌也是毫无兴趣，只将其作为一般采访报道来处置。从这个角度看，小说与其说是对现代殉情故事的颂歌，不如说变奏为了现代人对殉情举动的惶惑不解，甚至谴责。用小说中人物的话，“人不能只为了爱情活着，爱情之外，我们还有许多事可以做”，“殉情实质上是一种逃避，是行为上的懦弱”①。如果说古典爱情早已日薄西山、不合时宜，那么“当我们谈论爱情时我们在谈论什么”？《李诗诗爱陈醉》（2002）并没有回答这个问题，相反却深刻地写出了我们在爱面前的纠结心理。一个新近丧偶的中年女人，却终日沉浸于对初恋的爱情，自以为可以为爱情出生入死，为真正的爱人“痴起来没有底”。但是，当陈醉从记忆中重新走入她的生活时，李诗诗发现自己并不能如想象中那般“全心全意”接受这个粗鄙不堪、浑身污点的普通男人。“一切已经改变了味道”，“竟是那样的滑稽和虚伪”。是爱得不够深沉，还是因为最初就爱得不纯粹？思来想去，李诗诗得出了一个结论：“那些造成

---

① 叶兆言：《挽歌》，广西师范大学出版社2001年版，第118页。

痛苦的东西，远比想象中的幸福更持久，更值得去品尝。如果你真爱一个人，最好的办法就是失去他，因为只有失去的才是最美好的。”[①]与其说李诗诗爱陈醉，不如说李诗诗耿耿于怀的是爱情神话的浪漫外衣，这必然注定它的悲剧性。“我们人类需要神话。神话是我们的信念的经纬：我们相信什么是真理，什么是事实，背后都有一个神话在作支撑。一切社会都运用神话来维护特定的生活方式，特别是在性别角色和性别分化方面，更是如此。”[②] 在这个意义上，神话破灭的结局是摧毁性的，就如一根巨针扎破了李诗诗飘了一生的气球，“她突然失去了生活的目标，像一个断了线的风筝，不知要飘向何方”[③]。

叶兆言无疑是借爱情祛魅的悲剧来探索一个现代性的基本议题，即当“一切坚实的东西都烟消云散”之后，作为个体的人将以什么作为生存凭借和支撑？这其实可以理解为叶兆言的爱情书写背后根本的问题意识。而由这样的问题意识所驱动，叶兆言的现实题材小说对当今时代爱情的变质或消逝原因作出了多方面的思考与探究。

首先是生存必要性与精神奢侈性的冲突，1989 年发表的《艳歌》堪称这方面的代表作。小说将校园诗人迟钦亭和沐岚的浪漫爱情放入毕业分配、结婚生子、找保姆、闹矛盾等原色生活的模子里，从结构和写实上说很有点“流水账”，但细细品味，小说中爱情褪尽色泽与光圈的全过程却自有其紧张的内在戏剧性。叶兆言将这场爱情的震源对准社会人中最具心灵化色彩的诗人，其目的就是构造严酷的生存现实与爱情的精神性之间的张力。才子佳人的罗曼蒂克在遭遇日常生活的柴米油盐后立刻失去了鲜艳的颜色：“过日子想不到会这么难。他们对找保姆整个地失去信心”；“男女双方像是置身于一个小小的蛐蛐罐中，物价问题孩子问题事业问题乱七八糟的问题，刺激得人发疯似的好战”；“为了老婆的面子，他和母亲吵。为了母亲的尊严，他又和

① 叶兆言：《我们去找一盏灯》，人民文学出版社 2009 年版，第 144 页。

② ［美］波利·扬—艾森卓：《性别与欲望》，杨广学译，中国社会科学出版社 2003 年版，第 128 页。

③ 叶兆言：《我们去找一盏灯》，人民文学出版社 2009 年版，第 144 页。

老婆吵。吵来吵去，加上小孩的哭，家里从此没了安静”[①] ……苍白琐碎的细节却不失力度地表现出必要性与奢侈性的断裂。与路遥笔下的高加林、孙少平一样，迟钦亭在人生道路上左奔右突又充满迷茫，而“穷”同样成为“迟钦亭的心病”，似乎真是一切罪恶的渊薮。尽管怕伤到丈夫自尊，干部子弟沐岚凡是提到钱的地方都小心翼翼，但越是这样，迟钦亭越是无法忍受贫困的窝囊，“没有什么比养活不了老婆孩子更丢人的”。自尊心极强的迟钦亭硬着头皮不用丈人的钱，却一头钻进了钱眼里，在大学教职外拼命译书赚稿费，成了“一架翻译机器”。当初那个虎虎生风的足球队后卫早已是暮气沉沉，而在与生活、与环境的抗争/妥协中，不仅迟钦亭竟有些“老”了，沐岚的理想也完全寂灭。婚前她热爱写诗、向往浪漫，热衷于讨论尼采和叔本华，没想到很快就沉沦于内心的围城，独身主义的理想最先化作泡影。校园小路上说不完的情话为无尽的争吵怄气代替，无法摆脱的琐碎卑微竟使家俨然一个埋葬青春与爱情的坟墓。终于有一天，“迟钦亭突然发现自己梦寐以求的东西都有了”，却“不禁有一种失落感。失落了什么，他也不清楚”[②]。原本恨恨要改变的贫窘生活，目标实现后却是深深的惆怅和失落，这里似乎包含作家自我身份的一种体认。无奈疲惫的气息掩饰不住存在意义的究诘，它说明了一种比人生烦恼更深的意蕴，那就是，面对物质操劳、精神贬值的现实，如果把手段当目的、过程当结果，那么情感的失落是永远无法用金钱来获得缓解的。

生存与情感的双重较量在《马文的战争》（2001）中更加隐秘复杂，这部多次获奖，并被相继改编为热门电视剧和电影的中篇力作摒弃了《艳歌》残存的浪漫主义色调，着力表现出在爱情润滑剂告罄的情况下，仍在干转的家庭机器对个体情感与人性的挤压与扭曲。与迟钦亭和沐岚的文人气味不同，马文是个真正认同世俗的小人物。他不

① 叶兆言：《红房子酒店》，人民文学出版社 2012 年版，第 147 页。

② 叶兆言：《红房子酒店》，人民文学出版社 2012 年版，第 155 页。

清楚人生的方向，更不会像迟钦亭那样用心去深思作为一家之主所应有的存在价值和现实责任，而总是以一种玩世不恭、放浪不羁的游戏心态来掩饰自己的空虚，结果因为所在国营工厂倒闭，刚30多岁便提前退休，临时在某居民小区当起了门卫。但就是这样一个一无是处、一无所能的中年男人，却转变为战争的关键人物。从小说叙述看，马文的战争主要爆发于两条战线。一是隐秘的欲望与心灵的搏斗。生活的被动和人生志向的严重缺失，使马文与他那不甘平庸的妻子杨欣越来越没有共同语言，“绝缘型”的情感状态使这对围城男女频频为一些鸡毛蒜皮的小事发生口角，动辄控制不住情绪地争吵一场，经常不惜用满含揶揄嘲弄的话语刺激对方。越发心理陌生、情感间离的两人不得不分道扬镳。杨欣与情人李义结婚之前，马文甚至跳楼以示抗议，极端地反映出他心灵内部发生的冲突与抗争。后来马文向黄晓芬主动示爱，又与前妻旧情复萌，甚至发生了杨欣和李芹两个女人抢夺马文的明争暗斗，无不在荒谬中昭示出当代男女在婚姻与爱情中的深度迷失与无所适从。二是窘迫滞闷、无奈庸常的生存战线。生活中的现实问题如经济分配、财产分割、子女的教育和成长等各种纠缠，并没有因为离婚和重组家庭而彻底摆脱。经济的拮据则使生存空间备受挤压。事实上，马文、杨欣、儿子马虎以及李义四人同居一屋的后现代式“蜗婚”图景在匪夷所思的面目之下正是一种赤裸裸的、漠然与匮乏的生存之轻。小说结尾则更具有象征意味，当战争的各方（马文、杨欣和李芹）驱车到了一个三岔路口、不知向左还是向右时，马文很消极地说了一句：“往哪都行，随便”，暗示出两条战线挟持之下无意义与迷惘的心理现实，而真挚的爱情无疑在这颓废的后情感时代彻底失落。

就叶兆言关于婚恋的人性话语看，婚姻并不是爱情寄居的家园，相反，平庸日常的龃龉与烦恼却构成对爱情持续性的磨损。在《爱情规则》《人类的起源》《捕捉心跳》《去雅典的鞋子》《落日晚照，为谁温柔》等作品中，冷战→吵架→分居→离婚，已然构成重复性的故事模式：爱你的你不爱、你爱的不爱你；有爱的无法结合、无爱的却组成家庭。太多的婚姻与爱情无关，太多的当事人不理解婚姻的意义，于是乎，妻子、情人、第三者、单身父亲、单身母亲、前夫、前妻、后爹、后妈……这世界似乎最不缺少命名。然而轻描淡写的尴尬境况却掩不住现代人一种更为艰难复杂的生存状态，一种存在理由缺席的爱情空洞，一种肉体与精神的割裂之痛。就共识性的道理说，人的生存首先是生命的存活，其他都应围绕它而展开。对应于当下的社会现实，事业的压力、工作的辛劳、生存的危机、人情的复杂等不言而喻，它们又共同交织、相与融合，影响着生命个体的存活状态。但在人们将天平完全倾向于以必要性原则来指导生活时，以爱情为代表的情感性生存：心理与灵魂、文化与精神等，这些具备内隐性特质的主体生存价值就容易被忽略、被侵蚀，甚至被完全抹除，这显然违背了合理、健康的人性。

因此，在探讨爱情消逝的原因时，叶兆言发现，与其说是爱情变质，不如说是现代人的人性发生了变化。现代人片面的目的理性化造成效率和利益的考量当作行为的主要动机，这无疑助长了情感冷漠与虚伪的病症，甚至为精致的利己主义者们缓释了道德亏欠感。黄海明和朱越已经领了结婚证书，但婚礼前新郎却临阵脱逃，理由是他要把全部辎重投入到事业上去，“这种有理智的战略撤退，是他日后取得极大成功的保证”[①]（《恰似你的温柔》）；优秀的裘医生“眼中从来就没有别人。他关心的只是他自己的事业”[②]，工作之外的裘医生被乏味、漠然的理性外壳包裹，不但每周只肯花两个小时谈恋爱，而且把陪女友看电影看作一项义务，一部《永恒的爱情》看得他直打瞌睡，醒来还不忘嘲弄说，“光这片名便俗不可耐，从来就没什么‘永恒的爱情’，人们不能相约永远相爱，正如人们不能相约大家长寿”[③]（《死水》）；杨道远为了坐上文化集团的第一把交椅，可以忍受妻子

① 叶兆言：《我们去找一盏灯》，人民文学出版社2009年版，第81页。
② 叶兆言：《死水》，人民文学出版社2018年版，第98—99页。
③ 叶兆言：《死水》，人民文学出版社2018年版，第97—98页。

明目张胆地偷情，他将情场迎拒视同为官场角逐，面对苏珊的真爱，却又始终猜疑这是“一场精心设计的骗局，是一场有预谋的敲诈”（《苏珊的微笑》）；出于和杨道远同样的戒备心理，有钱有势的谢东拒绝了孙敏的爱情，他认为孙敏为了他流产只是一种情感勒索（《别人的房间》）……在个人主义与市场主义泛滥的现代社会，我们已然被塑造成“为自己而活”的“个体化”主体（乌尔里希·贝克），“不再重新嵌入的抽离”强化着主体间的差异与沟壑，带来实用主义理性的偏重，以及对他者的习惯性怀疑、审视与挑剔。事业、权力、金钱、社会地位等等物质世代的功利算计使“爱情的小舟撞沉在日常生活的礁石上”[①] 粉身碎骨。换句话说，爱情作为人性普遍而超越的情感需求，它的内涵本质或许并没有发生多大变化，爱情仍永恒徘徊于情本与神性的两端，失落其间的是人类自身。

这就引出了另一个更为现实的问题，即爱情观的含义本身呈现出多元化。幸运抑或是我们的不幸，在前现代、现代与后现代杂糅的当下，世俗化、商业化大潮推动社会开放和人的解放，卸下精神包袱后，爱、性、婚姻以及道德之间的关系越发盘根错节。叶兆言小说对这一繁芜时代的存在之象不仅有所展示，而且灌注进种种实感性的经验。如《失踪的女大学生》（2015）就是通过对“我”祖母、姑姑和表姐的穿插性叙述，对比性地展现了四代女大学生爱情观的差异。“我”的祖母是封建包办婚姻，但结婚后与祖父相爱相守；姑姑在抗战时念大学，女大学生们心目中的偶像是宋美龄那样的女性，要像千金小姐，说一口地道英语，漂亮优雅，嫁十分优秀有出息的老公；表姐是“文革”最后一批大学生，她和姐夫的爱情由于政策干扰完全丧失私人空间，所有心思都用在了想办法解决夫妻的常年分居问题。而当时间转到当下女大学生时，叶兆言讲了保姆小邹的女儿的故事。这个网名为“骊山小雅”的女大学生任性地玩失踪，其实是跑去山东与网恋对象

---

① 韩松刚：《有多认真就有多疼痛——评〈一号命令〉兼论叶兆言新世纪以来的小说创作》，《当代文坛》2015 年第 3 期。

约会，而所谓“海边的大叔”却是一位有老婆、有女儿的当地官员。作品用娓娓道来的语调，并无臧否之意，但历史的潜流却在文字的底部回荡不已，鲜明呈现出世代转换和社会转型所带来的价值观冲击。相比《失踪的女大学生》爱情观的纵向断裂，《美女指南》（2012）则以一个“我”所挂名的编辑部为切口横向展示了消费时代爱情观的混沌。所谓《美女指南》是时下一本对标《花花公子》的时尚杂志，刊物定位非常明确，就是立足“高端白领”，全面服务“白富美”，成为“白领的教科书”。如果说美国的《花花公子》是“针对男性所向往的高水平生活”，“让男人在私下里消费女人”，那么《美女指南》就立志“为当下女性打造一种全新的认知态度和生活方式”，号召“女人公开地消费男人”。编辑们各自的爱情观也都遵循一种后现代快餐式的情感原则，不讲忠贞，不讲道德，只讲我有权选择我喜欢的爱情：陈主编疯狂追求女下属；富二代李尔王与比自己大十一岁的美女杨搞“姐弟恋”；毛薇想成为中国第一对公开结婚的同性恋者；新女权主义者、网络红人老蔡的海归丈夫在外面养了一个电影演员当小三……这些贴着“自由”“平等”“女权”标签的后现代爱情观无疑强烈地冲击着传统的爱情观，造成更混沌驳杂的人性轮廓。包括《去雅典的鞋子》（2015）、《落日晚照，为谁温柔》（2021）也是讨论爱情观的小说样本。前者中的吕红英母女在爱情上似乎更多共鸣，她们都热爱电影《叶塞尼亚》，向往两情相悦，但由于时代的裹挟，二人的命运却出现很大差异；后者则讲述了郑敏及其父母两代人婚恋观念的深度差异，同样都是幸福难觅，母亲和父亲虽各自存在出轨和性取向缺陷，但最终相互扶持、不乏体贴温情地度过一生，郑敏却不能容忍丈夫的情感瑕疵，更不能理解父母表面的相敬相爱，所以她离婚后一直单身，以性伙伴来麻醉自己的失落。如果说上辈人的爱情困于婚姻体制和伦理道德的围城，那么如今，结婚、离婚在法律手续上越来越人性化、越来越简便易行，社会道德和习俗观念的束缚已然松绑，伦理审判更是缺席，而究竟需要什么样的爱情和婚姻，年轻一代人依旧观念模糊。

“一双气味扰人的鞋要走出多远，才能长出适合它的双脚”[①]？与表面上“来去轻松”“进出潇洒”的自由相伴随的，是更多的泪水和迷蒙、困惑和悲伤，要找到一个真正可以去古老的雅典开启爱情之旅的人似乎越来越难。

于是，叶兆言为我们时代的爱情状况提炼出一个深意存焉的命名，叫“别人的爱情”。在同名小说《别人的爱情》里，与其说他描写了爱情，不如说是通过一系列单相思的、孤独无望的、毫无结果和回报的负心故事来重新接近爱的真理。小说开场时，叙述者忍不住发出感叹：“这次婚礼像一次没头没脑的会议，它只有形式，没有任何内容。各式各样的人被邀请参加，许多人都像过路一样，自始至终，都有一种被蒙在鼓里的感觉。”[②] 爱情之纯粹和神圣的信念必须以内在人格的交流为基础，然而在这个解构的时代，真爱却受到了嘲弄与诅咒，只得落入没头没脑、空洞无实的形式躯壳。作为读者，我们不无悲哀地发现，没有人能够从正面给出一个肯定性的爱情定义，另外，又无法拒绝导演钟秋所推导的那个虚无、否定的爱情公式——“爱就是不爱，爱就是背叛”。按她的说法，“爱情就是爱上一个你不应该爱的人。爱往往没办法通过爱来表达，于是就反过来，以不爱的形式来表现爱”[③]。“什么叫爱情？爱情就是爱上了一个你根本不应该爱的人，譬如敫桂英爱上了王魁，譬如我们在生活中爱上了谁谁谁。同时，爱情又是背叛，因为只有背叛，才能体现出爱情的意义。”[④] 在小说中，要理解钟秋的后现代爱情观，离不开与古典爱情传奇《王魁负敫桂英》的对话，这既是小说的“戏中戏”，也是钟秋向古老故事的发问及其重新阐释、重新改编。黄子平从西西的《肥土镇灰阑记》中读到了主体对历史的询唤：“西西的小说，发展出一个将现实焦虑引入传统故事共同发声的叙述结构，最终揭示了我们习以为常的历史情节可

---

① 叶兆言：《去雅典的鞋子》，人民文学出版社 2016 年版，第 160 页。

② 叶兆言：《别人的爱情》，上海文艺出版社 2010 年版，第 33 页。

③ 叶兆言：《别人的爱情》，上海文艺出版社 2010 年版，第 305 页。

④ 叶兆言：《别人的爱情》，上海文艺出版社 2010 年版，第 120 页。

能只是一个荒谬的解决。"[①] 换言之，历史"借尸还魂"的背后贯穿着一种当下时空的自我意识——深入演奏的历史现场去释放出现实内部的焦虑能量——或许这也正是《别人的爱情》频频与《王魁负敫桂英》发生质询与对话的目的，而叶兆言所认为的荒谬在于"'情探'的结局是将负心的王魁活捉而去，这似乎已经有违了爱的本意。我相信焦桂英只要是还爱着王魁，她就不会取了王魁的性命，真正的爱，绝不会因为别人的不爱，因为别人的背叛，就不再爱了。真正的爱是永恒的，没有什么东西可以伤害到它"[②]。诚然，人类的爱情如果永远停留在香扇题诗和手帕定情的古典模式，那将是无聊和退化，但数千年人类对于爱情的文化心理体验并非虚幻，爱是人的类本质，爱情的真善美不可须臾分离，而爱情内在制约机制所提倡的忠贞和他律性德行，同时也加强了爱情的适应性或者说创造力。"爱情是人之所以成其为人的类的本性，而本性是永远也难以改变或消失的，除非地球毁灭和人类消亡。爱情在自我的运动与发展中不断地改变的只是自身存在的形式，其先于这种存在形式的实质永远不会磨灭，它绝非任何环境所能改变。"[③] 因此，小说虽然以后现代的文化思考去解构工业化时代的爱情幻象，用无主体性的碎片化爱情去消解主体性，但就其实质来看，叶兆言从未否认爱情作为人类永久的精神追求和信仰的崇高价值，他仍然坚定地认为，"爱情永远是人类的渴望，即使得不到，即使遥不可及，仍然也是美好和值得期待"[④]，只是，新世代的爱情德性与情感规范亟待重新启蒙、询唤与建构。

"生有热烈，藏与俗常"，叶兆言固然对那些或古典或神圣的爱情的沉落痛心疾首，却也不是一味的消极被动，而是力图在生活中发现人生的本质美感，在笔下记录或创造爱情之美的存在。这方面最经典，也是最为人称道的是小说《玫瑰的岁月》（2010），有学者评价说"它

---

① 黄子平：《"灰阑"中的叙述·前言》，上海文艺出版社 2001 年版，第 6 页。
② 叶兆言：《关于〈别人的爱情〉》，《文学报》2005 年 9 月 29 日。
③ 李怀玉、周全德：《略论人类爱情的未来》，《青海社会科学》2008 年第 2 期。
④ 叶兆言：《别人的爱情·后记》，上海文艺出版社 2010 年版，第 334 页。

在庸常中写出了不凡，在黯淡中写出了光亮，在‘现代’中写出了‘古典’，由此，我们对世道、人生与人性的信心才得以坚持。”① 一语概括了叶兆言人性话语的构筑性。在小说中，通过天赋奇才、性耽书法的藏丽花与因热爱书法而爱屋及乌的黄效愚的结合及其婚姻中的暗礁漩流，叶兆言不但揭示了爱情的意义所在，而且见证了现代都市背景下凡俗化爱情的升华路径。黄藏因书法而结缘的爱情，一开始就面临很多的流俗偏见，最严重的是年龄差，在 1982 年这个保守的气候里，25 岁的黄效愚突然宣布要娶一个 33 岁的年华正逝去的“老女人”藏丽花，这让“我”和其他几个好哥们儿感到十分不可思议，“女方比男方大了八岁，这在当时很出格”。除去年龄悬殊，二人性格也存在很大区别，藏恃才傲物、极端乖戾，她内心始终怀疑黄的爱情，以致婚后红杏出墙、折腾不休，黄则是隐忍低调、迂阔执着，他真正爱的是藏身上不俗的精神，是藏沉浸在书法中的那份优雅和挥洒的英姿。就是这样一段“旷世畸情”，经过岁月的淬炼，到头来黄藏二人却真正生死相依、无法分离，无论是世俗生活还是艺术生命，彼此成为不可或缺的支撑，原因就在于俗世之爱的升华。小说写道，黄效愚只是迷恋于书法，他从写字的第一天起就没有改变过纯粹和虔诚的态度，然而世人并不承认他是一个书法家，但正因为长期处在一个“被忽视”的境地，黄反倒摆脱了名利的干扰，真正执着于书法的艺术境界。与丈夫的寂寂无名相比，出身书法世家的藏丽花却是如日中天、暴得大名，国内国际展出不断，但这也使她最终为嘈杂的俗务所累，不仅无法专注于艺术，对书法的热情也大打折扣。一次偶然机缘，美国哈佛的著名教授看到了黄效愚的书法，他深深惊叹于黄字中流露的气息，没有俗媚，没有奴性，只是朴素真实，且断定黄的书法境界已远远超出了藏。由此，黄的书法终于崭露头角，但这并没有改变黄的初心。自藏丽花重病住院后，黄却萌生了焚琴煮鹤之志，他的想法是，

① 王侃：《“成熟”的塔尖——〈二〇一〇年中国最佳中篇小说〉序》，《当代作家评论》2011 年第 1 期。

如果爱人没有了，要字也没有意义，而如果能够换得妻子的健康，他宁愿一辈子都不碰毛笔，可谓执子之手、死生契阔。叶兆言的叙事不动声色，但不难感悟到，他要肯定的就是黄效愚对待爱情和艺术的态度，那就是真诚和无功利的爱。这份纯粹的爱正是艺术与爱情相融通统一的地方，也是黄藏两位异人在滚滚红尘的浮生虚境中、在不可逾越的疾病和死亡的终极障碍面前，拨开晦暗和遮蔽，最终寻到的生命的定海神针，灵魂的诗意栖居之所。

可以说，对纯粹的爱的守望是叶兆言所指引我们的人性救赎之路，它意味着主体人格秉承的一种精神坚守和向上的追求。在出示了一堆我们耳熟能详的俗世事象之后，叶兆言并没有失去基本的价值判断，更未曾放弃文学艺术昭示自由潜能的本质精神。“爱情在这里不过是一种象征，象征人之所以为人的美好、温暖的情感品质，这种品质贯穿了叶兆言写作的内外之境。”① 实际上，对于任何性质的爱，无论叶兆言写成何种面目，都能在其中看出一种对“人之为人”的憧憬和追求。叶兆言所呼唤的爱是一种纯洁专注、全身心投入的精神，一种热爱和向上的信念，一种对美好理想的向往，一种人性的善良、尊严和崇高。

第三节　断裂的关系与精神寻根

马克思有一个著名的论断：“人的本质不是单个人所固有的抽象物，在其现实性上，它是一切社会关系的总和。”② 这句话包含了深刻的“主体间性”思想，使我们看到多重、复杂的“社会关系”网络之于人的存在的重要性，甚至有助于解释人性的丰富、繁杂与变换多端，以及许多貌似偶然、琐碎的性格状况。从哲学上说，关系理性和交往

① 林舟：《叶兆言印象点滴》，《扬子江评论》2010 年第 4 期。

② 中共中央马克思恩格斯列宁斯大林著作编译局编译：《马克思恩格斯文集》第 1 卷，人民出版社 2009 年版，第 501 页。

理性意味着深层次的现代性反思，在关系网络中，人与人之间的和谐与否成为衡量精神人格理性的一杆标尺。而对小说家来说，对各种人物关系的处理不仅是必须面对的创作技巧问题，而且尤其考验写作的基本功，甚至还可能是作家小说观的某种凝练。最著名的当数鲁迅在《示众》《药》等小说中所建立的“看”与“被看”的社会人际关系模型，基于国民性批判的启蒙主义视角，“看/被看”成为鲁迅反复书写的关系结构和关系母题。在当代小说家中，铁凝和刘震云最擅长书写人与人之间缠绕的关系，也最重视书写生活形态中混沌无序的关系之网。在他们的小说中，关系不再是某种政治的或经济的、伦理的或道德的、文化的或历史的符号性编织，而是意味着对生活本相和人心本相的还原。叶兆言的很多作品同样书写了人与人之间的关系纠葛，并且通过人与人之间的关系，来挖掘人与社会、与世界、与时代的多种可能性。叶兆言尤为侧重于表现各种断裂形态的关系，某种程度上继承了叶绍钧的隔膜书写及其对立人问题的思考，目的就是要打破人心的隔膜，沟通断裂，重建人与人的信任，让人性回归爱与真诚。

实际上，人与人之间社会关系的断裂是叶兆言常写常新的一个话题，它表现为人与人之间缺少真诚和友善，而彼此提防猜忌，相互之间不信任。叶兆言的处女作《傅浩之死》（1980）最早触及它。这部带有鲜明现代派色彩的短篇小说采用现在时的回溯结构讲述了十年前干校生活中一小段充满隐喻的人生断片：因为酒后吐胡言（真言），“爱说话的”老右派傅浩被老郑向组织揭发“准备叛国投敌”，隔离审查期间偷跑到干校边的峭壁上准备自杀，死亡边缘又是老郑救下了他。借傅浩之口，叶兆言严厉地揭开那被揭发/告密、看/被看的关系所遮蔽的极端畸形与变态的社会伦理和情感方式，“如今的风尚你是知道的，丈夫尚不能信任妻子，何况你我”①。当人与人之间失去最后的信任，人就成了一个个“没有情感、思维，机器人，下脚料捏出来的货

① 叶兆言：《魔方》，山东文艺出版社1998年版，第30页。

色”，成了“犹大”“权力”与“魔鬼”的“帮凶”，“躲在黑暗中”的冷眼旁观者①。汉娜·阿伦特曾说：“在当今时代，共同感的消失是时代危机的最确切标志。在每一场危机中，世界的一部分塌陷了，为我们所有人共有的某些东西毁灭了。共同感的丧失，就像一根探测杆一样，标出了塌陷发生的位置。”②“文革”无疑是共同感塌陷的至暗时刻，而这种坍塌在社会关系的断裂上体现得最为直接。《纪念少女楼兰》（1997）里的初二少女楼兰因为5月16日傍晚去泵房方便了一下，便成了“反动标语”事件的重点怀疑对象，过上了噩梦般的日子，“所有人都中了邪似的想欺负她，想歧视她，想看她的笑话”。谈者的揭发、同学的冷漠、政治的高压给楼兰的命运带来巨大转折，也彻底改变了她的内心世界。凶狠泼辣代替了往日的清纯温和，曾经像女电影明星般美丽可爱的楼兰完全从人们的视线中消失，“她把所有污蔑她的人，都当作了敌人，她突然成了一头好斗的母狮子，动不动就和女生吵，动不动就和男生对骂。下了课吵，有时候正上着课，也一样斗嘴”。楼兰甚至学会了报复性地打人：“她和社会上的一些喜欢打架的男孩子，有了不同寻常的来往，这些男孩子成了她的打手，班上的男生，谁要是让她看着有些不顺眼，她只要招呼一下，那些打手必定前来收拾，将他们打得鼻青脸肿。”③叶兆言祭奠了一夜间消失的美好少女形象，在那个特殊年代，一则毫无关联的标语竟导致一个人命运的完全失控，楼兰留下的思考无疑是值得“纪念”的。《写字桌的1971年》（2011）同样书写了人与人之间无法真诚面对的悲剧，直逼对人性异化年代的反思。通过儿时的回忆，小说以民间化的视角讲述了一个家常物件“写字桌”在1971年的流转轨迹，撬动了沉重的集体记忆。1971年，由于父母被打为右派，“我”家的房子连同家具一起被母亲剧团的徒弟吴凤英所占用，因为父亲写剧本需要，母亲突

① 叶兆言：《魔方》，山东文艺出版社1998年版，第34页。

② ［美］汉娜·阿伦特：《过去与未来之间》，王寅丽、张立立译，译林出版社2011年版，第167—168页。

③ 叶兆言：《纪念少女楼兰》，解放军文艺出版社2000年版，第102页。

然想讨回那张写字桌，却被吴凤英断然拒绝，态度还十分强硬，由此造成师徒两家人的内心隔阂与冲撞。围绕这张不起眼的写字桌，又发生了多次讨还和被拒，直到母亲境遇突转，莫名其妙地当上了“革委会”副主任，吴凤英才主动上门归还了桌子，并提出转业，双方关系慢慢地缓和恢复。实际上，无论是母亲还是吴凤英，都并不真正需要使用这张写字桌，小说中“我”的父亲早已打了张新桌子，但师徒二人就是执着于这张桌子的拥有权和使用权不放，由此折射出混沌年代的人际恩怨与人心变幻。正如有论者所说的，“对桌子的拥有权利几乎变成了一种做人的权利，它是社会地位的测温表、人身权利的探测仪、表明态度的工具——唯独不再是一张用来写字的桌子。在争来夺去的过程中，这张写字桌的物性逐渐消失，而在其物性丧失的过程中，它也见证着人的基本权利的消弭殆尽，烘托出一个人的命运完全失控的悲剧时代”①。这样颠倒黑白的时代只会扭曲人的理性，甚至泯灭人性。

《重见阳光的日子》《红灯记》《赤脚医生手册》《布影寒流》《魅影的黄昏》等等，也都是以20世纪70年代初期作为故事发生的时代背景，以打捞个体记忆的方式讲述叶兆言对过往的理解。之所以放在本章节进行论证，而不是归于历史书写，理由在于这些小说表面上与特定历史时期有着难以割舍的血脉联系，但叶兆言言说的重心却始终落脚于人与人之间相互猜疑、相互伤害、相互仇怨的心灵体验与情感困扰，且其观察视点和问题意识是从当下社会现实、也就是“讲述话语的年代”出发的。

历史的梦魇在幽暗涌动的记忆中穿梭，透过浸染层层雾霭的荫翳，社会关系断裂的严重信任危机揭示的首先是“文革”政治的荒谬与残酷，更有极权主义意识形态对精神和心灵的摧残。《重见阳光的日子》（1995）虽然借用了侦探小说的模式，追求故事悬念，但其实具有很

① 林霆：《亲历者与旁观者：身份转换背景下的叙事流变——论新世纪短篇小说的“文革”叙事》，《天津师范大学学报》2013年第4期。

强的社会批判性。1975年，造成张焰冤死的直接原因固然是陆文群和李小龙夫妇为保护自己的名誉矢口否认其不在场证据，以及小学生谭大平因胆小不敢说出自己案发当天为张焰和陆文群送情书的真相，但叶兆言并没有一味强调让个人来赎罪，而是将批判的锋芒指向了纷乱的社会现实。小说中所呈现的蓄意报复的匿名检举信、严重受意识形态影响的社会舆论、莫名其妙的谣言、连续不断的社会恶性案件、国庆节前要枪毙一批罪犯的“特定年代的惯例”、动不动就上纲上线的运动作风，这些都成为叶兆言的批判对象。在时代氛围的捕捉上异常准确的还有小说《布影寒流》(2018)，通过写工厂车间里一则流言引发的血案，叶兆言生动地还原出1976年物质贫乏与精神苍白的历史现场。更深远、更无形的影响或许还在于革命文化对个体情感结构的改造，在“文革”年代，父母忙于运动和工作，子女则在阶级斗争的教育下成长，革命意识压倒了亲亲人伦，人心变得坚硬，情感变得粗糙。小说《红灯记》《十一岁的墓地》《去雅典的鞋子》《一号命令》《通往父亲之路》都涉及了这一问题，“母亲与父亲似有似无”[①] 成为家庭关系的常态。其中只有《红灯记》是从正面叙述了亲情伦理的温暖，马龙、钱师傅、曹迎霞和马铁梅的关系里既承载了他们各自曲折的历史记忆和苦难命运，又传达出样板戏“不是一家，胜似一家”的革命情感。曹、马、钱三人携手演出《红灯记》的情节则是小说家精心铺设的隐喻，喻示着红色革命传奇所承载的政治伦理和革命话语在后来的现实生活中化作一种恩义的关系情缘，在生母曹迎霞死后，温情呵护着马铁梅的成长。其他几部小说则都描写了“文革”中由于夫妇婚姻决裂、被隔离审查、参加运动等原因，父母对子女所表现出的不可思议的冷淡和不闻不问。时代的局限造成了一种历史因袭的情感缺失，它阻碍着人们通往沟通的道路，甚至使生命联结的自然进程被迫中断。

除去政治这双无形之手的施压和特定时期社会制度的扭曲，国

---

① 叶兆言：《去雅典的鞋子》，人民文学出版社2016年版，第8页。

民性格中的从众心理是叶兆言所开掘出的更具穿透力的断裂现象成因。正是从众心理把个体掩藏于群体之中，既无须为自身的言行承担后果，又将责任推诿给群体来承担。于是，随波逐流、盲从跟风，丧失是非判断和共情共感的能力，社会上只剩一群群既定框架内的乌合之众，而不见一个活泼真诚的“总体人”，心灵的互相交流自然更无从谈起。这种严重情形或许可以用列斐伏尔的一段话加以描述：“异化就这样扩展到全部生活，任何个人都无法摆脱这种异化。当他力图摆脱这种异化的时候，他就自我孤立起来，这正是异化的尖锐形式。人的本质源自全体社会进程。个人只有在同集体的牢固和明确的关系中才能获得这种性质。个人不应当与集体分离，也不应混同集体，但是在我们的社会里，关系被颠倒了。”① 在“文革”年代，一面是个体意识的严密规训与高度压抑，人根本不能实现意志和命运的自我做主，另一面则是快速蔓延的从众行为和“平庸的恶”。正由于“这种消融个性随俗合流的做法，既满足了原始生命力的需要，又解除了我们对自身原始生命冲动应负的责任”②。结果便导向人心的迅速恶化和败坏。极权制度下非人格化的无名状态和最小公分母的公共处境，共同创造出一种极端的人性丧失状况，个体要么轻易为口号所煽动，要么彻底陷于麻木和“无思”。这些问题在叶兆言小说中集中表现为对看客的反复书写和批判，在本书第二章有详尽讨论，此处不再赘述。

但有必要作进一步延伸讨论的是，在更普泛的意义上，从众心理还牵扯到另一个层面的关系问题，即如何处理“做人”与“做自己”之间的关系。“如果说‘做人’是‘做给人看’，并通过‘做人’使他人为自己下一个定义，那么‘做自己’就是‘作自己想做的人’，最终靠自己给自己下定义，而不是被别人所定义。”③《悬挂的绿苹果》

---

① 复旦大学哲学系现代西方哲学研究室编译：《西方学者论〈1844 年经济学—哲学手稿〉》，复旦大学出版社 1983 年版，第 196 页。

② ［美］罗洛·梅：《爱与意志》，冯川译，国际文化出版公司 1987 年版，第 171 页。

③ 张光芒：《论铁凝小说的人性叙事》，《钟山》2011 年第 2 期。

中张英的苦恼便说明了这一切。我们看到张英的自我紧紧包裹于她所身处的社会网络，无时不刻不在为别人对自己的评价所纠结着。当刘洁洁把一个带着孩子的青海人介绍给张英，并向她坦白以结婚为手段进行户口调动的目的，张英本能就产生出一种混合着屈辱、仇恨和委屈的不快。小说中全知视角的外部观察与张英的意识流相互交错，突出了她一系列的反常行为：对公园里的年轻女孩子充满无端的敌意、对热心的看车人表现出冷酷无情、对交通事故现场抱持冷漠、偷偷躲起来不回寝室等等。而这一切都是因为张英太过于担心别人的看法，“谁都会说她是找不到男人，才嫁给一个离了婚的人”“张英觉得自己已经成了剧团里议论的中心”“剧团里现在就等着议论她了”……戏剧性的是，剧团舆论与张英自己的臆测恰好相反，几乎所有人都认定她与青海人很般配，据称，以“客观条件”，青海人的高大身材和俊朗相貌对一个 32 岁的“老姑娘”来说已经是“最好补偿”。得知剧团的结论后，张英对青海人的态度立刻来了个 180 度大转弯，他不再是“该死的”，而成了“神通广大的”“一个久已在找的、可以崇拜的男人”，“这男人便是她理想的归宿”，“除了用‘满足’，找不到别的字眼可以形容”。可见，“别人的舌头”直接左右了张英的个人感受，甚至于进一步唤醒了她的虚荣心，“我最喜欢你天天拎着一网兜菜进来，让剧团里的人都看见”……如果说“选择乃是现代性中具有决定意义的文化标志”，“在现代的自我人格塑造方面，选择无疑是最强大的文化载体和制度载体之一；一方面选择是权利，另一方面选择是能力的体现”①，那么张英的问题显然出在选择能力的丧失，即主体性和独立人格的缺失。这也就不奇怪，当青海人与另一个女人的奸情暴露时，“愤怒的”“激动的”剧团再一次以道德的面目为张英起草了离婚起诉状，最终将张英推向悖谬两难的境地，“哪怕到了紧急关头，张英也从来不会忘掉失去主见，她听从一切人的劝说，打算照所有人的意见

① ［德］伊娃·易洛思：《爱，为什么痛》，叶嵘译，华东师范大学出版社 2015 年版，第 33 页。

去办，而这里面有好多意见，仿佛一开始就是水和火，根本无法共存”；“几乎什么样的意见，她都真心诚意地准备接受，而实际上根本不可能接受”；“人言可畏，可畏人言。张英认为天底下是自己最难做人，因而也不知道究竟怎样才能做好”①。

《悬挂的绿苹果》探索的是什么呢？人是社会关系的总和，但人必须首先拥有主体性，拥有选择的自由以及能够承担自由选择的责任，否则你将无可避免地堕入自我实现与被承认、自我塑造与被塑造的陷阱。

在东方中国的传统社会里，你到底是谁、如何定义你，往往不是你作为个体本身，而通常意味着你是谁的儿子、你是谁的哥哥，谁又是你的舅舅、你的妹妹，你的姑姑又是谁……即你在差序格局的社会关系网中扮演何种角色。从《荀子》开始，在思想理论上，中国的传统就非常讲究位分，即在什么样的位置上就该做什么样的事情，正是社会关系决定了你是什么人，规定你可以做什么，不能做什么。这种严密封建的差等结构让个体失去自由，更抹去本真人格，在 19 世纪末 20 世纪初的转折点遭遇深刻的现代性危机，成为“五四”新文学严厉批判的对象。如果说张英的故事展示出 20 世纪 80 年代的后传统社会情境中，伴随着公私领域的分化及公共空间的功能转型，个体的选择架构同社会关系网络发生艰难离断的特殊文化场景，那么在《挽歌·奔丧》（1991）中，叶兆言则以家族关系的断裂进一步写出了传统文化伦理的内在危机，继承和深化了“五四”文学对本土特点的虚伪人际关系的批判。小说以一种后现代式反文化的叙述话语讲述了在外祖母悬梁自尽之后，作为亲人和家属的“我”以及父母、舅舅、表兄们对老人之死的态度，尤其细致地描绘了由丧葬到布置灵堂的整个仪式和过程，很有些加缪《局外人》的味道。

外祖母的嘴角挤出一粒小小的红豆，红豆越来越大，倔强地

① 叶兆言：《红房子酒店》，人民文学出版社 2012 年版，第 31、35、37 页。

往上升，突然软下去，沿着外祖母瘦削的脸颊，缓缓地流下去流下去，仿佛一条游动的红蚯蚓，又好像电视上见到的火山爆发，暗红的岩浆从上而下，静静地充满恐惧地无可阻挡地往低处流。[①]

老人自杀的根由是个谜，而小说的重心在于揭示人在失去生命之后如何沦为“物”的过程，照出生死之间无可逾越的鸿沟。“更大的荒谬在于：生人的血肉之亲、伦理道德、职责义务为何不是根植于人们彼此之间的深情款款，而仅仅系于人还活着这么一个简单事实。当一个人一旦死亡，他原有的伦理位置，和他人的种种关系就立即空洞风化。”[②] 由于缺乏真情，家族成员之间的情感表达陷入了无法摆脱的角色化、形式化和表演性，丧事成为完全虚伪的形式。叶兆言的敏感和细致使他由生者的哭声里听出几分解脱、几分快意，又几分油滑和世态炎凉，于是，他以不动声色的冷叙述消解了死亡的亲情价值，使我们更感到一份由来已久的虚伪，一份坚固的惰性，一份令人战栗的麻木冷漠，它们早已凝固在整个社会秩序之中。

同样以家族内部血缘亲情关系的断裂作为叙述主题的还有《十一岁的墓地》(2007)，小说用与《挽歌》相近的叙述姿态追寻着存在的幽微与创痛，到处弥漫的世道苍凉十分令人心寒。“文革”中被寄养在乡下外婆家的老木，由于他母亲一贯的倔强蛮横和不近情理，成了家族里最讨人嫌、最惹人厌的人，被迫卷入成人世界的是非纠葛。这个 11 岁的孤单无助的少年，懵懂中已经品尝到世态炎凉的残忍，“老木从来不知道自己父亲是谁，他从来没有见过他，就像大家习惯背后说母亲的坏话一样，父亲永远只在别人的责骂声中才存在”[③]。这还不是最严重的，最令老木恐惧的是在正月里那个全家族团聚的风雪之夜，老太太（外祖母）作出一个决定，让老木独自回去守望老宅，理由竟

① 叶兆言：《雪地传说》，人民文学出版社 2009 年版，第 168 页。

② 焦桐：《向死而在：由死亡理解生存——叶兆言小说的文化分析》，《当代作家评论》1992 年第 2 期。

③ 叶兆言：《我们去找一盏灯》，人民文学出版社 2009 年版，第 205 页。

是，新年里、新气象，老屋不能没点人气，外祖母那口备用的寿棺也需要有人来看守。如论者所言，“能作出这样的决定，就已经彻底撕掉了这个正在其乐融融团聚的所谓亲情的虚伪面纱。除了小舅之外的所有家族成员，构成了一个‘杀人团’。显然，在老木这里，根本就没有任何可以自我耽溺或抗争的可能性。在碎片般疏离的血缘关系和亲情面前，11 岁的老木，没有任何说理的路径，他只能无条件地‘就范’于外祖母刻薄的、专横的决定”①。于是，尽管无比恐惧、无比委屈，老木都只得在漫天大雪中独自穿过乡间荒凉偏僻的夜路，独自经过那一片偌大的坟场，最终还得独自一个人在空旷的老屋里，面对那口黑黝黝、阴森森的空棺材。对老木而言，“十一岁的墓地”意味着被弃掷的童年，而那个风雪之夜的艰难旅程则意味着一场不无悲壮的成人礼。在血缘的边界，叶兆言让老木摈弃掉亲亲伦理，直抵臆想丛生、彷徨无地的现场，更直面那种无法克服的模糊的恐惧，它来自至亲们的冷酷无情，令人不寒而栗。在小说的结尾处，老木似乎突然之间长大了，他不再畏惧，而是将仇恨转为勇气与力量，他想象自己“十分冷静，他掀开了棺材板，不动声色地走进棺材，像鬼魂一样悄无声息，他将久久地站在里面，要用这种独特的方式，恭候大家归来。这可能是一个十一岁的孩子所能想到的最好报复”②。这无疑是以恶作剧的方式宣布了虚伪亲情的坟墓。

如果说《挽歌》和《十一岁的墓地》涉及的主要是传统家庭形态中宗法、人情和伦理文化的纠结，是传统秩序中道德化情感与秩序型伦理的退却，那么叶兆言的都市小说则通过都市中家庭断裂关系的铺写，不仅折射出当代中国社会的剧烈变迁，而且掺杂了浓郁的现代文明反思。伴随现代化进程的全面展开和现代大都市模式的崛起，核心家庭、独生子女、婚姻危机、育儿焦虑、出国热潮、时间荒等现象更

---

① 张学昕：《短篇小说的“艳歌”或“儿歌”——叶兆言的短篇小说》，《长城》2021 年第 4 期。

② 叶兆言：《我们去找一盏灯》，人民文学出版社 2009 年版，第 210 页。

为强烈地冲击现代家庭伦理。都市社会在繁荣的表象之下却是更加司空见惯的疏离和孤独，原子化的情感结构和个人主义的意识形态造成人与人的关系为人与物的关系所颠倒，成为历史终结论深层危机的症候。叶兆言大量的都市小说都不回避家庭破裂和家庭成员之间扩大的裂缝给人物带来的精神痛苦，但是痛苦归痛苦，家庭伦理危机及其包含的当代社会意识结构的变化却值得认真分析和加以反思。这方面为我们提供了都市异态亲情关系范例的是小说《沉睡的罂粟花》[①]（2021），尽管篇幅不长，但在这部作品中，叶兆言以写实的笔调再现了粗鄙的日常生活形态，对亲情由爱生恨、由恨而互相报复的"变形记"作了一次惊心动魄的演绎。小说的家中风景无比令人窒息，既包揽了婚变、小三、私生子、官场腐败、权色交易等一众"狗血"元素（这些在当下生活与当代文学中屡见不鲜又乐此不疲），更将焦点投射在李娟艳与龚薇一对母女为金钱和权力所异化的亲情关系上。一心向着儿子的李娟艳，为解决儿子的再就业，竟想方设法安排女儿龚薇陪自己年轻时的追求者、如今的市领导周华健睡觉。龚薇虽"像个很听话的孩子一样"与这个叔叔辈的长者发生了关系，但事后却要求他不许过问弟弟的工作问题，原来她是要对母亲实施报复。此后周华健被"双规"，李娟艳的如意算盘彻底落空。另一条叙述线索上，龚薇的丈夫罗民因贪污受贿被判13年有期徒刑，出事前罗民曾给过龚薇娘家很多好处，出事后，李娟艳只是一个劲让女儿离婚，这"忘恩负义""不近人情"的面目更诱发了龚薇的仇恨，她不仅恨母亲，也恨丈夫，因为罗民不但摧毁了她的生活，更使她进一步被母亲看轻，所以龚薇借着周华健的事，想给狱中的罗民一顶"绿帽"作为"礼物"。在这里，小说在揭示人物畸形的心路历程、个人命运与家庭影响以及母女冲突的永恒性等方面，都让我们看到都市亲情关系的实质——一种病态的自私。叶兆言对母女关系的审美观照很有些张爱玲

① 叶兆言：《沉睡的罂粟花》，《中国作家》2021年第2期。

《金锁记》的影子，如果说曹七巧由于金钱的魔力和封建文化的制约而异化为“玻璃匣子里蝴蝶的标本，鲜艳而凄怆”，那么龚薇便是现代都市文明的牺牲品，是“沉睡的罂粟花”。但叶兆言并未将龚薇由受虐者处理为施虐者，虽然她存在对母亲和弟弟的报复，并从中得到快感和满足，却并没有丧失人性。在龚薇探视丈夫的情节设置上，叶兆言让龚薇虚构自己的出轨对象为罗民的表弟、一个实际上已经出车祸死去的年轻小伙子（狱中的罗民并不知情），正是这一点“即兴表演”，使龚薇在欺骗和挑逗罗民的同时竟使仇恨神奇地消失，而罗民也果真由此在牢房里辗转反侧、反省自己对妻子的失责，直到出狱后，真相大白、夫妻和解，罗民对异性的危险遐想却又重新苏醒……可以说，叶兆言对扼杀人性、信任危机的现代都市文明所发出的精神叩问是极具先锋性及深刻性的。

事实上，从老巴尔扎克开始，包括张爱玲，中西方文学都倾向于将家庭的人伦失范归结为金钱欲望所致，亲情之脆弱易碎仿佛逃不出马克思和恩格斯那句断言：“它使人和人之间除了赤裸裸的利害关系，除了冷酷无情的‘现金交易’，就再也没有任何别的联系了。”[①] 很显然，叶兆言充盈了内在的复杂度，他的小说往往轻易跳过经济作为家庭冲突根源的层面，而通过各种关系的断裂和情感的迷途，表现人性的美好与堕落，反思家庭的伦理与义利之辨，传递人心的隐秘和生活的神秘，在精神向度上与存在主义哲学更为契合，也因此获得了更具弹性、张力和深度的阐释空间。就现代家庭范畴的情感原则来说，布尔迪厄认为，家庭应该把自己作为一个场域来起作用，连同它的有形力量、经济力量尤其是象征力量，和为保存这些力量关系而进行的斗争一起，“整合化”为一个整体。而作为成员就应该遵循凝聚力的情感原则，“就应该考虑所有目的在把爱的义务转化为温情的性情倾向，并赋予家庭的每个成员以一种形成忠诚、宽容、团结的‘家庭精神’

① 中共中央马克思恩格斯列宁斯大林著作编译局编译：《马克思恩格斯文集》第2卷，人民出版社2009年版，第34页。

的象征工作和实践的工作（这些无数日常生活的普通和连续性的交换）”[①]。在他看来，“家庭既是个体（作为内含的团体）的内在建构原则，同时又是与个体相联系的超验的建构原则”，正因为从康德的先验论角度说，“个体与建构原则的客观性形式相撞”[②]，因此，作为客观社会范畴的家庭虽是建构行为的产物，但同时又属于被客观协调的心智结构主体，所以在实际经验中常会显示出种种难以捉摸的情感矛盾。从这个角度看，我们或许会更深刻理解叶兆言小说中各种畸形的家庭情感关系乃至匪夷所思的家庭悲剧：老人与老伴之间因一次意外出轨造成了终身的施虐与被虐关系，为了获取片刻安宁，老人甚至采取了近乎谋杀的手段，把自己的抗抑郁药物偷偷溶解在牛奶里，由此加速了老伴的死亡（《殇逝的英雄》）；一对长相和神情高度相似的孪生姐妹却成了水火不容、互相仇视的冤家，“她们一辈子都在争吵，都在争，只要是个东西，不管好坏，总是要争的，什么都争”[③]，最终老死不相往来（《吴菲和吴芳姨妈》）；风流放荡的母亲给陆少林的养父戴了一顶又一顶绿帽子，养父忍辱负重百般迁就，却依旧不得母亲欢心，反是更让自己难堪（《滞留于屋檐的雨滴》）；等等。可见，在当代社会，如果缺乏对家庭场域内情感的不断维护、缺乏把爱的义务转化为温情的凝聚力的话，任何传统意义上的血缘关系和亲亲观念都可能成为无源之水、无本之木。

叶兆言还进一步将对“关系”的探讨放置在了父与子之间，在他的文本内部，父子冲突的一系列精神事件每每昭示出两代人之间的文化范式转换（师生关系也可看作父子关系的变相），成为他观察历史与辨认现实的涉渡之舟。众所周知，作为中西方文学世界中一个宏阔丰富的语义场，“父亲”既是家庭关系中最关键的一个伦理形象，又

① ［法］皮埃尔·布尔迪厄：《实践理性：关于行为理论》，谭立德译，生活·读书·新知三联书店2007年版，第119页。

② ［法］皮埃尔·布尔迪厄：《实践理性：关于行为理论》，谭立德译，生活·读书·新知三联书店2007年版，第117页。

③ 叶兆言：《吴菲和吴芳姨妈》，《青年作家》2019年第7期。

是内含权威、秩序、逻各斯等父性体系的抽象象征，尤其在我们民族传统的情感心理积淀中，父亲还代表了纲常结构中神圣不可侵犯的父权。因此，父与子关系的断裂涉及个体对自我形象与身份谱系的重新确认与定位，意味着主体一种象征性认同秩序的错乱或缺失。就其断裂的具体表征看，主要是父与子相距迢迢的疏离和漠然状态，对此，南帆有一个描述："如果说特定的文化范式包含了一个时期人们心目中的公理，包含了人们共同感兴趣的一些中心问题及其人们认可的解决方式，那么父子之间关系的断裂往往表现为他们很难找到共同认为价值重大的问题作为辩论的场所。"① 这在叶兆言的《五月的黄昏》中有十分形象的表现。子辈以一种调侃、冷漠和不屑的态度表现出对父辈文化范式的厌弃，毛毛总是对父亲冷嘲热讽，贾书记自杀身亡后，毛毛提到他时言语里仍然满是奚落，"我们早就互不干涉了，他归他，我归我""他死了倒好，丢脸的是我们"。小说中以林林为代表的大学生更是以"迷惘的一代"自居，整个一副尼克·亚当斯的做派。他们不爱读书，整天浪里浪荡，既对现实世界充满了由衷的不信任，又提不起对理想和未来的憧憬，传统的价值观念则在不移情的局外人视域中显出间离古怪、虚伪陌生，更别提从血缘伦理出发去对父辈致以哀思：叔叔"绝不会记恨在他死后我对他想得太少，我们彼此之间应该十分了解。即使我爸爸死了，我力所能及的，也不过如此。我做不出假装的悲哀来"②。《死水》中的司徒汉新也是用随便和无所谓的消极退守态度来表达对父亲和老师的反叛，"文革"期间的生活遭遇使他丧失了生活理想，不但认为父辈的处世方式充满了虚伪和庸俗，而且对死记硬背的大学教育和灌输式的政治思想生活产生了反感，于是整天无所事事，做什么也心不在焉。《故事：关于教授》中的父子现实冲突相对不那么明显，精神血脉的断裂却十分突出。苏教授的三个子女对父亲的学术成果隔行如隔山，"看不出多少价值所在"。就苏门弟

---

① 南帆：《冲突的文学》，江苏大学出版社 2010 年版，第 60—61 页。

② 叶兆言：《红房子酒店》，人民文学出版社 2012 年版，第 78 页。

子来说，在信奉“困学得以成仁”的马路英年早逝后，也就再无人能真正对苏教授的学问承传相继。表面上看苏教授在晚年被越捧越高，校方和媒体一直在不遗余力地塑造“国学大师”的权威形象，但事实上，世人围绕于他周围争夺的只是“父亲之子”的招牌和名号，文化演变所造就的巨大裂痕却没有办法弥合。与此形成鲜明对照的是小说中隐含的另一重父子关系，即苏抑卮与他的老师黄侃、白璧德、胡适等人的关系。无论是“疑事毋质，直而勿有”的治学方法，还是面对历次政治风波“以退为进”的态度，苏总是身体力行着一种循规蹈矩、兼收并蓄的师承，这就更烘托出小说中青年一代无根的彷徨无奈状态。

追溯百年新文学史中的父子关系叙事，最显在且凝结成共同体的书写集中在“五四”文学和新时期的先锋文学中。“五四”文学中的父亲被作为封建文化的象征性历史结构而推上了审判台，但由于现代作家多是在传统阵营中成长起来的，旧传统中还有他们眷恋着的温馨部分，所以普遍上看，他们笔下的父亲形象虽思想僵化腐朽，却并不猥琐丑陋。20 世纪 80 年代兴起的先锋文学受西方非理性主义思潮影响，由审父→弑父实现了精神蜕变。子辈们不再心态矛盾、犹豫不决，而是以一种冷酷且决绝的目光，不留情面地拷问与解构父亲所象征的人性褶皱与文化暗面。可以说，以不无亵渎的叙事笔调和极尽夸张变形的叙事手法，先锋小说家们对父亲的生存本相极尽扭曲和拆解，而“审父和弑父，实际上乃是以一种非常切己的方式深化着对抽象的人和一般的人的审问与否定性的超越，是对人本身历史的回顾又是批判性的前瞻。站在儿子的立场审父，就是从根本上审问人的自我，审问父子嬗递而成的人类存在无尽的循环史”①。

从这个角度看，叶兆言小说的审父现象延续了先锋小说中超人道主义与超世俗伦理的冷眼打量，叶同样不惜揭下父性的神话光圈，

① 郜元宝：《拯救大地》，学林出版社 1994 年版，第 99 页。

而将其还原为平庸和空虚的，甚至是丑陋和猥琐的普通男人（最典型的是《走进夜晚》和历史题材的审父之作《花影》）。但与苏童、余华们十分不同的是，叶兆言往往把“父”与“子”放在同部作品中进行审视，审父与审子并行不悖、交叉复叠。比如同样是以叔叔作为解剖对象，王安忆在《叔叔的故事》中通过拆穿叔叔不堪而虚弱的本质力图达到审父的严峻、仇父的强烈和弑父的决绝，叶兆言则聚焦于叔叔身上所发生的丑陋、软弱与猥琐的一切事件对林林造成的影响，或者说《五月的黄昏》隐蔽的主题在于父子两代人面对社会和时代共通的迷惘，作家并不掩饰林林在审视父辈的同时自身所陷入的焦虑和茫然。因此，叶兆言小说对断裂父子关系的描述，其内在的心理动机是精神寻根，是渴望成熟和解决主体的意义归属问题。他的作品中往往内涵一个徒劳而无功的“寻父”结构，既为不可遏制的渴望或人性的隐秘暗疾所强烈驱动，又以彻底的失望与虚妄为结局：来生对生父的寻觅是各种期望的破灭（《青春无价》）；叔叔的死亡之谜让林林四顾茫然（《五月的黄昏》）；《滞留于屋檐的雨滴》里数次寻父不得的陆少林竟想拜“我”为师，用写小说的方式将父亲的故事写出来，甚至于幻想了一个虚拟场景：在他离开人世后，其生父约“我”见面，听“我”叙说他的人生故事；《去雅典的鞋子》讲述心理上长期失怙的居丽娜因寻父而走火入魔，从大陆一路下到南洋，“我从哪里来，我要到哪里去，一个个生动又巨大的问号，像秋天田野上的季风一样吹过”[①]，一种啃啮似的个体孤独感贯穿于作品始终。如果说“寻父”可以被更合理地阐释为“由于生存无奈的焦虑、灵魂无‘力’的失落和人格意志的稚弱所导致的以一种仰视的姿态对某种卡里斯玛（Christmas）式所在（人物符码或某种特定的存在状态）的期待和呼唤”[②]。那么，父亲的召唤无疑来自父亲存在的意义，而叶兆言笔下子辈寻父的种种曲折与挫败、创伤与破绽似乎坐实了大写

① 叶兆言：《去雅典的鞋子》，人民文学出版社 2016 年版，第 163 页。

② 杨经建：《论中国当代文学的“审父”母题》，《文艺评论》2005 年第 5 期。

父亲的缺失，以及子辈在流动的现代性场域里破碎化和无根化的个体宿命。

根据矛盾律法则“互相否定的两个命题由同一个思维主体给出，称为自相矛盾”[①]，我们其实不难发现，叶兆言小说所流露的对待父亲的态度恰恰构成矛盾的一体两面，既厌弃又仰慕、既悖逆又渴望归顺。就深层内涵说，这种矛盾实际体现了人性中渴望自由与寻找家园的内在两难，而其始终激荡的冲突和抵牾在叶兆言2021年发表的中篇力作《通往父亲之路》中表现得尤为复杂。小说题名来自多多的诗篇《通往父亲的路》：“……我们身后/跪着一个阴沉的星球/穿着铁鞋寻找出生的迹象/然后接着挖——通往父亲的路……”[②] 短短几句就可以清晰地感受到寻父的、挖掘生命序列之根的艰难，而整首诗的晦涩、阴沉及其包裹的巨大仇恨、痛苦与快意也互文性地生成叶兆言小说的题中之义。小说以张希夷和张左父子为中心，垂直性地讲述了六代人、五对“父子（师徒）”的故事。最前一辈追溯到曾祖父张济添，作为清朝进士，张济添不但学问大，而且对甲骨文研究有拓荒之功，魏仁则是其高足。之后，张左的外公又将这门绝学倾力传授于女婿张希夷，为他成为光芒耀眼的国学大师打下坚实根基。事实上，小说中的前三代父子都成功传承了某种共同的文化基因，不但志趣相投，还建立了深厚的情谊，但这条精神与情感的血脉到了张希夷和张左身上却被完全割裂。革命年代的频繁运动加速了父母的分道扬镳，各自又成家生子后，张左俨然成了一个由外公外婆抚养的“多余人”，与父亲在没有交集的道路上越走越远。

某种意义上，《通往父亲之路》是《故事：关于教授》（1997）的再叙事，那《儒林外史》式的白描笔法和对当代知识分子生存状态的犀利透视都颇为相似。小说中的父亲张希夷和苏抑卮一样，是个大师级、国宝级的人物，由于品种和数量上的稀缺，更由于古文字学问所

---

① 黄朝阳：《从金岳霖的观点看矛盾律争鸣》，《学术研究》2019年第5期。

② 多多：《多多诗选》，花城出版社2005年版，第150页。

蕴含的传统文化心态与迅疾变化的时代生活之间的隔膜，他在普通人的心目中便生成了陌生感和神秘感。但叶兆言并非要将这个父亲大写化、神话化，恰恰相反，他是要解构迷思，对已取得合法和权威地位的符码进行反动与重构。叶兆言坦言，《通往父亲之路》是透过儿子张左的目光去看父亲，是一个祛魅的过程，“原来我们所崇敬的那些东西，我们想走近的那些东西，突然就在你身边了，然后你会有一种说不出的感觉。可能也是在这时候，我觉得‘父亲’变成了一个象征的东西：我们都想走近自己的‘父亲’，结果我们越走越远”[①]。其解构的具体动向首先是创造张左与张希夷之间的距离与隔断来激发读者潜在的窥视欲望。事实上，由于童年和少年时期接触太少，张左与父亲仿若两条互不相犯的河流。张希夷的一生起起落落：被中央大学录取→南京沦陷，留学美国→回国入职博物院→离婚，再婚，分手→“文革”中被打倒，下放“五七干校”→获聘高校历史系、晋升第一批博导→晚年成为德隆望尊的国学泰斗。相比父亲，张左则近乎在恍惚中虚掷了岁月，1975 年中学毕业后被分配到小巷的烟酒食品商店做营业员，恢复高考后考入化学系，毕业后一直在中学教书。因此，小说虽然站在张左的立场上记录父亲一生的行状，但跃然纸上的却是子辈的困惑，毫无“后浪”的优越感可言。张左不明白的事情太多，他不仅无法理解父亲为何配有那么显赫的地位和声誉，而且分辨不清关于张希夷的种种叙述的真伪，包括他的自述、回忆和外婆的、继母吴姨的以及学生和弟子口中的讲述等等。

实际上，当我们跟随张左远眺、向往而不乏敬仰的目光逐渐走近张希夷时，却不免失望地发现，原来这位父亲每天过的也只是吃喝拉撒睡、看书写字说话的家常日子，甚至在生活世界里笑话百出、文弱鄙俗。这种窥视性的发现令人无比尴尬，混杂着否定与讽刺、怀疑与嘲弄，以及一种更深的虚妄与心灰意冷。小说叙述的基本视角始终落

① 澎湃新闻专访：《叶兆言〈通往父亲之路〉：一种看向父辈的目光》，http：//baijiahao. baidu. com/s？ id = 1724425776817879026。

在张希夷身上，决定了整部作品仍是一种深沉的审父意识的发挥，然而按叶兆言的自我解构，却又是“想向‘父辈’致敬”[①]。在张希夷去世前整整20年，张左参与到与父亲相关的编书工作，几乎成为张希夷的秘书，所做的一切都与父亲分离不开。“但是对张希夷还是会有那种陌生感，那种陌生感与生俱来，好像永远不会改变。”[②] 这种陌生感乃是一种生命联结的被迫中断，一种心灵乃至体质上的萎缩衰微，一种来自精神和人格方面的无所认同。这种迷失的缺憾却具有残酷的普遍性，在小说结尾，直到张左自己成为父亲和祖父，他也仍没有找到父亲的方向，那些不堪的人性因子却获得遗传：与张希夷一样，张左在人到中年时遭遇了婚姻破裂，而独生子张卞早早就出国留学，父子之情也格外陌生离间。

尽管叶兆言在《通往父亲之路》的结尾有意安排了98岁高龄的张希夷紧搂起重孙小查尔斯的细节，象征性地抚慰了父与子的隔膜，但“我们正在变得很糟糕，实际上，我们的父辈就也已经开始糟糕。问题出在哪里，为什么会这样，为什么一代不如一代？科技在发展，人类在进步，我们在通往父亲的道路上，又究竟是遭遇了什么？”[③] 这些依然无解。20世纪末尼采曾预言：“上帝死了。依照人的本性，人们也会构筑许多洞穴来展示上帝的阴影的，说不定要绵延数千年呢。而我们，我们必须战胜上帝的阴影！……可是，我们何时方能具备重新被找到、重新被解救的纯洁本性而使人变得符合自然呢？”[④] 作为无神论者，“上帝之死”我们可以无动于衷，但是，父亲及其象征的价值体系与终极信念崩溃后的精神废墟，却使人面临严重的虚无危机。叶兆言提醒我们，张左的目光是来自20世纪80年代的，这似乎是某种断裂的起点。直至今日，我们体验到的并非告别父亲的自由快感，而是这场灾难的全部后果——失去他律规范、失去目标所指，无从自

① 叶兆言：《〈通往父亲之路〉创作谈》，《北京文学》2021年第5期。
② 叶兆言：《通往父亲之路》，《钟山》2021年第2期。
③ 叶兆言：《〈通往父亲之路〉创作谈》，《北京文学》2021年第5期。
④ ［德］尼采：《快乐的科学》，黄明嘉译，漓江出版社2000年版，第111—112页。

我安慰、无从自我认同，也无法为自我提供调和与支撑。在这个意义上，断裂与鸿沟不仅仅是人类在父与子关系上某种传统遗憾或现代性冲击，它还跨越血缘与人伦扩及更普泛的人与人之间的互不相通。这是一个丧失总体性的时代，又是一个关系极其混杂斑驳的时代。在对关系的书写中，叶兆言小说的人性话语遍及人与人、自我与他者、个体与社会之间的多重关系，一方面是一个个碎片化的个体，另一方面又是无处不在、层叠交错的关系之网，由此传达出作家对世俗伦理和人性变迁的审美思考。在法兰克福学派的现代性批判理论中，人与人交往理性的缺失是时代问题的要害，如哈贝马斯认为，“生活世界的殖民化，导致了善与恶、真与假、美与丑意义的解体，判断事物的标准的模糊，以及人与人关系的破坏。”[①] 正是由于物化意识的渗透，经济和行政系统的工具理性最终支配甚至完全控制了人与人之间的自由话语交流。异化的现实或许令人触目惊心，但叶兆言并无意停留在探讨其社会危害上，而是通过小说艺术来引导我们思考如何更人性地处理存在的目的与手段，寻找存在的意义与价值，这也构成其人性话语的张力所在。

第四节　人性的开掘与心理现实主义

从戏剧性和故事推进的方式来看，叶兆言的小说在表层结构上往往缺乏跌宕多姿、大起大落的激越转折，叙事显得平淡无奇、不涉悲喜，但当读完后再细细体味，却有一种“不涉理路，不落言筌”之感。一个重要的原因就在于叶兆言的小说所要抵达的主要对象是内向化的，亦即是人物心灵底部那片隐晦的风景、人物心潮的层层波澜。在具体表达上却采用“淡化”这样一种特殊的艺术形式，蕴藏着丰富、细腻和深邃的心理内涵（这也是叶兆言小说不适合影像化改编的

① 章国峰：《关于一个公正世界的“乌托邦”构想——解读哈贝马斯〈交往行为理论〉》，山东人民出版社2001年版，第113页。

原因）。相比现代派文学运用意识流、超现实主义等文体策略来表现人物梦幻、分裂的精神镜像，以极度的夸张和变形追求怪诞和震惊效果，叶兆言则通过向传统的归化来表达时代的精神事实，在生活原色面貌的涂抹中结合以偶然性、神秘性的细节，通过“叙事方向的非因果转换，由外部世界人际的偶然联系转向内部世界的生命叙述”①，表达对世界秩序非逻辑、非理性的基本看法。借用普鲁斯特对“心理现实主义”的定义，“真正的真实性是内在性质的，它可以借助人所熟悉的印象展开自身，这类印象即使是无谓的或世俗的也无妨，只要这种真实性达到某种深度并超越这种外在的表象”②，叶兆言对故事的讲述显然不满足于表象，而是通过物质材料的搭建实现真正的艺术目的，即探求“人所具备的本质和深在的一切”。换言之，在现实情境和人物关系的表层演绎下，叶兆言要触及的乃是人的精神生活领域，那些复杂而隐秘的人心景观，以此真正达到“内在的真实”。

张光芒教授率先提出：“当现实变得令人怀疑之后，重构小说与生活的深层次对应关系，就必须借助于一个更加真实丰富的中介——人心的动向。”③ 这或许也可以视作叶兆言“人心叙事”的根本动因与基本宗旨。就外部生活与内心世界二者的关系来看，由于将其潜心咀嚼的对象转移到了人物的内心，所以，叶兆言大面积地将人生经验还原为朴素的日常本真，将社会因素延展为现在进行时态缠绕的、平缓的生活流，以此反衬与强化内部心理活动的波澜诡谲。云淡风轻、近乎无事的生活后面潜藏着当代中国社会历史的脉动轨迹，更于无声处听惊雷，直逼人心深处。我们可以从人物生活的历史年轮中看到朦胧的悲剧氤氲，但它不仅仅是宏阔的历史变迁，而更多的是一种渗透在人物心灵深处看不见的悲剧。在这一意义上，叶兆言对个体内心意绪的精妙书写使得这些荡漾着生活涟漪的叙事成为

① 费振钟：《1985—1990：作为技术性小说作家的叶兆言》，《当代作家评论》1991 年第 3 期。

② ［法］普鲁斯特：《驳圣伯夫》，王道乾译，百花洲文艺出版社 1992 年版，第 224 页。

③ 张光芒：《文学回到人本身之后》，南京大学出版社 2019 年版，第 165 页。

历史和时代的“文献”，提供了被社会结构、社会制度和社会规则所遮挡或抹除的生命记忆。

就具体的叙事形态看，这种通过原生态的日常经验世界透视纷繁人心的审美路径，驱使叶兆言自始至终都紧扣住“人”这一核心主体。对叶兆言来说，写生活就是写人，写人就是写人心的丰富性和可能性。如南帆所言：“意识形态是生活想象的限制和管束，然而，形象不时会突兀地撕开了隐蔽的罗网。就在人们被告知生活如此这般的时候，各种形象执拗地刺破了现成的解释。”① 如果说“生活之树常青”正是由于个别形象的存在，那么，也正是通过一个个具体形象的塑造和人生命运图卷的铺陈，叶兆言寻到一种表达路径与表达策略，它从深层建构了对我们浩波巨澜、变幻万千的时代生活的可理解性。无论是《作家林美女士》《蒋占五》《陈陇老师》《浦来逵的痛苦》，还是《情人鲁汉明》《伤心李雪萍》《索玉莉的意外》《卡米拉》《夜游者侯冰》，叶兆言在铺排这些典型形象时，主要遵循的都是一种从外及内的审美辩证法和内向化的性格观念，其核心是力求超越人物外部表层的个性特征而直接挺进内心世界，表现人物外部个性特征之所以形成的深层心理根源或内在机制。小说《作家林美女士》（1995）是对一位性格无比古怪乖僻的女作家心理图式与精神法则的探询。阴郁、潮湿、芜杂的梅城环境实则是林美那绵长、凄切、孤独的心灵世界的隐喻。叶兆言试图将个体与时代和命运相抗衡的执拗力量传递出来，一方面，女性的视角与叙述构成重要的审美呈现，另一方面，依托历史和个人情境的共振，林美下坠的一生与她那内在的高傲无疑生成了巨大的张力，令人印象深刻。无独有偶，《夜游者侯冰》（1995）里的侯冰也和林美相似，是个不健康的艺术病患者。他出身名门，略有才华，却志大才疏，在“现代艺术的羊肠小道上”迷失了心性。小说中两幅名为“夜游”的画作是侯冰心灵空间的客观对应物，无声地

① 南帆：《关系与结构》，吉林出版集团有限责任公司 2009 年版，第 77 页。

诉说着精神深处的失落与惶惑。由于无力确认自我的身份，侯冰最终走向了自恋和狂妄，声色犬马的表象之下冲击着自我毁灭的欲望与裂变的人性。还有命名为“虚影的再现”“旧梦新影”和“虚幻之秘”的画展与画册，无不透露出艺术家的理想在俗世中的迷失。

《陈陇老师》《索玉莉的意外》《炮山鸡》《陈小民的目光》则注重表现底层人物辩证发展的心灵史。他们的外部个性都给人以静止不变、缺少发展的印象，然而心灵的辩证运动却造就了人物形象的艺术张力。“书呆子”陈陇直到最后投河自尽，都始终像从前的每一天一样傻呵呵地在老街上盯女人的梢。他的性格看上去毫无变化，但从整部小说看，叶兆言所精心构思的一切，都是为了逐渐显现出其内心深处所经历的由希望到幻灭再到彻底绝望的质变过程。这种人心内部的转换最不易为外人所觉察，但对人物性格和日常生活的影响却又极为深重。同样，进城打工的乡下姑娘索玉莉并不是一下子对城市感到失望的：第一次进劳务市场遭遇同伴的恶作剧，“从此她对那些西装革履的家伙就有一种本能的警惕”；当过几回小保姆，向往那些女主人的生活，甚至爱上了一位男主人，但各种各样的原因导致干不长久；到了一家饭店做服务员，自作主张交了男朋友，没想到却发生了改变命运的“意外”。小说结尾用索玉莉的梦境如实揭示了底层群体复杂的心理状态，“索玉莉感到一股巨大的仇恨，她仇恨自己面对的一切，可是仇恨没什么用。索玉莉于是真正地仇恨她自己”。这也使我们更加看清楚所谓弱势群体的“弱”处究竟在哪里。《炮山鸡》艺术构思的出发点则是一对外地打工夫妇求人介绍工作过程中全部的心理活动。一方面，寒露夫妇不得不低三下四、委曲求全；另一方面，他们又暗自葆有不平衡的心理状态，交织着自卑与自尊。

在不同的心态里凸显典型性格，进而描绘人物的存在状态，是叶兆言的底层叙事掘发人性的另一路径。以《陈小民的目光》（2003）为例，小说同时描写了陈小民、朱荣德和陆玲玲几个下岗工人，却通过不同心态的描述完成了对人物个性的塑造。陈小民出身特权阶层，却在20世纪90年代的社会经济变革中陷入了前所未有的险境，主要原因出在他工作的国营大厂厂长大搞腐败，把工厂搞垮了，导致一千多号工人下岗。陈小民虽身为前组织部长的儿子，也难逃下岗厄运，家中又面临接二连三的变故，妻子提出离婚、哥哥涉嫌诈骗被判死缓、父亲中风瘫痪。母亲却是官太太旧习不改，只会在儿女们的伤口上撒盐，以至于陈小民发出这样的慨叹："可是干部子弟又怎么样，干部子弟没出息，更让人瞧不起。我现在是什么，是家里的男保姆，是家里的勤杂工，我在为父亲送终，也是在为自己送终。我爸人活着，差不多跟死了一样，我还不是一样，人活着，与死了又有什么区别。"[①] 借陈小民渐渐"黯淡"下去的目光，叶兆言更为宽泛地摄取了社会转型期的动荡与残酷，表现出一个权贵家庭子嗣的全面败落。相比陈小民，他的师傅朱荣德则是一位宁折不弯的老工人。因为一直待在工厂，长期受工人阶级领导一切的理念熏陶，朱荣德身上有一种当家作主的傲慢。老大哥的英雄心态养成他不怕吃苦，只怕受气的性格，即使下岗后还是听不得一点不同意见。因此，当朱荣德偶然获知妻子为了解除家庭的贫困竟在暗地里当妓女的事实后，他的傲慢心态受到强烈的刺激，立刻强迫妻子和他一起自杀。最后虽然抢救过来，但其性格的刚烈赫然在目。同样是老工人，师娘陆玲玲更多表现出一种坚韧和豪爽，她有很强的求生欲，尽管生活一再予人以痛苦打击，内心悲痛欲绝，但仍存有生活的希冀。总之，叶兆言首先抓住了人物的性格核心（分别是"窝囊""刚烈""坚韧"），再写他们的外部表现和内心活动，从而赋予人物各自的独特性和典型性。

事实上，通过各种心态的描写、透析与共时性比照，在心灵与现实张力的推动下深入人性本然，以参差的写实笔法素描外部变迁在心灵世界的斑驳投影，从而达到性格与时代的双重典型意义，这代表了叶兆言小说的重要结构语法。另外还有《浦来逵的痛苦》《滞留于屋檐的雨滴》

---

① 叶兆言：《马文的战争》，北京十月文艺出版社2009年版，第201页。

《吴菲和吴芳姨妈》《再痛也没关》等名篇佳作，无不是以内宇宙和心灵场的构织来辐射现实历史的窄仄空间，在推动外部行动和情节绵延的同时，多方位地揭示出复杂的性格内涵和隐匿的心理现实。

对现代人情感与心理世界的关注与开掘促使叶兆言通过人心的复魅来构建小说的神秘性，使小说的含义更加隐晦、更能传达悖论性的个体经验。如果说格非小说中的“叙事空缺”来自博尔赫斯的启迪，它的神秘性对应一种形而上的时间哲学，那么叶兆言小说待解的谜团则往往是人心不为人知或者说不可知的隐秘。两者的区别在于，格非奋力开掘的是人之命运，叶兆言则侧重于人之心灵。与本色的生活史构成隐喻关系的往往是人物的心理隐情，但叶兆言又只是点到为止，留给我们一大片呈自在性的、“莫名”的朦胧与空白去深入品味。《五月的黄昏》中，“我”的叔叔为什么自杀诱导了整个小说的叙事，而叙述的推动力莫过于叔叔心灵世界的魅惑。在“我”眼中，叔叔虽身居高位，却依着本性行事，真诚地对待友朋和下属，真诚地爱喝酒，并且真诚地爱着“我”的婶婶，“至少叔叔根本就没有意识到自己在做戏”。但他却在一个五月的黄昏突然从四楼跳了下去，以至于叙述者不得不通过多重人物视角加以揣测其内心事实：在官方眼中，他属于道德品质败坏；权力角逐者看来，他是受累于官场倾轧；一般的舆论认为他好色成性，最后为了一个女人身败名裂；而这个据传害死叔叔的女人却千真万确地相信，这个情种只可能是死于失恋。整个叙述为谜底提供了朦胧的线索，却又刻意制造了断裂，读者欲求真相的渴望被悄然置换为对过程的好奇——“反正叔叔自从从四楼上跳下来，可谓死无对证，人们怎么胡编乱造都行”①。于是，我们注意到的更多是不同话语的相互抵牾间人心的不可捉摸。叔叔的死无疑具有某种神秘色彩，有学者认为代表他本能支配下的人格与世俗舆论习惯的最后一次抗衡②，但真正的谜底显然被放逐。在拟真与实相之间，叶兆言

---

① 叶兆言：《红房子酒店》，人民文学出版社 2012 年版，第 93 页。

② 陈思和：《告别橙色梦》，广东人民出版社 2018 年版，第 221 页。

蓄意破坏传统的叙述程式，解构推测性故事的因果理性，使我们意识到一个深藏和隐蔽的真实，那就是“原来自己仍一无所知，谜团终究是谜团，它不因人的索解而亮出谜底”①。同样，作家是人而不是神，他也并不能够洞悉当事者个人的心理隐秘，当叔叔死亡，一切也随之不存在了，一切消失了的秘密也就不可复原，任何形式的追踪与寻找，都不能不是一种假想或者虚构。这样，小说便从生活故事化的艺术模式中蝉蜕出来，向着人格化与心灵化的层次更跃进一步。

可以说，谜团的抛掷与解谜的过程不过是浮动于河面上的一层浅浅的薄冰，真正挑逗和激起我们兴趣的，乃是浮冰之下暗流涌动的人心世界。这种情形在叶兆言笔下并不鲜见，《危险男人》（1995）也同样如此。从小说的情节开布来看，处处显示出男性作案的端倪，可随着案情的推演，凶手竟是一个女体育老师，这无疑令人惊异。小说开篇先写郑敬城，他不仅是个“吃软饭的”花花公子，而且宣称自己是“危险男人”，自然也就成为警方首选的嫌疑人。直到小说后半部分，真正的凶手郭晓伟才出现，一个因畸形变态的妒忌心理而杀掉郑两个前女友的女人。郑虽然没有动手杀人，但他是造成郭心理暗疾，并导致她行凶的“危险因素”，是隐藏在背后的元凶。所以，叶兆言大部分笔墨都在写郑在男女关系上玩世不恭的游戏心态，也正是间接地在写郭心理隐翳的由来。而设置法律和道德意义上的双重凶手，也正说明作家对人心的幽微洞察。小说结束时提出了“真正了解女人”的命题，潜台词是说，女人特殊的心理暗疾与性格偏见和所遇不淑紧密相关。在这个意义上，郑敬城这种男人的确非常危险，“危险男人”恰恰十分点题，而这番缠绕的人心推理与其说是智力，不如说是小说家的技艺。另一部犯罪小说《路边的月亮》（1991）同样带有复杂的心理分析成分。小说以叶兆言熟悉的剧团生活为背景，叙述了 23 岁的阿林怎样从农村第一次进城、怎样进到剧团顶替父亲做道具工作的过程，

① 汪政：《叶兆言创作主体寻踪》，《当代作家评论》1990 年第 3 期。

这同时也是阿林对剧团里的名角、大名鼎鼎的田春霞由崇拜→失望→对立→迷惘的心理变化过程。作为阿林性格的镜像，妖娆、傲慢的田春霞映照出了阿林的卑微和倔强，他一直试图抗拒来自田的诱惑，但最终依然未能逃脱反而为她杀了人。小说带有一种反抗女性的文化意味，阿林似乎一直走不出对田的膜拜，背后却是深度的自卑作祟。他想摆脱那无形的，又是强烈的吸引，但始终未找到出路。小说最后，阿林给小流氓邓宇强的致命一刀并不意味着他与邓的仇恨，事实上，在田家母女与邓的纠葛中，阿林完全是一个局外人。但在田春霞面前，他无法容忍邓的挑衅，而将其看作一次证明自己的机会，要向她证明自己的男子气概。然而行为的非理性也是明显的，在得到与付出之间，它有违一般的行为准则，阿林显然已丧失理智。在叶兆言笔下，满腹心事的阿林却克制不住自己沸腾燃烧的热血，似乎有一个强大的心理源推使他身不由己地走向自毁式的行动。

当复杂的情绪体验尤其是产生创痛的意象或心灵痕迹经过长期积淀和综合作用冻结为一簇心理丛，当大量潜意识转化为难以排遣的心理定势之后，便凝为固着的“情结”而对人物的意识、性格与外部行为起到控制作用。《小磁人》（1994）就是通过一个外号叫“小磁人”的女学生与自己的体育老师王德育的故事，让叙事从人的本能、欲望、直觉、想象等内在心理机制出发，透视了畸形的情结对人性的扭曲和对人格的瓦解。王德育长着电影明星的帅气脸孔，却“有些不太检点”，经常与不同的女教师约会。在王与他真正心仪的苏老师偷情时，小磁人设计了一场捉奸，导致苏老师远走他乡。王后来在“文革”中被打倒，替他剪阴阳头、逼他交代私通细节的仍然是小磁人。但在小磁人凶残的表象下，埋藏的其实是对王德育的爱，换言之，她的捉奸和批斗，不过是深深的嫉妒心理和怨羡情结使然。在终于得到王德育后，还未满 16 岁的小磁人果真态度大变，当两人偷情暴露时，她立刻让王“把什么事情都推在她身上”；当家人为难时，她又“舍不得家人教训他”，“俨然像个未婚妻那样照顾王德育”；一看到王德育流露出不高兴，她“就找机会满足他”。然而正式结婚后，小磁人却又换回了当年的凶狠面目，“好吃醋的恶毛病有增无减”，甚至更加“丧心病狂”。小说写道：“小磁人总觉得王德育一娶了她就后悔。一想到这一点，她就烦神，就坐立不安。她实在不知道自己怎么样才能真正讨男人的喜欢。她常常是什么工作也做不长，动不动就装病。王德育那点工资又养老婆又养孩子，有时候竟然到了吃了上顿就没下顿的地步，然而小磁人也不着急。她反正从小苦惯了，缺吃少穿她不在乎，就怕王德育的脑子里会想别的女人。王德育上街，她总是情不自禁地跟在后面盯梢。她有事离开家，回到家第一件事就是去检查洗脚的毛巾是否湿了，然后把被单拿出去对着太阳照，要不就是反反复复闻王德育的内裤。每次她都能发现一些蛛丝马迹，然后便和王德育闹。王德育气急了，说：‘我去找医生阉了，总行了吧？’”[①] 按荣格的说法，“任何行为的反常都可能标志着某种情结”，小磁人的反常行为与其说是情欲的追求与满足，不如说是过分强烈的潜意识紧张所导致的人格崩溃，是不健全的社会文化氛围对心灵的亵渎和扭曲。

叶兆言的小说充满耐人咀嚼的谜团，下面要谈论的情况更有些莫名其妙、说不清楚，也就更令人耿耿于怀。或许还是出于对理性法则的绝对不信任，叶兆言总喜欢描述一种悖论经验以及由此引发的十分拧巴的人心动态，即“人如何在瞬间转念之下，从 A 滑到了 B，又无意识地在 B 的卷裹下滑向了 X”[②]。有论者用“尴尬”命名这一审美范畴：“‘尴尬’似乎并不如同‘荒诞’那样已经上升为一种哲学和审美范畴。相近的似乎只有康德的二律背反，在两个同具真理性命题的对立中，隐隐透露出某种人对于世界、对于自身价值难以把握的困惑。”[③] 但实际上，尴尬与其说是出于两个同具真理性命题的对立，不如说是一种反真理的标志，因为每一次尴尬的发生，似乎都在说明世

---

① 叶兆言：《左轮三五七》，人民文学出版社 2009 年版，第 31 页。

② 曹霞：《当代中国的浮世绘——论叶兆言的“当代生活”系列》，《文学评论》2018 年第 1 期。

③ 李其纲：《作为审美范畴的“尴尬”——叶兆言小说论》，《上海文学》1990 年第 8 期。

界的偶然、非理性与不可知。然而这种不可知又意味着一种挑逗，促使叶兆言兴致勃勃地抓取那一个个尴尬的瞬间，将人对自我与他人的无知、人动机与效果的背离时刻定格、再放大，使我们看到，混沌的存在空间里无头绪骚动着的生命冲动终于使那本以为最不可能发生的、成为最结结实实存在的事实。但是，如果我们就此想作深一层追究的话却又是徒劳的，因为一切本就不可知，就连当事人也总是极不情愿、莫名其妙。可举的例子太多，《别人的房间》《蜜月阴影》《关于厕所》《马文的战争》《不爱那么多，只爱一点点》《余步伟爱上马兰》……在叶兆言笔下，人性中尴尬的内在体验总是既原始又模糊，既琐碎又隐秘，它们虽超出了逻辑和理性的范围之外，却又在冥冥中支配着人，在冥冥中无尽地绵延，成为世界神秘的基源。

从开掘人性和表现人心的形式技巧看，叶兆言的小说往往以传统写实为基础，对现代派的各种技艺手段加以多元的吸收糅合。代表性作品如《五月的黄昏》《桃花源记》《绿色咖啡馆》曾被归入新时期“心理现实主义”[①] 小说流派，在散乱、破碎的心灵内在景观的涌流中塑造了一个个不完整的都市人形象，无不笼罩着“自我独白”“自我感觉”的情调，充盈着感觉和印象的影像以及不确定的心理内涵。对此，丁帆先生曾评论说：“这类作品虽然读起来并不诘屈聱牙，但给人的感觉却是飘忽不定的，作者用一种荒诞古怪的联想构造了一个对现实世界的直观印象，人们之间的排他性所造成的内心隐秘和孤独，被作者光怪陆离的联想所连缀。”[②] 其中，《五月的黄昏》代表了一种海明威式的冰山写法，我们很难找到“他/她想”“他/她感到”“他/她认为”“他/她觉得”之类的语句，相反，叶兆言把人为描述心理内容的文字删削到最少，乃至不见其形的程度。但这部经典的心理现实主义作品却并不因此而缺少心理内容，无论是人物的对话、动作，还是风景描写，实际都潜伏着意在言外的主观真实。如小说对黄昏时分

① 吴亮、章平、宗仁发编：《现实主义小说》（下），时代文艺出版社 1988 年版，第 1 页。

② 丁帆：《叶兆言小说的生命意义》，《文学自由谈》1988 年第 5 期。

夕阳的一段描绘："只有在五月的黄昏，那昏沉沉的太阳，才选了个最好的落脚点。那儿是一片空旷，没有一栋大楼，居民的平房，黑压压的仿佛一片黑森林。太阳缓缓地沉落，远远地照过来，碰巧便落在眼前的高脚酒杯里。六十度的烧酒，清得像自来水似的。有时，红太阳浮在酒杯的上端。有时又沉入杯底，透明的玻璃透明的液体，血染过一般。"① 这样的伏笔写法不得不引起一种微妙莫名的心理效应，一种十分独特的心理作用。《桃花源记》采用的是一种魔幻现实主义笔法，通过把实在和梦境的时空切割开来，再重新拼接，表现出现代人一种难以觉察的精神困境，即理性失败后真实与谎言的无从辨别、是非与对错的丧失判断，结果只能沉溺于幻想与荒诞之中。这部小说令人想到孙甘露《访问梦境》和韩少功的《爸爸爸》，想象与感觉古怪又奇特，生命经验的流动弥合了精神与肉体的分裂，真诚与虚伪，傲慢与世俗，庄严与游戏之间的临界线也随之消弭，精妙地表现出为日常生活所遮蔽的迷宫般的价值与观念转换。《绿色咖啡馆》则融入更多的本土志怪元素，借一个神秘女子的鬼魅身份找到一条打破真幻、探勘超验的自由通道。有论者注意到叶兆言的一个细节处理，"单身汉李谟把绿色咖啡馆和咖啡馆里的女人当作克服自己有限性的依托，而他在和女人有了亲密的接触之后，脸色没有变得更坏，反而变得不错了，这一对传统志怪细节颠覆性的改写似在证明巴雷特的话，真正可怕的并不是女鬼，而恰是人自身的孤独"②。这样，叶兆言就将谈狐说鬼的旧小说笔法转换为真正具有审美现代性的"返魅叙事"，捕捉到匆促时代里现代人恍惚迷离的日常经验。事实上，叶兆言一系列的"返魅叙事"，如《宋先生归来》《黑狗》《濡鳖》《魅影的黄昏》，都借助传统的志异外壳营造森森鬼阵，有效地表达了非理性的现代生存感受。

正如陈思和先生所说的，叶兆言的小说体现了都市文学人性探索

---

① 叶兆言：《红房子酒店》，人民文学出版社 2012 年版，第 122 页。

② 马兵：《先锋的"鬼"话——〈绿色咖啡馆〉的返魅叙事》，《时代文学（下半月）》2010 年第 7 期。

的先锋精神，它们所刻画的生命形态和精神现象不再是有序、完整、全面的，而是“更为复杂的、内在多元的、分裂的”，这种“破碎化”的人物表现方法对应的正是都市生活的本相①。

在这个意义上，近两年叶兆言有两部都市心灵题材的中篇小说尤其值得关注，可以说正是对疫情后人心正在经历的最深刻的封闭与隔阂的即时性捕捉，那就是《爱好哭泣的窗户》和《寒风中的杨啸波》。《爱好哭泣的窗户》（2020）是向托马斯·曼的名篇《魂断威尼斯》的致敬之作，小说不再把以往底层叙事中物质上的生存苦难作为叙事推进的主要动因，而是将多余人们既感伤又迷离的生命气息、灵与肉分裂的情感态度纳入审美视野，在自由奔涌的内心独白中重审底层世界的裂痕与情感边界，在生活的粗粝与个体的困顿中窥探后人类社会的橱窗效应与孤独本质。叶兆言一改以往小说对金陵古都颓废气质的迷恋，而将故事空间设定在一个浪漫开放的海滨小城。女性社会学家易蓉蓉在做讲座时邂逅了美少年盛戎，这个“染了亚麻色的头发”的学生却有着异装癖的怪异面目。不同于阿申巴赫与达秋无声的交流，年长的导师易蓉蓉和年轻的学子盛戎很快开始了对话，一个不可思议的爱情迷局就此揭开：先是盛戎被老同学陆良朋诓骗，花钱住进其女友孔欣煜租的房子，再是辨明真相后，二人出于相互取暖的渴望而化身为情侣。孔既将盛视为陆的替身，盛又发自内心地爱上了孔，尽管他清楚孔所爱非己。盛出于对孔爱的乞求，同时又想逃避陆的竞争威胁，装扮成“美女”、以“闺蜜”身份待在孔身边。如此这般，三个人竟短暂地“保持一种非常特殊的和谐关系”，这让盛对自己的性别认知与何去何从十分迷茫。荒诞的是，避孕失败的孔又再次被陆抛弃，陆一走了之，盛却为了担负起孔和婴儿的日常支出，开始为富人阶层的中年男女提供隐秘的性服务。在这场边缘而错位的爱情里，即便是不断受挫，盛戎和孔欣煜都始终保持一种孤独无望又无怨无悔的姿态，

① 陈思和：《都市文学中人性探索的两个维度》，《华东师范大学学报》2019 年第 5 期。

付出着自己真挚又疯狂的爱。他们的内心都是一扇“哭泣的窗户”，任性地追爱，懵懂地犯错，却不得不为爱的反噬所煎熬和流泪。可以说，激情与欲望的瞬间性、理性与情感的分裂性、施虐与受虐的“共生性结合”，统统都溶化在海滨小城流动的神秘感之中，化为一个奇诡的寓言，寓示着后情感时代人类“爱无能”的危机。当然，这一人性危机绝不仅仅发生在孔、盛和陆身上，而意味着一种无可摆脱的当代情境。

如果说《爱好哭泣的窗户》弥漫着情绪、印象和感受的涌流，使“无主体的个体”纳克索斯式的自我依恋表述着一种超验性与日常性的混合，那么，同样是对人精神状况的考察，《寒风中的杨啸波》则具有更为明晰完整的故事线索。小说通过杨啸波这一典型人物，清晰地展示出现代人的精神从害怕→孤独→怨恨→背叛→焦虑→绝望的裂变全过程，从个体生命由于爱的匮乏和信任危机陷入绝境这一微观视角，带出了我们时代普遍的精神解体状况。由于父母各有外心、相互冷战，14 岁的杨啸波成了一个生命委顿的青年。他明知母亲与李叔关系暧昧，对此深感羞耻，却又无法忽视自我对母亲的本能依恋。李叔的女儿李涵芝对他母亲的一句辱骂激化了杨内心的矛盾，出于自卑和自卫意识，杨决定要捉弄和报复她，不仅是要维护母亲的形象，更是要证明自己对母亲的爱。这以后，杨的内心逐步形成了一种人格扭曲的怨恨情结。进入高中后，他故意与李涵芝建立恋爱关系，同时又与其他女生偷偷交往，以此在内心中无理贬抑李涵芝。李发现真相后的辱骂刺激了杨的怨恨，于是把李作为私密礼物送给他的一段裸体跳舞视频传播了出去，对李实施进一步报复。如杨所愿，“艳照门事件”使李在高考中严重失利，杨自己却考上了北大医学院的本硕博连读。他的复仇看来十分完美，“冥冥之中，有些事几乎是命中注定，一刹那间，他觉得自己有意无意，终于达到了捉弄和报复的目的”[①]。但当久已期待的结果出现，杨本以为自己可以与往事告别、获得新生，却没想到陷溺于一种更折磨人的负罪

① 叶兆言：《寒风中的杨啸波》，《十月》2021 年第 2 期。

迷惘情绪，以及一种无可救赎的存在处境之中。叶兆言对杨啸波阴冷的怨恨心态进行了多重、细致的想象，在人性透视中熔铸入更为深刻的现代性反思。小说中原生家庭的内部分裂不仅扼杀了杨的健康成长、造成杨的身份认同危机，更直接导致其内心深处一种怨恨情结的滋蔓，最终造成对自我和他人生命本真的伤害。这里所说的怨恨（ressentiment）既是一个著名的西方文化概念，更可以用来阐释现代化的都市语境中一种有害的、怨毒的心理症候和情绪结构，它不仅对他者充满嫉恨、精神施虐，伤害了他人的生命价值，破坏了人际的信任，而且最终也使自我丧失本真。

无论你喜欢还是不喜欢，读叶兆言就不能不接受某种现代派的诱导，不得不进入和聆听那些略带晦暗的人性话语，包含着存在有限性的复杂感受和都市心灵的孤独诉告。这些小说往往拌和了不安宁的非理性色彩，而零散化和边缘化、脆弱性和偶然性的审美态度，以及理性面对现实的无力、个体面对虚无的无所庇护等人性观念也都不同程度地存在，但归根结底仍是要重返现代主义视镜以审视我们当下空洞、匮乏和荒诞的存在境遇，寻绎出现代人心灵内在的律动。“现代主义表面上热衷于现代性精神的解构，实际上是对伪现代性的反思，表现为对真正意义上的现代性精神的追求。”① 一方面，叶兆言的小说截取出那些繁复而散在的生活断面，多维度、情境化地呈现了孤独状态的心灵世界，在命题和意旨上构成对都市文明生存境况的深度反思。另一方面，当客体世界的不可知与心灵世界的风云变幻紧紧交织，我们便在特定时代、特定人生的层面领略和感悟到生命的紧张、存在的深奥与未知的魅惑。深潜于文本核心的乃是一种强烈的生命意识，一种异化、变态之将为“常”的焦虑，一种悲凉而疼痛的存在感悟。这样的人性话语体现出一个严肃写作者的现代文化忧思，更有着对爱、自由与永恒的无比关怀与深切守望。

---

① 黄佳能、邵明：《现代性精神和后现代叙事——对世纪之交现实主义小说的一种解读》，《文艺评论》2000 年第 4 期。

第四章　叙事策略与意义编码

从《悬挂的绿苹果》《枣树的故事》到《刻骨铭心》《仪凤之门》，叶兆言40年来的小说创作与对小说技艺的创新冲动始终相伴而生。正如批评家们所言，“叶兆言是一个频繁运用叙述技艺的作家，每一种类型小说都表明他的技术运用之广泛”[①]，“叶兆言的文体能力是多方面的”[②]“叶兆言是个彻底的小说实验主义者”[③]。在叶兆言的创造意识中，“技艺”和“叙事”常常处于艺术驱动的要津。与其稳定的美学风格相比，叶兆言的小说“叙事”却是极不稳定，总是在不停地追求新的变化。先锋姿态的迷恋使他对驾轻就熟的写作路数充满警惕，从而以竞技般的专业精神要求自己，每一次创作都苦心孤诣地寻求“变法”、突破和创新。事实证明，跃入形式之海并未使他感到疲累，更未曾成为创作进步中的障碍，相反，“衣带渐宽终不悔”，语言成为精神的家园。一方面，作为中国当代先锋派的一员，叶兆言自觉地将“怎么写”视作小说艺术的本体，在他看来，“写作本身是一次戏剧表演”[④]。通过叙事时间的变形、叙述动机的互文性借用、叙述人和叙述视角的强调、叙述结构的复调性设置等具体的叙事策略，叶兆言表达了鲜明的话语意识。另一方面，对形式的锐意探索并不等于

---

① 费振钟：《1985—1990：作为技术性小说作家的叶兆言》，《当代作家评论》1991年第3期。

② 莫言、阎晶明、叶兆言、余华、陈晓明、王彬彬等：《文化记忆与城市传奇——北京师范大学驻校作家叶兆言入校仪式暨创作四十年学术研讨会发言摘要》，《作家》2021年第4期。

③ 黄玲：《如何历史，怎样现实——叶兆言历史题材小说读札》，《当代作家评论》2018年第6期。

④ 叶兆言、余斌：《午后的岁月》，上海书店出版社2010年版，第199页。

唯形式是尊，更不等于将精神价值与生命意义消泯于语言游戏的技术平面里。因此，与马原、孙甘露更为激进和硬性的形式主义策略不同，如何把故事讲好，如何让所讲的故事深深吸引住读者，仍然是叶兆言要考虑的重要因素。可以说，出于对叙事形式与叙事内容的整体性思考，叶兆言探索的是一种在接受传播过程中能够触发意义再生产机制的“有意味的形式”，它深植于敏感的生存意识与情感体验，也并不彻底消除小说的传统因素，而是追求在更高的水准上融合传统。这不禁令人想起法国“新小说”派主将罗布—格里耶的名言：“小说家创作小说，小说也要‘创作’自己的读者。读者跟作品的关系不是理解与不理解的关系，而是读者参加创作实验的关系。”① 由此，对叶兆言小说的把握完全依赖于我们每一次重新开始的阅读。

第一节　时间：拼接·绵延·弥合

受益于20世纪80年代的拉美魔幻文学潮流，“时间”是作为“技术小说家”的叶兆言手中法力强大的魔棒，是他所认为的“小说的命脉”②，而拆散和打乱一维专制的线性叙述时间，自由地出入于叙述者与人物的心灵内部，则是他最擅长和常用的叙事策略之一。“叶兆言小说形式框架的所有秘密几乎都在时间”③。如果说1985年《枣树的故事》还只是叶兆言在“学步期”对马尔克斯的模仿，那么，这种处理叙事时间的结构化美学不仅在后来的文本中有了更丰富、更多层的变化，而且凝成了叶兆言独特的生命意识，一种在历史与当下、回忆与想象、真实与虚构的来往穿梭中升腾而起的悲剧感与苍凉感。正如李洱所说的，“叶兆言的小说不断溢出具体的结构，或者说，你会被结构之外的那种文人气所吸引，那种宿命般的迷雾把结构给淹没

① ［法］阿兰·罗布—格里耶：《现实主义与新小说》，见崔道怡、朱伟等编《“冰山”理论：对话与潜对话》（下），工人出版社1987年版，第525页。

② 叶兆言、余斌：《午后的岁月》，上海书店出版社2010年版，第198页。

③ 汪政：《叶兆言创作主体寻踪》，《当代作家评论》1990年第3期。

了。你当然可以说，叶兆言同时受到了结构主义和解构主义的影响，但叶兆言的结构主义是历史投在地上的阴影，叶兆言的解构主义是从那阴影中升腾而起的迷雾。”[①] 这种结构主义的时间美学背后渗透着作家本雅明式的历史哲学观，“历史是一个结构的主体，但这个结构并不存在于雷同、空泛的时间中，而是坐落在被此时此刻的存在所充满的时间里。”[②] 这就意味着，历史不再是被割裂的过去，而是置于“此时此刻的存在”中被体验和认知的对象，而时间的结构化将会使历史、记忆与当下在话语内部重建新型的逻辑秩序。

在《枣树的故事》中，叶兆言最早尝试了一种“时间空间化”的后现代时间逻辑，通过将连续动态的线性时间拆解和拼凑为一个个静态的空间性截面，真实的历史被架空为拟象的碎片。小说讲述了秦淮河畔的风情女子岫云一生的坎坷命运，但是故事并非顺时讲述，而是经由颠倒、循环和错综使线性逻辑被松动。叶兆言借叙事视角的转换让不同身份的人物介入叙事，使时间成为自由驱遣的对象。其中，既有冷静客观化的历史叙事，包括尔汉被杀，白勇被歼，尔勇的复仇等，又有创作主体对碎片化回忆空间的复述和印证，包括对一些微观史料的拼接，以及与尔勇共同追述的记忆再现。另外，叶兆言还让叙述者“我”对岫云的生命轨迹不断进行细节性填充，对她的儿子勇勇之死作出必要的补叙。这样混杂性的叙事整合，不但使迷离不清的历史更为纷乱模糊，人物关系出现戏剧性的变化与矛盾，更造成了在分离和碎片化的能指中对时间分裂而非连续之感的体验。历史的意义被悬置，过去、现在与未来不再能有机结合。正如乔纳森·卡勒所言：“在一切事件中，时间关系之被颠倒的可能性，足以使人通过质疑从时间关系中来推断出因果关系，而仓促拼合出因果图式。”[③] 由一个个中断的

---

① 莫言、阎晶明、叶兆言、余华、陈晓明、王彬彬等：《文化记忆与城市传奇——北京师范大学驻校作家叶兆言入校仪式暨创作四十年学术研讨会发言摘要》，《作家》2021 年第 4 期。

② ［美］汉娜·阿伦特编：《启迪：本雅明文选》，张旭东、王斑译，生活·读书·新知三联书店 2014 年版，第 273 页。

③ ［美］乔纳森·卡勒：《论解构》，陆扬译，中国社会科学出版社 1998 年版，第 71 页。

时间节点和历史的拟象符号所组构的时间关系正是一种非因果逻辑与不可知的后现代时间体验的投射。与此同时，《枣树的故事》还内蕴着叶兆言一种古老的宿命观，不同时间段出现的事情存在一种不可思议的神秘联结：当尔汉兄弟俩拿着新买回来的两支短枪比试来比试去的时候，岫云就有种不好的预感；十年后，她看着白脸把驳壳枪往怀里一塞的动作，同样产生了大祸临头的直觉；而在白脸死前，深伏的黑鸟惊起，蝴蝶乱飞，有着古怪花纹的老鼠嗖嗖游动，这些也都是死亡的征兆。在这样一个小说图景中，时间显然不再是作直线运动的矢量，而俨然左奔右突、将不同性质的事物关联缝合的一条神秘隧道，其背后的决定力量则似乎是某种高深莫测的“天命”。在这点上，叶兆言的确借鉴了马尔克斯在预述中追述的时间语法，但这种凭吊过去的怆然与宿命意味却使我们联想到中国古典抒情传统所一脉相承的时间感。如果说正是对于时间的强烈感受构成中国古代诗人们最深的感伤情怀，那么对于叶兆言而言，只有通过对失去的时间与当下的时间、倒流的时间与循环的时间的自由调度，那种悠远感伤的历史感才真正激活了故事的生命。

除去以故事与叙述二重时况的彼此对视对接，使众多历史的碎片纷纭地飘荡、弥漫于时间的滚轴、融入当下的境遇与空间，叶兆言还常使用绵延的心理时间来结构文本，形成一种流淌与凝定相互交织的“后回忆”风格。《最后》《殇逝的英雄》《一号命令》是最具代表性的篇什。相比《枣树的故事》，这三部小说更带有人物内心的独白色彩，是以时间为武器去开掘心理上的深度。《最后》（1989）可以视作一个潦倒窘迫的侦探小说家的意识流，阿黄杀人事件不过是他的虚构和幻想之物。依循人物的意识活动，小说家现实生活的窘迫和烦恼渗透在对笔下的谋杀犯阿黄的心态模拟与共情之中，使我们更多在血腥的谋杀故事之外，搁置简单的道德判断，去体会那种被春潮初犯的情欲所覆盖的迷惘，以及交织着某种爱情和驱逐邪恶的目的来杀人的屈辱感与绝望感。这部小说的叙事圈套是三重的，首先杀人事件处于文本的核心，其次是侦探小说家对阿黄意识的意识，最后是作家叶兆言的再度描述。整部小说搭建了一个传统的小说框架，其采用的人称视点并没有形成任何独白化的形式，也没有伍尔芙式呈散于流程的心理放射，但人物的主体性却异常强烈，原因还包括通感的细节描写，对此学界已有讨论，此处不赘①。《殇逝的英雄》（1991）同样以个性化的心理时间展开叙述，由此省略了许多不必要的情节过渡和交代，强化了一个死魂灵与过往生命的对话，使作品的哲理意蕴顽强地穿透了故事表层，构成炽热的存在追问。小说一开始就是老人在老伴葬礼上对早逝的儿子小六子童年画面的自由联想，火葬场的氛围让他沉湎于老来丧子的痛苦回忆中。接下来老人的思绪跳到了更久远的60年前，以具备当下感的个人视野断续地把历史范畴的私人印象从记忆深处拉回来。作为一个纯洁坚定的布尔什维克，那时的他是意气风发的“大胡子”，却在目睹偶像的变节后，轰然倒塌了内在的生存信念。可以说，在信念死去之后，老人就一直被迫用心灵的悬浮和流浪来逃避无聊痛苦的存在本身，幼子“文革”中的遇难更是毁灭性的打击，使他彻底成了一个“过去时态”的人，只在无穷无尽的回忆与思念中消磨那了无意趣的漫长岁月。小说不断地从老人的意识活动切入，在不同的时空中自由转换，使那在萎靡和孤寂之中灵魂的扭曲，还有生命丧失热情而沦为纯粹义务负载的煎熬，产生出令人战栗的审美效果。凋零的理想、苟且偷生的愧疚、肉欲放逐精神的痛苦、掺杂了太多自恋因素的沉重父爱，老人畸形而坎坷的一生中蕴含太多的悲剧性。小说运用心理时间来实现更大时空的自由转换，虽不作任何说明，却非常自然地表现出老人与外界对抗的、执拗的内心世界，充满着无可弥补的丧失、无法愈合的伤痛和无从纾解的遗憾。

事实上，在《殇逝的英雄》中时间的切割与重组不再只是小说形式上的叙事圈套或叙事表演，而就是为了表现叶兆言对时间本身形而

① 陶东风：《文体演变及其文化意味》，云南人民出版社1994年版，第183—184页。

上的思考。“我所有的小说，都表现了我对失去了的时间的寻找，我的艺术兴趣可以讲就集中这一寻找上。”“我的所有的小说都可以叫作‘挽歌’，它是我写作的基调。”① 不仅仅是人们通常所认为的“历史”，在叶兆言看来，某种意义上我们试图去认识的世界都是失去了的世界，在失去了的时间形式中被界定。《一号命令》（2012）的根本叙事意图同样指向了对似水年华的追忆和寻找，叙述视点完全随着赵文麟的行踪与思绪而变动。小说的头绪众多、时间跨度又大，人物关系十分复杂，比如赵文麟与妻子紫曼、女儿天天；赵文麟与初恋情人沈介眉；赵文麟与曾经的对手、现在的上司路以和；赵文麟与出生入死的战友李叔明；赵文麟与前辈亲戚何道州夫妇；赵文麟与街道邻居高奶奶、妞妞，等等。而由于时间空间化的叙事策略，《一号命令》虽然“花开几朵”，但都依靠一个强力的内在心灵形成“一表”而非“各表”。一方面，时间的中断、续接、交叉并未破坏小说的有机整体性，而是开启了生命中许多潜在的人性状态；另一方面，这种多头、散漫的技巧又绝对区别于传统小说，主要是将一个个具有团块色彩的情感和知觉弥漫于小说之中。

除了在心理时间中遨游，以一种循环轮回式的时间性圆圈推动叙述的自由伸展，使读者从人物的内心独白中寻觅到人生的顿悟之外，叶兆言小说的时间结构还常常表现出一种拼图并置式的空间性，即展示同一时间内不同子叙事空间中的故事发展，由此汇聚、强化而生成小说的主题。比如小说《刻骨铭心》没有设置一条清晰的主线，而是通过对秀兰、绍彭、俙严、碧如、丽君等人命运的多向性叙述，以一种空间化的人物块茎结构，在碎片化、群像式的阅读观感中最终生成“刻骨铭心”的疼痛主题。文本的艺术结构很有点像一幅拼图，我们不妨采取拼图游戏的思维将一个个零散的故事元件加以组合与衔接、拼贴和团聚，进而得出一个个相异的人生剖面窗景图。比如第四章

① 叶兆言、费振钟：《作家的尺度》，《萌芽》1994 年第 9 期。

“爱住金陵为六朝”就分割为三个子区域——“希俨参加了首都计划”“高云岭45号”“成了电影明星的秀兰”，三种人生同时迸发、互为参照、互为映衬，从而生成多义性的主题。就像经典的香港电影《七十二家房客》，既分块构筑了多元的小人物模态，又注重在同一块艺术屏幕上演绎多彩纷呈、各具特色的生活小景。一方面，随意拆分一块，都是一幅市民家庭的悲喜图；另一方面，当把它们拼合在一起时，又会产生瞬息万变、人生百味的无限感触。叶兆言的《红房子酒店》《日本鬼子来了》《古岭事件及其他》，都充分运用了这样一种组装和拼合时间片段的写法，一部小说有多个子故事，每个故事又只是露出水面的一角冰山。作家机巧地斩断情节线，碾碎情节链，而把几组人物的生活图画自如地平移组接，最终生成众声喧哗的现代小说美学效应。

当然，意义相区别的子叙事空间并非简单地共时并置，而常常是互为对照，形成巴赫金所说的“对话”性与应和性的有机联系。比如《走近赛珍珠》（1997）的时间结构就是一种虚实对话、历史与当下的对话。小说虽有传记文学的风貌，但并非线性的历史陈述，而是建立了赛珍珠、刘岳厚与“我”三组话语空间。在故事开头，小说家“我”正准备去医院看望临终的小学老师刘岳厚，此时接到了制片人的一通电话，说导演张艺谋邀请“我”改编赛珍珠的小说《深闺里》，由此展开双重性叙事游戏。一重是叙述者“我”对赛珍珠真实生平的讲述，多为她早年在中国的生活，虽出自故纸堆的考据，却充满轶闻的传奇色彩；另一重则是“我”对正在进行时的刘岳厚死亡事件的讲述，穿插了对他在“文革”中教课生涯的回忆，时间、地点和人物仿佛都有不容置疑的真实性，却是叶兆言的虚构。这样的处理让人想到新历史主义代表人物格林布拉特所提出的，通过让文学文本成为历史文本的“厚描”式并置分析，来实现另一种“触摸真实”的路径，即“以文本碎片为垫脚之石，以‘厚描’式的并置分析为基本手段，用一个碎片化文本的光芒去照亮与它并置的另一个碎片化文本。在被光芒照亮之前，后一个碎片化文本永远处于黑暗之中”①。经过叶兆言的厚描操作，我们不仅看到刘岳厚就像卡夫卡笔下那个为城堡魅力所蛊惑却始终在边缘地带逗留的“K”一样，执迷不悟地迷恋文学，又始终被无情地放逐。而且也看到了赛珍珠在诺贝尔文学奖和文化名人的明媚光环下被主流历史话语所压制和边缘化的、种种生命的“困惑”，甚至“恐慌”。在这里，时间的空间化以对照性并置凸显出历史本身的虚无和人生错位的荒诞，重新建构了意义的可能性。

现代小说一般被认为是由空间逻辑主导，一方面时间历时性的有机序列被置换为了共时性秩序，另一方面则是由于支离破碎的句法组合对连贯感的破坏与分裂。20 世纪 80 年代，时间被作为一个问题提出来，意味着真正出现了完全不同于传统小说超稳定线性叙事的中国现代小说。意识流是新时期文学最初采用的时间空间化表现手法，诸如王蒙、茹志鹃、李陀、高行健等作家以此来探究人的主体性，具有小说革新的巨大价值。此后，以韩少功为代表的寻根派作家在小说中创造了拒绝时间流动的文化空间，文化本身被建构成一个空间化的象征符号，进一步促成小说时间的空间化演进。而到了先锋派的作品中，时间真正成为了一种文本内在的结构手段，发挥出更为丰富多样的审美功能。比如马原的《拉萨生活的三种时间》《虚构》、余华的《此文献给少女杨柳》《难逃劫数》、格非的《褐色鸟群》等，都通过时间的变形和迷宫来突出小说的艺术本质及历史的空间化存在。在更激进的先锋小说探索中，叙事时间与故事时间、心理时间与物理时间不仅是分裂的，而且形成了压制关系，甚至出现了“叙事的暴政”与“内在时间的暴政”②，不但消解了历史的深度，人物主体作为叙事的中心地位也被否定，人物成了小说时间游戏的符号，这就从现代主义走向了后现代主义的文本形态。

---

① 陈怀凯：《格林布拉特新历史主义的“触摸真实”》，《国外文学》2020 年第 2 期。

② 蔡咏春：《空间化的叙事——论先锋派对时间性的消解》，《当代文坛》2009 年第 4 期。

从这一历时性角度看，尽管叶兆言坚持认为“小说就是时间的艺术”[①]，但他的叙事目标并非全盘否定时间的客观性，而是为了突破线性经验时间对此在的真实状态和人类精神本源的控制，以时间的空间化来重申更多的人性维度，更开放的个体与历史关系，引领读者通过时间碎片的复原来追忆似水年华，并使得历史与当下发生辩证性的对话和交互。在叶兆言的小说中，与其说历史的深度被消解，不如说恢复了时间的深度，与其说他是制造时间的分割与断裂，不如说是用时间的空间化来弥合历史与当下。对叶兆言来说，对过去时间的寻找是一种习惯性的虚构话语，它的指向不是历史，而是前进中的当下，“我始终不觉得自己为怀旧而怀旧，‘怀旧’本身之所以‘怀’，它是以今天的时态为世界的，不存在为怀旧而怀旧。”[②] 挽歌和怀旧构成了叶兆言小说的重要主题，而借助于一个又一个遥相呼应、相映成趣的时间碎片，叶兆言在真实与虚构之间营构出一个往昔和现实分岔交叠的新世界，以此探寻着摆脱生存困境的方式和逃离现实困境的道路。换言之，叶兆言虽借助历史符号进行超验性的想象，立足点却是当下人的现实处境以及处于边缘处的小人物的命运，揉进了今时今日的纷然感喟。而如果说普鲁斯特的回忆是一块甜蜜、柔情的玛德琳娜蛋糕，那么，叶兆言无疑更执迷于采摘记忆废墟上所绽放的那一朵灰色的、迷离的人性与命运之花。

其次，时间的空间化作为一种建立、展示和整合世界的抽象形式，将有限而又短暂的人生片段融入了永恒延展的宇宙时空中，这不仅在某种意义上，实现了生命精神的升华和沉重现实的超越，更凝结了叶兆言对时间本质的美学思考，是他在不可逆的时间之维对存在本质的体悟。“叶兆言在物与人的诗性交融之中，在宇宙俯仰之间，最高度地把握生命，最深度地体验生命。这种超越现实的高逸情韵，悬隔时间去拷问永恒意义的‘荣落四时之外’，是一个当代知识分子对中国

---

① 叶兆言：《爱笔下所有女性》，《钱江晚报》2014 年 1 月 26 日。

② 苏童、王干、叶兆言：《没有预设的三人谈》，《大家》1996 年第 3 期。

古代文人的精神呼应，是当代中国文学对中国古典美学和古典哲学的回望与致敬。”① 我们在叶兆言的文字世界中总能体悟出一种虚静空明的禅宗意味，显现出对生与死、静与动、古与今、须臾与永恒等时间辩证关系的沉思。叶兆言的很多小说似乎都萦绕着他一句颇堪回味的话，“事实上，我们就这么生存着，我们一边感伤地回忆过去，一边平庸地度过现在，同时又不无期待地展望未来。”② 存在的沙漏永恒不停地转动，对在场求而不得的无力使我们既感到怀旧所伴随的痛苦，又在过去到未来的巨大迂回中发现了命运的诡计。因此，时间的线索天生是零乱的，而叶兆言的本意不过是要把这些线头都扯出来，就像公园小径上的指路牌一样，方便读者去理解时间和存在的本质。在这个意义上，黄毓璜先生认为：“他确实是位‘挽歌’的歌手。挽歌是无可奈何的感伤，是没有疑问的，同样没有疑问的是：挽歌不只是一种悼亡，也是一种生活的追究、人生的眷恋和生命的反思。”③

第二节　互文：重复·用典·戏仿

叶兆言小说的叙事策略还突出表现为文本之间的互涉。他常常在两个或多个文本之间创造一种文本间性，或者说互文性，以呈现出文本意义的历史化与开放性。文本不再局限于它自身，而成为与其他文本展开互动和对话的动态间性空间。这种写作方式主要与叶兆言个人的文化环境和知识阅历有关，作为一位以学识见长的小说家，互文手法已然成为他以广博的知识艺术消融生活经验、以重叠复读创化小说技艺、以深化延异克服影响的焦虑乃至以文学记忆的传承（或背叛）解决当今美学表达危机的重要路径。与此同时，叶兆言构筑巴尔扎克式宏伟文学王国的野心和理想也决定了他的互文性创造视野，“一个

① 武兆雨：《旧时秦淮的“韵”与“情”——叶兆言历史小说的古典意味》，《当代文坛》2022 年第 2 期。

② 叶兆言：《关于〈别人的爱情〉》，《文学报》2005 年 9 月 29 日。

③ 黄毓璜：《叶兆言印象》，《时代文学》2006 年第 1 期。

人的写作是部大作品，每部具体的作品都是其中不可分割的一部分。每一次写作都是对人生的这部大作品进行补充。”① 他以奈保尔为例，认为如果只有《米格尔街》一部短篇集的话，奈保尔成不了“大作家”，而必然需要后面庞大的作品体系来呼应和支撑，只有通过互文，“轻、重、柔、活”，才会在整体中看出成就②。即便小到一部短篇集，处理起来“其实应该像一个长篇”，反之，“你如果不能互文，那就都是孤立的，那不行。”③ 在这里，虽然叶兆言主要采用的是中国古典文章学的互补互文观来进行自我说明，但我们对其小说互文现象的讨论却可以借鉴西方的互文性理论。作为后现代、后结构批评的一个标志性术语，“互文性通常被用来指示两个或两个以上文本间发生的互文关系。它包括：一，两个具体或特殊文本之间的关系（一般称为 transtexuality）；二，某一文本通过记忆、重复、修正，向其他文本产生的扩散性影响（一般称作 intertexuality）”④。在研究对象上，它不但包括作家自己各个作品之间立体的内在呼应、同题异构，而且指通过引用、用典、重写和戏仿等方式与其他作家作品建构影响关联的修辞策略。在这个意义上，叶兆言的互文又是一种“仿效”⑤ ——“假作真时真亦假”，表面看这种仿效既趋同又重叠，但“叶兆言实际上还是在进行自己的写作”，是更带“‘反动’的意味”的互文运作⑥，具有强烈的背反特性。如罗兰·巴特所言，在绵延不绝的文本之外本无生活可言，而作为文本的一种意指实践过程，正是互文性将写作和阅读的主体共同置于文本空间的播撒与延异之中，使双方与愉悦相认同，从而产生真正的写作快感、阅读快感和文本快感。

叶兆言早年的“张英系列”小说最先表现出作家的互文性理念。

---

① 叶兆言：《关于〈后羿〉的随想》，《书城》2007 年第 3 期。
② 叶兆言、木叶：《好小说一定是“有问题的”》，《上海文学》2016 年第 5 期。
③ 叶兆言、木叶：《好小说一定是“有问题的”》，《上海文学》2016 年第 5 期。
④ 陈永国：《互文性》，《外国文学》2003 年第 1 期。
⑤ 汪政、晓华：《仿效与互文——叶兆言的写作策略》，《萌芽》1994 年第 4 期。
⑥ 汪政、晓华：《仿效与互文——叶兆言的写作策略》，《萌芽》1994 年第 4 期。

如果说“张英”首先是一个词，其次是这个词所命名和指称的物——一个女人，那么叶兆言借助文本互涉所要探讨的实际上是词与物的二元多向互动，其中最重要的莫过于对词汇和词汇所表征的实体的混同。换言之，当我们在阅读中通过名字抵达命运，自以为已明晰真相时，更多的信息可能已被抹杀和忽视。与此相类似的，还有《死水》《艳歌》《去影》《雨中花园》《采红菱》《五月的黄昏》《青春无价》《没有玻璃的花房》《很久以来》《白天不懂夜的黑》之间的互文关系。这几部作品中的主人公司徒汉新、迟钦亭、林林、木木、小曹、林放以及作家“我”，性格与思想都极其相似、共同完成了对当代知识分子迷惘无助又不断求索状况的书写。《五月的黄昏》借小曹之口揭示了叶兆言的思想与写作意图：“我要创造出一代人的形象来，文学史上已经有过‘迷惘的一代’，有过‘愤怒的一代’，有过‘垮了的一代’，我要写出新的一代来。林林，我已经想好了一个再好不过的名字，这就是‘莫名其妙’的一代。你知道，莫名其妙，就是我们这个时代的特色。”① 此番议论不仅表露出“莫名其妙”的一代所具有的跨文化意义，而且说明了一代青年特有的社会心理群像。这种内文本性操作最终使一个具有延展性的主题，即一种由无名、混乱的人生观与烦闷、挫折的日常生活所造成的浓郁荒诞感，得以延续和带动时代情绪的穿梭，使作家的意图隐藏于不断延异的众多能指之中。

这种由多个文本之间同一人物的穿梭所形成的自我型互文令人想到略萨所提倡的“管道联通式结构现实主义”叙事手法（两个不同的故事章节被巧妙地联系起来），不仅能使作品在主题上互为补充和映衬，更使作家独特的精神内涵在立体全方位的对话机制中得以呈现。除了人物的互文，叶兆言小说的互文性还表现在对意象的重复。比如《挽歌》系列由三部中篇小说和一部短篇小说组成，参照鲍立罗舞曲

① 叶兆言：《红房子酒店》，人民文学出版社 2012 年版，第 74 页。

的结构，以单一的“死亡”母题将民国、抗战、“文革”和当下等多个时代的日常生活图景统一在一起，各个篇什之间又存在变奏和发展，这就使简单的内核生发出浓郁的抒情意味，如“原野上飘着一面黑色的旗帜”，构成对20世纪中国人生存状态与情感状态的极富叶氏风格的审美象征。如叶兆言所言，这个小说系列是一个完整的整体，是“当作一个长篇小说来写的”，“可以互读”①。通过互文性的建构与阐释，叶兆言冷冷地离析开人为加诸死亡的种种或惊惧，或崇高，或痛苦的情感，死亡就像衣食住行一样呈现为生命链条中的自然环节，染上了永恒的色泽。尽管作家并不渲染悲剧和失去的凄凉，也不含哀伤与痛楚，但意象和氛围却在这种相互重复中衍生出来，死亡仿佛是春阳下渐次消散的凝露，其意义也得到丰富和增殖。同样，《夜泊秦淮》也以互文性生成了精致醇厚的秦淮文化诗学意象。据叶兆言说“计划中该有五篇”，本欲从每篇的末一字中凑成一个“金木水火土”的五行吉数，后缺一篇《桃叶渡》未写成，遂不硬凑。而成书的四篇，也是“断断续续苦了四年，魂牵梦绕”②。可见作家在创作这一系列时的良苦用心。事实上，当我们阅读之时，确乎能从文本交织混杂的互文结构中感受到秦淮河风雨剥蚀的斑斑印迹，在琴曲缠绵中体会到那份对传统文化深沉延宕的情思。如果说，“当符号重复使用累积达到一定程度，其意义就越来越富厚，最后就会出现质的飞跃”③，那么，“挽歌”和“秦淮”不但在重复与循环结构中制造出文本总体的诗性—艺术性，也在符号的累积中上升为叶兆言小说抽象品格的象征，甚至达到了将作家的个人体验转化为读者所真正关心的公共和普遍价值的艺术境界。

在希利斯·米勒看来，重复作者其他小说中的词语、修辞格、事件或场景，属于解构主义的叙事策略之一，“它们组成了作品的内在

---

① 叶兆言、周新民：《写作，就是反模仿——叶兆言访谈录》，《小说评论》2004年第3期。
② 叶兆言：《夜泊秦淮·自序》，浙江文艺出版社2000年版，第3页。
③ 赵毅衡：《论重复：意义世界的符号构成方式》，《河南师范大学学报》2015年第1期。

结构，同时这些重复还决定了作品与外部因素的多样化关系。……各种重复现象及其复杂的活动方式，是通向作品内核的秘密通道。”[①] 如果据此泛泛认为这是作家简单的情节移植和人物复制，显然与艺术创造本身的规律相违背，优秀的作家不可能习惯性地做这样的重复工作。相反，我们的考察视点应该转至隐藏在重复现象背后作家话语构型的矛盾自反、思想观念的丰富多元以及叙事策略的新颖探索，从中发现一种“题材演变学”[②]，这才是互文视野下的小说阐释尤为值得重视的内容。叶兆言的中篇小说《十字铺》和长篇小说《刻骨铭心》就存在很多重复和可以作互文性解读的地方。亦敌亦友的丽君、碧如呼应了苏菲亚与姬真珠的表姐妹关系，兄弟情深的希俨、绍彭对应于士新和季云，冯焕庭则与雷师长相对。最明显的互文是，两部小说中都出现过青年“亚声”，都是微跛，都曾在公众场合刺杀军阀未遂，也都一样为革命理想而献出了年轻的生命。小说的块茎结构本就错综复杂，人物的身影又在不同时空中穿梭与复现，而已知的人物也在交错中，呈现出新的人性面貌，这就在重复中构成某种题材演变。对演变轨迹简单加以比较和考察，一个最重要的变化就是女主人公的笔墨分配。《十字铺》是将表妹作为重点，在风月情事中刻画出一个女公子沉溺于三角恋中的柔弱性格和纠结心态，表姐则如美丽的幽灵般一闪而过，留下大片引人遐想的朦胧。而到了《刻骨铭心》，作为革命新女性的表姐被更多放在聚光灯下，不仅是整部小说的主人公，并且作为一个割裂旧传统却又新得不彻底的人物代表，在性格与时代的双重推力下，所经历的起落沉浮都一层一层地剖示于人前。因此，《刻骨铭心》一方面以互文法延续了《十字铺》的整体意绪，用熟悉的身影将读者带回秦淮河畔的潇潇暮雨中，另一方面，小说又是对旧作中那部分原本隐匿在水面下的“冰山”的补充与丰富。两者放在一起对比互读，方

---

① ［美］希利斯·米勒：《小说与重复：七部英国小说》，王宏图译，天津人民出版社 2008 年版，第 7—8 页。

② 刘艳：《互文阐释视野下的张翎小说创作——以长篇小说〈阵痛〉与中篇小说〈胭脂〉为例》，《中国文学批评》2019 年第 4 期。

可领略人物命运令人震撼的跌宕，以及“一步棋错步步错”的人生荒诞。

除去横向轴上作家本人文本之间互文交织形成的镜像反射网链谱系，接下来我们要着重讨论的是叶兆言小说中于纵向轴上展开的，与其他作家的名篇佳作、与古今经典小说文类的互涉与对话。“在认知语言学里，先前的知识就是图式。‘图式’指有关世界、事件、人和行动的整体知识。图式是包含普通信息的结构集束，它储存在长期记忆中。它是一种框架，作为认知结构储存在记忆中的一组信念，它能影响人们对一个集体和它的成员的理解。”① 在此意义上，互文性即意味着“图式”的衍生。实际上每一部新作品的产生都无法避免以往全部经典图式的催化/纠缠，美国诗人艾略特的名作《传统与个人才能》更是将文学的互文性内核一语道破。他认为传统的再生正是一个互文性的共时装置，甚至，文学作品中“最好的部分，而且最具有个性的部分，很可能正是已故的诗人们，也就是他的前辈们，最有力地表现了他们作品之所以不朽的部分”②。文学始终是传统和经典的回响，这无疑造就了后来者几乎无法克服的“影响的焦虑”。从创作心理看，这种爱恨交织的俄狄浦斯情结也是叶兆言互文性叙事策略的根本诱因。

具体到操作手法，最直观的是通过文本标题来指涉另一文本，标题的引用暗示了一种共鸣和回响，“为文本提供了来自另一文本的间接支援，以及文化传承关系的声望”③。叶兆言很多小说的标题都来自诗歌，如《夜来香》《走向冬天》《我们的心多么顽固》《驰向黑夜的女人》《很久以来》《像青草一样呼吸》《滞留于屋檐的雨滴》《爱好哭泣的窗户》《去雅典的鞋子》等等，其中绝大多数都取自当代先锋诗人的朦胧诗行。这种标题互文就像最为绵密而细小的触须，却可以

---

① 郭鸿：《现代西方符号学纲要》，复旦大学出版社 2008 年版，第 120 页。

② ［英］艾略特：《传统与个人才能》，卞之琳、李赋宁等译，上海译文出版社 2012 年版，第 1 页。

③ 王爱松：《互文性与中国当代小说》，《文学评论》2017 年第 2 期。

实现诗歌中气韵、意象、情结的彼此勾兑和融通，最终也拨动了读者心灵的琴弦。

其次，叶兆言常利用题记和序言等副文本搭建局部的互文性，其目的与价值是建构传统与现代的对话，以传统的背景衬托出更为深刻与显豁的现代意义。比如《花影》（1993）引用了20世纪30年代著名诗人卞之琳的名作《断章》作为题记："你站在桥上看风景，看风景的人在楼上看你。明月装饰了你的窗子，你装饰了别人的梦。"诗歌传达出人与他者通过"看风景"而发生的一种微妙的诗意关系，但到了小说《花影》中，通过演绎骇人听闻的家族阴谋和移情别恋反致滥情失恋的风月圈套，人我之间却成为萨特"他人即地狱"的生动注脚。新写实小说《别人的房间》（1998）则引用了杜甫的古诗《茅屋为秋风所破歌》作为互文性特征的题记，"安得广厦千万间，大庇天下寒士俱欢颜，风雨不动安如山"。使小说笼罩上消解传统的色彩。随着时空的变化，"房间"的争夺无疑成为现代社会的一个普遍现象，拥有属于自己的、舒适的居住空间不但投射着人最基本的生存性满足诉求，甚至上升到精神层面的安身立命问题。在小说中，狭窄局促的日常生存空间直接带来精神空间的压抑、扭曲和变形，无论是妻子的出轨和堕胎，还是丈夫强奸合租房邻居的反常行为，都直指"始终没有一间自己的房间"的生存性贫困。这显然与杜甫诗中以豪情壮志、感物吟志来超越现实矛盾的崇高乐观形成对照，反衬出现代人一直处在错误、孤独与紧张之中。值得一提的还有叶兆言近年推出的长篇历史小说《仪凤之门》（2022），题记是李白的一首乐府诗《长干行》，"妾发初覆额，折花门前剧。郎骑竹马来，绕床弄青梅"①。长干里即金陵城南，交代了诗歌的创作背景，是李白来到江南之地，受古金陵帝都文化的影响后，有意识对传统南朝吴歌的仿写。古诗以长干里一个船家女子的自述口吻，回顾自童年的青梅竹马到结为夫妇的恩爱生

① 叶兆言：《仪凤之门》，《收获》2022年第1期。

活，抒发了对远行经商的丈夫深沉的相思，凝结了美好古典的情感方式。结合叶兆言的小说来看，《仪凤之门》中对长江中下游一带男女青年生活场景的刻画、对杨逵与凤仙青梅竹马的情感书写都意在呼应李白诗歌中动人的民间气息与传统的情感结构，使读者在它们已如明日黄花的命运中体悟到一种无法弥补的丧失之感。

序言也是构成互文性的常用手法。如小说《风雨无乡》（1995）的序言，“‘风雨无乡’四个字出自《管子·形势解》。这里的乡是方向的意思代表着公正，文字的演变常常产生歧义，繁体字变成了简化字，歧义也成了多义。……我喜欢‘风雨无乡’这四个字，而且觉得不妨把方向，错误地当成家乡。”[①] 此处援引古奥的典籍作为标题无疑形成了陌异化效果，同时也达到对作品中人物处境和心态的高度暗示——“不妨把方向错误地当成家乡”，不仅消解了战争和命运不公的指责与控诉，而且将笔触指向人性深处的调和力量。小说《一九三七年的爱情》“写在前面”的序言中，叶兆言则互文性地征引了国民党元老叶楚伧在 1935 年主编的《首都志》以及国民政府正式定都南京后出版的教科书《中学教育指导》中的文字片段，有意将自己这部写成了街谈巷议“野史逸闻”的小说与面貌严肃的所谓“正史”形成对照。既让人感觉到历史与叙述之间的巨大裂隙、历史与话语之间的权力关系，同时也提供给读者一种“公开剧本 vs 潜隐剧本”[②] 式观察历史与现实的全新视角。序言所引教科书上有关“国民政府建都南京纪念日”的文字如下：

> A 史略：南京为总理指定之首都。辛亥革命，总理被举为大

---

① 叶兆言：《风雨无乡·序言》，江苏文艺出版社 1997 年版，第 1 页。

② 耶鲁政治学与人类学教授詹姆斯·斯科特使用“公开剧本”作为便捷方式描述从属者与那些支配他们的人之间公开的互动；“潜隐剧本”则是相对于“公开剧本”而提出的，用以说明发生在后台的话语，是为不同的观众和在不同的权力限制下被生产出来的。见［美］詹姆斯·C. 斯科特《支配与抵抗艺术：潜隐剧本》，王佳鹏译，南京大学出版社 2021 年版，第 2—3 页。

总统，中央政府即设于此。十五年本党誓师北伐，克复武汉，革命政府即由粤移汉。至十六年四月，遵总理遗愿，建都南京。

B 仪式：全国各党政军警机关各团体各学校一律悬党国旗志庆，各地高级党部召集各机关各团体学校代表举行纪念典礼，不放假。

C 宣传要点：

（子）国民政府成立之经过。

（丑）南京在中国地理上历史上及文化上之地位。

（寅）国都之建设与中国之将来。①

言外之意似乎在说，我们通过教科书作为载体所接触到的历史，由于把感性生动的事件过滤成一种貌似庄严的话语，它在人们心目中往往更像“历史”，且构成了后人撰写历史的材料，但事实上，各种细部的真实和内在的可能性很难被人看见。而从斯科特的理论视角看，在公开的舞台上，剧本早已给定，无论是掌权者还是平民，其实人人都在表演，这就必然造成公开剧本的程式化和仪式化色彩。因此，正是通过一场极富传奇色彩的潜隐剧本实践，《一九三七年的爱情》达到了解构历史公开剧本的目的。

除了通过标题、题记和序言等副文本促成局部互文，建构文本的丰富性，另一种不容忽视的则是进入正文的“引用、用典、重写与戏仿”②，它们能够在更深的层面介入文本，造成对经典文本的挪用、改造，位移、修正，乃至重构、升华，既表达对前文本的认同，又为自己的创造想象力开辟空间。比如，叶兆言的《艳歌》就对钱钟书的《围城》进行了用典。钱钟书在《围城》最后，以方鸿渐静听老式自鸣钟的报时结束，有意安排了婚姻的丧钟，“这个时间落伍的计时机无意中包涵对人生的讽刺和感伤，深于一切语言、一切啼笑。”③《艳

① 叶兆言：《一九三七年的爱情》，人民文学出版社 2017 年版，第 2—3 页。

② 王爱松：《互文性与中国当代小说》，《文学评论》2017 年第 2 期。

③ 钱钟书：《围城》，人民出版社 2000 年版，第 335 页。

歌》结尾也有这么一段："夜光台钟上的阿拉伯数字放着微光，暗绿色的光，秒针吃力地走着，走得很慢。每走一小格，轻轻跳一下，轻轻抖一下。"[①] 相比之下，钱钟书以其睿智而看透人生的玄机，把一切交付予时光判决，如同古希腊哲人般，表现出冷峻的智慧，叶兆言却在容纳和吸收的基础上，表达出另一重对生活的执着和热爱——虽然生活是那么艰难，往后的路也许依然是无可奈何，但毕竟还艰难地向前。这似乎延伸和增补了《围城》渴望表达，却未能表达的含义。

《一九三七年的爱情》同样与《围城》构成了引用和用典式的互文性关系。在小说中，叶兆言对《围城》开篇一句"在中国热得更比常年厉害，事后大家都说是兵戈之象，因为这就是民国二十六年［一九三七年］。"[②] 进行了间接性引用："一九三七年的夏天尤其热，整座城市成了一个正在燃烧的大火炉，都说这是兵戈之象凶险之年。"[③] 灵活地将1937年的围城故事融入新的语境。不仅是时间框架的引用，两位男主角的性格和经历也颇为相近：都才华横溢、博闻强识；都曾留学欧洲多年，并在抗战爆发的那一年回到国内；都聪敏机智，却学无专长，于是也都未能获得国外大学的文凭；都出生在上海，回国后都进入大学任教，在恋爱婚姻上则都秉持自由主义做派；等等。尽管丁问渔从上海来到了南京，被民国首府各种泛滥的宏大话语所包围，但他还是延续了方鸿渐的"多余人"特质：西方教养下的文化错位，对政治大叙事的充耳不闻，与周围俗世环境的格格不入。小说的细节设置上，叶兆言则有意安排了丁问渔一场名为《中外娼妓的传统之比较》的演讲，与《围城》里方鸿渐的演讲《西洋文化在中国历史上之影响及其检讨》构成互文。微妙的区别在于，一方面方鸿渐的演讲令其无比尴尬，丁问渔却大获成功，甚至创下校史上听众最多的纪录，这在不经

---

① 叶兆言：《红房子酒店》，人民文学出版社2012年版，第169页。

② 钱钟书：《围城》，人民文学出版社2000年版，第1页。

③ 叶兆言：《一九三七年的爱情》，人民文学出版社2017年版，第273页。

意间就传达了《围城》荒诞和反讽性的话语风格。另一方面，即将在空前降临的南京大屠杀中死去的丁问渔却依然对大时代无动于衷，这样的反讽效果不得不说是《围城》都无法企及的。除了人物的喜剧性格以及“落空”状态上的相近塑造，叶兆言还对钱钟书的“围城”做出了自己全新的阐释。在小说结尾，直到民族灾难的危急关头，为了能够守护在雨媛身边，丁问渔毅然放弃了离开南京城的最后机会，死在了日本人的乱刀之下。在这最后的拉锯时刻，当历史的大幕就要戛然降落，叶兆言却将“围城”由浓缩人生百味的象征性寓言重新推回到赤裸裸的历史现场，为我们建构另一座直面历史鬼影、铭记暴力创伤的“围城”。

如果说用典指的是“没有明确关联性的转变参照，类比某一文学或历史人物、地点或事件，或是另一篇文学作品及章节”①，那么《一九三七年的爱情》虽无明确标识，但作家的互文动机显然包括了对民国时期文学作品和文学传统的怀旧式认同。不仅是《围城》，这部小说对老舍的《骆驼祥子》、张爱玲的《倾城之恋》、张恨水的《夜深沉》等也进行了新语境中的唤醒与勾连。事实上，在诗文中引用典故本是中国文学创作的悠久传统之一，所谓“夺胎换骨”“无一字无来历”，然而久而久之却发展成为一种壅滞空洞的艺术流弊。正是针对此，胡适在《文学改良刍议》中将“不用典”列入改良文学的“八事”，从此“不用典”逐步衍化为文学的新风尚。但历史性、客观性地看，无论是当代的诗歌还是小说，完全不用典似乎也在相反的方向上走入极端。事实上，叶兆言小说的用典就不仅成为我们理解和拓宽文本意义的一个窗口，而且生成了一种独特的“文学的史学性”特质以及更微妙复杂的审美效应。

如罗兰·巴特所描述的，互文性是这样一种文本的愉悦和刺激，它迫使读者深入文本的世界，去探测他者残留的气息，并在文学谱系

① ［美］M. H. 艾布拉姆斯：《文学术语词典》，吴松江等编译，北京大学出版社2014年版，第25页。

的庞大遗产库中展开追根溯源的游戏。在这个意义上，重写是另一大可以由“含混性”的刺激而创生出美感经验[1]的互文手法。在20世纪90年代，叶兆言就以“故事新编”的理念开始了对父辈故事的重写，《最后一班难民车》之于叶绍钧的《潘先生在难中》《夜来香》之于叶至诚的《体育老师》，都是叶兆言“以叙事人的身份潜入父辈的角色”式重写，不仅“在新编‘故事’时把握住人类那点灵犀相通永恒不变的情愫”[2]，而且表现出鲜明的怀旧美学倾向。按利奥塔的说法，“‘重写’这一词汇的模糊之处也同样萦绕在现代性与时间的关系上”[3]。一方面是昏黄的历史与当下现实之间构造的时间张力，另一方面是经典的历史叙述与现代性审美意识接榫重合的审美张力，多重张力结构最终生成了一种混合型的怀旧风格。重写者也好、读者也好，都无不能从中辨识历史的唯美，体会现实的震惊；触碰历史现实化的飞扬想象，感悟现实历史化的此在超拔，由此产生“熟悉陌生人”式的悖论性审美快感。同样是重写，叶兆言的《后羿》则不再借助怀旧的光晕，而呈现出另一种完全颠覆权威、全面挣脱前文本镣铐的狂欢式重写路径。首先，在原型意象上，小说对上古神话的潜文本展开充分的挪用与互文，将弗莱所谓约定性的神话“联想群”“象征群”相互联结，经由一种扑朔迷离的神话思维和景观触发读者理性与记忆岩层之下的原型结构：嫦娥在大洪水中借助葫芦获救和葫芦生羿的情节有闻一多先生的中国洪水神话与葫芦崇拜考为证；有戎国男人春耕时节的两性交媾仪式是对交感巫术的投射，以祈求土地繁殖、人丁兴旺；女寅、女丑以猪的交配来嘲笑嫦娥的处女之身、嫦娥在猪圈里将猪体当温床、吴刚以猪作礼物赠送造父等细节构织则采纳了钱钟书先生关于自《周易》始国人以猪之象拟示淫欲的说法[4]；西王母与后羿在梦

① 生安锋：《文学的重写、经典重构与文化参与——杜威·佛克马教授访谈录》，《文艺研究》2006年第5期。

② 王干：《为了文本而放逐历史：评〈夜来香〉》，《大家》1994年第1期。

③ ［法］利奥塔：《重写现代性》，阿黛译，《国外社会科学》1996年第2期。

④ 钱钟书：《管锥编》（一），生活·读书·新知三联书店2007年版，第28页。

中性交从而使后羿从男孩变成男人更是中国文学传统自《高唐赋》至《红楼梦》都重点表现过的男主人公春梦原型；后羿周游女人国、小人国、白民国、黑齿国、大人国和裸身国的情节同样并非戏说，而是对《山海经》里禹游历九州土地、见闻远国异人的一次重写。其次，在大的叙述思路和叙事精神上，《后羿》则与《镜花缘》构成互文，不但以当代感十足的叙述语调重写“后羿射日”的创世史诗和“嫦娥奔月”的爱情神话，全面打破围绕高大全的英雄后羿与神秘美丽的仙女嫦娥所凝定的序列化的文化心理结构，而且充分打开了想象空间，融入创作主体直接介入历史、批判权力的重写旨趣。换言之，在努力回溯了种种渗透远古人类情感的神话元素之后，叶兆言并未拘泥于古代文本，而是在解构与重构的双向作用下，以世俗性原则颠覆神话性原则，通过重写与现实、神性与人性之间的张力表达叙述者的主体批判和反思精神。如英国的重述神话作家凯伦·阿姆斯特朗所言：“一个神话从来就没有单一的标准版本。世易时移，我们也会变换讲述故事的方式，以便凸显它们超越时间性的‘真实’。”这种真实不仅要求触及人类的日常生活，“只有更为人性化才能长久保持它（神话和神话人物）的生命力”，更重要的是“它能否指导人们的言行举止”，“帮助他们了解人性”[①]。在这个意义上，叶兆言重写策略下神话与新版本之间不断牵连叠合而形成的反讽结构，无疑是对传承至今的符号意义代码一次更为彻底的解构，取而代之的则是当代生活逻辑与审美心态的强势登场，贴近现代精神的同时更足以推进社会照察、历史警示与人性反思。

除了引用、用典和重写，互文的发生还在于对某一传统文体的变形与拆解，或称之为戏仿。比如叶兆言取名为《艳歌》的小说集其实是对古代艳歌体的全面戏仿。作家称：“古代楚方言称歌为艳。艳和歌最初一回事，左思《吴都赋》的‘荆艳楚舞’便是一个佐证。‘艳歌罗敷行’中的‘艳歌’就是歌。艳又有序歌义，宋之后杂剧正戏前

① ［英］凯伦·阿姆斯特朗：《神话简史》，胡亚豳译，重庆出版社2005年版，第11、24页。

的小段称为艳段。艳段专门表演滑稽，所以艳在方言中有噱头和好笑的意思。”① 不但指出了创作的灵感来源，点明避雅趋俗、以俗曲表深情的创作立意，而且表明要通过互文来解构“艳歌”所指代的古今言情小说类型体式，由此产生戏剧性的内涵。显然，这种小说实验很具有技术性，前提是作家必须具备自觉和完备的现代文体意识，对于各种文学体裁的语言编码方式，也即文体的形与神、文体的风格特征等都有比较周详的认知。这样，互文才可能引发出反模仿、反讽等更有趣的话题。比如，叶兆言的《夜泊秦淮》虽可视为后现代戏仿形式的互文性探索，却并非无意义的文本游戏，而是针对现代文学传统中形成固定话语系统的小说文体，在文本结构、主题模式、人物关系上都进行了新的艺术开发，融入新的时代精神。按叶兆言自己的说法：“家的叙事是现代小说史上的重要母题，鸳鸯蝴蝶派的小说是现代文学史上的重要小说流派，革命加恋爱是现代小说的重要情节模式，张爱玲的小说在现代小说史上也有着重要地位，所以我拿它们作为自己作品戏仿的对象。”② 对应于文本实践，叶兆言的仿制品不但生动复活了各个文体的文化特质，而且把握住了它们与现代社会的隐秘联系：《追月楼》对丁老先生和大家庭的描写表面上重温了《家》《财主的儿女们》《四世同堂》中的故事与场景，实质却是对家族小说反封建的个性主义与启蒙主题的革命性情结的一次全面降格。在这样的句子里——“巴金先生的《家》当时正流行，伯祺也读过这本书，他觉得自己就是小说中的觉新，或者反过来说，小说中的觉新就是他。”③ ——戏谑和叛逆色彩不言而喻；《半边营》则与张爱玲的《金锁记》相互文，抓住人物关系的结构特性还原了“张爱玲体”，于恩怨离合、尖酸刻毒中张扬萧疏的家族气运与情感的碎瓦残片，在惟妙惟肖的模仿中揉进现代人冷漠亲情的猎杀冲动。《状元镜》和《十字铺》的互文对象都

① 叶兆言：《艳歌·自序》，广西师范大学出版社 2001 年版，第 1 页。
② 周新民、叶兆言：《写作就是反模仿——叶兆言访谈录》，《小说评论》2004 年第 3 期。
③ 叶兆言：《夜泊秦淮》，人民文学出版社 2012 年版，第 93 页。

是鸳鸯蝴蝶派的哀情小说传统，前者投射了叶兆言将大历史消解于俗世人性的玄思渊薮；后者进一步对革命加恋爱的叙述模式进行改装，三角恋和美满的姻缘依然存在，叙事伦理却偷换成一种务实的生存性选择和世俗性的价值观，构成对传统文类中高昂的理想主义与浪漫主义的戏谑性张力。如果有兴趣细细推敲的话，不难发现《夜泊秦淮》还有更多熟悉的文体要素：《状元镜》里三姐“骄极、满极、轻极、浮极”的性格神态与《金瓶梅》里的女性塑造；张二胡与三姐的情理关系与《卖油郎独占花魁》……可以说，叶兆言充分运用了“转述者变调”“义理置换”“极速矮化”等一系列“图—底”戏仿机制①，建构出一个典型的超文性复合文本，它的丰富意蕴和价值只有在与前文本的互文关系中才能得到更好的把握。

在更宽泛的意义上，叶兆言的“林林系列”与“海明威体”、叶兆言的犯罪系列与侦探类型小说、叶兆言的新历史小说与革命历史小说、叶兆言的“文革”小说与新时期伤痕小说等等，都发生了纵向上的互文运动，在相互对峙中彼此烛照，相互消解中彼此对话，由此造就叶兆言小说世界众声喧哗却又内在和谐的、张力弹性的话语空间。叶兆言自称：“我不愿写非常现成的东西，而是调侃各类小说，从中得到写作的乐趣。”② 由文本的愉悦出发，戏仿在叶兆言的写作中显然已经由一种互文性的叙事策略升华为一种创作原则和创作精神。很多时候，叶兆言的戏仿都植根于前文本的不合时宜性，特别针对那种宏大叙事在现实中显出虚假可笑的状况，这使他的作品具有一定的“反讽喜剧性”美学格调——“它不同于传统喜剧美学的那种把无价值的东西撕破给人看的审美态度（丧失价值的东西以其无价值而受到人们的嘲笑），而是以其不作判断的零度叙事、冷抒情、反象征、反意象等所谓‘无立场’，来呈现语言当中的‘现实’或‘人生’。”③ 在这

① 赵宪章：《超文性戏仿文体解读》，《湖南师范大学社会科学学报》2004 年第 3 期。
② 丁永强：《新写实作家、评论家谈新写实》，《小说评论》1991 年第 3 期。
③ 王洪岳：《论当代文学对传统文本的戏仿》，《浙江社会科学》2009 年第 4 期。

个意义上，小说《江上明灯》（2016）是一个很极端的处理。通过讲述知青王文斌所写的一部名为《江上明灯》的英雄故事的四次变体及其文本命运，叶兆言鲜明地突出了一段文学记忆的顽固性及其被背叛的必然性与必要性：从“文革”中的知青文学→因为细节问题没有过审的电影剧本→因“批邓”成为清算反面典型的长篇小说→记录了所有创作经历的自传体小说，叶兆言使我们看清楚，“文学的记忆可以被捏造，也可以用来被否定”①。

而当叶兆言由某一文体的模仿—解构实验再往前走一步，尝试将多种有着不同本质规定的文体展开共时性互文时，便有意无意中暗合了后现代反体裁的戏仿路径，构造出一种百科全书式互文，即以知识的旁征博引和符号的蔓衍繁生建构超级话语框架。“百科全书式小说并未将作品封闭在庞杂框架内，而是借助内部的有机生命力不断成长、延伸，在原有的网状关系中织入新的缔结，以多元性的语言接近无限宇宙的真理，形成恢宏博大的百科全书式气象”②。中篇小说《关于厕所》（1992）是叶兆言最早的百科全书式写作尝试。它的引用手法类似于超现实主义的画面剪贴法则，“他们直接从现实中借取与艺术无关的残瓦碎片，把生活粘贴在艺术里，将生活不加改动地体现出来，于是艺术、幻想和现实之间界限被抹杀了。”③ 以“厕所”为话题，叶兆言把这种拼拼补补植入了小说，古今中外与厕所有关的散文、随笔、戏剧、寓言、新闻等被不加改动地转述和载入自己的文本。《一九三七年的爱情》则实践了一种普鲁斯特式的“文献串联”。除了战争与爱情两条主要的叙述线索，叶兆言为小说剪贴和熔铸了20世纪30年代的各类文献：信件、日记、民谣，新闻、小报报道，以及报纸上的标题、广告、离婚告示、戏曲节目单等等，营造出纷繁奇特的美学效果。这种文本与文化的互文以百科知识的杂糅和多层符号的蔓延为基

① 叶子：《“短故事”的游戏——2016年短篇小说略览》，《扬子江评论》2017年第2期。

② 蔡志诚、李岩：《文本的“沙之书”：李洱小说互文性解读》，《华侨大学学报》2021年第3期。

③ ［法］蒂费纳·萨莫瓦约：《互文性研究》，邵炜译，天津人民出版社2003年版，第25页。

础，打破了虚构与非虚构的界限，不但使小说的“文学性”出现了新的因素，使文本的意义不断延宕，更重要的是把趣味与对人类的关注融为一体，表征了一种生命诗学，“百科全书式的写作，包含了对人类最根本最善意的好奇，对于认知功能的强调，正是为把握变动不居世界所作出的努力”①。

总之，在叶兆言的小说中，我们不仅看到横向上作家本人文本之间的互文，还有纵向上对文学记忆的一系列复述与追忆、重写与背叛。“互文性是技术和客观的结果，它是记忆文学作品的结果，这种记忆文学的努力是长期、微妙、有时又是偶然的。”② 类似于心理分析对梦境中再现—记忆的释梦研究，透过互文性这一视角，我们得以在叶兆言小说错综复杂的迷宫里寻到文学记忆的勾连与文学脉络的覆盖，进而在文本间独特的、丰富的碰撞中感知到作家的自由精神。

第三节　复调：意识·人称·文体

无论是时间的空间化，还是文本的对位互涉，背后都渗透着作家的张力思维与反本质思维，使得叶兆言的小说避免了单一和单薄，而交叉与叙述、意义与空缺，无疑还增强了文本的复调意味。众所周知，“复调”是巴赫金针对陀思妥耶夫斯基的小说首次提出的一个重要文化诗学概念。他将“复调”“对位法”“多声部”等音乐术语引入小说理论，基本含义是指一部小说中多种独立平等，而又拥有相异价值的声音与意识以对话关系的共存。③ 区别于作者控制的独白型小说模式，“声音的多重性”及其背后所渗透的一种对话性艺术思维构成了巴赫金复调小说理论的核心。另一位重要的小说复调论者则是米兰·昆德

---

① 张宇：《日常化的先锋与世界化的本土——学术史视野下的西西小说新论》，《东吴学术》2020 年第 1 期。

② ［法］蒂费纳·萨莫瓦约：《互文性研究》，邵炜译，天津人民出版社 2003 年版，第 58 页。

③ ［苏］巴赫金：《陀思妥耶夫斯基诗学问题》，白春仁、顾亚铃译，生活·读书·新知三联书店 1988 年版，第 27—81 页。

拉。他在继承巴赫金对小说意识与小说内容的复调性思维基础上，又提出了小说文体的复调，一种“小说特有的随笔艺术”，即“在小说复调中引入非小说文学种类的做法”。“它们只是由一个共同的主题联在一起。但这一主题上的统一完全足够”[①]，由此形成多条线索独立并进而又相互对照、彼此呼应的音乐式对位，实现“哲学、叙述与梦幻的统一”[②]。值得注意的是，昆德拉不仅赋予复调以新的小说艺术内涵，更进一步开掘了现代小说通过叙事结构和叙事技巧的形式创新来表达“存在”之思（统一的主题）的潜力。因而，本节对叶兆言小说复调手法的讨论综合了巴赫金和昆德拉两者的理论观点，我们认为，叶兆言小说的复调性既表现在创作主体、叙述者及人物意识错杂的对话关系的建构，同时也包括对小说复调式的结构与文体的丰富创造。

综观叶兆言小说的艺术轨迹，1983 年发表的长篇小说《死水》最早显现出人物主体性倾向的复调现象。在小说的《前记》中，叙述人有一段虚虚实实的小说家言：“好像隔了一层雾似的，我对娃娃潭那一边的观察总是迷迷蒙蒙的。这似乎是一种无意识的行动，毫无目的性可言。我既没感到自己的行动可笑，也深知它实在没什么深一层的内涵；唯一的解释就是：不知不觉地，碰巧就是这么做了。”[③] 叙述人显然否认了一种清晰、客观、有目的的观察姿态，而将自己摆在一个含混、暧昧的位置。就巴赫金的复调理论看，这种创作主体的无为性将造成人物声音的强化效果。从描写方式看，《死水》的确是以人物主体性出现的，它体现出十年动乱在青年人心灵上刻下的伤痕，以及新时期伊始人们回顾刚过去的历史时焦灼不安、难以言说的情绪，并试图通过一种感性的、哲理的外化形式予以表现。小说的人文精神在于对“多余人”存在状态的把握，但叶兆言并未孤立地描摹主人公司徒汉新，而借助了人物主体性的表现方法，写出了他所置身的典型环

① ［法］米兰·昆德拉：《小说的艺术》，董强译，上海译文出版社 2011 年版，第 94—97 页。

② ［法］米兰·昆德拉：《小说的艺术》，董强译，上海译文出版社 2011 年版，第 101 页。

③ 叶兆言：《死水》，人民文学出版社 2018 年版，第 5 页。

境。在医院里，他接触到叶梦卓、裘医生、老局长、“教授”、苏苏、二胖、虚无和尚等具有完全不同价值观的人物，而这些或多疑、或精明、或虚静、或圆滑、或惰性、或苟且、或佛系的人生态度，在某种程度上都可视为“文革”后遗症，从而带来《死水》的多重对话性。一方面，在与社会脱序的、狭小封闭的医院空间里，叶兆言尽力避免作家主体的介入，而是通过人物的自我倾诉和彼此对话，构成多元的话语世界，拓宽了小说的精神空间。另一方面，在病房、值班室、小径上、潭水边，这些对话犹如一个个专题讨论会，人物就隐含作者抛来的话题发表各自的观点，甚至相互写信进行探索。从对话内容看，都是些不乏抽象和启蒙色彩的大话题，如“知识”“读书”“死亡”“爱情”“理想”“选择”“自由”“宗教”等等，很带有新时期初期《波动》《公开的情书》《晚霞消失的时候》等一批哲理小说反思历史的话语化特点。从人物交谈的内容中，我们一方面能够了然情节脉络的发展，另一方面则由于这些话语的抽象化、哲学化、辩证性，思考的欲望一定程度上也被调动起来。但是，《死水》并没有完全摆脱老巴尔扎克式全知全能的传统叙述模态。尽管叶兆言运用的是一种漫不经心的外视角，但他似乎并没有意识到作家主体性和人物主体性的区别。事实上，男主人公司徒汉新基本上是与作者意识相互交叠的，这就使作品难逃一种陈旧和直露的心理描写的窠臼，而没有在叙述者和读者之间开发出更大的潜对话空间。

就叙述结构来说，《枣树的故事》真正开创了一种独特的复调方式，即以“元小说”① 手法潜入故事内部展开建构/抹除小说似真性体

① 20 世纪 80 年代，英国著名批评家帕特里夏·沃将一类致力于揭示人们如何组织和表达自己的经验、小说形式如何运作和如何建构世界图景的新文学称为“元小说”（metafiction）。它们与之前的现实主义和现代主义作品本质区别在于“具有自我意识”（self-consciousness）、“戏仿性的”（parody）以及“自相矛盾的”（dilemma）。元小说文本显示，“文学虚构根本无法模仿或‘再现’世界，而永远在模仿或‘再现’那反过来建构世界的话语”。见肖锦龙“戏仿”到“腹语术”——西方当代先锋小说创作理路方法转型管窥》，《文艺争鸣》2018 年第 3 期。总之，借展示文学虚构是如何创造它的想象世界的，元小说帮助我们理解同样的状态：我们每天生活于其中的现实是如何被语言建构的。

系的双重运动，以隐含作者和叙述者相互叠加的表象背反性地暴露现实主义叙事成规，由此产生小说意识的“核裂变”。在元小说的叙述构架中，读者首先会在隐含作者→叙述者→故事人物的关系结构中辨认出一种熟悉的叙述语态和亲切的讲故事人面孔（叶兆言尤其擅于营构自己“闲坐说玄宗”的说书人气度），但伴随阅读的展开，我们就会发现这只是一种纳克索斯式的叙述幻象。事实上，当叶兆言把那位写电影脚本的“作家”推到舞台中央时，他的身影便总在干扰我们的阅读，诱惑我们掉入主题的陷阱。但叶兆言虽为这个“作家”设置了第三人称、全知全能的叙述体态，却经过了一番现代主义的客观化处理，使其区别于传统全知视角的强大理性统辖，而更多显示出一种偶然性和任意性的特点。因此，在《枣树的故事》中，我们实际看到的是大片大片复调的、朦胧的人物内心独白，尤其是岫云的本能感觉、幻觉、直觉，如磁场般存储着丰富的心理感知和体验，成为小说主人公的人物主体意识。在之后的创作中，叶兆言对元小说自我暴露和自相矛盾的叙述技巧有了更加多样的探索和表现。《采红菱》中叙述者“我”与隐含作者复叠后形成的“重影效果”模糊了作家主体意识。而在这样的语句中，“不管别人怎么想，我始终意识到自己是在为张英写作。事实上是我和张英共同创造了《采红菱》。我已经写了近二十万字，也许很快就完了，也许永远也完不了。也许很快又推翻重写。我对结局究竟应该怎么样写，没任何信心。有好几种结局，有无数种可能性。”[①]“使我痛苦欲绝的，是《五月的黄昏》这稿子也从一家杂志社退了回来。”[②] 叶兆言有意让人物主体意识与作家主体意识之间形成“差序格局”，从意识和精神的分裂中展示一种“有意味的形式”对于小说的强烈反作用，从而运用形式构筑了一种不确定性和悖论性逻辑的生活状态。这种差序格局在《日本鬼子来了》中表现更为微妙。一方面，“我”作为叙述者与作家叶兆言两者之间的距离近乎相

① 叶兆言：《红房子酒店》，人民文学出版社 2012 年版，第 401 页。
② 叶兆言：《红房子酒店》，人民文学出版社 2012 年版，第 354 页。

等，隐含作者不断从现实世界跃入故事层，制造出一种真实性的美学幻象。另一方面，叙述者“我”高谈阔论的故事主义结论，所谓“黔驴技穷的小说家和处于说故事的自由王国的乡下人比起来，真是天上地下”，又在元小说的间离化美学效应中被隐含作者完全予以解构。长篇小说《刻骨铭心》“戏中戏”的自我指涉与语言操纵则更加明显。叙述者甫一开始就窜至故事前台告诉我们，他“正在写一部叫《刻骨铭心》的长篇”，“一部反映南京市民生活的小说”。结尾处又进一步提及小说《没有玻璃的花房》来自我暴露，并就此消解了文本的真实性：《刻骨铭心》里最具真实分量的角色不过是《花房》里的“虚构人物”，于是，由他们讲述的“真实故事”，也成了最不可靠的历史荒诞，以致叙述人敢于宣称：“说什么也没用，反正就这么回事。有人就是喜欢他妈的瞎说，有人就是喜欢编造，你爱信不信。”[①] 这句话虽不妨视作叶兆言的小说家言，但就元小说“自我意识的螺旋”结构看，无疑也是小说家所理解的历史文本的虚构与真实。可以说，“作家叶兆言的主体意识就像戴上了一个面具，时而戴上，时而取下，相互交替，造成了一种主体意识的人格分裂效果”[②]。关于这一点，叶兆言直言不讳地说：“小说里的‘我’是虚构的。这不过是伪装的真实，故意做得像真的一样。小说绝对是虚构的东西，不能当真。但是，真实可以作为一种技法，譬如有的画跟真的一样，引起注意甚至反感，这就达到一种效果。”[③] 就实际达到的审美效果来说，后设要素的运用充分显示出复调小说间离、模糊、朦胧与晦涩的主基调，它使文本的内涵更为含混，而其主旋律却始终是作家主体性和人物主体性的混成交响乐。

如果说“元小说”的后设结构是以叙述者（或隐含作者）显性介入的方式造成多重意识分裂的复调性，那么叶兆言的另一大操作路径

① 叶兆言：《刻骨铭心》，人民文学出版社2018年版，第428页。

② 丁帆：《叙述模态的转换——叶兆言小说解读一种》，《钟山》1990年第6期。

③ 叶兆言、木叶：《好小说一定是“有问题的”》，《上海文学》2016年第5期。

则截然相反，即通过一种纯客观化的零度叙述，使故事以自在状态默默向前，从而与读者意识产生对话。换言之，通过对主人公的动作细节和行为遭际一种中性的、“不介入”的叙述，叶兆言把自己的真实态度和心理情绪都潜藏在了语句的字里行间，由此构造出一种说者与隐身说者、说者与读者的双声语复调。在整个阅读过程中，读者往往体察不到，也把握不住作家本人的情感状态或价值评判，冷漠超然的叙述体态不但没有了元小说热心于自我倾诉的叙事表征，甚至干脆以一种解剖刀式的冷面完全抹除了作家的“精神污染”，使你完全捉摸不定他要表达的真正内涵。在这里，我们不难看出海明威、加缪、罗兰·巴特和“新小说派”等现代艺术观念的影子，而作家这项操作成功的前提就在于要充分注意到语言结构在表层与深层、能指与所指之间变幻无穷的奥秘。从基本的叙述手法看，叶兆言的这类小说都有“叙述胜于描写”的特点，如《五月的黄昏》《路边的月亮》《绿河》《最后》《雪地传说》《奔丧》等，笔墨客观冷静、不事渲染。作家的兴趣似乎从不逗留于曲折的情节和故事层，而始终着眼于人物内心活动的潜世界。这使他并不轻易使用“描写”来让我们辨析出叙述者的面容，相反，倒是“叙述”的节制和感情的隐蔽。在这个时候，我们说，“从语义层面讲，他拒绝对客观世界的介入，或者，更精确地说，他有时貌似介入却在本质上依然固守住与客体的距离”[①]。而作为读者，我们似乎只有靠着反复琢磨小说人物的动作、语调、表情等更细微的细节才可能捕捉到其中的叙事伦理和意义指示，更多时候则是一片充满不确定性和再阐释性的心灵足音。

另一方面，通过叙述视角的频繁转换与自由更替来潜入不同人物主体的心理空间，叶兆言的小说世界便呈现出了盲目与洞见、遮蔽与敞开相互叠映的更为扑朔迷离的审美效果。众所周知，叙述视角是一篇小说的重要组成部分，它好比人体的血管，所有的故事和情节都经

① 汪政：《叶兆言创作主体寻踪》，《当代作家评论》1990 年第 3 期。

由这样一条无所不在的“血管”中流出来。而如果说某种意义上一个作家的风格与个性往往表现于独特的叙述视角，那么，其“不稳定性”则几乎成为叶兆言小说最富辨识度的叙事表征。在他的小说中，叙述者观察的点位似乎总在不停地变换与腾挪，实际是叶兆言为扩大小说的精神空间而有意为之。这方面最有典型性的是《八根芦柴花》（1988）和《夜来香》（1994），都是采用多重视角的自由变换来构造一种全方位展示的立体化效果。叙述者就像扛着一台摄像机，把不同的人物作为追拍的对象，使我们听到同一事件的多声部陈述。前者用母亲、女儿、父亲三个人物分头叙述了一个家庭悲剧，他们在生活的圆圈里彼此独白、价值平等。相应的章节氛围和语境则伴随人物叙述视角的切换而调整，以三种不同的心理状态和意识层面，最终构筑了一出心灵阻隔、无法相通理解的家庭悲剧。后者更动用了至少四个完全不同的叙事视角对故事展开交替性叙述，包括客观的全知视角、荀洪元的少年视角，还有体育老师和蕙的主观化视角。这便使一段粗疏的抗战历史被裂解为一个个片段，从中既可以看到一个凄美哀伤的爱情故事，一段生死难离的执着情感，也可以听到一个苏州女子对旧时江南的温馨回忆，一曲李香兰的《夜来香》唤起大时代的生活底蕴。由于不同视角的折射，人物内在的精神欲望与丰饶人性获得了感性的表达，尤其是荀洪元在大时代缝隙中窥探的少年目光，使无数细密隐秘的真相被和盘托出。窥视的目光无疑最勾起读者的兴趣，叶兆言深谙此道。但在《去影》中，原本是以较为严谨的人物视角来展开叙述，而到了真正的窥视时，却微妙地转换为客观全知视角，停留在了女浴室白漆玻璃上的“小蝴蝶”，造成叙述对象与读者之间必要的审美间距，也保持了文字整体的纯净风格。小说开篇以一句“十五年前老掉牙的故事，好像压箱子底的旧衣服，抖出来闻闻，淡淡的感伤夹着霉味樟脑味”，确立了主人公迟钦亭的人物视点叙述，而且是一种追忆型的叙事语调。但当深入历史的现场，叶兆言又往往不露声色地将人物限知视角转换成客观全知视角，从而使往昔旧日的斑驳阴影在隐约迷离中获得了一种奇妙的呈现。总之，在叶兆言小说中，叙事视角的频繁转换与自由更替既展示出生活的多重底蕴，又强化了小说叙事的层次感与深度，而由于叙述视角的伪装和扭曲，我们必须首先拆除伪装，才可能获得作者寄寓其中的复杂意旨。

除了叙述视角之外，人称形式是现代小说艺术中另一大重要的叙述元素，可以被充分运用来建构作者、人物与读者的三角对话关系。当叙述人称与叙述视角的变化缠绕交织在一起时，无疑将增添小说的复调艺术效果。在这个意义上，我们可以通过长篇小说《没有玻璃的花房》来考察叶兆言对叙事人称功能的充分挖掘与运用，由此加以体会叶兆言多元的叙事策略。而之所以选择这部小说，原因就在于它对人称形式的高度实验，即采取一种抹平差异的艺术手段，直接将第一人称与第三人称放在一起交替叙事，完全取消了人物视点转换时的人称形式标识。这样，主人公木木就被纳入到一种表述与被表述的叙述程序中，呈现出主观性与客观性、儿童与成人两种叙事语调无规则的、不间断的变奏。比如在下面这段引文中，主人公在以“我”的口吻叙述时，叶兆言又偷偷地插入进另一个叙述者声音：

> 我的父亲李道始当时在看报，怀着忐忑不安的心情研究一篇社论，林苏菲的尖叫吓得他赶紧扔掉手中的报纸。李道始向我飞奔而来，十分麻利地扒掉我的裤子，然后幸灾乐祸地看着木木，不怀好意地窃笑，最后忍不住笑出声来。雨水和汗水成了催化剂，严重的褪色染绿了内衣，甚至渗透了汗衫短裤，把人也给染绿了。我成了一个绿色的小精灵，浑身上下到处都是成片的绿色斑纹，……此后的许多年里，我对自己的那玩意总有一种隐隐的担忧。只要有机会，木木总是忍不住悄悄地观察自己丑陋的小宝贝，躲在被窝里用手电筒研究。……它起源于父亲李道始的恐吓，只是为了报复，李道始一趟趟飞奔去老虎灶为儿子拎洗澡的热水，他竟然威胁说那难看的绿颜色已无可救药地陷入

阴囊的皱褶儿中，从此再也不可能洗掉。他说木木的那玩意以后永远都会像只绿鹦鹉，春天来临的时候，梅花开了，桃花开了，杏花开了，那只绿鹦鹉便会展翅飞翔，离我而去。①

先开始是作为人物主体的木木在向我们讲话，但不知不觉中，隐含作者把“我”降到了作为客体的位置，说“木木总是忍不住悄悄地观察”，“木木的那玩意”，这样，我们就在单一的主观叙述声音之外，听到了另外一种更为客观和超然的声音。从语流色彩看，第一人称叙述者“我”的声音是怪诞、诙谐和喜剧化的，比如“十分麻利地”“幸灾乐祸地”“不怀好意地”“恐吓”“报复”“一趟趟飞奔”这一系列用来形容父亲的词汇，无不打上了儿童的认识印记。相对成人而言，儿童视角是局限的，但又是放大的，他可能只看到了雨水和汗水使衣服褪了色，但这些绿色的痕迹在他眼里就成了大片大片的斑纹；他可能只是受到了父亲轻微的吓唬，但他也会觉得这是一件无比严重而恐怖的事。与此相对，第三人称叙述者的声音则是冷漠的、反思性的，带有他者对自我加以审视的功能。如果说儿童“我”的视角是由下向上、由内向外的仰视角，那么这个叙述者的视角则是由上向下、由外向内的俯视角。这一叙事策略使得小说不再允诺任何确定、单一的信息，而是让我们在复调中首先体会到儿童消解权威的意识。

不仅如此，复调手法的使用引领我们的思维在阅读中不断产生出停顿和重新思考，这种“陌生化”无疑传达着叶兆言复杂的思想和情绪。在小说以《绿色和背叛》为题的第一章中，对于其他作家笔下常出现的“文革”批斗会，“我”是这样来叙述的：

我们决定要对她进行一次毫不留情的批判，要给她一个致命

① 叶兆言：《没有玻璃的花房》，上海文艺出版社2010年版，第2—3页。

> 的打击。纸糊的高帽子已经准备好了，挂在脖子上的木板也准备好了，张小燕特地从家里带来一根很细的铁丝，这根细铁丝勒在唐老太肥胖的脖子上，一定够她老人家受的。……我们经过精心策划，考虑到了种种的可能性，然后就十分激动地等待这一伟大时刻的到来。①

在这个声音中出现了对“文革”语言的戏仿，如“一次毫不留情的批判”“一个致命的打击”“准备好了”“这一伟大时刻的到来”，但这些崇高的话语却是用来表现一件污秽的、暴力的事件，同时也是从动机层面对自己的行为作出解释。这至少包含两层深意：一是展现出孩童未被规训的天性，即使面临恐怖的死亡，孩子们仍抱持一种玩赏和亢奋的态度，犹如等待一部喜剧。二是用这种漫天飞舞的公式化口号使我们感受到“文革”对人性的恶劣影响，孩子们栖身其中，无法摈弃这些假、大、空的词语碎片对天性的污染。萨特曾指出：“语言是行动的某一特殊瞬间，我们不能离开行动去理解它。有些失语症患者丧失了行动、理解形势和与异性保持正常关系的能力。在这种运用失能症内部，语言功能的毁坏仅是多项结构之中的一项最细腻的和最明显的结构的崩溃。”② 这也是叶兆言所力求呈现的这一代人独特而深刻的成长危机，一种语言危机：“这一代人，并没有受到割舌的威胁，可惜天生都是哑巴。不堪回首的年代里，我们做梦也想不到还能用自己的声音说话。同时，根本不习惯自由这两个字，在正义的幌子下，自由像个球，我们不是剥夺别人，就是被别人剥夺。”③

当然，复调手法还带来了小说的狂欢化色彩，它将人性的残忍以及欺凌与暴力过程中的自由和快感糅合在一起，引发我们去思考更永

---

① 叶兆言：《没有玻璃的花房》，上海文艺出版社 2010 年版，第 7 页。

② ［法］萨特：《什么是文学?》，施康强译，见艾珉选编《萨特读本》，人民文学出版社 2005 年版，第 530 页。

③ 叶兆言：《没有玻璃的花房》，上海文艺出版社 2010 年版，第 278 页。

恒的“渺小肮脏的东西”[1]：

> 我们七嘴八舌，群情激奋。唐老太大约意识到孩子们要动手了，突然把胸前的木牌举了起来，护住自己的脸。她的这一行动变成一种邀请，立刻招来一阵欢快的拳打脚踢，又矮又胖的唐老太像充足了气的皮球，在草地上滚作一团。纸糊的高帽子滚到了一边，木牌成了盾牌，又好像是乌龟壳的一部分。我们变得很兴奋，大家并不争先，却多少有点恐后。唐老太痛苦地呻吟着，我们知道她觉得疼痛，这正是我们所希望的。她越疼，我们越高兴，她越痛，我们越欢喜。[2]

在这里，叙述者讲述暴力场面的叙述语调令人不寒而栗。当叙述人称“我”融入“我们”之后，叙述口吻变得更为欢快和调侃。很明显，“我们”对老人没有丝毫同情，也没有仇恨，更多的是一种“恐后”的游戏心理，因而可以展示老人各种可笑滑稽的样子，如“又矮又胖”“像充足了气的皮球”“滚作一团”“乌龟壳”等。但这种小丑式的形象并不能让人捧腹大笑，相反，一种内在冲突与沉重感却在暗中滋长。我们由木木的目光所见到的，正是孩子们理性沉睡之时的可憎面目，他们在兽性与罪恶的边界获得了无边无垠的快感。继而，从这一叙述视角出发，叙述者自然地把“革命”和“游戏”联系在一起，“革命不是请客吃饭，不是做文章，不能那样雅致，那样文质彬彬，革命是暴力，是流血，是孩子们的激情游戏”[3]。革命的残酷和游戏的狂欢使读者分明地感到荒诞，这是孩子们简单思维的特征，同时也暗喻了那一时期成人精神上远离常识和理性的幼稚病症，“我们的批斗会搞得有声有色，丝毫不逊于社会上成人之间进行的这类场面。

---

① 钟红明：《写作是过去与现实的会战——与叶兆言谈〈没有玻璃的花房〉》，《工人日报》2003年2月28日。

② 叶兆言：《没有玻璃的花房》，上海文艺出版社2010年版，第10页。

③ 叶兆言：《没有玻璃的花房》，上海文艺出版社2010年版，第11页。

究竟是孩子模仿了成人，还是成人模仿了孩子，或许永远是个说不清的话题"①。在这个叙述声音中第一人称和第三人称缠绕合一，糅进了隐含作者反思历史、反思苦难的现实立场。

> 唐老太上吊前的那几天，她无数遍地洗澡，一遍遍地擦肥皂。绿色的染料深深地印在了她的皮肤上，怎么也洗不干净。她无数遍地咒骂儿媳金凤，认定她是这件事情的幕后主谋。在最后的日子里，唐老太把所有的仇恨都集中在了儿媳身上，在洗澡的时候，她让金凤过来替她搓背，可是当儿媳的手刚用上劲的那一刻，唐老太突然转过身去，十分响亮地就是一记耳光。金凤一个后仰跌翻在地上，然后爬起来就向外逃跑。②

这一段话里的叙述又飘远了，因为这样一些私密的细节显然是"我"和木木永远都不可能看到的东西，所以只能归结为隐含作者对社会癔症的想象。这种叙述视角与叙述声音的累赘与增殖最佳地表达出特殊年代社会整体的小丑化与革命节日的狂欢气氛，促使我们不得不去思考，这种恶是人类的自然天性（卢梭），还是时代的精神症人格（卡伦·霍尼）？可以说，在这部历来视作成长小说的历史叙事中，成长只是一条虚与委蛇的线索，小说的深层意图直指那段历史的喧哗与骚动，它以叙述人称与叙述视角的复调结合获得了最为生动的诠释和再现。

最后要说明的是叶兆言在文体层面的复调实验。文体的复调是昆德拉提出的，他用"综合性散文"这一术语来说明异质的文体也可以在小说的大厦中融为一支交响乐："讽刺论文、小说叙述、自传片段、历史事实、翱翔的幻想，小说的综合力就是有能力把这一切结合成为一个统一的整体，就像复调音乐的声音一样。"③ 这里的复调与巴赫金

① 叶兆言：《没有玻璃的花房》，上海文艺出版社2010年版，第11页。

② 叶兆言：《没有玻璃的花房》，上海文艺出版社2010年版，第14页。

③ 艾晓明编译：《小说的智慧——认识米兰·昆德拉》，时代文艺出版社1992年版，第142页。

的复调并不能简单混同，或者说二者能指相同，所指却恰恰相对。巴赫金主张削弱创作主体的主观意识，从而使文本里的人物与人物、人物与作者之间展开平等对话，“有着众多的各自独立而不相融合的声音和意识，由具有充分价值的不同声音组成真正的复调”①。而对于昆德拉的文体复调来说，创作主体之所以将各类相异的文体元素穿插并列、融汇交织，拧成一个不可分割的有机体，正是为了在彼此的互照、互补与互动中产生张力、形成合力，最终完整而有效地表达小说的统一主题以及“作者的统一意识”②。换言之，正是服务于统一性主题的表达，米兰·昆德拉不惜踏破文体文类的各种门槛，寻求“理论与文学的结合，杂谈与故事的结合”，“虚构与纪实的结合，梦幻与现实的结合，第一人称和第三个人称的结合，通俗性与高雅性的结合，传统现实派和现代先锋派的结合”③。在这个意义上，叶兆言的很多小说都呈现出多元文体有机焊接的复调特性，如《桃花源记》《濡鳖》《五异人传》《王金发考》《杨先生行状》《一号命令》《很久以来》《吴菲和吴芳姨妈》《失踪的女大学生》等，得心应手地揉进了游记、笔记、戏剧、传记、随感、考古文献、轶闻、评述等各类非小说声部，大大扩展了文本的内在张力。其中最具代表性的文体复调文本莫过于中篇小说《关于厕所》和长篇小说《花煞》。

《关于厕所》（1992）是一个经典的范例，王干评论它“不仅是对小说的一次彻底放逐，也是对评论的一次消解，他以随笔这种非小说非评论的叙述姿态撕破了蒙在小说和评论之上最后一层薄薄的温柔面纱。”④ 强调的就是它游走于各文体边缘的复调性叙事策略。小说开篇是典型的虚构语气，“杨海龄是一个羞涩的姑娘，大眼睛，皮

① ［苏］巴赫金：《陀思妥耶夫斯基诗学问题》，白春仁、顾亚铃译，生活·读书·新知三联书店 1988 年版，第 3 页。

② 李凤亮：《大复调：理论与创作——论米兰·昆德拉对复调小说的承继与发展》，《国外文学》1995 年第 3 期。

③ 韩少功：《前言》，见［捷］昆德拉《生命中不能承受之轻》，韩少功、韩刚译，作家出版社 1995 年版，第 12 页。

④ 王干：《小说在边缘处叙述的可能》，《长江文艺》1995 年第 10 期。

肤白里透红，白得像瓷，红得仿佛涂了胭脂。她到厂里来的第一天，就引起了轰动效应，顿时多少人的眼睛发亮。”① 要讲的故事也并不复杂，主导性事件就是这样一个美丽动人的姑娘如何在光天化日、大庭广众之下尿了裤子，时间是20世纪70年代中期。于是，从杨海龄进厂到上海出差，从满街寻厕到当众失溺，叶兆言并不玩弄技巧，而讲得有因有果、张弛有致。叙述节奏则由缓慢渐次加快，使读者心悬眼急。然而从小说第二节开始，作家却自顾自地玩起学问来，埋头做起了有关厕所的文献考证。开头采用了“元小说”的惯用手法，由第一小节的虚构语气自然嫁接到纪实，“我一直想写一篇关于厕所的小说，当我开始打算成为一名小说家的时候，有一个叫高晓声的小说家，谆谆教导我说，要写小说，首先要从自己感受最深的问题着手。……我一直耿耿于怀，想把关于厕所的故事，敷衍成一篇小说。关于厕所的感受实在太多太强烈……”② 但交代了小说动机之后，并没有回到故事的自由王国，而是大谈特谈“屎溺之道”，细分的话又有五个叙事要素：（1）古代典籍之语如《南华经》《养生杂记》《内经》等；（2）现代国人对公与私的讲究如《中国民间禁忌》《八项注意》等；（3）欧洲古典戏剧和小说中所透露的社会遍地便溺的风俗；（4）国内外相关新闻报道、报告文学，和各国厕所的演变史；（5）一次笔会途中青年作家们各寻“方便”的谐趣佚闻。相比第一节，这段文字可谓大异其趣，前者是纯粹的小说笔法，后者则任由作家心灵状态的自由漫溢，完全脱离小说规范而成为一种“杂谈”。正如论者所言：“由单一的文本到文本的杂交，由一体化的叙述到多元化的漫侃，《关于厕所》的故事终于由故事发展为反故事。”③

《关于厕所》一共有六个小节，再逐节分析似乎没有必要，因为根据第一、二两节迥异的叙事方位，我们已经大致感受到了小说两大

① 叶兆言：《关于厕所》，人民文学出版社2012年版，第3页。

② 叶兆言：《关于厕所》，人民文学出版社2012年版，第11页。

③ 邵建：《最后的小说——叶兆言及其〈关于厕所〉》，《文艺争鸣》1993年第2期。

声部的变奏与节律。接下来的第三、第四节与第一节相仿，主要以故事贯穿，构成“叙事声部”，包括省三掉裤子、“我”在“文革”初期避难农村、母亲单位的“鸡蛋事件”、年轻诗人家中厕所被焚几个故事。尽管这些主人公们所处的社会环境不同，生活经历也大相径庭，但极度尴尬与窘迫的身心状态却与杨海龄相仿佛。而用一种谐谑的笔法，这些与厕所或多或少相关的、不雅的非日常事件却有如日常的镜像，在历史的肌理处，透视着时代之荒诞和人性之嬗变。第五、第六节则承继第二节的路数，又穿插入有关厕所的新闻、笑话和逸闻，构成“言说声部”。通过文本内部“叙事”与“言说”的分裂与统一，《关于厕所》最终形成了一种和谐的文本状态，一方面是以降格的审丑之术来挑战故事中低效、低质的社会秩序，另一方面则以勃拉克式的立体杂凑拼贴展现了一部微型的厕所文化史。如果说在后现代思潮中，这种“无关联词的并列文体”被视作“一种复杂的公社风格而不是一种社会风格：它在本质上是民主的、平等的，而不是贵族的、精英的”[①]，那么，叶兆言无疑炮制了一出各要素均衡平等、雅俗共处的文体复调，在游戏精神的渗透中开拓了小说的叙事可能性。

《花煞》（1993）同样践行了一种整体的大复调。在这部奇特的小说中，过去一个多世纪以来汉语小说的文体演变史被作为不同的艺术形式范畴加以并置糅合，在不同文体的迥异风格与精神开裂之间，溶解人称、逾越界限、拆毁等级，呈现出鲜明的杂语性和狂欢化特色。在名为“胡天胡地诞生”的第一卷中，叶兆言采用了古典话本的艺术形式，以“列为乡邻，信听好言”的说书人声音开篇，从一种嘲弄讽刺性的社会学角度，集锦般地罗列了晚清末年发生在江南梅城的各类奇人怪事，为新与旧颠倒失序的社会情态摹刻出一幅幅丑态百出的人物群像。从文体到笔法，都有意戏仿了李伯元《文明小史》、吴趼人《二十年目睹之怪现状》等社会世情小说，也一并投射出其特有的一

① ［美］伊哈布·哈桑：《后现代转向》，刘象愚译，上海人民出版社2015年版，第157页。

种“邪能胜正”“大奸必胜小恶”的荒谬精神。第二卷名为“被绑架的浦鲁修教士或葬礼辉煌”，并按此标题分为两部分。第一部分采用了一种电影化的叙事模式，相比第一卷，不但语言由文白相间转为现代白话，而且由人物群像转为单个人物主体的艺术视角，对传教士浦鲁修的塑造增强了抒情色彩。比如写浦鲁修的牺牲场景就用了一种散文诗的笔法。我们看到他被土匪绑架作为与军阀交涉的人质，拖着老态龙钟的身体，在大雪封山中陷入重围，“一颗子弹也同时从背后向浦鲁修教士飞过去，浦鲁修教士哆嗦了一下，朝前一扑，跌倒在了山坡上”，“伤口上的血在不断渗出来，一滴一滴地滴在雪白的地上”，他的最后遗言是“饶恕，不要仇恨。……我很好，上帝正在召唤我，我……我很愉快……”[①] 这让人想起鲁迅《复仇（其二）》的叙述语气，“路人都辱骂他，祭司长和文士也戏弄他，和他同钉的两个强盗也讥诮他”。“四面都是敌意，可悲悯的，可咒诅的。”“突然间，碎骨的大痛楚透到心髓了，他即沉酣于大欢喜和大悲悯中”[②] ……第二部分则运用了更为现代的意识流叙事，围绕梅城大富豪胡地的葬礼搭建了一个超验结构。先由死亡逆向回溯，蒙太奇式地展示其生命中的重要片段，尤其是疯狂的情欲事件，给人一种时光倒流、恍若隔世的奇异通感，最后再回到胡地死亡的灵堂，正飘扬着各路豪杰的挽联。第三卷名为“梅城的哈莫斯”，对于这个冒险家加骗子色彩的虚构人物，叶兆言却选择了一种随笔的纪实笔法来糅合更繁复的叙事线索，有意消弭真实与虚构的界限。于是，一边是以片段摘录出现的哈莫斯的作品《梅城的传奇》《中国妓女的生活》《忏悔》等，无不打着真实的幌子极尽杜撰、臆想、伪说、猎奇之能事，却能轰动西方，一时洛阳纸贵；另一边是叙述者对哈莫斯在中国奇诡一生的记录，用一种传记性质的文字，尤其刻画了他在晚年是如何不可救药地爱上一位来自乡村的年轻女人

① 叶兆言：《花煞》，上海文艺出版社 2010 年版，第 215 页。

② 鲁迅：《复仇（其二）》，《鲁迅全集》第 2 卷，人民文学出版社 2005 年版，第 178—179 页。

陈妈，情节桥段似乎有意采用“一个西方人认为自己罗曼蒂克地爱上了一个东方女人”[①] 的神话结构，而从根本上扭转了西方人哈莫斯的心理优势。

《花煞》最初由《钟山》连载，发表于 1993 年第 4 期至 1994 年第 3 期，联系其写作实践的时空环境，小说所携带的复调性和狂欢化天然与市场文化的崛起紧密相关[②]。就叙事策略来说，《花煞》显性层次的文体复调实际是服务于统一的主题核的，即以梅城作为一个城市标本来考察中国现代化过程的种种矛盾与问题。按叶兆言自己的说法，“这个城市是中西文化大碰撞产生的结晶。它是一个泡在酒精瓶里的怪胎，是一个被钉子戳在墙上正逐渐风干的标本，当然也可以说是一个作家辛苦培育出来的盆景。”[③] 所以，小说繁复的文体和叙述节奏却意在探讨同一个主题意旨，或者说，作者的主观创作意念最终强有力地收束了整个复调体系，那就是以从一个封闭、保守的“地方”走向充斥着杂糅、混融的文化符码的“空间”的过程，透视现代性起点处东西方文明的交锋与冲突。在这互动互补又是流动发展的复调景观里，我们看到，来自西方的现代性不仅未能与中国前现代的宗法思想、人治观念、两性观念、封建迷信、集体无意识等划清界限或展开批判，相反，现代性与前现代性却是十分混沌而分裂地交响共存。小说充分演绎了梅城人的人性芜杂，既有义和团运动中的仇怨与愤恨、丑态与慵懒、贪欲与残酷，又有一桩桩惊世骇俗的情欲事件所体现出的旺盛生命力。与此同时，西方人的多重生活形态也被大幅铺开，英国记者、美国神父、比利时少女、犹太商人、挪威水手、法国绅士、醉醺醺的日本兵、金发碧眼的白俄妓女、各国领事、在逃犯等等，都扮演着扑

---

① ［美］周蕾：《理想主义之后的伦理学》，吴琼译，河南大学出版社 2013 年版，第 121 页。

② 孟繁华在《新世纪文学二十年：长篇小说的基本样貌》一文中指出，从 1993 年开始，市场文化的出现极大地改变了文学创作的心态和文学生产的格局。在利益的驱使下，所有的文化资源都有可能被这一新的文化形态纳入市场，经过新的发掘和包装后，使其变成文化消费品。也正是这样的原因，“新世纪文学”从 1993 年已经开始。见孟繁华《新世纪文学二十年：长篇小说的基本样貌》，《南方文坛》2021 年第 1 期。

③ 叶兆言：《花煞·后记》，上海文艺出版社 2010 年版，第 350—351 页。

朔迷离的角色，在这片江南土地上留下独特的存在印迹。当斑驳的本土文化与参差的外来文化杂糅交汇，种种惨烈的与悲壮的、正义的或邪恶的事件便在不经意间诞生，最终汇聚成梅城极富张力性的文化情感、心理结构和俗世生态。如果说历史在这里形成了一场文明的飓风，“那个让国人沦为半殖民地半封建社会奴隶的耻辱的《辛丑条约》，那场列强洗劫圆明园的大火，就成为胡大少后人新一轮生存努力的火种”[①]。那么，这也正是《花煞》大复调背后的小说家思考。

① 吕兴宇：《文本探索下的梅城故事》，《新闻出版交流》2001 年第 6 期。

第五章　审美风格与文化意蕴

仅从主题内容和叙事策略还远不能穷尽叶兆言小说世界的丰富意味。作为一个博大的艺术个体，叶兆言的文字世界不仅让我们看到了时代书写、传奇人生和新的叙事可能，更重要的是他的故事具备本雅明所谓“无可比拟的气息的底蕴”[①]，令人感到可反复涵泳的鲜活之韵和意蕴之美，“一种内在的生气、情感、灵魂、风骨和精神”[②]。正如罗岗所言：“叶兆言写得最好的小说，常常能将一种难言的气氛转换成一个完整的故事，且从故事的背后洇出气氛的影子，隐隐约约，引人绮思。”[③] 这些隐隐约约“洇出气氛的影子”正是叶兆言小说的灵魂和魅力所在。对此，丁帆先生有详尽的阐释：“‘文气’乃‘气韵生动’也，这种古典主义的风格情感与叶兆言强烈的现代意识融合在一起，形成了一种意蕴的分层结构：从作品的表层结构来看，在极其平淡的叙述框架下，这种‘文气’变成了一种可读性很强的叙述结构，一般读者可从行云流水式的平白叙述中得到文化和故事的餍足；如果从深层结构来看，那种文人的志趣、精神、形容、飘逸、超脱、自然、典雅、复古、冲淡……均在小说纤秾、含蓄表述内面呈现出来了，富有一种流动的美感。”[④] 在文学想象与历史现实之间，叶兆言的小说世

① ［美］汉娜·阿伦特编：《启迪：本雅明文选》，张旭东、王斑译，生活·读书·新知三联书店2014年版，第118页。

② ［德］黑格尔：《美学》第1卷，朱光潜译，商务印书馆2006年版，第25页。

③ 罗岗：《读叶兆言文集（五卷本）》，《文艺理论研究》1995年第4期。

④ 丁帆：《跋》，见叶兆言《去影》，长江文艺出版社1992年版，第347页。

界无疑构筑了一部既古典雅致又深沉厚重、既冲淡平和又新锐自由的“美学地形图”。因此，本节试图对叶兆言小说的审美风格与文化意蕴作出整体性的梳理和把握，一方面从传统、古典的角度，考察其作品所浓郁散发出的江南文人的气韵美与世态人情的古典美，分析潜藏的文人情怀、文化记忆和哲学思索。另一方面则在现代、先锋的视域，揭示其小说对人性中媚俗因子的文化省思及其所表现出的一种清醒澄明的反讽美学。此外，叶兆言对生命中各种错位现象的艺术摄照，包蕴了丰赡深邃的悲喜剧内涵，体现出作家更为理性思辨和审美超越的面向。

第一节　新文人小说的江南美学

在百年中国新文学史的脉络里不难发现叶兆言的独特性所在，他的小说虽可列入现代主义文学的范畴，但那放浪不羁的文人气与洒脱自由的文章意识在新时期以来的小说家中却称得上卓然自成一家。从叶兆言的作品里，能够嗅到属于江南文人传统的诗性美学品格。在他身后，周作人、叶绍钧、朱自清、俞平伯、汪曾祺、陆文夫的江南文人形象和美学记忆若隐若现，江南文化中“诗性—审美”的内蕴精神经过长期的历史积淀，以一种集体无意识的形式在叶兆言的审美追求和文化趣味中发挥作用，使作品充盈着江南文化的清秀隽永与自由飘逸。费振钟将叶兆言定位为“江苏‘新文人小说’的代表性作家”[①]，苏童称“兆言是个喜欢在油灯下用竖线纸用毛笔涂小说的人，也许还是当代最后一个旧文人”[②]。施战军则说：“能够‘作为文人’写作，叶兆言差不多是硕果仅存的了。”[③] 总体来看，这种“作为文人”的写作突出表现在对一种超越工具理性、象征生命最

① 费振钟：《江南士风与江苏文学》，湖南教育出版社 1995 年版，第 33 页。
② 苏童：《寻找灯绳》，江苏文艺出版社 1995 年版，第 179 页。
③ 施战军：《活文学之魅》，吉林出版集团有限责任公司 2009 年版，第 119 页。

高理想的自由审美精神最大限度地追寻。作为传统中国士大夫阶层的一重衍生身份，“文人”以“个人情趣合法化”为旨归，维护“文统”的独立性①。他们追求心灵自由与美感享受，释怀放达、漠视功名，故而，性灵、闲适、趣味构成文人写作的主要美学基因。“文学显然别无其他目的，只成为他们精神性格、生活情调和生命方式的自我表现”②，是他们独全其身的精神家园。尽管文人作为一种文化主体身份已经成为历史，但其审美观念、文化品位乃至处世风格却仿佛某种庞大而不可名状的精神遗物，仍无形弥漫于现代知识分子的心灵空间。

对叶兆言而言，这样从家族继承而与江南文人美学高度契合的、纯正的文化心态不仅为他带来“涉笔成趣的认知能力和表达能力”，而且最终促成其“宽厚仁和与不依不饶，家长里短和引经据典”的“疏朗清明”文风③。与此同时，“文人本位”的身份认同帮助叶兆言将写作延展成一种内在的生命冲动，并将这一单纯逻辑推向彻底，在今天这个哗然喧嚣的时代里担负起了真正先锋的使命。更重要之处还在于，这种江南文人传统浸染着深厚的人文精神。如刘士林所言：“人文精神正是在江南文化中实现了它在逻辑上的最高环节，以及在现实中获得了最全面的发展。一言以蔽之，江南文化中的诗性人文，或者说江南诗性文化是中国人文精神的最高代表。”④ 江南地域的文化元素仅仅是叶兆言小说创作的装饰，唯有撩开旧影秦淮的外衣，才能窥见小说不变的内核——一种普遍的人性观照，一种对真理、公义、良善、美和爱的精神追求。具体来说：

（1）虽然在叶兆言的小说行列中不乏《花煞》《花影》这样色彩浓艳、五色斑斓的明珠，但主宰其小说世界的审美风格却是一种“从容散淡、平易温和”⑤。不惊不乍、不急不躁的叙述风格不但是叶兆言

① 李春青：《“文人”身份的历史生成及其对文论观念之影响》，《文学评论》2012 年第 3 期。

② 费振钟：《江南士风与江苏文学》，湖南教育出版社 1995 年版，第 18 页。

③ 施战军：《爱与痛惜》，山东文艺出版社 2004 年版，第 37 页。

④ 刘士林：《江南诗性文化：内涵、方法与话语》，《江海学刊》2006 年第 1 期。

⑤ 赵普光、牛亚南：《文学世家背景与叶兆言的创作风格》，《当代作家评论》2016 年第 2 期。

醒目的身份标识，真正使他成为当代文学史上的“这一个”，而且也体现出江南文人美学最高的价值观念形态，“一种‘中和’的文化大境界”[①]。从家学渊源来说，这种风格的由来明显与江南文学世家的古雅气度密不可分。温和低调的精神基因和温柔敦厚的人文熏陶，无疑在潜移默化中建构了一种看待世界的眼光。叶兆言曾说：“我看问题就是这样，总是处于混沌的游移的状态之中，难以非常准确地确定什么，不相信绝对和唯一；这也就是我看世界的态度。所以我非常喜欢‘圆’、‘磁铁’这样的概念所包含的意味。”[②] 一方面，圆融辩证的世界观让叶兆言对世态人生的理解与思索不易走极端，是从容散淡、平易温和的文风得以酿成的心智本源。另一方面，这一平淡朴实、不过分雕琢的本色化审美追求，又是与历代江南文人所崇尚的不工而工、无迹可求、有法归无法、朴素而天下莫能与之争美等美学思想是一脉相承的。

从文本的叙述模态看，叶兆言的小说并不缺乏作为叙述契机的矛盾冲突，但他往往不作戏剧性的铺张与发展，而是从一个契机缓缓转向另一个契机。人物仿佛被潜在的生活之流推拥着向前走，却并不沉入任何一个情感漩涡或思想冲突，营造出一种“充满波澜而又不见硝烟”[③] 的独特美学特征。以 1989 年发表的中篇小说《红房子酒店》为例，小说虽以知青生活为主题，却跳出了单一的社会政治冲突模式。经过叶兆言着意精深又不露痕迹的艺术处理，多数作家笔下均作为矛盾焦点的“城乡二元对照”被化作了生活的海洋里迸溅起的一朵朵浪花：上海来的知青阿娟发现乡下的女人夏天里是光上身的，这让她一想到脸就红，而在乡下人眼里，阿娟宽大的泡泡纱睡裤和白皙的双脚上那双红塑料拖鞋更加让人心乱。小学教员金老师因为阿娟的到来和妻子渐生隔阂，他甚至用安眠药慢性毒死了生病的妻子，自己也在某

---

① 费振钟：《江南士风与江苏文学》，湖南教育出版社 1995 年版，第 26 页。

② 叶兆言、林舟：《写作：生命的摆渡——叶兆言访谈录》，《花城》1997 年第 2 期。

③ 王干：《叶兆言的省略艺术》，《青春》1990 年第 8 期。

一天悄悄跳进了白马湖。阿娟不知怎么就被一个乡下人给奸污了，调查肇事者却无结果，只得由妇女队长陪着到公社医院强行引产……这些都很富有戏剧性，但作家并没有将其渲染成尖锐激烈的爆炸性事件，相反，统统将其淡化到舞台背景后面，隐去了其中非常态的一面，却彰显出一种“生活自有其本来轨迹”的更深层次的悲剧意蕴。那么，阿娟到底回城了没有？她对命运到底持什么样的态度呢？叶兆言仅仅在结尾轻描淡写地交代，阿娟为了返城与队长儿子谈起了恋爱，最终却又放弃了回上海的名额，和忠宝结婚、“扎根”在了农村。“上海知青大都物归原主回了城。阿娟至今尚不清楚，自己放弃回上海的选择，到底是对还是不对”①。这就是人物命运的改变，这种改变在混沌又恒常的生活流程中似乎只是一种自然而然的选择。与之相呼应，小说中块面的农村生活图景的铺开既不像《秘而不宣的往事》《桑树坪纪事》《爸爸爸》中那样是需要改造的对象，也不像《我的遥远的清平湾》中那样平静美好，而是在保守蛮性中透出一种恒定不变、自在包容的力量。在叶兆言笔下，破扫帚、瘦猪、烤白薯、白马湖等透出禅意的乡村风景轻轻抹去了生活中的冷酷与严肃，也最终安顿了阿娟那颗饱受创伤的心。在这一点上，叶兆言与沈从文、汪曾祺小说的叙述技巧是相通的，表面看好像漫不经心、随意点染，但若细细思量，“常”与“变”的微妙转换又令人心惊。一句话，平和冲淡的美学意蕴之下乃是深刻的情感体验与人生韵味打底。

论语言的结构状态，叶兆言在叙述与描写、表现与再现之间寻找着一种综合，使客观写实与感性表达互为映衬。在语流的组织与色彩把握上，他则综合了典雅丰赡与清新简洁，在流动中悄然化解那浓重载负的文化氛围，释放出平实俊逸之气。如黄毓璜先生所形容，“进入他的语词、语式、语调、语流包括语气和语义，感受间就用得上那句‘如行山阴道’，像小溪欢欢快快地淌，不准又如大河气气派派地

① 叶兆言：《红房子酒店》，人民文学出版社 2012 年版，第 203 页。

流。一律朴实又不失豪华，一路顺畅而下又时生浪花涡漩。我有时会疑惑，他宣称过的‘不重结果’，怕是竟也包含了些许‘不能自休’，他在叙述的‘过程’和‘过程’的铺叙中，让人很容易触摸到他那‘春风得意’的洋洋洒洒，触摸到一种得其所哉的左右逢源和驾轻就熟的游刃有余。”① 这就不得不提叶兆言的“大文章观”。尽管叶兆言承认现代小说与散文的文体区别，但文人的审美心理又使他惯于从“文章”的观念去看待小说。在一个私下的场合，叶兆言表达过这样的看法：“文章的概念是超乎小说之上的，依文章之观去写小说实际上是一种取法乎上的大局观，小说之要者如同古文作法一般，不在于所谓情节、人物，而在于节奏和语言的处理上，好的小说，就是要具有文气，调子要好。”② 而当“文气”成为写作的灵魂时，作家追求的便更多是一种浸染于文章中的氛围和贯串于文章的流动的脉络，是写作时的一种感应，一种主客观相谐的动感。这中间不难看出周作人和汪曾祺的影响痕迹。事实上，叶兆言十分倾心于周作人从容的写作状态和自由的写作境界，在他看来，这种自由意味着一种文人式的随感而发、兴之所至，“你就觉得在和他聊天，什么时候都可以停，什么时候都可以开始。他的写作和阅读都是这样，距离消失了，不知不觉中你可以得到知识，也可能什么也得不到。但有时候你会发现，即使得不到知识你也想看，因为在这其中你可以感觉到一种阅读的吸引力”③。或许，这便是叶兆言小说的终极追求吧！至于汪曾祺，叶兆言不仅将他视为20世纪80年代文坛最先锋的小说家，更是长时间研磨与效仿那“如行云流水，初无定质，但常行于所当行，常止于所不可不止，文理自然，姿态横生”的淡化小说文体。

在叶兆言的小说美学观念中，平和冲淡又是与艺术真实密不可分的。叶兆言十分醉心于写实，而淡化正是为了“给人们另外一些

① 黄毓璜：《叶兆言印象》，《时代文学》2006年第1期。

② 晓华、汪政：《古典情怀》，《山花》1994年第11期。

③ 叶兆言、余斌：《午后的岁月》，上海书店出版社2010年版，第108—109页。

东西，一些生活场景的展示，一段时期一些人特殊的生存方式和生活风景。”[①] 对此，叶兆言曾做过精辟的阐释，“人生往往就是一场‘冗长的开头，仓促的结尾’的大戏”[②]，这也就难怪叶兆言对欧·亨利小说的不以为然。在他看来，“好的小说应该是一只充足了气的轮胎，它载着读者驶向小说的彼岸。……结尾有时候并不一定重要，重要的常常是造成结果的过程。”[③] 换言之，他追求的是一种人生小说的过程意味。从阅读观感和审美效果上说，追求新奇、奇巧和戏剧冲击力的小说，往往乍看起来十分热闹有趣、扣人心弦，但当知晓了其中的悬念谜底后，再拿出来看时，便常会顿感索然寡味。相反，叶兆言的小说虽然几乎都取材于日常生活，却经得起反复咀嚼，每看一遍都会有新的收获，可谓有后劲、有回味。不妨借鉴一段阎晶明的欣赏经验：“他的小说总是以一种平实的口吻、平淡的文字讲述着平民的故事，他的平民意识是骨子里的，其间透露着关注的热情、平等的理解和温和的同情，读他的小说很少能‘看’到作家的影子、语气、姿态的直接‘涌现’，但正如有论者指出的，叶兆言的小说很有文人味道，文笔间流溢着一股清淡的书卷气。他化解生活、故事和语言的能力非常突出。”[④] 作家所欲表达的主观意念十分淡泊，并不刻意塞给读者什么观念、什么道理，更很少操纵人物，却又分明有玄言妙道在其中，也总有一种好恶评判自然地流露出来。杨扬评价说这就是“江南气息”，“温润而清淡，有远致而不故弄玄虚”[⑤]。可以说，平和冲淡乃是作家在思想艺术上臻于炉火纯青、老练成熟的产物。他常说，“艺术就像一颗珍珠，是沙子渗进河蚌后，河蚌遭受痛苦分泌黏液的产物，是痛苦的结晶”[⑥]。事实上，只有经过创作主体深刻的思考、体验与感

① 汪政、晓华：《观念与方式——关于叶兆言》，《作家》1993 年第 5 期。

② 叶兆言：《站在金字塔尖上的人物》，人民文学出版社 2017 年版，第 103 页。

③ 叶兆言：《作家林美女士》，江苏文艺出版社 1997 年版，第 1 页。

④ 阎晶明：《耐得住叙述的寂寞——我看叶兆言小说》，《南方文坛》2003 年第 2 期。

⑤ 杨扬：《江南文学絮语——关于叶兆言的小说》，《扬子江评论》2007 年第 4 期。

⑥ 钟红明：《写作是过去与现实的会战——与叶兆言谈〈没有玻璃的花房〉》，《工人日报》2003 年 2 月 28 日。

受，再返璞归真，才能真正抵达那饱含内秀和意蕴的本色境界。

（2）叶兆言小说表现出浓厚的“趣味主义”趋向，语言的综合运用呈现出幽默、杂色的审美风格。他的文本有浓郁的书卷气，漫不经心中见古风，和风细雨中见学识，但细细品味，却丝毫不见惨淡经营的掉书袋痕迹，而往往是运笔如水，潇洒隽爽，无拘无羁，字里行间透出一股自由漫洇的趣味。曾有学者以“俗化体”[①]来形容叶氏散文的审美特性，而按照叶兆言的“大文章观”，无疑与其闲适性灵、谐趣活泼的小说笔法息息相通。叶兆言曾说：“阅读和写作都有一个共同的起点，这个起点就是有趣，没有趣就没有艺术。没有趣就没有艺术的创造，也没有艺术的欣赏。”进言之：“离开了有趣，文学可能什么都不是，有趣是坚实的大地，只有在有趣的基础上才能长出参天的大树，有趣是蓝天，只有在有趣的背景下雄鹰才能展翅翱翔。”相反，如果离开了有趣，离开了潜移默化，“人物不再生动，情节不再曲折，于是从事写作的人一个个都板着面孔，像课堂上思想僵化的老师，像传教士，索然无味喋喋不休，阅读的人一个个都像正襟危坐的小学生，像无心念经的小和尚，人坐在那里上课，思想早不知跑到哪里去了”。可见，叶兆言对趣味的理解根源于对人性的理解，正因为有趣符合人类的天性，是人都有追逐有趣之心，所以文学的基本起点应该是有趣。当然，有趣并非拒绝思想，而是“从有趣的码头启程出发，经过艰难跋涉，最后便驶入思想的港湾”[②]。

事实上，江南趣味传统也是江南诗性文化的一个重要表征，并且具有雅趣、俗趣、智趣、谐趣等多重内涵。具体到叶兆言小说的审美风格，最为暗合的是六朝文人颓废打底的雅趣传统。“六朝的江南文人群体在享乐生活的艺术化、精致化、趣味化中，能够体会人生的另

① 吴周文、张王飞：《俗化体：当下散文的一种选择——以叶兆言为例》，《当代作家评论》2017 年第 6 期。

② 叶兆言：《塞万提斯先生或堂·吉诃德骑士》，《上海文学》2003 年第 5 期。

一重意义和价值，即由逃脱了政治压力和社会使命的个体的精神舒展中体会到生命自由的本质，同时这种由颓废而走向生活的艺术化、趣味化的倾向，也成为此后流淌在历代江南文人精神血液中的一种潜隐的基本元素。”[①] 叶兆言追摹“魏晋风骨”，“我特别喜欢魏晋人物，其中很重要的原因，是我愿意做个与众不同的人”，“这种风骨表现出来的与众不同，就是不愿同流合污”[②]。如果说魏晋演绎出“精神史上极自由、极解放、最富于智慧、最浓于热情的一个时代”[③]，那么这种对审美与个性的张扬，对为艺术而艺术和人之个体性的自觉则与当代南方先锋派小说对形式与反叛的重视相呼应，共同推动叶兆言的小说创作在叙述程序的调挪和叙述语码的编辑中走向精湛的技术，在欲望的肆意宣泄中打破自我幻象，在反讽的荒唐背反中寄寓人性质询，呈现出自由、疏放而又通脱、旷达的名士雅趣。此外，在传统的古典雅趣之外，叶兆言的小说中还可以明显感受到一种扑面而来的涌动着市民意识的市井俗趣，这既承续了晚明以张岱为代表的江南文人俗趣，又有着对传统的超越和创化。相较而言，张岱的俗趣混有精致把玩、美轮美奂、自上而下的士大夫气，叶兆言笔下的江南市井则散发出一种凡庸俗常的“烟火气”，其对于民间生存智慧的观察视点明显下移，且更多感世忧生、哀婉悱恻的苦味。

至于雅俗融合的具体表现在第一章第三节中已有论述，本节想对叶兆言小说中的智趣作一个补充。叶兆言又被称为“江南学者型作家”，“学识与修养”是其明显要素[④]，反映在小说中则是一种接引史传笔法的写实路径以及一种混合考据癖与历史癖的历史文化色彩。叶兆言常征用“非虚构”材料来对描摹风俗世相，令人觉得的确就是那段金陵旧事，而这种特别切实的气息在众多新历史文本中极具辨识度。这一审美特性只需与同为当代江南文人作家代表的苏童作一对比，即

① 风媛：《江南文化与中国现代文学》，文化艺术出版社 2008 年版，第 61 页。
② 叶兆言：《我喜欢魏晋人物，想做特立独行的人》，《新京报》2019 年 8 月 26 日。
③ 宗白华：《艺境》，安徽教育出版社 2000 年版，第 70 页。
④ 徐兆淮：《且说才子型作家与学者型作家》，《扬子江评论》2007 年第 6 期。

可清晰看出来。苏童的小说以“优美而可爱的想象力”[①] 见长。借用叶兆言的话，苏童的小说是“透明的”，“喜欢在幽静淡漠中透出无限的感伤，那些简单而又富有韵味的画面，几乎无一例外都是美的挽歌”，“他的故事是一种凝聚，十分巧妙地被镶嵌在一个透明的玻璃球中间，玻璃球轻轻地转动，我们被阻隔在外”[②]。对比苏童的透明故事，叶兆言的小说便凸显出其知识含量浓密厚实性的特点，事实上，那对历史文化风物的精细把握，以及在才与学、智与趣之间游刃有余的综合性才最能代表叶兆言的创作个性。叶兆言身上无疑有一种重证据的实证精神和科学主义倾向，既是江南学术以乾嘉朴学为代表的精神徽记，也不妨看作一种文人生趣。不用说《夜泊秦淮》可作为金陵风俗志、文化史来读，就是以想象奇特为读者熟知的《一九三七年的爱情》，史料的考古和征用也都细密而确凿。大到庐山会议、市政建设，小到南京市民的一起杀人案，引用总数达30处之多，几乎每小节就有一个，在叙事权重上丝毫不亚于丁任二人的爱情传奇。而1997年在《大家》杂志上连续刊登的三部中篇小说《走近赛珍珠》《王金发考》《故事：关于教授》，似乎更不掩藏他对考据和引证历史的兴趣。当然，叶兆言的出发点还在于文体实验，声称想突破历史和虚构间的藩篱，“有意识地调整着真假的比例，因为使用了不同的配方，也许会产生不同的效果”，一方面是实验小说叙事层面的包容性，另一方面也是寻求新的叙事方位。如果用传统的小说机制和观念来衡量，这几部小说可挑剔处无疑不少，最为诟病处即在于纪实导向的理性操纵过重，“连篇累牍转引史实、书信和旧闻，作者又从全知全能角度出发，时不时就大发议论，抹煞小说风趣的人物对话和戏剧性的情节变化，读来未免沉闷”[③]。但如果换个角度，以另一种文体标准来阐释，可挑剔处就成了可称道处。比如其中虚构成分最稀薄的《王金发考》，

① 王干：《叶兆言苏童异同论》，《上海文学》1992年第8期。

② 叶兆言：《录音电话》，湖南文艺出版社1998年版，第196页。

③ 赵武平：《叶兆言的虚构和纪实》，《中华读书报》2000年7月12日。

虽然已差不多走出了小说的界限，但叶兆言对纪实性的发挥却实现了一般意义上的小说很难实现的认识价值，即小说家自己所宣称的，要带领读者“重温辛亥革命”。在文体上，叶兆言进一步强化了非虚构的权重，不仅以历史人物王金发为圆心，通过史料的考据和编织，完整地讲述了他与辛亥革命的历史，而且嵌入了大量由各种回忆与文史材料组成的故事。在充满叶兆言“陈旧人物”风格的叙述下，鲁迅、范爱农、徐锡麟、秋瑾、陶成章、章太炎、袁世凯、陈其美、蒋介石、汪精卫都进入小说内部，真正浸入式地还原了辛亥革命。作为读者，我们在理智与情感之间获得了一次通过小说语言来读史的独特机会，面对叶氏舒缓有致、趣味盎然的叙述，既可以将《王金发考》当作一部通俗历史小册子，又可以当作一部词典、一部回忆性散文来读，最终都获取了真实可信的知识。尽管《王金发考》仅代表一次激进实验，但总的来看，叶兆言以“以才学助小说”的智性文风增加了“史”与“诗”的内在张力，增添了小说的真实性魅力，而与文坛上惯有的新历史小说相比，也在阅读功能上开拓着新的接受空间。

（3）颓废是叶兆言的小说世界作为江南文人文化的深刻构成因素，浸染着悲怆感伤的生命情绪、刻骨铭心的忧郁气质以及深沉旷远的历史痛感。江南的地域风土、人文历史从不同层面注入叶兆言的文化结构、感觉结构和语言结构，在他的小说中凝结为对颓败的历史图像的迷恋和审美冲动。事实上，回望历史是江南历代文人的固定姿态，无论是汪曾祺、庞瑞垠，还是苏童、毕飞宇，都在对旧式生活场景的感性缅怀中承接了一种近于颓废的诗性传统。叶兆言的历史书写则将一种追忆与回溯的感伤发挥到了极致，无论是生命、爱情，还是革命、事业，都笼罩在一股人算不如天算的宿命气氛中，殇逝悼亡的动机不言而喻。陈晓明认为，叶兆言对20世纪三四十年代破落家族故事的无望书写象征一种“后悲剧时代的寓言”：“他像古钱币收藏者一样琢磨着那些古旧往事，历史没有在叶兆言的叙述中复活，而是在客观性的自我呈现中走向宿命论的终结”，“历史之颓败不仅仅是人类活动的外部情境，而且它就是人类最内在的现实。”① 的确，即便身处时代的巨变，审美上的“历史颓废主义者”仍秉持一种典型的当下主义，一种对当下的逃逸和对历史的眷恋，因而颓废往往与怀旧相互缠绕、难分彼此。《死水》《最后》《去影》《最后一班难民车》《挽歌》《花影》《花煞》《殇逝的英雄》《梦绕终宵》《魅影的黄昏》《滞留于屋檐的雨滴》《很久以来》《水晶灯下》《灰色丝绒大衣》，单从题名就可以嗅出颓废的气息，而这些小说的主题无不是表现艰难时世与社会动荡给人类生活带来的困境体验，人深陷于其中既无法逃离又无法解脱，要么死亡，要么就是无可挽回的丧失。《花影》是其中的代表。小说以20世纪20年代的江南小城为叙事背景，书写了一个没落大家族的野史秘闻：甄老爷和长子甄乃祥相继因为鸦片和纵欲致死、致残；甄府的新继承人妤小姐与新式青年袁小云、堂房兄弟怀甫、花花太岁查良钟轮番纵欲狂欢，结果被下毒致瘫；甄乃祥的小妾爱爱在寂寞中与少奶奶素云互生爱慕，这份不伦的同性之爱最后葬送了年轻的生命。小说的语言极尽浮华秾丽，到头来却只落得一场空。其所带动的不只是身体肉欲的虚无情绪，还有一种深深的悲观颓丧和对于时间流逝的无可奈何。

> 在我们这个故事拉开序幕的时候，甄家的大宅已经开始彻底颓败。昔日豪华只剩下一些残影，高墙深院，红漆早已剥落，到处可见缺少管理的痕迹。石缝间长着叫不出名的小草，是潮湿的地方，就生着厚厚的青苔。只有空气中，仍然洋溢着淫荡的气息，女人的脂粉气味，仿佛凝固在了南方特有的潮湿气氛之中。许多没人住的老房子正在开始漏雨。
>
> 甄家的显赫地位，在小城中已变得越来越不重要，然而甄氏父子的风流传说，仍然被添油加醋到处流传。传说中的大宅里，

① 陈晓明：《无边的挑战》，广西师范大学出版社2004年版，第286—287页。

> 美女如云，夜夜狂欢。千奇百怪的传说，像美丽的蝴蝶到处乱飞。人们丰富的想象中，甄氏父子像《金瓶梅》里西门庆一样，过着放纵糜烂的生活，他们服着祖先留下来的春药，使用着不久以后便要失传的淫具，沉浸在最后的欢乐里面。[①]

废墟感弥漫在甄府的日常氛围中，在这座新旧交界处的极乐园，处处飘浮着潮湿和僵死的气味，仿佛逝去前的回光返照，传统在走向无可逆转的衰颓时刻进入它的末日狂欢。如果说线性的时间观、社会历史进化的合目的性是宏大叙事的伦理诉求，那么，颓废、陷溺和凝滞则表现出叶兆言小说的审美现代性。它一开始就带上并且始终带着对现代性的分离甚至背反，在时间意识结构上倾向于回忆和回溯，倾向于当下的陷落和自我的终结，甚至不惜以向死的取向表明此刻的绝对性。故都南京“像一艘装饰华丽的破船”，终要面对沉没的结局，繁华春梦了无痕，惟留无限遗恨（《一九三七年的爱情》）；江赓、仲癸、江南牧人是兵荒马乱人欲横流中最后的文人面影，坚持个人操守、参与社会改革也好，醇酒妇人、轻狂落魄也罢，都逃不过没落和衰微的文化命运（《战火浮生》）；林美在逝世之后声名鹊起，慕名而来的人涌进她曾生活过的地方，试图抚摸旧日的纹理，却只触到了一片灰烬，那是浮华与升华间无尽的寂寞与愁苦（《作家林美女士》）；葛锐坐在窗台上调皮地晃动两条细腿的样子，沉默的侧影映在夕阳中的样子，临死前紧闭双眼的样子，都成为潘永美永恒的纪念（《纪念葛锐》）；姨奶对押送郑先生回原籍的处理意见十分不满，加上爷爷的冤情和家道中落的处境，积压的沉郁无法排解，最终选择上吊。那盏象征家族曾经一切辉煌与荣耀的水晶灯（据说全中国只有两盏），带给过姨奶生的温暖与照彻，又成为她死亡的落脚，“一切都是虚无，存在的是不存在”[②]（《水晶灯下》）……正如王春林所言，“他的作品充

① 叶兆言：《花影》，人民文学出版社 2018 年版，第 3 页。

② 叶兆言：《水晶灯下》，《作家》2021 年第 9 期。

满了‘旧’的意味。‘旧’味儿并不是陈旧的‘旧’，他这个‘旧’带有‘雅’的意思，以旧为新，骨子里他是一个带有特定历史时期的精神气质、文化气质的作家，这在中国当代作家中并不多见。所以读他的作品，总会让我们联想起杜牧的那句很有名的诗‘南朝四百八十寺，多少楼台烟雨中’——用这句诗概括叶兆言的创作，大概能传达出他想要表达的一种历史的、人性的，生命的、苍茫的、苍凉的感觉，穿透历史的风雨，看破人类存在的一些东西。”① 叶兆言执着于陈年旧事与陈旧人物的营构，当他将强烈的自我意识与主体精神放逐到暗影幢幢的历史深处时，那感伤不已、持久低回的历史话语使生命的氤氲气韵和永恒不变的悲剧性文化结构，最终凝结和稳固成为一种刻骨铭心的疼痛感和无可奈何的超脱感，不仅增加了我们对人物生存境况的悲悯之心，而且在对颓败时间形式和死亡生命废墟的追问中，召唤起我们对人类的关怀之情。

其次，以女性形象入画来传达自由的情致和真切的性情，这样的叙事框架和故事图示也诱发了叶兆言小说整体上的颓废而阴柔、凄艳又婉约的审美风格。事实上，“对‘色’的偏嗜和倚重，以及由此产生的以‘色’抒‘情’、以‘色’达‘情’的思维方式”，是江南文人张扬灵性空间的又一种途径②。远可追溯到魏晋文人的“闺情诗”、齐梁之际的“宫体诗”、明清之际的“青楼小说”，晚近则有以苏州旧文人群体为代表的“鸳鸯蝴蝶派”。其主要精神内涵是以情欲的肯定与放纵来强调个人生命存在最为自然、真挚的人生目标，颇有冯梦龙“以欲反理”的意思。从“色”的载体和对象上说，叶兆言笔下的情爱主体多为一类张扬非理性的生命意识、具有更多世俗色彩的女性，她们的美在很大程度上源自一种任性放浪、桀骜不驯的市井气息，面对历史的破败情境和陈腐遗迹，道德伦理对她们来说并不比求生的欲

① 莫言、阎晶明、叶兆言、余华、陈晓明、王彬彬等：《文化记忆与城市传奇——北京师范大学驻校作家叶兆言入校仪式暨创作四十年学术研讨会发言摘要》，《作家》2021年第4期。

② 凤媛：《江南文化与中国现代文学》，文化艺术出版社2008年版，第98页。

望更重要。从“色”的表现情态上看，虽然叶兆言笔下不乏对情欲本体祛魅化的赤裸直白描写，但总体而言，叶兆言更多着眼于女性的内在心理。他对女性内在神秘大陆的探照并非停留于生理本能，而能充分调动身体与精神的复杂层次，并力图改变两者的二分关系。比如在中篇小说《关于饕餮的故事梗概》（1998）中，叶兆言选择用一个率性自由而又专注于厨艺的市井女子汤思浓的个人命运作为民国历史文化的见证，在清晰的情节线索中嵌入了许多对女性生命感觉的表现，传达出哀婉的音调。军阀混战的年代，思浓嫁给遗老傅嵩清的三少爷傅家骁，凭借出色的厨艺，对傅家菜进行家常化、市井化的改革，力挽斜阳楼的没落命运。然而，随着1937年年底日本兵轰炮攻城，发生震惊中外的南京大屠杀，斜阳楼最终难逃烧毁的厄运，剩下的一小部分也成了汪伪权贵的聚会场所。抗战胜利后，家骁因莫须有的汉奸罪下了大狱，不久便一命呜呼，斜阳楼则沦为一道亡党亡国的风景线，一蹶不振、门可罗雀。绝望之时，思浓像岫云一样、产生了尽快堕落自己的强烈意愿，她先是情不自禁地勾引家厨的儿子，失败后又转向了小叔子傅家骀。小说用细腻的笔触对思浓的心理活动展开解剖：

> 在那个特定的日子里，思浓最强烈的愿望，就是尽快找个恰当的机会来堕落自己。情欲像炎症一样在体内发展运动，仿佛沉寂的火山随时都会喷发，世界已经到了末日，似乎只有堕落和放纵，才能让她心里能感到好受一些，才能感到踏实一些。明知道这样对不起自己的丈夫，明知道这样会遭到全世界的指责，明知道这样未必解决问题。可是她实在找不到别的更好的办法，来排遣自己内心深处巨大的寂寞。既然她没有办法伤害别人，为什么不想个办法伤害一下自己。伯元让思浓痛恨世上所有的男人，同时，又让她向往和渴望世上任何一位男人。因为失去，所以更想得到。显然有什么地方出了差错，寂寞像黄梅天的毛毛雨，伴随着潮湿阴暗的雨季，淅淅沥沥下个没完。寂寞是漫漫没有尽头的

> 长夜，而黎明就是一个实实在在的男人。对男人的思念，几乎让思浓失去控制。事实上，思浓迫不及待选中了家骀，只是不想让自己情不自禁地闹出更大的洋相。那是一段鬼迷心窍的日子，她力图使自己做出十分贞洁的样子，在白天，她保持着一本正经，尽量少看几眼男人，坚决不和男人搭腔，即使是和年老的家厨老杨也不说话，可是一旦到了夜里，睡在空荡荡的大床上发怔的时候，便忍不住胡思乱想，她脑海里都是男女交媾的图像，在夜色的掩护下，男人已经变成一个抽象物体，而她自己也成了人皆可夫的婊子。要是女人能像男人那样去妓院解决问题就好了，思浓被自己竟然会产生那么多的下流想象，吓得惊慌失措。她很担心自己会失控冲上大街，稀里糊涂地就拉个男人回来。①

这段文字颇能代表叶兆言对女性人物及其心灵迷阵的涂抹。他总试图捕捉她们生命中那些匪夷所思的选择，那些难以排遣的隐秘，那些难以逃脱的悲剧渊薮。尤其当面对特定的历史境遇和他设的文化陷阱时，女性该如何打发自我的本能欲望，处置内心的一腔情愫，又该如何面对狭窄的人生通道，发泄对时代蔑视人性的控诉？……像这样对女性心理无比细腻婉转的揣摩与刻画在叶兆言小说中有相当多，梦魇与希冀，肉体与灵魂，既构成对人物进行审美价值判断的重要媒介和内在线索，提供给读者理解、认识人物的依据，又始终包含了极其人性的东西在其中。将我们的关注焦点不断引向个体的生存需要，引向精神所不能超越的物质存在，进而引向“历史的必然要求和这个要求的实际上不可能实现”这一经典的现实主义命题。这可以理解为叶兆言女性书写的重要内涵和意义。

当然，客观上看，叶兆言也会不经意间流露出传统江南文人对于“色”固有的那种赏玩态度和暧昧气息，而当女性形象成为男性作家

---

① 叶兆言：《关于厕所》，人民文学出版社 2012 年版，第 199—200 页。

潜意识心理中欲望本能的载体时，其存在的悲剧性往往被消解。如《我们的心多么顽固》《苏珊的微笑》《后羿》《刻骨铭心》等作品都存在直白、袒露而单调的情色描写，显出先天不足的国人情欲传统的羁绊。从中我们很难体会到创作主体的同情或悲悯情怀，更大程度上却是女性作为欲望和把玩的对象将意义深度的轻松抹去。以《刻骨铭心》为例，小说开篇即出场了一位旷古之美的新疆女子游娜，对其外表大加赞美："不知道应该怎样描述游娜的漂亮，美丽的女人很多，美丽的年轻女人更多，她属于搁在一群年轻美丽的女孩子中，依然还能出类拔萃的那一位。游娜的美难以形容，一会儿冷艳如冰霜，一会儿热烈似焰火；她看你的时候，你不敢看她，她不看你，你又忍不住要偷眼看她。"① 接下来，叶兆言便以这个神秘美丽的女子为中心，想象了一出典型的三角恋故事。一边游娜与白面书生唐君关系暧昧，另一边，影视集团的董事长也觊觎游娜的美貌，"董事长那只戴着大金戒指的手，竟然肆无忌惮地搁在游娜的大腿上。游娜的大腿很白，游娜的裙子很短，游娜的两条腿并得很紧，那只黑乎乎的手，搁在雪白的大腿上，十分醒目"②。与此同时，叶兆言仍不忘强调游娜出淤泥而不染的天真美好，这个哈萨克族女孩为了所爱的男人可以向别人卖弄风情，可以去诈骗，可以去违反法律和道德，甚至能容忍丈夫拈花惹草的习性。但最终还是忍受不了他对自己的"无性"，觉得这才是最大的伤害，因此作出了最疯狂的反抗，在压抑与愤怒之下用剪刀阉割了唐君。我们固然可以说烈女游娜的"果敢坚强格外引人瞩目"，自有其"叙述学意义"③，但这朵"恶之花"的塑造无疑交织着更多的欲望色彩、把玩意趣和大众文化趣味。混乱的情欲世界显然冲淡了游娜合乎逻辑的、真挚的内心及其美的内涵，导致读者很难对这样的女性命运产生刻骨铭心的痛感，而更多地认为其畸形和病态。

---

① 叶兆言：《刻骨铭心》，人民文学出版社 2018 年版，第 5 页。

② 叶兆言：《刻骨铭心》，人民文学出版社 2018 年版，第 6—7 页。

③ 苑博、叶立文：《历史深描下的南京传奇——评叶兆言的长篇小说〈刻骨铭心〉》，《当代文坛》2022 年第 2 期。

第二节　新世情小说的古典风神

就小说的叙事格局而言，叶兆言的路数不妨隶属于以写实与日常为要津的“世情小说”谱系。王德威在20世纪末就指出，叶兆言在描摹世情上秉持了一以贯之的热忱，他的兴趣尤其得见于对古典人情小说形式的斟酌上，“旧瓶如何装新酒、俗曲如何表深情”，这种“以退为进”的策略和手法值得我们重视①。苏童也表示：“我认为兆言的敏感神经搭在世态人情上（又是旧日的可以提供怀旧感情的），他希望从常规的生存状态中剥离一些内容奇特的画面让人咀嚼。”② 尽管这只构成叶兆言小说的一个侧面，事实上我们已在《枣树的故事》《五月的黄昏》《关于厕所》《最后》里领教过其“重压在文上”③ 以博取形式新变的先锋面向，但不得不承认，叶兆言敏感的从来就是民间匹夫匹妇的生活和内心。阅读叶氏小说常有一种在茶社里和朋友聊天、在火车上和陌生人闲谈的亲切素朴感，那浓厚的故事性始终与现实心态血肉相连，那对生活最热烈和深切的爱则往往隐藏在他笔下的俗常之中、细微之处。就历史渊源来看，叶兆言小说对宋元话本和明清白话小说的承续性十分明显。通过对古典小说的借鉴、戏拟与创造性改制，叶兆言用一种平实客观、有如闲话家常的成熟叙述风格为中国当代世情小说探索了新的可能性，为我们带来重塑小说为“小”说的返璞归真感。

关于世情小说，鲁迅先生最早对其概念范围作出界说，他强调“世情小说”是“记人事者”，“其取材犹宋市人小说之‘银字儿’，大率为离合悲欢及发迹变态之事，间杂因果报应，而不甚言灵怪，又缘描摹世态，见其炎凉，故或亦谓之‘世情书’也。”④ 这里的“银字

---

① 王德威：《艳歌行——小说“小说”》，《读书》1998年第1期。

② 苏童：《寻找灯绳》，江苏文艺出版社1995年版，第179页。

③ ［法］罗兰·巴特：《文之悦》，屠友祥译，上海人民出版社2002年版，第20页。

④ 鲁迅：《明之人情小说（上）》，《鲁迅全集》第9卷，人民文学出版社2005年版，第186页。

儿”即宋市人小说中“小说”一家的别称，可见以长篇章回体见长的明清世情小说其实脱胎于宋元话本，也与“三言”“二拍”所代表的明清短篇话本（或拟话本小说）同源同体，其精神实质都在于“描摹世态，见其炎凉”。《金瓶梅》标志着世情小说第一个高峰，《红楼梦》则代表整个世情小说史的巅峰。另外，像《醒世姻缘传》《续金瓶梅》《鸳鸯针》《林兰香》《蜃楼志》《泣红亭》，叙写的皆是世俗社会本真的人情世故，聚焦于普通人物琐琐细细的凡俗经验，所谓“琐碎中有无限烟波”。晚清时期出现了《官场现形记》《文明小史》《二十年目睹之怪现状》《孽海花》等一批区别于上述生活世情小说的社会世情小说，其渊源盖出自《儒林外史》。民国年代，张爱玲的《第一炉香》《倾城之恋》、张恨水的《啼笑因缘》、林语堂的《京华烟云》等，则与古典世情小说铺写俗常生活的叙事传统一脉相承，以传统蕴含时代精神，呈现出一幕幕市井传奇、市民故事。到了当代更是提出了“新世情小说”①，苏童的《红粉》《妇女生活》《妻妾成群》、王安忆的《长恨歌》《天香》、贾平凹的《废都》《暂坐》、范小青的《裤裆巷风流记》《老岸》、金宇澄的《繁花》、乔叶的《认罪书》，等等，代表了其中翘楚，无不是大胆起用旧制，又对世情书的艺术范式有新的发现和新的开拓。放在这样一个文体谱系和叙事传统中来考察，我们或许能够更好地发现叶兆言小说在叙事形态、叙事技巧、审美旨归、文化意蕴等方面的传承和新变，尤其可以体味那种文采风流与古典神韵。

就题材向度而言，古典世情小说书写的是普通男女的生活琐事、饮食大欲、恋爱婚姻、家庭人伦、家族兴衰、社会各阶层的众生相等，达到揭露“世相”（偏于末世）的目的。这也是叶兆言小说题材的主要采撷对象，通过寄意时俗、写人在世俗生活中的本来面目，一定程度上成为当代国人世俗生活与伦理的文学样本，不但反映的生活面十分广阔，而且以其自然逼真的写实性引起读者心灵的共振。即便写历

① 李遇春：《“新世情小说”的艺术探寻——乔叶与传统》，《当代作家评论》2018 年第 5 期。

史，也并非只在重温过往，而是消弭了历史与我们此在日常生活的距离，以充分凝聚社会性的生活表现形态来折射当下现实的万般世象。如蔡翔就认为，叶兆言的历史小说《夜泊秦淮》《挽歌》在某种意义上就是我们当下生活的异空间变体、一种注释，“家庭成为一座‘烦’的存在巨堡，我们左冲右突仍然不得其门而出，超越（出走）成为一种纯粹的乌托邦幻想”[①]。在本书的第二章第一节，我们已总结出叶兆言小说极具原汁原味的日常生活化叙事倾向，而联系古典世情小说的审美风格与文化意蕴，不难发现二者之间的创造性转化。生活化与人情化已然深入其小说的艺术建构、创作理路、审美思维和价值观念各个方面，而那些丰富细腻、感性逼真的世俗生活、家庭人伦、个体情感则构成了小说的血肉肌理，镌刻于读者的记忆深处。洪治纲将它精辟地总结为“历史背后的日常化审美追求”：一来，叶兆言十分注重选取“社会纷乱”的历史背景，原因在于，“这种‘纷乱的世象’，不仅可以为普通平民的命运变化提供各种合理的现实注脚，也可以让人物的内在人性获得极致化的展示。世象既乱，人心便乱；而人心缭乱，那么，一些社会基本的伦理秩序也往往会随之颠覆，一些潜在的、乖张的人性便获得自然爆发的空间。反过来，缭乱的人性又进一步催化了传统伦理的崩落，加剧了世象的纷乱。”二来，叶兆言并不关注历史的宏大悲剧，而是以微观化的历史意识重返历史现场的生活细节，“微观化的历史意识，既解放了创作主体的艺术想象力，又折射了叶兆言对日常生活形态的迷恋。为此，他将叙事的重点，从大人物、大事件的全景式书写，转向表现一些历史中小群体或个人的思想、信仰、意识、习俗、仪式等文化因素，而将他们之间的社会伦理关系，以及宏观的政治、环境等因素仅仅作为故事的背景”[②]。的确，在叶兆言小说中，乱世的人性之变与人情之常往往紧密叠合、不断发酵，他总悉

① 蔡翔：《日常生活的诗情消解》，学林出版社 1994 年版，第 141 页。

② 洪治纲、曹浩：《历史背后的日常化审美追求——论叶兆言的小说创作》，《当代作家评论》2015 年第 1 期。

心于表现那些艰难时世之下饮食男女在精神和肉体层面不乏昏暗无名的欲求与诉求，既凸显出大时代与个体日常的紧张关系，又真正做到了将历史与现实融入丰富驳杂的生命状态与凡俗生活之中，散发出浓烈的现世主义生存的文化美学趣味。尤其像《我们的心多么顽固》《没有玻璃的花房》《走进夜晚》《后羿》《驰向黑夜的女人》《刻骨铭心》等小说，都是昏暗一团的丧失意义的世界，读者置身其中，各种丑陋、卑鄙、罪恶、残酷、污秽、惨剧、闹剧、悲剧，无不历历在目，而那种弥漫的人性悲观和乱世感受，那种笼罩全书的对世情的虚无感，也结出了朵朵肥硕的、黑色的恶之花，使我们感受到叶氏敏锐的审丑力。

其次，古典世情小说尤为聚焦两性情感及其背后的社会问题，“传奇”构成了最大权重。“谈情、说爱、写欲”的传奇体在中国文学史上曾几经变化：“传奇”之名最初来自唐代元稹的《莺莺传》，宋元市人小说“银字儿”中的传奇类则多歌颂男女纯真热烈的感情，烟粉一目中的作品也与传奇相同，人性觉醒的描写十分大胆，元杂剧和明清长篇戏曲也都曾冠以传奇之名。到了现代文学，最著名的是张爱玲命名为《传奇》的小说集，以参差苍凉的笔触书写了沪港洋场的现代情爱。可见，无论古典还是现代，传奇总不出才子佳人浪漫非凡的爱情。因此，我们在世情小说现代化的流脉上来辨识叶兆言的创作，某种程度上也可转换为考察叶兆言如何书写红男绿女的情爱罗曼斯。事实上，叶兆言的早期小说《悬挂的绿苹果》《状元境》《十字铺》《艳歌》《绿色咖啡馆》就有此端倪，20 世纪 90 年代之后的《夏日最后的玫瑰》《人类的起源》《爱情规则》《情人鲁汉明》《别人的爱情》《捕捉心跳》《马文的战争》《苏珊的微笑》《紫霞湖》，包括近几年的《爱好哭泣的窗户》《寒风中的杨啸波》《落日晚照，为谁温柔》《像青草一样呼吸》等，在此起彼落间谱写一出出连环套与华丽缘，生动构筑了当代中国的都市情爱浮世绘。就审美风格和文化意蕴看，叶兆言的情爱传奇颇近于张爱玲反传奇性的传奇，是于平俗、日常的悲欢中见出奇异。小说通常采用一种“悲欢离合”的通俗定式，曲折而富于戏剧性，却又最寻常不过，其故事模式则可大致归为海派传统中的“情义两难”型。如《我们去找一盏灯》的主题、手法与风格都颇具张爱玲《红玫瑰与白玫瑰》的流风余韵。如果说如烟是可恋不可婚的红玫瑰，晓芙就是可婚不可恋的白玫瑰：晓芙的精明能干反衬了“我”事业上的失意，彼此的生活理念和方式完全处在两条平行的轨道；如烟令人窒息的美和潦倒的命运却撩拨起“我”内心深处隐藏多年的情愫。但在最后，经过激烈的争吵，这两个生命中不可或缺的女人都离“我”而去。《人类的起源》《情人鲁汉明》《紫霞湖》同样立意在情与义的无可调和性。陶路和高原似乎做好准备来坦诚直面、忘情投入自己的内心欲望，但理智和信念又使他们无法摈除并最终屈从于世俗道德的规约；鲁汉明是生活中许多男人的缩影，尽管有无数不甘心不情愿，他依然在那场青春和爱情的神话中充当了“信使”的角色，与梦中情人擦肩而过；曹承林对刘潇忠贞不贰的情感，无论当初如何炽烈，也难免被生活打磨得黯淡无光。《苏珊的微笑》《马文的战争》《落日晚照，为谁温柔》虽不出这个图式系统，却在三角恋的情感格局中揉进了更多“不忍”。《像青草一样呼吸》则更像一部成人童话，出身贫困山区的老郎看似不解风情，实则最懂得珍惜，那种一根筋的纯情超越了粗粝的生活本身，竟奇迹般地消除了李霞的所有病灶。历史题材的《十字铺》《风雨无乡》《仪凤之门》《璩家花园》更是哀情小说味十足，要么生离死别、情义不能两全，要么真情与物质两相对照，构成错综的爱恋选择，即便是伴侣和爱人之间，也难免在彼此的矛盾冲突中产生种种难以言说的痛苦和哀怨。

在把握两性情感、两性关系的微妙心理和细微情绪上，叶兆言自有独到的眼光和本领，相较于古典传奇叙事，叶兆言的现代意识更多表现为反传奇、反高潮的情节设计和美学处理。他往往在我们习焉不察的地方暗藏先锋的机关，尤其是古典世情小说中那些过于巧合的安排，却被用来戏仿反讽，消解生活的完整性，撕下面具的伪装，揭开幽暗的人性：《很久以来》以林妹妹嫁给焦大的情节设定力图为那粗俗胜过优雅的时代作出注脚，不但是富豪千金竺欣慰嫁给了屠夫闾逵，她的闺蜜“冰美人”冷春兰后来竟也嫁给了这个粗鲁的强奸犯。《刻骨铭心》里，一度是当红电影明星的秀兰嫁给了乏善可陈的王可大；一度是新女性代表的丽君嫁给了杀夫仇人冯焕庭，冯死后又跟了汉奸，最后在穷困和疾病中死去。黄包车夫杨逵不但同时与仪菊、芷歆姑侄两位奇女子都维系着剪不断理还乱的情感纠葛，他对时代的发展契机也十分敏锐，先后涉足革命、政坛、商界，终于跃升为南京下关区举足轻重的意见领袖。不料这样的身份使他为时代献祭了妻子，付出惨痛的代价，然而一切似乎又无可逃脱、无可挽回（《仪凤之门》）……诸如此类的大反转不得不说是传奇，然而相比古典传奇始终遵循应然，叶兆言却似乎总在拒斥一切应然与必然，与其说是传奇，不如说倒是传奇的解构，只需与大历史勾连起来，就会对这些人物尤其是女性的命运产生新的理解。总之，叶氏传奇充盈着俗常的烟火气息，这些看似大同小异的爱情故事并不妨碍他于不经意间亮出刀子，切开日常的肌理，将人心的秘密和灵魂的轨迹指给你看。

再者，除了情节结构模式的传奇化，古典世情小说十分重视细节白描及其产生的丰富意味，或者也可以说，正是白描写实的叙事体貌使世情小说对世态人情的摹写以最俭省巧妙的笔力抵达到真切动人的境界。比如《金瓶梅》第二十五回，写来旺儿杭州办事回来后，“悄悄送了孙雪娥两方绫汗巾，两双装花膝裤，四匣杭州粉，二十个胭脂”①，平实简练，并无过多闲笔，但正如《新刻》评点者所言：“雪娥与来旺私情绝不露一语，只脉脉画个影子，有意到笔不到之妙。”②指的就是白描写实的艺术，通过抓取富有典型意味的一二关键处加以简笔勾挑，达到词简而余意充盈的审美效果。在这方面，叶兆言的取

① （明）兰陵笑笑生：《金瓶梅词话》（上），人民文学出版社 2000 年版，第 283 页。

② 黄霖：《〈金瓶梅〉与古代世情小说》，《江汉论坛》1984 年第 6 期。

舍与融化之道颇能体现以个人的叙事技艺关联并激活传统的自觉性。一方面，叶兆言善用微言曲笔，虽有意避免戏剧化的跌宕起伏，但其点到为止反而令读者掩卷深思，甚至要反复玩味才能探幽索隐，弄清楚作家的真意所在；另一方面，叶兆言小说勾画万千世相，塑造众多人物，总能以淡然通达的笔墨传达对象之“神”，举重若轻、以约存博，充分展示出简与繁的美学辩证。作为国画技法，白描勾挑之所以比工笔重彩更能入骨入化，更有意趣和魅力，就在其于再现与表现之间计黑守白、以少胜多、以不全写全的艺术辩证法。叶兆言小说节制俭省的诗学品质无疑有相通之处，王干将它概括为“省略艺术”，“他在一般人所忽略的地方大肆铺张笔墨而情节进入紧张精彩的时候去戛然而止轻描淡写地带过，这种省略实在是一种艺术的冒险，也是一种对叙述技巧的自信”[①]。作为一种叙述程序的组织，叶兆言常常能做到不着一字而尽得风流，不动声色而声色俱在，奥秘就在于“省略”的叙事策略及其背后繁简取舍的艺术腕力。汪政称之为“真正太史公的路数”，认为叶兆言小说“字里行间偶尔施展一些春秋笔法，画龙点睛地一展神采……表面上是在叙述，但更含蓄地表明了自己的态度”[②]。事实上，无论用什么方式加以界定和概括，这种写实风格已然确立为叶兆言的叙述标志。

《通往父亲之路》的“省略”笔墨颇适合放在这里讨论，这部四万多字的中篇小说却容纳了本可以用40万字乃至更多来详尽渲染的故事材料，纯净节制的叙述堪称一部当代儒林外史。叶兆言在新书宣传会上称他采用的是两小时高浓缩的“电影结构”而非“电视连续式”的节奏和关系，一来是对20世纪80年代文坛上中篇小说潮流的致敬，二来则考虑到当下读者“轻阅读”的习惯。从小说的叙述方向看，《通往父亲之路》从一个家庭三代知识分子的私人化视角与时空记忆出发，寻求的却是向外超越这个叙述对象，而作为读者，我们会很自

① 王干：《叶兆言的省略艺术》，《青春》1990年第8期。

② 汪政：《叶兆言创作主体寻踪》，《当代作家评论》1990年第3期。

然地联想到叶兆言的《陈旧人物》《陈年旧事》、王朔的小说、姜文的电影，乃至王尧“掠过父辈的传承”的《民谣》……作品中开采到的意义不但有中国式父子关系、知识分子精神命运的变迁，还有家族与时代、疼痛与麻木等等问题，每一个都是错综复杂的宏大叙事，却又都得意而忘言。可以说，古风滋养的艺术功力使叶兆言不仅善于在浩如烟海的历史记忆中选取素材，在庞杂的素材中剪裁到妥帖的主题，而且在淡淡的笔墨背后隐含尖锐的讽刺，和深刻的文化意蕴。这种“显”与“蔽”之间的艺术张力造成王国维所谓的“古雅”之美。

最后要讨论的是叶兆言小说对世情书“写人”艺术的继承。在世俗之中，人是活动的中心，而阅读叶兆言的作品，印象最深的就是人物的鲜活。伴随那老道纯熟的叙述，读者会不知不觉被牵动，亦嗔亦笑，亦哭亦怒，其丰富的形象性与耀眼的色彩感无疑有独特的艺术魅力。就人物塑造而言，第一，叶兆言深得世情书“从一个人心中讨出一个人的情理”[①] 的个性化技巧。在中国古典小说史上，世情小说传统一脉相承的是对人情世态、世风世情的立体描绘，其审美聚光灯瞄准的是寻常人的内在心理和深层心态，所谓“洞心戳目”，与《水浒传》《三国演义》所代表的英雄传奇或历史演义的审美格调十分不同。一般认为，这一特点的出现与明代中叶以后经济领域出现了资本主义萌芽、市民阶层兴起以及社会形态突破封建形式等因素直接相关，反映在意识形态层面就是人性解放和情欲美学思潮的涌现。突出的代表人物是李贽，他尤为激赏泰州学派创始人王艮将“人心之道”归为“百姓日用”的观点，并以此作为反叛程朱理学“存理灭欲”的思想基础。李贽启蒙思想的内核是自然人性论和对世俗道德的肯定，他大胆地把天理归为人情与人欲，宣称“穿衣吃饭，即是人伦物理；除却穿衣吃饭，无伦物矣。世间种种皆衣与饭类耳，故举衣与饭而世间种种自然在其中”[②]。这与张竹坡对《金瓶梅》“大大小小，前前后后，

① 叶朗：《中国小说美学》，北京大学出版社 1982 年版，第 173 页。

② 郑天挺主编：《明清史资料》（上），天津人民出版社 1980 年版，第 468 页。

碟儿碗儿”美学风貌的赞赏在某种程度上是息息相通的。用张爱玲的话说，它意味着中国小说美学的现代化，而现代化的人性观和审美观直接影响了世情小说人物个性化的内涵，即要写“人情”，充分写出每一个人心中的不同情理，进而透视人与人间的浅深恩怨、亲疏厚薄、感触心事。如《金瓶梅》对一只红绣鞋的描写、对瓶儿病故前后的描写，都将人情做细，妙得其情。叶兆言对人物的塑造同样遵循这一美学主张，在“关系”中开掘个人“心事”，深挖人性的丰富性和复杂性。比如《追月楼》在闲笔写丁家家常时，有意无意地点缀了一处写景，说“丁家大院里有一眼下水管堵了，汪着一摊污水，阳光直直地射下来，一股异味，源源不断散开”。初看起来并不起眼，但联系作品中在此处出现的三个人物丁老先生、刘氏、小文爸爸以及他们之间的微妙关系、包括上下文的对话，就会感到这个生活细节的妙处。这一摊子污水不但将“一等的下流，一等的败家子”小文爸爸甘愿将十几岁的闺女送给一个快70岁的老人作小妾的奴性情态映衬得令人作呕，而且使丁老先生的酸腐不堪暴露无遗，旧时文人那套倚红偎翠、风流到老的传统显得十分可鄙可厌。另外，丁老先生做京官时娶的妾刘氏曲曲折折的心思也被烘托出来，对于小文，她自然是有股酸劲儿，却又因为小文手脚麻利，把理应她来干的那套伺候活计都包揽去，心中更多了一种无可奈何。可见，这类“小小物事”的刻画，不但使小说具有日用起居的真实感，而且在春秋笔法中暗写人情物理，使人物形象更为传神。当然，相比古典小说，叶兆言对人物内心世界的表现融入了更多现代主义技巧，这在本书第三章第四节多有论述，此处不赘。

第二，叶兆言在写人方面极为突出的是通过人物的语言来表现人物。叶兆言曾谈道，古话本小说中最精彩的部分就是对话，然而这种善写对话的传统到“五四”却中断了，新文学作家并不讲究对话，“引号外面与里面的用词，没有区别”，显然是受到西方小说间接表述的影响①。

① 叶兆言、余斌：《午后的岁月》，上海书店出版社2010年版，第65—66页。

在他看来，汉语小说有自己固定的传统、习惯的表达方式和特定的韵律，所以，当他企图把民族文化、民族文字和民族美学的熏陶滋养融为自己的观念与方法，能动地形成独特的审美视角时，写活对话、用对话表现出汉语的特色，就成为一个自觉的追求。比如《状元境》中在出走五年之后，张二胡与三姐见面后的一段对话：

> 没人知道张二胡怎么就发了财。张二胡还是张二胡。脸上黑了些，黄了些，加上不少白的银元，张二胡还是张二胡。
>
> 三姐也仍然是三姐。
>
> 五年里，三姐给张二胡又生了两个儿子。凡是女人有的坏名声，她都有了。状元境的男人为了她，打来吵去，状元境的女人为了她，吵来打去，三姐仍然是三姐。什么都和过去一样。和过去一样的标致，一样的泼辣，一样的不能没男人。哪怕说话的腔调也是过去的味，见了张二胡，眼白对着他，劈头便问他怎么没死。“可不没死。要不，死在外头快活，能想得到回来?”
>
> 张二胡直直地看着她，眼着一阵白雾。一肚子话，一肚子委屈，一肚子不高兴，都闷在没嘴的茶壶里，倒不出来。三姐说：“这么看着干什么？是不是我老了，丑得不认识怎么的。准是在外头漂亮的女人见多了。要我想，这几年在外头，不知怎么玩女人呢。回来就好，别傻站着。天宝，你缩在那干什么，喏，这是你的那位爹!”
>
> 天宝已是个有棱有角的小男孩。瘦瘦的颈子正在往长里长，小脸上放着一双大眼睛，全是神。半信半疑地叫了声“爸爸”，走过来，把头偎在张二胡身上，先不动，然后轻轻地擦。张二胡摸了摸他的头，心头止不住地发麻，腿也在抖，掏出块银元来，叫他买糖吃。三姐一边见了，骂道：“多大的孩子，一给就是一块钱，刚回来，显着你钱多是不是？天宝，你拿，试试看?”
>
> 到晚上，三个小的都睡了。小天宝梦里甜甜地喊着爸爸。三

姐脱得不能再脱，便往被子里钻。张二胡坐在床沿上发傻。三姐从被窝里爬出半截，说："这傻样子，怎么一点没变。见着了又好气又好笑。喂，你哑了?"

张二胡说："我带了钱回来，原想叫娘过几天好日子的。这下好了。"

三姐说："什么话，你娘死了，怨我?"

张二胡说："我不在家，你们准保又是天天吵。"三姐冷笑说："真正废话，你在家，倒是天天不吵。她要吵，怨我？人老了，她要死，怨我？我又没有倒八辈子穷楣，什么都想怨，凭什么？秦淮河上没盖子，你娘不跳下去，家里有的是绳子，你娘也没有再往梁上挂，是好好地死在床上的，这个账你认不认?"张二胡红着眼睛，不想说，还是说了："那也是，人死了几天，才知道。"

三姐听了，红了一会脸，想明白似的说："噢，全知道了。和尚庙里秃子多，坟头地里鬼多，这状元境，就他妈的能嘴多。翻起一张臭嘴，真是的，什么屁话说不出。现在好了，总算是在外头混了两年，要起脸来了，因此这会挑眼来了。不错。是死了几天才知道。怎么样？我告诉你，人都臭了，你信不信？赶明天我死了，准保也这个样。自己也不知死到哪里去了，现在怎么了，该了几个钱，就想做孝子，真正不得了，"说着，眼睛一红，"就算我把你娘逼死了，怎么样？要想摆个孝子的模样，只管摆就是了。"

张二胡说："反正明天要看娘的坟的，怎么说，也要去。"

三姐说："乖乖，总算会说了一句狠话。到底是出门混了几年。去就是了，谁拦你?"张二胡又无话可说，仍然傻傻地坐着，眼睛不看三姐。三姐跳下床来，捞了件衣服披上，坐在马子上，似恨带怨地看着他。看了一会，冷冷笑道："有什么厉害的，使来叫我看看，别这么木桩似的竖在那。"她一边慢腾腾地往床上爬，一边说，"居然也学会生气了。那是的，现在有钱了，能不摆些人模样出来吗？怎么，不想睡觉。要是嫌家里的床，睡了腰疼屁股痛，想坐一夜，也好。”说了，裹紧被子，侧身向里，独自睡觉。[①]

……

这些对话和语言是最有宋元话本味道的，读起来有一种天然本色、俚俗真朴的市井气息，而无论是三姐的泼辣尖刻、任情笑骂，还是张二胡的无奈、隐忍和苦涩，都跃然纸上。不仅是性格情态，人物在特定人生情境中的情感心理活动也通过对话进行了艺术地传达，从而使整部小说传神写意、气韵生动，真正实现了民族化的审美品格。

第三，叶兆言善于发挥人物的结构功能，往往将主人公的个人经验纳入对时代的观照，以微观与宏观、个体与整体的交糅来拓宽小说的叙述空间，深化叙述的表现力。这种写作模式在当代文坛上并非主流，但在古典世情小说中，情节演进史基本等同于人物的遭际史，即通过人物的种种社会活动与情感经历辐射出一个时代繁复丰赡、五光十色的大千世界。如《醒世姻缘传》《金瓶梅》《林兰香》《歧路灯》《儒林外史》《红楼梦》等等，都不仅以人物的命运遭际作为叙事线索，而且广视角、多侧面地见出世情，见出社会风俗史。对叶兆言来说，将个体的生命流程与社会的巨型起伏相交织，一直以来都是其小说世界一个明显的叙事倾向和艺术特点。不用说《很久以来》《刻骨铭心》《仪凤之门》这样的鸿篇巨制，对时代经济状况、社会风尚、社会心理、社会思潮的全面展示与入微刻画，即便是短篇小说，叶兆言也能做到见微知著，表现出充分的风俗史特性（叶氏小说的开场一般都会首先标示年代日期并交代人物）。以《滞留于屋檐的雨滴》为例，小说开头就是“1978 年 12 月，首都北京正在召开很重要的三中全会，陆少林的父亲在南京一家医院过世了”[②]。一方面，它与叶兆言以往的父子叙事、成长叙事构成互文，通过父亲去世牵出身世之谜，

① 叶兆言：《夜泊秦淮》，人民文学出版社 2012 年版，第 46—47 页。

② 叶兆言：《滞留于屋檐的雨滴》，《江南》2017 年第 3 期。

运用不断挫败的读书和工作经历涵纳失败青年的精神轨辙；另一方面，更值得注意的是，叶兆言实际上是将陆少林的故事作为一个契机，目的是透过这扇窗户去打开通往 20 世纪 80 年代以来飞速变迁的城市经验的通道，去展现社会风貌和时代精神。正如评论家曹霞所言：“这种书写契合了我对于当代小说一直抱有的一种期待，即在中国已经较为全面地进入现代性发展的路径之后，在城市文明逐渐趋向于成熟和成型之后，作家是否能够直面自己所置身的现实，描写经济发展之下现实生活的万千气象，将人性的变化、挣扎和博弈里蕴藏着的暗角与褶皱细密而结实地呈现出来。”[①] 小说围绕都市旋流中的陆少林有两大基本线索，一是他的家庭线：陆少林、陆的姐姐、陆的养父、陆的母亲、始终不知道是谁也并未出场的陆的生父，五个人彼此关联，故事重重，尤其是关于养父，透露出一些耐人寻味的细节，如“文化大革命中被打成国民党特务，造反派在一张穿国民党军服的集体照上，看到了他”、“曾经是名解放军，参加过抗美援朝”、外人眼中“绿帽子一顶又一顶戴，都能够凑成一个班”等；二是陆少林自己的成长轨迹：青春期梦遗→考大学失败→一边上电大、一边在小饭馆当厨师→谈恋爱→迷上制作砚台→与女友分手、下岗→藏身于偏僻郊区、以制作砚台为生→在停车场当保安。即使只是简笔勾勒，我们也不难感受到大量的社会信息。因此，叶兆言并不是简单地记录一个凡夫俗子的个人命运及其生活影像，更重要的是要挖掘个体命运和日常生活背后的社会性因素。从小说的人物结构和灵活自如的艺术形式看，他并没有拘泥于个体叙述，沉湎于日常性的琐碎，而是将普通人的故事与历史和现实的变迁贯穿起来，直面社会现实的复杂性。

第三节　媚俗的省思与反讽修辞

反讽从苏格拉底开始就代表了一种处世哲学、是西方文艺理论中

① 曹霞：《一个人的经验与时代——评〈滞留于屋檐的雨滴〉》，《文学教育》2017 年第 11 期。

一个古老而重要的诗学范畴。到20世纪的后现代时期，反讽更是成为整个时代的基本文化特征、世界文学研究中最具有前沿意义的概念之一。从历史发展脉络看，反讽首先代表一种正话反说的修辞技巧，“它是作者由于洞察了表现对象在内容和形式、现象与本质等方面复杂因素的悖立状态，并为了维持这些复杂的对立因素的平衡，而选择的一种暗含嘲讽、否定意味和揭蔽性质的委婉幽隐的修辞策略。它通常采取对照性的描写或叙述、戏拟、独特的结构、叙述角度的调整、过度陈述、克制陈述、叙述人评价性声音的介入等具体手法。”① 其次，反讽意味着一种拒绝简单化的生活态度和感觉方式，一种异常清醒和复杂的思维状态，“作为一个具有多重立体含义的理论体系，反讽诗学的核心质素是指向否定与颠覆的，在西方，它是共同的价值观念与象征体系崩溃与轰塌之后人们为了救赎自己采取的一种观察世界的方式。克尔凯郭尔、尼采、海德格尔、德里达等哲学家不断地通过创造自己的偶然，来避免陷入形而上学理论的冲动，从旧的终极语汇中解脱出来揭示主体在历史中的有限性，通过展示主体的破裂来表达对生命的关切。”② 换言之，反讽诗学往往是“终极语汇”局部或全部丧失的结果，出于对总体景观破裂后巨大的无根性与悬浮状态的超克与救赎，主体寻求进入一种多元话语彼此解读、互相矫正的“反讽和谐”之境。

结合叶兆言的创作个性、思想哲学和美学观念，不难感受到他小说中鲜明的反讽性生命意识和世界视角，在超道德的表象之下往往内涵一种自觉的道德承诺，由此造成张力性的反讽表达。《没有玻璃的花房》《我们的心多么顽固》《后羿》《白天不懂夜的黑》《走向冬天》《余步伟遇到马兰》……莫不以时代的病理现象、尴尬悖理的行为和变态扭曲的心灵作为讽喻目标，以独具匠心的讽喻性情境作为构建对象，达成了匡世有讽的审美目的。在小说中，叶兆言大量运用反讽手

① 李建军：《论小说中的反讽修辞》，《中国人民大学学报》2001年第5期。

② 龚敏律：《西方反讽诗学与二十世纪中国文学》，博士学位论文，湖南师范大学，2008年。

法来模糊作家的主体意识，你很难一下子辨别哪是真诚哪是调侃，但这并不意味着作家不分黑白、没有立场，正如他自己所说的，“我喜欢正话反说，更喜欢反话正说，无论正说反说，心里必须明白，要知道什么才是正确，追本溯源不是坏事，字正方能生奇”[①]。可见，叶兆言的反讽是立足其隐蔽的肯定性功能，正与反、显与隐的背反中暗含了他的尺度和信条，这也是叶兆言与王朔的区别：同样是玩世不恭的腔调，王朔的反讽后面流露出一种聪明的轻松，叶兆言的反讽却包裹着躁动和挣扎、痛苦和宣泄、辩驳和感喟。更多时候，当叶兆言运用反讽的语式和疏淡的姿态展现出百年中国现代化转型时期各种荒诞的历史情境与顽固的人性景观时，也就承继了影印现实和戳破虚妄的鲁迅遗风，在表面日常温暾的叙事中隐藏了“一把雪山上的锋利冰刀，时刻给这温热以刺痛的警醒”[②]。

学界对于叶兆言小说中反讽技巧的运用多有研究。丁帆在《叙述模态的转换——叶兆言小说解读一种》中最早从情境反讽与言语反讽两大层面论证了叶兆言小说的反讽结构，且指出就“言语反讽”来说，叶兆言的小说表现出特有的个性特征，“这种近于‘黑色幽默’的语感，时常是在作家不动声色的语体叙述中完成的，作家采用的是一种‘冷面滑稽’的艺术手法，把可怕与可笑的语言材料组合在一起，模糊了悲喜剧之间的概念”[③]。王干同样认为，反讽是叶兆言的风格本质，“调侃、幽默在叶兆言时有令人哭笑不得的特异效果，对语言自身的追求时有一种维特根斯坦所说的游戏的效应”[④]。田宇贺的《简论叶兆言小说中修辞手法的巧妙运用》一文，则从“比喻的妙用”和“反讽手法的运用”两个方面进一步考察了叶兆言小说语言的反讽修辞。论者主要都是从修辞层面讨论了叶兆言无所不在的反讽话术，的确，利用语言的反作用力来展开消解工程是作家娴熟的

① 叶兆言：《上学去》，《花城》2021 年第 3 期。
② 韩松刚：《当代江南小说论》，中国社会科学出版社 2021 年版，第 109 页。
③ 丁帆：《叙述模态的转换——叶兆言小说解读一种》，《钟山》1990 年第 6 期。
④ 王干：《叶兆言苏童异同论》，《上海文学》1992 年第 8 期。

操作之一，这使他的文字每每有种呛人的辛辣，又有难掩抑制的长叹。而在现有研究的基础上，本节试图进一步开掘叶兆言小说的反讽意蕴。可以说，通过言语反讽、情境反讽和总体反讽在修辞学、美学和哲学层面相应的表现形式的叠加，叶兆言小说的反讽视点不但在文本内部点点片片、层层线线地铺排与闪躲着，而且最终从话语、时代和现实层面穿透至人性痼疾和文化沉疴的揭露，大大拓展了作品的艺术张力。

对渗透于社会和人生各个角落的媚俗心态进行剖露，将其作为现代人普遍的公众心态撕破给人看，是理解叶兆言小说反讽意蕴的关键。所谓“媚俗”，经典的解释来自米兰·昆德拉，简单说就是为了迎合和取悦大多数人而编织谎言、自欺欺人的行为和态度。在昆德拉看来，媚俗是人类一种普遍存在的劣根性，而媚俗者之所以需要媚俗，是“需要凝视着美丽谎言的镜子，对某人自己的映像流下心满意足的泪水”①，也即对自己固有人性的自我欣赏与自我怜念。这同样是叶兆言小说对人类性格顽疾的某种考量，所谓“我们的心多么顽固”。小说《余步伟遇到马兰》（2003）对主人公余步伟媚俗心态的反讽，一开始就通过他在妻子火葬场上的表演进行了原生态的展览。“余步伟在火葬场的表演，足以证明他是个还算不错的好演员。他差一点就要按捺不住丧妻的喜悦，余步伟现在心花怒放，余步伟现在情不自禁。喜悦像一对在巢穴里叽叽喳喳嬉闹的小鸟，扑打着欢快的翅膀，随时随地要飞出去。”② 这段话语运用了西方反讽修辞中的“直接矛盾式反讽”，把妻子失足坠落的突发性悲剧和余步伟“称心如意”的情绪两种不协调意象并置在一起，并不加任何评论，却无声展示了余步伟矫情伪饰的丑陋心态。叙述者这样写道：“余步伟知道喜悦这种情绪是不对的，知道这时候幸灾乐祸会遭到众人指责，为此不得不在心里反复念叨

① 艾晓明编译：《小说的智慧——认识米兰·昆德拉》，时代文艺出版社 1992 年版，第 105 页。

② 叶兆言：《马文的战争》，北京十月文艺出版社 2009 年版，第 225 页。

‘我很痛苦’。他必须用这句话来掩饰自己的喜悦，结婚二十多年，余步伟一直试图喜欢祁瑞珠，可是所有的努力都徒劳。”[①] 这种脸上痛苦、内心喜悦就是典型的媚俗，既欺骗自己也欺骗别人，由此可以看到余步伟人性的虚假空洞，让人觉得滑稽可笑。

在叙述余步伟与马兰的爱情故事时，叶兆言不仅运用了直接矛盾式的反讽修辞，而且把故事提升到情境反讽的层面。利用自己的“表演天才”，余步伟成了婚姻介绍所扮演各种大学教授、公务员、副局级干部的托儿，但正当他得意于自己各种“高妙”的表演时，马兰却揭穿了他。原因是马兰姑姑的遗体告别仪式恰好紧挨着余步伟妻子的，马兰曾见过余步伟在火葬场的表演，因此，当余步伟用假名字“潘天乐”出现在鹊桥仙的征婚候选者照片中时，马兰识破了骗局。在这一次的关系中，余步伟本以为自己是一个受益者，为自己占了便宜而窃喜，而直到马兰联合情人、有妇之夫王俊生把余以重婚和诈骗罪告上法庭时，他才发现自己受到了女人的诱惑和嘲弄，原来跳梁小丑般的一切举动早已尽收马兰眼底。自以为是关系的主体，“做梦也不会想到单身女人竟然都那么好骗，都那么缺心眼，而且骗了也就骗了，很少会产生真正的麻烦”，却不想倒是客体，被马兰送进了监狱，这种巨大落差无疑构成了一种生存意义上的反讽，意味着生活所给予的无情的反讽和嘲笑。叙述者在提到“老处女”马兰时，用了“痴痴地”“深信枯木逢春是爱情的缘故”“深信是自己让余步伟起死回生”“余步伟说什么话，都能让她深信不疑”“马兰为他的真诚打动”等话语，让人读来，似乎对于马兰的爱情观肃然起敬，又表示深深同情，但紧接又暗暗旋转话锋：“马兰发现自己现在很幸福，既有情人，又有丈夫，这让她感到一种从未有过的充实。”“马兰决心与余步伟谈一下王俊生。她觉得一个待在明处，一个躲在暗处，这有些不公平。”正是这种反讽叙述，把这

① 叶兆言：《马文的战争》，北京十月文艺出版社2009年版，第225页。

个貌似刻板、高尚的女校长马兰的真实面目展现出来。马兰平静平淡的外表下面，实际掩藏着内心对于余步伟的背叛和心机。因此，当余步伟被马兰和王俊生联手送进监狱后，叙述者更是用一种极度夸张的语气，反讽和嘲弄了这对男女在情感纠葛中那种清醒又做作的心态。小说写道："马兰感到很震惊，余步伟竟然会用一种赎罪的方式来说故事。在故事中，马兰被过分地美化了，甚至是文学化了，余步伟把她描述成为一名伟大的女性，美丽，善良，把爱情看得比泰山还重。他和马兰之间的故事被编得天花乱坠，完全可以拿到杂志上去发表。因为欺骗了马兰，因为背叛了诺言，因为亵渎了爱情，余步伟陷入了深深的忏悔之中。"① 在这段文字中，叙述者对余步伟的荒谬虚伪和自欺欺人再次进行了夸大，有力地嘲弄了现代人假丑恶的爱情生态。只要将这种嘲弄与《不坏那么多，只坏一点点》《人类的起源》《爱情规则》《捕捉心跳》《马文的战争》《别人的爱情》等小说联系起来，我们便可以发现叶兆言的一个独到之处，那就是他的反讽笔墨总不吝惜于展示现代人爱情关系的虚伪和脆弱。事实上，作为情境反讽的观察者和叙述人，叶氏的目光和笔触时常游走于一些明显荒唐和乖张的事件，甚至不惜用滑稽和漫画式的夸张对后情感时代布满我们周围现实的爱情危机展开暴露。

除了爱情，政治和权力场域的媚俗心态也是叶兆言置于反讽视镜下的重要剖析对象。如果说，"媚俗的基本特征是它的表演性。只要人在一定程度上是在为别人活着，只要人的言行无论在何种意义上受到他人的左右，他的生存便是媚俗的"②。那么，小说《走向冬天》（2020）则反讽了一类为政治角色所异化的面具人生。男主人公浦锡金在当上巡视组副组长之后，突然跑到前妻的单位提出复婚，遭到女方拒绝后又立刻从四楼跳下去，结果是一棵桂花树救了他，非但性命

① 叶兆言：《马文的战争》，北京十月文艺出版社 2009 年版，第 225 页。

② 王彬彬：《所谓事业——兼对〈生命中不能承受之轻〉与〈红楼梦〉做一种比较》，《文艺评论》1994 年第 1 期。

无碍，更仿佛生了特异功能，此后总是可以轻易地摆脱出事、双规这些负面的消息。在这里，反讽意蕴主要通过“表象与事实的对照”而生成。叙述没有正面的切口，而是从侧面以一种客观冷静的、不动声色的笔调来呈现，随着故事情节的逐层铺开，读者对人物性格有了进一步的了解，事实的真相也徐徐浮出了水面。表象和事实之间构成的巨大落差和张力，最终让人产生一种无奈又可笑的悖谬感。在评价浦锡金的行为时，自传叙述者“我”以元小说策略提到《傅浩之死》，十分巧妙地把浦锡金荒唐的自杀举动和老右派傅浩“文革”中的自杀相比附，背后的反讽意蕴更耐人寻味：作为对“真诚”和“纯洁”最歇斯底里的一种表达方式，自杀行为同样可能固着一种“表演性”。回顾《傅浩之死》中的经典场景：傅浩如西西弗斯般滚动着悬崖边的石块，对着赶过来看热闹的观众绝望地呐喊：“难道不觉得我们就像被塞在一个闷罐子里吗？不能说话，因为，说错了一句话……”“这里的空气使人麻木、窒息，……哪一天，我们才能像一条狗一样，痛痛快快地叫上几声？”“……躲有什么用？黑夜哪里是在保护你，它们是在包围着你。一万支黑箭随时可能会飞向你致命的地方。笨蛋，当恶魔捏住你的脖子，你不反抗，不用你的膝盖去撞他的胖肚子，而在这最后的时刻，还腾出双手去祷告、认罪。见他妈的鬼去吧！你还不如趁早弄死自己。……我问你：当死在生的面前，变成了一个含羞的小姑娘，而生却比满脸皱纹的老太婆更可怕，你爱谁呢？去爱那个枯黄干瘪的老婆婆？哈哈，哈哈哈。常绿的爱情万岁！”① 但实际上，我们这些读者和小说中全知全能的叙述者一样，都知道傅浩并没有真的自杀。小说开篇，我们就看到如今的傅浩“胖脸上堆着微笑”，他的家中“收音机正播放着斯特劳斯的圆舞曲。他的女儿，小辫散着，系了一块红纱巾，在我们面前快乐地跳起舞。隔了不多久，酒菜端了上来，十分丰富。他的妻子大约和我是同乡，做的都是道地的苏州菜”，

① 叶兆言：《魔方》，山东文艺出版社 1998 年版，第 35—36 页。

而对于自杀事件，傅浩的评价只是一个“傻”字和含混的一句“历史不会骗人的”[①]。这就使两个语境中的傅浩之间出现一种嘲弄式的反衬。叶兆言的潜台词当然很丰富，其中有一点是显然的，那就是，无论是浦锡金还是傅浩，在人群前的自杀表演无疑都是一种最极致的媚俗，而所谓“人生传奇的最高境界”[②]，貌似是赞誉，实际隐藏却是作家莫大的讥刺和轻蔑。

在《走向冬天》和《傅浩之死》中，叶兆言的正话反说带有浓烈的寓言色彩，在扑朔迷离中传递着他对人性中无可救药的媚俗本质的批判。出于政治面前的恐惧或贪婪，人们甚至会采用自杀手段来表白自己的纯洁，“就像走软索的人当众显示他的独技一样”[③]。无论是傅浩滔滔不绝、“天地不仁，以万物为刍狗”的气概，还是浦锡金毫无征兆、“就是想飞，就是想飞翔”的说辞，很难说他们是不真诚的，“自杀的人中或许有一半并不是由于绝望，而是由于羞愧，由于要彻底摆脱这个自己厌恶的自我，由于要向世人证实自己与这个人们所见到的自我客体终归不同”[④]，但如果他们不能反身从别人的目光来审视自己，不能以“普遍一般的、自身同一的、作为标准或‘良心’”的“评价的我”对那个作出激烈决断的“行动的我”负责[⑤]，悲剧将会在下一瞬间立即变味，成为矫揉造作、滑稽荒唐的伎俩，自杀便成为媚俗者自欺和偷生的护符。如同 D. C 米克所总结的，“文学所使用的语言极易处理人们的话语、思想、感情和信念，因而也极易处理人们的话语与思想之间、信念与事实之间的差别。而这种差别，正是反讽活动的天地”[⑥]。我们已经看到，叶氏反讽不仅能在话语、思想、信念与事实之间敏锐地抓住矛盾、创造矛盾，而且充分施加了夸张、影射、暧昧、玩笑等因子，使读者在辩

① 叶兆言：《魔方》，山东文艺出版社 1998 年版，第 22 页。
② 叶兆言：《走向冬天》，《清明》2020 年第 2 期。
③ 叶兆言：《走向冬天》，《清明》2020 年第 2 期。
④ 邓晓芒：《灵之舞》，作家出版社 2016 年版，第 49—50 页。
⑤ 邓晓芒：《灵之舞》，作家出版社 2016 年版，第 128 页。
⑥ ［英］D. C. 米克：《论反讽》，周发祥译，昆仑出版社 1992 年版，第 10 页。

证的机锋中认识到媚俗与谎言对人性的禁锢。总体来说，这样的反讽并没有轻松意味，而是大大超出浅层次的符号表意，进入对人生和世界的理解。

如果恰如韦恩·布斯所言，在反讽中，“我们比任何时候都更加接近两个心灵的认同”，那么叶兆言对媚俗的省思无疑通过反讽修辞使人心在冲突中交流碰撞，实现了对权力崇拜现象一种强有力的表达与解释。1997 年，叶兆言发表了中篇小说《王金发考》，其中的主人公王金发从慷慨豪迈的反清志士经由辛亥革命夺权之后，就到上海买洋房、纳名妓、当“寓公”的道路也是许多草莽英雄为权力和声望所毁灭的歧路。在他身上，我们似乎看到了一个永远难以解开的民族文化心理之扣——一种贪婪和媚俗人性根深蒂固的遗传和源源不断的重生。大上海十里洋场，王金发“一变而为豪赌冶游之王季高矣!”一句“古今成功者，都这样!”的狂言将人性的媚俗与自欺暴露无遗。辛亥革命最初的几个月里，中国一下子不知冒出多少都督和民政长，堪称奇观，王金发则出任绍兴都督，成了当地的山大王。身为革命党，王金发从来就没有什么革命理论，更没有远大的革命理想，一旦政权到手，糖衣炮弹之下很快就变得不像话。“王金发当了都督之后，很快就被祖传的捧法，捧得忘乎所以，今天送衣料，明天送鱼翅，耳朵边全是肉麻的好话。”“在用人方面，王金发对自己的亲戚故旧，大放肥缺，他的舅舅是盐税局长，他的姨表弟是酒捐局长，禁烟局长是他的表兄，便宜都让他熟悉的人占尽了。”如果说媚俗意味着生活在虚空中，那么在叶兆言笔下，这种轻飘空幻的生活无疑十分愚蠢荒谬：“居则警卫森严，出则前呼后拥。就连小老婆回娘家，也要带着卫队，一路吹吹打打。”“王金发纳妾征婢，经常带着她们‘各乘骏马，驰骤郊外，以为笑乐’”[①]……小说在详尽扎实的考据背后是这样一种反讽的观察：为什么一个天生侠骨的“莽男儿”，艰难困苦压不倒他，祖

① 叶兆言：《王金发考》，人民出版社 2015 年版，第 327、331 页。

传的捧法却可以迅速将其毁灭？为什么从成功到颓废、腐败的蜕变如此迅速、不可逆转？还有更宏观的，为什么辛亥革命虽然成功，革命党出生入死，胜利的果实却总是拱手相让？所谓“其兴也勃焉，其亡也忽焉”的历史定律，为什么屡试不爽？叶兆言甚至用精神分析法追溯到王金发的早年丧父和恋母情结，但最终留给我们的感喟却是媚俗心态之可怕及其生存繁殖的巨大能量。因为媚俗，人们渴望权力、渴望声望、渴望被人崇敬和膜拜，因为媚俗，享受荣华富贵成为大众对成功的唯一理解，却事实上成为通向地狱的入口。这是叶兆言从王金发的悲剧中发掘的警世意义，使作品带上了某种人性和国民性寓言的典型化特征。

如果说王金发是人而不是神，他的身上注定没有神话，那么叶兆言的重述神话《后羿》则以媚俗对神格的泯灭反讽了人为一类恶俗不堪、毫无价值的事而献出真正宝贵的爱情、亲情的行为之可笑和愚蠢，谱写出一曲寓意无穷的反神话。小说中完成了射九日壮举的后羿本可借助西王母给他的仙丹升天成神，却因为要和嫦娥厮守一起而放弃回到天堂，并把那粒仙丹交由她保管。然而，自愿留在人间“地狱”并被封为有戎国最高首领的后羿却被权力和帝王文化所腐蚀和彻底改造，结果由天赋异禀、拯救苍生的英雄蜕变成一个荒淫无耻、昏聩无能的独裁者。我们看到，在生命瞬间冲动的支配下，后羿逐渐堕落为一个标准的暴君，而那个原本纯真无知、深情依恋嫦娥的男人在拥有了至高权威后，竟耽溺于身体与性而不能自拔，甚至发展到为争夺女色不惜发动战争，还听信玄妻和逢蒙谗言，将嫦娥无端贬入西山，终落得众叛亲离、国家灭亡的下场。在这里，叶兆言竟在塑造后羿这个形象来展示强力与权力的本能状态，既力拔山河、武功盖世，又痴顽娇嗔、昏聩贪婪。事实上，当后羿登上权力的巅峰后，嫦娥曾私下问他万人拥戴究竟是何感受：“后羿听了大笑，说没想到人世间会有这样的好事……放弃回天上去做神仙，显然也是个不错的选择。高高在上被人敬仰的滋味真的很不错，看着那么多人傻傻地匍匐在你面前，向你的影子叩头，对你高呼万岁，这种乐趣只有人间才会有。”[①] 可见，后羿虽有超级强力，却并非人格和意志的强者，面对“人造之神”的权力魅惑，他不但无力抗拒，更成为欲望赤裸裸的化身。小说中后羿在乐正国初次遭遇玄妻的场景最为生动地展示出纯粹的欲望越轨与疯狂的本来面目。当玄妻“两个眼睛像锋利的刀子，狠狠地看了后羿一眼”时，如同“电闪，雷鸣，地动，山摇”，后羿突然被巨大的冲动袭击，陷入激情深渊。按哲学家的解释，激情是“处于一种情绪性、理智难以掌控其表现的情绪状态：着魔般的、具创造性的、盲目的激情；激情掌控、强占、掳获某人”[②]。它意味着情绪失去自制的原爆，而如果任由理性的缺席，谵妄狂暴而歇斯底里的激情将导入更为危险的情欲。我们看到，后羿的确开始表现出各种不可理喻的行为，与往日判若两人，极度不安的躁动使他不是彻夜不眠，就是在梦中说胡话，即使与身边所有的女人都交媾过，也无法平息炽烈的欲火，“他完全走火入魔，完全变成了另外一个人。这真是前所未有的怪事情，一向清澈如水的后羿，因为遇到了这个玄妻，突然变得深不可测”，终于大动干戈发动了一场特洛伊式的掠夺战，由此开启了源源不断的嗜血征途。当欲望的蔓延抹杀自在的平衡，原始的强力随激情而燃烧，悲剧必定跟着揭幕，心灵则在情欲的蛊惑下丧失自由、走向毁灭。正如康德说的，激情和情欲的支配根本上造成了心灵的病态，“于身体的影响上，激情好比一次中风，情欲则像一场肺结核或黄萎病”；“如果激情是一种迷醉，情欲就可说是一种疾病，它厌恶一切良药”，“像是吞了毒药的病相或畸形的样子”；“激情在刹那间造成对自由和自我控制的破坏；情欲则放弃自由和自我控制，到奴隶意识中寻找自己的愉快和满足”，因此，“情欲是纯粹实践理性的绝症”[③]。而对后羿来说，那如附骨之疽的情欲（具有瘾癖性，不仅包括性欲，还包括荣誉癖，复

① 叶兆言：《后羿》，重庆出版社 2007 年版，第 118 页。

② ［德］哈罗德·柯依瑟尔、欧依根·舒拉克：《当爱冲昏头》，张存华译，华东师范大学出版社 2013 年版，第 59 页。

③ ［德］康德：《实用人类学》，邓晓芒译，上海人民出版社 2005 年版，第 167、185 页。

仇癖，统治癖等等[①]）最终扭曲了神格，推动他走向黑暗混沌的僭越之地。

除了对权力别具“欲望”风格的解构与反讽，嫦娥与后羿的爱情构成了小说的另一大主线。如叶兆言说的，“神之所以是神，是由于人活生生地把他造成了神。但，你看，独裁者在爱情面前显得多么可笑。事实上，欲望和爱情都可以成为力量的源泉”[②]。亦妻亦母的嫦娥在羿到后羿的蜕变过程中发挥了不可小觑的作用，某种意义上，不妨说是“教母”嫦娥催促、唆使和逼迫后羿去追求功名和夺取权力的。上卷《射日》中，后羿的成长被战俘身份的嫦娥视作改变命运的筹码，尤其当她发现后羿不凡的臂力和高超的射箭技法之后，为了能让后羿拥有一副宝弓和拜师英雄门下，她甚至不惜向猥琐男人造父和布献出自己的身体。不久西王母托梦，告诉后羿要完成射日大业还得要恢复性功能，“必须从女人身上获得力量”，“让自己变成真正的男人”，这便有了嫦娥主动的身份转换，在亲自对后羿实施性开蒙之后，由姐姐和母亲变为了后羿的爱妻……总之，为了助后羿成功，嫦娥甘愿成为砧板上任人宰割的鱼肉，而在此过程中她不但意识到了自己身体的价值，也渐渐学会世事权术，利用男人的色欲来达成自己的目的。或许也可以说，没有嫦娥的一系列色欲诱导就不会有后羿的出头和上位，这种自我牺牲、忍辱负重到了下卷《奔月》里，则演绎成为虎作伥、助纣为虐。无论是她一手导演的后羿与末嬉之间的淫乱关系（成为后羿从专一走向纵欲的起点），还是为了治愈后羿的孤独症和相思病，精心安排一幕时空错位的戏剧，让他再次重温乐正国灭亡时与玄妻的销魂享乐，并最终引狼入室、酿成灾难。嫦娥对于后羿越发好色淫乱、凶残征战的转变不但不作提醒和阻拦（事实上，嫦娥始终是“治疗后羿心疾的最好良药”），反而变本加厉地一味纵容。一方面，嫦娥似乎对高高在上的后羿越来越迷恋，“嫦娥心目中的后羿，总是

① ［德］康德：《实用人类学》，邓晓芒译，上海人民出版社2005年版，第184页。

② 叶兆言：《为西方写作是个伪命题》，http：//news. cctv. com/world/20070112/100721. shtml。

在不断地变化。不管他怎么变，都让嫦娥越来越喜欢他，对他越来越入迷，越来越觉得离不开他。……在有戎国，再也找不到比后羿更帅气的小伙子，再也找不到比他更威武的男人。"[①] 另一方面，她又以无比原始世俗的帝王逻辑来安慰自己情感的失落："后羿作为一个国家的领袖，作为一个盖世的大英雄，有多少个女人都不过分。"忠诚和背叛、奉献和诱惑、阴谋和爱情、嫉妒和尊严，个体欲望无不成为独裁梦的陪衬或点缀，后羿也好、嫦娥也好，都选择抛掷出生命中真正厚重沉实、有分量、有价值的情义，无论是友情、亲情还是爱情，统统被用来换取权力和情欲陷阱里夺与被夺的游戏，结局只能是神性的全面降格，彻底堕落为媚俗的庸人。

小说末尾，在有戎国经历瘟疫、饥荒和战乱而濒临灭亡的前夜，在相去两茫茫的十年之后，后羿对嫦娥的爱才又被重新唤醒，"此时，他心里对嫦娥充满了爱，爱成了唯一的东西"，结果却用一句"朕不在乎"将嫦娥送上了绝望的奔月之路。对此叶兆言解释说："当后羿说他'不在乎'的时候，其实是在说'他在乎'，'他太在乎了'。他这么说，是想给嫦娥一个生的机会，因为他已经没有别的退路了，这是一个生死关头。而嫦娥可以容忍后羿的一切毛病，容忍他与别的女人有染，容忍他的独裁，容忍他的滥杀无辜，甚至容忍他的亡国。但是，她就是容忍不了后羿对她说一句话'朕不在乎你'。"[②] 如果说《后羿》在轮番上演、极致泛滥的色欲、权力欲、征服欲、报复欲的人性泥潭中还残存一丝救赎可能性的话，那么似乎也就在这里了。我们看到，泯灭神性的后羿在失去了一切权力的生命尽头，产生出一种真正觉醒的爱，希望以自己的牺牲换取嫦娥的飞升，让她离开这个纷扰的乱世。然而，权力与媚俗早已葬送了一切美好，"往日已离他们远去，越去越远，仿佛空中飞过的大雁，又好像是溪流中漂走的枫叶"[③]，美好的

---

① 叶兆言：《后羿》，重庆出版社 2007 年版，第 125 页。

② 叶兆言：《关于〈后羿〉的随想》，《书城》2007 年第 3 期。

③ 叶兆言：《后羿》，重庆出版社 2007 年版，第 193 页。

过往无可重现，那雪藏于月宫的爱情也只会比死亡更加冷酷。如果说“神话通过用一种非同一般的深刻方式为思考凡人在世界中的境遇打好了基础”[①]，那么，文风滞重的《后羿》更像一部超越时空的异化了的人类史缩影，融入了叶兆言对权力和欲望的人性叩问。

《通往父亲之路》并不仅满足于从人性的角度来达到反讽的目的，而是更深入展开了对于当代知识分子群体以及愈益浓重的文化危机、犬儒之态的文明状态的反讽性思考。这种思考直指中国当代知识分子在整体文化语境中的身份失效、思想裂变、光环失落和理性轰塌等现象，他们似乎再也无力成为社会的支柱、成为道德操行和理性价值的榜样。叶兆言选择用“多余人”张左自惭形秽、不如他人的心态，在不露声色、冷面漠然中展现出以父亲张希夷、外公魏仁为代表的知识分子荒谬悖论性的生存方式、心理状态和情感结构，从而形成了多重视镜的认知与反讽。

小说中魏仁是民国时教会大学的大学生，尽管没毕业，没拿到毕业文凭，却很有点名士的派头。张左印象中的外公，在家总喜欢穿一件紫红长袍睡衣，戴一顶瓜皮帽，“显然与时代格格不入”，出门不管天气如何冷热，必定穿那件非常古板的中山装，上衣口袋必定要插上一支钢笔。魏仁的书法后来卖到很高的价钱，但是，小说展现的只是一种滑稽荒诞、错位可笑的人生形式。父亲张希夷出生于1919年5月4日，抗战爆发前是中央大学历史系的学生，后又留学美国，拿到了博士学位，晚年则被尊为国学大师、学术泰斗，名声十分显赫。然而，张左眼中的父亲完全没有“五四”新派学人那种高尚的精神和治国的理想。文中写道：“后之视今，亦犹今之视昔，无论张希夷如何强调，如何反对，一次次标榜自己从不落伍，在别人眼里，他就是代表着传统，早就已经掉队，好在他晚年的时代风气，是尊重传统，讲资历看资格，越老越吃香，越老越值钱。古语说寿则多辱，这话用在他身上，

---

① ［法］吕克·费希：《神话的智慧》，曹明译，华东师范大学出版社2017年版，第391页。

正好反过来。张希夷这一辈子，越活地位越高，越活越有身份，用他自己的话调侃，老而不死是为贼，三千宠爱在一身。”① 这段话再次运用了基本的反讽修辞，所谓“正话反说”“反话正说”，看似在赞美张希夷的成就，但叙述者表面上肯定和赞美的东西，恰恰是隐含作者所要否定的，言下之意是，张希夷被标榜为“国学大师”完全是一种追逐潮流、稀里糊涂的造神运动。小说随后讲述了在私人山庄进行的张希夷学术道路回顾周活动，“整个回顾活动就像一个大 party”，一个个学界领军人物、资深教授、支部书记、在职博士环绕张希夷左右，极尽吹捧和宣传之能事：“吹捧和宣传还是有用的，张希夷的一名弟子做总结，说我们导师这一生思想上是自由的，厉害就厉害在想成为什么样的杰出人物，能够做到绝对的自由，随心所欲。换句话说就是，张希夷有那个能耐，想成为什么样的人，想在哪方面做出成就，都可以做到。”② 寥寥几笔，就把当代儒林官场化、人情化的世故状态勾勒出来。首先，叶兆言对于这个文化圈的反讽，主要是通过佯装无知的张左的所见所感来展现的，这双后现代式怀疑一切的解构目光同样也成为叶兆言的反讽对象。张左对外公和父亲表象与本质之间的种种矛盾对照感到既陌生又困惑，作为国学世家的后代，张左只是“浑浑噩噩”，“知道自己不仅猥琐，有贼心没贼胆，而且还假正经”，因而，“通往父亲的道路太漫长，张左发现他从来就没有真正走近过张希夷，有时候走得越近，感觉越远。张左现在只剩下一个身份，这就是国学大师张希夷的儿子”③。如果说在中国传统文化中，父亲不仅是子辈自然生命的来源，也是文化生命与价值生命的来源，那么叶兆言在这里不断强调的子辈与父辈精神上的无法通达，实际上是传递了一种知识分子文化记忆的断裂，根由则是多方面的。我们可以通过细读这个中篇文本，尝试性地挖掘一下：首当其冲的就是“文革”中知识分子所

① 叶兆言：《通往父亲之路》，《钟山》2021 年第 2 期。
② 叶兆言：《通往父亲之路》，《钟山》2021 年第 2 期。
③ 叶兆言：《通往父亲之路》，《钟山》2021 年第 2 期。

受到的历史性创伤，其存在价值被现实蓄意阉割，直接造成了人格的委顿。这方面的反讽性暗示集中表现在张希夷干校养牛和张左观看父亲阉牛这一情节，牛之命运无疑与人之命运合二为一，构成荒诞年代的隐喻。其次，小说还着力表现了市场经济的商业文化冲击下喧嚣浮躁的社会生存氛围，这使知识分子产生了深刻的价值焦虑，进而在内心积淀的封建意识的冲撞下，导致了自我贬抑和认同危机。可以说，以一种理性笔触和反讽性表意形式，《通往父亲之路》穿透了欲望的表象，直达欲望的潜层去审视知识分子价值失落的内在根源，这种批判因其对道德伦理视角的超越，而在字里行间包裹和传递出了作家深深的忧患意识以及反思和反省中国当代文化体制问题的责任感。

总而言之，无论是社会丑行、人间恶德，还是人性短缺、文化痼疾，叶兆言的反讽笔墨从不吝啬于对媚俗心态的剖露与展览，具有一种潜在的社会情绪和社会意义的表达。不止一位学者指出，叶兆言小说对于人性的深度探求是“鲁迅风”的承继。但也不得不说，在《采红菱》《我们的心多么顽固》《白天不懂夜的黑》等小说中，由不可靠叙述人所带来的价值体系的分裂明显削弱了反讽的尖刻程度，甚至模糊了反讽的面目，造成犬儒主义幽灵的四处徘徊。如南帆所言，当“视角无法统一，依据的尺度和信条无法统一，判断的结果无法统一”时，便会导致反讽陷于紊乱，更深刻的暗示则是，“中心的价值体系正处于瓦解状态”①。在叶兆言的深层心理中，始终隐匿着无法找到真正文化出路的烦恼与焦虑、失落与矛盾、困惑与迷茫，这种精神痛苦使他选择了一种总体性的反讽修辞，某种意义上，却也付出了失落理想价值的沉重代价。

第四节 生命的错位与悲喜剧内涵

与反讽修辞紧密关联的是叶兆言小说的悲喜剧风格。就表现机制

① 南帆：《反讽：结构与语境——王蒙、王朔小说的反讽修辞》，《小说评论》1995 年第 5 期。

看，叶兆言的小说世界并无纯粹的悲剧或喜剧，而往往是悲与喜相互渗透、水乳交融，其中喜是形式、悲是实质，这种形式与本质相反相成的微妙关系，正是叶兆言对现实生活独到理解与独特表现的精髓奥妙所在。如樊星所言，“叶兆言的独特风格是静观人生的一幕幕话剧，又在引人入胜的讲述中一步步揭示人生的尴尬，他是个颇有智者风度、人情练达的小说家”[①]。叶兆言的大部分作品都含有深刻的悲剧质素，但他却常活生生地把悲剧转化为喜剧，如《艳歌》《马文的战争》《不坏那么多，只坏一点点》《余步伟遇到马兰》《榆树下的哭泣》，都是以喜剧的表现形式来揭示悲剧的深刻意图。透过作家平静澄澈的目光，我们从这些形形色色“注定受嘲弄、不免穷折腾”的人生形式——从知识分子到小市民——中看出了喜剧的噱头和好笑，转而又从中发现了种种见怪不惊的荒唐、无奈异化的人性和悯人惜物的苍凉，回味中不免又感到了苦涩和严肃的底蕴。在叶兆言笔下，即便是表现深重的苦难，也缺乏一种粗犷激烈的美学色素，而往往是以悲喜剧相融合的形式来倾诉生命的多重意蕴。如《枣树的故事》《日本鬼子来了》《古岭事件及其他》《夜来香》《风雨无乡》《最后一班难民车》等小说，叶兆言并不选择大哀恸、大恩怨的美学形式将苦难外化，而是以笔法的委婉细腻和故事的曲折起伏去稀释和冲淡那些压抑的历史片段中惨惨烈烈的情节和血与泪的沉重，因此也更接近生活的本来面目，带上了更强烈的普遍性。与同题材的一些作品如刘恒的《伏羲伏羲》《白涡》、余华《难逃劫数》、苏童《一九三四年的逃亡》《飞越我的枫杨树故乡》《青石与河流》相比，叶兆言疏离于极致的笔墨越发凸显出他的创作个性。这样的喜与悲、轻与重、简单与复杂、虚幻与真实、崇高与卑下的混合体，总在反差和悖谬中生成另一种表现的自然与和谐，一种耐人咀嚼、难以言传的生命况味，它使我们笑，使我们忧，也使我们思考，使我们久久不能平静。

---

① 樊星：《人生之迷——叶兆言小说论（1985—1989）》，《当代作家评论》1990 年第 3 期。

就审美风格和文化意蕴看，叶兆言的小说往往通过日常形态的生活故事来传递一种到处充斥的生命尴尬，由此折射复杂的人生况味。表现在文本的艺术运筹，则是在“错位”的故事设计上做足文章，构造出悲喜剧的基本审美形态。如论者所言，错位是叶兆言小说的绝活，其构思网络“一般都是对错位的设计。人在错位的网络之中存在，万物在错位的网络中构成互不对应。错位无所不在，每一个位置都只在错位的假设下才具有意义。”[①] 大致来说，叶兆言小说中的错位主要分为两类情况，一类是男女的性别错位，另类是个体与命运的错位。先说性别错位。叶笔下的男人如张二胡、尔汉、丁问渔、飞卿、贾书记、林林、马文、马革、迟钦亭、鲁汉明、木木、黄小葵等等，都不太强健阳刚，缺少男子气概，含有懵懂糊涂、懦弱窝囊甚至卑俗猥琐的不合理性格因子；另外，他们对女性都有一种依恋和泛爱的倾向，或者说在某种意义上，全是些阴柔痴情、又富于同情心的宝玉式情种。叶兆言小说中的女人如三姐、岫云、矮脚虎、竺欣慰、游娜、妤小姐、谢静文、张晓燕、蒋飞飞、小磁人、吕红英、居丽娜等，却一个个敢说敢做、敢爱敢恨，有的甚至如男人般恃勇好斗、用强自大。对于读者来说，一方面，尽管男人们表现出各种不合时宜，我们还是很难全然否定他们对人和世界所投入的那份敏感与细腻、仁慈与悲感；另一方面，面对这样张扬的女性生命情态，虽然不能全然加以赞美，但在某种程度上，她们以放飞灵肉的生命形式去实现纷乱世事的超脱性、批判性，这一点无疑值得肯定，是具备反价值和反秩序的特殊历史意义的。因而，在叶兆言的小说中，这般性格气质相互错位的两性关系便构成了一种庸常琐碎又好看活泼的喜剧乃至闹剧气氛。如果再细细咀嚼，“男人和女人各自伫立于自己的山峰，彼此注视、彼此呼唤，却永远无法遥渡相思”[②]，最终沉淀下来的却是一种无奈、苦涩又酸楚的柔情，或许这便是叶兆言悲剧性文化心理世界的投影。

---

① 朱伟：《旧作重评四篇》，《当代作家评论》1995 年第 2 期。

② 姜丰：《叶兆言小说文本意义论》，《文学评论家》1992 年第 2 期。

另一种错位发生在人的行动与人的目的、人的本质之间，更染有黑色幽默的荒诞色调，同时又体现存在主义的哲学深度，使我们看到生活和人生的断裂与悖谬，产生一种无可解脱的困惑。最典型的是《追月楼》里的丁老先生，一边是对儒雅士大夫传统的高度认同，另一边又是对民族气节和遗民身份的偏执强调，“一根筋”的个性激情与时代的风流云散构成错位，最终造成与世绝缘，令人哭笑不得。《再痛也没关》（2013）里进城闯荡的木匠老佟也曾有一个好的开头，可惜人生不如意十之八九，最终还是走在了下坡路上，躲不过一个铭心刻骨的“痛”字。生存的选择总是不可思议的事与愿违，人物自身却又充满个性的激情，与对自身命运的无知形成反差，由此强化了生存的滑稽与尴尬。借用作家的感喟便是，“生活在误区里未免是桩坏事。说到底，生活本身就是个误区”①。在《会唱歌的浮云》（2021）中，以一种昆德拉式伴着惆怅怀旧的命运玩笑，叶兆言触碰到了生活误区背后的历史深渊。小说由斯大林的葬礼开篇，引出一个夫妻分居常态化甚至合理化的时代记忆和生命个体备受人性考验的疼痛事实。小说中的老魏和云裳夫妇分居几十年，云裳想要离老魏更近一些的种种努力，结果总阴差阳错被组织调得更远，深刻使人体会由偶然性所导致的存在性荒谬，由世界的非理性所抵达的意义虚无。类似哲学旨趣与叙述格调的还有《诗人马革》（1992），小说集中探讨了死亡，却摈弃了死亡意义的追寻，而还原了偶然与虚空的本质，其悖谬性与荒诞性令人想起萨特的名篇《墙》。主人公马革在回顾自己一生时，发觉生命中唯一的奇迹竟是四次惨遭雷击而大难不死，这甚至构成了他生命的所有意义。他一边神经兮兮地沉浸于自传的传奇书写，另一边却在神圣中等待着自己的死亡，坚信自己会死于第五次雷击，最后却是死于一场小小的感冒。这样的刻画无不生动表现出“死亡不能等待”的理念，在《墙》中，萨特将死亡置于自由存在结

① 叶兆言：《艳歌·序言》，广西师范大学出版社2001年版，第2页。

构之外，即人的命运之“墙”的另一面，得出死亡不可捉摸、不可驾驭、不可选择、更不可等待的本质真相，死亡总是消失于种种不确定性之中。对于诗人马革，他并没有成就“只解沙场为国死，何须马革裹尸还”的英雄伟业，雷电女神也并未天赐他一个传奇的结局。马革觉得人生中最温馨的日子就是婚后的一年时光，但所谓爱情也实在潦草可笑，只是为了解决性苦闷而饥不择食（尽管雷击已使他半身不遂）。快乐的日子不长，马革在一个电闪雷鸣的夜晚发烧死去，死亡的偶然更加揭示出生命的虚无。小说末尾马革的墓碑被雷劈意味着更无情地讽刺和消解，在这样一个走向背反性矛盾的极致生命怪圈里，我们可以体会到叶兆言悲喜剧意识的深化。

无独有偶，在小说《浦来逵的痛苦》（1999）中，儿子浦熙的自杀剥去了世界理性的外壳、生活的美好外衣，使大学老师浦来逵坠入虚空的境地，这种虚空还原出世界的本质与真相，使我们感到一种滑稽与恐怖相交织的审美震撼。将小说中碎片化的生活片段加以连缀后，我们得知，浦熙的理想是考清华，但由于临场发挥不佳，只录取了一个大专学校和一个不喜欢的专业。任性偏执的性格使他一上大学就迫不及待地谈对象，并且每年更换，最终却在大学毕业前夕从六楼跳了下去。浦来逵是眼看着儿子跳下去的，这个梦魇般的瞬间使他痛感生命竟可以如此轻盈，“要哭就哭，想笑就笑”，“想跳楼，于是就真的跳了楼”。作为父亲，浦来逵“不想弄明白”，也“想不明白”儿子为何作此选择，回想他短暂的一生，浦熙的身影似乎总穿梭在不同的对象之间，“儿子的追悼会上，他的女友差不多全到场了。浦来逵致追悼词的时候，女孩子们哭成一片，哭完，一个个又跟没事一样，回来的路上，一路叽叽喳喳”①。这样的场景无疑更加使人绝望，它以喜剧的形式来表现悲剧内涵，笑语背后实则掩藏更深的伤痛和苦涩。经过叶兆言的审美处理，我们的注意点逐渐由儿子的死因而转移到死亡本

① 叶兆言：《我们去找一盏灯》，人民文学出版社 2009 年版，第 89 页。

身给父亲带来的悲伤。小说结尾写浦来逵在喧嚣的大街上遇到一个算命老人，便请他给自己的儿子算命，正当算命的滔滔不绝、口若悬河之际，浦来逵突然悲哀地打断了他，说："说那么多好话有什么用，我儿子都死了。"最后浦来逵扔下十块钱买走那张八卦图，拎着它，"突然像小孩一样放声大哭起来。自从儿子死了以后，他一直想痛痛快快地哭一场，现在终于找到了机会。他酣畅淋漓地哭着，肆无忌惮，眼泪像瀑布一样往下流"。被人围观以后，"他合起那张摊开的八卦图，拎着半截美人头像，冲出重围，一路走，一路尽情地流眼泪"[①]。不得不说，叶兆言要展示的正是生与死的错位，这一错位带来赤裸裸的虚无感，它剥夺了光明的宇宙，宣判了浦来逵的痛苦悲剧。

事实上，余华的故事中也总是发生错位，那些剔除了智力装置的怪诞人物总是处于过分敏感与过分麻木的两极，注定是些倒霉的角色。与余华小说中错位景观的酷寒色彩十分不同，叶兆言对错位的讲述却是一种"苦中作乐"的态度，不寻常的滋味就潜隐在按部就班的平常人生背后：想干的没干成，不想干的却意外干了；想要的没得到，不想要的却送上门来；想走近的却离得更远，决心要弃掷的又紧紧纠缠。因此，不幸的事件或场面却又戏谑性十足，沾染上执意的命运色彩。叶兆言往往是用一种喜剧的暖色对错位的偶然性与机遇性特质加以夸张涂抹，与此同时，又用悲剧的阴冷色块在后面展示它的普遍性与覆盖性，这就构成了一种咀嚼生命的基调，在对荒诞人生的体认中渗透了超越苦难的自由精神。20世纪以来以黑色幽默小说为代表的悲喜剧美学形态的发展实则与多灾多难的历史演进背景下人类对世界、命运和生活荒诞性体验的加深密切相关，当种种不可理喻、无可救药的悖论性经验挥之不去，连悲剧也显得无所适从，而只能以喜剧的方式去洞穿它们。像卡夫卡的《审判》《城堡》、约瑟夫·海勒的《第二十二条军规》、库尔特·冯尼格的《第五号屠场》、米兰·昆德拉的《生活

① 叶兆言：《我们去找一盏灯》，人民文学出版社2009年版，第91页。

在别处》等，无不以滑稽的笔调抓住了荒谬现实的本质与要害，在幽默的情绪中暗含更深的怪诞与残酷，达到悲喜剧审美特性的交融混杂。对于叶兆言的汉语小说而言，他笔下的生活图景继承了黑色幽默小说对非理性和荒谬性的展示，但最终并没有走向一种抽象的哲理化，也没有陷入陌生与绝望之中，而是在冷酷审视的目光中融入了更多契诃夫式的抒情、忧郁与感伤色调。可以说，叶兆言所热衷的，是以凡人琐事作为叙述对象，以轻松的故事对世道人心进行绵里藏针的智性戏谑，从而在喜剧的氛围中开出悲剧的花朵。他在解构崇高性的同时，注重用一种高度写实的笔法来刻画日常琐事的悲剧性，以一种"悲伤之人会吹口哨待之"的"淡然之笑"来达到对痛苦最大程度的超越。要知道，恰恰是这种苦笑"消解了痛苦与不幸对人的精神的压迫，使人得以逃脱悲剧性的毁灭"，因而，这样的悲喜剧真正意味着"对痛苦本身极具穿透力的回击，是面对悲剧情境而产生的喜剧精神的深刻体现"①。

有必要指出，叶兆言小说世界的悲喜剧格调是与他的世界观和对生活的态度不可分离的。他常表达自己是一个强烈的宿命论者，而这种宿命观除了表现在上文所讨论的小说人物性格命运的错位模态上，还更明显地表现为作品中那些充满了无可奈何的复杂情怀却又在不明不白中饱含真性情的叙述者话语。比如，"这可真有些莫名其妙"；"谁也不会想到是这么个结局，尽管这结果从一开始就是注定了的"；"求太平，太平求到了，终究还是不太平"；"这个错误是以后一系列悲剧的序幕，错误的开场导致了连续的错误的结束"；"世界上再漫长的事情也会有个了结，一切都到了应该结束的时候"；等等。如果说这一类话语还只是一种"宿命意识形态"②，那么另一类则在宿命的训示中包含了更强烈的政治虚无感、历史虚无感，传达出一种拨开迷思的、"看透了"的世故老练。比如，《很久以来》在叙述竺欣慰浩劫中紧随时易世变，却遭遇幻灭和坠落、下滑和凋零的错

① 董晓：《契诃夫戏剧的喜剧本质论》，北京大学出版社 2016 年版，第 199 页。
② 汪政、晓华：《观念与方式——关于叶兆言》，《作家》1993 年第 5 期。

位存在后，叙述者发出了这样的消极感慨，“哪朝哪代，做官的还是做官。做官永远会是个好买卖，老百姓永远还是老百姓”，“有的人苦难一时，苦难变成永远的资本。有的人苦难一世，苦难永远是苦难，元朝张养浩的《山坡羊·潼关怀古》说得最明白：‘望西都，意踌躇。伤心秦汉经行处，宫阙万间都做了土。兴，百姓苦；亡，百姓苦！’”[①]……面对社会等级化结构难以改变的残酷事实，面对渺小生命每每无端被历史车轮碾压的顽固真相，叶兆言只得用含混的语法表达对历史循环论的无奈接受，用陈腐的话语揭示出世界依然是陈腐的这一沉重现实。在这里，悲剧性的体悟已然成为作家的诗意思维本身，令人体会到一种深入骨髓、无家可归的悲观与虚妄。正如吴亮的《还有无数人的记忆像鸿毛那样飞向天空——论〈很久以来〉的“轻与重”》一文对叶兆言历史小说轻重背反的逻辑归因，正因为作家“不满于‘蹩脚诗人’和‘知识分子精英’对类似历史题材的流行诠释，最后决定以他的‘意识形态和写作策略’对这一必须‘重新想象’的题材进行‘选择’”[②]。而这种重新想象即是，刻意颠倒“轻与重”，在细枝末节处处用心，在紧要关头却逸笔草草。吴亮进一步认为，“只要渺小与伟大在正义的天平上分量仍不相等，只要轻与重在美学的天平上分量仍不相等，只要权力者与无权者的现实状况没有丝毫改变，我们就拒绝简单地将《很久以来》的此类议论看作是一种妇孺之见，而宁愿看作是一种‘含混表达’，如果还不是‘反讽’的话。赫勒指出，‘含混从未被认为是一种力量，而在卡夫卡那儿偏偏如此。’含混的力量！如果‘含混’在卡夫卡那儿表现为自甘失败，意味着‘一切障碍粉碎了我’，那么在叶兆言这里‘含混’则表现为承认陈腐，意味着‘想不开也就想开了’”[③]。这无疑揭示出叶兆言小说世界独特

---

① 叶兆言：《很久以来·后记》，人民文学出版社2018年版，第353页。

② 吴亮：《还有无数人的记忆像鸿毛那样飞向天空——论〈很久以来〉的“轻与重”》，《上海文学》2014年第4期。

③ 吴亮：《还有无数人的记忆像鸿毛那样飞向天空——论〈很久以来〉的“轻与重”》，《上海文学》2014年第4期。

的现代精神面影和文化意蕴，即以悖谬张力在“轻与重”之间周旋，在辩证法之外，用思想最沉重的维度去发现和照亮存在的轻盈。

另外，就特定的艺术手段说，叶兆言惯于运用叙述者的凡人视角对小说“文以载道”的沉重背负予以消解，有意传达一种更为复杂纠结的审美体验——既在看似轻松的幽默调侃，乃至嘲弄亵渎中咀嚼生命的不能承受之轻，又在这过程中体悟到生命的不能承受之重。叶兆言表示：“其实我也说教，第一人称出现的段落讲白了就是说教。”①细细推敲却发现，这个“我”既不是启蒙心态的知识分子，也不是文化英雄，而只是一个很不可靠的叙述者，“他既作为作品的人物，又作为故事本身的叙述者，然而他又是一个‘补形人物’”，而且还“十分蹩脚”，类似于“丑角”的“客串”②。我们常会读到这样一些句子：“我深感自己这篇小说写不完的恐惧”“我怀疑自己这样编故事，于己于人都将无益”“现成的故事已让我糟蹋得面目全非”；“和作家最初设想大相径庭的地方，是……”“我很难说清我最初打算写这么一篇小说的动因是什么”；等等，显然有一种布莱希特式的间离效应。一方面，叶兆言利用叙事人这一积淀着丰厚形式意味的叙述元素提醒读者：这不过是个故事，不必较真，更不用忧心忡忡，一切都出人意料、稍纵即逝，一切也都不再重演、说不清道不明，因而无所谓喜与悲。另一方面，这些话语又带来一种滑稽感和幽默感。如果说幽默的内在机制就是通过玩具化处理来让某种本来难以被掌控的力量被削弱，那么，在叶兆言小说中，被玩具化的常常就是这个探头探脑的叙述者“我”。在削弱乖离命运造成的恐怖感的同时，“我”真假莫辨的作者身份似乎又强调了作家自身的一种无力感，他们对世界的把握并非全知、完整、连续，而只是局部的，甚至是破碎的、断裂的。

某种意义上，正是叙述者与作家间特殊的心理关联构成了小说叙事模式与人类心智间的对位关系，而就独特的审美品格与文化意蕴来

---

① 叶兆言、木叶：《好小说一定是“有问题的”》，《上海文学》2016年第5期。

② 丁帆：《叙述模态的转换——叶兆言小说解读一种》，《钟山》1990年第6期。

说，叙述者“我”的丑角设计无疑使叶兆言的小说穿上了喜剧的外套，既关联着时代的反讽精神状况，又与主题等内容因素有机衔接。比如《走近赛珍珠》关于世界、命运和人性的巨大寓言，本是一个严肃、冷峻又十分残酷的话题，但叙述者“我”发表的那些可笑论点却为小说融注了调侃性的喜剧眼光。什么“如果运气好的话，刘岳厚完全也可能成为著名作家红极一时”“英雄狗熊都是一生，都得死”，什么“赛珍珠能够得奖，完全是因为一系列的偶然原因”“得奖常常就是运气”，等等，这些宿命论的老调重弹既自相矛盾，又自我调侃，有时也令人感到过于揶揄，但客观上来说，能够驱散小说的沉重和忧伤，将对人类命运的无奈感悟与幽默玩笑调和在一起，最终获得一种平静的超然态度。具有类似艺术功能的还有小说《很久以来》里的叙事人“我”，虽然这是一部历史题材作品，但叶兆言还是巧妙地加进了当下时态的个人叙述。在第二章中，由 2006 年和 2008 年的两场国际文学活动，叶兆言指涉了“文革”“冷战”以及“诗人”与“政治的动物（政客）”之间的关系等尖锐严肃的话题，但整个章节却充斥着玩笑的语调，“……人到了北京，心里仍然有很大的不愿意，还在惦记正在写的小说。北京太大，一个外地人在这里不仅找不到北，一旦失去关照，还会有种完全被遗弃的感觉。你会发现它虽然是国家的首都，其实和你没有太大关系。你在街上走，分不清东南西北，你尿急了，找不到厕所。眼前都是人，他们的存在只会让你更加陌生。记得那天下午百无聊赖，我打不着车，随口咨询最近的地铁站在哪儿，问了很多人，得到了各种带有方言的回答，山东腔河南腔广东腔上海腔，大家都用自己家乡口音模仿北京人说话，说不知道，说那丫的什么地铁，离这儿远着呢。……”[①] 好不容易文学交流活动开始，又是状况百出，“……交流活动上午十点才进行，刚刚八点多钟，我已被提前送进了会场。这时候，书展还没开始，读者和观众还没有进场。

---

① 叶兆言：《很久以来》，人民文学出版社 2018 年版，第 35 页。

我被转交到一位女士手里，此后这位联系人再次失踪，永远地消失了，再也没联系过。经过一阵热烈寒暄，我手里被胡乱塞了一瓶矿泉水，那位女士也去忙自己的事了，一直到活动正式开始，我只能像个傻子一样在书展大厅东游西逛。终于时间差不多了，观众已就位，大喇叭不停地广播，德国作家也来了，主持人却在节骨眼上出了一些状况，被什么更要紧的事给耽误了。……”① 面对如此混乱糟糕的后奥运北京，我们在解颐一笑时有些心领神会了作家自嘲的内蕴，一种无奈苦涩的隐痛。另外，似乎有意与此呼应，小说结尾又描述了 2010 年上海世博会期间的世纪大塞车，“直到下午三点多钟，离世博会现场还有一小段距离，我们的计划不断被调整，被简化，打算要去的景点一再减少，最后只准备去最有代表性的沙特馆看看，象征性地参观一下便算了却心愿”②。可见，借助叙述者，叶兆言不仅拉开了与历史故事的距离，同时也将作家的自嘲和讥讽熔铸于中：看似轻松诙谐的氛围、看似游离于故事主体之外，实则成为我们观照后者的视角与参证。当昆德拉那句著名的格言在我们耳畔响起时，“一个轻浮的形式与一个严肃的内容的结合把我们的悲剧揭示在它们的可怕的无意义中”。我们即领会到了更深邃的文化意蕴，那些时代对人的裹挟、从众心态对人性的操纵、人类自身的荒诞生存状态……总之，对向往轻松的叶兆言来说，用简单平实的语言将你拉入对生命本体的思考，用“嬉游的欢愉意识”反衬现实的沉重，用戏谑和玩笑的喜剧外表传达存在的悲剧命题，已然构成独特的悲喜剧艺术。

① 叶兆言：《很久以来》，人民文学出版社 2018 年版，第 37 页。

② 叶兆言：《很久以来》，人民文学出版社 2018 年版，第 347 页。

结　语

黄毓璜先生对叶兆言曾有一个生动的比喻，说他是“狠如羊”，“他的狠劲十分了得，他的一种可以称为‘定力’的东西也狠得厉害：在追求特异性的时尚中，在铺天盖地、此起彼伏的潮流面前，在艺术家的身后一群恶魔不停追赶的情势下，他保持了强大的沉稳，在永恒性、自我性的文学执着上，他不露声色地以化为绕指柔的力度融通进世俗和他者的关涉。这不能不向‘狠’上归结。”① 的确，在叶兆言的写作词典中，几乎没有不可涉及的小说母题，更没有不可“拿来”的叙事资源。其艺术经营上“杂花生树”“群莺乱飞”的包举性与丰富性，每每给论者造成智慧和语言的痛苦。然而从另一个角度看，艺术元素的博采众长并没有妨碍叶兆言昭示“永恒性、自我性”的可能。尽管我们不该唐突地对叶兆言进行定性和定位，但在多幅叙述笔墨中，我们仍可以首先抓取最具其创作个性特征的、最能显示其自身优越和优势性的部分，由此来寻找叶兆言小说的文学史位置。在这个意义上，叶兆言的“秦淮系列”历史小说尤其值得重视，包括20世纪80年代末至90年代初期发表的中篇小说系列《夜泊秦淮》，以及1994—2018年发表的“秦淮三部曲”、长篇小说系列《一九三七年的爱情》《很久以来》《刻骨铭心》。从历史的偶然到历史的必然，叶兆言的思性与感性无疑在这个文学单元得到酣畅浏亮的发挥，一方面，创作主体的悲剧意识飘忽于一幅幅俗艳、阴郁而柔糜的图画中，化作片片诗意的雾

① 黄毓璜：《作家四题》，《当代文坛》2008年第1期。

霭与悲凉的氤氲，将人引向对时间、生命和存在的沉静观照；另一方面，经由对历史中一个个鲜活的南京平民的生活情态与精神面貌的呈现，叶兆言构筑起他独有的、作为生命载体和记忆之城的文学生态空间。在这样一个爱与恨、现实与想象、记忆与当下相互交融的永恒城市空间中，我们可以通过波澜诡谲的时代风云下一个个小人物矛盾而窳败的生命情境，窥见到叶兆言所揭示出的历史性谜底；通过人物沉浮跌宕的命运和痛苦异化的心灵世界，领悟到叶兆言对人性的冷峻思索和对精神理想家园的苦苦寻觅。甚至，我们可以在这些充满着寓言味道和没落情调的故事营造中，由历史时空直抵现实存在，寻觅到种族的根性、历史的重复和民族文化的宿命悲剧。这份绵延40年的古典情结、历史迷恋与人性观照正是叶兆言的独特性之所在，在他隽永深邃、平实雅正的笔调背后，你往往看到的是一个明与暗的象征不断交替的记忆之场，是一个幽缈深邃的生命想象，是一个深不可测的历史黑洞，是一片微妙款曲的心灵图像，是一份刻骨铭心的人性证明。

叶兆言小说创作的意义还在于独特的中国经验和汉语叙事。在20世纪80年代的“新启蒙”文化语境中，先锋文学的发动很大程度上是对欧美现代派文学和拉美魔幻现实主义冲击的模仿式回应，背后的现代主义思想资源催生了与传统文化的全面断裂，呈现出叙事革命、暴力美学和话语狂欢等主要的反叛向度。作为20世纪80年代先锋文学阵营里的一员大将，叶兆言却能自觉从中国文学的“大传统”中寻找叙事资源和方法，并加以挪移转化，借由古典传递先锋的美学意图，激活传统和现代的对话关系，其独辟蹊径、踵事增华之功不可小觑。叶兆言文字中丰富深邃的文化意识，文体上对古典小说的借鉴，叙述的节制典雅，语言的文白杂糅，均含蕴着本土的“诗骚”审美与“史传”叙事两大传统因子，不仅彰显出汉语小说开陈出新的魅力，而且使语言和文化的古典修养成为某种人格分裂与内心紧张的黏合剂，最终在文本中造就了和谐大气的境界。如汪政所言：“叶兆言的家庭教育和攻读中文系研究生的学术经历为他打下了较为深厚的古典文学功底，因此，他在汲取传统文化养料时往往不拘一格。与一些小说家对古典叙事方式技术性的刻意模仿十分不同的是，叶兆言小说的民族化方式超越了有限的技术层面，深入到了民族审美、民族文化的内部，它获得的是一种观念的视点的转变，这种转变已不是传统的内容/形式所能解释的了，它独立地形成为一种方式和态度。”[①] 可以说，叶兆言小说的古典倾向与怀古风格表明的是一种心灵与精神上的怀乡，是建立于历史感性与心灵共感之上与传统的对话与互文，在叶兆言这里，古典传统作为一个共时性的空间概念，无疑构成其小说世界一以贯之的精神血脉与精神坐标。另外，尽管在先锋的精神影像、反本质的文学观念及悖论化的叙事方式上，叶兆言对祖父叶绍钧及其所代表的“五四”情结含有反叛的强烈冲动，但必须承认，叶氏家族温柔敦厚、雍容大度的格局与气象，均在叶兆言的文字世界中得其所哉地张扬开来。洞悉而不失体贴、世故却不乏温情、热讽但绝不冷嘲，这种平衡与张力是文人性情、是叙事姿态，更勾连起中国新文学这一“小传统”。在中国文学的“现代传统”方面，叶兆言小说的精神内涵和审美情趣不仅与张爱玲、钱钟书、鲁迅、沈从文、汪曾祺等互通声息，有着不可忽视的牵系和脉络，而且秉承一种老派文人的“杂”式“写作伦理”与“文章体制”，表面上漫不经心、不动声色，内里却是章法谨严，一丝不苟。在这个意义上，陈晓明评价说：“在叶兆言身上，我们看到中国作家个人所具有的重要性，他能以个人之力牵起一种历史、一种我们需要顶住的闸门。”[②] 在叙述语法、叙述动机、叙事伦理、审美风格和文化意蕴等多个层面，叶兆言的笔触深入现代性的都市民间场域，注重日常生活的常态化与普遍化，聚焦历史与现实中的生命个体，执着于人性的妥协或疯狂，营构出一种平实本色却不失典雅的艺术品性，实现了当代文学对现代文学写作资源和精神气质的赓

---

① 汪政、晓华：《观念与方式——关于叶兆言》，《作家》1993 年第 5 期。

② 莫言、阎晶明、叶兆言、余华、陈晓明、王彬彬等：《文化记忆与城市传奇——北京师范大学驻校作家叶兆言入校仪式暨创作四十年学术研讨会发言摘要》，《作家》2021 年第 4 期。

续与阐扬。

叶兆言的融合意识与艺术张力是其更为独特的审美特性和审美价值。他不但熔自身的审美趣味、历史学养和文化关怀于一炉，将古代文学优美典丽的艺术气质充分融入小说的当代性构造，更以开放的外取心态与前瞻意识，在汉语小说中灌注进现代性的审美和哲学，在古典写实的叙事外观下融进焦虑、荒诞等具有存在主义和表现主义质素的思考。叶兆言始终保持一种叙事的弹性，既要召唤传统，又要对传统作出某种反制，这一矛盾性的文化心态突出表现为将传统现实主义小说的历史理性和道德理性压力转换成自由个体伦理和现代主义的生存拷问。而这种现代性叙事伦理追求转化到形式层面，即成为一种艺术面前毫不退却、毫不妥协的先锋姿态以及审美辩证法。另外，不得不说，叶兆言的文本探索在很大程度上受益于西方现代派的阅读接受图景。他的小说充斥着对现代派、后现代多样性叙事手法的实验，注重叙述反差、视点游移与形式拆解，在诗性与散文化两端探寻文本的无限可能，大大开拓了文本的艺术张力。如《枣树的故事》内外时空对峙的罗生门叙事、《花影》的存在主义寓言、《后羿》黑色化的重述神话、《没有玻璃的花房》的双人称混响、《花煞》的文体大复调、《很久以来》纪实与虚构的变奏、《刻骨铭心》的重复延异机制，等等，无不以先锋性的操作手段消弭虚构与真实的界限，实现了多元语境的中国故事对当下在场的中国经验一种凹凸的表达和强力的洞穿。但叶兆言绝非跟风的作家，甚至是刻意站在潮流之外展开其独立自成的艺术探索，这使他的小说境界充沛着浓郁的、张扬个性的魅力和元气。一方面，他并不因先锋派轰动效应的唯新主张而隐藏其古典的、文人的审美趣味，却要以先锋技法的探索仍旧完成“文学是人学”的表达。另一方面，他也不因中国经验与中国故事的蔚然大观而有意掺杂传统和古典要素，抑或是过于反叛地进行异端的“文本爆炸”。毋宁说，在先锋与古典、传统与现代、想象与写实、精神与世俗两端，叶兆言的艺术意向始终是在中间位置上陈力就列，在接纳和扬弃中实施“鱼和熊掌”的综合，以一种对立统一、亦此亦彼的叠加运筹将两极之间的张力场变为一座语言的实验场，一座智力与想象的美学迷宫：在文本的表层结构，既有自由含混的西方话语精神，又有低回顿挫的本土化美学表达；在内在的语义结构，既充盈着存在主义、荒诞派、象征主义、黑色幽默意味的斑驳思考，又涵容了中国古典文学人情书写、人性书写的内在奥蕴，中国文化对于时间、生命和宇宙的神秘而永恒的哲思。可以说，先锋与古典因子在叶兆言的小说王国中，时刻都在发生着弹跳消长的微妙转化，推动其破立、迭代与螺旋上升的审美递嬗，创造其气象万千、风格万端的审美气象，更有迷人的核心质，散发出生动的气韵，郁结着隽永的诗心。

最后，我们从叶兆言的文字中始终看到一种写作的理想态度，一种纯粹的表达激情，它在激活种种现代性本真经验的同时使我们体验到一个有意义的世界。林舟将其概括为“生命的摆渡”，“在他那里，写作的过程就是生命的过程，是借着写作一程一程地向彼岸接近的过程，如果停止写作，生命就失去了意义”①。叶兆言常说，写作是他自身的需要、内在心灵的需要，而不是其他，这在某种意义上代表纯粹的、未被利用的宗教的功能对应物，正是对精神彼岸的渴求构成了文学和宗教共通的灵魂。叶兆言曾评价张爱玲“她的人生就是一部大作品”，不经意间也透露出自己面对文学的虔敬态度，“作家成就了文学，文学也会毫不含糊地创造一个人”，“小说作法有时候也会成为人的行为准则”②。事实上，作为一种感知方式的忘我选择和一种经验过程的虚己体认，叶兆言那“永远是开始，永远没有结束”的写作行为本身已然构成对现实的抗拒和超越，那孤独沉潜的耐力和艰辛深入的写作最终造就其诚实有力、像山一样浑厚的巨大文学成就，更以其从目的论束缚中解放出来的独立艺术价值具有了比格尔所谓先锋艺术的

① 林舟：《叶兆言印象点滴》，《扬子江评论》2010 年第 4 期。

② 叶兆言：《她的人生就是一部大作品》，见陈子善编《作别张爱玲》，文汇出版社 1996 年版，第 216—217 页。

“准超验品质”，一种“日常生活世俗拯救手段的功能”，一种“从理论理性和实践理性不断增长的压力中解救出来的功能”①。

另外，我们不得不说，叶兆言还保有他巨大的创作野心、充沛的创作激情和旺盛的创作生命力，继续推动那无可阻挡、一往无前的探索与创造。还是回到他挂在嘴边的那句话，“我还在寻找最理想的表达方式”②，他的小说总在寻求创新的东西，寻求对清规戒律的挑战和突破，寻求与众不同的叙述路径。“面对大师的辉煌，文学创作是一场绝望的较量，是一场注定要失败的战斗。文学是一场世界范围内的奥运会，不是什么人都能破纪录，可不打算破纪录就没必要参加比赛。失败没什么可耻的，关键是在于参与，在于敢想，在于敢做。”③ 对叶兆言来说，先锋不是成功的榜样，而意味着永不放弃的探索。这种探索始终寻求和别人不一样，即便结果是失败的，但只要没有轻车熟路地走老路，避免去写大家都认同的东西，就是一种反传统的革命姿态，一种在相生相克中不断丰富与壮大自身的先锋精神。

---

① 彼得·比格尔：《文学体制与现代化》，周宪译，《国外社会科学》1998 年第 4 期。
② 叶兆言、傅小平：《我还在寻找最理想的表达方式》，《野草》2019 年第 2 期。
③ 叶兆言：《白纸黑字》，《文艺争鸣》1993 年第 2 期。

附录　叶兆言文学年谱

1957 年，0 岁。

1 月 5 日，叶兆言出生于南京市鼓楼医院。

叶兆言的祖父是现代著名教育家、文学家叶绍钧，江苏苏州人。父亲叶至诚是叶绍钧的次子，生于 1926 年。叶父从小接受家庭的文学熏育，有很好的写作基础，少年时的习作即被朱自清赞为“头头是道，历历如画”，“有他自己的健康的顽皮和机智”①。除了文学天赋，叶父“上初中的时候就把自己——说得肉麻点儿吧——心甘情愿地供上了文艺女神的祭坛”②，文学成了他具有生命意义的信仰。但叶父悲剧性地为时代所困，时代断裂带来的精神创伤使他一直深陷“‘写而不写’的状态”③，无论是作为文艺教员、文艺干部、戏曲编剧还是文学编辑、藏书状元，叶父一生都徘徊于文学“至善”与“至痛”的张力之间。叶兆言见证了父亲为不合时宜的作家梦所折磨，“在那个特定的年代里，‘由一个探求的狂上变成了一个逢人便笑呵呵、点头弯腰的‘阿弥陀佛’的老好人，好老人”④，也由此形成了他的文学观，“文学并不是什么了不得的东西，它也许很平常，也许很简单，但是一定要痛，但是一定要善”⑤。母亲姚澄是著名的锡剧演员，江苏江阴

① 朱自清：《朱序》，见叶至善、叶至美、叶至诚《三叶》，文光书店出版社 1949 年版，第 1 页。
② 叶至善：《好兄弟，你去早了！》，《民主》1993 年第 2 期。
③ 丁帆：《先生素描（十二）——记叶至诚先生》，《雨花》2018 年第 12 期。
④ 叶兆言：《纪念》，《名与身随》，时代文艺出版社 2007 年版，第 157 页。
⑤ 叶兆言：《文学是痛，文学是善》，《上海文学》2009 年第 11 期。

人。童年剧团生活的记忆是叶兆言日后取之不尽的素材，戏校大院的形色人物构成《悬挂的绿苹果》《路边的月亮》《没有玻璃的花房》等小说中的人物原型。可以说，叶兆言出身于一个典型的江南文学世家，百余年文风、家风、士风的承传使他呈现出独特的“文人气”“书卷气”和“从容散淡、平易温和”[①] 的创作风格，而江南的人文传统和江苏地域文化更是使其表现出对“文人身份与人性迷恋”的自觉认同及独特的“秦淮情结”的审美气质[②]。

1964 年，7 岁。

叶兆言进入南京的白下区第一中心小学（现游府西街小学）读书。在他二年级时的一次课间，“一位美丽的女同学突然站到了我面前，用很纯真的口气，问我母亲是不是叫什么。我说是呀，她就是我母亲。接下来都不说话，有那么短暂的一小会儿，大家都哑了，然后女同学眼睛一闪闪地说，昨天晚上她去看戏了，是我母亲主演的《江姐》”[③]。对于幼年叶兆言，记忆似乎就是从此刻开始，他写道：“永远也忘不了这位女同学的表情，圆圆的眼睛红润的脸色，让人神魂颠倒，让人刻骨铭心。……女同学的羡慕表情，仿佛我真是江姐同志的后人，真是烈士遗孤。”母亲在舞台上的走红伴随着叶兆言的童年，“我成天陶醉在革命后代的得意之中，享受着一个烈士遗孤的幸福感觉”[④]。但事实上，他并不曾得到多少机会和父母在一起亲近，更多时候他目睹到的只是他们的忙乱，“英雄人物的光环只是一种错觉，我的父母整日愁眉苦脸，总是处在这样那样的运动之中。负责照看我的保姆，常常为整理他们的行李抱怨，因为父母要不断地出门，要上山下乡，要去工厂煤矿，去社会的各种角落，参加四清，参加社会主义教育运动”[⑤]。

---

① 赵普光、牛亚南：《文学世家背景与叶兆言的创作风格》，《当代作家评论》2016 年第 2 期。
② 张光芒：《文化认同与江苏小说的审美选择》，《小说评论》2003 年第 3 期。
③ 叶兆言：《记忆中的“文革”开始》，《收获》2005 年第 3 期。
④ 叶兆言：《记忆中的“文革”开始》，《收获》2005 年第 3 期。
⑤ 叶兆言：《记忆中的“文革”开始》，《收获》2005 年第 3 期。

1976 年，10 岁。

叶兆言从“造反派小头目”那里得知自己其实是个被领养的小孩，“她说：‘事实上，你是一位革命烈士的后代，你的父亲是久经沙场的老革命，为了人民英勇牺牲，已经长眠于地下。’”[①] 后来，叶兆言“偶尔从一张小照片上知道自己本来姓郑，叫郑生南”[②]。当时正是“文革”最激烈的年头，父母都进了牛棚，叶兆言被送到江阴农村的外祖母家，在一所祠堂小学念了大半年书。四年级后他去了镇上一个学校，语文老师是复员军人，在一次作文课上他让学生把毛泽东的《七律二首·送瘟神》翻成白话语体文，结果叶兆言的改写震动了这位老师，他激动地称赞要打“一百零五分”[③]。江南的农村生活和“文革”中的成长经历成为叶兆言小说的两大经验源头，它更多是一种荒诞、极端、“恐惧的记忆”[④]。至于身世，叶兆言后来似乎喜欢上它的曲折和“传奇”，好友鲁羊写道：“说起这个话题，他总是流露出感慨，而感慨又被抑不住的兴奋劲从底下托着，一边的眼睛里就放些光芒。”[⑤]

1969—1970 年，12—17 岁。

叶兆言回到南京，在第二十三中学（现钟英中学）开始了中学阶段。这时期家中被抄没的藏书大部分发还，几乎都是翻译的外国作品，尽管叶父三令五申“外国小说的危害”，禁书还是成为叶兆言狂热阅读的直接动机。“读书无用论”风行的年代里，文学少年叶兆言只得偷偷在雨果和巴尔扎克辉煌的文学王国里痛哭流涕。1974 年，叶兆言高中毕业后去北京待了一年，“轰轰烈烈的日子已经过去，许多人都闲着无事可干。祖父常说我们一老一小，是世界上最闲的人。”[⑥] 尽管

---

① 叶兆言：《记忆中的“文革”开始》，《收获》2005 年第 3 期。

② 叶兆言：《纪念》，《名与身随》，时代文艺出版社 2007 年版，第 151 页。

③ 叶兆言：《作文一百零五分》，《文学少年》，人民文学出版社 2017 年版，第 24 页。

④ 叶兆言：《恐惧的记忆》，《山花》2007 年第 7 期。

⑤ 鲁羊：《老派作家叶兆言》，《中国作家》1994 年第 6 期。

⑥ 叶兆言：《难得有闲》，《名与身随》，时代文艺出版社 2007 年版，第 28 页。

祖父从不主张小辈在旧学上花大功夫，但一有时间他就会考叶兆言的声韵格律，也常带他走访当时在北京的老作家。叶绍钧曾经在《望江南五首》中表达对祖孙这段相聚的怀念：“兆言到，旧例继先时。示尔新增留影册，陪余浴室共淋漓，临睡小床支。”① 对叶兆言来说，“北京老家给我在文学上的影响的确太重要”，除了祖父，必须一提的是堂哥叶三午。叶三午的客厅聚集了当时北京的一批文艺青年，“诗人最多、有作曲的，有唱歌的，有画画的，有摄影的，还有研究哲学的。有的显然是风流潇洒的公子哥儿，一脸的八旗子弟样，有的却像乞丐，衣衫褴褛，只差随地吐痰擤鼻涕。所有的这些人都是野路子，是诗人一定颓废，一定朦胧，画画的离不开一个怪字，都喜欢留长发，言谈时，最擅长的一句话就是：‘这哪是诗，这哪叫画！’”② 就在这间与世隔绝的四合院西厢房，在诗与音乐之中，17 岁的外省少年叶兆言产生了最初的文学梦想——“做个像毛头那样的诗人，生产太多太多的诗，满满一旅行包，拎着到处走”，而他的读书趣味似乎一夜之间由 19 世纪的浪漫主义陡然转向了“黄皮书”和 20 世纪西方现代派文学。如果说巴尔扎克带给他的是伟大的爱和非凡的创造力，那么爱伦堡、海明威、阿赫玛托娃、三岛由纪夫则从写作技术层面提供了丰富的样本，并且进一步激荡出叶兆言内心深处的反叛、颓废和愤怒，“从最初的接触文学开始，我的文学观就是反动的，就是要持之以恒地和潮流对着干，就是要拼命地做到不一样，要‘不俗’。”③

---

① 叶绍钧：《叶绍钧集》（第 8 卷），江苏教育出版社 2004 年版，第 388—389 页。

② 叶兆言：《文学少年》，《青春》1990 年第 7 期。“文革”后期，叶三午的沙龙对北京的文艺青年来说有很大的吸引力，赵一凡、赵振开（北岛）、钟阿城、毛头（多多）、猴子（芒克）、傅惟慈、王湜华等都是常客。傅惟慈曾回忆说：“1972 年，我和其他被发配干校的知识分子回到京城，上班没事干，精神很苦闷。那两年，经常与几位年轻的朋友——诗人多多、画家黄瑞等一起来到三午的小屋——东四八条 71 号院的西厢房。小屋 20 多平方米，能坐七八个人。大家交流一些有关时局的信息，更多的时间是在一起欣赏西洋古典音乐，互相转录、交换唱片。三午有很好的电唱机，收集的唱片、录音带也不少。歌剧《茶花女》《卡门》《波希米亚人》等大段的咏叹调，我都是在那里听到的。多多是个男高音，有时还唱上一段。”见庞旸《三午的沙龙，三午的诗》，《博览群书》2009 年第 7 期。

③ 叶兆言：《革命性的灰烬》，《扬子江评论》2010 年第 4 期。

1975—1977 年，18—20 岁。

待业一年后，叶兆言进入南京液压件二厂当了四年钳工，青工叶兆言“成天和机器打交道，自己也就和一部机器差不多。除了上班，我便毫无目的地胡乱看书”，[①] 他回忆中的这段岁月首先是闲到无聊，其次就是对读书异乎寻常的渴望，“读什么书无所谓，只要能重新坐到课堂里去，有书念就行”[②]。于是他进出工厂都带着一本《李贺诗选注》，每天在脑子里面默背唐诗宋词，又去了夜校学高等数学，还曾以很高的分数录取市里机械局办的一所工人大学读热处理专业。1976年，19 岁的叶兆言因青光眼发作住进了医院，他曾说这是“文革”中最具有戏剧性的一年，而他则苦于病魔折磨，“是我一生中最糟糕的年头”[③]。眼疾源于初中时的一次意外，对他最大的影响是就业，这一年他和父亲经常讨论未来能从事什么样的工作，最后尽管家人都反对，叶兆言还是宿命般地选择了文科。

1978 年，21 岁。

叶兆言考入南京大学中文系，开启了他的新生活。科学的春天里南大学生苦读的场景令人震撼，“在令人窒息的尿骚味中，同学们皱着眉头，或站或坐，在那昏黄的过道灯下，用功读书到深夜”，苦读的气息如此浓烈，以致每天在操场上打排球的叶兆言在毕业赠言本上成了一个“最幸福最懂得享受的同学”[④]。这年，正读大一的叶兆言在作家方之鼓励下创作出人生的第一部小说《凶手》，主要叙述一个青年人杀害当代花花公子的故事，而当时的文坛“伤痕文学虽然正走红，但因为描写了阴暗面而屡遭非议，我的小说比伤痕文学走得更远”[⑤]，最终未能发表。

也是在这一时期，叶兆言与顾小虎、李潮、徐乃建、刘丹、朱新

---

① 叶兆言：《把钟拨快些》，《深圳青年》1994 年第 11 期。

② 叶兆言：《想读书》，《名与身随》，时代文艺出版社 2007 年版，第 30 页。

③ 叶兆言：《过年》，《名与身随》，时代文艺出版社 2007 年版，第 70 页。

④ 叶兆言：《对母校的记忆》，《雨花》2000 年第 12 期。

⑤ 叶兆言：《文学青年》，《作家天地》1996 年第 5 期。

建等人在南京创办了一个叫“人间”的地下文学社团，虽然只出版过一期油印刊物，叶兆言却十分珍视他的《人间》时期，“那是一个躁动的不安分的时代，充满了生气和活力”[①]。《人间》是“文革”之后南京最早的一份地下刊物，对叶兆言来说，“《人间》对我的起步非同小可”[②]，正是在李潮影响下，叶兆言对写作产生了兴趣，而《人间》刊用的一部叫《傅浩之死》的短篇小说则标志着他40年文学生涯的正式开始，1981年该小说以笔名邓林公开发表于安徽的《采石》杂志。

1980—1982年，23—25岁。

这期间叶兆言一连发表了五部小说，迅速敲开文坛的大门，它们分别是1980年10月同时推出的《无题》（《雨花》“青年作家专号”）、《舅舅村上的陈士美》（《青春》“短篇小说处女作专页”）以及1981年初发表的《傅浩之死始末》（《采石》第1期）、《手套》（《安徽文学》第3期）和《聋大爷和他的牛脾气》（《延河》第3期）。但在此之后，叶兆言将近5年都没能发表作品，积了30万字的手稿，退稿信大多称主题模糊，为此他常常感到羞愧，“这五年是个磨难，我整个地失去了信心。当然，我是指发表作品的信心。我就像那个可怜的叫作桑提亚哥的老人，陷入了一场注定要输的战斗。我咬牙切齿地写，为了不让退稿破坏我的情绪，我是一下子寄出去好多篇小说。然后等收齐了，在不打算写小说的日子里，重新寄出去”[③]。这时候的叶兆言仍在大学读书，他在大三学年论文《杨朔散文的告别》中对杨朔进行了“难免刻薄”的批判，惹得指导老师“泪汪汪”，“这位老师很真诚，不说你有什么不对，只说你知道不知道，你让一个热爱杨朔的人感情上受不了”[④]。1982年毕业后，叶兆言被分配到金陵职业大学当老师，担任两个班的班主任，并且和青梅竹马

① 叶兆言：《文学青年》，《作家天地》1996年第5期。
② 叶兆言、余斌：《午后的岁月》，上海书店出版社2010年版，第31页。
③ 叶兆言：《关于海明威的问答》，《中国比较文学》1991年第2期。
④ 叶兆言：《写小说当毕业论文》，《南方都市报》2010年8月12日。

的苏州姑娘王月华领证结婚，甲子年 6 月的一个深夜里他们的女儿叶子出生。

1983 年，26 岁。

叶兆言再次考入南京大学中文系，师从叶子铭教授和邹恬教授攻读中国现代文学方向的硕士研究生。这一时期，除了系统地学习和阅读现代文学之外，叶兆言对近现代历史，尤其是百年知识分子的历史命运产生了强烈兴趣，他不但选修了历史系的课程，而且在导师指导下翻阅旧杂志、旧报纸、编写年谱，在学术训练中练就了史的眼光和一套考辨、索隐史料的功夫。"历史"成为日后叶兆言最重要的话语，而这段积累使他无论在创作历史小说还是历史随笔时都具备了浓厚的历史意识，虚实相生、诗史互证，始终包含一种真实与虚构、文学与史学的动态互动。除了苦读文史，叶兆言在英语上也下了不少功，靠着死记硬背看了些原版的福克纳、海明威，但他最爱读的还是欧文·华莱士的通俗小说。

1985 年，28 岁。

叶兆言发表了一部短篇小说《砍柴人和金豆子的故事》（《青春丛刊》第 3 期）和一部中篇小说《悬挂的绿苹果》（《钟山》第 5 期）。这一年，王安忆的《小鲍庄》、莫言的《透明的红萝卜》、马原的《冈底斯的诱惑》、刘索拉的《你别无选择》相继问世，被评论界称为"探索年"。次年，陈思和、杨斌华在《钟山》上发表了《不动声色的探索——评〈悬挂的绿苹果〉》，一般视作第一篇叶兆言作品论。陈思和认为小说的中心是女主人公张英对自己婚姻和前途的选择，而三次选择实质揭示了"生活中制约与支配每个人的，不仅仅是一种约定俗成的理性原则，还有更深地隐伏于人的本能中的非理性力量。这种力量往往通过冲动与直觉表现出来，却对人的行为更有意义"①。他评价小说是以传统的现实主义表现手法向现代人物的心理作出深层掘进，

① 陈思和、杨斌华：《不动声色的探索——评〈悬挂的绿苹果〉》，《钟山》1986 年第 2 期。

可谓“不动声色的探索”。1988 年，《悬挂的绿苹果》获钟山奖。

1986 年，29 岁。

叶兆言获南大中文系硕士学位，毕业论文研究的是钱钟书，题目叫《〈围城〉内外》。毕业后叶兆言进入江苏文艺出版社工作，编辑过《二十世纪文史哲名著精义》《世界著名作家访谈录》《名人日记》，“八月丛书”等，他在选题策划、统稿排版、不断跑印刷厂的过程中感受到 20 世纪 80 年代末 90 年代初的文学商业大潮，而这些书虽然在当时都面临出版困难，却在后来渐渐得到主要来自学界的认可，叶兆言将它们称为“迟开的鲜花”[①]。叶兆言还曾向汪曾祺、林斤澜、高晓声们组过稿，并且在组稿过程中认识了李陀，“李陀给我开了一批名单，要我在未来当编辑的岁月里，很好地关心这些人的作品。名单中很多作家，后来名震一时”[②]，在学校里只学过现代文学的叶兆言认为李陀是他当代文坛知识的启蒙老师。

2 月，叶兆言创作的第一部长篇小说《死水》由江苏文艺出版社出版了单行本。小说写于 1983 年，发表后并未得到应有的关注，至今只有一篇作品评论《〈死水〉迟评》[③]，晓华指出小说的主人公，因眼疾住院的大学生司徒汉新代表了一种新型的青年叛逆文化的诞生，他不同于徐星、刘索拉笔下牺牲社会功利关系的超验的反叛英雄，而是由现实理性出发，呈现出一种“矛盾型的心态”和“消极快乐主义”的内在精神。晓华进一步说，后现代的人文精神和诗化、古典的艺术结构是《死水》“真正的超前之处”。同年发表散文《关于钥匙》《介绍〈列那怎样偷吃鱼〉》《幻想，但不行骗》（《小学生语文学习》第 2、4、8 期）和《马克·吐温的故事》（《少年文艺》第 4 期）。

1987 年，30 岁。

本年发表了中篇小说《状元境》（《钟山》第 2 期）、《五月的黄

① 叶兆言：《我编的几本书》，《名与身随》，时代文艺出版社 2007 年版，第 235 页。

② 叶兆言：《回忆两个人》，《雨花》1999 年第 5 期。

③ 晓华：《〈死水〉迟评》，《当代作家评论》1990 年第 3 期。

昏》（《收获》第3期）。在《雨花》第11期发表纪念方之的散文《红沙发》，获第3届“双沟散文奖”。

1988年，31岁。

2月16日，祖父叶绍钧逝世。叶兆言发表了中篇小说《枣树的故事》（《收获》第2期）、《最后的小说》（《中篇小说选刊》第4期）、《追月楼》（《钟山》第5期）。短篇小说除《桃花源记》（《人民文学》第2期）和《五千元》（《现代风》第10期）之外，在《雨花》第12期的头题同时发表了《儿歌》《八根芦柴花》《绿了芭蕉》，并配发费振钟的评论《“故事法”——叶兆言小说阅读提示》。

如果说《悬挂的绿苹果》使叶兆言开始被学界关注，那么他真正走红是在此年《枣树的故事》发表后，叶兆言立刻被冠以“先锋青年作家”，与余华、格非、苏童、马原等名字一起整齐地出现在各种评论和文学史中，而《枣树的故事》则被视作先锋小说叙事艺术的经典。陈晓明在《无边的挑战》中着重分析了小说里“许多年以前；许多年以后”的“马尔克斯语式”，指出它作为“叙述的转折标志与人物的心理意识结合在一起，有效地造成了故事局面的张力状态”，背后是作者一种现代的，又是与马尔克斯完全不同的“时间意识”[①]。青年叶兆言成熟的现代叙事技术令评论界感到兴奋，但他似乎并不以此为然，在同年发表的《最后的小说》中他冷冷地说，“小说的实验室很可能就是小说最后的坟墓”，并认为“汉语小说”的传统和未来都在于“读者”[②]。此外，丁帆发表评论《叶兆言小说的生命意义》[③]，文中指出，“自我”与“非我”、“自然人”与“社会人”、“道德尺度”与“人性尺度”之间的二律背反、相生相克是叶兆言的创作母题，而对个体生命的关注及对生命悲剧意识的显示与剖析是叶兆言小说的根本意义。本年的重要评论还有晓华、汪政的《雅俗变奏——叶

---

① 陈晓明：《无边的挑战——中国先锋文学的后现代性》，广西师范大学出版社2004年版，第87—91页。

② 叶兆言：《最后的小说》，《中篇小说选刊》1988年第4期。

③ 丁帆：《叶兆言小说的生命意义》，《文学自由谈》1988年第5期。

兆言小说读后》[1]，它从“雅俗”的美学向度开辟出一条新的阐释路径，并评价叶兆言小说在叙事表层与精神底蕴之间的“雅俗变奏”使之拥有了多层次的审美效应，反映了作家对“雅”与“俗”所抱持的一种开明、宽容、平等的艺术观。

同年，叶兆言的《儿歌》被选入《1988 短篇小说选》[2]。《追月楼》获 1987—1988 年全国优秀中篇小说奖，批评界认为它的重要性在于“重新审视一种中国旧式文人的生活，那种一度被指斥为封建腐朽的士大夫文人的行为做派”[3]。

1989 年，32 岁。

本年发表的小说有《绿色咖啡馆》（短篇，《时代文学》第 1 期）、《艳歌》（中篇，《上海文学》第 2 期）、《红房子酒店》（中篇，《钟山》第 2 期）、《最后》（中篇，《人民文学》第 4 期）、《活证》（短篇，《小说家》第 5 期）、《古老话题》（短篇，《北京文学》第 11 期），散文有《关于周梅森》（《文学角》第 1 期）。创作谈有《文章怎样写才生动（答潜问根）》（《语文学习》第 12 期）。该年发表的《艳歌》《红房子酒店》等作品被视作“新写实小说”的滥觞，被评为“以他的新写实小说汇入了中国传统文化向现代的转换，在中西文化的交汇点上不断寻觅着‘自我’”[4]。

1990 年，33 岁。

发表小说《绿河》（《时代文学》第 1 期），并于次年 5 月获得第 2 届“《时代文学》彤晖杯·中篇小说奖”。此外，发表的中篇还有《半边营》（《收获》第 3 期）、《十字铺》（《小说家》第 5 期）、《濡鳖》（《小说林》第 5 期）、《去影》（《青春》第 8—9 期，配发王干的

---

① 晓华、汪政：《雅俗变奏——叶兆言小说读后》，《读书》1988 年第 8 期。

② 肖德生等编：《1988 短篇小说选》，人民文学出版社 1989 年版，第 489 页。

③ 陈晓明：《被历史命运裹胁的中国文学——1987—1988 年部分获奖及其落选小说述评》，《当代作家评论》1995 年第 3 期。

④ 徐兆淮、丁帆：《在中西文化交汇点上寻觅自我——叶兆言和他的新写实小说探微》，《小说评论》1990 年第 6 期。

评论《叶兆言的省略艺术》），短篇小说有《雨中花园》（《太湖》第1期）。发表散文《多多益善》（《文学角》第1期）、《文学少年》（《青春》第7期）。

2月，《追月楼》获首届江苏文学艺术奖。3月，《半边营》被《小说月报》转载，并于次年获上海首届长中篇优秀作品大奖，它们与《十字铺》《状元境》一同构成叶兆言“最耀眼的作品”[①]——《夜泊秦淮》系列。有评论家认为它突出显示了叶兆言创作深层的文化特色，尤其使人感受到南京独有的文化氛围，即一种“既得贵族文化的典雅庄重之风气，又兼江南烟雨楼台之灵秀”[②]的南京文化品格。本年的重要评论还有丁帆的《叙述模态的转换——叶兆言小说解读一种》，文中指出叶兆言小说中多种叙述模态的转换使作家主体意识和人物主体意识相互复叠、分裂、解构，其终极目的是对现代人深层心理真实的描摹和情感的形上概括，正是在此意义上，无论是场景的切割、时空的跳跃、夸张的细节描写，还是充满“黑色感觉”的叙事语言、“反讽”的叙述结构，都是一种“有意味的形式”[③]。

1991年，34岁。

叶兆言离开了出版社，成为江苏省作协的专业作家。此年发表了短篇小说《挽歌》（《海上文坛》第2期），中篇小说《采红菱》（《钟山》第1期）、《最后一班难民车》（《小说界》第3期）、《日本鬼子来了》（《中国作家》第4期）、《绿色陷阱》（《时代文学》第4期）、《挽歌》（《上海文学》第5期）、《挽歌》（《小说家》第5期）、《路边的月亮》（《百花洲》第6期）。散文有《玩音乐》（《音乐爱好者》第1期）、《枇杷树》（《当代作家评论》第3期）、《藏书状元门下》（《星火》第4期）。创作谈有《关于海明威的问答》（《中国比较文学》第2期）。由浙江文艺出版社出版小说集《夜泊秦淮》，在台湾由

① 王德威：《想象中国的方法：历史·小说·叙事》，百花文艺出版社2016年版，第251页。
② 樊星：《人生之迷——叶兆言小说论（1985—1989）》，《当代作家评论》1990年第3期。
③ 丁帆：《叙述模态的转换——叶兆言小说解读一种》，《钟山》1990年第6期。

远流出版公司出版小说集《艳歌》《夜泊秦淮》。

1992 年，35 岁。

发表了中篇小说《关于厕所》（《作家》第 3 期，《小说月报》第 6 期转载）、《挽歌》（《钟山》第 4 期）、《青春无价》（《芙蓉》第 5 期）。短篇小说《五异人传》（《春风》第 1 期）、《蜜月阴影》（《青岛文学》第 1 期）、《火的阴谋》（《新苑》第 1 期）、《黑狗》（《漓江》第 5 期）、《诗人马革》（《芳草》第 5 期）、《雪地传说》（《萌芽》第 7 期）。散文《人·诗·音乐》（《三月风》第 7 期）、《流浪之夜》（《芒种》第 10 期）、《毛主席宝像引起的话题》（《莫愁》第 12 期）。创作谈《自序三种》（《作家》第 10 期）。同年，出版小说集《去影》（长江文艺出版社）、《路边的月亮》（江苏文艺出版社），台湾麦田出版公司出版了中篇单行本《绿色陷阱》，台湾远流出版公司出版小说集《枣树的故事》。

值得一提的是，两年中叶兆言接连发表了四部均题名为《挽歌》[①]的小说，其中《挽歌·战火浮生》在次年《钟山》杂志主办的“廉泉杯”中青年小说大奖评选中位列榜首。叶兆言通过四个以普通人的死亡为题旨的故事，执着探索着死亡与历史、死亡与人性的哲学命题。徐兆淮认为《挽歌》系列突破了传统的英雄悲剧、爱情悲剧和社会悲剧模式，突破“将人生的有价值的东西毁灭给人看”的崇高美学原则，在生存常态的冷静书写中呈现出“现代视角”和“现代悲剧意味”[②]。

9 月 23 日，父亲叶至诚去世。

12 月 5 日，叶兆言获“庄重文文学奖”。

1993 年，36 岁。

叶兆言在《警坛风云》第 4—9 期连载了长篇小说《今夜星光灿烂》，后被美国华文报纸《世界日报》转载。《钟山》第 4 期开始连载

---

① 为了便于区分，后来在收入文集时 3 部中篇《挽歌》依次更名为《殉情》《殇逝的英雄》《战火浮生》，短篇《挽歌》更名为《奔丧》。

② 徐兆淮：《死亡的诱惑与超越——叶兆言近作阅读随想》，《文艺争鸣》1993 年第 2 期。

《花煞》，直到1994年第3期结束。此外，发表小说《人类的起源》（中篇，《长城》第2期）、《夏日最后的玫瑰》（短篇，《十月》第2期）、《爱情规则》（中篇，《花城》第3期）、《花影》（中篇，《海峡》第6期）。散文《过年》（《黄河》第3期）、《道法自然》（《祝您健康》第5期）。创作谈《文学的自信与可能：开始在南京的对话》（苏童、叶兆言、王干、闻树国，《小说家》第2期）、《就算创作谈》（《小说月报》第6期）。出版小说集《五异人传》（中国社会科学出版社）、《采红菱》（华艺出版社）、《绿色陷阱》（北方文艺出版社）、《殇逝的英雄》（台湾麦田出版公司）、《悬挂的绿苹果》《最后一班难民车》（台湾远流出版公司）。

《今夜星光灿烂》的发表使评论家们注意到叶兆言相当体量的“侦探类型”小说，如《绿色陷阱》《古老话题》《红房子酒店》等等，都不乏扣人心弦的杀人、通奸情节和细致的逻辑推理，这也是读者最喜欢的一部分作品。事实上，叶兆言第一篇未能发表的作品《凶手》就昭示出作者的“犯罪研究”情结，他曾谈道，人们之所以津津乐道地谈论犯罪，原因正在于“犯罪几乎与生俱来”，它是“古老的”“永恒的”[①]，或者我们不妨说，叶兆言在这类通俗小说中找到解剖变态心理和精神结构，进而挖掘人性的一种特殊方法。其他重要评论有《文艺争鸣》第2期的“叶兆言小说讨论会”，包括徐兆淮的《死亡的诱惑与超越——叶兆言近作阅读随想》、邵建的《最后的小说——叶兆言及其〈关于厕所〉》以及创作谈《白纸黑字》。

1月，叶兆言在江苏文艺出版社的《东方明星》杂志上开设“兆言专卖店”专栏，三年里每期一篇随笔，写了与一些当代作家比如刘震云、王朔、王安忆在生活里的交游，1999年由百花文艺出版社结集为《闲话三种》出版。

2月20日—26日，叶兆言参加了由潘军在海南岛主持的首届“蓝

① 叶兆言：《自序》，《绿色陷阱》，北方文艺出版社1993年版，第2页。

星笔会”，与会的除了老作家汪曾祺，都是先锋色彩的青年作家和评论家，有王朔、刘恒、苏童、格非、余华、王彬彬、陈晓明、王干等。

10 月，叶兆言加入《上海文学》“批评家俱乐部”关于市场大潮下人文学科和人文知识分子出路问题的讨论，这一期的主持人是沈乔生，一起对话的还有苏童、储福金、鲁羊和朱君。叶兆言发言说：“作家绝不会被某一种原因，成批量地生产出来。作家的产生，不可能只有一个受力面，作家是时代的产物，同时更是各种合力的产物。”①

1994 年，37 岁。

本年发表短篇小说《宋先生归来》（《春风》第 1 期）、《结局或开始》（《山花》第 5 期）。中篇小说包括发表于《大家》杂志创刊号的《夜来香：此文献给我的父亲》（配发王干的评论《为了文本而放逐历史：评〈夜来香〉》），以及《烛光舞会》（《广州文艺》第 12 期）。发表的散文主要有《日记中的笔会》（《作家》第 1 期）、《四合院的精神》（《中国作家》第 2 期）、《印象中的朱伟》（《作家》第 4 期）、《逝去的老房子》（《美文》第 7 期）、《唱情歌的季节》（《深圳青年》第 10 期）、《欲望的尽头》（《青年博览》第 11 期）。创作谈有《关于〈今夜星光灿烂〉》（《文学自由谈》第 1 期）、《〈雪地传说〉的后记》（《青春》第 4 期）、《好的小说》（《芙蓉》第 6 期）、《作家的尺度》（叶兆言、费振钟，《萌芽》第 9 期）。

6 月，叶兆言应陈凯歌之约创作的 14 万字长篇小说《花影》由南京出版社出版，几乎同时苏童、格非、北村、赵玫、须兰五位作家应张艺谋之邀创作了同题小说《武则天》，它们的诞生似乎表征了一种“电影人出理念、小说家出劳务”的新型合作方式，张清华因此指出，这些“新历史小说的‘新’似乎正越来越与无数迎合大众口味与商业规则的‘旧’小说重合，并主动迎合影视大众艺术的要求与口味。”它们标志着“新历史主义小说思潮进入了它的末期，即‘游戏历史主

① 沈乔生等：《文学和它所处的时代》，《上海文学》1993 年第 10 期。

义’时期。”[①] 批评界普遍认为这一时期的先锋作家已走入虚无的形式迷宫、颓废的历史幻象，并呼吁“回到当代，最重要的就是要回到良心的道路上来，在现实生存中站出自身，从而在日常生活经验中突围出来，说出一种超越文化传统与主流意识形态的存在之声”[②]。同年出版的作品还有《花煞》（今日中国出版社）、《走进夜晚》（春风文艺出版社）、《红房子酒店》（台湾麦田出版公司），并由江苏文艺出版社出版小说集《枣树的故事》《殇逝的英雄》《古老话题》《绿色咖啡馆》《爱情规则》。

7 月 26 日—30 日，叶兆言应《山花》编辑部的邀请到贵州访问交流，同行的还有老作家林斤澜，以及毕淑敏、赵玫、苏童、方方、王干等人，叶兆言在座谈会上的发言《我不知道有什么能代替写作》刊于本年《山花》第 10 期。

1995 年，38 岁。

叶兆言的创作力持续旺盛，发表了短篇小说《小磁人》《陈陇老师》（《小说家》第 1 期）、《作家林美女士》（《山花》第 6 期，获“山花小说奖”）、《凶杀之都》（《作品》第 6 期）、《情人鲁汉明》（《长江文艺》第 7 期）、《危险男人——“积案组”系列侦破小说之一》（《警方》第 7 期）、《伤心李雪萍》（《太湖》D 卷）、《夜游者侯冰》《为异人作传》（《春风》第 21 期）。中篇小说《风雨无乡》（《收获》第 2 期）、《重见阳光的日子》（《啄木鸟》第 6 期，获“金盾文学奖”）、《古岭事件及其他》（《大家》第 6 期）。散文《难忘三午》（《风流一代》第 5 期）。创作谈有《〈花煞〉后记》（《小说家》第 1 期）、《〈叶兆言文集〉作者说明》（《小说》第 2 期）、《关于〈半边营〉》（《作家》第 7 期）、《在世纪末的金陵城中写作》（楚尘、叶兆言，《今日名流》第 12 期）。同年，出版小说单行本《花煞》（作家出

① 张清华：《十年新历史主义文学思潮回顾》，《钟山》1998 年第 4 期。

② 谢友顺：《历史时代的终结：回到当代——论先锋小说的转型》，《当代作家评论》1994 年第 2 期。

版社)、《今夜星光灿烂》(台湾麦田出版公司),散文集《流浪之夜》(江苏文艺出版社),小说集《爱情规则》(台湾远流出版公司)。

1996年,39岁。

长篇小说《一九三七年的爱情》刊于《收获》第4期,10月由江苏文艺出版社出版单行本。这是叶兆言最受欢迎也是被评论最多的历史小说之一,作家以博考文献与情感想象相互交融的创作手法在文本中将"一九三七"与"爱情"并置,表征战争与爱情、暴力与浪漫、民族历史与个人欲望之间的深层张力结构,曾一果认为在某种程度上它解构了官方史书中1937年的南京叙事,表达了对自由、宽容、繁华的现代城市生活方式的怀旧、向往与认同①,美国汉学家白睿文评价"叶兆言为这一时代的文化、历史抹上了新的、几乎是后现代的色彩"②。

发表的短篇小说有《杨先生行状》(《钟山》第1期)、《哭泣的小猫》(《天涯》第1期)、《左轮三五七》(《青年文学》第1期)、《索玉莉的意外》(《芙蓉》第1期)、《危险女人》(《警坛风云》第5期)、《纪念葛锐》(《小说月报》第7期)。散文有《南京的秋天》(《美文》第2期)、《文学青年》(《作家天地》第5期)、《台湾印象》(《西湖》第5期)、《满足温饱》(《中国残疾人》第5期)、《走马台北》(《上海小说》第6期)等。此外,《大家》第三期发表了苏童和王干在叶兆言家中的座谈文字实录《没有预设的三人谈》。同年,上海书店出版社出版散文集《又绿江南》,而小说《花影》则同时由台湾麦田出版公司、香港天地图书公司、法国Philippe Picquier出版社发行单行本。

12月,叶兆言在广东茂名参加了著名的《花城》"九六笔会",与会的作家还有格非、苏童、林白、宗仁发、海男、耿占春、徐小斌、

---

① 曾一果:《叶兆言的南京想象》,《上海文化》2009年第2期。

② [美]白睿文:《罗曼史下的暴行:叶兆言的〈一九三七年的爱情〉》,潘华琴译,《南方文坛》2016年第6期。

迟子建等。

1997 年，40 岁。

发表了短篇小说《蒋占五》(《小说家》第 2 期)，中篇小说《走近赛珍珠》(《大家》第 2 期)、《王金发考》(《大家》第 4 期)、《故事：关于教授》(《大家》第 5 期)、《纪念少女楼兰》(《东海》第 12 期)，其中《纪念少女楼兰》于次年被《小说月报》第 3 期转载。散文主要有《闲话林斤澜》(《时代文学》第 2 期)、《城南 · 城北》(《钟山》第 3 期)、《东南重镇》(《随笔》第 4 期)、《诗人眼里的南京》(《青春》第 5 期)、《六朝人物》(《雨花》第 5 期)、《摸着石头过河》(《大家》第 6 期)、《"亡国之音"》(《法律与生活》第 11 期)。创作谈有《写作：生命的摆渡》(林舟、叶兆言，《花城》第 2 期)、《写作是充满误解的》(言聪、叶兆言，《出版广角》第 2 期)、《写作是一种修炼》(《小说选刊》第 8 期)。同年，江苏文艺出版社出版《风雨无乡》《作家林美女士》，与 1994 年出版的 5 本小说集合为《叶兆言文集》7 卷本。另外由浙江人民出版社出版散文集《南京人》。

5 月，叶兆言参加了《钟山》在南京、苏州、无锡三地举办的"九七笔会"，与会的除了江苏作家朱苏进、苏童、储福金、黄蓓佳，还有迟子建、林白、徐坤、余华等。

1998 年，41 岁。

发表小说《小杜向往的浪漫生活（附创作谈）》(短篇，《钟山》第 3 期)、《关于饕餮的故事梗概》(中篇，《作家》第 2 期)、《别人的房间》(中篇，《花城》第 3 期)，两部中篇小说均被《小说月报》转载，其中《关于饕餮的故事梗概》在 2000 年斩获首届"紫金山文学奖 · 中篇小说奖"。发表的散文有《罗素关注中国问题》(《劳动报》3 月 26 日)、《旧时秦淮》(《光与影》第 1 期)、《动物的意志》(《祝您健康》第 6 期)、《对于〈雨花〉的一次回首》(《雨花》第 6 期)、《南京的喝》(《大家》第 6 期)、《梁山印象》(《良友》第 9 期）等。

同年，山东文艺出版社出版小说集《魔方》，第一次较为完整地收录叶兆言大学时期发表的作品。此外，出版的作品还有《花煞》（台湾麦田出版公司）、《烛光舞会》（泰山出版社）、《失去的老房子》（陕西人民出版社）、《老南京：旧影秦淮》（江苏美术出版社）、《录音电话》（湖南文艺出版社）。该年王德威在《读书》上发表了题为《艳歌行——小说“小说”》[①] 的叶兆言论，他用“世情小说”来提炼叶兆言的创作，认为它既承传了“五四”文学为人生传统的敬谨平易，又得民国以李涵秋、张恨水、张爱玲为代表的“鸳蝴风月”“市井传奇”之精髓，因通俗不媚俗而独具魅力。王德威进一步指认《花煞》为叶氏世情小说之高峰，是“一本有关半殖民地时期中国社会的奇书”，而小说中的主人公哈莫斯则是“现代中国小说中最令人回味的洋鬼子之一”，是讨论“东方主义”的现成教材。

2 月 13 日—15 日，“第二届大家·红河文学奖”在北京人民大会堂召开评奖会，叶兆言的《故事：关于教授》获中篇小说奖，评委会在授奖词中说，“这部近似《儒林外史》式的白描小说，是近年来较少见到的具有浓厚文化品位的作品。”“这是一部塑造知识分子真切丰满形象的好作品。”[②]

12 月，《萌芽》杂志社连同北京大学、复旦大学等高校发起了首届全国新概念作文大赛，叶兆言成为从首届大赛坚持至今的评委之一。

1999 年，42 岁。

本年发表了长篇小说《别人的爱情》（《钟山》第 1—2 期），中篇小说《梦绕终宵》（《上海小说》第 4 期）、《捕捉心跳》（《电视·电影·文学》第 5 期）以及短篇小说《浦来逵的痛苦》（《天涯》第 4 期）、《不要我你后悔一辈子》（《山花》第 9 期）。发表散文《家书抵

① 王德威：《艳歌行——小说“小说”》，《读书》1998 年第 1 期。

② 李锦雯主编：《第二——第二届大家·红河文学奖获奖作品集》，云南人民出版社 1998 年版，第 1 页。

万金》（《广州文艺》第1期）、《桨声灯影秦淮》《民国的官邸》（《作家》第1期）、《诗的更年期》（《东海》第5期）、《展览馆里的风景》（《山花》第2期）、《学府回望》（《天涯》第2期）、《有感万人空巷》（《警坛风云》第4期）、《回忆两个人》（《雨花》第5期）、《从傅抱石看中的一方印说起》（《雨花》第6期）、《民间的相册》（《美文》第7期）等。同年出版《走近赛珍珠》（云南人民出版社）、《叶兆言绝妙小品文》（时代文艺出版社）。

2000年，43岁。

这一年中叶兆言的创作以历史人物随笔为主，包括发表于《收获》杂志第1—6期"杂花生树"专栏里的《周氏兄弟》《阅读吴宓》《革命文豪高尔基》《围城里的笑声》《闹着玩的文人》《人·岁月·生活》，《小说家》杂志第1—6期上的《张闻天和潘汉年》《刘半农和钱玄同》《林琴南与严复》《康有为与梁启超》《闻一多与朱自清》《刘呐鸥与穆时英》，以及《作家》杂志第1、2、9期的《江南女子》《江南文人》《从解手说起》等。王尧在《关于叶兆言近期文章及其他》[①] 中将之称为"文章"，并从学术价值层面进行考量，认为叶兆言"作为作家"的文学解读没有"预设的体系框架"、少有"理性的立足点"，"更注重文本本身构成的文学进程"，对"文人"的认识恰恰更具"穿透力"。但也有专业历史学者提出不同意见，认为"把众多的文人学者描绘成没有远大抱负的人，他们对中国文化的杰出贡献却避而不谈"，"大有为了某种效果而对先贤诬蔑之贤"[②]。

此外发表的散文还有《关于〈罗本舅舅〉》（《长城》第1期）、《笑不是为别人，而是为自己》（《莫愁》第3期）、《坐车的与拉车的》（《美文》第3期）、《巴兰的驴子》（《警探·百味园》第10期）、《对母校的记忆》（《雨花》第12期）。出版的作品有《纪念少女楼

① 王尧：《关于叶兆言近期文章及其他》，《当代作家评论》2001年第1期。

② 翟清福：《一篇厚诬先贤的杂文——〈闹着玩的文人〉读后》，《郭沫若学刊》2001年第2期。

兰》（解放军文艺出版社）、《中国当代作家选集丛书·叶兆言》（人民文学出版社）、《叶兆言散文》《夜泊秦淮》（浙江文艺出版社）、《道德文章》（西苑出版社）。该年吴义勤发表了题为《穿行于大雅与大俗之间》的叶兆言论，他如此总结道，叶兆言的“每一个文本几乎都在响应着文坛的潮汐并传达着其艺术探索的信息”，“他是一个无法被‘类化’的异端”，是一位“可能性的大师”[①]。

10 月 22 日，叶兆言在安徽合肥参加了由鲁彦周发起的首届“迎驾笔会”，与会的作家还有王蒙、谢永旺、邵燕祥、邓友梅等。

12 月 25 五日—27 日，叶兆言作为非诗界作家代表在大连参加了“2000 年中国当代诗歌研讨会”。

2001 年，44 岁。

叶兆言于《红岩》第 2 期发表了中篇力作《马文的战争》，它最终上榜中国小说学会的年度中篇小说排行榜，获得第 10 届“《小说月报》百花奖”、第 2 届“紫金山文学奖·荣誉奖”，并于 2002 年江苏省作协的优秀文学作品嘉奖大会上受到特别嘉奖。除了这部小说外，叶兆言发表的都是散文，主要有《记李先生》（《钟山》第 2 期）、《张生的小说》（《当代作家评论》第 2 期）、《剑河里的婆娑人影》（《中国图书商报》3 月 29 日）、《恨血千年土中碧》（《上海文学》第 10 期）、《父亲和方之的友谊》（《长江文艺》第 11 期）。

这一年中，叶兆言与南京大学文学院教授余斌进行了多次关于阅读、大学和人生的对白，分别是《写作脾气》（《大家》第 1 期）、《午后的岁月》（《长城》第 2—6 期），翌年由广西师范大学出版社结集为《午后的岁月》出版。此外，发表创作谈《〈马文的战争〉创作谈》（《小说月报》第 4 期）。出版了长篇单行本《走进夜晚》（文化艺术出版社）、《花煞》（北岳文艺出版社）、《别人的爱情》（华艺出版社）、《一九三七年的爱情》（台湾麦田出版公司），小说集《走向诺

① 吴义勤：《穿行于大雅与大俗之间——叶兆言论》，《钟山》2000 年第 5 期。

贝尔·叶兆言卷》（文化艺术出版社）、《五月的黄昏》（时代文艺出版社）、《儿歌》《艳歌》《挽歌》（广西师范出版社），散文集《不疑盗嫂》（文化艺术出版社）。

6月，叶兆言与张炜、莫言、李锐、尤凤伟、余华、格非、阎连科等作家在大连参加了由《当代作家评论》和《收获》杂志召开的“长篇小说文体对话会”。

8月28日—30日，在吉林敦化参加了由《作家》杂志举办的青年作家笔会。

2002年，45岁。

本年在《收获》第6期上发表了以“文革”为背景的成长小说《没有玻璃的花房》，对于叶兆言，“这本书最接近作者生活，说自传有些离谱，通过这本成长小说来了解我的过去，倒是简单明了和实用”[①]。发表的其他小说有《不坏那么多，只坏一点点》（中篇，《长城》第4期）、《李诗诗爱陈醉》（中篇，《作家》第5期）、《小春天的歌谣》（短篇，《莽原》第6期）。散文仍以民国人物掌故为主，如《范烟桥》《周瘦鹃》《王伯祥》《顾颉刚》《俞平伯》《吕叔湘》（《苏州杂志》第2—4期）。创作谈有《外国文学这个月亮》（《光明日报》1月14日）、《写作是一种等待》（姜广平、叶兆言，《莽原》第1期）、《小说的通俗》（《北京文学》第5期）、《小说家谈诗》（《扬子江诗刊》第6期）、《诗意的子川》（《诗刊》第15期）。该年台湾一方出版公司出版了长篇小说《别人的爱情》单行本，而《一九三七年的爱情》在大陆再次由时代文艺出版社出版，并由美国哥伦比亚大学出版社、英国Faber and Faber出版公司合作出版了它的英文版本。此外，出版散文集《杂花生树》（人民文学出版社）、《烟雨秦淮》（南方日报出版社）、《文学少年》（台湾一方出版公司）。

5月17日，叶兆言在苏州大学“小说家讲坛”上发表演讲《写作

① 叶兆言：《没有玻璃的花房·后记》，上海文艺出版社2010年版，第278页。

与学问》，原文刊于次年《当代作家评论》第 2 期。

10 月 15 日—20 日，叶兆言在成都和九寨沟参加了四川省作协主办的“九寨天堂 · 中国当代名家笔会”，与会作家还有吉狄马加、谭谈、吴泰昌、陈世旭、赵本夫等 30 人。

2003 年，46 岁。

本年发表了中篇小说《陈小民的目光》（《钟山》第 1 期）、《余步伟遇到马兰》（《北京文学》第 4 期），其中《陈小民的目光》于 2005 年 9 月获“紫金山文学奖 · 中篇小说奖”。此外，发表的散文有《游泳池的时间》（《人民论坛》第 1 期）、《郴江幸自绕郴山》（《作家》第 2 期）、《横看成岭侧成峰》（《世界文学》第 3 期）、《永远的阿赫玛托娃》（《书城》第 3 期）、《塞万提斯先生或堂 · 吉诃德骑士》（《上海文学》第 5 期）、《锦衣位的诗歌表演》（《作家》第 7 期）、《雨果难忘》（《上海文学》第 9 期）等，其中的《郴江幸自绕郴山》写前辈作家的异秉和神采，节选版本《我所知道的高晓声与汪曾祺》被多次转载收录。该年发表的创作谈有《作家永远是通过写作在思考》（叶兆言、王尧，《当代作家评论》第 2 期）、《过去一年的盘点》（《北京文学》第 4 期）、《关于南方精神的对话》（王宏图、叶兆言，《文学报》5 月 1 日）、《作家是很脆弱的，写作也是很脆弱的》（王寅、叶兆言，《南方周末》11 月 13 日）。

8 月，在春风文艺出版社逾期一年的“布老虎十周年纪念版图书”征集中，叶兆言凭借知青题材长篇小说《我们的心多么顽固》捧得花魁，9 月在鲁迅博物馆举办了首发式，初印十万册。“莫言认为，‘滔滔不绝的自述，大胆野蛮但不失典雅的语言，看上去似乎是写了一个男人曲折混乱的性史，但实际上是写了纷繁多变的社会生活。使我对叶兆言先生更加佩服，我想不到他竟然敢这样写。’余华说‘叶兆言的故事总是引人入胜，我想这是来自于他写作时令人尊敬的诚实，正是这样的诚实让他的才华和叙述中的人物故事熔于一炉，让他的故事张开了，让我们的阅读迅速投入进去，并且不能自拔。'"[①] 但也有学者指出，叶兆言在这部小说中以主人公老四的纵欲史来证明他与老婆之间的感情是经得起考验的，背后是“纵欲既不像洪水猛兽那样可怕，也不必然地代表堕落，纵欲和坚持爱情、真情并不矛盾，反而能检验爱情和真情的牢固程度”[②] 的荒谬逻辑，与同时期文坛诸如韩东的《一百美元》、张炜的《外省书》、梁晓声的《贵人》等小说，一同标志着当代文学由“需求”到“欲望”的价值转型[③]。此年叶兆言出版的作品还有《没有玻璃的花房》（作家出版社）、《夜来香》（江苏文艺出版社）。而《一九三七年的爱情》则同时由意大利 Rizzoli 出版社出版意大利文版、法国门槛出版社出版法文版、荷兰 AmbolAmthos 出版社出版荷兰文版，进一步走向了海外市场。

2004 年，47 岁。

该年未见小说发表，散文有《巴金的最后三部小说》（《中华读书报》3 月 24 日）、《一会就来》（《青年博览》第 6 期）、《拥抱似水年华》（《中华读书报》9 月 29 日）。出版有《陈小民的目光》（北京十月文艺出版社）、《叶兆言中篇小说选》（上海社会科学出版社）。

同年《小说评论》第 3 期上，由於可训主持“叶兆言专辑”，刊发了两篇创作谈，分别是作家的《自述——我的文学观与外国文学》以及周新民的访谈《写作就是反模仿》。此外，周新民的评论《叶兆言小说的历史意识》[④] 也很重要，文中指出叶兆言的历史题材小说分别从叙述对历史的制约性、历史价值的图腾化、历史目的的游戏观三个层面对“历史话语”“历史意识”展开反思，在历史与个人的关系上将价值明确指向“生命个体的现实生存法则”，在此意义上可称之为“新历史小说”。

---

① 舒晋瑜：《九位作家这样走过 2003 年》，《中华读书报》2004 年 1 月 7 日。

② 张光芒：《从“启蒙辩证法”到“欲望辩证法”——20 世纪 90 年代以来中国文学与文化转型的哲学脉络》，《江海学刊》2005 年第 2 期。

③ 张光芒：《论中国当代文学的“第三次转型”》，《当代作家评论》2004 年第 5 期。

④ 周新民：《叶兆言小说的历史意识》，《小说评论》2004 年第 3 期。

11 月 16 日，江苏省作家协会第六次代表大会在南京举行。大会选出主席王臻中，副主席杨承志、赵本夫、叶兆言等。

2005 年，48 岁。

本年依然未见小说发表，散文主要有《记忆中的“文革”开始》(《收获》第 3 期)、《弱势群体》(《齐鲁晚报》3 月 29 日)、《怀念顾炎武先生》(《扬子江诗刊》第 4 期)、《晚晴老人临终前的一张横批》(《扬子江诗刊》第 5 期)、《皇帝的小红裤衩》(《书与画》第 6 期)、《上海的假定》(《上海采风》第 7 期)、《北大是个浙江村》(《三峡文学》第 8 期)。出版小说《别人的爱情》(上海文艺出版社)，小说集《小春天的歌谣》(云南人民出版社)，散文集《直面人生》(上海三联书店)、《江南印象》(河北教育出版社)、《想起了老巴尔扎克》(华东师范出版社)。

4 月 11 日—15 日，叶兆言参加了“江苏作家绿色采风行——太湖行”活动。

5 月 25 日，江苏省政府授予叶兆言“2004 年度江苏省有突出贡献中青年专家”。

7 月 31 日，由上海市作协和《萌芽》杂志社联合主办的“首届文学代际沟通论坛”在千岛湖畔举行。叶兆言、方方、曹文轩、余华、格非等“50 后”“60 后”，与小饭、那多、张悦然、蒋峰、蔡骏为代表的“80 后”就青春文学等话题展开对话交流。

8 月 3 日—6 日，清华大学中文系、美国密西根大学中国研究中心和清华大学亚洲研究中心在北京举办“比较现代主义：帝国、美学与历史”国际学术研讨会，叶兆言与莫言、马原、格非、北村、西川等一批“先锋作家”“先锋诗人”在圆桌会议上就中国当代文学和艺术中的现代主义展开讨论。

2006 年，49 岁。

本年发表了短篇小说《榆树下的哭泣》(《人民文学》第 2 期)、《花开四季》(《上海文学》第 8 期)。散文主要有《白马湖之冬》

（《书城》第6期）、《重读莎士比亚》（《万象》第11期）。创作谈有《遥望：一九三七年的南京》（《文学界》第3期）、《作家·作文·做人》（桑哲、叶兆言，《现代语文（教学研究版）》第7期）。出版小说集《捕捉心跳》（人民文学出版社）、散文集《生活质量》（文汇出版社），而长篇小说《没有玻璃的花房》则由法国 Bleu De Chine 出版社出版法文版。

1月，《时代文学》第1期“名家侧影”栏目集中刊发了有关叶兆言的一组文章，分别是创作谈《过去一年的阅读记忆》以及黄毓璜的《叶兆言印象》、贾梦玮的《兆言有福》、何镇邦的《关于叶兆言的三言两语》。

5月20日，在南通参加中国旅游文学论坛。

9月28日，叶兆言被评为南京首届“十大文化名人”之首。

12月3日—4日，参加首届“中国当代文学·南京论坛”，中心议题是“中国当代文学的现状与发展”。

2007年，50岁。

1月，叶兆言的“重述神话”《后羿》由重庆出版社首发单行本，并由《小说月报》第1—2期同步连载。在小说中，叶兆言对古老的后羿射日和嫦娥奔月神话进行当代再造，与苏童的《碧奴》、李锐的《人间》、阿来的《格萨尔王》一起加入了世界文坛上以简妮特·温特森的《重量》、凯伦·阿姆斯特朗的《神话简史》、玛格丽特·阿特伍德的《珀涅罗珀记》为代表的、25个国家和地区共同参与的“重述神话”项目之中，成为学界、媒体、大众共同关注和争议的焦点。有学者认为，这是“回到本民族文化的源头，寻找当代意义重构的精神元素，通过有意识地对民族神话进行重新诠释和再创造，力图在民族文化的源头发掘重塑‘中国形象’的原动力”①，而《后羿》在“神话”与“人话”的杂糅中展现的正是

① 黄健、叶佩琪：《“重述神话”与“中国形象”的重塑》，《福建论坛》2011年第12期。

中华文化对现实人生的关注以及善良、爱心、爱情作为人类价值的永恒性。但也有学者指出，《后羿》仍局限于对历史题材的“戏说”路数，并不能从更开阔的维度例如人类学、比较神话学等方面作知识准备，因而没有能够提供丰富的文化含量和穿透性的认知，最终“使得整个‘重述’走到‘性而上’的方向”，“助长‘无知者无畏’的时髦价值观”①。

同年，发表的作品还有短篇小说《我已开始练习》（《长城》第2期）、《我们去找一盏灯》（《收获》第5期）、《十一岁的墓地》（《山花》第7期，配发创作谈《恐惧的记忆》）。散文《走进晓邦故里》《关于顾阿桃》（《青春》第1期）、《路过歌德故居》（《现代快报》2月5日）、《想上大学的日子》（《中华散文（我的故事）》第3期）、《我们心中的孔夫子》（《雨花》第4期）、《烟添柳色看犹浅》（《人民日报》5月11日）、《王羲之怎么死的》（《安徽商报》4月25日）、《苏州人牛在哪》（《苏州杂志》第6期）、《想起了少年维特》（《书城》第9期）、《沧桑南京》（《东方艺术》第14期）。创作谈主要有《为西方写作是个伪命题》（《新京报》1月12日）、《小说家应有的追求》（《文艺报》2月27日）、《关于短篇小说的问答》（叶兆言、汪政，《长城》第2期）、《关于〈后羿〉的随想》（《书城》第3期）、《我想写一个独裁者》（《甲壳虫》第4期）、《叙事出神的威廉·福克纳》（《北京文学》第4期）、《聊聊那些现代作家》（叶兆言、陈村，《上海文学》第5期）、《叶家四世文学梦》（叶小沫、叶兆言、叶子、张英，《中国国家地理》第6期）。此外，时代文艺出版社出版了叶兆言的自传类散文集《名与身随》，南京大学出版社出版《南京人》，上海书店出版《陈旧人物》，而韩国熊津出版公司出版了《关于厕所》韩文版。

4月30日，南京市作家协会召开第四次代表大会，叶兆言全票当选南京市作协主席。

---

① 叶舒宪：《再论新神话主义——兼评中国重述神话的学术缺失倾向》，《中国比较文学》2007年第4期。

7月22日，由江苏省作协、南京市文联联合主办的叶兆言创作研讨会在南京举行，吴秉杰、阎晶明、吴义勤、赵本夫、范小青、黄蓓佳等近30位评论家、作家参与此次研讨会。会上徐兆淮将叶兆言称为江南学者型作家，认为与苏童逼人的才气相比，叶兆言突出的创作个性在于丰富的学识。而施战军则对文人的写作传统作出纵向梳理，并指出叶兆言是对现代文学家包括通俗文学大家在内的才学并济、智趣交融之“文人传统”的接续与新变，“他有着一个贪玩儿的叙事脾性”“写的是郁结在人心里的活体，那是写作的能量之源，或者用‘魅’字来概括更符合它”[①]。

9月1日，在第十四届北京国际图书博览会（BIBF）上，主宾国德国推出“蓝色沙发”之德中文学对话活动，叶兆言与德国当代文学作家代表克里斯托弗·彼得斯展开对话。

10月9日—13日，与毕飞宇、蒋韵等在山西太原参加了“第八届中国女性文学学术研讨会”，就新文学中的女性形象塑造、20世纪90年代以来的女性个人化写作等问题进行讨论。

12月18日，苏州福纳根据叶兆言小说《花影》改编的电视剧《风月·恶之花》在南京电视台首播，由范小天执导，与苏童同名小说改编的《红粉》、黄蓓佳同名小说改编的《新乱世佳人》等并称为“新文人电视剧”[②]。

12月27七日，叶兆言在海南三亚参加了张远山的《庄子奥义》研讨会，与会者还有赵一凡、余世存、徐晋如、单正平、周实、陈村、韩少功、毕飞宇等。会后撰文《如果刘文典遇到了张远山——读张远山〈庄子奥义〉》，刊于次年《社会科学论坛》第3期。

2008年，51岁。

本年发表散文《高晓声与他的陈奂生系列》（《广州文艺》第1

---

① 施战军：《活文学之魅》，吉林出版集团有限责任公司2009年版，第119页。

② 江传研：《“福纳现象”与“新文人电视剧”高端研讨会综述》，《现代传播（中国传媒大学学报）》2007年第5期。

期）、《新区行》（《苏州杂志》第5期）、《芥子园在什么地方》（《温州都市报》8月13日）等，此外叶兆言开始在《新民晚报》的副刊《夜光杯》上发表随笔，这部分作品于2014年由文汇出版社结集为《现实生活》出版。同年，华东师范大学出版社出版了叶兆言的散文集《水乡》，并于次年推出它的英文版"Water Towns"。

3月22日—24日，叶兆言与王小妮、阎连科、林白等作家在贵州凤冈参加了"文学与生态——名作家笔会"，谢有顺在开幕式上谈到20世纪下半叶以来的当代文学中，"中国作家没有一个人能写好'风景'。关注生态，回到天空、大地和旷野，很可能是帮助作家重新发现自我的一个途径"①。

5月15日—18日，在南京大学参加傅雷诞辰百年纪念暨"傅雷与翻译"国际学术研讨会。叶兆言撰文《怀念傅雷先生》刊于该年《中国翻译》第4期。

5月20日—22日，《雨花》杂志社在吴江市震泽镇召开"改革开放30年与文学创作"研讨会，叶兆言在会上说"在这样一个文学'与时俱退'的时代，对文学来说却是好事情，给文学一个太高的地位其实没有什么道理"②。

9月22日，散文集《陈旧人物》获第3届"紫金山文学奖·散文奖"。

10月，小说《马文的战争》改编的同名电视剧同时在北京卫视、上海卫视黄金档首播，由余淳执导，宋丹丹、林永健主演，荣获金鹰奖优秀电视剧奖、东京国际电视剧节海外电视剧特别奖。

11月，叶兆言应邀歌德学院的"文化接触——作家驻留计划"，赴德国哥廷根大学进行了为期一个月的讲学。

2009年，52岁。

本年发表了短篇小说《攀枝花》（《作家》第3期），散文《青石

---

① 任晶晶：《"文学与生态——凤冈名作家笔会"举行》，《文艺报》2008年4月8日。
② 王诗茜：《"改革开放30年与文学创作"研讨会纪要》，《雨花》2008年第9期。

弄花木》(《苏州杂志》第1—6期)、《过去好，过去坏》(《钟山风雨》第3期)、《江苏读本》(《钟山》第4期)、《新千年备忘录》(《东方早报》7月5日)、《学以致用》(《中国社会科学报》7月7日)、《小不列颠札记》(《东方早报》9月20日)。创作谈有《文学是痛，文学是善》(《上海文学》第11期)、《我们身边的历史——〈江苏读本〉后记》(《全国新书目》第23期)。出版小说集《马文的战争》(北京十月文艺出版社)、《枣树的故事》(作家出版社)，散文集《看书》(江苏文艺出版社)、《江苏读本》(江苏人民出版社)、《叶兆言自述人生》(时代文艺出版社)。由人民文学出版社出版短篇小说编年集《雪地传说》(1988—1993)、《左轮三五七》(1994—1996)、《我们去找一盏灯》(1997—2009)。

5月11日，在南京叶兆言与毕飞宇、苏童等作家一起对话德国作家马塞尔·拜尔、于尔克·马格瑙和德国汉学家高立希。

11月21日，叶兆言在中国作家黄石文化论坛上主讲秋季号，演讲精要《文学是善》刊于《黄石日报》12月1日号。

2010年，53岁。

本年发表长篇小说《苏珊的微笑》(《小说月报》第1期)，次年获第14届“《小说月报》百花奖·原创长篇小说奖”。而发表于《收获》第5期的中篇小说《玫瑰的岁月》翌年上榜中国小说学会年度中篇小说排行榜，获第4届“紫金山文学奖·中篇小说奖”，并于2012年获第15届《中篇小说选刊》全国优秀中篇小说奖。叶兆言的散文创作呈现井喷状态，有《万事翻覆如浮云》(《收获》第1期)、《纪念沈从文》(《书城》第1期)、《难忘胡利娅姨妈》(《东方早报》1月10日)、《苏州人》《读书人》《平江图》《苏州园林》《古镇》《吴门苏州》(《苏州杂志》第1—6期)、《古邗沟上说扬州》(《中国名城》第3、4期)、《吴侬软语的苏州》(《中国名城》第6、7期)、《革命性的灰烬》(《扬子江评论》第4期)、《王泗原先生》(《人民日报》4月14日)、《散文中的散文》(《世界文学》第6期)、《关于上海》（《上海采风》第 6 期）、《不喜欢屈原的理由》（《扬子晚报》6 月 21 日）、《蒙泰里尼》（《上海文学》第 12 期）等等。创作谈有《文学有什么用》（《江南》第 5 期）、《写作能给你带来快乐》（曹寇、叶兆言，《江南》第 5 期）、《我还能不能?》（舒晋瑜、叶兆言，《中华读书报》2 月 24 日）。同年，由海豚出版社首次出版中篇单行本《玫瑰的岁月》，江苏文艺出版社首次出版长篇单行本《苏珊的微笑》。

1 月，上海书店以“非虚构”为名再版了包括《杂花生树》《群莺乱飞》《陈旧人物（增订本）》和《午后的岁月》四部随笔集。

3 月，由上海文艺出版社出版长篇小说系列《走进夜晚》《花煞》《一九三七年的爱情》《别人的爱情》《没有玻璃的花房》《我们的心多么顽固》。

4 月 6 日—2012 年 5 月 8 日，叶兆言在《南方都市报》上开设“马放南山”专栏，每周发表两篇随笔，后部分收录于中国华侨出版社 2012 年出版的散文集《马放南山》和《美人靠》中。

5 月，由小说《马文的战争》改编的同名电影上映，成泰燊、王姬主演。

6 月 17 日—19 日，《雨花》编辑部和江苏省作协小说工作委员会在南京联合举办了“小说新说”研讨会，叶兆言在会上谈到“小说之所以存在不一定是因为它伟大，而只因为它是个美好的东西”①。

8 月，由新华出版社出版小说集《榆树下的哭泣》。

11 月 25 日—26 日，参加第二届中国当代文学 · 南京论坛，会议总议题是“21 世纪中国文学：现实与理想”。

2011 年，54 岁。

发表了短篇小说《写字桌的一九七一年》（《上海文学》第 9 期），并上榜中国小说学会年度短篇小说榜。散文主要有《文学有什么用》（《雨花》第 1 期）、《〈阳澄笔记〉序》（《苏州杂志》第 3 期）、《样

① 王诗茜：《〈雨花〉、省作协小说工作委员会“小说新说”研讨会纪要》，《雨花》2010 年第 9 期。

板戏的声音》（《温州都市报》3 月 6 日）、《点点香魂清梦里》（《上海文汇报》4 月 20 日）、《南京的城市性格与作家群体的繁荣》（《青春》第 7 期）、《辛亥革命时的南京》（《西部》第 10 期）。同年出版《后羿》（长江文艺出版社）、《南京人 · 续》《旧影秦淮》（南京大学出版社）。

6 月 14 日，刚刚获得诺贝尔奖的拉美作家马里奥 · 巴尔加斯 · 略萨来到中国，叶兆言和孙甘露作为嘉宾在上海戏剧学院与略萨展开一场对话。略萨为听众朗诵了《酒吧长谈》，而叶兆言主要向他表达了感激之情，“我们的目标很明确，既想继承世界文学最精彩的那些部分，同时也希望像拉美的前辈一样，打破既定的文学秩序，在世界文学的格局里，顽强地发出自己的声音”①。

7 月 22 日，在香港会议展览中心第二十二届香港书展上，叶兆言与葛亮、香港作家马家辉进行了名为“三人行——论古今江苏名作家”的谈话。

9 月 15 日，在南京与韩东、鲁敏一同对话德国作家凯 · 魏杨特，主题为“劳，而后获”。

10 月 19 日—22 日，参加江苏省作协的南水北调采风活动，撰文《水利天下》刊于次年《雨花》第 2 期。

2012 年，55 岁。

发表中篇小说《一号命令》（《收获》第 5 期），短篇小说《紫霞湖》（《钟山》第 5 期）、《茉莉花香》（《人民文学》第 9 期）、《美女指南》（《长江文艺》第 10 期），散文《〈至诚六种〉序》（《雨花》第 2 期）、《寻找潘德明》（《青春》第 10 期），其中《美女指南》获第 15 届“《小说月报》百花奖 · 短篇小说奖”。发表的创作谈有《传统其实是不可战胜的》（叶兆言、姜广平，《西湖》第 3 期）、《感恩〈收获〉》（《长江文艺》第 10 期）。出版了自选小说集《写字桌的一

① 叶兆言：《关于略萨的话题》，《永远的阿赫玛托娃》，河南文艺出版社 2016 年版，第 78 页。

九七一年》（上海文艺出版社），散文集《美人靠》《马放南山》（中国华侨出版社）、《父亲的话题》（二十一世纪出版社）。由人民文学出版社出版中篇小说系列《夜泊秦淮》《日本鬼子来了》《红房子酒店》《关于厕所》《重见阳光的日子》。

6 月，叶兆言与范小青、荆歌等在苏州吴江参加“太湖・七都”笔会，撰文《七都小镇在哪里》刊于本年《苏州杂志》第 5 期。

10 月 17 日，参加江苏省作协“苏中—南京片”创作会议，会议主题为“文学的变与不变”。

2013 年，56 岁。

本年发表短篇小说《再痛也没关》（《北京文学》第 12 期），创作谈《通往过去的秘密小路》（《长江文艺》第 4 期）、《文学与酒》（《人民文学》第 5 期）、《作家在精神上是反传统的》（范宁、叶兆言，《长江文艺》第 9 期）、《叶兆言谈〈一号命令〉》（《东方早报》9 月 15 日）、《作家是如何炼成的》（缪舒瑾、叶兆言，《南京大学报》12 月 20 日）。出版了中篇单行本《一号命令》（江苏文艺出版社），小说集《美女指南》（重庆出版社），散文集《陈年旧事》（中信出版社）、《动物的意志》（重庆出版社）。

8 月 29 日，在南京市作家协会第 5 次代表大会上，叶兆言再次当选南京市作协主席，讲话原文《在南京市作协代表大会的讲话》刊于《新民晚报》9 月 3 日号。

10 月 28 日，在南京大学图书馆礼堂作读书周的演讲《我们这时代的阅读和写作》，原文刊于《新文学评论》该年第 4 期。

11 月 16 日，叶兆言在苏州慧湖大厦作了题为《江南的南》的演讲。

2014 年，57 岁。

长篇小说《很久以来》于《收获》第 1 期刊出。此外发表的小说有《白天不懂夜的黑》（中篇，《人民文学》第 7 期）、《魅影的黄昏》（短篇，《花城》第 5 期），散文有《兆言说东吴》（《花城》第 2 期）、《罗家伦：最好的大学校长材料》（《文史博览》第 7 期）、《梦幻旧影别秦淮》(《光明日报》7 月 20 日)、《契诃夫的夹鼻镜》(《长江文艺》第 9 期)、《西津古渡》(《上海文汇报》11 月 15 日)、《纪念柯明》(《明日风尚》第 16 期)、《纪念傅惟慈》(《博客天下》第 25 期)。创作谈有《我只是把经历的一段历史写出来》(舒晋瑜、叶兆言,《中华读书报》4 月 9 日)、《从〈很久以来〉到〈驰向黑夜的女人〉》(《文艺报》11 月 3 日)。出版长篇单行本《驰向黑夜的女人》(江苏文艺出版社,原名《很久以来》),散文集《纪念》(浙江文艺出版社)、《现实生活》(文汇出版社)、《老南京・旧影秦淮》(重庆大学出版社)。

1 月 18 日,叶兆言在南京可一美术馆参加了“江南叙事・艺术论坛”。

4 月,由南京大学出版社出版徐春浩的《叶兆言小说论》。

8 月—2016 年 10 月,叶兆言在新媒体“澎湃新闻”开设专栏,发表了《父亲卷入的那场“清污”运动》《八十年代南师大的那次“泼水节”》《蔡公时的意义》《死生契阔,与子成说》等 20 余篇散文,拥有相当高的点击率。

8 月 12 日,参加第四届上海国际文学周主论坛“文学与翻译:在另一种语言中”,此次的嘉宾包括 2001 年的诺贝尔奖得主奈保尔,在叶兆言的回忆中,奈保尔全程表现得有些困惑和吃力。次日,作为文学周的活动之一,叶兆言在上海思南公馆与评论家吴亮就新出版的小说《驰向黑夜的女人》进行了一场文学对谈。

10 月 18 日,叶兆言在南京大学文学院成立 100 周年大会上作为校友代表发言,演讲原文《最爱她的“宽松”与“天真”》刊于《南京大学报》10 月 21 日号。

10 月 24 日,叶兆言与格非、马原、韩少功、孙甘露、刘恒、徐星等 20 位 20 世纪 80 年代成名的作家、评论家在上海参加“作家的历史,历史中的作家”研讨会。也在这一天,“莫言与中国当代文学国际学术研讨会”于北京师范大学举行,“高行健作品国际研讨会”于香港科技大学举行，而阎连科在捷克领取了欧洲最重要的国际文学奖“卡夫卡奖”。

11 月，叶兆言成为新媒体“腾讯《大家》”签约作家，迄今为止发表了《胡适先生的应节》《吴佩孚：蒋介石手下无张良》《人生若只如初见》《李白来了》等文化散文近 40 篇，被称作“兆言体”，它既接续周作人、林语堂、汪曾祺的闲适小品文传统，又以文体间的自由杂糅“对既往散文范式实施彻底的背叛”，在网络时代成为“合理的、被欢迎的俗文学的奇葩”[①]。

12 月，叶兆言在第二十五届青年作家读书班上作了题为《困学乃足成仁》的演讲，原文刊于次年《作家》第 1 期，并获得《散文选刊》杂志社主办的“2015 年度华文最佳散文奖”。

2015 年，58 岁。

本年发表短篇小说《失踪的女大学生》（《长江文艺》第 1 期）、《赤脚医生手册》（《作家》第 7 期），其中《赤脚医生手册》于 2017 年获第三届《作家》“金短篇”小说奖。此外，发表了中篇小说《去雅典的鞋子》（《钟山》第 6 期），散文《十五岁雏妓嘴里的民国范儿》（《东方早报》3 月 15 日）、《芥川龙之介在南京》（《扬子晚报》4 月 19 日—5 月 7 日）、《文化中的乡音》（《东方早报》6 月 21 日）、《回味中的长江三鲜》（《中国青年报》10 月 30 日），创作谈《回忆一九八〇年代》（《文学自由谈》第 1 期）等。人民文学出版社出版了中篇单行本《白天不懂夜的黑》以及叶兆言自编的中篇小说系列《王金发考》《余步伟遇到马兰》《不坏那么多，只坏一点点》。

1 月，《当代作家评论》开设“叶兆言研究小辑”，刊发了洪治纲、曹浩的《历史背后的日常化审美追求》、杨扬的《在黑暗中眺望——读叶兆言长篇新作〈驰向黑夜的女人〉》、黄发有的《“历史”的版本——评叶兆言的〈很久以来〉或〈驰向黑夜的女人〉》。

---

① 吴周文、张王飞：《俗化体：当下散文的一种选择——以叶兆言为例》，《当代作家评论》2017 年第 6 期。

4 月 23 日，在“南京传世名著”评选活动中叶兆言为范晔的《后汉书》撰写推荐词，并认为《儒林外史》最能代表南京文化。

5 月 6 日，叶兆言在华东师范大学第三届思勉人文思想节上作了“思想改变世界”的主题演讲。

5 月 30 日，在南京与法国著名传记作家、龚古尔文学奖评委皮埃尔·阿苏里开展文学对话。

6 月 8 日，叶兆言获江苏省宣传文化领域的最高荣誉奖——第二届“紫金文化奖章”。叶兆言在谈到写作经验时说，“善于创新、有独特的内涵、跟别人不一样，就能出好作品，如果大家都接受一样的教育和培训，再写东西，那是成不了好作家的，因为他自己已经成为一个产品了”①。

6 月 25 日，在吉林长春参加《作家》杂志主办的“中国短篇小说论坛”。

6 月 27 日—28 日，在安徽六安参加第二届“迎驾·大别山生态文化笔会”，与会作家还有蒋子龙、叶辛、韩少功、张炜、陈世旭、施战军、周大新、王树增、刘醒龙、刘庆邦、徐贵祥、储福金等。

8 月 30 日，在南京叶兆言与德国文学最高奖“毕希纳奖”得主马丁·莫泽巴赫就中文版《此前发生的事》展开了对话。

12 月 9 日—11 日，在丽江参加第二届《大家》·丽江中国（国际）当代文学论坛。

2016 年，59 岁。

发表短篇小说《江上明灯》（《北京文学》第 10 期），2017 年为《新华文摘》第 6 期转载。发表的散文有《祖父的〈金兰谱〉》（《民主》第 3 期）、《等闲变却故人心》（《收获》第 5 期）、《诚知此恨人人有》（《东方早报》5 月 29 日）、《怀旧，废墟上的徘徊》（《作家》第 7 期）、《东京看樱花小记》（《民主》第 9 期）。创作谈有《好小说

① 程岚岚：《10 位文化名人获省第二届紫金文化奖章》，《江南时报》2015 年 6 月 10 日。

一定是“有问题的”》（叶兆言、木叶，《上海文学》第5期）、《在扬州，与工人谈读书》（《雨花》第23期）。同年，出版中篇单行本《去雅典的鞋子》（人民文学出版社），散文集《江苏读本》（南京大学出版社）、《永远的阿赫玛托娃》（河南文艺出版社）、《桃花飞尽东风起》（万卷出版公司）。

5月26日—27日，叶兆言在上海与张新颖就小说《去雅典的鞋子》展开有关青春、孤独、寻父主题的文学二人谈，在复旦大学参加了“怀旧与现代都市·作家论坛”。

6月，由陶亦然和安凯德共同翻译的《我们的心多么顽固》英文版在美国出版上市。

7月9日，叶兆言携新版《江苏读本》参加了第六届江苏书展，他说写这本书是怀着向《房龙地理》的致敬，并且期待这本书能成为“阅读江苏的‘房龙地理’”①。

8月25日，凤凰出版传媒集团译林出版社在北京国际图书博览会（BIBF）举办了“中国当代作家走进土耳其”版权输出签约仪式，签约了余华、叶兆言、苏童、鲁敏四位作家的八部著作，其中包括叶兆言的三部小说《花影》《别人的爱情》《我们的心多么顽固》。

9月20日—23日，叶兆言在韩国庆州市参加“韩文文学，走向世界”——第二届世界韩文作家大会，在会上作了题为“人人都在谈论莫言，却很少有人读过他”的演讲。22日，在韩国东国大学演讲《在手机端认领普鲁斯特》。

9月24日，在中国现代文学馆举行了“江苏当代作家与中国当代文学”研讨会。会上叶兆言、赵本夫、范小青、苏童等十名江苏作家与来自京苏两地的雷达、丁帆、何镇邦、王彬彬、陈晓明、吴俊、吴秉杰、张光芒等30多名专家学者，集中展示文学苏军的创作成果，并对江苏文学之于中国文学的重要意义作了深入探讨。

① 蔡震：《叶兆言：我欣赏扬州人的淡定》，《扬子晚报》2016年7月10日。

10月，作为江苏当代作家研究项目之一，黄轶的《叶兆言研究资料》由人民文学出版社出版，资料集选编了历年代表性的文学评论和创作谈，并详尽整理出2013年以前国内的研究资料目录及作家的文学创作年表。黄轶在卷首的《叶兆言创作论》① 中指出，叶兆言对“人之为人”的思考、对“独立个人”的关注、对人性“向上性”的尊重、对“看客”和“酱缸文化”的慎思与批判、对中国人“平反昭雪”文化心理的深挖无不是“五四”精神话语和“立人”传统的延续与高扬，正是在此意义上，叶氏有力而有效地贡献了“中国经验”的重塑。

10月9日—11日，参加“青春文学创作基地、青春悦读会”苏州东山基地揭牌活动，并担任“青春文学人才计划”评委。

11月30日—12月3日，中国作家协会第九次全国代表大会在北京人民大会堂举行。叶兆言当选中国作家协会第九届全国委员会委员。

2017年，60岁。

叶兆言最近的一部长篇小说《刻骨铭心》于《钟山》第4期刊出，短篇小说《滞留于屋檐的雨滴》发表在《江南》杂志第3期，并入选中国小说学会2017年度短篇小说排行榜、首届《扬子江评论》2017年度文学排行榜·短篇小说榜及第五届郁达夫小说奖终评备选作品、2019年12月获第六届汪曾祺奖。同年发表的散文有《罗望子印象》（《时代文学》第2期）、《紫金庵的小叶黄杨》（《青春》第2期）、《孙吴灭亡，给南京留下两份遗产》（《新华日报》11月24日）、《一个南京人眼里的西湖》（《上海文汇报》11月26日）。出版散文集《乡关何处》（大象出版社）、《文学少年》《大家读大家·站在金字塔尖上的人物》（人民文学出版社）。

6月23日—26日，参加了第三届“迎驾·大别山生态文化文学笔会”。

---

① 黄轶：《叶兆言创作论》，见黄轶编《叶兆言研究资料》，人民文学出版社2016年版，第3—25页。

11 月 11 日，叶兆言在徐州工程学院为《青春》杂志社主办的“大家讲坛”作开场演讲，主题是“我的文学历程”。

2018 年，61 岁。

本年发表了短篇小说《布影寒流》（《十月》第 1 期），散文《记忆中的一些碎片》（《收获》第 3 期）、《桃花扇底看前朝》（《十月》第 6 期）、《民国肇生》（《钟山》第 6 期）。创作谈有《纸片上的“写作”》（《青春》第 1 期）、《只管去读——〈无用的美好〉后记》（《全国新书目》第 5 期）、《坐在南京的凳子上才能说话》（《深圳商报》5 月 4 日）、《透过南京这扇窗看中国历史》（《新华日报》6 月 8 日）、《我的写作拒绝轻车熟路》（丁杨、叶兆言，《中华读书报》6 月 13 日）、《有关〈刻骨铭心〉的一些回忆》（《民主》第 8 期）、《我永远都在探索文学的可能性》（《文学报》11 月 29 日）。

本年，人民文学出版社先后出版了长篇小说系列《苏珊的微笑》《后羿》《别人的爱情》《我们的心多么顽固》《没有玻璃的花房》《花煞》《花影》《走进夜晚》《死水》，以及“秦淮三部曲”《刻骨铭心》《很久以来》《一九三七年的爱情》，三部曲具有共同的民国南京背景，其中《刻骨铭心》为首次出单行本，相比《钟山》版本增加了《在南京的阿瑟丹尼尔》一章，着重叙述日军入侵南京时犯下的大屠杀罪行。而南京师范大学出版社则出版了一部双语版小说集《当代中国名家双语阅读文库（第 1 辑）·叶兆言卷》。此外由江苏凤凰文艺出版社辑录出版叶兆言在各个场合演讲性质的创作谈《无用的美好》。山东人民出版社出版叶兆言的自编散文集《唱情歌的季节》《枕边的书》《红沙发》《一片归心拟乱云》《婚姻证明之痒》。

4 月 21 日，叶兆言凭借《刻骨铭心》《站在金字塔尖上的人物》《乡关何处》三部作品，获第十六届华语文学传媒盛典“2017 年度杰出作家”奖。

8 月 30 日，江苏省作协和人民文学出版社、上海九久读书人在北京江苏大厦联合召开了叶兆言长篇小说《刻骨铭心》的研讨会，中国作协副主席阎晶明，中国作协书记处书记吴义勤、鲁敏，中国出版集团总裁谭跃、副总裁潘凯雄等出席了研讨会。评论家们普遍认为《刻骨铭心》具有深重的家国情怀和民国的独特气质，并作出多维阐释。阎晶明指出这部小说潜在的指向就是为南京写传，王彬彬也评价叶兆言与南京这座城市有灵魂的碰撞、灵魂的沟通。吴义勤、梁鸿鹰、何向阳和陈晓明着重关注了小说中像绍彭、希俨、丽君这样追求向上的时代青年，栾梅健、谢有顺则谈到小说在对日常生活细节的真实还原中产生出令人刻骨铭心的情感意蕴。

10 月 24 日，叶兆言在意大利都灵大学孔子学院作主题讲座“中国：南方的文学，文学的南方”。

12 月 2 日，《刻骨铭心》获第三届“长篇小说年度金榜·特别推荐奖”。

2019 年，62 岁。

发表短篇小说《舟过矶》（《上海文学》第 5 期）、《炮山鸡》（《雨花》第 6 期）、《吴菲和吴芳姨妈》（《青年作家》第 7 期）、《红灯记》（《作家》第 7 期），散文《应天府》（《花城》第 1 期）、《回忆中的大运河》（《上海文学》第 1 期）、《生于 1899 年》（《扬子江评论》第 2 期）、《治隆唐宋》（《十月》第 4 期）、《麻姑山与麻姑碑》（《上海文汇报》7 月 21 日）。创作谈有叶兆言、傅小平《我还在寻找最理想的表达方式》（《野草》第 2 期）、《小说这玩意从来没什么神秘的》（《青年作家》第 7 期）。出版散文集《折得疏梅香满袖》（山东画报出版社）、《南京传》（译林出版社）。

1 月 5 日，《桃花扇底看前朝》入选《扬子江评论》2018 年度文学排行榜·散文榜，同年 4 月 12 日获第十五届十月文学奖散文奖。

8 月 12 日，《刻骨铭心》入围第十届茅盾文学奖 10 部提名作品。

8 月 17 日，《南京传》在“上海书展”举行了题为“南京人立南京传”的新书发布会，叶兆言认为《南京传》与他以往有关当代南京人与城的非虚构作品存在根本的差异，它基本来源于中国历史，是以南京为基点的中国史，更是从南京这个窗口来看中国的沧桑变幻。

9 月，小说《花影》《别人的爱情》《我们的心多么顽固》土耳其文版由土耳其卡努特国际出版公司出版，叶兆言在北京国际图书博览会上参加了作品首发式。

11 月 10 日，《刻骨铭心》获第三届“《钟山》文学奖”。

12 月 29 日，《吴菲和吴芳姨妈》入选中国小说学会年度短篇小说榜。

2020 年，63 岁。

发表短篇小说《走向冬天》（《清明》第 2 期）、《德莉莎的疯狂》（《收获》第 6 期），中篇小说《爱好哭泣的窗户》（《作家》第 1 期），散文《文学之都的价值》（《青春》第 3 期）、《纪念陶文瑜》（《苏州杂志》第 6 期）、《对得起古人，对得起学生》（《光明日报》11 月 20 日）。创作谈有《先锋代表了孤独——叶兆言访谈录》（《青年作家》第 1 期）、《“求实”与“求是”——大学究竟能不能培育作家?》（《中国现代文学论丛》第 1 期）、《创意写作之我见——在创意写作班上的讲话》（《清明》第 2 期）、《自由写作与应题写作的通道》（《语文学习》第 11 期）、《简单有时就是单纯，就是纯粹》（《北京文学》第 4 期）。出版小说《爱好哭泣的窗户》（北京时代华文书局），小说集《滞留于屋檐的雨滴》（北京时代华文书局）、《人类的起源》（文化发展出版社），散文集《文学少年》（人民文学出版社）、《名与身随》（时代文艺出版社）。

11 月 28 日，《南京传》在南京晓书馆举行南京首发会。

12 月 2 日，《吴菲和吴芳姨妈》获评“2020 花地文学榜”年度短篇小说。

12 月 28 日，南京市作家协会第六次会员代表大会召开，选举产生了新一届理事会和主席团，叶兆言再次当选南京市作家协会主席。

12 月 28 日，第五届收获文学榜揭晓，《爱好哭泣的窗户》上榜中篇小说榜第四名。

2021 年，64 岁。

本年发表了短篇小说《像青草一样呼吸》（《芙蓉》第 1 期）、《会唱歌的浮云》（《长江文艺》第 2 期）、《沉睡的罂粟花》（《中国作家》第 2 期）、《落日晚照，为谁温柔》（《北京文学》第 3 期）、《水晶灯下》（《作家》第 9 期），其中《会唱歌的浮云》在 2022 年 6 月获得《长江文艺》双年奖（2019—2021）。中篇小说有《寒风中的杨啸波》（《十月》第 2 期）、《通往父亲之路》（《钟山》第 2 期），其中《通往父亲之路》被《新华文摘》（第 13 期）转载。散文主要有《上学去》（《花城》第 3 期）、《大学前的那段日子》（《作家》第 6 期）。创作谈有《好的文学都应该有一种疼痛感》（《长江文艺》第 3 期）。出版散文集《生有热烈，藏于俗常》（北京联合出版公司）。

2022 年，65 岁。

发表长篇小说《仪凤之门》（《收获》第 1 期），短篇小说《灰色丝绒大衣》（《作品》第 2 期）、《黎明像秋天般灰暗》（《作家》第 10 期）、《月光宝石之夜》（《文学港》第 11 期）。散文《汪山土库》（《新民晚报》1 月 17 日）、《南龙之脉，长江源头》（《群言》第 10 期）、《向永不停顿的追求致敬》（《农民日报》11 月 2 日），评论《为什么张远山坐得住冷板凳》（《社会科学论坛》第 1 期）、《印象中的日本文学》（《日语学习与研究》第 2 期）。出版小说《仪凤之门》（人民文学出版社）、《通往父亲之路》（译林出版社），短篇小说集《德丽莎的疯狂》《吴菲和吴芳姨妈》（人民文学出版社），散文集《叶兆言散文》（人民文学出版社）。

11 月 24 四，叶兆言做客今日头条、江苏卫视联合出品的外景纪实类读书节目《我在岛屿读书》第 3 期，与好友余华、苏童畅聊文学的传承和延续。

2023 年，66 岁。

1 月 12 日，叶兆言入选“名人堂 · 2022 年度人文榜”之“十大作家”。

1 月 19 日，《仪凤之门》上榜第七届收获文学榜·长篇小说榜第五名。

2 月 17 日，江苏省作协、人民文学出版社和《收获》杂志社在南京联合召开了叶兆言长篇新作《仪凤之门》研讨会。中国作家协会书记处书记邓凯在会上评价说“这是当代时代语境下一部不可多得的描写中国式现代化的上乘之作”。王春林、何平、张柠、黄德海等多位专家也指出小说提供给我们思考中国式现代化的契机，在杨逵个人命运的升沉之下，隐性的线索是南京从历史向现代过渡的历史，也即中国现代性的发生和发展过程。丁帆教授称《仪凤之门》是城市文学的“巅峰之作”，张光芒教授则强调小说语言形式背后的叙事意图，即“真实服务于虚构，革命让位于日常，历史服膺于人性”。

3 月 17 日，叶兆言在南京由凤凰出版传媒集团主办的第四届凤凰作者年会上获颁“金凤凰”奖章。

4 月 22 日，叶兆言短篇小说《月光宝石之夜》摘得二〇二二年度“储吉旺文学奖”评委会特别奖。

4 月 27 日，叶兆言受江苏省人民政府聘任为省文史研究馆馆员。

5 月 7 日，第六届“林斤澜短篇小说奖”颁奖典礼在温州广电传媒集团一楼演播大厅举行，叶兆言获“杰出短篇小说作家奖”。

5 月 19 日，叶兆言在徐州户部山开讲江苏文脉大讲堂，题目是“用文学为江苏画像”。

6 月 7 日，叶兆言在南京师范大学“敬文讲坛”作了题为“认识一座叫南京的城市”主题讲座。

6 月 8 日，叶兆言与南京大学中国新文学中心张光芒教授作为特邀嘉宾参加南通大学文学院“至文讲堂”讲座、“文化名人进校园”活动，共话文化传承与新文科发展。叶兆言为中共南通大学文学院党委“人才驿站”揭牌，并在青年教师座谈会上作了题为《从“放下”二字说开去》的讲座，勉励青年人“困学乃足成仁，率真未必尽善”。

10 月 20 日，长篇小说《仪凤之门》荣获第八届紫金山文学奖，授奖词中提到,《仪凤之门》“推开了南京的一扇历史之门”,“勾勒出南京近现代的城市发展轨迹”,“立体地展现了人与城的多元互动,以文学的形式为南京铸心立魂”。

2024 年,67 岁。

本年发表了长篇小说《璩家花园》(《十月·长篇小说》第 1 期),中篇小说《遥远的古冬玲》(《芙蓉》第 2 期)。

参考文献

一　文本类

［捷］米兰·昆德拉：《生命中不能承受之轻》，韩少功、韩刚译，作家出版社 1995 年版。

［捷］米兰·昆德拉：《生活在别处》，景凯旋、景黎明译，敦煌文艺出版社 2000 年版。

艾晓明编译：《小说的智慧——认识米兰·昆德拉》，时代文艺出版社 1992 年版。

阿城：《阿城精选集》，燕山出版社 2015 年版。

何锐编：《回应经典：实力作家小说选》，江苏文艺出版社 2011 年版。

莫言：《用耳朵阅读》，作家出版社 2012 年版。

苏童：《寻找灯绳》，江苏文艺出版社 1995 年版。

吴亮、章平、宗仁发编：《现实主义小说》，时代文艺出版社 1988 年版。

叶兆言：《去影》，长江文艺出版社 1992 年版。

叶兆言：《流浪之夜》，江苏文艺出版社 1995 年版。

叶兆言：《南京人》，浙江人民出版社 1997 年版。

姚淦铭、王燕编：《王国维文集》第 3 卷，中国文史出版社 1997 年版。

叶兆言：《魔方》，山东文艺出版社 1998 年版。

叶兆言：《失去的老房子》，陕西人民出版社 1998 年版。

叶兆言：《旧影秦淮·老南京》，江苏美术出版社 1998 年版。

叶兆言：《闲话三种》，百花文艺出版社 1999 年版。

叶兆言：《叶兆言散文》，浙江文艺出版社 2000 年版。
叶兆言：《纪念少女楼兰》，解放军文艺出版社 2000 年版。
叶兆言：《挽歌》广西师范大学出版社 2001 年版。
叶兆言：《想起了老巴尔扎克》，华东师范大学出版社 2005 年版。
叶兆言：《名与身随》，时代文艺出版社 2007 年版。
叶兆言：《陈旧人物》，上海书店出版社 2007 年版。
叶兆言：《后羿》，重庆出版社 2007 年版。
叶兆言：《江苏读本》，江苏人民出版社 2009 年版。
叶兆言：《看书：叶兆言的品书笔记》，江苏文艺出版社 2009 年版。
叶兆言：《马文的战争》，北京十月文艺出版社 2009 年版。
叶兆言：《雪地传说·叶兆言短篇小说（卷 1）》，人民文学出版社 2009 年版。
叶兆言：《左轮三五七·叶兆言短篇小说（卷 2）》，人民文学出版社 2009 年版。
叶兆言：《我们去找一盏灯·叶兆言短篇小说（卷 3）》，人民文学出版社 2009 年版。
叶兆言：《玫瑰的岁月》，海豚出版社 2010 年版。
叶兆言：《花煞》，上海文艺出版社 2010 年版。
叶兆言：《走进夜晚》，人民文学出版社 2010 年版。
叶兆言：《别人的爱情》，上海文艺出版社 2010 年版。
叶兆言：《没有玻璃的花房》，上海文艺出版社 2010 年版。
叶兆言：《我们的心多么顽固》，上海文艺出版社 2010 年版。
叶兆言、余斌：《午后的岁月》，上海书店出版社 2010 年版。
叶兆言：《叶兆言自述人生》，时代文艺出版社 2010 年版。
叶兆言：《杂花生树》，上海书店出版社 2010 年版。
叶兆言：《群莺乱飞》，上海书店出版社 2010 年版。
叶兆言：《南京人·续》，南京大学出版社 2011 年版。
叶兆言：《旧影秦淮》，南京大学出版社 2011 年版。

叶兆言：《夜泊秦淮·叶兆言中篇小说（卷 1）》，人民文学出版社 2012 年版。

叶兆言：《日本鬼子来了·叶兆言中篇小说（卷 2）》，人民文学出版社 2012 年版。

叶兆言：《红房子酒店·叶兆言中篇小说（卷 3）》，人民文学出版社 2012 年版。

叶兆言：《关于厕所·叶兆言中篇小说（卷 4）》，人民文学出版社 2012 年版。

叶兆言：《重见阳光的日子·叶兆言中篇小说（卷 5）》，人民文学出版社 2012 年版。

叶兆言：《写字桌的 1971 年》，上海文艺出版社 2012 年版。

叶兆言：《陈年旧事》，中信出版社 2013 年版。

叶兆言：《一号命令》，江苏文艺出版社 2013 年版。

叶兆言：《驰向黑夜的女人》，江苏文艺出版社 2014 年版。

叶兆言：《十一岁的墓地》，长江少年儿童出版社 2015 年版。

叶兆言：《王金发考·叶兆言中篇小说（卷 6）》，人民文学出版社 2015 年版。

叶兆言：《不坏那么多，只坏一点点·叶兆言中篇小说（卷 7）》，人民文学出版社 2015 年版。

叶兆言：《余步伟遇到马兰·叶兆言中篇小说（卷 8）》，人民文学出版社 2015 年版。

叶兆言：《白天不懂夜的黑》，人民文学出版社 2015 年版。

叶兆言：《去雅典的鞋子》，人民文学出版社 2016 年版。

叶兆言：《永远的阿赫玛托娃》，河南文艺出版社 2016 年版。

叶兆言：《桃花飞尽东风起》，万卷出版公司 2016 年版。

叶兆言：《站在金字塔尖上的人物》，人民文学出版社 2017 年版。

叶兆言：《一九三七年的爱情》，人民文学出版社 2017 年版。

叶兆言：《死水》，人民文学出版社 2018 年版。

叶兆言：《花影》，人民文学出版社 2018 年版。
叶兆言：《苏珊的微笑》，人民文学出版社 2018 年版。
叶兆言：《很久以来》，人民文学出版社 2018 年版。
叶兆言：《刻骨铭心》，人民文学出版社 2018 年版。
叶兆言：《无用的美好》，江苏文艺出版社 2018 年版。
叶兆言：《南京传》，译林出版社 2019 年版。
叶兆言：《爱好哭泣的窗户》，时代华文书局 2020 年版。
叶兆言：《诚知此恨人人有》，译林出版社 2020 年版。
叶兆言：《滞留于屋檐的雨滴》，北京时代华文书局 2020 年版。
叶兆言：《叶兆言文学回忆录》，广东人民出版社 2021 年版。
叶兆言：《通往父亲之路》，译林出版社 2022 年版。
叶兆言：《吴菲和吴芳姨妈·叶兆言短篇小说（卷 4）》，人民文学出版社 2022 年版。
叶兆言：《德丽莎的疯狂·叶兆言短篇小说（卷 5）》，人民文学出版社 2022 年版。
叶兆言：《仪凤之门》，《收获》2022 年第 1 期。
叶兆言：《璩家花园》，《十月·长篇小说》2024 年第 1 期。
张颐武编：《欲望的舞蹈：新状态小说》，敦煌文艺出版社 1994 年版。
张爱玲：《流言》，花城出版社 1997 年版。
周作人：《艺术与生活》，河北教育出版社 2002 年版。

二　理论著作类

［丹］克尔凯郭尔：《克尔凯郭尔文集》，京不特译，中国社会科学出版社 2013 年版。
［德］彼得·比格尔：《先锋派理论》，高建平译，商务印书馆 2002 年版。
［德］海德格尔：《存在与时间》，陈嘉映、王庆节译，商务印书馆 2017 年版。
［德］黑格尔：《美学》第 3 卷，朱光潜译，商务印书馆 2009 年版。

［德］沃尔夫冈·伊瑟尔：《虚构与想象》，陈定家、汪正龙等译，吉林人民出版社 2003 年版。

［法］艾珉选编：《萨特读本》，桂裕芳等译，人民文学出版社 2005 年版。

［法］蒂费纳·萨莫瓦约：《互文性研究》，邵炜译，天津人民出版社 2003 年版。

［法］利奥塔等：《后现代主义》，赵一凡等译，社会科学文献出版社 1999 年版。

［法］罗兰·巴特：《文之悦》，屠友祥译，上海人民出版社 2002 年版。

［法］米兰·昆德拉：《小说的艺术》，董强译，上海译文出版社 2011 年版。

［法］米歇尔·福柯：《规训与惩罚》，刘北成、杨远婴译，生活·读书·新知三联书店 2012 年版。

［法］皮埃尔·布尔迪厄：《实践理性：关于行为理论》，谭立德译，生活·读书·新知三联书店 2007 年版。

［法］萨特：《存在与虚无》，陈宣良等译，生活·读书·新知三联书店 2007 年版。

［法］萨特：《存在主义是一种人道主义》，周煦良、汤永宽译，上海译文出版社 2012 年版。

［美］海登·怀特：《形式的内容：叙事话语与历史再现》，董立河译，文津出版社 2005 年版。

［美］海登·怀特：《话语的转义》，董立河译，大象出版社 2011 年版。

［美］汉娜·阿伦特：《过去与未来之间》，王寅丽、张立立译，译林出版社 2011 年版。

［美］汉娜·阿伦特编：《启迪：本雅明文选》，张旭东、王斑译，生活·读书·新知三联书店 2014 年版。

［美］勒内·韦勒克、奥斯汀·沃伦：《文学理论》，刘象愚等译，浙江人民出版社 2017 年版。

［美］乔纳森·卡勒：《论解构》，陆扬译，中国社会科学出版社 1998 年版。

[美] 希利斯·米勒：《解读叙事》，申丹译，北京大学出版社 2002 年版。
[美] 伊哈布·哈桑：《后现代转向》，刘象愚译，上海人民出版社 2015 年版。
[美] 詹明信：《晚期资本主义的文化逻辑》，张旭东编，陈清侨等译，生活·读书·新知三联书店 1997 年版。
[美] 周蕾：《理想主义之后的伦理学》，吴琼译，河南大学出版社 2013 年版。
[美] 马泰·卡林内斯库：《现代性的五副面孔》，顾爱彬、李瑞华译，译林出版社 2015 年版。
[美] 斯维特兰娜·博伊姆：《怀旧的未来》，杨德友译，译林出版社 2010 年版。
[南非] J. M. 库切：《内心活动》，黄灿然译，浙江文艺出版社 2017 年版。
[苏] 巴赫金：《陀思妥耶夫斯基诗学问题》，白春仁、顾亚铃译，生活·读书·新知三联书店 1988 年版。
[英] 彼得·奥斯本：《时间的政治》，王志宏译，商务印书馆 2014 年版。
[英] D. C. 米克：《论反讽》，周发祥译，昆仑出版社 1992 年版。
[英] 雷蒙·威廉斯：《现代悲剧》，丁尔苏译，译林出版社 2007 年版。
陈嘉映：《海德格尔哲学概论》，商务印书馆 2014 年版。
陈思和：《鸡鸣风雨》，学林出版社 1994 年版。
陈思和：《告别橙色梦》，广东人民出版社 2018 年版。
陈卫平、施志伟：《生命的冲动——柏格森和他的哲学》，上海三联书店 1988 年版。
陈晓明：《表意的焦虑：历史祛魅与当代文学变革》，中央编译出版社 2002 年版。
陈晓明：《无边的挑战》，广西师范大学出版社 2004 年版。
陈子善编：《作别张爱玲》，文汇出版社 1996 年版。
程光炜、白亮：《新历史小说研究资料》，百花洲文艺出版社 2018 年版。

程光炜、孟远编：《新写实小说研究资料》，百花洲文艺出版社 2018 年版。
程文超：《欲望的重新叙述：20 世纪中国的文学叙事与文艺精神》，广西师大出版社 2005 年版。
邓晓芒：《灵之舞》，作家出版社 2016 年版。
丁帆：《夕阳帆影》，知识出版社 2001 年版。
丁帆：《文化批判中的审美价值坐标》，北京师范大学出版社 2009 年版。
董健、丁帆、王彬彬主编：《中国当代文学史新稿》，北京师范大学出版社 2011 年版。
董晓：《契诃夫戏剧的喜剧本质论》，北京大学出版社 2016 年版。
费振钟：《江南士风与江苏文学》，湖南教育出版社 1995 年版。
凤媛：《江南文化与中国现代文学》，文化艺术出版社 2008 年版。
郜元宝：《拯救大地》，学林出版社 1994 年版。
郭鸿：《现代西方符号学纲要》，复旦出版社 2008 年版。
韩松刚：《当代江南小说论》，中国社会科学出版社 2021 年版。
韩松林编：《王彬彬文学评论选》，江苏文艺出版社 2017 年版。
洪治纲：《守望先锋——兼论中国当代先锋文学的发展》，广西师范大学出版社 2005 年版。
洪子诚编：《二十世纪中国小说理论资料》，北京大学出版社 1997 年版。
洪子诚：《中国当代文学史》，北京大学出版社 2010 年版。
黄霖等：《中国小说研究史》，浙江古籍出版社 2002 年版。
黄轶编：《叶兆言研究资料》，人民文学出版社 2016 年版。
季红真：《众神的肖像》，人民文学出版社 1996 年版。
李凤亮、李艳编：《对话的灵光：米兰·昆德拉研究资料辑要》，中国友谊出版公司 1999 年版。
李建周、程光炜编：《先锋小说研究资料》，百花洲文艺出版社 2018 年版。
刘小枫：《沉重的肉身》，华夏出版社 2007 年版。
柳鸣九主编：《从现代主义到后现代主义》，中国社会科学出版社 1994 年版。

南帆：《关系与结构》，吉林出版集团有限责任公司 2009 年版。
南帆：《冲突的文学》，江苏大学出版社 2010 年版。
施战军：《活文学之魅》，吉林出版集团有限责任公司 2009 年版。
陶东风：《文体演变及其文化意味》，云南人民出版社 1994 年版。
汪晖、陈燕谷编：《文化与公共性》，生活·读书·新知三联书店 1998 年版。
汪政、晓华：《新时期小说艺术漫论》，中国言实出版社 2017 年版。
王德威：《当代小说二十家》，生活·读书·新知三联书店 2006 年版。
王干：《江苏作家论》，凤凰出版社 2017 年版。
吴义勤：《中国当代新潮小说论》，江苏文艺出版社 1997 年版。
伍蠡甫、胡经之主编：《西方文艺理论名著选编（上、中、下）》，北京大学出版社 1986 年版。
夏志清：《中国现代小说史》，复旦大学出版社 2005 年版。
向楷：《世情小说史》，浙江古籍出版社 1998 年版。
谢有顺：《我们内心的冲突》，广州出版社 2000 年版。
徐晓华编：《黄毓璜文学评论选》，江苏文艺出版社 2017 年版。
叶朗：《中国小说美学》，北京大学出版社 1982 年版。
张光芒：《中国当代启蒙文学思潮论》，上海三联书店 2006 年版。
张光芒：《混沌的现代性》，人民文学出版社 2007 年版。
张光芒：《在感性与理性之间》，人民文学出版社 2015 年版。
张光芒：《文学回到人本身之后》，南京大学出版社 2019 年版。
张光芒等：《南京百年文学史》，江苏凤凰文艺出版社 2021 年版。
张京媛主编：《新历史主义与文学批评》，北京大学出版社 1993 年版。
张清华：《中国当代先锋文学思潮论》，江苏文艺出版社 1997 年版。
张学昕：《南方想象的诗学》，复旦大学出版社 2009 年版。
周韵主编：《先锋派理论读本》，南京大学出版社 2014 年版。
宗白华：《艺境》，安徽教育出版社 2000 年版。